W0286987

Feine Freunde

Das Gesetz der Lagune

© Jerry Bauer

Donna Leon verließ mit 23 Jahren New Jersey, wo sie 1942 geboren worden war, um in Perugia und Siena weiterzustudieren. Sie blieb im Ausland, arbeitete als Reiseleiterin in Rom, als Werbetexterin in London und als Lehrerin an amerikanischen Schulen in Europa und Asien. Gegenwärtig lehrt sie englische und amerikanische Literatur an einer Universität in der Nähe von Venedig, wo sie seit 1981 lebt. Ihr erstes Buch *Venezianisches Finale*, ein raffinierter Opernkrimi, wurde mit dem renommierten japanischen Suntory-Preis für den besten Kriminalroman 1991 ausgezeichnet.

DONNA LEON

Feine Freunde

Das Gesetz der Lagune

Zwei Romane in einem Band

Aus dem Amerikanischen
von Monika Elwenspoek

Weltbild

Die amerikanische Originalausgabe von „Feine Freunde“ erschien 2000
unter dem Titel *Friends in High Places* bei William Heinemann, London

Die amerikanische Originalausgabe von „Das Gesetz der Lagune“ erschien 2001
unter dem Titel *A Sea of Troubles* bei William Heinemann, London

Besuchen Sie uns im Internet:
www.weltbild.de

Lizenzausgabe mit freundlicher Genehmigung der Diogenes Verlag AG Zürich
für Verlagsgruppe Weltbild GmbH, Steinerne Furt, 86167 Augsburg

Feine Freunde
Copyright der Originalausgabe © 2000 Donna Leon
Copyright der deutschen Ausgabe © 2001 Diogenes Verlag AG Zürich
Übersetzung: Monika Elwenspoek
Das Motto aus: Mozart, *Lucio Silla*, in der Übersetzung von
Traude Freudlsperger, Reclam Verlag, Stuttgart 1990

Das Gesetz der Lagune
Copyright der Originalausgabe © 2001 Donna Leon
Copyright der deutschen Ausgabe © 2002 Diogenes Verlag AG Zürich
Übersetzung: Monika Elwenspoek
Das Motto aus: Mozart, *Così fan tutte*, in der Übersetzung von
Hermann Levi, Breitkopf und Härtel, Leipzig 1898
Karte »Laguna Veneta«:
Copyright © Edizione Garbizza, Castello 5314, 30122 Venezia

Umschlaggestaltung: Jarzina Kommunikations-Design, Köln
Umschlagmotiv: Corbis (© Pizzoli Alberto), Düsseldorf
Gesamtherstellung: Bagel Roto-Offset GmbH & Co.KG,
Gewerbegebiet Sachsen-Anhalt Süd, Kirchweg, 06721 Schleinitz
ISBN 3-8289-7768-5

2009 2008 2007 2006
Die letzte Jahreszahl gibt die aktuelle Lizenzausgabe an.

DONNA
LEON

Feine Freunde

Roman

Aus dem Amerikanischen
von Monika Elwenspoek

Weltbild

Für Christine Donougher
und Roderick Conway-Morris

... Ah, dove
Sconsigliato t'inoltri?
In queste mura
Sai, che non è sicura
La tua vita

Ach, Unbesonnener,
wo willst du hin?
Du weißt wohl,
daß in diesen Mauern
dein Leben niemals sicher ist.

LUCIO SILLA

1

Als es klingelte, lag Brunetti mit einem offenen Buch auf dem Bauch im Wohnzimmer auf dem Sofa. Da er allein in der Wohnung war, wußte er, daß er gleich aufstehen und an die Tür gehen mußte, vorher aber wollte er den letzten Absatz des achten Kapitels von Xenophons *Anabasis* fertig lesen, weil er gespannt war, welch neue Katastrophen die Griechen auf ihrem Rückzug erwarteten. Es klingelte wieder, zwei fordernde kurze Töne, und er legte das Buch hin, die aufgeschlagenen Seiten nach unten, nahm seine Brille ab, deponierte sie auf der Sofalehne und erhob sich. Seine Schritte waren langsam, mochte das Läuten auch noch so dringlich geklungen haben. Es war Samstag vormittag, er hatte dienstfrei und die ganze Wohnung für sich, da Paola zum Rialtomarkt gegangen war, um frische Krabben zu kaufen, und ausgerechnet jetzt mußte es klingeln.

Er nahm an, daß es einer von Chiaras oder Raffis Freunden war oder, schlimmer, irgend so ein religiöser Wahrheitsverkündiger, dem es den größten Spaß machte, die Ruhe der Arbeitsamen zu stören. Brunetti wünschte sich doch vom Leben nichts weiter, als auf dem Rücken liegen und Xenophon lesen zu dürfen, während er darauf wartete, daß seine Frau mit den frischen Krabben nach Hause kam.

»Ja?« brummte er abweisend in die Sprechanlage, um jugendlichen Müßiggang gleich zu entmutigen und Fanatismus jeden Alters abzuschrecken.

»Guido Brunetti?« fragte eine Männerstimme.

»Ja. Was gibt's?«

»Ich komme vom Katasteramt. Wegen Ihrer Wohnung.«

Als Brunetti schwieg, fragte der andere: »Haben Sie unseren Brief nicht bekommen?«

Bei der Frage erinnerte Brunetti sich dunkel daran, vor etwa einem Monat irgendwas Amtliches erhalten zu haben, ein Schriftstück voller Behördenkauderwelsch, in dem es um die Besitzurkunden zur Wohnung oder die zu den Besitzurkunden gehörigen Baugenehmigungen ging, genau wußte er das nicht mehr. Er hatte das Ding nur kurz überflogen und sich über die gestelzte Sprache aufgeregt, bevor er den Brief wieder in den Umschlag gesteckt und in die große Majolikaschale auf dem Tisch rechts neben der Tür geworfen hatte.

»Haben Sie unseren Brief bekommen?« wiederholte der Mann.

»Äh, ja«, antwortete Brunetti.

»Ich bin hier, um mit Ihnen darüber zu reden.«

»Worüber?« fragte Brunetti, während er den Hörer der Gegensprechanlage ans linke Ohr klemmte und sich nach dem Stapel Papiere in der Schale reckte.

»Über Ihre Wohnung«, antwortete der Mann. »Unser Schreiben an Sie.«

»Ach ja, natürlich.« Brunetti wühlte in den Umschlägen und Briefbögen.

»Ich würde darüber gern mit Ihnen sprechen, wenn es recht ist.«

Das Ansinnen traf Brunetti so unvorbereitet, daß er nur »Ja, gut« sagte und schon auf den Knopf drückte, der vier Treppen tiefer die Eingangstür öffnete. »Ganz oben.«

»Ich weiß«, sagte der Mann.

Brunetti hängte ein und zog ein paar Umschläge von zuunterst aus dem Stapel. Eine Stromrechnung, eine Postkarte von den Malediven, die er noch gar nicht gesehen hatte und jetzt schnell las. Dann der Umschlag mit dem blau aufgestempelten Namen der absendenden Dienststelle in der linken oberen Ecke. Er zog den Brief heraus, entfaltete ihn, hielt ihn auf Armeslänge von sich ab, bis die Buchstaben scharf wurden, und überflog ihn.

Dieselben unverständlichen Formulierungen sprangen ihn an:

›Gemäß Statut Nummer 1684B der Kulturgüterkommission‹; ›Unter Verweis auf Absatz 2784 Artikel 127 des Zivilrechts vom 24. Juni 1948, Unterabschnitt 3, Paragraph 5‹; ›Versäumnis, der absendenden Dienststelle die einschlägigen Dokumente zu unterbreiten‹; ›Wert geschätzt gemäß Unterabschnitt 34-V-28 der Verfügung vom 21. März 1947‹. Er überflog die erste Seite nur und blätterte zur zweiten um, fand aber immer noch nur Amts-Chinesisch und Ziffern. Langjährige Erfahrung im Umgang mit der venezianischen Bürokratie hatte ihn gelehrt, daß im letzten Absatz noch etwas versteckt sein konnte, weshalb er sich diesem zuwandte und hier tatsächlich darüber belehrt wurde, daß er weitere Mitteilungen von seiten des Katasteramts zu erwarten habe. Er blätterte an den Anfang zurück, doch aller Sinn, der sich hinter den Worten verbergen mochte, entging ihm.

Da er sich so nah an der Wohnungstür befand, hörte er die Schritte auf dem letzten Treppenlauf und konnte schon öffnen, bevor es klingelte. Der Mann kam soeben die letzten Stufen herauf und hatte bereits die Hand zum Klopfen gehoben, so daß Brunetti als erstes den krassen Widerspruch zwischen der erhobenen Faust und dem ganz und gar bescheidenen Mann dahinter wahrnahm. Dem jungen Mann, den die plötzlich aufgehende Tür wohl erschreckt hatte, stand die Überraschung im Gesicht geschrieben. Dieses war länglich und hatte, wie man es bei Venezianern oft sieht, eine Nase, die aussah wie ein schmaler Schnabel. Der Mann hatte dunkelbraune Augen und braunes Haar, das frisch geschnitten wirkte. Er trug einen Anzug, der vielleicht blau war, aber ebensogut auch grau sein konnte. Die Krawatte war dunkel und hatte ein kleines, nicht erkennbares Muster. In der rechten Hand hielt der Mann eine braune, abgewetzte lederne Aktentasche; sie vervollkommnete das klassische Bild des farblosen Bürokraten – als sei es Teil ihrer Ausbildung, sich möglichst unscheinbar zu machen.

»Franco Rossi«, stellte er sich vor, wobei er die Aktentasche in die andere Hand nahm und seine Rechte ausstreckte.

Brunetti trat nach kurzem Händedruck einen Schritt zurück, um ihn hereinzulassen.

Rossi bat zuerst höflich um Erlaubnis, dann betrat er die Wohnung. Drinnen blieb er stehen und wartete, daß Brunetti ihm den Weg wies.

»Bitte hier herein«, sagte Brunetti, wobei er ihn in das Zimmer führte, in dem er gelegen und gelesen hatte. Er ging zum Sofa, steckte den alten Vaporetto-Fahrschein, den er als Lesezeichen benutzte, in das Buch und legte es auf den Tisch. Dann bedeutete er Signor Rossi, ihm gegenüber Platz zu nehmen, und setzte sich aufs Sofa.

Rossi ließ sich auf der Sesselkante nieder und legte die Aktentasche auf seine Knie. »Ich weiß, daß Samstag ist, Signor Brunetti, und will mich darum bemühen, Ihnen nicht allzuviel Zeit zu stehlen.« Er sah zu Brunetti hinüber und lächelte. »Sie haben also unseren Brief erhalten, nicht wahr? – Ich hoffe, Sie hatten Zeit, darüber nachzudenken, Signore«, fügte er mit einem weiteren kurzen Lächeln hinzu. Er senkte den Kopf, öffnete seine Aktentasche und entnahm ihr eine dicke blaue Mappe, die er peinlich genau mitten auf die Tasche legte. Dann schnippte er gegen ein unbotmäßiges Blatt Papier, das unten herauszurutschen drohte, bis es wieder wohlbehalten im Stapel steckte.

»Genaugenommen«, sagte Brunetti und zog den Brief aus der Tasche, in die er ihn beim Türöffnen gestopft hatte, »war ich gerade dabei, ihn noch einmal zu lesen, und ich muß sagen, daß ich die Ausdrucksweise ein wenig unverständlich finde.«

Rossi blickte auf, und Brunetti sah einen Ausdruck ehrlicher Verblüffung über sein Gesicht huschen. »Ach ja? Und ich dachte, sie sei sehr klar.«

Brunetti antwortete mit freundlichem Lächeln: »Sicher ist sie das für Leute, die mit so etwas tagtäglich zu tun haben. Aber wer mit der speziellen Fachterminologie Ihrer Dienststelle nicht vertraut ist, nun, für den ist das etwas schwierig zu verstehen.« Als Rossi darauf nichts sagte, fuhr Brunetti fort: »Sicher beherrschen wir alle den jeweiligen Jargon unseres eigenen Metiers; wahrscheinlich finden wir immer nur den der anderen schwierig.« Er lächelte wieder.

»In welchen Metiers kennen Sie sich denn aus, Signor Brunetti?«

Brunetti, der normalerweise nicht damit hausieren ging, daß er Polizist war, antwortete nur: »Ich habe Jura studiert.«

»Aha«, meinte Rossi. »Dann würde ich aber nicht denken, daß unsere Terminologie sich allzusehr von der Ihren unterscheidet.«

»Vielleicht liegt es einfach daran, daß ich mit den Zivilrechtsartikeln, auf die in Ihrem Brief verwiesen wird, nicht so vertraut bin«, räumte Brunetti ein.

Rossi dachte darüber kurz nach und meinte dann: »Ja, das kann durchaus sein. Aber was ist es denn genau, was Sie nicht verstehen?«

»Worum es überhaupt geht«, antwortete Brunetti ohne Umschweife, denn er hatte keine Lust mehr, so zu tun, als hätte er überhaupt etwas verstanden.

Wieder dieses verdutzte Gesicht, so offen und ehrlich, daß Rossi fast jungenhaft aussah. »Was sagten Sie?«

»Worum es dabei geht. Ich habe den Brief gelesen, aber da ich, wie gesagt, nichts von den Bestimmungen verstehe, auf die er sich bezieht, weiß ich nicht, was das Ganze bedeutet, also worum es geht.«

»Natürlich geht es um Ihre Wohnung«, gab Rossi schnell zur Antwort.

»Ja, soviel habe ich begriffen«, sagte Brunetti, sehr um einen geduldigen Ton bemüht. »Da der Brief von Ihrer Behörde kam, konnte ich mir soviel immerhin denken. Wobei ich allerdings nicht verstehe, welche Art von Interesse Ihre Behörde an meiner Wohnung haben könnte.« Abgesehen davon verstand er auch nicht, was einen Beamten dieser Behörde umtrieb, an einem Samstag bei ihm vorstellig zu werden.

Rossi blickte die Mappe auf seinem Schoß an, dann Brunetti,

der plötzlich erstaunt feststellte, wie lang und dunkel die Wimpern des jungen Mannes waren, fast wie bei einer Frau. »Aha, aha«, sagte Rossi nickend und senkte den Blick wieder auf seine Mappe, die er dann aufklappte, um eine andere, kleinere herauszuziehen, kurz die Aufschrift zu betrachten und sie Brunetti mit den Worten hinüberzureichen: »Vielleicht macht das die Sache klarer.« Bevor er die Mappe, die noch auf seinem Schoß lag, wieder zuklappte, schob er sorgsam die Blätter darin übereinander.

Brunetti öffnete die kleinere Mappe und nahm die Papiere heraus. Als er die kleine Schrift sah, griff er nach links hinüber und nahm sich seine Brille. Oben auf dem ersten Blatt stand die Adresse des Hauses, darunter waren Grundrißpläne der Wohnungen unter Brunettis eigener zu sehen. Das nächste Blatt war ein Verzeichnis früherer Besitzer dieser Räumlichkeiten, beginnend mit den Lagerräumen im Erdgeschoß. Auf den nächsten beiden waren anscheinend alle Restaurierungsarbeiten, die seit 1947 in dem Gebäude vorgenommen worden waren, in Kurzform festgehalten und die Daten aufgeführt, zu denen bestimmte Genehmigungen beantragt und erteilt worden waren, sowie das Datum, an dem die Arbeiten tatsächlich begonnen hatten, und schließlich das Datum, an dem die fertige Arbeit abgenommen worden war. Brunettis Wohnung wurde nirgendwo erwähnt, woraus er schloß, daß die betreffenden Informationen in den Papieren sein mußten, die Rossi noch auf dem Schoß liegen hatte.

Soweit für Brunetti ersichtlich, war die Wohnung unter der seinen zuletzt 1977 restauriert worden, als die derzeitigen Besitzer einzogen. Zuletzt *offiziell* restauriert, heißt das. Sie hatten schon öfter bei den Calistas zu Abend gegessen und sich an dem fast völlig freien Blick erfreut, den man aus ihren Wohnzimmerfenstern hatte, aber die in dem Plan eingezeichneten Fenster sahen doch eher klein aus, und zudem waren es offenbar nur vier, nicht sechs. Er sah in dem Plan auch nirgendwo die kleine Gästetoilette links neben der Eingangsdiele. Wie kann das nur angehen? überlegte er, aber Rossi schien ihm nicht der Mann zu sein, den man so etwas fragen sollte. Je weniger das Ufficio Catasto über Um- und Anbauten in diesem Gebäude wußte, desto besser für alle, die darin wohnten.

Er sah zu Rossi hinüber und fragte: »Diese Unterlagen gehen ja weit zurück. Haben Sie eine Ahnung, wie alt das Haus ist?«

Rossi schüttelte den Kopf. »So genau nicht. Aber aus der Lage der Fenster im Erdgeschoß würde ich schließen, daß der ursprüngliche Bau frühestens im späten fünfzehnten Jahrhundert errichtet wurde.« Er hielt kurz inne und überlegte, bevor er hinzufügte: »Und das oberste Geschoß wurde nach meiner Schätzung im frühen neunzehnten Jahrhundert hinzugefügt.«

Brunetti sah erstaunt von den Plänen auf. »Nein, viel später. Nach dem Krieg.« Und als Rossi nichts darauf sagte, ergänzte er: »Dem Zweiten Weltkrieg.«

Als Rossi noch immer nicht darauf einging, fragte Brunetti: »Würden Sie das nicht bestätigen?«

Nach kurzem Zögern sagte Rossi: »Ich sprach vom obersten Stockwerk.«

»Ich auch«, versetzte Brunetti scharf, denn allmählich ärgerte es ihn, daß dieser Vertreter einer Behörde, die sich den ganzen Tag mit Baugenehmigungen befaßte, etwas so Simples nicht begriff. Dann fuhr er in etwas sanfterem Ton fort: »Als ich die Wohnung gekauft habe, ging ich davon aus, daß sie nach dem letzten Krieg hinzugefügt wurde, nicht im neunzehnten Jahrhundert.«

Statt einer Antwort deutete Rossi mit einer Kopfbewegung auf die Papiere in Brunettis Hand. »Vielleicht sollten Sie sich die letzte Seite einmal etwas genauer ansehen, Signor Brunetti.«

Verwundert las Brunetti die letzten Absätze noch einmal durch, aber soweit er verstand, betrafen sie immer noch nur die beiden Wohnungen unter ihm. »Ich weiß nicht recht, was ich da

Ihrer Meinung nach sehen soll, Signor Rossi«, sagte er, indem er aufblickte und seine Brille abnahm. »Das hier betrifft nur die Wohnungen unter uns, nicht unsere. Von diesem Stockwerk hier ist gar nicht die Rede.« Er drehte das Blatt um, ob auf der Rückseite noch etwas stand, aber sie war leer.

»Deswegen bin ich hier«, sagte Rossi und richtete sich bei diesen Worten in seinem Sessel ein wenig auf. Dann bückte er sich kurz und stellte die Aktentasche links von seinen Füßen auf den Boden, nur die Mappe behielt er auf dem Schoß.

»So?« meinte Brunetti und reichte ihm die andere Mappe wieder hinüber.

Rossi nahm sie und öffnete sie. Er schob die kleinere Mappe sorgsam wieder hinein und klappte das Ganze zu. »Ich muß Ihnen leider sagen, daß es gewisse Zweifel hinsichtlich des amtlichen Status Ihrer Wohnung gibt.«

»›Amtlicher Status‹?« wiederholte Brunetti, wobei er links an Rossi vorbei auf die solide Wand und dann nach oben zu der ebenso soliden Decke blickte. »Ich glaube, ich verstehe nicht so recht, was Sie damit meinen.«

»Es gibt hinsichtlich dieser Wohnung gewisse Zweifel«, sagte Rossi mit einem Lächeln, das Brunetti ein bißchen nervös vorkam. Ehe er aber wieder um Klärung bitten konnte, fuhr Rossi fort: »Das heißt, daß es im Ufficio Catasto keine Dokumente gibt, die besagen, daß für dieses gesamte Stockwerk jemals eine Baugenehmigung erteilt wurde, oder daß es nach dem Bau amtlich abgenommen wurde, oder ...« – und hier lächelte er wieder – »... daß es überhaupt je gebaut wurde.« Er räusperte sich und fügte hinzu: »Nach unseren Unterlagen ist das Stockwerk unter diesem hier das oberste.«

Zuerst hielt Brunetti das für einen Witz, doch dann sah er das Lächeln im Gesicht des anderen schwinden und merkte daran, daß Rossi es ernst meinte. »Aber sämtliche Unterlagen sind bei den Dokumenten, die wir beim Kauf der Wohnung bekommen haben.«

»Könnten Sie mir diese Dokumente zeigen?«

»Natürlich«, sagte Brunetti und stand auf. Ohne sich zu entschuldigen, ging er in Paolas Arbeitszimmer, wo er einen Moment stehenblieb und die Buchrücken betrachtete, die drei Wände des Zimmers einnahmen. Schließlich griff er ins oberste Fach und zog einen großen, prall mit Papieren gefüllten Umschlag heraus, den er mit in das andere Zimmer nahm. An der Tür hielt er inne, um den Umschlag zu öffnen, und zog die graue Mappe heraus, die sie vor fast zwanzig Jahren von dem Notar bekommen hatten, der den Wohnungskauf für sie getätigt hatte. Dann ging er zu Rossi und gab ihm diese Mappe.

Rossi öffnete sie und begann zu lesen, wobei er mit dem Finger langsam die Zeilen entlangfuhr. Er blätterte um und las die nächste Seite, und so ging es weiter bis zum Ende. Einmal entfuhr ihm ein gedämpftes »Hmm«, aber er sagte nichts. Er las die ganze Akte, klappte sie zu und ließ sie auf seinen Knien liegen.

»Ist das alles an Dokumenten?« fragte Rossi.

»Ja, nur das.«

»Keine Pläne? Keine Baugenehmigungen?«

Brunetti schüttelte den Kopf. »Nein. An so etwas erinnere ich mich nicht. Das sind die einzigen Unterlagen zu dem Kauf, die wir damals bekommen haben. Ich glaube, seitdem habe ich sie nie mehr angesehen.«

»Sie sagen, Sie haben Jura studiert, Signor Brunetti?« fragte Rossi endlich.

»Ja, genau.«

»Praktizieren Sie als Anwalt?«

»Nein, das nicht«, antwortete Brunetti und beließ es dabei.

»Wenn Sie nämlich praktizierender Anwalt wären – oder damals gewesen wären, als Sie diesen Vertrag unterschrieben –, dann müßte ich mich doch sehr wundern, daß Sie auf Seite drei der Urkunde den Absatz übersehen haben, der besagt, daß Sie die Wohnung ›in dem äußerlichen Zustand und dem rechtlichen

Status‹ kaufen, in dem sie sich Ihnen am Tag der Inbesitznahme präsentierte.«

»Das ist doch wohl die in allen Kaufverträgen übliche Formulierung«, sagte Brunetti, der sich vage an die Vorlesungen in Zivilrecht erinnerte und hoffte, daß er sich das richtig gemerkt hatte.

»Das mit dem äußerlichen Zustand ja, aber nicht das mit dem rechtlichen Status. Und ganz gewiß auch nicht dieser Satz«, sagte Rossi, wobei er die Mappe wieder aufschlug und suchte, bis er den Satz gefunden hatte: »›Bei Nichtvorliegen einer Baugenehmigung verpflichtet sich der Käufer, eine solche fristgerecht nachträglich zu beantragen, und stellt den Verkäufer hiermit von allen Verpflichtungen und Folgekosten frei, die sich aus dem rechtlichen Status der Wohnung und/oder dem Nichteinholen der nachträglichen Baugenehmigung ergeben könnten.‹« Rossi sah auf, und Brunetti meinte in seinen Augen eine tiefe Traurigkeit ob des bloßen Gedankens zu erkennen, daß ein Mensch so etwas unterschrieben haben konnte.

Brunetti erinnerte sich gar nicht an einen solchen Satz. Überhaupt waren sie damals beide so erpicht auf den Kauf der Wohnung gewesen, daß er nur getan hatte, was der Notar ihm sagte, und unterschrieb, was der Notar ihm vorlegte.

Rossi wandte sich wieder dem Deckblatt zu, auf dem der Name des Notars stand. »Hatten Sie sich diesen Notar ausgesucht?« fragte er.

Brunetti, der sich nicht einmal an den Namen erinnerte, mußte erst einen Blick auf das Deckblatt werfen. »Nein, der Verkäufer hatte ihn uns empfohlen, und wir haben ihn daraufhin genommen. Warum?«

»Ach, nur so«, antwortete Rossi etwas zu schnell.

»Warum? Wissen Sie etwas über ihn?«

»Ich glaube, er praktiziert nicht mehr als Notar«, sagte Rossi leise.

Brunetti ging angesichts von Rossis Fragerei allmählich die

Geduld aus. »Ich möchte jetzt wissen, Signor Rossi«, herrschte er ihn schließlich an, »was das alles heißen soll. Steht es vielleicht in Frage, wem die Wohnung gehört?«

Rossi setzte wieder sein nervöses Lächeln auf. »Ich fürchte, es ist noch ein wenig komplizierter, Signor Brunetti.«

Brunetti konnte sich nicht denken, was denn noch komplizierter hätte sein können. »Und das wäre?«

»Ich fürchte, daß diese Wohnung gar nicht existiert.«

2

Wie bitte?« entfuhr es Brunetti, bevor er sich bremsen konnte. Er hörte die Empörung in der eigenen Stimme, versuchte aber gar nicht erst, sie zu mäßigen. »Was soll das heißen, ›nicht existiert‹?«

Rossi drückte sich in seinem Sessel ganz weit nach hinten, wie um aus der unmittelbaren Reichweite von Brunettis Zorn herauszukommen. Er machte ein Gesicht, als wollte ihm nicht einleuchten, wieso jemand so heftig darauf reagierte, daß er die Existenz einer wahrnehmbaren Wirklichkeit in Frage gestellt hatte. Als er aber sah, daß Brunetti nicht handgreiflich werden wollte, wurde er etwas lockerer, rückte die Papiere auf seinem Schoß zurecht und sagte: »Ich meine, sie existiert *für uns* nicht, Signor Brunetti.«

»Aha, für Sie – und das heißt?« fragte Brunetti.

»Das heißt, es gibt bei uns keinerlei Unterlagen. Keine Anträge auf eine Baugenehmigung, keine Pläne, keine Endabnahme der abgeschlossenen Baumaßnahmen. Kurz, es gibt keinerlei Urkunden darüber, daß diese Wohnung je gebaut wurde.« Bevor Brunetti etwas einwenden konnte, ergänzte Rossi, eine Hand auf der Mappe, die ihm Brunetti gegeben hatte: »Und Sie können uns bedauerlicherweise auch keine liefern.«

Brunetti mußte an eine Geschichte denken, die Paola ihm über einen englischen Schriftsteller erzählt hatte, der, konfrontiert mit einem Philosophen, der behauptete, es gebe keine Wirklichkeit, mit dem Fuß gegen einen Stein getreten und zu dem Philosophen gesagt hatte, er solle solange *die* nehmen. Er richtete seine Gedanken wieder auf das Näherliegende. Seine Kenntnisse über die Zuständigkeiten anderer städtischer Dienststellen mochten lückenhaft sein, aber seines Wissens registrierte das Katasteramt nur die Eigentumsverhältnisse. »Ist es eigentlich normal, daß Ihre Dienststelle derartige Nachforschungen anstellt?«

»Nein, jedenfalls war es das früher nicht«, antwortete Rossi mit einem schüchternen Lächeln, als wüßte er es zu schätzen, daß Brunetti immerhin gut genug informiert war, um diese Frage zu stellen. »Aber aufgrund eines neuen Erlasses wurde meine Dienststelle beauftragt, eine vollständige computerisierte Aufstellung aller Wohnhäuser in der Stadt anzufertigen, die von der Kulturgüterkommission zu historischen Denkmälern erklärt wurden. Dieses Haus gehört dazu. Wir sind dabei, alle Unterlagen und Akten aus den verschiedenen Ämtern in der Stadt zusammenzutragen. So wird dann eine zentrale Behörde, nämlich unsere, Kopien von sämtlichen Dokumenten zu jeder der fraglichen Wohnungen haben. Am Ende wird dieses zentralisierte System ungeheuer viel Zeit sparen.«

Als Brunetti das zufriedene Lächeln sah, mit dem Rossi das erzählte, mußte er an den Artikel im *Gazzettino* vor zwei Wochen denken, in dem es hieß, daß die Stadt wegen Geldmangels das Ausbaggern der Kanäle eingestellt habe. »Wie viele Wohnungen gibt es denn?« fragte er.

»Oh, das wissen wir selbst nicht. Unter anderem wird diese Erhebung ja deswegen gemacht.«

»Wann wurde damit angefangen?«

»Vor elf Monaten«, antwortete Rossi so prompt, daß Brunetti sicher war, auf Nachfrage auch noch das genaue Datum mit Tag und Stunde genannt zu bekommen.

»Und wie viele Akten sind inzwischen komplett?«

»Also, da viele von uns aus freien Stücken auch samstags arbeiten, sind es jetzt schon über hundert«, antwortete Rossi nicht ohne Stolz.

»Und wie viele Leute arbeiten an dem Projekt?«

Rossi blickte auf seine rechte Hand und begann, mit dem Daumen angefangen, die Kollegen an den Fingern abzuzählen. »Acht, wenn ich keinen vergessen habe.«

»Acht«, wiederholte Brunetti. Er riß sich von den Berechnungen los, die er im Geiste angestellt hatte, und fragte: »Was hat das nun alles zu bedeuten? Speziell für mich?«

Rossis Antwort kam prompt. »Wenn wir für eine Wohnung keine Unterlagen haben, bitten wir als erstes den Eigentümer, sie uns zur Verfügung zu stellen. Aber hierin finde ich nichts Geeignetes.« Er zeigte auf die dünne Mappe. »Sie haben nur die Kaufurkunde, also müssen wir annehmen, daß Sie vom Vorbesitzer keine Unterlagen erhalten haben, die sich auf den ursprünglichen Bau beziehen.« Ehe Brunetti ihn unterbrechen konnte, fuhr Rossi rasch fort: »Das heißt, sie sind entweder verlorengegangen, was voraussetzt, daß sie einmal existiert haben, oder eben nicht. Existiert haben, meine ich.« Er sah zu Brunetti hinüber, der schwieg, und fügte hinzu: »Wenn sie aber verlorengegangen sind und Sie sagen, Sie hätten nie welche gehabt, dann müssen sie wohl bei einer der städtischen Behörden verlorengegangen sein.«

»Was würden Sie in diesem Fall denn unternehmen, um sie wiederzufinden?« fragte Brunetti.

»Oh«, begann Rossi, »so einfach ist das nicht. Wir sind nicht verpflichtet, Kopien dieser Dokumente aufzubewahren. Das Zivilrecht stellt klar, daß es die Aufgabe dessen ist, dem die in Frage stehende Liegenschaft gehört. Ohne eigene Kopien können Sie nicht bemängeln, daß die unseren verlorengegangen sind, wenn Sie verstehen, was ich meine«, sagte er mit einem erneuten Lächeln. »Und es ist uns nicht möglich, eine Suche nach den Dokumenten zu veranlassen, da wir es uns nicht leisten können, Arbeitskräfte für eine Suchaktion abzustellen, die sich als vergeblich erweisen könnte.« Als er Brunettis Gesicht sah, erklärte er: »Weil es ja sein könnte, daß es die Dokumente gar nicht gibt, verstehen Sie?«

Brunetti biß sich auf die Unterlippe, dann fragte er: »Und wenn sie nun nicht verlorengegangen sind, sondern einfach nie existiert haben?«

Rossi senkte den Blick und drückte an seiner Armbanduhr

herum, bis sie genau auf der Mitte des Handgelenks saß. »In diesem Fall, Signore«, erklärte er endlich, indem er zu Brunetti aufblickte, »ist es so, daß nie eine Genehmigung erteilt und die fertige Arbeit nie abgenommen wurde.«

»Das ist durchaus möglich, nehme ich an?« sagte Brunetti im Frageton. »Es ist ja nach dem Krieg unglaublich viel gebaut worden.«

»O ja«, bestätigte Rossi mit der gespielten Bescheidenheit dessen, der sein ganzes Arbeitsleben genau mit solchen Dingen zu tun hat. »Aber die meisten dieser Projekte, egal ob kleine Restaurierungsarbeiten oder ausgiebige Umbauten, wurden nachträglich genehmigt und sind somit legal, jedenfalls für uns. Das Problem bei Ihnen ist, daß es auch keine nachträgliche Genehmigung gibt«, erklärte er mit einer Handbewegung, die alle die anstößigen Wände, Decken und Fußböden erfaßte.

»Wenn ich meine Frage wiederholen darf, Signor Rossi«, sagte Brunetti mit einer geradezu olympischen Gelassenheit in der Stimme, »was hat das nun alles für mich und meine Wohnung zu bedeuten?«

»Ich bin bedauerlicherweise nicht befugt, Ihnen diese Frage zu beantworten, Signore«, sagte Rossi, indem er Brunetti die Mappe zurückgab. Er bückte sich, nahm seine Aktentasche vom Boden und erhob sich. »Meine Aufgabe ist es nur, die Wohnungsbesitzer aufzusuchen und festzustellen, ob die fehlenden Papiere sich in ihrem Besitz befinden.« Sein Gesicht wurde ernst, und Brunetti glaubte, ehrliche Enttäuschung darin zu erkennen. »Es betrübt mich, erfahren zu müssen, daß sich in Ihrem Besitz keine befinden.«

Brunetti stand auf. »Und was jetzt?«

»Das hängt vom Katasterausschuß ab«, sagte Rossi mit einem Schritt zur Tür hin.

Brunetti machte eine Bewegung nach links, womit er sich Rossi zwar nicht direkt in den Weg stellte, aber eindeutig ein Hindernis zwischen dem jungen Mann und der Tür bildete. »Sie meinen also, das Stockwerk unter uns wurde im neunzehnten Jahrhundert hinzugefügt. Aber wenn das später war, etwa zur gleichen Zeit wie diese Wohnung hier, würde das etwas ändern?« Brunetti konnte sich noch so sehr bemühen, es gelang ihm nicht, die blanke Hoffnung aus seiner Stimme herauszuhalten.

Rossi überlegte lange, dann antwortete er schließlich in einem Ton der mustergültigen Umsicht und Zurückhaltung: »Vielleicht. Ich weiß, daß für das untere Stockwerk alle Genehmigungen und Abnahmen vorliegen. Wenn also nachgewiesen werden könnte, daß dieses Stockwerk hier zur selben Zeit hinzugefügt wurde, wäre das ja vielleicht ein Hinweis darauf, daß die Genehmigungen irgendwann einmal erteilt worden sein müssen.« Er kam ins Grübeln – ein Bürokrat, der sich vor ein neues Problem gestellt sieht. »Ja, das könnte etwas ändern, obwohl ich bestimmt nicht derjenige bin, der darüber zu entscheiden hätte.«

Durch die Aussicht auf Begnadigung momentan wieder im Aufwind, ging Brunetti zur Terrassentür und öffnete sie. »Ich will Ihnen mal was zeigen«, sagte er zu Rossi und deutete durch die offene Tür nach draußen. »Ich fand schon immer, daß die Fenster unter uns genau die gleichen sind wie unsere.« Ohne sich nach Rossi umzudrehen, sprach er weiter: »Wenn Sie nur mal hier nach unten gucken, ein wenig nach links, dann sehen Sie, was ich meine.« Mit einer in langen Jahren erworbenen Lässigkeit beugte sich Brunetti, gestützt auf die weit auseinandergespreizten Hände, über die taillenhohe Mauer, um auf die Fenster der Wohnung unter seiner zu blicken. Doch bei näherer Betrachtung waren die Fenster ganz und gar nicht gleich; die unteren hatten Stürze aus weißem istrischen Marmor, während seine eigenen nichts weiter waren als in die Backsteinmauer geschnittene Rechtecke.

Er richtete sich wieder auf und drehte sich zu Rossi um. Der junge Mann stand wie angewurzelt, den linken Arm mit offener Handfläche vorgestreckt, als wollte er bösen Geistern wehren. Dabei starrte er mit weitaufgerissenem Mund Brunetti an.

Der machte einen Schritt auf ihn zu, aber Rossi wich mit immer noch erhobener Hand rasch nach hinten aus.

Brunetti blieb an der Tür stehen. »Ist Ihnen nicht gut?«

Der jüngere Mann versuchte etwas zu sagen, doch es kam kein Ton heraus. Er ließ den Arm sinken und gab etwas von sich, doch seine Stimme war so leise, daß Brunetti es nicht verstand.

Um die peinliche Situation zu überwinden, sagte Brunetti schließlich: »Na ja, ich könnte mich mit den Fenstern ja auch geirrt haben, und es gibt dort gar nichts zu sehen.«

Rossis Gesicht entspannte sich, und er versuchte zu lächeln, aber seine Nervosität blieb und war ansteckend.

Um die Terrasse ganz aus den Gedanken zu verdrängen, sagte Brunetti: »Könnten Sie mir vielleicht eine Vorstellung davon geben, was das Ganze für Konsequenzen haben kann?«

»Wie bitte?«

»Was wird nun wahrscheinlich passieren?«

Rossi trat einen Schritt zurück und holte zur Antwort aus, wobei er in den litaneiartigen Rhythmus dessen verfiel, der sich selbst schon unzählige Male dasselbe hat sagen hören. »In dem Fall, daß zur Zeit des Neubaus eine Genehmigung beantragt, aber letztlich nicht erteilt wurde, wird eine Geldstrafe verhängt, deren Höhe sich nach der Schwere des Verstoßes gegen die damals gültige Bauordnung richtet.« Brunetti rührte sich nach wie vor nicht, und der junge Mann fuhr fort: »In dem Fall, daß eine Genehmigung weder beantragt noch letztlich erteilt wurde, geht die Sache weiter an die *Sovraintendenza dei Benn Culturali,* deren Entscheidung davon abhängt, welchen Schaden der illegale Bau dem Stadtbild zufügt.«

»Und?« bohrte Brunetti weiter.

»Und manchmal wird dann eine Geldstrafe verhängt.«

»Und?«

»Und manchmal muß der beanstandete Bau abgerissen werden.«

»*Was?*« brauste Brunetti auf. Alle vorgetäuschte Ruhe war dahin.

»Manchmal muß der beanstandete Bau abgerissen werden.« Rossi lächelte matt, was wohl heißen sollte, daß er für diese Eventualität in keiner Weise verantwortlich war.

»Aber das ist mein Zuhause«, sagte Brunetti. »Es ist meine Wohnung, über deren Abriß Sie da reden.«

»So weit kommt es selten, glauben Sie mir«, sagte Rossi, um einen beruhigenden Ton bemüht.

Brunetti brachte kein Wort heraus. Rossi sah das und begab sich rasch in Richtung Wohnungstür. Er hatte sie gerade erreicht, da drehte sich ein Schlüssel im Schloß, die Tür wurde aufgestoßen, und herein kam Paola, deren Aufmerksamkeit zwischen zwei großen Plastiktüten, dem Hausschlüssel und den drei Zeitungen verteilt war, die ihr gerade unter dem linken Arm herausrutschten. Sie bemerkte Rossi erst, als er instinktiv einen Satz machte, um die fallenden Zeitungen aufzufangen. Erschrocken schnappte sie nach Luft, ließ die Tüten los und wich rasch nach hinten aus, wobei sie mit dem Ellbogen gegen die offene Tür stieß. Sie riß den Mund auf, vielleicht vor Schreck, vielleicht vor Schmerz, und begann ihren Ellbogen zu reiben.

Brunetti sprang schnell zu ihr. »Paola!« rief er. »Schon gut, Paola. Er war zu Besuch hier.« Damit ging er um Rossi herum und legte Paola die Hand auf den Arm. »Du hast uns ganz schön überrascht«, sagte er, um sie zu beruhigen.

»Ihr mich auch«, erwiderte sie, mühsam lächelnd.

Brunetti hörte ein Geräusch hinter sich, und als er sich umdrehte, sah er Rossi, der seine Aktentasche an die Wand gelehnt hatte, auf dem Boden knien und Orangen einsammeln, um sie wieder in die Plastiktüte zu tun.

»Signor Rossi«, sagte Brunetti. Der junge Mann blickte auf, und da er mit den Orangen gerade fertig war, erhob er sich und stellte die Tüte auf den Tisch neben der Tür.

»Das ist meine Frau«, erklärte Brunetti überflüssigerweise.

Paola ließ ihren Ellbogen in Ruhe und gab Rossi die Hand. Sie tauschten die üblichen Höflichkeiten, Rossi entschuldigte sich, daß er sie erschreckt hatte, und Paola erklärte es für nicht so schlimm.

»Signor Rossi kommt vom Katasteramt«, sagte Brunetti endlich.

»Katasteramt?«

»Ja, Signora«, bestätigte Rossi. »Ich wollte mit Ihrem Mann über Ihre Wohnung sprechen.«

Paola warf einen kurzen Blick zu Brunetti, und was sie in seinem Gesicht sah, veranlaßte sie, sich mit ihrem gewinnendsten Lächeln wieder Rossi zuzuwenden. »Wie mir scheint, wollten Sie gerade gehen, Signor Rossi. Lassen Sie sich bitte durch mich nicht aufhalten. Mein Mann wird mir sicher alles erklären. Kein Grund für Sie, hier Ihre Zeit zu vergeuden, noch dazu an einem Samstag.«

»Sehr freundlich, Signora«, sagte Rossi in herzlichem Ton. Er wandte sich Brunetti zu, dankte ihm, daß er sich Zeit für ihn genommen habe, und entschuldigte sich noch einmal bei Paola, dann verabschiedete er sich ohne erneuten Händedruck.

Kaum hatte Paola die Tür hinter ihm zugemacht, fragte sie: »Katasteramt?«

»Ich glaube, die wollen unsere Wohnung abreißen«, klärte Brunetti sie auf.

3

Abreißen?« wiederholte Paola, die nicht recht wußte, ob sie darauf mit Erstaunen oder mit Lachen reagieren sollte. »Wovon redest du, Guido?«

»Er hat mir etwas davon erzählt, daß es im Katasteramt keine Unterlagen für unsere Wohnung gibt. Die haben nämlich angefangen, alle ihre Unterlagen zu computerisieren, aber nun finden sie keinen Beleg dafür, daß für diese Wohnung, als sie gebaut wurde, eine Baugenehmigung erteilt oder überhaupt beantragt worden ist.«

»Das ist doch absurd«, sagte Paola, während sie sich nach den Zeitungen bückte und sie Brunetti gab. Dann hob sie die restlichen Plastiktüten auf und ging über den Flur in Richtung Küche. Dort stellte sie die Tüten auf den Tisch und begann den Inhalt einzeln herauszunehmen. Während Brunetti erzählte, kamen nacheinander Tomaten, Zwiebeln und fingergroße Zucchiniblüten zutage. Als Brunetti die Blüten sah, unterbrach er seinen Bericht über Rossi und fragte: »Was hast du damit vor?«

»Risotto, denke ich.« Sie bückte sich, um ein in weißes Papier gewickeltes Päckchen in den Kühlschrank zu legen. »Weißt du noch, wie gut der war, den Roberta uns letzte Woche vorgesetzt hat, der mit dem Ingwer?«

»Hmm«, antwortete Brunetti, der sich willig auf das viel angenehmere Thema Mittagessen bringen ließ. »Viel Andrang am Rialto?«

»Als ich hinkam, noch nicht«, antwortete sie, »aber als ich wieder ging, war es gerammelt voll, meist Touristen, die, soweit ich sehen konnte, gekommen waren, um andere Touristen zu fotografieren. In ein paar Jahren werden wir schon vor Sonnenaufgang hingehen müssen, sonst können wir uns dort nicht mehr bewegen.«

»Was zieht die Leute nur zum Rialto?« fragte er.

»Der Markt vermutlich. Warum fragst du?«

»Haben sie denn bei sich zu Hause keine Märkte? Gibt es da keine Lebensmittel zu kaufen?«

»Weiß der Himmel, was sie bei sich zu Hause haben«, antwortete Paola mit leiser Entrüstung in der Stimme. »Was hat dieser Signor Rossi denn sonst noch gesagt?«

Brunetti lehnte sich mit dem Rücken an den Küchentresen. »Er hat gesagt, in manchen Fällen verhängen sie nur eine Geldbuße.«

»Das ist das Übliche«, meinte sie und blickte nun endlich, da alle Lebensmittel weggeräumt waren, zu ihm auf. »So war es bei Gigi Guerriero, als er dieses zusätzliche Bad einbaute. Sein Nachbar hat den Klempner eine Toilettenschüssel ins Haus tragen sehen und die Polizei angerufen, woraufhin Gigi eine Strafe zahlen mußte.«

»Das war vor zehn Jahren.«

»Zwölf«, korrigierte Paola aus schierer Gewohnheit. Sie sah, wie sich Brunettis Lippen spannten, und fügte hinzu: »Ist ja egal. Spielt keine Rolle. Was kann sonst noch passieren?«

»Er sagt, in manchen Fällen, wenn nie eine Baugenehmigung beantragt, die Arbeit aber trotzdem durchgeführt wurde, mußten die Leute das, was sie gebaut hatten, wieder abreißen.«

»Das hat er doch sicher nur im Spaß gesagt«, meinte sie.

»Du hast Signor Rossi gesehen, Paola. Traust du ihm zu, daß er so etwas im Spaß sagt?«

»Ich habe den Verdacht, daß Signor Rossi zu denen gehört, die überhaupt nie einen Spaß machen.« Damit drehte sie sich lässig um und ging ins Wohnzimmer. Dort schob sie ein paar auf einer Sessellehne liegende Zeitschriften zusammen, dann ging sie weiter auf die Terrasse. Brunetti folgte ihr. Als sie so nebeneinanderstanden und auf die Stadt blickten, die vor ihnen ausgebreitet lag, zeigte Paola mit einer ausladenden Bewegung über alle die Dächer, Terrassen, Gärten und Dachfenster. »Möchte mal wissen, wieviel davon legal ist«, sagte sie. »Und wissen möchte ich auch, für wieviel davon die entsprechenden Genehmigungen rechtzeitig beantragt oder auch erst nachträglich erteilt wurden.« Sie wohnten beide schon fast ihr ganzes Leben lang in Venedig und kannten unzählige Geschichten von Schmiergeldern für Bauamtsinspektoren; oder von Fasergipsplatten, die, eine Sekunde nachdem der Bauamtsinspektor zur Tür hinaus war, wieder herausgerissen wurden.

»Die halbe Stadt ist so, Paola«, sagte er. »Aber uns haben sie erwischt.«

»Man hat uns bei gar nichts erwischt«, entgegnete sie, wobei sie sich zu ihm umdrehte. »Wir haben nichts verbrochen. Wir haben diese Wohnung in gutem Glauben gekauft. Battistini – hieß so nicht der Mann, von dem wir sie haben? – hätte die erforderlichen Genehmigungen besorgen müssen.«

»Wir hätten uns vor dem Kauf vergewissern müssen, daß er sie hatte«, versuchte Brunetti zu argumentieren. »Aber das haben wir nicht. Wir brauchten nur das da zu sehen ...« – er umschrieb mit einer kreisenden Armbewegung alles, was vor ihnen lag –, »... und waren verloren.«

»So habe ich es nicht in Erinnerung«, sagte Paola. Sie ging ins Wohnzimmer zurück und setzte sich.

»Ich schon«, erwiderte Brunetti.

Bevor Paola etwas einwenden konnte, fuhr er fort: »Es spielt aber keine Rolle, was wir in Erinnerung haben. Oder wie überstürzt wir damals beim Kauf gehandelt haben. Eine Rolle spielt einzig und allein, daß wir das Problem jetzt am Hals haben.«

»Battistini?« fragte sie.

»Der ist vor etwa zehn Jahren gestorben«, antwortete Brunetti. Sollte sie die Absicht gehabt haben, sich mit diesem Mann in Verbindung zu setzen, so war das hiermit erledigt.

»Das wußte ich nicht.«

»Sein Neffe – du weißt schon, der in Murano arbeitet – hat es mir erzählt. Ein Tumor.«

»Das tut mir leid«, sagte sie. »Er war ein netter Mann.«

»Stimmt. Und er hat uns einen guten Preis gemacht.«

»Ich glaube, er hatte die Frischvermählten ins Herz geschlossen«, meinte sie, und ein Lächeln der Erinnerung huschte über ihr Gesicht. »Besonders diese frischvermählten werdenden Eltern.«

»Du meinst, das könnte Einfluß auf den Preis gehabt haben?« fragte Brunetti.

»Ich habe es mir immer gern eingebildet«, antwortete Paola. »Sehr unvenezianisch von ihm, aber trotzdem anständig. Allerdings nicht«, fügte sie rasch hinzu, »wenn wir die Wohnung jetzt wieder abreißen müssen.«

»Das wäre doch mehr als nur ein bißchen lächerlich, findest du nicht?« fragte Brunetti.

»Du arbeitest jetzt seit zwanzig Jahren bei der Stadt, richtig? Du solltest inzwischen gelernt haben, daß es absolut keine Rolle spielt, ob etwas lächerlich ist oder nicht.«

Brunetti mußte ihr da wohl oder übel recht geben. Dieser Obstverkäufer fiel ihm ein, der ihm gesagt hatte, wenn ein Kunde sein Obst oder Gemüse anfasse, so müsse er, der Händler, eine halbe Million Lire Strafe zahlen. Widersinn schien keiner Verordnung, die man sich bei der Stadt einfallen ließ, im Weg zu stehen.

Paola ließ sich in ihrem Sessel nach hinten sinken und legte die Füße auf das niedrige Tischchen zwischen ihnen. »Was soll ich also tun? Meinen Vater anrufen?«

Brunetti hatte gewußt, daß diese Frage früher oder später kommen würde, und war froh, daß sie eher früh als spät kam. Conte Orazio Falier, einer der reichsten Männer der Stadt, konnte dieses Wunder leicht bewirken, es bedurfte dazu nur eines Telefongesprächs oder einer kleinen Bemerkung bei einem Abendessen. »Nein, ich glaube, ich möchte das selbst in die Hand nehmen«, sagte er, mit Betonung auf dem »selbst«.

Zu keinem Zeitpunkt wäre es ihm – so wenig wie Paola – in

den Sinn gekommen, die Sache legal anzugehen, also die zuständigen Dienststellen und die Namen der richtigen Leute herauszufinden und dann die geeigneten Schritte einzuleiten. Auch kamen beide nicht auf die Idee, daß es einen vorgeschriebenen Dienstweg geben könnte, auf dem das Problem zu lösen wäre. Falls es so etwas gab oder man es herausfinden konnte, pflegten die Venezianer es doch zu ignorieren, weil man eben wußte, daß solche Dinge sich nur mit *conoscenze* regeln ließen, als da waren: Bekannte, Freunde, Beziehungen und geschuldete Gefälligkeiten, die man im Laufe eines Lebens angesammelt hatte, weil sie unausweichlich anfielen im Umgang mit einem System, das alle – sogar diejenigen, die in seinem Sold standen, vielleicht gerade diejenigen, die in seinem Sold standen – für ineffizient bis hin zur totalen Nutzlosigkeit hielten, anfällig für die Mißbräuche, die aus Jahrhunderten der Korruption erwachsen waren, und beschwert durch einen byzantinischen Hang zu Heimlichtuerei und Gleichgültigkeit.

Paola beachtete Brunettis Ton nicht. »Er könnte das sicher regeln«, sagte sie.

Ohne sich Zeit zum Nachdenken zu lassen, rief Brunetti: »Ah, wo blieb der Schnee vom vorigen Jahr? Wo sind die Ideale von achtundsechzig?«

Paola war augenblicklich auf der Hut. »Was soll das bitte heißen?« blaffte sie.

Er sah sie an, wie sie dasaß, den Kopf zurückgeworfen und zu allem bereit; dabei wurde ihm klar, wie einschüchternd sie im Hörsaal wirken mochte. »Es soll heißen, daß wir früher einmal beide an die politische Linke geglaubt haben, an soziale Gerechtigkeit und Dinge wie Gleichheit vor dem Gesetz.«

»Und?«

»Und jetzt überlegen wir als erstes, wie wir uns an den Anfang der Schlange mogeln könnten.«

»Sprich aus, was du sagen willst, Guido«, begann sie. »Und rede bitte nicht von ›wir‹, wenn ich diejenige bin, die den Vorschlag gemacht hat.« Sie hielt kurz inne und fügte hinzu: »Deine Prinzipien sind ja noch intakt.«

»Und was soll *das* bitte heißen?« erkundigte er sich, wobei sein Ton schon nicht mehr ironisch war, aber auch noch lange nicht böse.

»Daß die meinen es nicht mehr sind. Wir haben uns jahrzehntelang zum Narren halten lassen und selbst zum Narren gehalten, wir mit unseren Hoffnungen auf eine bessere Gesellschaft, unserem idiotischen Glauben daran, daß dieses ekelhafte politische System und diese ekelhaften Politiker unser Land einmal in ein goldenes Paradies verwandeln könnten, regiert von Philosophenkönigen in endloser Folge.« Ihr Blick suchte den seinen und hielt ihn fest. »So, und daran glaube ich nicht mehr, an nichts davon. Ich habe keinen Glauben und keine Hoffnung mehr.«

Obwohl er echte Müdigkeit in ihren Augen sah, als sie das sagte, schlich sich der alte Groll, den er nie ganz unterdrücken konnte, in seine Stimme, als er fragte: »Und heißt das nun, daß du dich jedesmal, wenn es Ärger gibt, an deinen Vater wenden wirst, der Geld und Beziehungen hat und in seinen Anzugtaschen Macht mit sich herumträgt wie unsereiner Kleingeld, und ihn bitten wirst, die Sache für dich zu regeln?«

»Ich will nur eines«, begann sie in einem plötzlich ganz anderen Ton, wie um die Situation zu entschärfen, bevor es zu spät war. »Ich will uns Zeit und Kraft sparen. Wenn wir die Sache auf dem vorgeschriebenen Weg angehen, betreten wir Kafkas Welt und werden keine Ruhe mehr haben vor lauter Suche nach den richtigen Papieren, von denen irgendein kleiner Bürokrat wie dieser Signor Rossi immer wieder behaupten wird, es wären nicht die richtigen und wir müßten noch andere und wieder andere beibringen, bis wir beide reif fürs Irrenhaus sind.«

Als sie sah, daß Brunetti sich allmählich für diesen veränderten Ton erwärmte, fuhr sie fort: »Das heißt, wenn ich uns das alles ersparen kann, indem ich meinen Vater um Hilfe bitte, dann möchte ich es lieber so erledigen, denn für alles andere hätte ich weder die Geduld noch die Kraft.«

»Und wenn ich dir nun sage, daß ich es lieber selbst tun möchte, ohne seine Hilfe?« Bevor sie antworten konnte, fügte er rasch hinzu: »Es ist unsere Wohnung, Paola, nicht seine.«

»Meinst du mit ›selbst tun‹, daß du das legale Procedere durchlaufen willst, oder ...« – und nun wurde ihr Ton noch wärmer –, »... oder willst du auf unsere eigenen Freunde und Beziehungen zurückgreifen?«

Brunetti lächelte, ein sicheres Zeichen, daß der Friede wiederhergestellt war. »Letzteres natürlich.«

»Ah«, sagte sie, ebenfalls lächelnd, »dann sieht die Sache anders aus.« Ihr Lächeln wurde noch breiter, und schon war sie bei der Frage des Vorgehens. »Wen hätten wir denn da?« überlegte sie laut. Alle Gedanken an ihren Vater waren wie aus dem Zimmer gefegt.

»Zunächst mal Rallo bei der Kulturgüterkommission.«

»Dessen Sohn mit Drogen handelt?«

»Einmal gehandelt *hat*«, korrigierte Brunetti.

»Was hast du gemacht?«

»Ihm einen Gefallen getan«, lautete Brunettis einzige Erklärung.

Paola akzeptierte das und fragte nur: »Aber was hat die Kulturgüterkommission damit zu tun? Wurde dieses Stockwerk nicht erst nach dem Krieg gebaut?«

»So hat Battistini es uns gesagt. Aber der untere Teil des Gebäudes steht unter Denkmalschutz, und er könnte von allem, was hier oben passiert, in Mitleidenschaft gezogen werden.«

»Mhm«, pflichtete Paola ihm bei. »Wer noch?«

»Da ist dieser Vetter von Vianello, der als Architekt bei der Stadt arbeitet, ich glaube, sogar bei der Stelle, die für Baugenehmigungen zuständig ist. Vianello soll ihn bitten, sich ein wenig umzuhören.«

So saßen sie noch eine Weile beisammen und stellten eine

Liste der Gefälligkeiten auf, die sie irgendwelchen Leuten irgendwann erwiesen hatten und jetzt vielleicht einzufordern gedachten. Es war schon fast Mittag, als sie ihre potentiellen Verbündeten endlich beisammen- und sich über deren jeweilige Nützlichkeit geeinigt hatten. Erst dann fragte Brunetti: »Hast du die *moeche* bekommen?«

Worauf sich Paola, wie es ihre jahrzehntelange Gewohnheit war, an die unsichtbare dritte Person wandte, die sie bei den schlimmsten Tollheiten ihres Mannes immer als Zeugin anrief, und fragte: »Hast du das gehört? Wir sind hier in akuter Gefahr, unser Zuhause zu verlieren, und er denkt an nichts anderes als an frische Krabben.«

»Ich denke sehr wohl noch an etwas anderes«, widersprach Brunetti gekränkt.

»Woran denn?«

»Risotto.«

Die Kinder, die zum Mittagessen nach Hause kamen, erfuhren von der Lage der Dinge erst, nachdem die letzten Krabben den Weg alles Irdischen gegangen waren. Zuerst wollten sie das Ganze überhaupt nicht ernst nehmen. Als ihre Eltern sie schließlich überzeugen konnten, daß ihre Wohnung wirklich in Gefahr war, begannen sie sofort mit der Planung des Umzugs.

»Können wir ein Haus mit Garten bekommen, damit ich einen Hund haben kann?« fragte Chiara. Als sie die Gesichter ihrer Eltern sah, schränkte sie ein: »Oder eine Katze?« Raffi zeigte kein Interesse an Haustieren und votierte statt dessen für ein zweites Badezimmer.

»Wenn wir so was hätten, würdest du da wahrscheinlich einziehen und erst wieder rauskommen, wenn dir endlich dieser alberne Schnurrbart gewachsen ist«, meinte Chiara – es war das erste Mal, daß jemand in der Familie offiziell Kenntnis von jenem leichten Schatten nahm, der seit ein paar Wochen ganz allmählich unter der Nase ihres älteren Bruders sichtbar wurde.

Paola fühlte sich zum Eingreifen genötigt, nicht ohne sich dabei ein wenig wie ein Blauhelm von der UN-Friedenstruppe vorzukommen. »Ich finde, das reicht jetzt von euch beiden. Die Sache ist kein Scherz, und ich kann es nicht mehr hören, daß ihr so darüber redet, als ob es einer wäre.«

Die Kinder blickten zu ihr hin, und wie zwei Eulenjunge, die auf einem Ast hocken und abwarten, welcher von zwei nebenan sitzenden Raubvögeln zuerst zuschlagen wird, drehten sie gleichzeitig die Köpfe und sahen ihren Vater an. »Ihr habt ja gehört, was eure Mutter gesagt hat«, beschied dieser sie, und das war ein sicheres Zeichen für den Ernst der Lage.

»Wir machen den Abwasch«, bot Chiara zur Versöhnung an, wohl wissend, daß sie damit sowieso an der Reihe war.

Raffi rückte seinen Stuhl zurück und stand auf. Er nahm den Teller seiner Mutter, dann den seines Vaters sowie Chiaras, stellte sie auf seinen eigenen und trug den Stapel zur Spüle. Und noch erstaunlicher: Er drehte den Wasserhahn auf und schob die Ärmel seines Pullovers hoch.

Wie zwei abergläubische Bauern im Angesicht des Göttlichen flüchteten Paola und Brunetti ins Wohnzimmer, aber nicht ohne sich vorher noch schnell eine Flasche Grappa und zwei kleine Gläser zu greifen.

Brunetti schenkte von der klaren Flüssigkeit ein und reichte Paola das eine Glas. »Was machst du heute nachmittag«, fragte sie nach dem beruhigenden ersten Schlückchen.

»Ich gehe wieder nach Persien«, antwortete Brunetti, streifte die Schuhe von den Füßen und legte sich aufs Sofa.

»Das würde ich doch eine etwas übertriebene Reaktion auf Signor Rossis Botschaft nennen.« Sie trank noch ein Schlückchen. »Ist das nicht die Flasche, die wir aus Belluno mitgebracht haben?« Sie hatten dort einen Freund, der länger als zehn Jahre mit Brunetti zusammengearbeitet hatte, aber nach einer Verwundung in einer Schießerei aus dem Polizeidienst ausgeschieden und in sein Dorf zurückgekehrt war, um den Hof seines Vaters zu übernehmen. Jedes Jahr im Herbst stellte er einen Destillierkolben auf und brannte fünfzig Flaschen Grappa, was durch und durch ungesetzlich war. Dann verschenkte er sie an Verwandte und Freunde.

Brunetti trank noch einen Schluck und seufzte.

»Persien?« fragte sie endlich.

Er stellte sein Glas auf den Couchtisch und nahm das Buch zur Hand, das er bei Signor Rossis Ankunft weggelegt hatte. »Xenophon«, erklärte er, wobei er es an der Stelle mit dem Lesezeichen aufschlug, schon wieder ganz in jenem anderen Teil seines Lebens angekommen.

»Sie konnten sich doch retten, die Griechen, nicht wahr?« fragte sie. »Und sind wieder nach Hause gekommen?«

»So weit bin ich noch nicht«, antwortete Brunetti.

Paolas Stimme klang jetzt doch ein wenig gereizt. »Guido, du hast Xenophon mindestens schon zweimal gelesen, seit wir verheiratet sind. Wenn du nicht mehr weißt, ob die Griechen es nach Hause geschafft haben, dann hast du entweder nicht aufgepaßt, oder es müssen die ersten Symptome von Alzheimer sein.«

»Ich tue einfach so, als wüßte ich nicht, wie es ausgeht, dann habe ich mehr davon«, erklärte er und setzte seine Brille auf. Er fand die Stelle, an der er aufgehört hatte, und begann zu lesen.

Paola sah ihm eine Weile zu, dann goß sie sich noch einen Grappa ein und nahm ihn mit in ihr Arbeitszimmer. Ihren Mann überließ sie einstweilen den Persern.

4

Wie es in solchen Angelegenheiten oft der Fall ist, geschah nichts weiter. Das heißt, es kamen keine weiteren Mitteilungen vom Ufficio Catasto, und von Signor Rossi hörte man auch nichts mehr. Angesichts dieses Schweigens – und vielleicht auch aus einem gewissen Aberglauben heraus – unternahm Brunetti keinen Versuch, sich mit den Freunden in Verbindung zu setzen, die ihm vielleicht helfen konnten, den rechtlichen Status seiner Wohnung zu klären. Aus dem Vorfrühling wurde allmählich richtiger Frühling. Die Temperaturen stiegen, und die Brunettis saßen immer öfter und länger auf ihrer Terrasse. Am fünfzehnten April aßen sie mittags zum erstenmal draußen, um die Abendessenszeit war es allerdings schon wieder zu kühl. Die Tage wurden länger, aber noch immer hörte man nichts Neues über den zweifelhaften Rechtsstatus der Brunettischen Wohnung. Und sie machten es wie die Bauern, die am Fuße eines Vulkans leben: Kaum hatte die Erde zu grollen aufgehört, bestellten sie wieder ihre Felder und hofften, daß die zürnenden Götter sie vergessen hatten.

Mit dem Wechsel der Jahreszeiten strömten mehr und mehr Touristen in die Stadt. Und mit ihnen kamen Zigeuner in großer Zahl. Letztere bezichtigte man schon seit langem zahlloser Einbrüche in den Städten, aber inzwischen machte man sie auch für Taschendiebstähle und vielerlei sonstige Straßenkriminalität verantwortlich. Da nicht nur die Einwohner sich dadurch belästigt fühlten, sondern vor allem auch die Touristen, die eine Haupteinnahmequelle der Stadt waren, wurde Brunetti beauftragt, sich Gedanken darüber zu machen, was man unternehmen könne. Die Taschendiebe waren meist noch nicht strafmündig. Sie wurden wiederholt aufgegriffen und zur Questura gebracht, wo sie sich ausweisen sollten, und wenn sich dann herausstellte, daß die wenigen, die überhaupt Papiere bei sich hatten, minderjährig waren, ließ man sie mit einer Verwarnung laufen. Viele waren schon am nächsten Tag wieder da; die meisten innerhalb der nächsten Woche. Da die einzigen sinnvollen Auswege, die Brunetti sah, darin bestanden hätten, entweder das Jugendstrafrecht zu ändern oder aber die Missetäter auszuweisen, fiel es ihm schwer, seine Gedanken zu Papier zu bringen.

Er saß am Schreibtisch und überlegte angestrengt, wie man es vermeiden könne, offenkundige Wahrheiten auszusprechen, als das Telefon klingelte. »Brunetti«, meldete er sich, wobei er auf die dritte Seite mit den Namen derer umblätterte, die in den letzten zwei Monaten wegen einfachen Diebstahls festgenommen worden waren.

»Commissario?« fragte eine Männerstimme.

»Ja.«

»Hier ist Franco Rossi.«

Der Name war einer der gängigsten, die ein Venezianer haben konnte, etwa wie Fritz Müller, weshalb es ein Weilchen dauerte, bis Brunetti sein Gedächtnis durchforstet hatte, aber schließlich kam er doch aufs Katasteramt.

»Ah, ich hatte gehofft, von Ihnen zu hören, Signor Rossi«, log er schamlos. In Wahrheit hatte er gehofft, Signor Rossi werde mitsamt seinem Ufficio Catasto und allen Akten sonstwohin verschwinden. »Gibt es etwas Neues?«

»In welcher Angelegenheit?«

»Unsere Wohnung«, erklärte Brunetti, der sich nicht denken konnte, was er für andere Neuigkeiten von Signor Rossi zu erwarten hätte.

»Nein, nichts«, antwortete Rossi. »Der Bericht wurde weitergeleitet und wird bearbeitet werden.«

»Haben Sie eine Vorstellung, wie lange das ungefähr dauern könnte?« fragte Brunetti zaghaft.

»Nein, leider nicht. Unmöglich zu sagen, wann die dazu kommen werden.« Rossis Stimme klang barsch und abweisend.

Brunetti schoß durch den Kopf, wie gut dieser Satz auf die meisten städtischen Behörden zutraf, mit denen er es je zu tun gehabt hatte, egal ob als Privatmann oder als Polizist. »Brauchen Sie weitere Informationen von mir?« erkundigte er sich, weiterhin höflich, weil er sich bewußt war, daß er Signor Rossis guten Willen vielleicht irgendwann in der Zukunft einmal brauchen würde, möglicherweise sogar seine direkte Hilfe.

»Es geht um etwas anderes«, sagte Rossi. »Ich habe Ihren Namen gegenüber jemandem erwähnt, der mir sagte, wo Sie arbeiten.«

»Aha, und was kann ich für Sie tun?«

»Es geht um eine Sache hier in meiner Dienststelle«, sagte Rossi, dann unterbrach er sich und korrigierte: »Das heißt, nicht direkt *hier*, denn ich bin nicht im Amt. Wenn Sie verstehen.«

»Wo sind Sie denn, Signor Rossi?«

»Auf der Straße. Ich rufe über mein *telefonino* an. Aus dem Amt heraus wollte ich das lieber nicht.« Der Empfang wurde schwach, und als Rossis Stimme dann wieder zu hören war, sagte er gerade: »... hat mit dem zu tun, was ich Ihnen mitteilen will.«

In diesem Fall wäre Signor Rossi allerdings gut beraten gewesen, nicht sein Mobiltelefon zu benutzen, denn dieses Kommunikationsmittel war so öffentlich wie die Zeitung.

»Handelt es sich bei dem, was Sie mir mitteilen wollen, um etwas Wichtiges, Signor Rossi?«

»Ja, ich glaube schon«, sagte Rossi etwas leiser.

»Dann wäre es sicher besser, Sie würden sich eine Telefonzelle suchen und mich von dort aus anrufen«, riet Brunetti.

»Wie, was?« fragte Rossi unsicher.

»Rufen Sie mich aus einer Telefonzelle an, Signore. Ich bleibe hier und warte.«

»Sie meinen, dieser Anruf ist nicht sicher?« fragte Rossi, und Brunetti hörte dieselbe Angst, die dem Mann die Kehle zugeschnürt hatte, als er in Brunettis Wohnung um keinen Preis auf die Terrasse hatte hinaustreten wollen.

»Das wäre übertrieben«, sagte Brunetti so ruhig und beruhigend, wie es ging. »Aber Sie bekommen bestimmt keinen Ärger, wenn Sie mich von einer öffentlichen Zelle aus anrufen, schon gar nicht, wenn Sie meine Durchwahlnummer wählen.« Er nannte Rossi die Nummer und wiederholte sie noch einmal, während der junge Mann sie sich vermutlich notierte.

»Ich muß mir Kleingeld besorgen oder eine Telefonkarte kaufen«, sagte Rossi, dann glaubte Brunetti ihn nach einer kurzen Pause das Gerät ausschalten zu hören, aber Rossis Stimme kam wieder, und es klang wie »... später wieder an.«

»Gut. Ich bin hier«, wollte Brunetti sagen, doch dann hörte er ein Klicken, bevor er noch zu Ende gesprochen hatte.

Was hatte Signor Rossi im Katasteramt entdeckt? Daß Geld geflossen war, um einen inkriminierend genauen Bauplan aus einer Akte verschwinden und durch einen anderen, phantasievolleren ersetzen zu lassen? Schmiergelder an einen Bauamtsinspektor? Bei dem Gedanken, so etwas könne einen Staatsdiener noch derart schockieren, daß er die Polizei anrief, mußte Brunetti beinah laut lachen. Was war denn los im Ufficio Catasto, daß sie ein derart argloses Gemüt dort einstellten?

Während Brunetti in den nächsten Minuten auf Rossis Rückruf wartete, versuchte er sich auszurechnen, was es ihm einbringen könnte, wenn er Signor Rossi bei der Bewältigung dessen half, was er da entdeckt haben wollte. Mit leichten, aber nur sehr leichten Gewissensbissen gestand Brunetti sich ein, daß er tatsächlich die Absicht hatte, Signor Rossi zu benutzen, ja, daß er gewillt war, keine Mühe zu scheuen, um dem jungen Mann zu helfen und sich mit dessen Problem, worin auch immer es bestand, besonders eingehend zu befassen, denn das wäre wieder ein Guthabenpunkt auf seinem Gefälligkeitskonto. Und wenn er dann umgekehrt eine Gefälligkeit in Anspruch nähme, würde diese wenigstens von seinem eigenen Konto abgebucht und nicht von dem seines Schwiegervaters.

Er wartete zehn Minuten, aber das Telefon klingelte nicht.

Als es nach einer halben Stunde dann doch klingelte, war es Signorina Elettra, die Sekretärin seines Chefs, die wissen wollte, ob sie ihm die Fotos und die Liste der Schmuckstücke heraufbringen solle, die man auf dem Festland im Wohnwagen eines der vor zwei Wochen festgenommenen Zigeunerkinder gefunden hatte. Die Mutter behaupte, der ganze Schmuck gehöre ihr und befinde sich schon seit Generationen in ihrer Familie. Bei dem Wert der Stücke erschien das höchst unglaubhaft. Brunetti wußte, daß eines davon schon von einer deutschen Journalistin identifiziert worden war, die angab, daß es vor einem Monat aus ihrer Wohnung gestohlen worden sei.

Er schaute auf die Uhr und sah, daß es schon nach fünf war. »Nein, Signorina, sparen Sie sich die Mühe. Das hat Zeit bis morgen.«

»Gut, Commissario«, sagte sie. »Sie können die Liste dann morgen bei mir abholen, wenn Sie zum Dienst kommen.« Sie hielt inne, und er hörte Papierrascheln am anderen Ende der Leitung. »Wenn sonst nichts mehr anliegt, gehe ich jetzt nach Hause.«

»Aber der Vice-Questore?« fragte Brunetti, der sich wunderte, woher sie den Mut nahm, über eine Stunde früher zu gehen.

»Der Vice-Questore ist schon vor dem Mittagessen gegangen«, antwortete sie in unbeteiligtem Ton. »Er hat gesagt, daß er mit dem Questore zum Essen verabredet ist, und soviel ich weiß, gehen sie hinterher ins Amt des Questore.«

Brunetti hätte gern gewußt, wie sein Vorgesetzter sich wohl aufführte, wenn er mit seinem eigenen Vorgesetzten sprach. Pattas Ausflüge in die Gefilde der Macht hatten für die in der Questura Beschäftigten nie Gutes zur Folge: Meist mündeten seine Versuche, seine einseitig ausgerichtete Energie zur Schau zu stellen, in neuen Plänen und Weisungen, die erst einmal erteilt, dann mit Gewalt durchgesetzt und schließlich wieder fallengelassen wurden, wenn sie sich als unsinnig oder überflüssig erwiesen.

Er wünschte Signorina Elettra einen angenehmen Abend und legte auf. Die nächsten zwei Stunden wartete er auf das Klingeln seines Telefons. Als es endlich schon kurz nach sieben war, verließ er sein Zimmer und ging nach unten in den Bereitschaftsraum.

Pucetti hatte Dienst und saß am Tisch, vor sich ein aufgeschlagenes Buch, das Kinn beim Lesen auf die Fäuste gestützt.

»Pucetti?« sagte Brunetti beim Eintreten.

Der Polizist hob den Kopf und war, als er seinen Vorgesetzten erblickte, sofort auf den Beinen. Brunetti sah jedoch erfreut, daß der junge Mann zum erstenmal, seit er hier arbeitete, dem Drang zum Salutieren widerstand.

»Ich gehe jetzt nach Hause, Pucetti. Wenn jemand anruft und ausdrücklich nach mir fragt, ein Mann, dann geben Sie ihm bitte meine Privatnummer und sagen ihm, er soll mich zu Hause anrufen, ja?«

»Selbstverständlich, Commissario«, antwortete der junge Polizist, und diesmal salutierte er doch.

»Was lesen Sie denn da?« erkundigte sich Brunetti.

»Ich lese nicht, Commissario, eigentlich nicht. Ich lerne. Das ist ein Sprachlehrbuch.«

»Sprachlehrbuch?«

» Ja, Russisch.«

Brunetti warf einen Blick in das aufgeschlagene Buch. In der Tat, das waren kyrillische Buchstaben. »Und warum lernen Sie Russisch«, fragte Brunetti und fügte rasch hinzu, »wenn ich das fragen darf?«

»Natürlich dürfen Sie, Commissario«, antwortete Pucetti mit sanftem Lächeln. »Meine Freundin ist Russin, und ich möchte mich gern in ihrer Sprache mit ihr unterhalten können.«

»Ich wußte gar nicht, daß Sie eine Freundin haben, Pucetti«, sagte Brunetti, der an die vielen russischen Prostituierten denken mußte, die Westeuropa überfluteten. Er bemühte sich um einen neutralen Ton.

»Doch, ja«, sagte Pucetti, wobei sein Lächeln immer breiter wurde.

Brunetti faßte sich ein Herz. »Und was macht Ihre Freundin hier in Italien? Arbeitet sie?«

»Sie unterrichtet in der Schule meines jüngeren Bruders Russisch und Mathematik. So habe ich sie kennengelernt.«

»Und wie lange ist das schon her?«

»Ein halbes Jahr.«

»Das scheint ja etwas Ernstes zu sein.«

Wieder lächelte der junge Mann, und Brunetti staunte, was für ein hübsches Gesicht er hatte. »Das glaube ich auch, Commissario. Ihre Familie kommt im Sommer her, und da möchte sie mich ihr vorstellen.«

»Und deswegen lernen Sie das?« Brunetti deutete mit einer Kopfbewegung auf das Buch.

Pucetti fuhr sich mit der Hand durchs Haar. »Sie sagt, es gefällt ihren Eltern nicht, daß sie einen Polizisten heiraten will; sie sind nämlich beide Ärzte. Und da dachte ich, es nützt vielleicht etwas, wenn ich mit ihnen reden kann, ein bißchen wenigstens. Und da ich weder Englisch noch Deutsch kann, habe ich mir überlegt, wenn ich Russisch mit ihnen reden könnte, würden sie doch daran sehen, daß ich nicht nur ein dummer Polyp bin.«

»Das finde ich sehr klug von Ihnen. Also, dann überlasse ich Sie jetzt wieder Ihrem Lehrbuch«, sagte Brunetti.

Als er sich zum Gehen wandte, rief Pucetti ihm nach: *»Do swidanja.«*

Brunetti, der kein Russisch sprach, konnte nichts Passendes antworten und sagte statt dessen »gute Nacht«, dann ging er. Auf dem Heimweg dachte er bei sich: Die Frau lehrt Mathematik, und Pucetti lernt Russisch, um bei ihren Eltern einen guten Eindruck zu machen. Und er mußte sich fragen, ob er selbst am Ende nichts weiter war als ein dummer Polyp.

Freitags mußte Paola nicht in die Universität und verbrachte den Nachmittag meist damit, etwas Besonderes zum Abendessen zu kochen. Daran hatte die Familie sich schon gewöhnt, und sie wurde auch an diesem Abend nicht enttäuscht. Paola hatte beim Fleischer hinter dem Gemüsemarkt eine Lammkeule erstanden und servierte sie mit winzigen Kartöffelchen, die mit Rosmarin bestreut waren, dazu *zucchini trifolati* und Möhrchen in einer Soße, die so süß war, daß Brunetti sie am liebsten auch noch zum Nachtisch gegessen hätte, aber da gab es ja schon in Weißwein gedünstete Birnen.

Nach dem Abendessen lag er wie ein gestrandeter Wal auf seinem Stammplatz auf dem Sofa und genehmigte sich ein winziges Schlückchen Armagnac, eigentlich nur ein Tröpfchen in einem so kleinen Glas, daß man es kaum sah.

Paola kam dazu, nachdem sie die Kinder mit allen ihnen schon bekannten Drohungen für Leib und Leben an ihre Hausaufgaben geschickt hatte. Sie setzte sich und schenkte für sich, viel ehrlicher in solchen Dingen als er, einen durchaus kräftigen Schluck Armagnac ein. »Ah, ist der gut!« sagte sie, nachdem sie davon genippt hatte.

Wie in einem Traum sagte Brunetti: »Weißt du, wer mich heute angerufen hat?«

»Nein, wer?«

»Franco Rossi. Der Mann vom Katasteramt.«

Sie schloß die Augen und lehnte sich zurück. »O Gott, und ich hatte gedacht, das Ganze sei vorbei oder habe sich irgendwie von selbst erledigt.« Nach einer Weile fragte sie: »Und was hat er gesagt?«

»Es ging nicht um die Wohnung.«

»Aber wozu sollte er dich sonst anrufen?« Bevor er antworten konnte, setzte sie hinzu: »Hat er dich demnach im Dienst angerufen?«

»Ja. Das ist ja das Komische. Als er hier war, wußte er nicht, daß ich bei der Polizei bin. Er hat sich zwar indirekt nach meinem Beruf erkundigt, aber ich habe nur geantwortet, ich hätte Jura studiert.«

»Sagst du das immer?«

»Ja.« Er erklärte das nicht weiter, und sie fragte auch nicht.

»Dann hat er es aber doch erfahren?«

»Jedenfalls behauptet er das. Ein Bekannter soll es ihm gesagt haben.«

»Und was wollte er von dir?«

»Ich weiß es nicht. Er rief über sein *telefonino* an, und da es sich anhörte, als ob er mir etwas mitteilen wollte, das nicht für die Öffentlichkeit bestimmt war, habe ich ihm geraten, von einer Zelle aus anzurufen.«

»Und?«

»Hat er nicht.«

»Vielleicht hatte er es sich anders überlegt.«

Brunetti zuckte die Achseln, soweit das in Rückenlage und mit einem Bauch voll Lammkeule überhaupt möglich war.

»Wenn es etwas Wichtiges ist, wird er sich wieder melden«, meinte Paola.

»Das nehme ich auch an«, sagte Brunetti. Er überlegte, ob er sich noch ein ganz winziges Tröpfchen Armagnac gönnen sollte, schlief jedoch statt dessen für eine halbe Stunde ein. Als er aufwachte, hatten sich alle Gedanken an Franco Rossi verflüchtigt, und so blieb ihm nur noch das Verlangen nach diesem winzigen Tröpfchen Armagnac, bevor er sich zu Bett begab.

5

Wie Brunetti befürchtet hatte, sollte sich am Montag zeigen, was bei dem mittäglichen Tischgespräch zwischen Vice-Questore Patta und dem Questore herausgekommen war. Der Ruf erging gegen elf Uhr, kurz nach Pattas Ankunft in der Questura.

»Dottore?« rief Signorina Elettra von der Tür seines Zimmers her. Er blickte auf, und da stand sie, in der Hand einen blauen Aktenordner. Er fragte sich kurz, ob sie den Ordner wohl passend zur Farbe ihres Kleides gewählt hatte.

»Ah, guten Morgen, Signorina«, sagte er und winkte sie an seinen Schreibtisch. »Ist das die Liste mit den gestohlenen Schmuckstücken?«

»Ja, und die Fotos«, antwortete sie und gab ihm den Ordner. »Der Vice-Questore hat mich gebeten, Ihnen zu sagen, daß er Sie heute vormittag sprechen möchte.« Ihr Ton enthielt keinen Hinweis darauf, daß Gefahr im Verzug sei, also nahm Brunetti die Botschaft nur mit einem Nicken zur Kenntnis. Signorina Elettra blieb stehen, wo sie stand, und er klappte den Ordner auf. Vier Farbfotos waren an das Blatt geheftet; jedes von ihnen zeigte ein Schmuckstück: drei Ringe und ein schön gearbeitetes goldenes Armband, das offenbar mit einer Reihe kleiner Smaragde besetzt war.

»Das sieht ja aus, als wäre diese Journalistin auf den Diebstahl vorbereitet gewesen«, sagte Brunetti, der erstaunt war, daß jemand sich die Mühe machte, seinen Schmuck richtig professionell fotografieren zu lassen; er witterte sogleich Versicherungsbetrug.

»Sind wir das nicht alle?« fragte sie.

Brunetti sah zu ihr auf, ohne aus seiner Verwunderung ein Hehl zu machen. »Das können Sie doch nicht ernst meinen, Signorina.«

»Vielleicht *sollte* ich es nicht ernst meinen, zumal ich hier arbeite, aber ich *kann* es sehr wohl ernst meinen.« Und bevor er nachhaken konnte, fuhr sie fort: »Die Leute reden schon von nichts anderem mehr.«

»Bei uns werden weniger Straftaten begangen als in jeder anderen italienischen Stadt. Sehen Sie sich doch mal die Statistiken an«, fuhr er auf.

Sie verdrehte nicht die Augen gen Himmel, sondern begnügte sich mit den Worten: »Sie glauben doch nicht, die Statistiken gäben die Wirklichkeit wieder, Dottore?«

»Wie meinen Sie das?«

»Was denken Sie denn, wie viele Einbrüche oder Diebstähle tatsächlich angezeigt werden?«

»Ich habe es Ihnen eben gesagt. Ich habe die Statistiken gesehen. Die kennen wir alle.«

»Diese Statistiken haben nichts mit der tatsächlichen Kriminalität zu tun, Commissario. Das sollten Sie eigentlich wissen.« Als Brunetti den Köder nicht nahm, fragte sie: »Oder glauben Sie wirklich, daß die Leute es hier noch der Mühe wert finden, ein Verbrechen anzuzeigen?«

»Vielleicht nicht alle, aber die meisten bestimmt.«

»Und ich sage, die meisten nicht«, versetzte sie mit einem Achselzucken, das zwar ihr Auftreten milderte, nicht aber ihren Ton.

»Können Sie diese Meinung begründen?« fragte Brunetti, wobei er den Ordner vor sich auf den Schreibtisch legte.

»Ich kenne drei Leute, deren Wohnungen in den letzten Monaten ausgeplündert wurden und die es nicht gemeldet haben.« Sie wartete, ob Brunetti etwas sagen wollte, und als das nicht der Fall war, fuhr sie fort: »Halt, nein, einer hat es doch getan. Er ist zur Carabinieri-Wache bei San Zaccaria gegangen, um anzuzeigen, daß in seine Wohnung eingebrochen worden sei, worauf der diensthabende Maresciallo zu ihm sagte, er solle am Tag darauf wiederkommen, weil der Tenente – der einzige, der Einbruchsanzeigen entgegennehmen konnte – an dem Tag nicht da war.«

»Und, ist er noch mal hingegangen?«

»Natürlich nicht. Wozu die Umstände?«

»Ist das nicht eine ziemlich negative Einstellung, Signorina?«

»Natürlich ist sie negativ«, gab Signorina Elettra aggressiver zurück, als sie es sich sonst erlaubte, wenn sie mit ihm sprach. »Was für eine Einstellung erwarten Sie denn von mir?« Ihr hitziger Ton vertrieb alles Wohlbehagen aus dem Zimmer, das er sonst in ihrer Gegenwart empfand, und ließ jene müde Traurigkeit zurück, die Brunetti immer überkam, wenn er mit Paola Streit hatte. Um dieses Gefühl loszuwerden, blickte er auf die Fotos und fragte: »Welches hatte denn die Zigeunerin?«

Auch Signorina Elettra war erleichtert über den Atmosphärenwechsel. Sie beugte sich über die Fotos und zeigte auf das Armband. »Die Eigentümerin hat es identifiziert. Und sie hat die Originalquittung noch, auf der es beschrieben ist. Ich glaube zwar nicht, daß es etwas zu bedeuten hat oder sogar etwas nützt, aber sie sagt, sie hätte an dem Nachmittag, an dem in ihre Wohnung eingebrochen wurde, auf dem Campo San Fantin drei Zigeuner gesehen.«

»Stimmt«, pflichtete Brunetti ihr bei, »das wird nichts nützen.«

»Das wäre ja auch etwas Neues«, meinte sie.

Unter normalen Umständen hätte Brunetti entgegnet, für Zigeuner gälten dieselben Gesetze wie für alle anderen, aber er wollte die gelöste Stimmung zwischen ihnen nicht wieder gefährden. Statt dessen fragte er: »Wie alt ist der Junge?«

»Fünfzehn, sagt seine Mutter, aber es gibt natürlich keinerlei Unterlagen, keine Geburtsurkunde, kein Schulzeugnis, nichts. Er kann also zwischen fünfzehn und achtzehn sein. Solange sie behauptet, daß er fünfzehn ist, kann man ihm nichts anhaben, und er hat noch drei Jahre, in denen er ungestraft davonkommt.« Wieder spürte Brunetti die heiße Flamme ihres Zorns und tat sein Bestes, ihr auszuweichen.

»Hm.« Er klappte den Ordner zu. »Worüber will der Vice-Questore eigentlich mit mir reden? Haben Sie eine Ahnung?«

»Wahrscheinlich über das Ergebnis seines Gesprächs mit dem Questore.« Ihr Ton verriet nichts.

Brunetti seufzte vernehmlich und stand auf; obwohl die Sache mit den Zigeunern weiter ungelöst zwischen ihnen stand, genügte dieser Seufzer, um wieder ein Lächeln auf ihre Lippen zu bringen.

»Wirklich, Dottore, ich habe keine Ahnung. Er hat mir lediglich aufgetragen, Ihnen zu sagen, daß er Sie zu sprechen wünscht.«

»Dann werde ich mal hingehen und hören, was er will.« Brunetti blieb an der Tür stehen, um Elettra den Vortritt zu lassen, dann gingen sie nebeneinander die Treppe hinunter zu Pattas Dienstzimmer mit dem kleinen Vorzimmerchen, in dem sie arbeitete.

Das Telefon klingelte gerade, als sie eintraten, und Signorina Elettra lehnte sich über ihren Schreibtisch, um abzunehmen. »Vorzimmer Vice-Questore Patta«, sagte sie. »Ja, Dottore, er ist da. Ich verbinde.« Sie drückte einen der Knöpfe am Apparat und legte auf. Dann sah sie Brunetti an und zeigte zu Pattas Tür. »Der Bürgermeister. Sie werden warten müssen, bis …« Das Telefon klingelte wieder, und sie nahm ab. Dem kurzen Blick, den sie ihm zuwarf, entnahm er, daß es ein Privatgespräch war, darum griff er sich die aktuelle Ausgabe des *Gazzettino,* die zusammengefaltet auf ihrem Schreibtisch lag, und ging ans Fenster, um kurz hineinzuschauen. Er sah sich noch einmal um, und ihre Blicke trafen sich. Sie lächelte, drehte ihren Stuhl andersherum, nahm den Hörer dichter an den Mund und begann zu reden. Brunetti ging auf den Flur hinaus.

Er hatte sich den zweiten Teil der Zeitung genommen, zu dem er am Morgen nicht mehr gekommen war. Die obere Hälfte der ersten Seite befaßte sich mit der laufenden Überprüfung – es geschah alles so halbherzig, daß man von einer Untersuchung kaum reden konnte – des Verfahrens, nach dem der Auftrag zum Wiederaufbau des Teatro La Fenice vergeben worden war. Nach Jahren der Diskussion, der Vorwürfe und Gegenvorwürfe hatten selbst die wenigen Leute, die noch die Chronologie der Ereignisse richtig auf die Reihe bekamen, alles Interesse an den Fakten ebenso verloren wie die Hoffnung auf den versprochenen Wiederaufbau. Brunetti faltete die Zeitung auseinander und überflog die Artikel auf dem unteren Teil der Seite.

Links befand sich ein Foto; er kannte das Gesicht, wußte es aber nirgendwo unterzubringen, bis er in der Bildunterschrift den Namen las: *Francesco Rossi, städtischer Inspektor, liegt nach einem Sturz vom Gerüst im Koma.*

Brunettis Hände krampften sich um das Zeitungsblatt. Er sah kurz auf, dann las er den Artikel unter dem Foto.

Francesco Rossi, Inspektor beim Katasteramt, stürzte am Samstag nachmittag bei der Abnahme eines Umbauprojekts vom Gerüst eines Hauses in Dorsoduro. Rossi wurde ins Ospedale Civile gebracht, wo man seinen Zustand als »bedenklich« bezeichnet.

Schon lange vor seinem Eintritt in den Polizeidienst hatte Brunetti jeglichen Glauben an den Zufall abgelegt. Er wußte, daß Dinge geschahen, weil vorher andere Dinge geschehen waren. Seit er Polizist war, hatte er dazu noch die Überzeugung gewonnen, daß Zusammenhänge zwischen Geschehnissen – solchen zumindest, mit denen er sich von Berufs wegen zu befassen hatte – selten von der harmlosen Art waren. Franco Rossi hatte keinen besonderen Eindruck auf Brunetti gemacht, außer in dem einen Moment, als er in geradezu panischer Angst die Hand hob, um Brunettis Aufforderung, von der Terrasse aus einen Blick auf die Fenster des Stockwerks darunter zu werfen, von sich abzuwehren. Für die Dauer dieses einen Augenblicks hatte er aufgehört, der eifrige, farblose Bürokrat zu sein, der nicht viel mehr konnte, als die Vorschriften seines Amtes herunterzubeten, und war für Brunetti zu einem Menschen wie er selbst geworden, voll der Schwächen, die uns menschlich machen.

Brunetti glaubte nicht eine Sekunde daran, daß Franco Rossi versehentlich von dem Gerüst *gestürzt* war. Und er verwarf auch gleich die Möglichkeit, daß Rossis Versuch, ihn anzurufen, einem unbedeutenden Problemchen in seiner Dienststelle gegolten haben könnte, etwa daß jemand dabei erwischt worden war, sich illegal eine Baugenehmigung zu beschaffen.

Mit diesen Gewißheiten im Kopf ging Brunetti wieder in Signorina Elettras Büro und legte die Zeitung auf ihren Schreibtisch. Sie saß noch immer mit dem Rücken zu ihm und lachte leise über etwas, das sie gerade gehört hatte. Ohne sich ihr bemerkbar zu machen und ohne einen einzigen Gedanken an seine Einbestellung bei Patta zu verschwenden, verließ Brunetti die Questura und schlug den Weg zum Ospedale Civile ein.

6

Als Brunetti sich dem Krankenhaus näherte, mußte er daran denken, wie oft sein Beruf ihn schon hierhergeführt hatte; dabei war es ihm weniger um die jeweiligen Personen zu tun, die zu besuchen seine Aufgabe gewesen war, als um die vielen Male, die er, wie Dante, durch jenes gähnende Portal geschritten war, hinter dem Schmerz, Leiden und Tod lauerten. Im Lauf der Jahre hatte er den Verdacht geschöpft, daß ungeachtet der Größe des körperlichen Schmerzes das emotionale Leid, das ihn umgab, oft viel schlimmer war. Er schüttelte den Kopf, um sich von diesen Gedanken zu befreien, denn er wollte nicht schon mit solch düsteren Überlegungen beladen eintreten.

An der Anmeldung fragte Brunetti, wo er diesen Franco Rossi finde, der sich am Wochenende bei einem Sturz verletzt habe. Der Pförtner, ein Mann mit dunklem Bart, fragte zurück, ob er die Station wisse, auf die Signor Rossi gebracht worden sei. Brunetti hatte keine Ahnung, vermutete aber die Intensivstation. Der Pförtner griff zum Telefon, wählte, sagte etwas und rief dann eine neue Nummer an. Nachdem er wieder kurz gesprochen hatte, teilte er Brunetti mit, daß Signor Rossi sich weder auf der Intensivstation noch in der Notaufnahme befinde.

»Dann in der Neurologie?« mutmaßte Brunetti.

Mit der Gelassenheit langer Erfahrung wählte der Pförtner aus dem Gedächtnis eine weitere Nummer, allerdings wieder mit demselben Ergebnis.

»Wo könnte er dann sein?« fragte Brunetti.

»Sind Sie denn sicher, daß er zu uns gebracht wurde?« erkundigte sich der Pförtner.

»So stand es im *Gazzettino*.«

Hätte Brunetti nicht schon am Tonfall gehört, daß der Mann Venezianer war, dann hätte ihn der Blick verraten, der diese Aussage quittierte. Er fragte aber nur: »Er hat sich also bei einem Sturz verletzt?« Und als Brunetti nickte, meinte er: »Dann wollen wir's mal in der Orthopädie versuchen.« Wieder telefonierte er und nannte Rossis Namen. Bei der Antwort, die er bekam, sah er kurz zu Brunetti auf. Er hörte noch einen Moment zu, dann legte er die Hand auf die Sprechmuschel und fragte: »Sind Sie ein Angehöriger?«

»Nein.«

»Was dann? Ein Freund?«

Ohne zu zögern, ließ Brunetti sich darauf ein. »Ja.«

Der Pförtner sprach wieder ein paar Worte ins Telefon, hörte kurz zu und legte dann auf. Einen Moment ließ er den Blick noch auf dem Telefon ruhen, dann sah er Brunetti an. »Ich bedaure, es Ihnen sagen zu müssen, aber Ihr Freund ist heute morgen gestorben.«

Brunetti empfand den Schock und dann einen Anflug des plötzlichen Schmerzes, den er empfunden hätte, wenn wirklich ein Freund von ihm gestorben wäre. Aber er brachte nur »Orthopädie?« heraus.

Der Pförtner hob die Schultern ein wenig, wie um sich von allem zu distanzieren, was er gesagt oder weitergesagt hatte. »Man hat mir erklärt, daß er dorthin gebracht wurde, weil seine beiden Arme gebrochen waren.«

»Aber woran ist er gestorben?«

Der Pförtner antwortete nicht sofort, wie um dem Tod die gebührende Schweigeminute zukommen zu lassen. »Das hat die Schwester mir nicht gesagt. Aber vielleicht erfahren Sie mehr, wenn Sie selbst hingehen und mit ihnen reden. Kennen Sie den Weg?« Brunetti kannte ihn. Während er sich entfernte, sagte der Pförtner noch: »Es tut mir leid, Signore – das mit Ihrem Freund.«

Brunetti nickte dankend und ging durch die hohe gewölbte Eingangshalle, aber blind für ihre Schönheit. Mit einer bewußten Willensanstrengung hielt er sich davon ab, die vielen Geschichten von der legendären Inkompetenz dieses Krankenhauses, die er schon vernommen hatte, herunterzubeten wie einen Rosenkranz. Rossi war also in die Orthopädie gebracht worden und dort gestorben. Das war alles, woran er im Moment zu denken hatte.

Er wußte, daß es in London und New York Musicals gab, die Jahre und Jahre liefen. Die Besetzungen änderten sich, neue Schauspieler übernahmen die Rollen derer, die ausstiegen oder anderswo engagiert wurden, aber die Stücke und die Kostüme blieben dieselben, Jahr für Jahr. Brunetti schien es, daß hier etwas Ähnliches geschah: Die Patienten wechselten, nicht aber ihre Kostüme und die allgemeine Atmosphäre des Elends, die sie umgab. Männer und Frauen schlurften in ihren Morgenmänteln und Pyjamas durch die Bogengänge oder standen am Kiosk, gestützt auf Gipsverbände und Krücken, während unaufhörlich dieselben Geschichten gespielt wurden. Manche Spieler wechselten die Rolle; andere – wie Rossi – traten von der Bühne ab.

Vor der Orthopädie angekommen, sah Brunetti neben der Tür am Ende der Treppe eine Schwester stehen und eine Zigarette rauchen. Als er näher kam, drückte sie die Zigarette in einem Pappbecher aus, den sie in der anderen Hand hielt, öffnete die Tür und wollte auf die Station zurück.

»Entschuldigung«, sagte Brunetti, indem er ihr schnell durch die Tür folgte.

Sie warf den Pappbecher in einen metallenen Abfallbehälter und drehte sich zu ihm um. »Ja?« fragte sie, ohne ihn richtig anzusehen.

»Ich komme wegen Franco Rossi«, sagte er. »Der Pförtner hat mir gesagt, daß er hier ist.«

Sie sah ihn nun etwas genauer an, und ihre professionelle Undurchdringlichkeit löste sich ein wenig auf, als wäre er durch die Nähe zum Tod einer besseren Behandlung würdig geworden. »Sind Sie ein Angehöriger?« erkundigte sie sich.

»Nein, ein Freund.«

»Mein Beileid«, sagte sie, und es klang nicht nach beruflicher

Routine, sondern nach aufrichtiger Anteilnahme an menschlichem Kummer.

Brunetti dankte ihr, dann fragte er: »Was ist denn passiert?«

Sie setzte sich langsam in Bewegung, und Brunetti ging neben ihr her, weil er glaubte, sie werde ihn zu Franco Rossi führen, seinem Freund Franco Rossi. »Er wurde am Samstag nachmittag eingeliefert«, erklärte sie. »Unten haben sie bei der Untersuchung gesehen, daß seine beiden Arme gebrochen waren, da haben sie ihn zu uns heraufgeschickt.«

»In der Zeitung stand aber, er hätte im Koma gelegen.«

Sie zögerte, dann begann sie plötzlich, schneller zu gehen. Sie näherten sich einer Doppelschwingtür am Ende des Korridors. »Dazu kann ich nichts sagen. Aber er war bewußtlos, als er hier oben ankam.«

»Bewußtlos wovon?«

Sie zögerte wieder, als müßte sie überlegen, wieviel sie ihm sagen durfte. »Er muß sich bei seinem Sturz am Kopf verletzt haben.«

»Wie tief ist er denn gestürzt? Wissen Sie das?«

Sie schüttelte den Kopf, drückte mit der Hand die Tür auf, hielt sie fest und ließ Brunetti den Vortritt. Sie kamen in einen großen Vorraum, auf dessen einer Seite ein Schreibtisch stand, der momentan nicht besetzt war.

Als er begriff, daß sie seine Frage nicht beantworten wollte oder konnte, fragte er statt dessen: »War seine Kopfverletzung schwer?«

Sie wollte antworten, stockte und sagte: »Das müssen Sie einen der Ärzte fragen.«

»War die Kopfverletzung denn die Todesursache?«

Er wußte nicht, ob er es sich nur einbildete, aber er hatte den Eindruck, daß sie sich bei jeder seiner Fragen ein Stückchen höher aufrichtete, während ihre Stimme immer professioneller wurde und an Menschlichkeit verlor. »Auch das müßten Sie die Ärzte fragen.«

»Aber ich verstehe noch immer nicht, warum man ihn hier auf diese Station gebracht hat«, sagte Brunetti.

»Wegen seiner Arme«, antwortete sie.

»Aber wenn sein Kopf ...«, begann Brunetti, doch die Schwester wandte sich von ihm ab und ging auf eine weitere Schwingtür links vom Empfangstisch zu.

Sowie sie diese erreicht hatte, drehte sie sich um und rief über die Schulter zurück: »Vielleicht kann man es Ihnen unten erklären. In der Notaufnahme. Fragen Sie nach Doktor Carraro.« Dann war sie fort.

Brunetti folgte ihrem Rat und ging rasch nach unten. In der Notaufnahme erklärte er der Schwester, er sei ein Freund eines gewissen Franco Rossi, der nach seiner Verlegung auf die Station gestorben sei, und er wolle bitte mit Doktor Carraro sprechen. Sie ließ sich seinen Namen nennen und bat ihn, zu warten, bis sie mit dem Doktor gesprochen habe. Brunetti ging zu einem der Plastikstühle an der Wand und setzte sich. Er fühlte sich plötzlich sehr müde.

Nach etwa zehn Minuten stieß ein Mann im weißen Kittel die Schwingtüren auf, die zum Behandlungszimmer führten, und kam ein paar Schritte auf Brunetti zu, bevor er stehenblieb. Die Hände tief in den Taschen seines Kittels, machte er deutlich, daß er von Brunetti erwartete, aufzustehen und zu ihm zu kommen. Er war klein und hatte diesen wiegenden, aggressiven Gang, den viele Männer seiner Statur sich angewöhnen. Sein grobes weißes Haar war mit einer öligen Pomade fest an den Kopf geklebt, und die roten Wangen sprachen eher von Alkohol als von Gesundheit. Brunetti erhob sich höflich und ging ihm entgegen. Er überragte den Arzt um mindestens einen Kopf.

»Wer sind Sie?« fragte Carraro, wobei er zu seinem Gegenüber aufblicken mußte, was ihm sichtlich schon sein Leben lang Verdruß bereitete.

»Wie Ihnen die Schwester vielleicht schon gesagt hat, Dottore, bin ich ein Freund von Signor Rossi«, begann Brunetti.

»Wo sind seine Angehörigen?« erkundigte sich der Arzt.

»Das weiß ich nicht. Wurden sie denn verständigt?«

Carraros Verdruß verwandelte sich in Zorn, zweifellos ausgelöst durch den Gedanken, jemand könne so ignorant sein und annehmen, daß er, der Dottore, nichts Besseres zu tun habe, als herumzusitzen und mit den Angehörigen von Verstorbenen zu telefonieren. Statt zu antworten, fragte er: »Was wollen Sie eigentlich?«

»Ich wüßte gern, woran Signor Rossi gestorben ist«, antwortete Brunetti ruhig.

»Und was geht Sie das an?« fuhr der Dottore auf.

Im Ospedale Civile herrschte, wie *Il Gazzettino* seinen Lesern oft ins Gedächtnis rief, Personalmangel. Es war ständig überbelegt, und deshalb mußten viele Ärzte Überstunden machen.

»Hatten Sie Dienst, als er eingeliefert wurde, Dottore?« fragte Brunetti, statt auf die Frage zu antworten.

»Ich habe Sie gefragt, wer Sie sind«, sagte Carraro in schärferem Ton.

»Guido Brunetti«, antwortete er gelassen. »Ich habe in der Zeitung gelesen, daß Signor Rossi im Krankenhaus liegt, und bin gekommen, um zu sehen, wie es ihm geht. Der Pförtner hat mir gesagt, daß er gestorben ist, und deswegen bin ich hier.«

»Warum?«

»Um die Todesursache zu erfahren«, sagte Brunetti. »Und noch anderes.«

»Was noch für anderes?« Das Gesicht des Arztes nahm eine Farbe an, die als gefährlich zu erkennen man kein Mediziner sein mußte.

»Um mich zu wiederholen, Dottore«, sagte Brunetti mit übertrieben höflichem Lächeln, »ich möchte wissen, woran er gestorben ist.«

»Sie sagen, Sie sind ein Freund, ja?«

Brunetti nickte.

»Dann haben Sie keinen Anspruch darauf, das zu erfahren. Wir dürfen so etwas nur seinen nächsten Angehörigen mitteilen.«

Als hätte der Arzt gar nicht gesprochen, fragte Brunetti: »Wann wird die Autopsie gemacht, Dottore?«

»Die *was*?« fragte Carraro in einem Ton, der zeigen sollte, wie absurd Brunettis Frage war. Als Brunetti nicht darauf einging, machte Carraro auf dem Absatz kehrt und entfernte sich, wobei seine Haltung deutlich die Verachtung des Kundigen für die Dummheit des Laien zum Ausdruck brachte.

»Wann wird die Autopsie gemacht?« wiederholte Brunetti, diesmal unter Weglassung des Titels.

Der Arzt fuhr herum, nicht ohne ein gewisses Pathos, und kam mit raschen Schritten zu Brunetti zurück. »Gemacht wird, was die medizinische Leitung dieses Krankenhauses entscheidet, Signore. Und ich glaube kaum, daß man Sie bitten wird, an einer solchen Entscheidung mitzuwirken.« Brunetti interessierte sich weniger dafür, wie heiß Carraros Zorn war, als dafür, was ihn ausgelöst haben mochte.

Er zückte seine Brieftasche und entnahm ihr seinen Dienstausweis, faßte ihn an einer Ecke und hielt ihn Carraro mit Bedacht so hin, daß dieser gezwungen war, den Kopf weit zurückzulegen, um ihn lesen zu können. Der Arzt riß ihm den Ausweis aus der Hand, hielt ihn tiefer und studierte ihn aufmerksam.

»Wann wird die Autopsie gemacht, Dottore?«

Carraro hielt den Kopf über Brunettis Dienstausweis gesenkt, als könnte er durch Lesen die Worte verändern oder ihnen eine neue Bedeutung geben. Dann drehte er ihn um und betrachtete die Rückseite, aber nützliche Informationen suchte er darauf so vergebens wie eine gebührende Antwort in seinem Kopf. Schließlich blickte er auf, sah Brunetti an und fragte in einem nun nicht mehr arroganten, dafür aber mißtrauischen Ton: »Wer hat Sie gerufen?«

»Ich glaube nicht, daß es eine Rolle spielt, warum wir hier sind«, begann Brunetti, wobei er ganz bewußt im Plural sprach, um die Vorstellung zu erwecken, daß es im Krankenhaus nur so von Polizisten wimmelte, die alle Unterlagen, Röntgenbilder und Krankenblätter beschlagnahmten, Pfleger und Patienten ausfragten und nur das eine Ziel hatten: herauszubekommen, woran Franco Rossi gestorben war. »Genügt es nicht, *daß* wir hier sind?«

Carraro gab Brunetti den Ausweis zurück und sagte: »Wir haben hier unten kein Röntgengerät, und als wir seine Arme sahen, haben wir ihn zuerst in die Radiologie und dann in die Orthopädie geschickt. Es war das Nächstliegende. Jeder Arzt hätte das getan.« Jeder Arzt im Ospedale Civile, dachte Brunetti, sagte aber nichts.

»Waren die Arme gebrochen?« fragte Brunetti.

»Natürlich waren sie das, beide, der rechte sogar an zwei Stellen. Wir haben ihn nach oben geschickt, um die Brüche einrichten und schienen zu lassen. Etwas anderes hätten wir gar nicht tun können. Es war das übliche Vorgehen. Sowie er das hinter sich hatte, konnten die ihn woandershin schicken.«

»In die Neurologie zum Beispiel?« fragte Brunetti.

Statt einer Antwort zuckte Carraro nur die Achseln.

»Verzeihung, Dottore«, sagte Brunetti mit vor Sarkasmus triefender Stimme. »Ich habe Ihre Antwort leider nicht gehört.«

»Ja, zum Beispiel.«

»Haben Sie Verletzungen an ihm gesehen, die es nahegelegt hätten, ihn in die Neurologie zu schicken? Haben Sie das in Ihren Unterlagen festgehalten?«

»Ich glaube, ja«, antwortete Carraro ausweichend.

»Glauben Sie es, oder wissen Sie es?« bohrte Brunetti.

»Ich weiß es«, gab Carraro endlich zu.

»Haben Sie eine Kopfverletzung vermerkt, wie von einem Sturz?« fragte Brunetti.

Carraro nickte. »Es steht so auf dem Krankenblatt.«

»Aber Sie haben ihn in die Orthopädie geschickt?«

Carraros Gesicht lief wieder blutrot an. Wie müßte es sein, dachte Brunetti, seine Gesundheit in den Händen dieses Mannes zu wissen? »Die Arme waren gebrochen. Ich wollte, daß da etwas gemacht wurde, bevor er in einen Schockzustand käme, darum habe ich ihn in die Orthopädie bringen lassen. Es wäre deren Aufgabe gewesen, ihn in die Neurologie weiterzuschikken.«

»Und?«

Vor Brunettis Augen trat an die Stelle des Arztes der Bürokrat, der vor dem Gedanken zurückschreckte, daß der Verdacht der Pflichtvergessenheit auf ihn statt auf jene fallen könnte, die den Patienten tatsächlich behandelt hatten. »Wenn die in der Orthopädie es versäumt haben, ihn zur weiteren Behandlung woandershin zu schicken, dann ist das nicht meine Schuld. Sie sollten lieber mit denen sprechen.«

»Wie ernst war die Kopfverletzung?« fragte Brunetti.

»Ich bin kein Neurologe«, beeilte sich Carraro zu antworten, ganz wie Brunetti es von ihm erwartet hatte.

»Vorhin haben Sie noch gesagt, Sie hätten die Kopfverletzung auf dem Krankenblatt vermerkt.«

»Ja, da steht sie auch«, sagte Carraro.

Brunetti war versucht, Carraro darüber aufzuklären, daß sein Hiersein nichts mit einem eventuellen Kunstfehlervorwurf zu tun hatte, aber er glaubte nicht, daß der Arzt ihm das abnehmen würde oder, selbst wenn, daß es etwas an seiner Haltung ändern würde. Er hatte im Lauf seines Berufslebens schon mit manchem Beamtenapparat zu tun gehabt, und eine bittere Erfahrung um die andere hatte ihn gelehrt, daß höchstens noch das Militär und die Mafia, vielleicht auch die Kirche, so prompt und ohne Rücksicht auf Gerechtigkeit, Wahrheit oder Leben in die Automatik des Abstreitens und Vertuschens verfiel wie der Ärztestand.

»Danke, Dottore«, sagte Brunetti in einem abschließenden

Ton, der den anderen deutlich überraschte. »Ich möchte ihn sehen.«

»Wen, Rossi?«

»Ja.«

»Er ist in der Leichenhalle«, erklärte Carraro mit einer Stimme, die so kühl war wie der Ort, von dem er sprach. »Finden Sie hin?«

»Ja.«

7

Gnädigerweise führte Brunettis Weg ihn kurz ins Freie, nämlich über den Innenhof des Krankenhauses, wo er wenigstens ein Stückchen Himmel und ein paar blühende Bäume zu sehen bekam; er wünschte sich, er hätte die Schönheit der bauschigen Wolken, die er durch die rosa Blüten sah, einpacken und mitnehmen können. Er bog in den schmalen Gang ein, der zum *obitorio* führte, und fand es ein wenig beunruhigend, wie vertraut ihm der Weg zum Tod war.

An der Tür erkannte ihn der Wärter und begrüßte ihn mit einem Kopfnicken. Er war ein Mann, der sich in jahrzehntelangem Umgang mit den Toten deren Schweigsamkeit zu eigen gemacht hatte.

»Franco Rossi«, sagte Brunetti nur.

Erneutes Nicken, und schon drehte der Mann sich um und führte Brunetti in den Raum, in dem auf hüfthohen Tischen einige weiß zugedeckte Gestalten lagen. Der Wärter ging mit Brunetti auf die andere Seite des Raumes und blieb dort bei einem der Tische stehen, machte aber keine Anstalten, das Tuch zurückzuschlagen. Brunetti blickte nach unten: die Pyramide der Nase, eine Absenkung am Kinn, dann eine unebene Fläche, unterbrochen von zwei horizontalen Schwellungen, bei denen es sich wohl um die eingegipsten Arme handeln mußte, und dann zwei horizontale Röhren, die da endeten, wo die Füße nach beiden Seiten abstanden.

»Er war ein Freund von mir«, sagte Brunetti, vielleicht nur zu sich selbst, und zog das Tuch vom Gesicht.

Die Delle über dem linken Auge war blau und zerstörte die Symmetrie der Stirn, die sonderbar flach wirkte, als wäre sie von einer riesigen Hand eingedrückt worden. Sonst war es dasselbe Gesicht, schlicht und unscheinbar. Paola hatte ihm einmal erzählt, daß Henry James, den sie verehrte, den Tod als »Das Würdige« bezeichnet habe, aber es war nichts Würdiges an dem, was sich Brunettis Blicken hier bot: Dies hier war platt, namenlos und kalt.

Er deckte das Gesicht wieder zu und fragte sich im stillen, wieviel von dem, was da vor ihm lag, noch Rossi war; und wenn es Rossi nicht mehr gab, warum dann das, was übrig war, soviel Respekt verdiente. »Danke«, sagte er zu dem Wärter und ging hinaus. Seine Reaktion auf die Wärme im Hof war durch und durch animalisch: Fast konnte er fühlen, wie sich die Haare in seinem Nacken wieder glätteten. Er überlegte, ob er in die Neurologie gehen sollte, um zu hören, welche Ausreden man dort parat hatte, aber der Anblick von Rossis geschundenem Gesicht ließ ihn nicht los, und er wollte eigentlich nur heraus aus der Enge des Krankenhauses. Er gab diesem Verlangen nach und ging. Noch einmal sprach er bei der Anmeldung vor, doch diesmal zückte er seinen Dienstausweis und verlangte Rossis Adresse.

Der Pförtner fand sie schnell und schrieb noch die Telefonnummer dazu. Es war eine niedrige Nummer in Castello, und als Brunetti den Pförtner fragte, ob er wisse, wo das sei, erklärte ihm dieser, es müsse bei Santa Giustina sein, nicht weit von dem Laden, der früher einmal die Puppenklinik gewesen war.

»Hat sich hier schon jemand nach ihm erkundigt?« fragte Brunetti.

»Seit ich Dienst habe, nein, Commissario. Aber seine Angehörigen sind bestimmt vom Krankenhaus benachrichtigt worden, die werden also wissen, wohin sie sich wenden müssen.«

Brunetti sah auf die Uhr. Es war kurz vor eins, aber er bezweifelte, daß Franco Rossis Familie, falls er eine hatte, heute die üblichen Essenszeiten einhalten würde. Er wußte, daß der Tote im Katasteramt gearbeitet hatte und nach einem Sturz gestorben war. Darüber hinaus wußte er nur das wenige, was er aus ihrer kurzen Begegnung und dem noch kürzeren Telefongespräch hatte schließen können: daß Rossi pflichtbewußt und ängstlich war, fast der Inbegriff des pedantischen Bürokraten. Und er war, wie Lots Frau, zur Salzsäule erstarrt, als Brunetti ihm zugemutet hatte, auf die Terrasse hinauszutreten.

Er ging die Barbaria delle Tole hinunter in Richtung San Francesco della Vigna. Rechts von ihm machte der Obstverkäufer, der mit der Perücke, gerade seinen Stand dicht, das heißt, er breitete ein grünes Tuch über die offenen Kisten mit Obst und Gemüse, und die Bewegung, mit der er das tat, erinnerte Brunetti beunruhigend an die, mit der er vorhin das Laken über Rossis Gesicht gebreitet hatte. Um ihn herum ging alles seinen normalen Gang: Die Leute eilten zum Mittagessen nach Hause, und das Leben ging weiter.

Die Adresse war leicht zu finden; sie befand sich auf der rechten Seite des Campo, fast Tür an Tür mit wieder einem dieser neuen Immobilienbüros. ROSSI, FRANCO stand eingraviert auf einem schmalen Messingschild neben der Klingel für die zweite Etage. Brunetti läutete, wartete, läutete noch einmal, aber nichts rührte sich. Daraufhin drückte er auf die Klingel darüber, jedoch mit demselben Ergebnis, weshalb er schließlich die darunter probierte.

Nach ein paar Sekunden fragte eine Männerstimme über die Sprechanlage: »Ja, wer ist da?«

»Polizei.«

Es folgte das übliche Schweigen, dann sagte die Stimme: »Na gut.«

Brunetti wartete auf das Klicken, das die große Haustür entriegeln würde, hörte jedoch statt dessen Schritte, und dann wurde die Tür von innen geöffnet. Vor ihm stand ein kleiner Mann, aber daß er klein war, fiel nicht sofort auf, denn er stand oben auf der hohen Stufe, von der die Bewohner zweifellos hofften, daß sie ihre Eingangsdiele über *acqua-alta*-Niveau heben würde. Der Mann hatte noch seine Serviette in der rechten Hand und betrachtete Brunetti mit jenem anfänglichen Mißtrauen, das dieser seit langem gewohnt war. Er trug eine starke Brille, und Brunetti bemerkte einen roten Klecks links neben der Krawatte, wahrscheinlich Tomatensoße.

»Ja?« fragte der Mann, ohne zu lächeln.

»Ich komme wegen Signor Rossi«, sagte Brunetti.

Als der Mann den Namen hörte, wurde sein Gesichtsausdruck sanfter, und er beugte sich vornüber, um die Tür weiter zu öffnen. »Entschuldigen Sie, ich hätte Sie gleich hereinbitten sollen. Bitte, kommen Sie, bitte.« Er trat zur Seite, um auf dem schmalen Treppenabsatz Platz für Brunetti zu machen, und streckte die Hand aus, als wollte er sie Brunetti reichen. Als er merkte, daß sich darin noch seine Serviette befand, versteckte er sie rasch hinter dem Rücken. Von neuem beugte er sich vor und drückte die Tür mit der anderen Hand zu, dann drehte er sich wieder zu Brunetti um.

»Bitte, kommen Sie mit«, sagte er und wandte sich zu einer offenen Tür auf halbem Korridor, genau gegenüber der Treppe, die zu den oberen Stockwerken führte.

Brunetti blieb an der Tür stehen, damit der andere vor ihm eintreten konnte, und folgte ihm dann. Es war eine schmale Tür, kaum breiter als einen Meter, und dahinter legten zwei weitere Stufen Zeugnis von der ewigen Zuversicht der Venezianer ab, sie könnten die Gezeiten austricksen, die beständig an den Fundamenten der Stadt nagten. Das Zimmer, in das die Stufen führten, war sauber und ordentlich und erstaunlich hell für eine im *piano rialzato* gelegene Wohnung. Brunetti sah, daß im hinteren Teil der Wohnung eine Flucht von vier hohen Fenstern auf einen großen Garten jenseits eines breiten Kanals blickte.

»Entschuldigen Sie bitte, ich war gerade beim Essen«, sagte der Mann und warf seine Serviette auf den Tisch.

»Lassen Sie sich von mir nicht stören«, beschwor ihn Brunetti.

»Aber nein, ich bin ja so gut wie fertig«, erklärte der Mann. Auf seinem Teller lag noch eine große Portion Pasta, links daneben eine aufgeschlagene Zeitung. »Es macht nichts«, beteuerte er und winkte Brunetti zu einem Sofa, das in der Zimmermitte mit Blick zu den Fenstern stand. »Kann ich Ihnen etwas anbieten«, fragte er. *»Un'ombra?«*

Nichts wäre Brunetti jetzt lieber gewesen als ein Gläschen Wein, aber er lehnte ab. Statt dessen gab er dem Mann die Hand und stellte sich vor.

»Marco Caberlotto«, antwortete dieser.

Brunetti nahm auf dem Sofa Platz, Caberlotto setzte sich ihm gegenüber. »Was ist denn mit Franco?« erkundigte er sich.

»Sie wissen, daß er im Krankenhaus war?« fragte Brunetti, statt zu antworten.

»Ja, ich habe es heute morgen im *Gazzettino* gelesen. Sobald ich fertig bin, gehe ich ihn besuchen«, sagte er mit einer Handbewegung zum Tisch, wo sein Mittagessen langsam kalt wurde. »Wie geht es ihm denn?«

»Es tut mir leid, aber ich habe schlechte Nachrichten für Sie«, begann Brunetti mit der formelhaften Einleitung, die ihm in den vergangenen Jahrzehnten so vertraut geworden war. Als er sah, daß Caberlotto verstand, fuhr er fort: »Er ist nicht mehr aus dem Koma aufgewacht und heute morgen gestorben.«

Caberlotto murmelte etwas, hob eine Hand an den Mund und preßte die Finger auf die Lippen. »Das wußte ich nicht. Der arme Junge.«

Brunetti ließ ihm einen Moment Zeit und fragte dann leise: »Kannten Sie ihn gut?«

Ohne darauf einzugehen, fragte Caberlotto: »Stimmt es, daß er gestürzt ist? Daß er gestürzt ist und sich dabei den Schädel gebrochen hat?«

Brunetti nickte.

»Gestürzt?« fragte Caberlotto noch einmal mit Nachdruck.

»Ja, warum fragen Sie?«

Wieder antwortete Caberlotto nicht direkt. »Ach, der arme Junge«, wiederholte er nur kopfschüttelnd. »Ich hätte nie geglaubt, daß so etwas je passieren könnte. Er war immer so vorsichtig.«

»Sie meinen, bei seiner Arbeit?«

Caberlotto sah Brunetti an und antwortete: »Nein, bei allem. Er war einfach ... na ja, er war eben so: vorsichtig. Er arbeitete doch in diesem Amt, zu dessen Aufgaben es auch gehört, daß die Leute rausgehen und sich Baustellen angucken, aber Franco blieb lieber in seinem Büro sitzen und prüfte anhand der Pläne, wie die Häuser konzipiert waren oder wie sie nach einer Restaurierung aussehen würden. Das hat ihm Spaß gemacht, dieser Teil seiner Arbeit. So hat er es mir jedenfalls erzählt.«

»Aber«, sagte Brunetti, der sich an Rossis Besuch bei ihm zu Hause erinnerte, »ich dachte, zu seiner Arbeit gehörten auch Inspektionen vor Ort, wenn gegen Bauvorschriften verstoßen worden war.«

Caberlotto zuckte die Achseln. »Ich weiß, daß er manchmal in die Häuser mußte, aber nach meinem Eindruck hat er das nur getan, um die Besitzer über gewisse Dinge aufzuklären, damit sie überhaupt begriffen, worum es ging.« Caberlotto hielt inne, versuchte wohl, sich seine Gespräche mit Rossi ins Gedächtnis zu rufen, dann redete er weiter: »Ich kannte ihn ja nicht besonders gut. Wir waren eben Nachbarn und haben uns gelegentlich auf der Straße unterhalten oder ein Gläschen zusammen getrunken. Dabei hat er mir erzählt, daß er gern Baupläne studiert.«

»Sie sagen, er sei immer so vorsichtig gewesen«, hakte Brunetti nach.

»Ja, bei allem«, sagte Caberlotto mit dem Hauch eines Lächelns. »Ich habe ihn manchmal damit aufgezogen. Er hätte nie einen Karton die Treppe hinuntergetragen. Sagte immer, er muß beim Gehen beide Füße sehen.« Er unterbrach sich kurz, als müßte er erst darüber nachdenken, ob er fortfahren solle, tat es dann aber. »Einmal ist ihm eine Glühbirne geplatzt, und da hat er mich nach einem Elektriker gefragt. Ich wollte wissen, worum es ging, und als er es mir sagte, habe ich gemeint, er könne die Birne doch selbst auswechseln. Dazu muß man nur einen Klebestreifen verkehrt herum um ein Stück Pappe wickeln, es in den Birnensockel schieben und die Birne herausdrehen. Aber er traute sich einfach nicht, die Birne anzufassen.« Caberlotto verstummte.

»Und dann?« ermunterte ihn Brunetti.

»Es war Sonntag, da wäre sowieso kein Elektriker gekommen. Also bin ich raufgegangen und hab's für ihn gemacht. Einfach den Strom abgeschaltet und die geplatzte Birne rausgeschraubt.« Er sah Brunetti an und machte mit der rechten Hand eine Drehbewegung. »Ich hab's genauso gemacht, wie ich es ihm gesagt hatte, mit dem Klebestreifen, und die Birne ist ohne weiteres rausgekommen. Hat nur fünf Sekunden gedauert, aber er hätte es niemals selbst machen können. Er hätte das Zimmer nicht benutzt, bis er einen Elektriker gefunden hätte, und so lange wäre es eben dunkel geblieben.« Er lächelte zu Brunetti hinüber. »Es hatte eigentlich nicht direkt damit zu tun, daß er Angst hatte. Er war einfach so.«

»War er verheiratet?« fragte Brunetti.

Caberlotto schüttelte den Kopf.

»Freundin?«

»Nein, auch nicht.«

Hätte er Caberlotto besser gekannt, Brunetti hätte vielleicht noch »oder einen Freund« gefragt. »Eltern?«

»Weiß ich nicht. Wenn sie noch leben, dann wohl nicht hier in Venedig. Er hat nie von ihnen gesprochen und war an Feiertagen immer hier.«

»Bekannte, Freunde?«

Caberlotto überlegte eine Weile und sagte dann: »Manchmal habe ich ihn auf der Straße mit Leuten gesehen. Oder in einer Bar. Sie wissen ja, wie das ist. Aber ich erinnere mich nicht an jemand Bestimmten, oder daß ich ihn öfter mit ein und derselben Person gesehen hätte.«

Da Brunetti darauf nichts sagte, versuchte Caberlotto es ihm zu erklären. »Wir waren ja nicht direkt Freunde, wissen Sie, und so habe ich ihn dann wohl auch öfter gesehen, ohne groß darauf zu achten, ihn also einfach nur so erkannt.«

Brunetti fragte: »Bekam er Besuch?«

»Das nehme ich an. Ich kriege nicht allzuviel davon mit, wer hier ein und aus geht. Ich höre Leute die Treppe rauf- oder runtergehen, aber ich weiß nie, wer es ist.« Ganz plötzlich fragte er: »Aber warum sind Sie eigentlich hier?«

»Ich habe ihn auch gekannt«, antwortete Brunetti. »Und als ich erfuhr, daß er tot ist, bin ich gekommen, um mit seinen Hinterbliebenen zu reden, aber ich bin nur als Freund hier, sonst nichts.« Caberlotto fragte sich nicht, wieso Brunetti, wenn er ein Freund von Rossi war, so wenig über ihn wußte.

Brunetti stand auf. »Ich lasse Sie jetzt Mittag essen, Signor Caberlotto«, sagte er und gab ihm die Hand.

Caberlotto begleitete Brunetti über den Flur zur Haustür, öffnete sie. Wie er so auf der höheren Treppenstufe stand und auf Brunetti hinabsah, sagte er: »Er war ein guter Mensch. Ich kannte ihn nicht besonders gut, aber ich mochte ihn. Er hat immer nett über andere Leute gesprochen.« Er beugte sich vor und legte Brunetti die Hand auf den Arm, als wollte er seiner Aussage besonderen Nachdruck verleihen. Dann schloß er die Tür.

8

Auf dem Rückweg zur Questura rief Brunetti zu Hause an, um Paola zu sagen, daß er zum Mittagessen nicht heimkommen werde. Danach ging er in eine kleine Trattoria und aß einen Teller Pasta, von der er nichts schmeckte, und ein paar Stückchen Huhn, die lediglich als Kraftstoff dienten, um ihn über den Nachmittag zu bringen. Als er in sein Zimmer kam, fand er auf dem Schreibtisch eine Nachricht, daß Vice-Questore Patta ihn um vier Uhr zu sprechen wünsche.

Brunetti rief im Krankenhaus an und hinterließ bei Dottor Rizzardis Sekretärin eine Nachricht mit der Frage, ob er die Autopsie an Francesco Rossi selbst vornehmen werde, dann führte er ein weiteres Gespräch, um die bürokratischen Mühlen für eine solche Autopsie überhaupt erst einmal in Gang zu bringen. Er ging hinunter ins Bereitschaftszimmer, um nachzusehen, ob Vianello da war. Sein Assistent saß am Schreibtisch vor einem dicken Aktenordner. Obwohl Vianello nicht viel größer war als sein Vorgesetzter, schien er irgendwie mehr Raum einzunehmen.

Bei Brunettis Eintreten blickte er hoch und wollte schon aufstehen, aber Brunetti bedeutete ihm, sitzen zu bleiben. Doch als er dann die drei anderen Polizisten bemerkte, die auch mit im Zimmer waren, überlegte er es sich anders und deutete mit einer kaum merklichen Bewegung des Kinns zur Tür. Vianello verstand, klappte den Ordner zu und folgte Brunetti nach oben in dessen Dienstzimmer.

Als sie einander gegenübersaßen, fragte Brunetti: »Haben Sie die Sache mit dem Mann gelesen, der drüben in Dorsoduro vom Gerüst gefallen ist?«

»Der vom Katasteramt?« fragte Vianello zurück, aber es war eigentlich keine Frage. Als Brunetti nickte, erkundigte sich Vianello: »Was ist mit ihm?«

»Er hat mich am Freitag angerufen«, sagte Brunetti, dann legte er eine Pause ein, um Vianello Gelegenheit zu einer Rückfrage zu geben. Als keine kam, berichtete er weiter: »Er wollte mit mir über etwas reden, was in seiner Dienststelle vor sich ging, aber er rief über sein *telefonino* an, und als ich ihm sagte, das sei nicht sicher, wollte er mich von woanders her wieder anrufen.«

»Und das hat er nicht getan?« unterbrach Vianello.

»Nein«, bestätigte Brunetti kopfschüttelnd. »Ich habe bis nach sieben Uhr hier gewartet, sogar den Bereitschaftsdienst angewiesen, ihm meine Privatnummer zu geben, falls er doch noch anrufen sollte, aber er hat sich nicht gemeldet. Und dann sah ich heute vormittag sein Bild in der Zeitung. Ich bin auf der Stelle zum Krankenhaus gegangen, aber es war zu spät.« Brunetti hielt wieder inne und wartete auf einen Kommentar von Vianello.

»Warum sind Sie zum Krankenhaus gegangen, Commissario?«

»Er hatte Höhenangst.«

»Was?«

»Als er bei mir in der Wohnung war, da –«, begann Brunetti, aber Vianello unterbrach ihn.

»Er war bei Ihnen zu Hause? Wann denn?«

»Vor Monaten schon. Es ging um die Urkunden und Dokumente, die sie dort über meine Wohnung haben. Beziehungsweise nicht haben. Ist auch egal. Er war jedenfalls da, um irgendwelche Papiere einzusehen. Die hatten mir vorher schon geschrieben. Aber es ist unwichtig, wozu er da war; wichtig ist, was bei der Gelegenheit passierte.«

Vianello sagte nichts, aber die Neugier stand ihm mit Großbuchstaben ins breite Gesicht geschrieben.

»Während wir uns über das Haus unterhielten, bat ich ihn, mit nach draußen auf die Terrasse zu kommen und einen Blick auf die Fenster der Wohnung unter uns zu werfen. Ich dachte, er würde daran sehen, daß beide Stockwerke zur selben Zeit aufgesetzt worden waren, und es hätte vielleicht Einfluß auf die amtliche Entscheidung über meine Wohnung, wenn dem so wäre.« Als Brunetti das sagte, fiel ihm ein, daß er ja gar nicht wußte, zu welcher Entscheidung das Katasteramt, falls überhaupt, gekommen war.

»Ich war also draußen und beugte mich übers Geländer zu den Fenstern im nächsttieferen Stockwerk, und als ich mich wieder zu ihm umdrehte, reagierte er, als hätte ich ihm eine Giftschlange unter die Nase gehalten. Er war starr vor Angst.« Als er Vianellos skeptische Miene sah, lenkte er ein: »Also gut, das war eben mein Eindruck. Jedenfalls hatte er Angst.« Er schwieg und blickte Vianello an.

Sein Untergebener sagte nichts.

»Wenn Sie ihn gesehen hätten, würden Sie verstehen, was ich meine«, sagte Brunetti. »Der Gedanke, sich übers Geländer beugen zu sollen, machte ihm Todesängste.«

»Und das heißt?« fragte Vianello.

»Das heißt, daß der Mann sich auf gar keinen Fall auf ein Gerüst getraut hätte, schon gar nicht allein.«

»Hat er etwas gesagt?«

»Worüber?«

»Über seine Höhenangst?«

»Vianello, ich hab's Ihnen doch gerade erzählt. Er brauchte nichts zu sagen, sein ganzes Gesicht drückte es aus. Er war fast von Sinnen vor Angst. Wenn jemand solche Angst vor etwas hat, dann kann er es nicht tun. Unmöglich.«

Vianello versuchte es andersherum. »Aber er hat nichts zu Ihnen gesagt, Commissario. Das will ich Ihnen ja gerade begreiflich machen – oder vielmehr zu bedenken geben. Sie wissen nicht, ob es der Gedanke an einen Blick übers Terrassengeländer nach unten war, der ihm solche Angst machte. Es könnte auch etwas anderes gewesen sein.«

»Natürlich könnte es auch etwas anderes gewesen sein«, räumte Brunetti fassungslos ein. »Aber es war nichts anderes. Ich habe den Mann gesehen. Ich habe mit ihm gesprochen.«

Vianello erkundigte sich gnädig: »Und das heißt nun?«

»Das heißt, wenn er nicht aus freien Stücken auf dieses Gerüst gestiegen ist, kann er auch nicht unglücklich heruntergefallen sein.«

»Sie meinen also, er ist ermordet worden?«

»Ich weiß das natürlich nicht«, mußte Brunetti gestehen. »Aber ich glaube nicht, daß er da freiwillig hingegangen ist, oder falls er noch freiwillig zu dem Haus gegangen ist, dann war es bestimmt nicht sein freier Wille, auf dieses Gerüst zu steigen.«

»Haben Sie es schon gesehen?«

»Das Gerüst?«

Vianello nickte.

»Dafür war noch keine Zeit.«

Vianello schob den Jackenärmel hoch und sah auf seine Uhr. »Jetzt wäre Zeit, Commissario.«

»Der Vice-Questore will mich um vier Uhr sprechen«, antwortete Brunetti mit einem Blick auf seine eigene Uhr. Es waren noch zwanzig Minuten bis dahin. Er sah Vianellos Blick. »Richtig«, sagte Brunetti. »Gehen wir.«

Sie gingen noch kurz in den Bereitschaftsraum und holten Vianellos *Gazzettino,* in dem die Adresse des Hauses in Dorsoduro genannt war. Dann holten sie Bonsuan, den Oberbootsführer, und sagten ihm, wohin sie wollten. Auf der Fahrt studierten die beiden, an Deck des Polizeiboots stehend, einen Stadtplan und fanden die Adresse in einer *calle,* die vom Campo dell'Angelo Raffaele wegführte. Das Boot brachte sie ans Ende der Zattere, wo sie weiter vorn ein riesiges Schiff am Kai liegen sahen, das die ganze Umgebung zur Zwergenstadt schrumpfen ließ.

»Mein Gott, was ist denn das?« fragte Vianello, als sie näher kamen.

»Das ist dieses Kreuzfahrtschiff, das hier gebaut wurde. Es soll das größte der Welt sein.«

»Grauenhaft«, meinte Vianello, den Kopf im Nacken, um zu

den oberen Decks fast zwanzig Meter über ihnen hinaufzusehen. »Was tut das hier?«

»Der Stadt Geld bringen«, bemerkte Brunetti trocken.

Vianello blickte ins Wasser, dann zu den Dächern der Stadt hinauf. »Wir sind die reinsten Huren«, meinte er, und Brunetti sah sich außerstande, ihm zu widersprechen.

Bonsuan legte nicht weit von dem großen Schiff an, stieg vom Boot und begann, es an dem mächtigen, pilzförmigen Eisenpoller festzumachen, der sicher einmal für größere Boote gedacht gewesen war, so dick war er.

Brunetti sagte beim Aussteigen zu dem Bootsführer: »Sie brauchen nicht auf uns zu warten, Bonsuan. Ich weiß nicht, wie lange es dauern wird.«

»Ich warte, wenn Sie nichts dagegen haben, Commissario«, antwortete der Ältere, um fortzufahren: »Ich bin lieber hier als dahinten.« Bonsuan hatte nur noch ein paar Jahre bis zur Pensionierung vor sich, und je höher dieser ferne Termin über den Horizont stieg, desto unverblümter sprach Bonsuan aus, was er dachte.

Es war nicht zu übersehen, daß die beiden anderen seine Ansicht teilten, auch wenn sie unausgesprochen blieb. Sie kehrten dem Boot den Rücken und gingen auf dem Weg zum Campo durch einen Teil der Stadt, den Brunetti selten aufsuchte. Früher hatten er und Paola hier gern in einem kleinen Fischrestaurant gegessen, aber es hatte vor ein paar Jahren den Besitzer gewechselt, und das Essen war immer schlechter geworden, darum kamen sie nicht mehr her. Brunetti hatte auch einmal eine Freundin gehabt, die in der Nähe wohnte, aber das war noch während seines Studiums gewesen, und sie war vor ein paar Jahren gestorben.

Sie gingen über die Brücke und den Campo San Sebastiano auf den größeren Campo dell'Angelo Raffaele zu. Vianello, der vorausging, bog sofort in eine *calle* zu ihrer Linken ein, und da sahen sie weiter vorn das Gerüst am letzten Haus in der Reihe, einem viergeschossigen Gebäude, das aussah, als stände es seit

Jahren leer. Sie betrachteten die Anzeichen seines Unbewohntseins: die lepröse Farbe, die von den dunkelgrünen Fensterläden abblätterte; die Lücken zwischen den marmornen Wasserspeiern, durch die das Regenwasser unmittelbar auf die Straße platschte, wahrscheinlich sogar ins Haus; das abgerissene Stück einer verrosteten Antenne, das einen Meter unterhalb der Dachkante hing. Für gebürtige Venezianer – also Leute mit angeborenem Interesse am Kauf und Verkauf von Häusern – strahlte das Haus eine Leere aus, die ihnen sogar dann aufgefallen wäre, wenn sie nicht eigens darauf geachtet hätten.

Die Baustelle war aufgegeben, soweit sie das erkennen konnten. Alle Fensterläden waren dicht geschlossen, und nichts deutete darauf hin, daß hier noch gearbeitet wurde. Auch war nichts davon zu erkennen, daß ein Mensch sich hier tödlich verletzt hatte, obschon Brunetti nicht so genau wußte, worin sich das seiner Meinung nach hätte zeigen sollen.

Er trat rückwärts von dem Gebäude weg, bis er mit dem Rücken an der gegenüberliegenden Hausmauer stand, und musterte eingehend die ganze Fassade, aber da war kein Lebenszeichen. Er ging über die *calle* zurück, drehte sich um und betrachtete nun das Gebäude gegenüber. Auch hier derselbe Eindruck von Verlassensein. Er blickte nach links: Die *calle* endete an einem Kanal, auf dessen anderer Seite sich ein großer Garten befand.

Vianello hatte inzwischen auf seine Weise das gleiche getan wie Brunetti und sich sowohl die beiden Häuser als auch den Garten angesehen. Nun kam er und stellte sich neben seinen Vorgesetzten. »Möglich wär's, nicht wahr, Commissario?«

Brunetti nickte dankbar. »Kein Mensch würde etwas merken. Das Haus gegenüber steht leer, und der Garten da drüben sieht nicht so aus, als ob er gepflegt würde. Hier war also niemand, der den Sturz hätte beobachten können«, sagte er.

»*Falls* er gestürzt ist«, ergänzte Vianello.

Sie schwiegen eine Weile, dann fragte Brunetti: »Liegt uns irgendwas darüber vor?«

»Nicht daß ich wüßte. Es wurde als Unfall gemeldet, glaube ich, so daß sich wahrscheinlich die Vigili Urbani von San Polo der Sache angenommen haben. Und wenn die zu dem Schluß gekommen sind, daß es einer war – ein Unfall, meine ich –, dann war die Geschichte damit erledigt.«

»Vielleicht sollten wir da besser mal hingehen und mit den Leuten reden.« Brunetti stieß sich von der Mauer ab und wandte sich der Haustür zu. Ein Vorhängeschloß mit Kette, die durch einen Eisenring im Türsturz gezogen war, hielt die Tür am Marmorrahmen fest.

»Wie ist er da hineingekommen, um aufs Gerüst zu steigen?« fragte Brunetti.

»Vielleicht können uns die Vigili das sagen«, antwortete Vianello.

Sie konnten es nicht. Bonsuan fuhr sie mit dem Boot den Rio di San Agostino hinauf zur Wache beim Campo San Stin. Der Polizist an der Tür erkannte sie beide und brachte sie sofort zu Sottotenente Turcati, dem Diensthabenden. Er war ein dunkelhaariger Mann, dessen Uniform maßgeschneidert zu sein schien. Brunetti genügte das, um ihn ganz formell mit seinem Dienstgrad anzureden.

Sie setzten sich, und nachdem Turcati sich Brunettis Anliegen angehört hatte, ließ er sich die Akte Rossi heraufbringen. Ein Mann hatte wegen Rossi die Vigili angerufen und auch gleich ein Ambulanzboot angefordert. Da das viel nähere Ospedale Giustinian gerade über kein Ambulanzboot verfügte, hatte man Rossi ins Ospedale Civile gebracht.

»Ist dieser Agente Franchi gerade im Haus?« fragte Brunetti, nachdem er den Namen unter dem Bericht gelesen hatte.

»Warum?« erkundigte sich der Sottotenente.

»Ich möchte mir noch ein paar Dinge von ihm erklären lassen«, antwortete Brunetti.

»Zum Beispiel?«

»Warum er es für einen Unfall gehalten hat. Ob Rossi einen Schlüssel zum Haus in der Tasche hatte. Ob Blut am Gerüst war.«

»Aha«, sagte der Sottotenente und griff zum Telefon.

Während sie auf Franchi warteten, erkundigte sich Turcati, ob sie vielleicht gern einen Kaffee hätten, doch beide lehnten dankend ab.

Nachdem sie ein paar Minuten geplaudert hatten, trat ein junger Polizist ein. Sein blondes Haar war so kurz geschoren, daß man es fast nicht mehr sah, und er schien kaum alt genug, um sich rasieren zu müssen. Er salutierte vor dem Sottotenente und blieb in Habtachtstellung stehen, ohne Brunetti oder Vianello eines Blickes zu würdigen. So also führt Turcati seinen Laden, dachte Brunetti bei sich.

»Diese beiden Herren haben ein paar Fragen an Sie, Franchi«, sagte Turcati.

Der junge Polizist nahm eine etwas lässigere Haltung an, aber als entspannt hätte Brunetti sie noch nicht bezeichnet.

»Jawohl, Tenente«, sagte er, sah aber noch immer nicht in ihre Richtung.

»Agente Franchi«, begann Brunetti, »Ihr Bericht über den Mann, den Sie drüben beim Campo dell'Angelo Raffaele gefunden haben, ist sehr klar formuliert, aber ich möchte Ihnen dazu doch noch einige Fragen stellen.«

»Jawohl«, sagte Franchi, den Blick unverwandt auf seinem Vorgesetzten.

»Haben Sie die Taschen des Mannes durchsucht?«

»Nein, Signore. Ich bin zur selben Zeit wie die Sanitäter hingekommen. Sie haben ihn aufgehoben, auf eine Trage gelegt und zum Boot getragen.«

Brunetti fragte den jungen Polizisten nicht, warum er für die kurze Strecke von der Polizeiwache genauso lange gebraucht hatte wie das Ambulanzboot für den Weg durch die halbe Stadt.

»Sie schreiben in Ihrem Bericht, der Mann sei vom Gerüst gestürzt. Ich habe mich gefragt, ob Sie das Gerüst wohl näher untersucht haben, um möglicherweise Spuren davon zu finden. Eine zerbrochene Bohle vielleicht, oder einen Stoffetzen von seiner Kleidung. Oder einen Blutfleck.«

»Nein, Signore.«

Brunetti wartete auf eine Erläuterung, und als keine kam, fragte er: »Warum haben Sie das nicht getan, Agente?«

»Er lag neben dem Gerüst auf dem Boden. Die Haustür stand offen, und als ich seine Brieftasche öffnete, sah ich, daß er für das Ufficio Catasto arbeitete. Da habe ich mir gedacht, daß er beruflich dort war.« Er verstummte, und als Brunetti schwieg, fügte er noch hinzu: »Wenn Sie verstehen, was ich meine.«

»Sie sagen, er wurde gerade zum Ambulanzboot getragen, als Sie ankamen?«

»Ja.«

»Wie sind Sie dann an seine Brieftasche gekommen?«

»Die lag auf dem Boden, ein bißchen verdeckt unter einem leeren Zementsack.«

»Und wo lag der Mann?«

»Auf dem Boden, Signore.«

Brunetti bemühte sich um Geduld. »Ich meine«, fragte er, »wo lag der Mann im Verhältnis zum Gerüst?«

Franchi überlegte einen Augenblick und antwortete dann: »Links von der Haustür, Signore. Etwa einen Meter vor der Mauer.«

»Und die Brieftasche?«

»Unter dem Zementsack, wie ich schon sagte.«

»Und wann haben Sie die gefunden?«

»Nachdem sie ihn ins Krankenhaus gebracht hatten. Ich hatte das Gefühl, daß ich mich noch etwas umsehen sollte, darum bin ich ins Haus gegangen. Die Haustür war ja offen, als ich hinkam, das habe ich auch in meinem Bericht geschrieben. Mir war aufgefallen, daß genau über der Stelle, wo er gelegen hatte, die Fensterläden offen waren, darum bin ich gar nicht erst bis nach oben gegangen. Als ich dann wieder herauskam, sah ich die Brieftasche liegen, und als ich sie aufhob, fand ich darin einen Dienstausweis vom Ufficio Catasto, darum habe ich angenommen, daß er da war, um an dem Gebäude irgendwas zu überprüfen oder so.«

»Befand sich sonst noch etwas in der Brieftasche?«

»Ein bißchen Geld, Signore, und ein paar Karten. Ich habe alles mit hierhergebracht und in einen Asservatenbeutel getan. Ich denke, so steht es auch im Bericht.«

Brunetti blätterte zur Seite zwei des Berichts um und sah, daß die Brieftasche erwähnt war.

Dann blickte er auf und fragte Franchi: »Ist Ihnen sonst noch irgend etwas aufgefallen, während Sie dort waren?«

»Was meinen Sie denn, Signore?«

»Irgend etwas, das Ihnen ungewöhnlich vorkam oder irgendwie fehl am Platz war.«

»Nein, Signore. Überhaupt nichts.«

»Aha«, sagte Brunetti. »Ich danke Ihnen, Agente Franchi.« Aber bevor noch jemand anders etwas sagen konnte, fragte er: »Könnten Sie mir diese Brieftasche einmal holen?«

Franchi warf einen Blick zu seinem Vorgesetzten, der nickte.

»Ja, Signore.« Damit machte Franchi auf dem Absatz kehrt und verließ das Zimmer.

»Ein diensteifriger junger Mann, scheint mir«, sagte Brunetti.

»Ja«, bestätigte der Sottotenente. »Er ist einer meiner besten Leute.« Gerade hatte er begonnen, Franchis Verdienste während der Ausbildung aufzuzählen, da kam der junge Mann schon mit einem Asservatenbeutel aus Plastik zurück, in dem sich eine braunlederne Brieftasche befand.

Franchi blieb an der Tür stehen und schien nicht zu wissen, wem er nun den Plastikbeutel geben sollte.

»Geben Sie ihn dem Commissario«, sagte Turcati, und Franchi konnte sein erschrockenes Erstaunen kaum verbergen, als er den Rang des Mannes vernahm, der ihn soeben ausgefragt hatte. Er ging zu Brunetti, übergab ihm den Beutel und salutierte.

»Danke, Agente«, sagte Brunetti, dabei hielt er den Beutel an einer Ecke hoch und betrachtete ihn von allen Seiten, dann steckte er ihn ein. »Ich unterschreibe Ihnen eine Quittung dafür, wenn Sie wollen«, sagte er zu Turcati.

Der Sottotenente schob ihm ein Blatt Papier über den Tisch, und Brunetti schrieb das Datum, seinen Namen und eine kurze Beschreibung der Brieftasche darauf, unterschrieb und schob das Blatt wieder zu Turcati hinüber. Dann verließ er zusammen mit Vianello das Zimmer.

Als sie auf die breite *calle* hinaustraten, hatte es zu regnen angefangen.

9

Sie gingen durch den immer stärker werdenden Regen zurück zum Boot, froh, daß Bonsuan erneut darauf bestanden hatte, auf sie zu warten. Beim Einsteigen warf Brunetti einen Blick auf die Uhr und sah, daß es schon weit nach fünf war, also höchste Zeit, in die Questura zurückzukehren. Sie fuhren auf den Canal Grande hinaus; Bonsuan bog nach rechts in das langgezogene S, durch das sie an der Basilika und dem Glockenturm vorbei zur Ponte della Pietà und dann zur Questura gelangen würden.

Unten in der Kabine nahm Brunetti den Asservatenbeutel mit der Brieftasche heraus und gab ihn Vianello. »Wenn wir zurück sind, könnten Sie wohl damit ins Labor gehen und die Brieftasche auf Fingerabdrücke untersuchen lassen?« Und als Vianello ihm den Beutel abnahm, fuhr er fort: »Die Abdrücke an den Außenseiten stammen zum Teil sicher von Franchi, von denen kann man absehen, aber die Innenseiten könnten interessant sein. Und dann sollten Sie jemanden ins Ospedale schicken und Vergleichsabdrücke von Rossi besorgen lassen.«

»Noch etwas, Commissario?«

»Wenn die im Labor damit fertig sind, lassen Sie die Brieftasche zu mir raufbringen. Ich möchte mir gern den Inhalt ansehen. Ach ja, und sagen Sie denen auch noch, daß es eilig ist, ja?« sagte Brunetti.

Vianello sah ihn an und fragte: »Wann wäre es das nicht?«

»Na gut, dann sagen Sie Bocchese eben, daß eine Leiche im Spiel ist. Vielleicht ist ihm das ein Anlaß, etwas schneller zu arbeiten.«

»Bocchese würde darin als erster den Beweis dafür sehen, daß es keinerlei Anlaß zur Eile gibt«, bemerkte Vianello.

Brunetti tat, als hätte er das nicht gehört, und Vianello steckte die Brieftasche ein und fragte: »Was noch, Commissario?«

»Signorina Elettra soll mal im Archiv nachsehen, ob wir etwas über Rossi haben.« Er glaubte das allerdings kaum, denn es war für ihn einfach undenkbar, daß Rossi je in irgend etwas Ungesetzliches verwickelt gewesen sein könnte, aber andererseits hatte er in seinem Leben schon größere Überraschungen erlebt, und es war immer ratsam, sich zu vergewissern.

Vianello hob einen Finger. »Entschuldigen Sie die Zwischenfrage, Commissario, aber soll das heißen, daß wir einem Mordverdacht nachgehen?«

Beide wußten, wie schwierig das wäre. Ehe nicht ein Untersuchungsrichter bestimmt war, konnten sie keine offizielle Mordermittlung beginnen, aber bevor ein Untersuchungsrichter sich der Sache überhaupt annahm und sie als Mord behandelte, mußten schon überzeugende Hinweise auf ein Gewaltverbrechen vorliegen. Und Brunetti glaubte nicht, daß sein persönlicher Eindruck von Rossis Höhenangst schon als überzeugender Hinweis auf irgend etwas zählte, nicht auf eine Straftat, und auf Mord schon gar nicht.

»Ich muß versuchen, den Vice-Questore zu überzeugen«, sagte Brunetti.

»Stimmt«, antwortete Vianello.

»Sie sind da skeptisch?«

Vianello zog eine Augenbraue hoch. Das genügte.

»Gefallen wird ihm das sicher nicht«, meinte Brunetti. Wieder gab Vianello keine Antwort. Wenn es nach Patta ging, untersuchte die Polizei nur solche Verbrechen, die ihr so unter die Nase gerieben wurden, daß sie nicht mehr ignoriert werden konnten. Es bestand kaum Hoffnung, daß er Ermittlungen in einer Sache genehmigen würde, die so klar nach Unfall aussah. Erst wenn es nicht mehr anders ging, wenn Beweise vorlagen, die selbst den größten Skeptiker davon überzeugten, daß Rossi nicht von selbst zu Tode gestürzt war, erst dann war es ein Verbrechen, aber bis dahin hatte es aus behördlicher Sicht ein Unfall zu sein.

Brunetti war mit einer Doppelsichtigkeit gesegnet – oder

geschlagen –, die ihn zwang, in jeder Situation mindestens zwei Standpunkte zu sehen, und darum wußte er, wie absurd sein Verdacht jedem erscheinen mußte, der ihn nicht teilte. Sein gesunder Menschenverstand befahl ihm also, die Finger davon zu lassen und das Offensichtliche zu akzeptieren: Franco Rossi war nach einem unglücklichen Sturz von einem Gerüst gestorben. »Holen Sie morgen vormittag aus dem Krankenhaus seinen Wohnungsschlüssel, und dann sehen Sie sich mal in seiner Wohnung um.«

»Wonach soll ich suchen?«

»Keine Ahnung«, antwortete Brunetti. »Versuchen Sie ein Adreßbuch zu finden, Briefe, Namen von Freunden oder Verwandten.«

Brunetti war so in seine Überlegungen vertieft gewesen, daß er gar nicht gemerkt hatte, wie sie in den Rio San Lorenzo eingebogen waren, und erst der sanfte Stoß, mit dem das Boot vor der Questura anlegte, sagte ihm, daß sie angekommen waren.

Sie gingen zusammen an Deck. Brunetti dankte Bonsuan, der damit beschäftigt war, das Boot am Kai zu vertäuen, dann eilten er und Vianello durch den Regen zur Eingangstür der Questura, die ein Uniformierter für sie aufriß. Bevor Brunetti sich dafür bedanken konnte, sagte der junge Mann: »Der Vice-Questore möchte Sie sprechen, Commissario.«

»Ist er denn noch im Haus?« fragte Brunetti höchst erstaunt.

»Ja, Commissario. Er hat gesagt, ich soll es Ihnen sofort ausrichten, wenn Sie kommen.«

»Ja, danke«, sagte Brunetti, dann zu Vianello: »Ich glaube, es ist besser, ich gehe mal nach oben.«

Sie gingen zusammen die erste Treppe hinauf, beide nicht sonderlich an der Frage interessiert, was Patta wohl wollte. Im ersten Stock bog Vianello in den Korridor ein, der zur Hintertreppe und über diese zum Labor führte, wo der Kriminaltechniker Bocchese herrschte: unangefochten, uneilig und unbeeindruckt von Titeln und Dienstgraden.

Brunetti begab sich zu Pattas Dienstzimmer. Signorina Elettra saß an ihrem Schreibtisch und sah auf, als er eintrat. Sie winkte ihn mit der einen Hand herein, während sie mit der anderen den Telefonhörer abnahm und auf einen Knopf drückte. Nach ein paar Sekunden sagte sie: »Commissario Brunetti ist hier, Dottore.« Sie wartete Pattas Antwort ab, sagte: »Selbstverständlich, Dottore« und legte den Hörer wieder auf.

»Er muß eine Gefälligkeit von Ihnen wollen. Anders ist es nicht zu erklären, daß er nicht schon den ganzen Nachmittag Ihr Blut fordert«, konnte sie gerade noch sagen, bevor die Tür aufging und Patta erschien.

Sein grauer Anzug sah ganz nach Kaschmir aus, und die Krawatte war von der Art, die in Italien als englische Clubkrawatte galt. Trotz des regnerischen, kühlen Frühlings war Pattas wohlgeformtes Gesicht straff und sonnengebräunt. Er trug eine dünnrandige Brille mit ovalen Gläsern – schon die fünfte, die Brunetti ihn tragen sah, seit Patta in der Questura war; ihr Design war stets um ein paar Monate dem voraus, was bald alle Welt tragen würde. Einmal hatte Brunetti, der seine eigene Lesebrille vergessen hatte, Pattas Brille vom Schreibtisch genommen und sie sich vor die Augen gehalten, um ein Foto genauer anzusehen, und dabei entdeckt, daß in dem Rahmen gewöhnliches Fensterglas war.

»Ich wollte den Commissario gerade zu ihnen hineinschicken, Vice-Questore«, sagte Signorina Elettra. Brunetti sah, daß auf ihrem Schreibtisch plötzlich zwei Aktenordner und drei Blatt Papier lagen, die vor einer Sekunde noch nicht darauf gelegen hatten.

»Ja, kommen Sie doch herein, Dottor Brunetti«, sagte Patta und streckte ihm die Hand entgegen, eine Geste, die Brunetti unwillkürlich an Klytämnestra denken ließ, wie sie ihren Agamemnon wohl von seinem Streitwagen gelockt haben mußte. Er konnte gerade noch Signorina Elettra einen letzten Blick zuwerfen, dann fühlte er sich am Arm gefaßt und freundlich in Pattas Zimmer gezogen.

Patta schloß die Tür und ging zu den beiden Sesseln, die er vor den Fenstern stehen hatte. Er wartete, bis Brunetti ihm gefolgt war, dann bedeutete er ihm mit einer Geste, Platz zu nehmen, und setzte sich selbst; ein Innenarchitekt hätte gesagt, daß die Sessel zueinander im »Konversationswinkel« standen.

»Freut mich, daß Sie mal etwas Zeit für mich erübrigen können, Commissario«, sagte Patta. Brunetti vernahm den Unterton von wütendem Sarkasmus und fühlte sich sogleich auf vertrauterem Boden.

»Ich mußte fort«, erklärte er.

»War das nicht schon heute vormittag?« wandte Patta ein, ohne jedoch dabei das Lächeln zu vergessen.

»Doch, aber dann mußte ich heute nachmittag noch einmal weg, und zwar so plötzlich, daß ich keine Zeit mehr hatte, Ihnen Bescheid zu geben.«

»Haben Sie kein *telefonino,* Dottore?«

Brunetti, der diese Dinger nicht ausstehen konnte und sich, wie er sehr wohl wußte, aus einem maschinenstürmerischen Vorurteil heraus weigerte, so etwas mit sich herumzutragen, antwortete nur: »Ich hatte es nicht bei mir, Vice-Questore.«

Gern hätte er Patta nun gefragt, wozu er eigentlich hier war, aber Signorina Elettras Warnung ließ es ihm ratsam erscheinen, den Mund zu halten und ein nichtssagendes Gesicht zu machen, ganz als ob sie zwei Fremde wären, die auf denselben Zug warteten.

»Ich wollte etwas mit Ihnen besprechen, Commissario«, begann Patta. Er räusperte sich, dann fuhr er fort: »Es geht um … also, es handelt sich um etwas Privates.«

Brunetti gab sich alle Mühe, keine Miene zu verziehen und nur ein passives Interesse an dem zu zeigen, was er vernehmen sollte.

Patta drückte sich tief in die Sessellehne, streckte die Beine aus und schlug sie übereinander. Einen Augenblick betrachtete er versonnen den Glanz seiner Maßschuhe, nahm die Beine dann wieder voneinander, zog sie zurück und beugte den Oberkörper vor. In den wenigen Sekunden, die das alles dauerte, schien Patta vor Brunettis verwunderten Augen um Jahre zu altern.

»Es geht um meinen Sohn«, sagte Patta.

Brunetti wußte, daß Patta zwei Söhne hatte, Roberto und Salvatore. »Um welchen, Vice-Questore?«

»Roberto, *il bambino*.«

Il bambino mußte, wie Brunetti rasch nachrechnete, mindestens dreiundzwanzig Jahre alt sein. Nun gut – Chiara, seine eigene Tochter, war auch schon fünfzehn und trotzdem immer noch seine *bambina*, und wahrscheinlich würde sie das ewig bleiben. »Geht er nicht auf die Universität?«

»Doch. Er studiert Wirtschaftswissenschaften«, antwortete Patta, hielt aber wieder inne und starrte auf seine Füße. »Schon ein paar Jahre«, erklärte er, dann sah er wieder zu Brunetti auf.

Erneut mußte Brunetti sich alle Mühe geben, keine Miene zu verziehen. Einerseits wollte er nicht ungebührlich neugierig erscheinen, wenn es um ein innerfamiliäres Problem ging, aber er wollte auch nicht den Eindruck erwecken, als ob es ihn überhaupt nicht interessierte, was Patta ihm zu erzählen hatte. Also nickte er nur kurz, wie er es sonst bei furchtsamen Zeugen tat, um ihnen Mut zu machen.

»Kennen Sie jemanden in Jesolo?« fragte Patta zu Brunettis gelinder Verwirrung.

»Pardon, wie meinen Sie ...?«

»In Jesolo, ob Sie bei der dortigen Polizei jemanden kennen.«

Brunetti dachte kurz nach. Er hatte Kontakte zu einigen Polizeidienststellen auf dem Festland, aber keine nach da draußen an der Adriaküste, zwischen Nachtclubs, Hotels und Discos, von wo allmorgendlich Touristenscharen, die am Lido von Jesolo Urlaub machten, per Boot über die Lagune kamen, um für einen Tag in Venedig einzufallen. Eine Studienkollegin war bei der Polizei in Grado, aber in der näher gelegenen Stadt kannte er niemanden. »Nein, Vice-Questore, da kenne ich keinen.«

Patta konnte seine Enttäuschung nicht verbergen. »Dabei hatte ich so darauf gehofft«, sagte er.

»Bedaure.« Brunetti wägte seine Möglichkeiten ab, während er den reglosen Patta beobachtete, der sich wieder dem Studium seiner Füße widmete. Er beschloß, es zu wagen. »Warum fragen Sie, Vice-Questore?«

Patta sah ihn an, wandte den Blick ab, sah wieder her. Endlich sagte er: »Die dortige Polizei hat mich gestern abend angerufen. Jemand, der für sie arbeitet – Sie verstehen schon ...« Das hieß wohl, ein Informant der einen oder anderen Art. »Also, dieser Jemand hat ihnen vor ein paar Wochen erzählt, Roberto handle mit Drogen.« Patta verstummte.

Da der Vice-Questore offensichtlich nichts weiter sagen wollte, fragte Brunetti: »Und warum hat man Sie angerufen?«

Als hätte Brunetti die Frage gar nicht gestellt, redete Patta jetzt weiter: »Ich dachte, Sie würden dort vielleicht jemanden kennen, der uns genauer sagen kann, was los ist – wer diese Person ist, wie weit die Ermittlungen schon gediehen sind.« Wieder lag Brunetti das Wort »Informant« auf der Zunge, aber er behielt es für sich. »In dieser Art«, fügte Patta hinzu, als Brunetti weiter schwieg.

»Bedaure, Vice-Questore«, antwortete Brunetti jetzt, »ich kenne dort wirklich niemanden.« Nach einer erneuten Pause meinte er dann: »Vielleicht könnte ich Vianello fragen.« Ehe Patta dazu etwas sagen konnte, fuhr Brunetti schon fort: »Er ist vollkommen diskret. Da haben Sie gar nichts zu befürchten.«

Immer noch blieb Patta stumm sitzen, ohne Brunetti anzusehen. Dann schüttelte er entschieden den Kopf: Nein, er wollte von einem Uniformierten keine Hilfe bekommen.

»Wäre das alles, Vice-Questore?« fragte Brunetti, die Hände schon auf den Armlehnen seines Sessels, um zu zeigen, daß er zum Gehen bereit war.

Patta sah es und sagte noch leiser als vorher: »Man hat ihn festgenommen.« Er warf einen kurzen Blick zu Brunetti, doch als dieser offensichtlich keine Fragen hatte, fuhr er fort: »Gestern nacht. Gegen eins haben sie mich angerufen. In einer der Discos hatte es eine Schlägerei gegeben, und als die Polizei hinkam, um für Ordnung zu sorgen, haben sie sich gleich ein paar Leute herausgegriffen und durchsucht. Daß sie auch Roberto durchsucht haben, muß aufgrund dessen passiert sein, was diese Person ihnen erzählt hat.«

Brunetti blieb weiter stumm. Wenn ein Zeuge erst einmal so weit war, konnte ihn nichts mehr bremsen, das wußte er aus langer Erfahrung. Dann kam alles heraus.

»In seiner Jackentasche haben sie eine Plastiktüte mit Ecstasy gefunden.« Er beugte sich zu Brunetti vor und fragte: »Sie wissen doch, was das ist, Commissario?«

Brunetti nickte. Daß Patta einem Polizeibeamten zutrauen konnte, so etwas nicht zu wissen, erstaunte ihn sehr. Ihm war aber klar, daß ein einziges Wort den Redefluß vielleicht stoppen würde, also gab er sich möglichst entspannt, nahm eine Hand von der Sessellehne und setzte sich so, daß es ganz lässig aussehen mußte.

»Roberto hat ihnen gesagt, das müsse ihm jemand heimlich in die Tasche gesteckt haben, als die Polizei kam. So etwas passiert ja oft.« Brunetti wußte das. Er wußte allerdings auch, daß es ebensooft eine Ausrede war.

»Sie haben mich also angerufen, und ich bin hingefahren. Der Vorschlag kam von ihnen, denn sie wußten ja, wer Roberto war. Als ich ankam, haben sie ihn mir in Gewahrsam gegeben. Und auf dem Heimweg hat er mir dann das mit der Plastiktüte erzählt.« Patta verstummte, diesmal endgültig, wie es schien.

»Hat man die Tüte als Beweisstück dabehalten?«

»Ja, und seine Fingerabdrücke haben sie auch genommen, um sie mit denen zu vergleichen, die eventuell auf der Tüte sind.«

»Wenn er sie aus der Tasche geholt und ihnen gegeben hat, müssen seine Abdrücke ja darauf sein«, sagte Brunetti.

»Ich weiß«, antwortete Patta. »Deswegen habe ich mir auch keine Sorgen gemacht, nein, ich habe nicht einmal meinen Anwalt zugezogen. Selbst wenn seine Fingerabdrücke darauf sind, ist das kein Beweis. Robertos Angaben könnten wahr sein.«

Brunetti nickte stumm und wartete darauf, zu erfahren, warum Patta in der Möglichkeitsform sprach.

Der Vice-Questore lehnte sich in seinem Sessel zurück und sah aus dem Fenster. »Heute vormittag habe ich wieder einen Anruf bekommen, nachdem Sie fortgegangen waren.«

»Wollten Sie mich deswegen sprechen?«

»Nein, heute vormittag wollte ich Sie nach etwas anderem fragen. Das ist aber jetzt nicht mehr wichtig.«

»Was hat man Ihnen denn gesagt, Vice-Questore?« fragte Brunetti endlich.

Patta riß seinen Blick vom Fenster los. »Daß sich in der größeren Hülle siebenundvierzig kleine Briefchen befanden, jedes mit einer Ecstasy-Pille.«

Brunetti versuchte das Gewicht und den Wert der Droge auszurechnen, um abschätzen zu können, als wie schwerwiegend ein Richter ihren Besitz veranschlagen würde. Es klang nicht gerade nach einer Riesenmenge, und wenn Roberto dabei blieb, daß jemand ihm den Stoff in die Tasche gesteckt hatte, sah Brunetti keine besondere Gefahr von seiten der Justiz auf den Jungen zukommen.

»Seine Fingerabdrücke waren auch auf den Briefchen«, platzte Patta in das Schweigen hinein. »Auf jedem einzelnen.«

Brunetti widerstand seinem ersten Impuls, Patta die Hand auf den Arm zu legen. Statt dessen wartete er ein paar Sekunden und sagte dann: »Das tut mir leid, Vice-Questore.«

Patta quittierte dies mit einem Nicken, ohne Brunetti dabei anzusehen.

Nachdem eine volle Minute vergangen war, fragte Brunetti: »War das in Jesolo selbst oder draußen am Lido?«

Patta sah Brunetti jetzt an und bewegte den Kopf wie ein Boxer, der einen leichten Treffer abschüttelte. »Wie bitte?«

»Ich meine, wo das war. Jesolo oder Lido von Jesolo?«

»Lido.«

»Und wo wurde er ...?« begann Brunetti und wollte eigentlich »verhaftet« sagen, doch statt dessen sagte er: »... aufgegriffen?«

»Das habe ich Ihnen doch eben gesagt«, blaffte Patta in einem Ton, dem man anhörte, wie nah er einem Wutausbruch war. »Am Lido von Jesolo.«

»Aber *wo* dort, Vice-Questore? In einer Bar, einer Disco?«

Patta schloß die Augen, und Brunetti fragte sich, wie lange der Mann wohl über das alles nachgegrübelt und sich Ereignisse aus dem Leben seines Sohnes ins Gedächtnis gerufen haben mochte.

»Im Luxor, einer Disco«, antwortete er endlich.

Brunetti entfuhr ein ganz leises »Ah«, doch es genügte, damit Patta die Augen wieder öffnete. »Wie, was?« fragte er.

Brunetti winkte ab. »Ich kannte mal jemanden, der dort verkehrte«, sagte er.

Patta sah seine vage Hoffnung wieder schwinden und wandte sich ab.

»Haben Sie einen Anwalt eingeschaltet, Vice-Questore?« fragte Brunetti.

»Ja, Donatini.«

Brunetti verbarg seine Überraschung hinter einem Nicken und tat, als ob es ganz selbstverständlich wäre, daß Patta den Anwalt wählte, der regelmäßig jene verteidigte, die der Zugehörigkeit zur Mafia angeklagt waren.

»Ich wäre froh, Commissario ...«, begann Patta jetzt, hielt aber wieder inne, weil er überlegen mußte, wie er es wohl am besten ausdrückte.

»Ich werde weiter darüber nachdenken, Vice-Questore«, kam Brunetti ihm zuvor. »Und natürlich werde ich mit niemandem darüber reden.« Sosehr er auch vieles verabscheute, was Patta tat, er konnte den Mann jetzt unmöglich in die peinliche Situation bringen, ihn um Stillschweigen in dieser Angelegenheit bitten zu müssen.

Patta verstand das Abschließende in Brunettis Ton und stand auf. Er begleitete ihn zur Tür und hielt sie ihm auf. Die Hand gab er ihm nicht wieder, aber er brachte noch ein knappes »Danke« über die Lippen, bevor er in sein Zimmer zurückging und die Tür hinter sich schloß.

Brunetti sah Signorina Elettra an ihrem Schreibtisch sitzen, allerdings war an die Stelle der Papiere und Aktenordner inzwischen ein dickliches Hochglanzprodukt getreten, das der Frühjahrs-Modeausgabe von *Vogue* verdächtig ähnlich sah.

Sie blickte von der Zeitschrift auf. »Sein Sohn?« fragte sie.

Ehe er darüber nachdenken konnte, war es schon heraus: »Haben Sie sein Zimmer verwanzt?« Er hatte es eigentlich als Scherz gemeint, aber als er es sich jetzt fragen hörte, war er da gar nicht mehr so sicher.

»Nein. Heute vormittag hat ihn der Junge angerufen und schien reichlich nervös, anschließend bekam er einen Anruf von der Polizei in Jesolo. Kaum hatte er mit denen gesprochen, sollte ich ihm Donatinis Nummer heraussuchen.«

Brunetti überlegte kurz, ob er sie nicht auffordern sollte, ihren Beruf als Sekretärin an den Nagel zu hängen und Polizistin zu werden, aber er wußte, daß sie eher sterben als eine Uniform anziehen würde.

»Kennen Sie ihn?« fragte Brunetti statt dessen.

»Wen, Donatini oder den Jungen?«

»Einen von ihnen. Oder beide.«

»Ich kenne beide«, sagte sie. Dann fügte sie wie beiläufig hinzu: »Beides Mistkerle, nur daß Donatini besser angezogen ist.«

»Hat er Ihnen gesagt, worum es geht?« fragte er mit einer Kopfbewegung zu Pattas Zimmer.

»Nein«, antwortete sie ohne eine Spur von Enttäuschung.

»Wenn es Vergewaltigung wäre, hätte es in den Zeitungen gestanden. Also geht es wahrscheinlich um Drogen. Donatini dürfte gut genug sein, um ihn da rauszuhauen.«

»Würden Sie ihn denn einer Vergewaltigung für fähig halten?«

»Wen, Roberto?«

»Ja.«

Sie dachte kurz nach, bevor sie antwortete: »Nein, das wohl eher nicht. Er ist arrogant und aufgeblasen, aber ich halte ihn nicht für durch und durch schlecht.«

Irgend etwas ließ Brunetti fragen: »Und Donatini?«

Ohne zu zögern, antwortete sie: »Dem ist alles zuzutrauen.«

»Ich wußte gar nicht, daß Sie ihn kennen.«

Sie senkte den Blick auf ihre Zeitschrift und blätterte eine Seite um, was wie eine lässige Geste aussehen sollte. »Doch.« Sie blätterte noch eine Seite um.

»Er hat mich um Hilfe gebeten.«

»Der Vice-Questore?« Sie sah überrascht zu ihm auf.

»Ja.«

»Und werden Sie ihm helfen?«

»Wenn ich kann«, antwortete Brunetti.

Sie sah ihn lange an, bevor sie ihre Aufmerksamkeit wieder der Zeitschrift auf ihrem Schreibtisch zuwandte. »Ich glaube, Grau ist nicht mehr das Wahre für die Menschheit«, meinte sie. »Wir haben es alle ein bißchen satt.«

Sie trug eine pfirsichfarbene Seidenbluse unter einem hochgeschlossenen schwarzen Jackett, dessen Stoff ihm ganz nach Rohseide aussah.

»Vermutlich haben Sie recht«, sagte er, dann wünschte er ihr einen guten Abend und ging wieder in sein Zimmer hinauf.

10

Er mußte die Auskunft anrufen, um an die Nummer des Luxor zu kommen, und als er sie dann wählte, erklärte ihm ein Irgendwer, der in der Disco abnahm, daß Signor Bertocco nicht da sei, und weigerte sich, ihm die Privatnummer zu geben. Brunetti sagte nicht, daß er von der Polizei war. Statt dessen rief er noch einmal die Auskunft an und bekam ohne Umstände Lucas Nummer.

»Aufgeblasener Trottel«, brummelte er beim Wählen.

Nach dem dritten Klingeln wurde abgenommen, und eine tiefe, ziemlich rauhe Stimme meldete sich: »Bertocco.«

»*Ciao*, Luca, hier ist Guido Brunetti. Wie geht es dir?«

Die formelle Höflichkeit in der Stimme des anderen wich aufrichtiger Herzlichkeit. »Gut, Guido. Von dir habe ich ja seit Ewigkeiten nichts mehr gehört. Wie geht es dir, was machen Paola und die Kinder?«

»Es geht uns allen gut.«

»Hast du dich endlich dazu durchgerungen, meine Einladung anzunehmen und bei mir zu tanzen, bis du umfällst?«

Brunetti lachte. Das war schon seit zehn Jahren ein Dauerwitz zwischen ihnen. »Nein, da muß ich dich leider wieder enttäuschen, Luca. Du weißt, daß ich mir nichts sehnlicher wünsche, als bis zum Morgengrauen zwischen Leuten zu tanzen, die meine Kinder sein könnten, aber Paola erlaubt es mir einfach nicht.«

»Wegen der Qualmerei?« erkundigte sich Luca. »Meint sie, die schadet deiner Gesundheit?«

»Nein, eher wegen der Musik, glaube ich.«

Nach kurzem Schweigen meinte Luca: »Da hat sie wahrscheinlich recht.« Und als Brunetti nun seinerseits darauf nichts sagte, fragte er: »Warum also rufst du an? Wegen des Jungen, den sie festgenommen haben?«

»Ja«, sagte Brunetti. Er tat nicht einmal erstaunt, daß Luca schon davon wußte.

»Es ist der Sohn deines Chefs, nicht?«

»Du scheinst ja alles zu wissen.«

»Wenn einer fünf Diskotheken, drei Hotels und sechs Bars betreibt, muß er einfach alles wissen, vor allem über Leute, die sich in einem seiner Etablissements von der Polizei schnappen lassen.«

»Was weißt du denn über den Jungen?«

»Nur was die Polizisten mir über ihn gesagt haben.«

»Welche Polizisten? Die ihn festgenommen haben, oder die für dich arbeiten?«

Lucas Schweigen sagte Brunetti nicht nur, daß er zu weit gegangen war, sondern auch, daß Luca ihn, obwohl er sein Freund war, doch immer als Polizisten sehen würde.

»Ich weiß nicht recht, was ich dir darauf antworten soll, Guido«, sagte Luca schließlich, und seine Worte endeten im explosionsartigen Bellen des starken Rauchers.

Das Husten dauerte eine ganze Weile an. Brunetti wartete, bis es aufhörte, dann sagte er: »Entschuldige, Luca. War ein schlechter Scherz.«

»Schon gut. Glaub mir, Guido, wenn einer so in der Öffentlichkeit steht wie ich, braucht er von der Polizei alle Hilfe, die er kriegen kann. Und die Polizei ist froh, von mir alle Hilfe zu bekommen, die sie kriegen kann.«

Brunetti dachte an kleine Umschläge, die in städtischen Amtsstuben diskret von einer Hand in die andere wanderten, und fragte: »Welche Art von Hilfe?«

»Ich habe einen privaten Wachdienst auf den Parkplätzen meiner Diskotheken.«

»Und was tut der da?« fragte Brunetti und dachte an Straßenräuber und die Verletzlichkeit von Jugendlichen, die um drei Uhr früh aus einer Disco getaumelt kamen.

»Er nimmt ihnen die Autoschlüssel ab.«

»Und darüber beschwert sich keiner?«

»Wer sollte sich beschweren? Die Eltern, weil ich ihre Sprößlinge davon abhalte, sich sturzbetrunken oder vollgedröhnt ans Steuer zu setzen? Oder die Polizei, weil ich verhindere, daß sie sich mit ihren Autos um die Alleebäume wickeln?«

»Nein, wohl nicht. Darüber hatte ich nicht nachgedacht.«

»Das heißt für die Beamten nur, daß man sie nicht um drei Uhr nachts aus dem Bett klingelt, damit sie draußen irgendwo zugucken dürfen, wie man Leichen aus Autowracks schneidet. Glaub mir, die Polizei ist froh, mir auf jede erdenkliche Weise zu helfen.« Er verstummte, und Brunetti hörte ihn ein Streichholz anreißen, sich eine Zigarette anzünden und den ersten tiefen Zug tun. »Was möchtest du nun eigentlich von mir – daß ich die Sache vertusche?«

»Könntest du das denn?«

Wenn Achselzucken Geräusche machen könnte, dann hätte Brunetti jetzt eines über die Telefonleitung gehört. Endlich sagte Luca: »Darauf antworte ich dir erst, wenn ich weiß, ob du es von mir willst oder nicht.«

»Nein. Nicht vertuschen in dem Sinne, daß die Sache unter den Teppich gekehrt wird. Aber ich wäre froh, wenn du sie aus den Zeitungen heraushalten könntest – falls das geht.«

Luca antwortete darauf erst nach kurzem Zögern. »Ich gebe viel Geld für Inserate aus«, sagte er endlich.

»Könnte man das als ›ja‹ übersetzen?«

Luca lachte aus vollem Hals, bis das Lachen in ein tiefes, durch Mark und Bein dringendes Husten überging. Als er wieder sprechen konnte, sagte er: »Du willst immer alles so klar und eindeutig haben, Guido. Ich weiß gar nicht, wie Paola das aushält.«

»Die Dinge sind leichter für mich, wenn sie klar und eindeutig sind.«

»Für dich als Polizist?«

»Als Polizist und überhaupt.«

»Na gut. Du darfst es als ›ja‹ verstehen. Ich kann es aus den

Lokalzeitungen heraushalten, und daß die überregionalen sich dafür interessieren, glaube ich nicht.«

»Er ist immerhin der Vice-Questore von Venedig«, sagte Brunetti in einer perversen Anwandlung von Lokalpatriotismus.

»Ich fürchte, das ist denen in Rom ziemlich egal«, antwortete Luca.

»Du hast wahrscheinlich recht«, räumte Brunetti nach kurzem Überlegen ein. Und bevor Luca es bestätigen konnte, fragte er: »Was sagen sie denn über den Jungen?«

»Sie haben ihn kalt erwischt. Seine Fingerabdrücke waren auf sämtlichen Tütchen.«

»Ist schon Anzeige erstattet?«

»Nein. Glaube ich jedenfalls nicht.«

»Worauf warten sie?«

»Daß er ihnen sagt, woher er den Stoff hat.«

»Wissen sie das denn nicht?«

»Natürlich wissen sie es. Aber Wissen ist noch kein Beweis, wie du doch sicherlich nachvollziehen kannst.«

Letzteres kam nicht ohne Ironie heraus. Manchmal dachte Brunetti, daß Italien ein Land war, in dem jeder alles wußte, aber keiner bereit war, etwas zu sagen. Im privaten Kreis waren alle geradezu davon besessen, sich mit absoluter Gewißheit über die heimlichen Machenschaften von Politikern, Mafiabossen und Filmschauspielern auszulassen; aber man brauchte dieselben Leute nur in eine Situation zu stellen, in der ihre Äußerungen rechtliche Folgen haben konnten, und Italien wurde zur größten Austernbank der Welt.

»Weißt *du* denn, wer es ist?« fragte Brunetti. »Würdest du mir den Namen nennen?«

»Lieber nicht. Hätte doch gar keinen Zweck. Er hat einen über sich, und der hat wieder einen über sich.«

Brunetti hörte ihn eine neue Zigarette anzünden. »Wird er es ihnen sagen – der Junge, meine ich?«

»Nein, wenn ihm sein Leben lieb ist«, meinte Luca, fügte aber sofort hinzu: »Halt, das ist übertrieben. Sagen wir: wenn er keine Lust hat, sich zusammenschlagen zu lassen.«

»Sogar in Jesolo?« fragte Brunetti. Das Großstadtverbrechen war also schon bis in dieses verschlafene Adriastädtchen vorgedrungen.

»Gerade in Jesolo, Guido«, entgegnete Luca, ohne das jedoch näher zu erläutern.

»Und was geschieht nun mit ihm?« fragte Brunetti.

»Das solltest du eigentlich besser beantworten können als ich«, sagte Luca. »Wenn er ein Ersttäter ist, werden sie ihm eins auf die Finger geben und ihn nach Hause schicken.«

»Er ist schon zu Hause.«

»Das weiß ich. Ich meinte das im übertragenen Sinn. Und daß sein Vater bei der Polizei ist, wird dabei auch nicht zu seinem Schaden sein.«

»Es sei denn, die Zeitungen bekommen Wind davon.«

»Ich sage dir doch, du kannst dich darauf verlassen.«

»Das hoffe ich«, sagte Brunetti.

Luca ließ sich nicht provozieren. In das immer länger werdende Schweigen hinein sagte Brunetti: »Und du, Luca? Wie geht es dir?«

Luca räusperte sich, ein feucht klingender Ton, der Brunetti alles andere als geheuer war. »Immer gleich«, meinte er endlich und hustete erneut.

»Und Maria?«

»Diese Kuh«, brach es in echter Wut aus Luca heraus. »Es geht ihr nur um mein Geld. Dabei kann sie von Glück reden, daß ich sie im Haus wohnen lasse.«

»Luca! Sie ist die Mutter deiner Kinder.«

Brunetti konnte förmlich hören, wie Luca an sich hielt, um nicht auf ihn loszugehen, weil er sich in sein Privatleben einmischte. »Über dieses Thema möchte ich mit dir nicht reden, Guido.«

»Schon gut, Luca. Du weißt, daß ich das nur sage, weil ich

dich schon so lange kenne.« Er stockte. »Euch beide«, fügte er dann hinzu.

»Ja, ich weiß, aber die Dinge verändern sich.« Erneutes Schweigen, dann wiederholte Luca mit einer Stimme, die ganz fern klang: »Ich möchte darüber nicht reden, Guido.«

»Schon gut«, lenkte Brunetti ein. »Tut mir leid, daß ich schon so lange nicht mehr angerufen habe.«

Mit der Unbeschwertheit langer Freundschaft meinte Luca: »Ich doch auch nicht, oder?«

»Macht ja nichts.«

»Nein, eigentlich macht es nichts«, stimmte Luca lachend zu, und seine alte Stimme war wieder da, ebenso der alte Husten.

Dadurch ermutigt, fragte Brunetti: »Wenn du irgendwas hörst, sagst du mir dann Bescheid?«

»Natürlich«, versprach Luca.

Bevor der andere auflegen konnte, fragte Brunetti rasch: »Weißt du sonst noch etwas über die Leute, von denen er das Zeug hat, und die, von denen die es haben?«

Lucas Stimme klang wieder vorsichtig, als er zurückfragte: »Woran denkst du denn dabei?«

»Nun, ob sie ...« Er wußte nicht so genau, wie er das nennen sollte, was sie taten. »Ob sie auch in Venedig tätig sind.«

»Oje«, seufzte Luca. »Soweit ich weiß, ist da nicht viel für sie zu holen. Die Bevölkerung ist zu alt, und für die Jugendlichen ist es zu leicht, aufs Festland zu kommen und dort zu finden, was sie suchen.«

Brunetti war klar, daß er sich über diese Nachricht aus purem Egoismus freute: Welcher Mann mit zwei jugendlichen Kindern, und sei er sich ihrer Charakterfestigkeit noch so sicher, würde nicht mit Freude hören, daß es in seiner Stadt wenig Drogenhandel gab?

Sein Instinkt sagte ihm, daß er aus Luca alles herausgeholt hatte, was es herauszuholen gab. Die Namen der Leute zu kennen, die das Zeug verkauften, hätte ihm sowieso nicht viel genützt.

»Danke, Luca. Paß gut auf dich auf.«

»Du auch, Guido.«

Am Abend, als die Kinder im Bett waren, erzählte er Paola von Lucas Wutausbruch bei der Erwähnung seiner Frau. »Du hast ihn ja nie so gemocht wie ich«, sagte Brunetti, als ob das Lucas Benehmen irgendwie erklären oder entschuldigen könnte.

»Und was soll das heißen?« fragte Paola, aber ohne Schärfe.

Sie saßen auf dem Sofa, jeder an einem Ende, und hatten, als sie zu reden anfingen, ihre Bücher fortgelegt. Brunetti dachte über ihre Frage lange nach, bevor er antwortete: »Es soll wohl heißen, daß du sicher mehr Sympathien für Maria hast als für ihn.«

»Aber Luca hat recht«, sagte Paola, wobei sie zuerst den Kopf, dann den ganzen Körper ihm zuwandte. »Sie ist eine Kuh.«

»Ich dachte, du hättest sie gern.«

»Hab ich ja auch«, behauptete Paola mit Nachdruck. »Aber das heißt nicht, daß Luca nicht recht hat, wenn er sie eine ›Kuh‹ nennt. Allerdings hat er sie erst dazu gemacht. Als sie heirateten, war sie Zahnärztin. Aber er wollte, daß sie zu arbeiten aufhört. Und nach Paolos Geburt hat er zu ihr gesagt, sie braucht nicht wieder arbeiten zu gehen, weil er mit seinen Clubs genug verdient, um sie alle gut zu ernähren. Da hat sie ihren Beruf an den Nagel gehängt.«

»Und?« unterbrach Brunetti sie. »Wieso ist er deswegen schuld daran, daß sie eine Kuh geworden ist?« Noch während er fragte, schoß es ihm durch den Kopf, wie beleidigend und widersinnig allein schon das Wort war.

»Weil er sie alle nach Jesolo verschleppt hat, von wo aus er seine Geschäfte besser überblicken konnte. Und sie ist mitgegangen.« Jetzt bekam Paolas Stimme etwas Hartnäckiges, wie beim Herunterbeten der Perlen eines uralten Rosenkranzes.

»Niemand hat ihr eine Pistole an den Kopf gehalten, Paola.«

»Natürlich hat ihr niemand eine Pistole an den Kopf gehalten, das war auch gar nicht nötig«, brauste sie auf. »Sie war verliebt.« Als sie seinen Blick sah, verbesserte sie sich: »Gut, gut, *beide* waren verliebt.« Sie schwieg kurz, dann fuhr sie fort: »Also verläßt sie Venedig und zieht nach Jesolo, in einen *Strandort,* ich bitte dich, um dort das Leben einer Hausfrau und Mutter zu führen!«

»Das sind beides keine unanständigen Wörter, Paola.«

Mochte ihr Blick auch Funken sprühen, sie bewahrte die Ruhe. »Ich weiß, daß es keine unanständigen Wörter sind. Das will ich auch gar nicht unterstellen. Aber sie hat einen Beruf aufgegeben, der ihr Spaß machte und in dem sie sehr gut war, und ist mitten ins Nirgendwo gezogen, um dort zwei Kinder aufzuziehen und einen Mann zu umsorgen, der zuviel trank und zuviel rauchte und mit zu vielen anderen Frauen herummachte.« Brunetti hütete sich, ausgerechnet in dieses Feuer auch noch Öl zu gießen. Er wartete, ob sie weitersprechen würde. Sie tat es.

»Und jetzt, nach über zwanzig Jahren da draußen, ist sie zur Kuh geworden. Sie ist fett und langweilig und kann offenbar über nichts anderes mehr reden als Küche und Kinder.« Sie warf einen Blick zu Brunetti hinüber, der aber immer noch nichts sagte. »Wie lange ist es her, daß wir die beiden zusammen gesehen haben? Zwei Jahre? Erinnere dich bitte, wie peinlich es das letzte Mal war, als sie den ganzen Abend herumhampelte und uns dauernd fragte, ob wir noch etwas essen möchten, und uns immer noch mehr Fotos von ihren zwei höchst uninteressanten Kindern zeigte!«

Es war ein peinlicher Abend für alle gewesen, außer – komischerweise – für Maria, die nicht zu merken schien, wie ihr Verhalten den anderen auf den Geist ging.

Mit kindlicher Arglosigkeit fragte Brunetti: »Müssen wir uns jetzt deswegen streiten?«

Paola legte den Kopf an die Sofalehne und begann lauthals zu lachen. »Nein!« rief sie. »Aber mein Ton verrät wohl schon, wie wenig echtes Mitleid ich mit ihr habe. Und wie sehr mir deswegen das Gewissen schlägt.« Sie wartete, wie Brunetti auf dieses Geständnis reagieren würde, und sprach dann weiter: »Sie hätte so vieles tun können, hat es aber vorgezogen, es nicht zu tun. Sie wollte nicht, daß ihr jemand zeitweise die Kinder abnahm, so daß sie wenigstens halbtags in der Praxis eines Kollegen hätte arbeiten können; als nächstes hat sie ihre Mitgliedschaft im Zahnärzteverband erlöschen lassen; dann hat sie nach und nach das Interesse an allem verloren, was nichts mit ihren beiden Söhnen zu tun hatte; und dann ist sie fett geworden.«

Als Brunetti sicher war, daß sie geendet hatte, warf er ein: »Ich weiß nicht, wie du das jetzt aufnehmen wirst, aber das klingt mir verdächtig nach den Argumenten, die ich schon von vielen untreuen Ehemännern gehört habe.«

»Als Entschuldigung für ihre Untreue?«

»Ja.«

»Da ist ja auch was dran.« Ihr Ton klang entschieden, aber in keiner Weise böse.

Sie wollte dem offenbar nichts mehr hinzufügen, darum fragte er: »Und?«

»Und gar nichts. Das Leben hat ihr etliche Möglichkeiten geboten, mit denen alles hätte anders kommen können, aber sie hat sich nun einmal so entschieden. Ich nehme zwar an, daß jede dieser Entscheidungen die nächste unausweichlich nach sich zog, nachdem sie sich erst einmal hatte breitschlagen lassen, nicht mehr zu arbeiten und aus Venedig wegzuziehen, aber sie hat diese Entscheidungen getroffen, ohne daß ihr jemand, wie du sagst, eine Pistole an den Kopf hielt.«

»Mir tut sie leid«, sagte Brunetti. »Und er auch. Beide.« Paola, den Kopf auf der Sofalehne, schloß die Augen und sagte: »Mir auch.« Nach einer Weile fragte sie: »Bist du eigentlich froh, daß ich meine Arbeit behalten habe?«

Er widmete dieser Frage die Bedenkzeit, die sie verdiente, und antwortete dann: »Nicht unbedingt; aber ich bin froh, daß du nicht fett geworden bist.«

11

Am nächsten Tag ließ Patta sich nicht in der Questura blicken, und die einzige Erklärung, die er dafür gab, war ein Anruf bei Signorina Elettra, in dem er ihr mitteilte, was inzwischen alle begriffen hatten, nämlich daß er nicht komme. Signorina Elettra stellte keine Fragen, rief aber Brunetti an, um ihm zu sagen, daß er infolge Pattas Abwesenheit jetzt das Kommando habe.

Um neun Uhr rief Vianello an und meldete, daß er Rossis Schlüssel aus dem Krankenhaus geholt habe und schon in der Wohnung gewesen sei. Nichts scheine in Unordnung zu sein, und an Papieren hätten nur Rechnungen und Quittungen herumgelegen. Er habe neben dem Telefon ein Adreßbuch gefunden, und Pucetti sei gerade dabei, sämtliche darin verzeichneten Nummern anzurufen. Bisher habe man als einzigen Verwandten einen Onkel in Vicenza ausfindig gemacht, der schon mit dem Krankenhaus in Kontakt stehe und die Beerdigung organisiere.

Bocchese, der Kriminaltechniker, rief kurz danach aus dem Labor an und kündigte an, er werde gleich jemanden mit Rossis Brieftasche zu Brunetti hinaufschicken.

»War etwas daran?«

»Nein, nur seine eigenen Fingerabdrücke und ein paar von dem Bübchen, das ihn gefunden hat.«

Die Möglichkeit, daß es noch einen weiteren Zeugen gegeben haben könnte, machte Brunetti augenblicklich hellhörig. »Bübchen?«

»Dieser junge Polizist. Ich kenne seinen Namen nicht. Für mich sind das alles Bübchen.«

»Franchi also.«

»Wie Sie meinen«, sagte Bocchese ohne großes Interesse. »Ich habe seine Abdrücke hier in der Kartei, sie stimmen mit denen auf der Brieftasche überein.«

»Irgendwas außerdem?«

»Nein. Ich habe mir allerdings den Inhalt der Brieftasche nicht angesehen, nur die Abdrücke genommen.«

Ein junger Polizist, einer von den neuen, deren Namen sich Brunetti so schlecht merken konnte, erschien in seiner Tür. Auf Brunettis einladende Handbewegung kam er herein und legte ihm die Brieftasche, die immer noch in dem Asservatenbeutel steckte, auf den Schreibtisch.

Brunetti klemmte sich den Telefonhörer unters Kinn und nahm den Beutel. Während er ihn aufmachte, fragte er Bocchese: »Waren innen auch Fingerabdrücke?«

»Ich sagte doch, das waren die einzigen«, antwortete der Techniker und legte auf.

Auch Brunetti hängte ein. Ein Colonello der Carabinieri hatte einmal über Bocchese gesagt, er sei so gut, daß er Fingerabdrücke sogar noch auf so öligen Substanzen wie den Oberflächen von Politikerseelen finde, und deshalb gestand man ihm mehr Freiheiten zu als den meisten anderen, die in der Questura arbeiteten. Brunetti hatte sich längst an die ständige schlechte Laune des Mannes gewöhnt, war im Lauf der Jahre sogar stumpf dagegen geworden. Die Verdrießlichkeit wurde wettgemacht durch seine tadellose Arbeit, die schon manches Mal der vehementen Skepsis von Strafverteidigern standgehalten hatte.

Brunetti öffnete den Beutel und ließ die Brieftasche auf seinen Schreibtisch gleiten. Rossi mußte sie jahrelang in der Gesäßtasche getragen haben, denn sie war ganz krumm. Das braune Leder war in der Mitte knittrig und an einer Ecke etwas abgescheuert, so daß darunter eine dünne graue Kordel zum Vorschein kam. Brunetti öffnete die Brieftasche und drückte sie flach auf seinen Schreibtisch. Ein paar Fächer auf der linken Seite enthielten vier Plastikkärtchen: zwei Kreditkarten, seinen Dienstausweis vom Ufficio Catasto und seine Carta Venezia, die ihn berechtigte, den für Ortsansässige niedrigeren Tarif in den öffentlichen Verkehrsmitteln zu bezahlen. Brunetti zog die Kärtchen heraus und betrachtete die Fotos auf den letzten beiden. Es waren Hologramme, die unsichtbar wurden, wenn das Licht in einem bestimmten Winkel darauf fiel, aber sonst zeigten sie eindeutig Rossi.

Auf der rechten Seite befand sich ein kleines Münzfach, das einen Messingverschluß hatte. Brunetti öffnete es und schüttelte das Kleingeld heraus. Es waren ein paar von den neuen Tausendlirestücken dabei, einige Fünfhundertlirestücke und je eines der drei verschieden großen Hundertlirestücke, die zur Zeit im Umlauf waren. Ob andere Leute es ebenso komisch fanden wie er, daß es sie in drei verschiedenen Größen gab? Wie war solcher Blödsinn zu erklären?

Brunetti nahm sich die Geldscheinfächer vor und zog die Banknoten heraus. Sie waren penibel geordnet, die größten Scheine ganz hinten, dann die nächstkleineren bis hin zu den Tausendlirescheinen ganz vorn. Er zählte hundertsiebenundachtzigtausend Lire.

Er spreizte die Fächer ganz weit auseinander, um zu kontrollieren, ob er vielleicht noch etwas übersehen hatte, aber da war nichts weiter. Er fuhr mit den Fingern in die Kartenfächer links und förderte ein paar unbenutzte Vaporettofahrscheine zutage, eine Rechnung aus einer Bar über dreitausenddreihundert Lire und ein paar Achthundertlirebriefmarken. Auf der anderen Seite fand er noch eine Barrechnung, auf deren Rückseite eine Telefonnummer stand. Da sie nicht mit 52, 27 oder 72 anfing, nahm er an, daß es keine venezianische Nummer war, obwohl keine Vorwahl dabeistand. Das war alles. Keine Namen; keine Botschaft des Verstorbenen, die gelesen werden sollte, wenn ihm etwas zustieß; nichts von all den Dingen, die man im wirklichen Leben eben nie in den Taschen von Leuten fand, die möglicherweise durch gezielte Gewaltanwendung gestorben waren.

Brunetti steckte das Geld wieder in die Brieftasche und diese wieder in den Beutel. Er zog das Telefon zu sich heran und wählte Dottor Rizzardis Nummer. Die Autopsie sollte inzwischen eigentlich fertig sein, und er war neugierig, mehr über diese seltsame Delle an Rossis Kopf zu erfahren.

Der Arzt nahm beim zweiten Klingeln ab, und sie tauschten erst einmal höfliche Grußformeln aus. Dann fragte Rizzardi: »Rufen Sie wegen Rossi an?« Und als Brunetti das bestätigte, sagte Rizzardi: »Gut. Wenn Sie nämlich jetzt nicht mich angerufen hätten, dann hätte ich Sie angerufen.«

»Warum?«

»Wegen der Wunde. Oder besser der beiden Wunden. Am Kopf.«

»Was ist damit?«

»Eine ist flach, und es sind Betonkrümel darin. Er hat sie sich zugezogen, als er auf dem Boden aufschlug. Aber links davon ist noch eine Wunde, die ist röhrenförmig. Das heißt, sie wurde durch etwas Zylindrisches verursacht, zum Beispiel eines dieser Rohre, aus denen Baugerüste zusammengesteckt werden, allerdings erscheint mir der Umfang kleiner, als ich ihn von derlei Rohren in Erinnerung habe.«

»Und?«

»Und in der Wunde ist überhaupt kein Rost. Normalerweise starren diese Rohre nur so von Dreck: Schmutz, Rost und Farbe. Aber in dieser Wunde war von alledem keine Spur.«

»Kann sein, daß man sie im Krankenhaus gereinigt hat.«

»Das hat man, aber in der kleineren Wunde sind Metallspuren, die in den Schädelknochen eingedrungen sind. Nur Metall. Kein Dreck, kein Rost, keine Farbe.«

»Was für Metall?« fragte Brunetti, der vermutete, daß Rizzardi ihn nicht hätte anrufen wollen, wenn da nur etwas *nicht vorhanden* gewesen wäre.

»Kupfer.« Als Brunetti dazu nichts sagte, meinte Rizzardi: »Es steht mir nicht zu, Ihnen zu sagen, wie Sie Ihre Arbeit zu machen haben, aber ich fände es ratsam, so schnell wie möglich die Spurensicherung hinzuschicken.«

»Wird gemacht«, sagte Brunetti, froh, daß er heute in der Questura das Sagen hatte. »Was haben Sie noch gefunden?«

»Beide Arme waren gebrochen, aber ich nehme an, das wissen Sie schon. Dann Abschürfungen an den Händen, die allerdings von dem Sturz stammen können.«

»Haben Sie eine Vorstellung, aus welcher Höhe er gestürzt sein könnte?«

»Ich bin in solchen Dingen eigentlich kein Experte, dafür kommt so etwas zu selten vor. Aber ich habe in einigen Büchern nachgeschlagen und schätze, es waren an die zehn Meter.«

»Dritter Stock?«

»Möglich. Mindestens zweiter.«

»Kann man aus der Art, wie er aufgeschlagen ist, etwas schließen?«

»Nein. Aber wie es aussieht, hat er eine ganze Weile später noch versucht, sich fortzuschleppen. Seine Hosenbeine sind an den Knien aufgescheuert, die Knie selbst auch; an der Innenseite des einen Knöchels ist ebenfalls eine Abschürfung, meiner Ansicht nach vom Schleifen über das Straßenpflaster.«

An dieser Stelle unterbrach Brunetti den Arzt: »Kann man sagen, an welcher Wunde er gestorben ist?«

»Nein.«

Brunetti merkte an der Promptheit dieser Antwort, daß Rizzardi auf die Frage schon gewartet haben mußte. Nun wartete er, ob Brunetti fortfahren würde, doch diesem fiel nichts Besseres ein als ein lahmes: »Noch etwas?«

»Nein. Er war gesund und hätte noch lange gelebt.«

»Armer Teufel.«

»Der Mann in der Leichenkammer sagte, Sie hätten ihn gekannt. Ein Freund von Ihnen?«

Brunetti zögerte nicht. »Ja, das war er.«

12

Brunetti rief bei der Telecom an, wo er sich als Polizist vorstellte und erklärte, er versuche einer Telefonnummer nachzugehen, von der er keine Vorwahl habe, nur die letzten sieben Ziffern. Ob man ihm die Städte nennen könne, in denen diese Nummer existierte? Ohne auch nur auf die Idee zu kommen, sich durch einen Rückruf zu überzeugen, daß er wirklich von der Polizei war, forderte die Dame ihn auf, am Apparat zu bleiben, während sie ihren Computer befragte. Wenigstens kam keine Musik. Dann meldete sie sich sehr schnell wieder und teilte ihm mit, daß die Städte Piacenza, Ferrara, Aquilea und Messina in Frage kämen.

Brunetti bat daraufhin um die Namen der jeweiligen Anschlußinhaber, aber jetzt zog die Dame sich hinter ihre Vorschriften zurück und sprach von Datenschutz und »bewährten Grundsätzen«. Dazu müsse schon die Polizei oder ein anderes Staatsorgan anrufen, erklärte sie. Geduldig und in bemüht ruhigem Ton setzte Brunetti ihr noch einmal auseinander, daß er ein *Commissario di Polizia* sei und sie ihn in der Questura von Venedig anrufen könne. Als sie ihn nun um die Nummer bat, verkniff er es sich, zu fragen, ob sie nicht besser beraten wäre, diese im Telefonbuch nachzuschlagen, um sicher zu sein, daß sie auch wirklich in der Questura anrief. Vielmehr gab er ihr die Nummer durch, wiederholte seinen Namen und legte auf. Das Telefon klingelte fast augenblicklich, und die Frau las ihm vier Namen und Adressen vor.

Die Namen sagten ihm nichts. Die Nummer in Piacenza war eine Autovermietung. Die in Ferrara war auf eine Namenskombination eingetragen, bei der es sich um eine Firma oder einen Laden handeln konnte. Die restlichen beiden waren vermutlich Privatanschlüsse. Er wählte zuerst die Nummer in Piacenza, wartete, und als ein Mann sich meldete, sagte er ihm, er sei von der venezianischen Polizei und wolle wissen, ob man einmal ein Auto an einen gewissen Franco Rossi aus Venedig verliehen habe oder diesen Namen sonstwie kenne. Der Mann bat Brunetti zu warten, legte die Hand auf die Sprechmuschel und sprach mit jemandem. Danach forderte eine Frauenstimme ihn auf, sein Anliegen zu wiederholen. Nachdem er das getan hatte, sollte er wieder einen Moment warten. Der Moment dehnte sich zu mehreren Minuten aus, doch schließlich meldete die Frau sich wieder und sagte ihm, es tue ihr leid, aber sie hätten keine Unterlagen über einen Kunden dieses Namens.

Unter dem Anschluß in Ferrara meldete sich nur ein Anrufbeantworter und teilte ihm mit, daß er mit dem Büro Gavini und Cappelli verbunden sei, er möge bitte seinen Namen, seine Telefonnummer und den Grund für seinen Anruf aufs Band sprechen. Er legte auf.

In Aquilea bekam er, nach der Stimme zu urteilen, eine alte Frau an den Apparat, die sagte, sie habe noch nie von einem Franco Rossi gehört. Der Anschluß in Messina existierte nicht mehr.

Brunetti hatte in Rossis Brieftasche keinen Führerschein gefunden. Auch wenn viele Venezianer gar nicht Auto fuhren, konnte er vielleicht doch einen besessen haben; das Fehlen von Straßen allein hielt wohl kaum einen Italiener davon ab, seiner Lust an Geschwindigkeit zu frönen. Brunetti rief bei der Führerscheinstelle an und bekam die Auskunft, daß an neun Franco Rossis Führerscheine ausgegeben worden seien. Er sah auf Rossis Dienstausweis vom Ufficio Catasto nach und nannte das Geburtsdatum. Nein, für diesen Franco Rossi war kein Führerschein ausgestellt worden.

Brunetti versuchte es noch einmal bei der Nummer in Ferrara, aber dort nahm noch immer keiner ab. Jetzt klingelte bei ihm selbst das Telefon.

»Commissario?« Es war Vianello.

»Ja.«

»Wir haben soeben einen Anruf von der Polizeiwache Cannaregio bekommen.«

»Ist das die bei Tre Archi?«

»Ja, Commissario.«

»Worum geht es?«

»Ein Mann hat dort angerufen und von einem Geruch gesprochen – einem üblen Gestank –, der aus der Wohnung über ihm kam.«

Brunetti wartete; es erforderte nicht viel Phantasie, zu wissen, was jetzt kommen würde. Man bemühte einen Commissario nicht wegen eines verstopften Abflusses oder einer vergessenen Mülltonne.

»Er war Student«, kürzte Vianello alle weiteren Spekulationen ab.

»Woran ist er gestorben?«

»Sieht nach Überdosis aus. Sagen die jedenfalls.«

»Wann kam der Anruf?«

»Vor etwa zehn Minuten.«

»Ich komme mit.«

Als sie die Questura verließen, war Brunetti überrascht von der Wärme. Es war schon komisch, aber obwohl er immer den jeweiligen Wochentag und meist auch das Datum wußte, mußte er oft erst ein Weilchen überlegen, ob gerade Frühling oder Herbst war. Und als er jetzt die Hitze fühlte, mußte er diese seltsame Desorientierung erst einmal abschütteln, bevor er sich wieder erinnerte, daß Frühling war und man mit steigenden Temperaturen zu rechnen hatte.

Heute hatte ein anderer Bootsführer Dienst: Pertile, den Brunetti *antipatico* fand. Sie gingen an Bord: Brunetti, Vianello und zwei Mann von der Spurensicherung. Einer von ihnen löste die Leinen, und sie fuhren hinaus ins *bacino,* um kurz darauf von dort in den Rio dell'Arsenale einzubiegen. Pertile schaltete die Sirene ein und brauste durch das stille Wasser des Arsenale, wobei er das 52er Vaporetto schnitt, das gerade vom Campo della Tana ablegte. »Wir müssen die Stadt nicht wegen eines Atomunfalls evakuieren, Pertile«, sagte Brunetti.

Der Bootsführer blickte über die Schulter zurück zu den Männern an Deck. Dann nahm er eine Hand vom Steuer, und die Sirene verstummte. Brunetti hatte zwar den Eindruck, daß der Bootsführer jetzt sogar noch Tempo zulegte, aber er verkniff sich weitere Kommentare. Hinter dem Arsenale schwenkte Pertile scharf nach links, und dann ging es an den üblichen Haltestellen – Ospedale Civile, Fondamenta Nuove, Madonna dell'Orto und San Alvise – vorbei bis in den Canale di Cannaregio. Gleich hinter dem ersten Bootsanleger sahen sie einen Polizisten am Ufer stehen, der ihnen zuwinkte, als sie näher kamen.

Vianello warf ihm die Leine zu, und der Mann bückte sich, um sie an dem Eisenring festzumachen. Als er dann Brunetti sah, salutierte er und streckte die Hand aus, um ihm vom Boot zu helfen.

»Wo ist es?« erkundigte sich Brunetti, sowie er festen Boden unter den Füßen hatte.

»Hier, in diese *calle* hinein, Commissario«, sagte der Polizist, wobei er sich schon umdrehte und in die schmale Gasse einbog, die vom Kanal fort und ins eigentliche Cannaregio führte.

Nachdem alle vom Boot herunter waren, drehte Vianello sich noch einmal um und sagte zu Pertile, er solle auf sie warten. Brunetti ging neben dem Polizisten her, der sie in Empfang genommen hatte, und die anderen folgten ihnen im Gänsemarsch durch die *calle*.

Sie brauchten nicht weit zu gehen und hatten auch keinerlei Schwierigkeiten, das richtige Haus zu finden: Etwa zwanzig Meter weiter hatte sich vor einem Hauseingang, in dem ein Uniformierter mit verschränkten Armen stand, eine kleine Menschentraube gebildet.

Als Brunetti näher kam, löste sich ein Mann aus der Menge, machte aber keine Anstalten, den Polizisten entgegenzugehen.

Er stellte sich nur ein wenig abseits, stand dann mit den Händen in den Hüften da und beobachtete, wie sie herankamen. Er war groß, fast ein Gerippe, und hatte die schlimmste Säufernase, die Brunetti je gesehen hatte: entzündet, vergrößert, narbig und an der Spitze nahezu blau. Brunetti fühlte sich an die Gesichter auf dem Bild irgendeines niederländischen Meisters erinnert – stellte es Jesus dar, der sein Kreuz trug? –, abscheuliche, verzerrte Gesichter, die allem, was ihnen unter die bösartigen Augen kam, nur Schmerz und Unheil verhießen.

Leise fragte Brunetti: »Ist das der Mann, der ihn gefunden hat?«

»Ja, Commissario«, antwortete der Polizist. »Er wohnt im ersten Stock.«

Sie gingen auf den Mann zu, der jetzt die Hände in die Taschen steckte und auf den Fersen zu wippen anfing, als ob er Wichtiges zu tun hätte und es der Polizei verübelte, daß sie ihn davon abhielt.

Brunetti blieb vor ihm stehen. »Guten Morgen, Signore. Waren Sie das, der uns benachrichtigt hat?« fragte er.

»Ja, das war ich. Wundert mich ja, daß ihr euch so schnell hierherbemüht habt«, sagte er in einem Ton, der so voller Haß und Feindseligkeit war wie sein Atem voll Alkohol und Kaffee.

»Sie wohnen unter ihm?« fragte Brunetti gleichmütig.

»Ja, seit sieben Jahren, und wenn dieser Scheißkerl von Vermieter glaubt, er kann mich mit einer Räumungsklage da rauskriegen, dann sag ich ihm, wohin er sich die stecken kann.« Er sprach im Tonfall der Giudecca, und wie so viele Bewohner dieser Insel schien er der Ansicht zu sein, daß Unflätigkeit zum Sprechen gehörte wie Luft zum Atmen.

»Wie lange wohnt er denn schon hier?«

»Jetzt wohnt er ja nicht mehr hier, oder?« fragte der Mann und bog sich vor Lachen, bis dieses in einen Hustenanfall überging.

»Wie lange *hat* er hier gewohnt?« fragte Brunetti, nachdem der Mann endlich nicht mehr hustete.

Der andere richtete sich auf und betrachtete Brunetti genauer. Brunetti seinerseits bemerkte die weißen Schuppen, die sich von der geröteten Haut im Gesicht seines Gegenübers schälten, und die gelblichen Augäpfel, die auf Hepatitis hindeuteten.

»Ein paar Monate. Da müssen Sie den Vermieter fragen. Ich bin ihm nur manchmal im Treppenhaus begegnet.«

»Bekam er Besuch?«

»Das weiß ich nicht«, sagte der Mann, plötzlich bockig. »Ich kümmere mich um meine eigenen Sachen. Außerdem war er ein Student, und mit solchen kleinen Scheißern rede ich sowieso nicht. Die bilden sich immer ein, sie wissen alles.«

»Hat er sich so benommen?« fragte Brunetti.

Der Mann überlegte eine ganze Weile; es schien ihn zu wundern, daß man hier offenbar von ihm verlangte, einen bestimmten Einzelfall daraufhin zu prüfen, ob er mit seinem allgemeinen Vorurteil übereinstimmte. Endlich antwortete er: »Nein, aber wie gesagt, ich habe ihn nur ein paarmal gesehen.«

»Geben Sie diesem Polizisten bitte Ihre Personalien«, sagte Brunetti, schon im Weggehen, und zeigte auf den jungen Beamten, der sie am Anleger in Empfang genommen hatte. Dann ging er die zwei Stufen zur Haustür hinauf, wo der Polizist, der dort stand, vor ihm salutierte. Von hinten hörte er die Stimme des Mannes, den er soeben befragt hatte: »Marco hieß er.«

Als Vianello ihm nachkam, schickte Brunetti ihn fort, die Nachbarn zu befragen. Vianello ging, und der andere Uniformierte trat vor. »Zweiter Stock, Commissario«, sagte er.

Brunetti schaute durch das schmale Treppenhaus nach oben. Hinter ihm knipste der Polizist das Licht an, aber die schwache Birne schien Hemmungen zu haben, die allgemeine Verwahrlosung auch noch zu beleuchten, denn es wurde kaum heller. Farbe und Putz waren von den Wänden abgeblättert und von den Benutzern der Treppe auf beiden Seiten der Stufen zu kleinen Dünen zusammengeschoben worden. Hier und da waren die Dünen mit Zigarettenkippen oder Papierschnipseln angereichert.

Brunetti ging die Treppe hinauf. Der Geruch schlug ihm auf dem ersten Absatz entgegen. Es war ein stickiger, bedrückender, durchdringender Geruch, der von Fäulnis, Widerwärtigkeit und unmenschlicher Unreinheit sprach. Je näher Brunetti dem zweiten Stock kam, desto stärker roch es, und eine furchtbare Sekunde lang sah er im Geiste eine Lawine von Molekülen über sich hereinbrechen, seine Kleidung durchsetzen und ihm in Nase und Rachen dringen, alle beladen mit ihrer grausigen Mahnung an die Sterblichkeit.

Ein dritter Polizist, der im trüben Licht sehr blaß aussah, stand vor der Wohnungstür. Brunetti bedauerte, daß die Tür zu war, denn das hieß ja, daß der Gestank noch viel schlimmer werden würde, wenn man sie öffnete. Der junge Polizist salutierte und trat dann sehr schnell zur Seite, so schnell, daß er gleich mindestens vier Schritte Abstand von der Tür nahm.

»Sie können nach unten gehen«, sagte Brunetti, dem klar war, daß der Junge schon fast eine Stunde hier gestanden haben mußte. »Gehen Sie ein Weilchen an die Luft.«

»Danke, Commissario«, antwortete der Polizist und salutierte noch einmal, bevor er rasch um Brunetti herumging und schon die Treppe hinuntersauste.

Von hinten hörte Brunetti das Rumpeln und Scheppern, mit dem die Kriminaltechniker ihr Arbeitsgerät heraufschleppten.

Er widerstand dem Drang, tief Luft zu holen; statt dessen nahm er seinen ganzen Mut zusammen und streckte die Hand nach der Tür aus. Bevor er sie aber öffnen konnte, rief einer der Techniker: »Commissario, nehmen Sie zuerst das hier.« Als Brunetti sich umdrehte, riß der Mann gerade die Plastikhülle von einer Atemmaske ab und reichte diese Brunetti, bevor er auch seinem Kollegen eine gab. Alle streiften sich die Gummibänder über die Ohren und die Masken über Mund und Nase, alle froh, den scharfen Geruch der Chemikalien einzuatmen, mit denen die Masken getränkt waren.

Brunetti machte die Tür auf, und der Gestank überfiel sie,

den Chemikalien zum Trotz. Er hob den Kopf und sah, daß alle Fenster geöffnet worden waren, wahrscheinlich von der Polizei, womit der Tatort gewissermaßen kontaminiert war. Allerdings bestand kaum die Notwendigkeit, diesen Tatort abzuschirmen; selbst Cerberus wäre jaulend vor solchem Gestank geflohen.

Steifbeinig und gegen alle Widerstände seines Körpers ging Brunetti durch die Tür, die anderen ihm nach. Im Wohnzimmer sah es aus, wie man es in einer Studentenwohnung eben erwarten würde; es erinnerte ihn daran, wie seine Freunde gelebt hatten, als sie auf die Universität gingen. Ein altes Sofa war mit einem farbenfrohen indischen Tuch bedeckt, das über die Rückenlehne geworfen und unter Sitzfläche und Armlehnen gestopft worden war, damit es aussah wie ein Bezug. An der Wand stand ein langer Tisch, der mit Papieren und Büchern bedeckt war, dazwischen lag eine Orange, auf der sich grüner Schimmel ausgebreitet hatte. Weitere Bücher und allerlei Kleidungsstücke nahmen zwei Stühle ein.

Der Junge lag rücklings auf dem Küchenboden. Sein linker Arm war nach hinten ausgestreckt, die Nadel, die ihn getötet hatte, steckte noch in der Vene gleich unterhalb des Ellbogengelenks. Die rechte Hand war um den Kopf gekrümmt, eine Haltung, in der Brunetti eine Geste seines Sohnes wiedererkannte, wenn dieser merkte, daß er einen Fehler gemacht oder etwas Dummes angestellt hatte. Auf dem Tisch, wie zu erwarten: ein Löffel, eine Kerze und der kleine Plastikumschlag, in dem das Zeug gewesen war, das ihn umbrachte. Brunetti wandte sich ab. Durch das offene Küchenfenster blickte man auf ein anderes blindes Fenster gegenüber, dessen Läden geschlossen waren.

Einer der Techniker kam herein und sah auf den Jungen hinunter. »Soll ich ihn zudecken, Commissario?«

»Nein. Wir sollten ihn lieber nicht anrühren, bevor der Arzt ihn gesehen hat. Wer kommt?«

»Guerriero.«

»Nicht Rizzardi?«

»Nein, Commissario. Heute hat Guerriero Dienst.«

Brunetti nickte nur und ging zurück ins Wohnzimmer. Das Gummiband der Maske hatte an seiner Wange zu scheuern begonnen, weshalb er die Maske abnahm und in die Tasche stopfte. Der Gestank verschlimmerte sich kurz, aber dann hatte er sich daran gewöhnt. Der zweite Techniker ging mit Stativ und Kamera in die Küche, und Brunetti hörte ihre gedämpften Stimmen, als sie besprachen, wie diese Szene am besten festzuhalten sei für jenes Stückchen Geschichte, das Marco, Student an der Universität und jetzt tot mit einer Nadel im Arm, von nun an einnehmen würde in den Archiven der Polizei von Venedig, Perle der Adria. Brunetti ging zum Schreibtisch des Jungen und betrachtete den Wust aus Papieren und Büchern, der dem so ähnlich sah, den er selbst als Student immer auf seinem Schreibtisch gehabt hatte, sehr ähnlich auch dem, den sein Sohn jeden Morgen hinterließ, wenn er zur Schule ging.

Im inneren Umschlagdeckel einer *Geschichte der Architektur* fand Brunetti den Namen: Marco Landi. Langsam durchforstete er die Papiere, wobei er gelegentlich innehielt, um einen Satz oder Absatz zu lesen. Dabei stellte sich heraus, daß Marco Landi an einer Abhandlung über die Gärten von vier der zwischen Venedig und Padua gelegenen Villen aus dem achtzehnten Jahrhundert gearbeitet hatte. Brunetti fand Bücher und fotokopierte Artikel über Landschaftsarchitektur, sogar einige Skizzen, die offenbar von dem toten Jungen selbst stammten. Lange betrachtete er eine große Zeichnung von einer bis ins letzte ausgearbeiteten Gartenanlage. Jeder Baum, jede Pflanze war darin detailgetreu eingezeichnet. Man konnte sogar die Zeit auf der großen Sonnenuhr ablesen, die sich links neben einem Brunnen befand: Viertel nach vier. Am unteren rechten Rand entdeckte er hinter einem dicken Oleander zwei Häschen, die neugierig den Betrachter ansahen und beide satt und zufrieden wirkten. Er legte das Blatt weg und nahm ein anderes, das offenbar zu einem völlig anderen Projekt gehörte, denn darauf war ein ultramodernes Haus dargestellt, das auf freitragenden Stützen über einem leeren Raum balancierte, einer Schlucht oder Klippe vielleicht. Brunetti betrachtete die Zeichnung genau und entdeckte wieder die Häschen, die diesmal fragend hinter einer modernen Skulptur im Vorgarten des Hauses hervorlugten. Er legte auch diese Zeichnung beiseite und nahm sich noch ein paar andere vor. Auf jeder erschienen die Häschen, mitunter schwer zu finden, weil sie so schlau versteckt waren: einmal im Fenster eines Wohnhauses, einmal hinter der Windschutzscheibe eines vor einem Haus parkenden Autos. Brunetti fragte sich, wie Marcos Professoren wohl das Erscheinen der Häschen in jeder neuen Arbeit aufgenommen haben mochten, ob sie sich eher amüsiert oder geärgert hatten. Und er machte sich so seine Gedanken über den Jungen, der sie auf jeder Zeichnung irgendwo untergebracht hatte. Warum Häschen? Und warum immer zwei?

Er wandte seine Aufmerksamkeit von den Zeichnungen ab und einem handgeschriebenen Brief zu, der links daneben lag. Er trug keinen Absender und kam laut Poststempel von irgendwoher in Trient, aber den Ortsnamen konnte man nicht lesen, dafür war der Stempel zu stark verwischt. Brunetti überflog das Blatt und sah, daß es mit *Mamma* unterschrieben war.

Er schaute kurz beiseite, bevor er zu lesen begann. Der Brief enthielt die üblichen Familiennachrichten: *Papà* war mit der Frühjahrsaussaat beschäftigt; Maria, offenbar Marcos jüngere Schwester, machte sich gut in der Schule. Briciola war wieder einmal dem Briefträger nachgerannt; ihr selbst ging es gut, und sie hoffte, daß es mit Marcos Studium voranging und er keinen Ärger mehr hatte. Nein, Signora, Ihr Marco wird nie mehr Ärger haben, aber Ihnen bleiben nun für den Rest Ihres Lebens nur noch Verlassenheit und Schmerz und das schreckliche Gefühl, an diesem Jungen irgendwie versagt zu haben. Und mögen Sie noch so genau wissen, daß Sie nicht schuld daran sind, wird die Gewißheit, daß Sie es irgendwie doch sind, allezeit tiefer und entschiedener sein.

Brunetti legte den Brief fort und sah rasch die übrigen Sachen auf dem Schreibtisch durch. Es fanden sich noch mehr Briefe von der Mutter des Jungen, aber Brunetti las sie nicht. Endlich stieß er in der Kiefernholzkommode, die links von dem Schreibtisch stand, in der obersten Schublade auf ein Adreßbuch, in dem die Telefonnummer und die Anschrift von Marcos Eltern standen. Er steckte das Büchlein in die Seitentasche seines Jacketts.

Bei einem Geräusch an der Tür drehte er sich um und sah Gianpaolo Guerriero, Rizzardis Assistenten. Für Brunetti war Guerrieros Ehrgeiz allzu leicht von seinem schmalen, lebhaften Gesicht sowie der Hast aller seiner Bewegungen abzulesen, aber vielleicht war es auch nur so, daß Brunetti um den Ehrgeiz des Mannes wußte und deshalb diese Eigenschaft – er konnte sich nicht dazu durchringen, sie eine Tugend zu nennen – in allem sah, was er tat. Brunetti hätte Guerriero gern sympathisch gefunden, seitdem er einmal mitbekommen hatte, wie respektvoll er mit den Toten umging, an denen er arbeitete, aber andererseits hatte er so etwas Humorloses an sich, daß es Brunetti schwerfiel, mehr für ihn zu empfinden als Achtung. Genau wie sein Vorgesetzter legte auch Guerriero Wert auf untadelige Kleidung, und so trug er heute einen grauen Wollanzug, der sein gutes Aussehen mit Eleganz krönte. Hinter ihm kamen zwei weißgekleidete Bahrenträger. Brunetti deutete mit dem Kopf zur Küche, und die Männer gingen mit ihrer zusammengerollten Trage hinein.

»Nichts anfassen«, rief Guerriero ihnen unnötigerweise nach. Dann gab er Brunetti die Hand.

»Eine Überdosis, wie ich höre«, sagte Guerriero.

»Sieht ganz danach aus.«

Kein Ton kam aus dem Nebenraum. Guerriero ging in die Küche. Brunetti konnte nicht umhin, auf der Tasche, die er bei sich trug, das Prada-Emblem zu erkennen.

Er selbst blieb im Wohnzimmer, und da er ohnehin auf Guerriero warten mußte, ging er noch einmal zum Schreibtisch, stützte sich mit beiden Händen darauf und betrachtete erneut Marcos Zeichnungen. Er hätte über die Häschen gern gelächelt, aber es gelang ihm nicht.

Guerriero hielt sich höchstens ein paar Minuten in der Küche auf. Als er herauskam, blieb er an der Tür stehen, um sich die Atemmaske abzunehmen. »Wenn es Heroin war«, sagte er, »und das war es meines Erachtens, dann muß er augenblicklich tot gewesen sein. Sie haben ihn ja gesehen; er hatte nicht einmal mehr die Zeit, sich die Nadel aus dem Arm zu ziehen.«

»Was hätte ihn denn töten können?« fragte Brunetti. »Oder warum, wenn er doch süchtig war?«

Guerriero überlegte, dann antwortete er: »Wenn es Heroin war, könnte es mit allem möglichen Unrat versetzt gewesen sein. Das wäre die eine Möglichkeit. Ansonsten, wenn er längere Zeit nichts mehr gespritzt hätte, könnte es auch einfach eine Überreaktion auf eine Dosis gewesen sein, die ihm gar nichts ausgemacht hätte, solange er das Zeug regelmäßig nahm. Das heißt, wenn er besonders reinen Stoff bekommen hat.«

»Was vermuten Sie?« fragte Brunetti, und als er sah, daß Guerriero schon zu einer automatischen – und zweifellos vorsichtigen – Antwort ausholte, hob er die Hand und sagte: »Unter uns.«

Guerriero dachte eine ganze Weile nach, bevor er darauf antwortete, und Brunetti konnte sich des Eindrucks nicht erwehren, daß der junge Arzt die beruflichen Konsequenzen abwägte, die es für ihn haben konnte, wenn herauskam, daß er eine inoffizielle Beurteilung von sich gegeben hatte. Endlich sagte er: »Ich denke, es war letzteres.«

Brunetti drang nicht weiter in ihn, er stand nur da und wartete.

»Ich habe nicht den ganzen Leichnam untersucht«, fuhr Guerriero fort. »Nur die Arme, aber da waren keine frischen Einstichstellen, allerdings sehr viele ältere. Wenn er sich in letzter Zeit Heroin gespritzt hätte, dann bestimmt in die Arme. Süchtige haben die Neigung, immer wieder dieselben Stellen zu benutzen. Demnach würde ich sagen, daß er seit ein paar Monaten runter von dem Zeug war.«

»Und ist dann aber rückfällig geworden?«

»Wie es aussieht, ja. Wenn ich ihn erst genauer untersucht habe, kann ich Ihnen mehr sagen, Commissario.«

»Ich danke Ihnen, Dottore«, sagte Brunetti. »Nehmen Sie ihn jetzt mit?«

»Ja. Ich habe meinen Leuten gesagt, sie sollen ihn in einen Sack tun. Wenn die Fenster offenbleiben, dürfte hier drinnen bald bessere Luft sein.«

»Gut. Vielen Dank auch.«

Guerriero winkte ab.

»Wann können Sie die Autopsie machen?« fragte Brunetti.

»Höchstwahrscheinlich morgen vormittag. Im Krankenhaus ist zur Zeit nicht viel los. Komisch, wie wenige Leute im Frühjahr sterben. – Übrigens«, fuhr Guerriero fort, während er seine Arzttasche öffnete und die Maske hineinstopfte, »ich habe seine Brieftasche und den Inhalt seiner Hosentaschen auf den Küchentisch gelegt.«

»Danke. Und rufen Sie mich an, wenn irgend etwas ist, ja?«

»Natürlich«, sagte Guerriero. Sie gaben sich die Hand, und der Arzt ging.

Während dieses ganzen Gesprächs hatte Brunetti dauernd Geräusche aus der Küche gehört, und kaum war Guerriero gegangen, erschienen seine beiden Helfer, zwischen sich die nun entrollte Bahre mit ihrer eingewickelten Last darauf. Es kostete Brunetti einiges an Willenskraft, nicht darüber nachzudenken, wie sie ihre Fracht wohl durch das enge, gewundene Treppenhaus hinunterbringen würden. Die Männer nickten zu ihm herüber, hielten aber nicht an.

Während ihre Schritte sich entfernten und immer leiser wurden, ging Brunetti in die Küche zurück.

Der größere der beiden Kriminaltechniker – Santini hieß er,

wenn Brunetti sich recht erinnerte – blickte auf und sagte: »Hier ist nichts, Commissario.«

»Haben Sie seine Papiere geprüft?« fragte Brunetti, wobei er auf die Brieftasche und den kleinen Stapel zerknitterter Papiere und Münzen auf dem Tisch zeigte.

Santinis Kollege antwortete für ihn: »Nein, Commissario, wir dachten, das wollten Sie selbst tun.«

»Wie viele Zimmer hat die Wohnung noch?« wollte Brunetti wissen.

Santini zeigte in den hinteren Teil der Wohnung. »Nur noch das Bad. Er muß im Wohnzimmer auf diesem Sofa geschlafen haben.«

»Haben Sie im Bad etwas gefunden?«

Santini überließ die Antwort dem anderen: »Jedenfalls keine Spritzen, Commissario, nichts dergleichen. Nur das Übliche, was man in einem Bad so findet: Kopfwehtabletten, Rasiercreme, ein Päckchen Wegwerfrasierer, aber weit und breit kein Drogenzubehör.«

Brunetti fand es interessant, daß der Techniker dies zur Sprache brachte, und fragte: »Wie deuten Sie das?«

»Ich würde sagen, der Junge war sauber«, antwortete der Mann, ohne zu zögern. Brunetti warf einen Blick zu Santini, der zustimmend nickte. Sein Kollege fuhr fort: »Wir haben schon etliche junge Leute dieser Art gesehen, und um die meisten steht es schlimm. Schwären am ganzen Leib, nicht nur an den Armen.« Er hob die Hand und wedelte ein paarmal damit hin und her, wie um die Erinnerung an die jungen Menschen auszulöschen, die er schon in ihrem Drogentod hatte daliegen sehen. »Aber dieser Junge hatte keine frischen Einstichstellen.«

Eine kleine Weile schwiegen alle drei.

Schließlich fragte Santini: »Haben Sie noch irgendwelche Aufgaben für uns, Commissario?«

»Ich glaube nicht.« Brunetti sah jetzt, daß sie beide ihre Atemmasken nicht mehr trugen, weil der Gestank nachgelassen hatte, sogar hier, wo der Junge wer weiß wie lange gelegen hatte. »Gehen Sie schon mal einen Kaffee trinken. Ich sehe mir das da noch an.« Dabei zeigte er auf die Brieftasche und die Papiere. »Dann schließe ich ab und komme nach.«

Keiner erhob Einwände. Nachdem die beiden fort waren, nahm Brunetti die Brieftasche und blies das feine graue Pulver davon ab. In ihr waren siebenundfünfzigtausend Lire. Auf dem Tisch lagen weitere zweitausendsiebenhundert Lire in Münzen, die jemand aus Marcos Taschen genommen hatte. In der Brieftasche fand Brunetti auch Marcos Personalausweis, auf dem sein Geburtsdatum stand. Mit einer ungehaltenen Geste raffte er plötzlich alles zusammen, was da auf dem Schreibtisch lag, und steckte es in seine Jackentasche. Auf dem Tischchen hinter der Tür hatte er einen Schlüsselbund liegen sehen. Nachdem er gewissenhaft nachgeprüft hatte, daß alle Fensterläden in Ordnung waren, machte er zuerst sie und dann die Fenster zu. Zuletzt schloß er die Wohnungstür ab und ging die Treppe hinunter.

Draußen stand Vianello bei einem alten Mann, den Kopf geneigt, um zu hören, was dieser ihm zu sagen hatte. Als er Brunetti aus dem Haus kommen sah, klopfte er dem Alten auf den Arm und wandte sich von ihm ab. Während sie noch aufeinander zugingen, schüttelte Vianello schon den Kopf. »Keiner hat etwas gesehen. Keiner weiß etwas.«

13

Brunetti fuhr mit Vianello und den Männern von der Spurensicherung im Polizeiboot zur Questura zurück, froh um die frische Luft und den Wind, der sie hoffentlich von allem Gestank reinigen würde, den sie aus der Wohnung mitgebracht haben mochten. Keiner von ihnen erwähnte es, aber Brunetti wußte, daß er sich erst wieder richtig sauber fühlen würde, wenn er jedes einzelne Kleidungsstück, das er an diesem Tag getragen hatte, abgelegt und lange unter dem reinigenden Strahl einer Dusche gestanden hätte. Selbst in der aufkommenden Hitze dieses Spätfrühlingstages sehnte er sich nach dampfend heißem Wasser und einem groben Tuch, mit dem er danach jeden Quadratzentimeter seiner Haut abrubbeln würde.

Die Techniker brachten die Utensilien, die Marcos Tod bewirkt hatten, in die Questura, und wenn auch kaum die Chance bestand, daß man auf der Spritze, die ihn getötet hatte, einen zweiten Satz Fingerabdrücke finden würde, durfte man doch hoffen, daß sich auf der Plastikhülle, die er auf dem Küchentisch hatte liegenlassen, wenigstens ein Teilabdruck fand, dessen Gegenstück sie schon in der Kartei hatten.

Vor der Questura angekommen, nahm der Bootsführer zu spät das Gas weg, wodurch das Boot so unsanft anlegte, daß alle auf dem Deck durcheinandergewirbelt wurden. Einer der Techniker mußte sich an Brunettis Schulter festhalten, um nicht die Kabinentreppe hinunterzufallen. Der Bootsführer stellte den Motor ab und sprang an Land, schnappte sich das Tau, mit dem er das Boot gleich am Landesteg festmachen würde, und beschäftigte sich angelegentlich mit seinen Knoten. Brunetti und die anderen verließen stumm das Boot und gingen hinüber zur Questura.

Brunetti begab sich unverzüglich in Signorina Elettras kleines Büro. Sie telefonierte gerade, gab ihm aber, als sie ihn sah, ein Zeichen, er solle dableiben. Er betrat ihr Zimmer nur zögernd, weil er fürchtete, diesen schrecklichen Gestank mit hereinzubringen, der noch immer in seiner Phantasie lungerte, wenn auch nicht mehr in seiner Kleidung. Er stellte sich ans offene Fenster, gleich neben die große Vase mit Lilien, deren ölige Süße die Luft mit jenem schweren Duft erfüllte, den er noch nie hatte leiden können.

Signorina Elettra mußte sein Unbehagen gespürt haben, denn sie warf einen Blick zu ihm herüber, hielt den Hörer von ihrem Ohr ab und wedelte mit der anderen Hand durch die Luft, wie um zu zeigen, daß der Anrufer ihr auf die Nerven ging. Dann nahm sie den Hörer wieder ans Ohr und sagte ein paarmal *si*, ohne sich ihre Ungehaltenheit anmerken zu lassen. Eine Minute verging. Erneut hielt sie den Hörer von sich ab, um ihn dann plötzlich wieder ans Ohr zu nehmen, *grazie* und *ciao* zu sagen und aufzulegen.

»Und das alles nur, um mir zu erklären, warum er heute abend nicht kommen kann«, sagte sie nur, und das war alles, was sie dazu von sich gab. Es war nicht viel, bot Brunetti aber immerhin Anlaß, sich Gedanken darüber zu machen, wer wohin und wozu nicht kommen konnte. Er sagte aber nichts.

»Wie war's?« fragte sie.

»Schlimm«, antwortete Brunetti. »Er war zwanzig. Und keiner weiß, wie lange er da schon gelegen hat.«

»Bei dieser Hitze«, sagte sie, und das sollte keine Frage sein, sondern Ausdruck allgemeiner Anteilnahme.

Brunetti nickte. »Drogen. Überdosis.«

Sie sagte dazu nichts, schloß nur die Augen und meinte dann: »Ich habe mich bei ein paar Bekannten über Drogen erkundigt, aber sie sagen alle dasselbe: daß Venedig ein sehr kleiner Markt ist.« Sie verstummte kurz und fuhr dann fort: »Immerhin ist er wohl doch so groß, daß jemand diesem Jungen seinen Tod verkaufen konnte.«

Es mutete Brunetti seltsam an, sie von Marco als einem »Jungen« reden zu hören, wo sie doch selbst kaum mehr als zehn Jahre älter sein konnte. »Ich muß seine Eltern anrufen«, sagte er.

Sie sah kurz auf ihre Uhr. Brunetti blickte auf die seine und stellte mit Erstaunen fest, daß es erst zehn nach eins war. Der Tod machte alle wirkliche Zeit bedeutungslos, und er hatte das Gefühl, Tage in dieser Wohnung zugebracht zu haben.

»Warten Sie noch ein wenig, Commissario.« Bevor er nach dem Grund fragen konnte, erklärte sie ihn schon: »Dann ist vielleicht der Vater zu Hause, und sie haben fertig zu Mittag gegessen. Es ist besser, die Familie ist zusammen, wenn sie es erfährt.«

»Richtig«, antwortete er. »Das hatte ich nicht bedacht. Also, warten wir noch etwas.« Er wußte nur nicht, womit er inzwischen die Zeit ausfüllen sollte.

Signorina Elettra streckte die Hand aus und drückte einen Knopf an ihrem Computer, der daraufhin ein Summen von sich gab, dann wurde der Bildschirm dunkel. »Ich denke, ich mache jetzt mal Schluß und gehe vor dem Essen noch *un'ombra* trinken. Kommen Sie mit, Commissario?« Sie mußte über ihre eigene unerhörte Kühnheit lächeln: Ihr Chef, ein verheirateter Mann, und sie lud ihn zu einem Glas Wein ein!

Aber das Mitgefühl, das darin lag, rührte Brunetti so, daß er nur sagte: »Ja, gern, Signorina.«

Es war dann schon kurz nach zwei, als er anrief. Eine Frau meldete sich, und Brunetti verlangte Signor Landi. Stumm dankte er dann niemand Bestimmtem, als sie keinerlei Neugier an den Tag legte und nur sagte, sie werde ihren Mann holen.

»Landi«, meldete sich eine tiefe Stimme.

»Signor Landi«, sagte Brunetti. »Hier ist Commissario Guido Brunetti. Ich rufe aus der Questura in Venedig an.«

Bevor er fortfahren konnte, unterbrach ihn Landi mit plötzlich lauter, gepreßter Stimme: »Geht es um Marco?«

»Ja, Signor Landi, es geht um ihn.«

»Wie schlimm?« fragte Landi etwas leiser.

»Ich muß Ihnen leider sagen, daß es nicht schlimmer sein könnte, Signor Landi.«

Aus der Leitung kam Schweigen. Brunetti sah den Mann im Geiste vor sich, wie er mit der Zeitung in der Hand am Telefon stand, den Blick zur Küche, wo seine Frau nach dem letzten friedlichen Essen aufräumte, das ihnen je vergönnt sein sollte.

Landis Stimme wurde fast unhörbar, aber es gab nur eine Frage, die er gestellt haben konnte, und Brunetti setzte die fehlenden Wörter selbst ein: »Ist er tot?«

»Ja, Signor Landi, ich bedaure sehr, es Ihnen sagen zu müssen. Er ist tot.«

Wieder war es still, diesmal noch länger, dann fragte Landi: »Wann?«

»Wir haben ihn heute gefunden.«

»Wer?«

»Die Polizei. Ein Nachbar hat angerufen.« Brunetti brachte es nicht über sich, auf die Einzelheiten einzugehen oder zu erwähnen, wieviel Zeit seit Marcos Tod schon vergangen war. »Er sagte uns, daß er Marco in letzter Zeit nicht mehr gesehen hätte und wir doch einmal in der Wohnung nachsehen sollten. So haben wir ihn dann gefunden.«

»Drogen?«

Die Autopsie hatte noch nicht stattgefunden. Die amtlichen Mühlen hatten die Umstände um den Tod des Jungen noch nicht gewürdigt, nicht gewogen und gewürdigt, und also noch kein Urteil zur Frage der Todesursache gefällt; folglich wäre es voreilig und verantwortungslos bis hin zur Tadelswürdigkeit, wenn ein Gesetzeshüter in dieser Sache seine eigene Meinung kundtat. »Ja«, sagte Brunetti.

Der Mann am anderen Ende der Leitung weinte. Brunetti hörte das langgezogene, tiefe Keuchen, das verriet, wie ihm der Schmerz die Kehle zuschnürte und er nach Luft rang. Eine Minute verging. Brunetti hielt den Hörer vom Ohr ab und blickte nach links, wo auf einer Gedenktafel an der Wand die Namen der Polizeibeamten standen, die im Ersten Weltkrieg gefallen waren. Er begann die Namen zu lesen, ihre Geburts- und Sterbedaten. Einer war erst zwanzig gewesen, so alt wie Marco.

Über die Telefonleitung kam der gedämpfte Ton einer höheren Stimme, deren Lautstärke von Neugier oder Angst bestimmt war, doch dann brach sie ab, weil Landi offenbar die Hand über die Sprechmuschel legte. Wieder verging eine Minute. Dann kam Landis Stimme. Brunetti nahm den Hörer ans Ohr, aber er hörte Landi nur noch sagen: »Ich rufe zurück.« Die Verbindung wurde unterbrochen.

Während des Wartens dachte Brunetti darüber nach, welche Art von Gesetzwidrigkeit hier vorlag. Wenn Guerriero recht hatte und Marco gestorben war, weil sein Körper sich in der Zeit seiner Drogenabstinenz vom schweren Schock einer Heroininjektion entwöhnt hatte, was war es dann mehr als der Verkauf einer verbotenen Substanz? In welche Kategorie von Straftaten fiel es, Heroin an einen Abhängigen zu verkaufen, und wo war der Richter, der darin ein Verbrechen und nicht nur ein Vergehen sehen würde? Wenn aber das Heroin, das ihn tötete, mit einer tödlichen oder zumindest gefährlichen Beimischung gestreckt war, wie sollte man dann herausfinden, an welcher Station des weiten Weges von den Mohnfeldern des Ostens bis in die Venen des Westens diese Substanz hinzugefügt wurde, und von wem?

Von welcher Seite er es auch betrachtete, Brunetti sah keine Chance, wie diese Tat ernsthafte juristische Konsequenzen haben könnte. Auch hielt er es für kaum wahrscheinlich, daß man je herausbekäme, wer dafür überhaupt verantwortlich war. Doch der junge Student, der die drolligen Häschen gemalt und den Witz besessen hatte, sie auf allen seinen Zeichnungen an allen möglichen Stellen zu verstecken, war darum nicht weniger tot.

Brunetti stand auf und ging ans Fenster. Die Sonne brannte auf den Campo San Lorenzo herunter. Alle Bewohner des Altersheims waren der Aufforderung zum Mittagsschlaf gefolgt und hatten den Campo den Katzen und den paar Passanten überlassen, die ihn um diese Zeit überquerten. Brunetti stützte sich mit den Händen aufs Fensterbrett, beugte sich vor und spähte auf den Campo hinunter, als hielte er Ausschau nach einem Omen. Eine halbe Stunde später rief Landi an, um ihm zu sagen, daß er und seine Frau abends um sieben in Venedig ankommen würden, und zu fragen, wie sie zur Questura kämen.

Als Landi bestätigte, daß sie mit dem Zug kommen wollten, versprach Brunetti, sie abzuholen und mit dem Boot zum Krankenhaus zu bringen.

»Krankenhaus?« fragte Landi mit einem hoffnungslosen Fünkchen Hoffnung in der Stimme.

»Entschuldigung, Signor Landi. Dorthin bringt man die Toten.«

»Aha«, sagte Landi nur, und wieder brach er das Gespräch ab.

Im Lauf des Nachmittags rief Brunetti einen Freund an, der ein Hotel am Campo di Santa Marina leitete, und fragte ihn, ob er ein Doppelzimmer für zwei Leute reservieren könne, die vielleicht über Nacht bleiben würden. Wer durch ein Unglück irgendwohin gerufen wird, vergißt oft Dinge wie Essen und Schlafen und derlei lästige Nebensächlichkeiten, die zeigen, daß das Leben weitergeht.

Er bat Vianello mitzukommen, wobei er sich einredete, die Landis würden die Polizei leichter erkennen, wenn einer in Uniform sie abholte, aber innerlich wußte er, daß Vianello einfach der Richtige zum Mitnehmen war, sowohl für die Landis als auch für ihn selbst.

Der Zug fuhr pünktlich ein, und Marcos Eltern waren leicht zu erkennen, als sie den Bahnsteig entlangkamen. Die Frau war groß und mager und trug ein graues, von der Bahnfahrt arg zerknautschtes Kleid; das Haar hatte sie im Nacken zu einem kleinen Knoten geschlungen, was schon seit Jahrzehnten nicht mehr Mode war. Ihr Mann führte sie am Arm, und jeder konnte sehen, daß dies weder aus Höflichkeit noch aus Gewohnheit geschah: Ihr Schritt war unsicher, als ob sie betrunken oder krank wäre. Landi war gedrungen und muskulös; sein eisenharter Körper sprach von lebenslanger schwerer Arbeit. Unter anderen Umständen hätte Brunetti den Gegensatz zwischen den beiden vielleicht komisch gefunden, jetzt nicht. Landis Gesicht schien gegerbt wie Leder, und sein schütteres helles Haar bot nur unvollkommenen Schutz für die Kopfhaut, die so dunkel gebrannt war wie sein Gesicht. Man sah ihm an, daß er seine Tage im Freien verbrachte, und Brunetti erinnerte sich an den Brief der Mutter, in dem von der Frühjahrsaussaat die Rede gewesen war.

Sie erkannten Vianellos Uniform, und Landi führte seine Frau darauf zu. Brunetti stellte sich und seinen Assistenten vor und sagte ihnen, daß ein Boot auf sie warte. Nur Landi gab ihnen die Hand, nur er vermochte zu sprechen. Seine Frau konnte ihnen lediglich zunicken und sich mit der Linken über die Augen wischen.

Es ging alles schnell. Im Krankenhaus schlug Brunetti vor, Signor Landi solle allein hineingehen und seinen Sohn identifizieren, aber sie bestanden darauf, ihn beide zu sehen. Brunetti und Vianello warteten draußen, ohne zu sprechen. Als die Landis einige Minuten später herauskamen, schluchzten beide unverhüllt. Die Vorschriften verlangten eine amtliche Form der Identifizierung, was hieß, daß derjenige, der einen Leichnam identifizierte, dies gegenüber einem begleitenden Beamten entweder mündlich oder schriftlich bestätigen mußte.

Als die beiden sich wieder gefaßt hatten, sagte Brunetti nur: »Ich habe mir erlaubt, ein Zimmer für Sie reservieren zu lassen, falls Sie hier übernachten möchten.«

Landi wandte sich an seine Frau, aber sie schüttelte den Kopf.

»Nein. Wir fahren wieder nach Hause, Signore. Ich glaube, es ist besser so. Um halb neun fährt ein Zug. Wir haben uns erkundigt, bevor wir herkamen.«

Er hatte recht. Es war besser so, das wußte auch Brunetti. Morgen sollte die Autopsie stattfinden, und so etwas auch nur zu wissen, sollte man allen Eltern besser ersparen. Er geleitete die beiden über den Notausgang des Krankenhauses zum Polizeiboot zurück. Bonsuan sah sie kommen und machte schon das Boot los. Vianello nahm Signora Landis Arm, um ihr an Bord und dann die Treppe hinunter in die Kabine zu helfen. Brunetti nahm Landis Arm, als sie das Boot bestiegen, und hielt ihn mit sanftem Druck davon ab, seiner Frau nach unten zu folgen.

Bonsuan, dem das Fahren auf dem Wasser so natürlich war wie das Atmen, legte sehr behutsam ab und drosselte den Motor so, daß sie fast lautlos dahinglitten. Landi starrte unverwandt ins Wasser; er wollte die Stadt nicht ansehen, die das Leben seines Sohnes genommen hatte.

»Können Sie mir etwas über Marco sagen?« fragte Brunetti.

»Was wollen Sie denn wissen?« fragte Landi zurück, ohne den Blick zu heben.

»Wußten Sie das mit den Drogen?«

»Ja.«

»Hatte er damit aufgehört?«

»Das dachte ich. Letztes Spätjahr ist er nach Hause gekommen und hat gesagt, er hätte damit aufgehört. Er wollte eine Weile zu Hause bleiben, bevor er hierher zurückkam. Er war gesund und hat den ganzen Winter gearbeitet wie ein Mann. Wir haben zusammen ein neues Dach auf die Scheune gesetzt. Solche Arbeit kann man nicht machen, wenn man dieses Zeug nimmt oder davon krank ist.« Landi hielt den Blick weiter auf das Wasser gesenkt, auf dem das Boot dahinglitt.

»Hat er jemals darüber gesprochen?«

»Über die Drogen?«

»Ja.«

»Nur einmal. Er wußte, daß ich es nicht ertrug.«

»Hat er Ihnen gesagt, warum er sie nahm oder woher er sie bekam?«

Landi sah jetzt zu Brunetti auf. Seine Augen waren vom Blau der Gletscher, sein Gesicht trotz Sonne und Wind merkwürdig faltenlos. »Wer weiß denn schon, warum die sich das antun?« Er schüttelte den Kopf und blickte wieder aufs Wasser.

Brunetti widerstand seinem ersten Drang, sich für die Frage zu entschuldigen, und stellte statt dessen eine neue: »Wissen Sie etwas über sein Leben hier? Seine Freunde? Was er so trieb?«

Landi beantwortete eine ganz andere Frage. »Er wollte immer Architekt werden. Von Kindesbeinen an hat er sich nur für Häuser interessiert und wie man sie baut. Ich verstehe davon nichts. Ich bin Landwirt. Nur davon verstehe ich etwas, von der Landwirtschaft.« Als das Polizeiboot in die Lagune hinausfuhr, wurde es von einer Welle erfaßt, aber Landi behielt wie selbstverständlich das Gleichgewicht. »Sie hat keine Zukunft mehr, die Landwirtschaft, man kann nicht mehr davon leben. Das wissen wir alle, wir wissen nur nicht, was wir statt dessen machen könnten.« Er seufzte. Ohne aufzusehen, sprach er weiter: »Marco war zum Studieren hierhergekommen. Vor zwei Jahren. Und als er nach dem ersten Jahr nach Hause kam, haben wir gemerkt, daß etwas nicht stimmte, aber wir wußten nicht, was.« Wieder sah er zu Brunetti auf. »Wir sind einfache Leute, wir wissen von solchen Sachen nichts, von Drogen.« Er blickte zur Seite, sah die Häuser an der Lagune und starrte wieder aufs Wasser. Der Wind frischte auf, und Brunetti mußte den Kopf neigen, um zu verstehen, was Landi sagte: »Als er letzte Weihnachten nach Hause kam, war er sehr verstört. Da habe ich mit ihm gesprochen, und er hat es mir gesagt. Er hat mir gesagt, er hätte damit aufgehört und wollte das Zeug nicht mehr nehmen, weil er wüßte, daß es ihn umbringen würde.« Brunetti sah, wie Landis von der Arbeit gehärtete Hände sich um die Reling krampften. »Er konnte mir nicht erklären, warum er damit angefangen hatte oder wie das für ihn war, aber ich weiß, daß er es ehrlich meinte, als er sagte, er will es nicht mehr. Seiner Mutter haben wir nichts davon gesagt.« Landi verstummte.

Schließlich fragte Brunetti: »Und wie ging es dann weiter?«

»Er blieb den ganzen Winter da, und wir haben zusammen an der Scheune gearbeitet. Daher weiß ich, daß alles stimmte mit ihm. Dann hat er mir vor zwei Monaten gesagt, er wolle weiterstudieren, und es bestehe keine Gefahr mehr. Ich hab's ihm geglaubt. Da ist er also wieder nach Venedig gefahren, und es schien auch alles in Ordnung. Dann kam Ihr Anruf.«

Das Boot schwenkte aus dem Canale di Cannaregio hinaus in den Canal Grande. Brunetti fragte: »Hat er je von Freunden gesprochen? Oder einer Freundin?«

Die Frage schien Landi zu bekümmern. »Er hatte eine Freundin zu Hause.« Er verstummte kurz. »Aber ich glaube, es gab auch hier eine. Jedenfalls hat Marco im Winter ein paarmal in Venedig angerufen, und ein paarmal hat bei uns ein Mädchen angerufen und wollte ihn sprechen. Er hat uns aber nie etwas darüber gesagt.«

Bonsuan schaltete kurz in den Rückwärtsgang, und das Boot legte vor dem Bahnhof an. Der Bootsführer stellte den Motor ab und kam aus der Kabine. Schweigend warf er das Tau um einen Poller, stieg an Land und zog das Boot seitlich an den Anleger. Landi und Brunetti drehten sich zur Kabine um, und der Bauer half seiner Frau die letzte Stufe herauf. Dann geleitete er sie mit fester Hand vom Boot.

Brunetti ließ sich von Landi die Fahrkarten geben und reichte sie an Vianello weiter, der rasch vorausging, um sie zu entwerten und sich nach dem richtigen Bahnsteig zu erkundigen. Bis die anderen drei dann die Treppe hinauf waren, kam Vianello schon wieder zurück. Er führte sie auf Bahnsteig fünf, wo der Zug nach Verona schon wartete. Schweigend gingen sie an den Wagen entlang, bis Vianello ein leeres Abteil erspähte. Er stellte sich an die Tür und bot Signora Landi den Arm. Sie nahm ihn und stieg müde in den Zug. Landi folgte ihr. Als er oben war, drehte er sich um und reichte zuerst Vianello, dann Brunetti die Hand. Er nickte einmal, hatte aber keine Worte mehr. Schließlich machte er kehrt und folgte seiner Frau über den Gang zu dem leeren Abteil.

Brunetti und Vianello warteten an der Tür, bis der Schaffner pfiff und ein grünes Tuch schwenkte, um dann ebenfalls in den Zug zu steigen, der schon in Bewegung war; die Tür klappte automatisch zu, und der Zug machte sich auf den Weg zur Brükke und in die Welt jenseits von Venedig. Als das Abteil mit den Landis vorüberglitt, sah Brunetti, daß die beiden nebeneinandersaßen und er den Arm um ihre Schulter gelegt hatte. Sie starrten auf die Sitze gegenüber und schauten nicht noch einmal aus dem Fenster, um nach den beiden Polizisten zu sehen.

14

Aus einer Telefonzelle vor dem Bahnhof rief Brunetti, der selbst darüber staunte, daß er daran gedacht hatte, das Hotel an und bestellte das Zimmer wieder ab. Danach reichte seine Energie nur noch dafür, nach Hause zu gehen. Er und Vianello stiegen in ein 82er Boot, aber beide redeten sehr wenig, während es sie zum Rialto brachte. Dort verabschiedeten sie sich in gedrückter Stimmung, und Brunetti nahm seinen ganzen Jammer mit über die Brücke und den inzwischen geschlossenen Markt nach Hause. Selbst die Orchideenpracht im Schaufenster von Biancat konnte seinem Gemüt nicht aufhelfen, nicht einmal die köstlichen Essensdüfte auf dem Treppenabsatz im zweiten Stock seines Wohnhauses.

Noch köstlicher waren die Düfte in seiner eigenen Wohnung: Da hatte jemand geduscht oder gebadet und dazu das Rosmarin-Shampoo benutzt, das Paola letzte Woche mitgebracht hatte; und Paola hatte Würstchen mit Paprikagemüse zubereitet. Er hoffte, daß sie dazu auch noch frische Pasta gemacht hatte.

Er hängte sein Jackett in den Garderobenschrank. Als er in die Küche kam, sprang Chiara, die am Tisch saß und offenbar mit einer Geographiearbeit beschäftigt war – der ganze Tisch lag voll mit Landkarten, einem Lineal und einem Winkelmesser – sofort auf und warf sich ihm an den Hals. Er dachte an den Gestank in Marcos Wohnung und mußte sich zusammennehmen, um sich ihr nicht zu entziehen.

»Papà«, sagte sie, noch ehe er Zeit gehabt hatte, ihr einen Kuß zu geben oder auch nur guten Tag zu sagen, »kann ich diesen Sommer einen Segelkurs machen?«

Brunetti blickte sich vergeblich suchend nach Paola um, die ihm hierfür vielleicht eine Erklärung hätte geben können.

»Segelkurs?« wiederholte er.

»Ja, *papà*«, sagte sie und sah lächelnd zu ihm auf. »Ich habe mir ein Buch besorgt und versuche mir damit das Navigieren beizubringen, aber das Segeln wird mir schon jemand anders zeigen müssen.« Sie nahm seine Hand und zog ihn zum Küchentisch, auf dem tatsächlich Karten lagen, aber er sah jetzt, daß es Karten von Untiefen und Küstenlinien waren, den Rändern, an denen Länder und Kontinente die Meere umfingen.

Sie ließ ihn los und sah auf das Buch hinunter, das offen vor ihr lag, aufgehalten von einem anderen Buch. »Sieh mal, *papà*«, sagte sie, wobei sie mit dem Finger an einer Zahlenreihe entlangfuhr, »wenn der Himmel nicht bewölkt ist und wenn sie gute Karten und ein Chronometer haben, können sie ziemlich genau sagen, wo sie gerade sind, und zwar überall auf der Welt.«

»Wer kann das, Engelchen?« fragte er, während er den Kühlschrank öffnete und ihm eine Flasche Tokaier entnahm.

»Captain Aubrey und seine Leute«, antwortete sie in einem Ton, der klarstellte, daß diese Antwort doch wohl auf der Hand lag.

»Und wer ist Captain Aubrey?«

»Der Kapitän der *Surprise*«, sagte sie und sah ihn an, als hätte er soeben zugegeben, seine eigene Adresse nicht zu kennen.

»Surprise?« wiederholte Brunetti, der einer Erleuchtung noch immer nicht näher war.

»In den Büchern, *papà* – denen über den Krieg gegen die Franzosen.« Bevor er seine Unwissenheit eingestehen konnte, ergänzte sie: »Die sind richtig fies, die Franzosen, nicht wahr?«

Brunetti, der das für ausgemacht hielt, sagte nichts, denn er hatte immer noch keine Ahnung, wovon eigentlich die Rede war. Er schenkte sich erst einmal ein Gläschen Wein ein und trank einen kräftigen Schluck, dann noch einen. Wieder blickte er auf die Karten und sah, daß auf den blauen Teilen viele Schiffe waren, aber altmodische, über denen sich riesige weiße Segel blähten, und in den vier Ecken der Karte entstiegen Tritonen – wie diese Meeresgötter seines Wissens hießen – den Fluten und hielten sich Muschelschalen an die Lippen.

Er gab sich geschlagen. »Was für Bücher sind das, Chiara?«

»Die *mamma* mir gegeben hat, auf englisch. Über diesen englischen Kapitän und seinen Freund und den Krieg gegen Napoleon.«

Ah, diese Bücher. Er trank noch ein Schlückchen. »Und gefallen sie dir so gut, wie sie *mamma* gefallen?«

»Ach, weißt du«, meinte Chiara, wobei sie ihn mit ernster Miene ansah, »ich glaube nicht, daß sie irgend jemandem so gefallen können wie ihr.«

Es war jetzt vier Jahre her, daß Brunetti von seiner Frau nach zwanzig Ehejahren verlassen worden war, und zwar für über einen Monat, eine Zeit, in der sie sich systematisch durch nicht weniger als – wenn er richtig gezählt hatte – achtzehn Seefahrerromane hindurchgelesen hatte, die sich mit den endlosen Jahren des Krieges zwischen Briten und Franzosen befaßten. Ihm war diese Zeit nicht weniger endlos vorgekommen, denn es war eine Zeit, in der auch er sich mit hastig zubereiteten Mahlzeiten hatte begnügen müssen, halbgares Fleisch und trokkenes Brot gegessen und oft genug Trost in übermäßigen Mengen Grog gesucht hatte. Da Paola sich für gar nichts anderes mehr zu interessieren schien, hatte er einmal in eines dieser Bücher hineingeschaut, und sei es nur, damit sie bei ihren zusammengestoppelten Mahlzeiten ein Gesprächsthema hatten. Er hatte es aber weitschweifig gefunden, vollgepfropft mit wunderlichen Fakten und noch wunderlicheren Tieren, und so hatte er nach wenigen Seiten aufgegeben, noch ehe er überhaupt Captain Aubreys Bekanntschaft gemacht hatte. Zum Glück war Paola eine Schnelleserin und kehrte, nachdem sie das letzte Buch verschlungen hatte, wieder ins zwanzigste Jahrhundert zurück, offenbar unberührt von Schiffbruch, Skorbut und den Schlachten, die in den vergangenen Wochen ihr Leben bedroht hatten.

Daher also die Karten. »Ich werde mit deiner Mutter darüber reden müssen«, sagte er.

»Worüber?« fragte Chiara, den Kopf wieder über die Karten gesenkt und die linke Hand emsig mit ihrem Taschenrechner beschäftigt – ein Instrument, um das Captain Aubrey sie gewiß beneidet hätte, dachte Brunetti.

»Über den Segelkurs.«

»Ah, yes«, antwortete Chiara, die mit der Gewandtheit eines Aals in die englische Sprache schlüpfen konnte. *»I long to sail a ship.«*

Brunetti überließ sie dieser Sehnsucht, füllte sein Glas nach, goß ein zweites ein und ging in Paolas Zimmer, dessen Tür offenstand. Sie lag auf dem Sofa, und nur ihre Stirn war hinter dem Buch zu sehen, in dem sie gerade las.

»Captain Aubrey, *I presume*«, wandelte er Stanleys berühmte Begrüßungsworte an Livingstone ab.

Sie legte sich das Buch auf den Bauch und lächelte ihn an. Wortlos streckte sie die Hand nach dem Glas aus, das er ihr reichte. Sie trank einen Schluck, zog die Beine an, um auf dem Sofa Platz für ihn zu machen, und fragte, als er saß: »Schlimmer Tag?«

Er lehnte sich seufzend zurück und legte die rechte Hand auf ihre Fesseln. »Überdosis. Er war erst zwanzig. Architekturstudent.«

Eine ganze Weile sprachen sie beide nicht, dann meinte Paola: »Wir können von Glück sagen, daß wir so früh geboren sind.«

Er sah sie an, und sie fuhr fort: »Bevor es die Drogen gab. Vielmehr bevor alle Welt sie nahm.« Sie nippte an ihrem Wein und fügte hinzu: »Ich habe vielleicht zweimal in meinem Leben Marihuana geraucht. Gott sei Dank hat es bei mir nie gewirkt.«

»Wieso ›Gott sei Dank‹?«

»Sieh mal, wenn es mir geschmeckt hätte, oder wenn es bei mir so gewirkt hätte, wie es bei anderen Leuten angeblich wirkt, dann hätte mir das vielleicht so gefallen, daß ich es wieder genommen hätte. Oder ich wäre auf härtere Sachen umgestiegen.«

Das war wohl auch mein Glück, dachte Brunetti.

»Woran ist er gestorben?« fragte sie.

»Heroin.«

Sie schüttelte den Kopf.

»Ich war bis vorhin noch mit den Eltern zusammen.« Brunetti nippte an seinem Glas. »Sein Vater ist Bauer. Sie sind aus Trient angereist, um ihn zu identifizieren, und danach gleich wieder nach Hause gefahren.«

»Haben sie noch mehr Kinder?«

»Eine jüngere Tochter. Ob noch mehr, weiß ich nicht.«

»Ich hoffe es für sie«, sagte Paola. Sie streckte die Beine aus und schob ihre Füße unter seinen Oberschenkel. »Möchtest du essen?«

»Ja, aber vorher duschen.«

»Gut«, sagte sie, indem sie die Beine vom Sofa schwang und die Füße auf den Boden stellte. »Ich habe Paprikagemüse mit Würstchen gemacht.«

»Ich weiß.«

»Ich schicke dann Chiara nach dir, wenn es soweit ist.« Sie stand auf und stellte ihr Glas, das immer noch gut halb voll war, auf das Sofatischchen. Dann ließ sie ihn in ihrem Arbeitszimmer zurück und ging in die Küche, um das Essen fertig zu machen.

Als sie schließlich alle um den Eßtisch saßen – Raffi war gerade in dem Moment nach Hause gekommen, als Paola die Pasta auftrug –, war Brunettis Stimmung schon wieder etwas besser. Seinen beiden Kindern zuzusehen, wie sie die frisch zubereiteten Bandnudeln auf ihre Gabeln wickelten, verschaffte ihm ein animalisches Gefühl der Geborgenheit und Wohligkeit, und er machte sich mit Genuß über seine eigene Portion *pappardelle* her. Paola hatte sich sogar die Arbeit gemacht, die roten Paprikaschoten zu brühen und abzuhäuten, so daß sie nun weich und mild waren, wie er sie am liebsten aß. In die Würstchen waren reichlich frische rote und weiße Pfefferkörner eingearbeitet, die in der zarten Fülle steckten wie Geschmacksminen und nur darauf warteten, zu explodieren, wenn man hineinbiß; und Gianni, der Fleischer, hatte bei der Herstellung auch nicht mit Knoblauch gespart.

Alle nahmen eine zweite Portion, deren Größe eine wirklich schon peinliche Ähnlichkeit mit der jeweils ersten hatte. Danach hatten alle höchstens noch etwas Platz für ein paar Blättchen grünen Salat, doch nachdem auch diese verdrückt waren, entdeckte ein jedes doch noch ein winziges freies Eckchen für die allerkleinste Portion frische Erdbeeren, aromatisiert mit einem Tropfen *aceto balsamico.*

Und die ganze Zeit gefiel sich Chiara in der Rolle des alten Seebären, indem sie ihnen ununterbrochen die Flora und Fauna ferner Länder aufzählte, sie dann mit der Mitteilung schockierte, daß die meisten Seeleute im achtzehnten Jahrhundert nicht schwimmen konnten, und ihnen zum Schluß noch die Symptome der Skorbutkrankheit schilderte, bis Paola sie darauf hinwies, daß sie beim Essen waren.

Die Kinder verzogen sich, Raffi zur altgriechischen Zeitform des Aorist, Chiara – falls Brunetti sie richtig verstanden hatte – zu Schiffbrüchen im Südatlantik.

»Will sie diese Bücher *alle* lesen?« fragte er, während er Paola beim Abwaschen Gesellschaft leistete und dabei langsam einen Grappa schlürfte.

»Das hoff ich doch«, antwortete Paola, ohne von der Servierplatte aufzusehen, die sie gerade abspülte.

»Liest sie die Bücher, weil sie dir so gefallen haben, oder weil sie ihr selbst gefallen?«

Paola, die mit dem Rücken zu ihm stand, scheuerte gerade einen Topfboden. »Wie alt ist Chiara?« fragte sie.

»Fünfzehn«, antwortete Brunetti.

»Kannst du mir eine lebende Fünfzehnjährige nennen, oder eine Fünfzehnjährige überhaupt, die je getan hätte, was ihre Mutter sich von ihr wünschte?«

»Heißt das, die Adoleszenz hat wieder zugeschlagen?« fragte er, denn die hatten sie schon mit Raffi durchgemacht, und wenn er sich recht erinnerte, hatte sie ungefähr zwanzig Jahre gedauert, so daß die Aussicht, dasselbe nun noch einmal mit Chiara zu erleben, ihn nicht gerade begeisterte.

»Bei Mädchen verläuft sie anders«, sagte Paola, wobei sie sich umdrehte und ihre Hände an einem Küchentuch abtrocknete. Sie schenkte sich ein Tröpfchen Grappa ein und lehnte sich gegen die Spüle.

»Wie anders?« wollte Brunetti wissen.

»Sie rebellieren nur gegen die Mutter, nicht auch gegen den Vater.«

Darüber mußte er nachdenken. »Ist das denn nun gut oder schlecht?«

Sie zuckte die Achseln. »Es liegt in den Genen, vielleicht auch in unserer Kultur, also bleibt es uns auf keinen Fall erspart, egal ob es gut oder schlecht ist. Wir können nur hoffen, daß es nicht lange dauert.«

»Was wäre lange?«

»Bis sie achtzehn ist.« Paola trank noch ein Schlückchen, und gemeinsam ließen sie sich diese Aussicht durch den Kopf gehen.

»Würden die Karmeliterinnen sie wohl so lange nehmen?«

»Kaum«, antwortete Paola mit fröhlichem Bedauern in der Stimme.

»Glaubst du, die Araber verheiraten aus diesem Grund ihre Töchter so jung – um dem allen aus dem Weg zu gehen?«

Paola erinnerte sich an die hitzige Debatte vom Morgen, in der Chiara ihr auseinandergesetzt hatte, warum sie unbedingt ein eigenes Telefon brauche. »Das glaube ich ganz bestimmt.«

»Kein Wunder, daß man da von der Weisheit des Ostens spricht.«

Sie drehte sich um und stellte ihr Glas in die Spüle. »Ich muß noch ein paar Hausarbeiten korrigieren. Möchtest du dich zu mir setzen und solange weiterlesen, wie es deinen Griechen auf der Heimfahrt ergeht?«

Brunetti erhob sich dankbar und folgte ihr über den Flur zu ihrem Arbeitszimmer.

15

Am nächsten Morgen tat Brunetti sehr widerstrebend etwas, was er selten tat: Er zog eines seiner Kinder in seine Arbeit hinein. Raffi brauchte erst um elf Uhr in der Schule zu sein und war davor noch mit Sara Paganuzzi verabredet, weshalb er fröhlich und aufgeräumt zum Frühstück erschien, zwei Eigenschaften, die ihn sonst um diese Stunde selten auszeichneten. Paola schlief noch, und Chiara war im Bad, so daß sie allein am Küchentisch saßen und sich die frischen Brioche munden ließen, die Raffi unten aus der Pasticceria geholt hatte.

»Sag mal, Raffi«, begann Brunetti bei der ersten Brioche, »weißt du irgend etwas über Leute, die hier Drogen verkaufen?«

Raffi, der gerade seine Brioche zum Mund führte, hielt inne. »Hier?«

»Ja, in Venedig.«

»Meinst du harte Drogen oder leichte Sachen wie Marihuana?«

Obwohl Brunetti bei dieser Unterscheidung etwas unbehaglich war und er gern mehr darüber gewußt hätte, warum sein Sohn die »leichten Sachen wie Marihuana« so lässig abtat, fragte er nicht nach. »Harte. Heroin, genauer gesagt.«

»Hat das mit diesem Studenten zu tun, der sich den goldenen Schuß gesetzt hat?« erkundigte sich Raffi, und als Brunetti ihn überrascht ansah, schlug er nur *Il Gazzettino* auf und zeigte ihm die Meldung. Ein briefmarkengroßes Foto von einem jungen Mann schaute Brunetti an, und es hätte jeder beliebige junge Mann mit dunklem Haar und zwei Augen sein können. Ohne weiteres auch Raffi.

»Ja.«

Raffi brach den Rest seiner Brioche in zwei Teile und stippte das eine in seinen Kaffee. Nach einer Weile sagte er: »Man hört von Leuten an der Universität, die es einem besorgen können.«

»Leute?«

»Studenten. Glaube ich jedenfalls.« Er überlegte kurz. »Oder sagen wir Leute, die an der Uni eingeschrieben sind.« Er nahm seine Tasse und stützte die Ellbogen auf den Tisch, die Tasse zwischen den Händen, eine Geste, die er von Paola abgeguckt haben mußte. »Soll ich mich mal umhören?«

»Nein«, antwortete Brunetti sofort. Und ehe sein Sohn auf den scharfen Ton reagieren konnte, fügte er hinzu: »Ich bin nur ganz allgemein neugierig und habe mich gefragt, was wohl so geredet wird.« Er aß seine Brioche auf und trank einen Schluck Kaffee.

»Saras Bruder studiert Wirtschaftswissenschaften an der Uni. Ich könnte ihn doch mal fragen, was er weiß.«

Die Versuchung war groß, aber Brunetti verwarf die Idee mit einem gelangweilten: »Nein, spar dir das. Es war nur so ein Gedanke.«

Raffi stellte die Tasse auf den Tisch. »Du mußt nämlich wissen, daß ich keinerlei Interesse daran habe, *papà.*«

Brunetti fiel auf, wie tief Raffis Stimme geworden war. Bald würde er ein Mann sein. Oder vielleicht bedeutete sein Bedürfnis, den Vater zu beruhigen, daß er schon einer war.

»Freut mich zu hören«, antwortete Brunetti. Er streckte die Hand aus und tätschelte seinem Sohn den Arm. Einmal, zweimal. Dann stand er auf und ging zum Herd. »Soll ich auch für dich noch welchen machen?« fragte er, während er die *caffettiera* zur Spüle trug und sie aufschraubte.

Raffi warf einen Blick auf die Uhr. »Nein, danke, *papà.* Ich muß gehen.« Er schob seinen Stuhl zurück, stand auf und verließ die Küche. Ein paar Minuten später hörte Brunetti, der noch auf seinen Kaffee wartete, die Wohnungstür zuschlagen. Er lauschte Raffis Schritten, wie sie die erste Treppenflucht hinunterdonnerten, doch da brodelte plötzlich der Kaffee auf und übertönte alles.

Es war noch früh, so daß die Boote nicht überfüllt waren, und Brunetti nahm das 82er und stieg bei San Zaccaria aus. Dort kaufte er sich zwei Zeitungen, die er mit ins Büro nahm. Rossis Tod wurde darin nicht erwähnt, und die Nachricht über Marco Landi enthielt kaum mehr als seinen Namen und das Alter. Darüber stand die inzwischen schon alltägliche Meldung über ein Auto voll junger Leute, die sich und ihr Leben auf dem Weg nach Treviso an eine Platane geklatscht hatten.

Die gleiche grausige Geschichte hatte er in den letzten Jahren so oft gelesen, daß er kaum näher hinzusehen brauchte, um zu wissen, was passiert war. Die Jugendlichen – in diesem Fall zwei Mädchen und zwei Jungen – hatten nach drei Uhr morgens die Disco verlassen und waren in einem Auto losgefahren, das dem Vater des Fahrers gehörte. Bald darauf hatte diesen Fahrer *un colpo di sonno* übermannt, wie die Zeitungen es rituell umschrieben, wenn einer am Steuer eingeschlafen war, und der Wagen war von der Straße abgekommen und gegen einen Baum geprallt. Es war noch zu früh, um etwas über die Ursache der plötzlichen Schläfrigkeit zu sagen, aber fast immer handelte es sich um Alkohol oder Drogen. Doch das wurde normalerweise erst festgestellt, nachdem an dem Fahrer und denen, die er mit in den Tod gerissen hatte, eine Autopsie vorgenommen worden war. Und bis dahin war die Geschichte weg von den Titelseiten und vergessen, ersetzt durch die Fotos anderer junger Leute, die Opfer ihrer Jugend und deren vielfältiger Sehnsüchte geworden waren.

Brunetti ließ die Zeitung auf seinem Schreibtisch liegen und ging hinunter in Pattas Vorzimmer. Signorina Elettra war nirgends zu sehen, also klopfte er an Pattas Tür, und als er dessen lautes *avanti* hörte, trat er ein.

Es war ein anderer Mann, der da heute hinter dem Schreibtisch saß, ein anderer jedenfalls als der, den Brunetti letztes Mal dort hatte sitzen sehen. Patta war wieder der alte: groß, gutaussehend und mit einem leichten Sommeranzug bekleidet, der seine breiten Schultern respektvoll liebkoste. Seine Haut glomm vor Gesundheit, seine Augen strahlten vor heiterer Gelassenheit.

»Ja, Commissario, was gibt's?« fragte er und sah von dem einzigen Blatt Papier auf, das vor ihm auf dem Tisch lag.

»Ich wollte Sie gern sprechen, Vice-Questore«, sagte Brunetti im Vortreten, dann blieb er neben dem Stuhl vor Pattas Schreibtisch stehen und wartete auf die Aufforderung, Platz zu nehmen.

Patta schob eine gestärkte Manschette zurück und warf einen Blick auf die dünne goldene Scheibe an seinem Handgelenk. »Ich habe nur ein paar Minuten. Worum geht es?«

»Um Jesolo, Vice-Questore. Und Ihren Sohn. Haben Sie da schon eine Entscheidung getroffen?«

Patta rutschte auf seinem Stuhl zurück. Als er sah, daß Brunetti ohne weiteres das auf dem Tisch liegende Papier lesen konnte, drehte er es rasch um und legte die gefalteten Hände auf die leere Rückseite. »Ich wüßte nicht, was es da zu entscheiden gäbe, Commissario«, sagte er, hörbar darüber verwundert, wie Brunetti nur auf so eine Frage kam.

»Ich möchte wissen, ob Ihr Sohn bereit ist, über die Leute zu reden, von denen er die Drogen bekommen hat.« Aus gewohnheitsmäßiger Vorsicht verbot er es sich, »gekauft« zu sagen.

»Wenn er wüßte, wer diese Leute sind, wäre er sicher nur zu gern bereit, der Polizei alles zu sagen, was er könnte.« Brunetti hörte in Pattas Stimme die gleiche gekränkte Ratlosigkeit wie schon bei einer ganzen Generation von widerstrebenden Zeugen und Verdächtigen, und in seinem Gesicht sah er das gleiche erkennbar unschuldige, leicht verwirrte Lächeln. Pattas Ton lud nicht zum Widerspruch ein.

»Wenn er wüßte, wer die Leute sind?« wiederholte Brunetti, allerdings machte er eine Frage daraus.

»Ja, genau. Wie Sie wissen, hat er ja keine Ahnung, wie diese Drogen in seinen Besitz gelangt sind oder wer sie ihm zugesteckt haben könnte.« Pattas Stimme war so ruhig, wie sein Blick fest war.

Ach, so läuft das hier, dachte Brunetti. »Und seine Fingerabdrücke, Vice-Questore?«

Pattas Lächeln war sehr breit und schien sogar echt zu sein. »Ich weiß. Ich weiß, wie das bei seiner ersten Vernehmung gewirkt haben muß. Aber er hat dann mir und auch der Polizei erklärt, daß er die Plastikhülle gefunden hat, als er vom Tanzen kam und in seine Tasche griff, um sich eine Zigarette zu nehmen. Da er keine Ahnung hatte, was das war, hat er sich, wie es jeder tun würde, die Hülle näher angesehen, und dabei muß er einige von den Briefchen angefaßt haben.«

»Einige?« fragte Brunetti, aber er hielt aus seinem Ton jegliche Skepsis heraus.

»Einige«, wiederholte Patta mit einer Entschiedenheit, die jede weitere Diskussion unterband.

»Haben Sie schon die heutige Zeitung gelesen, Vice-Questore?« fragte Brunetti, ebenso zu seiner eigenen Überraschung wie zu der seines Vorgesetzten.

»Nein«, antwortete Patta und fügte – in Brunettis Augen grundlos – hinzu: »Ich hatte, seit ich hier bin, zuviel zu tun, um Zeitung zu lesen.«

»Letzte Nacht sind bei Treviso vier Jugendliche mit dem Auto verunglückt. Auf der Heimfahrt von einer Disco ist ihr Wagen von der Straße abgekommen und gegen einen Baum geprallt. Ein junger Student ist tot, die drei anderen sind schwer verletzt.« Brunetti machte eine Pause, die ganz und gar diplomatischer Natur war.

»Nein, das habe ich nicht gelesen«, sagte Patta. Auch er machte eine Pause, aber eher wie der Chef einer Artilleriebatterie, der über die Schwere der nächsten Salve nachdenkt. »Warum erzählen Sie mir das?«

»Weil einer der Beteiligten tot ist, Vice-Questore. In der Zeitung steht, der Wagen ist mit hundertzwanzig Sachen gegen den Baum geprallt.«

»Das ist gewiß bedauerlich, Commissario«, bemerkte Patta, ungefähr so betroffen wie über die Mitteilung, daß der Bestand an Spechtmeisen rückläufig sei. Er wandte seine Aufmerksamkeit wieder seinem Schreibtisch zu, drehte das Blatt um und las, dann sah er zu Brunetti auf. »Wenn das in Treviso war, dann gehört der Fall doch wohl dorthin, jedenfalls nicht zu uns, oder?« Er betrachtete angelegentlich das Blatt Papier, las noch ein paar Zeilen und blickte dann wieder zu Brunetti auf, als wunderte er sich, ihn noch immer in diesem Zimmer zu sehen. »War das dann alles, Commissario?« fragte er.

»Ja, Vice-Questore. Das war alles.«

Als Brunetti draußen war, fühlte er sein Herz so rasen, daß er sich an eine Wand lehnen mußte und froh war, Signorina Elettra nirgends zu sehen. Er blieb so stehen, bis sein Atem sich beruhigt hatte, und als er dann wieder Herr seiner selbst war, ging er in sein Zimmer hinauf.

Dort tat er, was er jetzt unbedingt brauchte: Er wußte, daß Routinearbeit ihn von seiner Wut auf Patta ablenken würde. Also schob er ein paar Papierstapel auf seinem Schreibtisch hin und her, bis er die Telefonnummer aus Rossis Brieftasche fand. Er wählte wieder die Nummer in Ferrara. Diesmal wurde beim dritten Klingeln abgenommen. »Gavini und Cappelli«, meldete sich eine Frauenstimme.

»Guten Morgen, Signora. Hier Commissario Guido Brunetti von der Polizei in Venedig.«

»Einen Moment bitte«, sagte sie in einem Ton, als hätte sie seinen Anruf erwartet. »Ich stelle Sie durch.«

Die Leitung wurde stumm, solange die Frau ihn weiterverband, dann sagte eine Männerstimme: »Gavini. Freut mich, daß sich auf unseren Anruf endlich einer meldet. Sie können uns hoffentlich etwas sagen?« Die Stimme war tief und klangvoll, und man hatte den Eindruck, daß Gavini sehr gespannt darauf war, was Brunetti ihm wohl mitzuteilen hatte.

Brunetti mußte sich zuerst einmal fangen. »Ich fürchte, Sie wissen mehr als ich, Signor Gavini. Ich habe keinerlei Nachricht von Ihnen bekommen.« Als Gavini nichts sagte, fügte er hinzu: »Aber ich würde gern erfahren, in welcher Angelegenheit Sie einen Anruf von der venezianischen Polizei erwarten.«

»Wegen Sandro«, sagte Gavini. »Ich habe nach seinem Tod bei Ihnen angerufen. Wie seine Frau mir sagte, hatte er jemanden in Venedig gefunden, der zur Aussage bereit war.«

Brunetti wollte den Mann gerade unterbrechen, als dieser schon selbst fragte: »Und Sie sind sicher, daß bei Ihnen niemand meine Nachricht erhalten hat?«

»Ich weiß es nicht, Signore. Mit wem haben Sie denn gesprochen?«

»Mit einem Ihrer Leute; an seinen Namen kann ich mich nicht erinnern.«

»Und könnten Sie für mich wiederholen, was Sie ihm gesagt haben?« fragte Brunetti, wobei er ein Blatt Papier zu sich herüberzog.

»Wie bereits erwähnt, ich habe nach Sandros Tod angerufen«, erklärte Gavini. Dann fragte er: »Wissen Sie wenigstens darüber Bescheid?«

»Nein, bedaure.«

»Sandro Cappelli«, sagte Gavini, als erklärte der Name alles. Bei Brunetti klingelte es auch irgendwo: Er konnte sich zwar nicht erinnern, woher ihm der Name bekannt vorkam, glaubte aber sicher zu wissen, daß es in einem schlechten Zusammenhang war. »Cappelli war mein Sozius hier in der Kanzlei«, fügte Gavini hinzu.

»Kanzlei, Signor Gavini?«

»Ja. Anwaltspraxis. Wissen Sie denn wirklich gar nichts über die Sache?« Zum erstenmal schlich sich eine gewisse Ungehaltenheit in Gavinis Ton, wie es wohl unvermeidlich ist, wenn jemand es schon oft genug am Telefon mit einer zähen Bürokratie zu tun hatte.

Das Wort »Anwaltspraxis« half Brunetti auf die Sprünge. Er erinnerte sich jetzt wieder an den Mordfall Cappelli, der sich vor etwa einem Monat ereignet hatte. »Doch, der Name ist mir bekannt«, sagte er. »Er wurde erschossen, nicht wahr?«

»An seinem Bürofenster, um elf Uhr morgens, und hinter ihm saß ein Klient. Jemand hat mit einer Jagdflinte durchs Fenster auf ihn geschossen.« Gavinis Stimme nahm, während er die Einzelheiten um den Tod seines Partners aufzählte, den Stakkato-Rhythmus echter Wut an.

Brunetti hatte die Zeitungsberichte über den Mord gelesen, aber er kannte keine Fakten. »Gibt es einen Tatverdächtigen?« fragte er.

»Natürlich nicht«, brauste Gavini auf, jetzt ohne seine Wut noch bändigen zu wollen. »Aber wir wissen alle, wer es war.«

Brunetti wartete darauf, von Gavini ins Bild gesetzt zu werden. »Die Geldverleiher. Sandro war seit Jahren hinter ihnen her. Er hatte vier Prozesse gegen sie laufen, als er starb.«

Der Polizist in Brunetti ließ ihn die Frage stellen: »Gibt es dafür irgendwelche Beweise, Signor Gavini?«

»Natürlich nicht«, blaffte der Anwalt. »Die haben jemanden dafür bezahlt. Ein klarer Auftragsmord war das: Der Schuß kam vom Dach eines Hauses auf der anderen Straßenseite. Sogar die hiesige Polizei sagt, daß es ein Auftragsmord gewesen sein muß, denn wer hätte ihn sonst umbringen sollen?«

Brunetti besaß zu wenige Informationen, um solche Fragen beantworten zu können, auch wenn sie nur rhetorisch waren, also sagte er: »Ich bitte Sie, meine Unwissenheit zu entschuldigen, was den Tod Ihres Partners und die Täter betrifft, Signor Gavini. Mein Anruf bei Ihnen gilt einer völlig anderen Sache, aber nach allem, was Sie mir jetzt berichtet haben, frage ich mich, ob es wirklich zwei verschiedene Sachen sind.«

»Wie meinen Sie das?« fragte Gavini. Seine Worte klangen schroff, doch man hörte die Neugier heraus, das Interesse.

»Ich rufe wegen eines Todesfalles hier in Venedig an, der nach Unfall aussieht, aber nicht unbedingt einer gewesen sein muß.« Er wartete auf Gavinis Zwischenfragen, und als keine kamen, fuhr er fort: »Ein Mann ist hier von einem Gerüst gefallen und gestorben. Er arbeitete im Katasteramt, und als er starb, hatte er eine Telefonnummer in der Brieftasche, allerdings ohne Vorwahl. Einer der Anschlüsse, die das sein könnten, ist Ihrer.«

»Wie hieß der Mann?« fragte Gavini.

»Franco Rossi.« Brunetti ließ ihm einen Augenblick Zeit zum Nachdenken, bevor er fragte: »Sagt Ihnen der Name etwas?«

»Nein, tut mir leid.«

»Könnten Sie wohl irgendwie feststellen, ob er für Ihren Kollegen etwas bedeutet hat?«

Gavini ließ ihn mit der Antwort lange warten: »Haben Sie seine Telefonnummer? Ich könnte unser Anrufverzeichnis durchsehen«, meinte er.

»Augenblick«, sagte Brunetti. Er bückte sich und zog die unterste Schreibtischschublade auf. Ihr entnahm er das Telefonbuch und schlug unter Rossi nach. Er fand sieben Spalten Rossis, davon etwa ein Dutzend mit dem Vornamen Franco. Er fand die Anschrift, diktierte Gavini die Telefonnummer, bat ihn zu warten und blätterte weiter zur Stadtverwaltung, um ihm auch die Nummer des Ufficio Catasto durchzugeben. Wenn Rossi so unvorsichtig gewesen war, die Polizei über sein *telefonino* anzurufen, dann konnte er mit dem Anwalt auch über sein Diensttelefon gesprochen oder auf diesem Apparat von ihm Anrufe bekommen haben.

»Es wird eine Weile dauern, bis ich die Anrufverzeichnisse durchgesehen habe«, sagte Gavini, »und im Vorzimmer wartet ein Klient. Aber sowie er fort ist, rufe ich zurück.«

»Vielleicht könnten Sie Ihre Sekretärin für Sie suchen lassen.«

Gavinis Ton bekam plötzlich etwas übertrieben Förmliches,

fast Vorsichtiges. »Nein, das möchte ich doch lieber selbst machen.«

Brunetti sagte, er werde warten, und gab ihm seine Durchwahlnummer, dann legten beide auf.

Ein Telefonanschluß, der schon seit Monaten nicht mehr existierte, eine alte Frau, die sagte, sie kenne keinen Franco Rossi, eine Autovermietung, die keinen Kunden dieses Namens hatte, aber nun der Sozius einer Anwaltskanzlei, der ebenso wie Rossi eines gewaltsamen Todes gestorben war. Brunetti wußte sehr wohl, wieviel Zeit man damit vertun konnte, falschen Fährten nachzugehen und irreführenden Pfaden zu folgen, aber das hier hatte für ihn genau den richtigen Geruch, auch wenn er noch gar nicht wußte, woher der kam oder wohin ihn das führen mochte.

Den Plagen gleich, die einst den Kindern Ägyptens gesandt worden waren, suchten Geldverleiher die Kinder Italiens heim und taten ihnen Leides an. Banken vergaben nur zögernd Kredite, nämlich im allgemeinen nur nach Vorlage von Sicherheiten, die einen Kredit eigentlich unnötig machten. Überbrükkungskredite für den Geschäftsmann, dem am Monatsende das Bargeld knapp wurde, oder für den Handelsvertreter, dessen Kunden schleppend zahlten – es gab sie so gut wie nie. Verschärft wurde das alles noch durch eine allgemein schlechte Zahlungsmoral, die schon kennzeichnend für das ganze Land geworden war.

In diese Lücke sprangen, wie jeder wußte, aber nur wenige aussprachen, die Wucherer, *gli strozzini*, jene zwielichtigen Gestalten, die bereit und in der Lage waren, kurzfristig und ohne große Sicherheiten Geld zu verleihen. Ihre Zinssätze machten jedes Risiko, das sie dabei eingehen mochten, mehr als wett. Und der Begriff Risiko war ohnehin bestenfalls akademisch, denn die *strozzini* hatten ihre Methoden für den Fall, daß ihre Kunden – wenn »Kunden« das richtige Wort war – das geliehene Geld nicht zurückzahlten. Männer hatten Kinder, und Kinder konnten verschwinden; Männer hatten Töchter, und junge Mädchen konnten vergewaltigt werden; Männer hatten ein Leben, und man hatte schon gehört, daß sie es verloren. Gelegentlich las man in der Presse Berichte, aus denen man, auch wenn es darin nie eindeutig gesagt wurde, den Eindruck gewann, daß gewisse unerfreuliche, oft gewalttätige Vorkommnisse auf das Versäumnis zurückzuführen waren, geliehenes Geld zurückzuzahlen. Aber nur selten wurde gegen die betreffenden Personen Anklage erhoben oder auch nur von der Polizei ermittelt, denn eine Mauer des Schweigens bot ihnen ringsum Sicherheit. Brunetti konnte sich an kaum einen Fall erinnern, in dem ausreichend Beweise zusammengetragen worden waren, um eine Verurteilung wegen Kreditwuchers zu bewirken, einer Straftat immerhin, auch wenn sie nur selten vor Gericht kam.

Brunetti saß an seinem Schreibtisch und ließ seine Phantasie wie sein Gedächtnis mit den vielen Möglichkeiten spielen, die sich allein aus der Tatsache ergaben, daß Franco Rossi, als er starb, Sandro Cappellis Telefonnummer bei sich gehabt hatte. Er versuchte sich Rossis Besuch in seiner Wohnung noch einmal zu vergegenwärtigen und sich zu erinnern, wie der Mann auf ihn gewirkt hatte. Rossi hatte seinen Beruf sehr ernst genommen, das war vielleicht der nachhaltigste Eindruck, der bei Brunetti entstanden war. Ein bißchen humorlos zwar, ernster jedenfalls, als man es bei einem so jungen Mann für möglich halten würde, und doch war Rossi ein liebenswerter Mensch gewesen, der bereitwillig jede Hilfe angeboten hatte, die ihm zu Gebote stand. Alle diese Überlegungen brachten Brunetti allerdings nicht weiter, solange er keine klare Vorstellung davon hatte, was sich da abspielte, aber es vertrieb ihm immerhin die Zeit bis zu Gavinis Rückruf.

Beim ersten Klingeln nahm er ab. »Brunetti.«

»Commissario«, begann Gavini, erst dann nannte er seinen Namen. »Ich habe mir sowohl unsere Klientenkartei als auch die

Anrufverzeichnisse angesehen.« Brunetti wartete auf mehr. »Ein Klient namens Franco Rossi taucht darin nicht auf, aber Sandro hat in dem Monat vor seinem Tod dreimal Rossis Nummer angerufen.«

»Welche? Die private oder die dienstliche?«

»Ist das von Bedeutung?«

»Alles ist von Bedeutung.«

»Die dienstliche«, antwortete Gavini.

»Wie lang waren diese Gespräche?«

Der andere mußte das Verzeichnis offen vor sich liegen haben, denn er antwortete unverzüglich: »Zwölf Minuten, dann einmal sechs und noch einmal acht.« Gavini wartete, ob Brunetti etwas dazu sagen wollte, und als das nicht der Fall war, fragte er: »Und Rossi? Wissen Sie, ob er seinerseits Sandro angerufen hat?«

»Ich habe seine Telefonrechnungen noch nicht prüfen lassen«, räumte Brunetti mit einer gewissen Verlegenheit ein. Als Gavini nichts sagte, fuhr Brunetti fort: »Morgen werde ich sie haben.« Da fiel ihm plötzlich ein, daß dieser Mann ja nur ein Anwalt war, kein Kollege, und er sich ihm gegenüber weder verantworten noch ihn an seinen Informationen teilhaben lassen mußte.

»Welcher Untersuchungsrichter bearbeitet den Fall bei Ihnen?« erkundigte er sich.

»Warum wollen Sie das wissen?«

»Ich würde gern mit ihm reden.«

Ein langes Schweigen war die Antwort.

»Kennen Sie seinen Namen?« bohrte Brunetti.

»Righetto, Angelo Righetto«, kam es gepreßt über die Leitung. Brunetti beschloß, jetzt nicht nachzuhaken. Er dankte Gavini, versprach nicht, ihn wegen der Telefongespräche, die Rossi geführt haben mochte, noch einmal anzurufen, und legte auf. Dabei machte er sich so seine Gedanken über die Kälte in Gavinis Stimme, als er den Namen des Mannes aussprach, der den Mord an seinem Partner untersuchte.

Er rief sofort bei Signorina Elettra an und bat sie, ihm eine Liste aller Telefongespräche zu besorgen, die in den letzten drei Monaten von Rossis Privatanschluß aus geführt worden waren. Als er sie fragte, ob sie auch Rossis Durchwahlnummer im Ufficio Catasto überprüfen könne, fragte sie nur zurück, ob er auch davon die Gespräche der letzten drei Monate haben wolle.

Da er sie schon einmal am Apparat hatte, bat er sie gleich noch, ihm eine Verbindung mit Magistrato Angelo Righetto in Ferrara herzustellen.

Dann nahm er ein Blatt Papier, um eine Liste der Leute aufzustellen, die ihm vielleicht etwas über Geldverleiher in der Stadt sagen konnten. Er selbst wußte über Kredithaie nichts, außer daß es sie gab und daß sie sich in die Gesellschaft hineingefressen hatten wie Maden in totes Fleisch. Bestimmten Bakterienarten gleich, brauchten sie zum Gedeihen die Sicherheit eines luftlosen, dunklen Ortes, und gewiß gab es in dem Zustand der Einschüchterung, in den sie ihre Schuldner trieben, weder Licht noch Luft. In solcher Heimlichkeit mästeten sie sich an der Angst ihrer Schuldner, denen die unausgesprochen angedrohten Folgen verspäteter oder ausbleibender Zahlungen stets bewußt waren. Was Brunetti dabei bisher am meisten verwundert hatte, war, daß er weder Namen noch Gesichter, noch Vorgeschichten kannte, doch als er jetzt auf das immer noch leere Blatt Papier blickte, mußte er sich sagen, daß er nicht einmal die leiseste Ahnung hatte, wen er auch nur fragen könnte, wie er es anstellen mußte, sie ans Licht zu treiben.

Jetzt fiel ihm doch noch ein Name ein, und er nahm das Telefonbuch, um die Nummer der Bank nachzuschlagen, in der sie arbeitete. Während er noch suchte, klingelte sein Telefon. Er meldete sich.

»Dottore«, sagte Signorina Elettra, »ich habe Magistrato Righetto am Apparat, wenn Sie ihn jetzt gern sprechen möchten.«

»Ja, Signorina. Stellen Sie ihn bitte durch.« Brunetti legte seinen Kugelschreiber hin und schob das Blatt Papier beiseite.

»Righetto«, meldete sich eine tiefe Stimme.

»Magistrato, hier ist Commissario Guido Brunetti aus Venedig. Ich rufe an, um zu fragen, was Sie mir über den Mord an Alessandro Cappelli sagen können.«

»Warum interessieren Sie sich dafür?« fragte Righetto, und es klang nicht gerade sehr neugierig. Den Tonfall glaubte Brunetti vielleicht als südtirolerisch zu erkennen, jedenfalls aber norditalienisch.

»Ich habe hier«, erklärte Brunetti, »einen Todesfall, der möglicherweise mit dem Ihren zusammenhängt, und darum wüßte ich gern, was Sie über Cappelli in Erfahrung gebracht haben.«

Es folgte eine lange Pause, bis Righetto endlich sagte: »Es würde mich sehr wundern, wenn ein anderer Todesfall damit zusammenhinge.« Er wartete ganz kurz, um Brunetti Gelegenheit zu einer Zwischenfrage zu geben, doch als sie nicht kam, fuhr er fort: »Wie es aussieht, haben wir es nämlich hier mit einer Personenverwechslung zu tun, nicht mit Mord.« Righetto verstummte wieder kurz, dann korrigierte er sich: »Das heißt, es *ist* natürlich Mord. Aber die wollten nicht Cappelli umbringen, und wir sind uns nicht einmal sicher, ob der andere wirklich umgebracht oder vielleicht nur erschreckt werden sollte.«

Brunetti fand es an der Zeit, nun doch etwas Interesse zu zeigen, und fragte: »Was hatte sich denn abgespielt?«

»Sein Partner Gavini war's, auf den hatten sie es abgesehen«, erklärte der Richter. »Zumindest geht das aus unseren bisherigen Ermittlungen hervor.«

»Inwiefern?« fragte Brunetti, jetzt offen neugierig.

»Es hatte von vornherein nicht Hand noch Fuß, daß jemand Cappelli hätte umbringen wollen«, begann Righetto, und es klang, als wollte er Cappellis Stellung als erklärter Gegner der Zinswucherei keinerlei Bedeutung zukommen lassen. »Wir haben uns mit seiner Vergangenheit befaßt, sogar die Fälle unter die Lupe genommen, an denen er gerade arbeitete, aber es gibt keinerlei Hinweise auf eine irgendwie geartete Verquickung mit Leuten, denen so etwas zuzutrauen wäre.«

Brunettis leises »Mhm« konnte man als ein Mittelding zwischen Verstehen und Zustimmung deuten.

»Auf der anderen Seite«, fuhr Righetto fort, »wäre da sein Sozius.«

»Gavini«, ergänzte Brunetti unnötigerweise.

»Ja, Gavini«, sagte Righetto mit einem geringschätzigen Lachen. »Er ist hier in der Gegend wohlbekannt und steht im Ruf eines Schürzenjägers. Leider hat er die Angewohnheit, sich mit verheirateten Frauen einzulassen.«

»Ah.« Brunetti quittierte diese Mitteilung mit einem welterfahrenen Seufzer, geimpft mit der zuträglichen Dosis männlicher Toleranz. »Das war's also?« fragte er, als gäbe es daran gar nichts zu zweifeln.

»Scheint so. Allein in den letzten Jahren hatte er's mit vier verschiedenen Frauen, alle vier verheiratet.«

»Armer Teufel«, sagte Brunetti. Er wartete gerade so lange, wie einer brauchen würde, um die unfreiwillige Komik des soeben Gesagten zu begreifen, und fügte dann mit einem raschen Lachen hinzu: »Vielleicht hätte er sich doch lieber mit einer begnügen sollen.«

»Na ja, aber wie soll ein Mann sich da entscheiden?« gab der Untersuchungsrichter schlagfertig zurück, und Brunetti belohnte seinen Witz mit einem erneuten herzhaften Lachen.

»Haben Sie schon eine Ahnung, welche es war?« fragte Brunetti, nur daran interessiert, wie Righetto mit dieser Frage umgehen würde, denn daraus würde wiederum zu entnehmen sein, wie er die ganze Ermittlung zu handhaben gedachte.

Righetto gestattete sich eine kleine Pause, die zweifellos nachdenklich wirken sollte, dann sagte er: »Nein. Wir haben die Frauen und auch ihre Männer verhört, aber sie können alle beweisen, daß sie zur Tatzeit woanders waren.«

»Stand nicht in den Zeitungen, es hätte sich um Mord durch einen bezahlten Killer gehandelt?« fragte Brunetti hörbar verwirrt.

Righettos Stimme wurde merklich kühler. »Als Polizist sollten Sie es eigentlich besser wissen und nicht glauben, was in den Zeitungen steht.«

»Natürlich«, antwortete Brunetti mit einem herzlichen Lachen, so als hätte er gerade von einem erfahreneren und klügeren Kollegen einen wohlverdienten Rüffel bekommen. »Sie meinen, es gab vielleicht noch eine weitere Frau?«

»Diesem Verdacht gehen wir gerade nach«, sagte Righetto.

»Passiert ist das Ganze doch in der Kanzlei, nicht wahr?« fragte Brunetti.

»Ja«, antwortete Righetto, nach Brunettis Anspielung auf eine weitere Frau nun wieder etwas freigebiger mit seinen Informationen. »Es bestand zwischen den Männern eine gewisse Ähnlichkeit: beide klein und dunkelhaarig. Es war ein regnerischer Tag; der Mörder befand sich auf dem Dach eines Hauses auf der anderen Straßenseite. Demnach ist kaum zu bezweifeln, daß er Cappelli für Gavini gehalten hat.«

»Aber wie kommt es dann zu diesen Gerüchten, Cappelli sei umgebracht worden, weil er sich mit Geldverleihern angelegt hat?« Brunetti mischte genug Skepsis in seine Stimme, um Righetto klarzumachen, daß er solchen Unsinn natürlich keine Sekunde glauben würde und vielleicht nur die richtige Antwort parat haben wollte, *falls* jemand, der *noch* naiver war als er und wirklich *alles* glaubte, was in den Zeitungen stand, danach fragen sollte.

»Wir sind als erstes dieser Möglichkeit nachgegangen, aber da ist nichts dran, einfach gar nichts. Also haben wir in diese Richtung nicht weiter ermittelt.«

»*Cherchez la femme*«, meinte Brunetti mit absichtlich falscher Aussprache des Französischen und lachte noch einmal.

Righetto belohnte ihn mit einem schallenden Lachen seinerseits, dann fragte er wie nebenbei: »Sie sagten, Sie haben bei Ihnen noch einen Todesfall? Mord?«

»Nein, nein, nach allem, was ich jetzt von Ihnen weiß, Magistrato«, antwortete Brunetti im einfältigsten Ton, den er zuwege brachte, »bin ich überzeugt, daß es da keinerlei Zusammenhang gibt. Womit wir es hier zu tun haben, ist gewiß ein ganz gewöhnlicher Unfall.«

16

Wie die meisten Italiener hing Brunetti dem Glauben an, alle Telefongespräche im Land würden mitgeschnitten und alle Faxe kopiert; anders als die meisten Italiener hatte er gute Gründe für diesen Glauben. Aber ob begründet oder nicht, spielte für das Verhalten der Leute kaum eine Rolle: Nie wurde am Telefon etwas wirklich Wichtiges besprochen, nichts, was für einen der Gesprächsteilnehmer belastend oder für irgendeine der staatlichen Behörden, der es mitzuhören gefiel, von Interesse hätte sein können. Man sprach in Geheimcodes, in denen »Geld« zu »Vasen« oder »Blumen« wurde, Anlagen oder Bankkonten zu »Freunden« im Ausland. Brunetti wußte nicht, wie weit verbreitet dieser Glaube und die aus ihm resultierende Vorsicht waren, aber er wußte genug, um seiner alten Freundin bei der Banca di Modena, als er sie anrief, ein Treffen zu einer Tasse Kaffee vorzuschlagen, statt ihr seine Frage direkt zu stellen.

Da die Bank sich auf der anderen Seite der Rialtobrücke befand, verabredeten sie sich zu einem Gläschen vor dem Mittagessen am Campo San Luca, der für beide auf halbem Weg lag. Es war für Brunetti ein weiter Umweg, den er da machen mußte, nur um ein paar Fragen zu stellen, aber wenn er Franca dazu bewegen wollte, offen mit ihm zu reden, mußte er sich mit ihr persönlich treffen. Er verließ die Questura, ohne irgend jemandem Bescheid zu sagen, und ging hinaus zum Bacino und von dort in Richtung San Marco.

Als er die Riva degli Schiavoni entlangging, blickte er automatisch nach links, wo er die Schleppdampfer zu sehen erwartete, und erschrak zuerst über deren Abwesenheit, dann über die Erinnerung, daß sie schon seit Jahren nicht mehr da waren und er das nur vergessen hatte. Wie konnte er etwas vergessen, was er so genau wußte? Das war doch schon beinah so, als hätte er seine eigene Telefonnummer oder das Gesicht des Bäckers vergessen. Er wußte nicht, wohin die Schleppdampfer verlegt worden waren, und konnte sich auch nicht erinnern, wie viele Jahre es schon her war, seit sie verschwunden waren und den Platz an der *riva* für andere Wasserfahrzeuge geräumt hatten, die dem Tourismus zweifellos nützlicher waren.

Was für herrliche lateinische Namen sie gehabt hatten, und wie schön rot und stolz sie auf dem Wasser lagen, jederzeit bereit, abzulegen und den großen Schiffen durch den Canale della Giudecca zu helfen. Die Schiffe, die heutzutage die Stadt heimsuchten, waren für die wackeren kleinen Schleppdampfer wohl zu groß. Wahre Ungeheuer waren das – größer als die Basilika und gefüllt mit Tausenden von ameisengleichen Gestalten, die sich an der Reling drängten –, wenn sie heranglitten, anlegten, die Gangways herunterwarfen und ihre Passagiere auf die Stadt losließen.

Brunetti verdrängte diese Gedanken und bog zur Piazza ab, überquerte sie und wandte sich dann nach rechts, stadteinwärts und auf den Campo San Luca zu. Franca war bereits da. Sie unterhielt sich mit einem Mann, den Brunetti schon gesehen hatte, aber nicht kannte. Sie verabschiedeten sich gerade, als er sich ihnen näherte. Der Mann ging in Richtung Campo Manin, Franca wandte ihre Aufmerksamkeit dem Schaufenster einer Buchhandlung zu.

»*Ciao,* Franca«, sagte Brunetti, als er bei ihr ankam. Sie waren auf der Oberschule miteinander befreundet gewesen, eine Zeitlang sogar mehr als befreundet, aber dann war sie ihrem Mario begegnet, und Brunetti war auf die Universität gegangen und hatte dort seine Paola getroffen. Franca hatte immer noch ihr glänzendes blondes Haar, ein paar Grad heller als Paolas, und da Brunetti inzwischen genug von solchen Dingen verstand, wußte er, daß sie diesen Farbton nicht ohne Hilfsmittel behielt. Ansonsten aber war sie noch dieselbe: Die üppige Figur, für die sie sich vor zwanzig Jahren ein wenig geniert hatte, gab ihr jetzt die Anmut der Reife. Sie hatte die faltenlose Haut der Vollschlanken, und da war von Nachhilfe nichts zu erkennen. Die sanften braunen Augen waren auch noch dieselben, ebenso die Herzlichkeit, die in ihnen aufleuchtete, als sie seine Stimme hörte.

»*Ciao*, Guido«, sagte sie und legte den Kopf in den Nacken, um seine beiden raschen Küßchen entgegenzunehmen. »Ich darf dich doch zu einem Gläschen einladen?« fragte er, wobei er schon aus alter Gewohnheit ihren Arm nahm und sie zu der Bar führte.

Drinnen entschieden sie sich für *uno spritz* und sahen dem Barmann zu, wie er Wein und Mineralwasser mischte und dann einen winzigen Spritzer Campari dazutat, bevor er eine Zitronenscheibe auf den Rand steckte und ihnen die Gläser über den Tresen schob.

»Cin cin«, sagten sie wie aus einem Mund und tranken den ersten Schluck.

Der Barmann stellte ein Schälchen Kartoffelchips vor sie hin, aber das ignorierten sie beide. Das Gedränge am Tresen schob sie immer weiter nach hinten, bis sie schließlich am Fenster standen, durch das sie die Leute vorbeiziehen sahen.

Franca wußte, daß dieses Treffen dienstlich war. Hätte Brunetti mit ihr über ihre Familien plaudern wollen, so hätte er das am Telefon getan und sie nicht gebeten, sich mit ihm in einer Bar zu treffen, die garantiert so voll war, daß niemand ihr Gespräch mithören konnte.

»Worum geht es denn, Guido?« fragte sie, lächelte aber dabei, um ihren Worten jede eventuelle Schärfe zu nehmen.

»Wucherer«, antwortete er.

Sie sah zu ihm auf, blickte einmal rasch zur Seite und dann ebenso rasch wieder zu ihm. »Für wen willst du das denn wissen?«

»Für mich natürlich.«

Sie lächelte, aber nur ein wenig. »Das weiß ich, Guido. Aber fragst du es als Polizist, der sich diese Leute einmal genauer ansehen möchte, oder ist es nur so eine Frage unter Freunden?«

»Wozu ist das wichtig?«

»Im ersteren Fall glaube ich nicht, daß ich dir etwas zu sagen habe.«

»Und im letzteren Fall?«

»Könnte ich reden.«

»Wozu dieser Unterschied?« fragte er, dann ging er an den Tresen und holte sich doch ein paar Kartoffelchips, aber mehr um ihr Zeit zu geben, über ihre Antwort nachzudenken, weniger weil er Lust darauf gehabt hätte.

Als er wiederkam, war sie soweit. Sie schüttelte den Kopf, als er ihr die Chips hinhielt, also mußte er sie selbst essen. »Im ersteren Fall müßte ich alles, was ich sage, womöglich vor Gericht wiederholen, oder du müßtest sagen, woher du die Informationen hast.« Ehe er nachhaken konnte, fuhr sie fort: »Wenn es dagegen nur ein Gespräch unter Freunden ist, erzähle ich dir alles, was ich weiß, aber du mußt dir darüber klar sein, daß ich mich nie erinnern werde, so etwas gesagt zu haben, sollte ich je danach gefragt werden.« Sie lächelte nicht, als sie das sagte, und dabei gehörte Franca zu den Frauen, denen die Lebensfreude aus allen Poren strömte wie Musik aus einem Orchestrion.

»So gefährlich sind die?« fragte Brunetti, dabei nahm er ihr leeres Glas und machte sich lang, um es neben seines auf den Tresen zu stellen.

»Laß uns draußen weiterreden«, sagte sie. Auf dem Campo ging Franca immer weiter, bis sie links neben dem Fahnenmast vor den Schaufenstern der Buchhandlung stand. Ob Zufall oder Absicht, jedenfalls trennten sie mindestens zwei Meter von den Nächststehenden auf dem Campo, zwei alten Frauen, die auf ihre Stöcke gestützt dastanden und miteinander plauderten.

Brunetti stellte sich neben sie. Das Licht stieg über die Häuser und machte ihre Spiegelbilder in der Scheibe sichtbar. Da das Bild unscharf war, hätte es sich bei dem Paar im Fenster ohne weiteres um die beiden Teenager handeln können, die sich hier vor Jahrzehnten oft mit Freunden auf einen Kaffee getroffen hatten.

Die Frage kam ihm ohne Nachdenken über die Lippen: »Hast du wirklich solche Angst?«

»Pietro ist fünfzehn«, antwortete sie in so gleichmütigem Ton, als ginge es um das Wetter oder die Fußballbegeisterung ihres Sohnes. »Warum wolltest du dich hier mit mir treffen, Guido?«

Er lächelte. »Weil ich weiß, daß du eine vielbeschäftigte Frau bist, und ich weiß auch, wo du wohnst; da dachte ich, es wäre hier am praktischsten, denn da bist du gleich zu Hause.«

»War das der einzige Grund?« fragte sie, und ihr Blick kehrte von dem gespiegelten Brunetti zu dem aus Fleisch und Blut zurück.

»Ja, warum?«

»Dann weißt du wohl wirklich nichts über sie, nein?« fragte sie, statt zu antworten.

»Nein. Ich weiß nur, daß es sie gibt, und ich weiß, daß sie hier in der Stadt tätig sind. Das müssen sie ja wohl. Aber wir haben noch nie eine offizielle Beschwerde über sie bekommen.«

»Und normalerweise ist nur die Guardia di Finanza für sie zuständig, nicht?«

Brunetti zuckte die Achseln. Er hatte nur eine vage Vorstellung, wofür die Beamten der Guardia di Finanza alles zuständig waren. Er sah sie oft in ihren grauen Uniformen, geschmückt mit den lodernden Flammen einer vermeintlichen Gerechtigkeit, aber außer daß sie ein unterdrücktes Volk zu immer neuen Methoden der Steuerhinterziehung verleiteten, wußte er über sie kaum etwas.

Da er seine Unwissenheit nicht auch noch in Worte fassen wollte, nickte er nur.

Franca sah sich schweigend auf dem kleinen Campo um. Schließlich deutete sie mit dem Kinn zu dem Schnellrestaurant auf der anderen Seite. »Was siehst du da?«

Brunetti blickte zu der Glasfassade hinüber, die dort fast die ganze Seite des kleinen Gevierts einnahm. Junge Leute gingen ein und aus; viele saßen an kleinen Tischchen, deutlich zu sehen durch die riesigen Scheiben.

»Ich sehe den Untergang von zweitausend Jahren Eßkultur«, antwortete er lachend.

»Und genau davor, was siehst du da?« fragte sie sachlich.

Er guckte noch einmal hin, ein bißchen enttäuscht, weil sie über seinen Witz nicht gelacht hatte. Er sah zwei Männer in dunklen Anzügen, jeder mit einer Aktentasche in der Hand, miteinander reden. Links von ihnen stand eine junge Frau, die ihre Handtasche ungeschickt unter den Arm geklemmt hielt, während sie offenbar etwas in ihrem Adreßbuch nachzusehen und gleichzeitig eine Nummer in ihr *telefonino* zu tippen versuchte. Dahinter stand ein schäbig gekleideter Mann von vielleicht Ende Sechzig. Er war groß und sehr dünn und unterhielt sich gerade mit einer älteren Frau ganz in Schwarz. Sie war krumm vom Alter und umklammerte mit ihren kleinen Händen den Griff einer großen schwarzen Handtasche. Ihr Gesicht war lang und schmal, die Nase spitz – eine Kombination, die ihr in Verbindung mit der gebeugten Haltung eine gewisse Ähnlichkeit mit einem der kleineren Beuteltiere gab.

»Ich sehe ein paar Leute tun, was man auf dem Campo San Luca eben so tut.«

»Und das wäre?« fragte sie. Dabei sah sie ihn jetzt scharf an.

»Man trifft sich zufällig oder nach Verabredung und redet miteinander, geht zusammen etwas trinken, wie wir vorhin, und begibt sich dann zum Mittagessen nach Hause, wie wir es in Kürze tun werden.«

»Und diese beiden?« Sie deutete mit dem Kinn zu dem dünnen Mann und der alten Frau.

»Sie sieht aus, als käme sie aus einer langen Messe in einer der kleineren Kirchen und wäre auf dem Heimweg zum Mittagessen.«

»Und er?«

Brunetti guckte wieder hin. Die beiden waren immer noch in ihr Gespräch vertieft. »Anscheinend versucht sie seine Seele zu retten, und er will nichts davon wissen«, meinte er.

»Da gibt es nichts mehr zu retten«, sagte Franca, und es überraschte Brunetti sehr, ein solches Urteil aus dem Mund einer Frau zu vernehmen, die er noch nie über irgend jemanden hatte schlecht reden hören. »Sowenig wie bei ihr«, setzte sie in kaltem, unversöhnlichem Ton hinzu.

Sie wandte sich mit einer halben Drehung wieder der Buchhandlung zu und blickte ins Schaufenster. Mit dem Rücken zu Brunetti sagte sie: »Das sind Angelina Volpato und ihr Mann Massimo, zwei der übelsten Zinswucherer in der Stadt. Keiner weiß, wann sie damit angefangen haben, aber in den letzten zehn Jahren waren sie es, die von den meisten Leuten in Anspruch genommen wurden.«

Brunetti spürte, daß sich jemand zu ihnen gesellt hatte. Eine Frau war gekommen, um einen Blick ins Schaufenster zu werfen. Franca verstummte. Als die Frau weiterging, fuhr Franca fort: »Die Leute wissen über sie Bescheid, auch daß sie fast jeden Vormittag hier sind. Dann kommen sie her und sprechen mit ihnen, worauf Angelina sie zu sich nach Hause bestellt.« Sie hielt einen Moment inne und fügte hinzu: »Sie ist ein richtiger Vampir.« Erneute Pause. Erst als sie sich wieder beruhigt hatte, sprach sie weiter. »Dorthin bestellt sie dann einen Notar, und ein Vertrag wird aufgesetzt. Sie gibt den Leuten das Geld, und sie übereignen ihr dafür ihre Häuser, ihre Firmen, ihr Mobiliar.«

»Und die Summe?«

»Hängt davon ab, wieviel sie jeweils brauchen und für wie lange. Wenn es nur ein paar Millionen Lire sind, verpfänden die Leute dafür ihre Möbel. Bei bedeutenderen Summen, fünfzig Millionen oder mehr, rechnet sie schnell die Zinsen aus – mir haben Leute erzählt, daß sie Zinsen in Sekundenschnelle ausrechnen kann, obwohl sie, wie dieselben Leute mir versichern,

Analphabetin ist; ihr Mann ebenso.« Franca hielt hier wieder kurz inne, weil sie vom Thema abgekommen war, dann aber fuhr sie fort: »Wenn es also um einen hohen Betrag geht, müssen die Leute sich verpflichten, ihr bis zu einem bestimmten Datum eine bestimmte Summe zurückzuzahlen oder ihr andernfalls ihr Haus zu übereignen.«

»Und wenn sie dann nicht zahlen?«

»Dann bringt ihr Anwalt die Leute vor Gericht, denn sie hat ja den Vertrag, der in Anwesenheit eines Notars unterschrieben wurde.«

Während sie redete, ohne dabei den Blick von den Büchern im Schaufenster zu heben, erforschte Brunetti sowohl sein Gedächtnis wie sein Gewissen und mußte zugeben, daß ihm von alledem nichts neu war. Die Einzelheiten mochten ihm unbekannt sein, nicht aber die Tatsache an sich, daß sich solche Dinge abspielten. Doch sie gehörten wirklich in den Aufgabenbereich der Guardia di Finanza, jedenfalls bis jetzt, bis zu dem Augenblick, da die Umstände und ein blinder Zufall seine Aufmerksamkeit auf Angelina Volpato und ihren Mann gelenkt hatten, die immer noch da drüben standen, zwei in ihr Gespräch vertiefte Menschen an einem strahlenden Frühlingstag in Venedig.

»Wieviel nehmen sie?«

»Kommt darauf an, wie verzweifelt der Kunde ist«, antwortete Franca.

»Und woher wissen sie das?«

Sie riß den Blick jetzt endlich von den kleinen Schweinchen in Feuerwehrautos los und sah zu ihm auf. »Das weißt du so gut wie ich: Hier weiß jeder alles. Du brauchst doch nur zu einer Bank zu gehen, um dir Geld zu leihen, und noch am selben Abend wissen es Mitarbeiter der Bank; bis zum nächsten Morgen wissen es deren Familien, und bis zum Nachmittag weiß es die ganze Stadt.«

Brunetti mußte ihr recht geben. Ob es nun daher kam, daß in

Venedig alle Leute miteinander verwandt oder befreundet waren, oder einfach daher, daß diese Stadt in Wirklichkeit nichts weiter als ein Dorf war, jedenfalls konnte sich in dieser engen, inzestuösen Welt kein Geheimnis lange halten. Klar, daß da jede finanzielle Notlage sehr schnell Allgemeinwissen wurde.

»Was nehmen sie denn an Zinsen?« fragte er noch einmal. Sie begann mit der Antwort, hielt inne und sprach dann doch weiter: »Ich habe Leute von zwanzig Prozent im Monat reden hören. Aber fünfzig wurden auch schon genannt.«

Der Venezianer in Brunetti hatte es augenblicklich ausgerechnet: »Das wären ja sechshundert Prozent im Jahr«, sagte er, ohne seine Empörung verhehlen zu können.

»Viel mehr, wenn man die Zinseszinsen rechnet«, korrigierte ihn Franca, womit sie bewies, daß die Wurzeln ihrer Familie in der Stadt noch tiefer reichten als Brunettis.

Der wandte seine Aufmerksamkeit wieder den beiden Alten auf der anderen Seite des Campo zu. Während er noch hinsah, beendeten sie ihr Gespräch, die Frau ging in Richtung Rialto davon, und der Mann kam auf sie zu.

Als der Abstand kleiner wurde, sah Brunetti die vorgewölbte Stirn, die rauhe Haut, die sich zum Teil abschilferte wie von einer nichtbehandelten Krankheit, die vollen Lippen und die schweren Augenlider. Der Mann hatte einen seltsamen, vogelartigen Gang und setzte bei jedem Schritt die Füße flach auf den Boden, als hätte er Angst, die Absätze seiner schon oft geflickten Schuhe abzulaufen. Sein Gesicht trug die Spuren von Alter und Krankheit, doch der schlenkernde Gang – besonders von hinten gesehen wie jetzt, als Brunetti ihn in die *calle* einbiegen sah, die zum Rathaus führte – gab ihm etwas jugendlich Ungelenkes.

Als Brunetti sich wieder umdrehte, war die alte Frau verschwunden, aber das Bild des Beuteltiers, besser einer Art zweibeiniger Ratte, blieb ihm im Gedächtnis haften. »Woher weißt du so etwas alles?« fragte er Franca.

»Vergiß nicht, daß ich in einer Bank arbeite«, antwortete sie.

»Und diese beiden sind die letzte Zuflucht für den, der von euch nichts bekommt?«

Sie nickte.

»Aber wie erfahren die Leute von ihnen?« fragte er.

Sie sah ihn an, als müßte sie erst überlegen, wie weit sie ihm vertrauen konnte, dann sagte sie: »Ich habe gehört, daß sie manchmal von Bankangestellten empfohlen werden.«

»Wie?«

»Wenn einer sich bei der Bank Geld leihen will und abgewiesen wird, rät ihm gelegentlich einer der Bankangestellten, es bei den Volpatos zu versuchen. Oder bei einem anderen Geldverleiher, je nachdem, wer ihm die Provision bezahlt.«

»Wie hoch sind solche Provisionen?« fragte Brunetti mit ruhiger Stimme.

Sie zuckte die Achseln. »Wie ich höre, kommt das darauf an.«

»Worauf?«

»Auf die Höhe der Summe, die sie am Ende leihen. Oder sonst auf die Art der Abmachung, die der Banker mit dem Wucherer hat.« Ehe Brunetti dazu noch etwas fragen konnte, fügte sie hinzu: »Wenn Leute Geld brauchen, bekommen sie es von irgendwoher. Wenn nicht von Freunden oder Verwandten und wenn nicht von der Bank, dann eben von Leuten wie den Volpatos.«

Die nächste Frage konnte Brunetti ihr nur ganz ohne Umschweife stellen, und er tat es: »Hat da die Mafia die Finger drin?«

»Worin hat sie die nicht?« fragte Franca zurück. Doch als sie sein irritiertes Gesicht sah, sagte sie: »Entschuldige, das war nur neunmalklug dahergeredet. Ich weiß nicht direkt, ob es so ist. Aber wenn man ein Weilchen darüber nachdenkt, kommt man zu dem Schluß, daß es eine sehr gute Methode der Geldwäsche ist.«

Brunetti nickte. Nur im Schutz der Mafia konnte etwas so Profitables von den Behörden unbehelligt bleiben.

»Habe ich dir jetzt das Mittagessen verdorben?« fragte sie, plötzlich lächelnd, und er erinnerte sich gut, wie schnell bei ihr immer die Laune gewechselt hatte.

»Überhaupt nicht, Franca.«

»Warum willst du das eigentlich alles wissen?« fragte sie endlich.

»Es könnte einen Zusammenhang mit etwas anderem geben.«

»Wie das mit den meisten Dingen so ist«, ergänzte sie, stellte ihm aber keine weitere Frage – auch das eine Eigenschaft, die er immer sehr an ihr geschätzt hatte. »Dann gehe ich jetzt mal nach Hause«, sagte sie und reckte sich, um ihn auf beide Wangen zu küssen.

»Danke, Franca«, antwortete er und drückte sie rasch ein wenig fester an sich, getröstet durch die Berührung mit ihrem starken Körper und dem noch stärkeren Willen. »Es ist mir immer wieder eine Freude, dich zu sehen.« Noch als sie seinen Arm tätschelte und sich zum Gehen wandte, wurde ihm klar, daß er sie gar nicht nach anderen Geldverleihern gefragt hatte, aber nun konnte er sie nicht mehr zurückrufen, um das nachzuholen. Sein einziger Gedanke war jetzt, nach Hause zu kommen.

17

Unterwegs ließ Brunetti seine Erinnerung zurückschweifen in die Zeit vor mehr als zwei Jahrzehnten, als er mit Franca gegangen war. Ihm war bewußt, wie schön er es gefunden hatte, seine Arme wieder um diese erfreuliche Figur zu legen, die ihm einmal so vertraut gewesen war. Dabei fiel ihm ein langer Spaziergang ein, den sie in der Nacht des Redentore-Festes am Lido gemacht hatten. Da mußte er siebzehn gewesen sein. Das Feuerwerk war längst beendet, da waren sie noch Hand in Hand am Strand spaziert, hatten auf das Morgengrauen gewartet und nicht gewollt, daß die Nacht zu Ende ging.

Aber die Nacht war zu Ende gegangen, wie so vieles andere zwischen ihnen, und nun hatte sie ihren Mario und er seine Paola. Er ging bei Biancat vorbei, um ein Dutzend Iris für Paola zu kaufen, und war glücklich, das tun zu können, glücklich bei dem Gedanken, daß sie oben auf ihn wartete.

Als er eintrat, saß sie am Küchentisch und pulte Erbsen.

»*Risi e bisi*«, sagte er zur Begrüßung, als er die Erbsen sah. Er streckte ihr die Iris entgegen.

Sie lächelte beim Anblick der Blumen. »Risotto ist doch das Beste, was man aus jungen Erbsen machen kann, findest du nicht?« Sie hielt ihm die Wange zum Kuß hin.

»Es sei denn«, antwortete er ohne bestimmten Grund, nachdem der Kuß gegeben war, »du bist eine Prinzessin und brauchst sie unter der Matratze.«

»Lieber Risotto«, erwiderte sie. »Stellst du die Blumen bitte in eine Vase, während ich das hier fertigmache?« Sie zeigte mit der einen Hand auf die volle Tüte, die neben ihr auf dem Tisch stand.

Er rückte einen Stuhl vor die Schrankwand, nahm ein Stück Zeitung vom Tisch, breitete es über die Sitzfläche und stieg auf den Stuhl, um eine der hohen Vasen ganz oben vom Schrank zu nehmen.

»Ich glaube, die blaue«, sagte sie, indem sie zu ihm aufsah.

Er kam herunter, stellte den Stuhl wieder an seinen Platz und trug die Vase zur Spüle. »Wieviel Wasser?« fragte er.

»Ungefähr halb voll. Was möchtest du danach?«

»Was haben wir denn?«

»Ich habe noch dieses Roastbeef vom Sonntag. Wenn du mir das in hauchdünne Scheiben schneiden könntest, hätten wir das und dazu vielleicht noch einen Salat.«

»Ißt Chiara denn diese Woche Fleisch?« Aufgestachelt durch einen Artikel über die Behandlung von Kälbern hatte Chiara vor einer Woche erklärt, daß sie von nun an bis ans Ende ihrer Tage das Leben einer Vegetarierin führen wolle.

»Du hast sie am Sonntag auch schon von dem Roastbeef essen sehen, oder nicht?« fragte Paola.

»Doch, natürlich«, antwortete er. Dann widmete er sich den Blumen und riß das Papier davon ab.

»Stimmt etwas nicht?« erkundigte sie sich.

»Ach, das Übliche«, meinte er, während er die Vase unter den Wasserhahn hielt und das kalte Wasser aufdrehte. »Wir leben in einer Welt nach dem Sündenfall.«

Sie wandte sich wieder ihren Erbsen zu. »Das dürfte jedem bekannt sein, der einen unserer beiden Berufe ausübt«, antwortete sie.

»Bei dir auch?« fragte er neugierig. Nach zwanzig Jahren Polizeidienst brauchte ihm niemand mehr zu sagen, daß die Menschheit der Gnade verlustig gegangen war.

»Du hast es mit dem moralischen Verfall zu tun, ich mit dem geistigen.« Sie sprach in diesem selbstironisch erhabenen Ton, den sie oft benutzte, wenn sie sich dabei ertappte, daß sie ihre Arbeit ernst nahm. »Aber was ist dir speziell heute über die Leber gekrochen?« fragte sie.

»Ich habe mich heute mittag mit Franca getroffen.«

»Wie geht es ihr?«

»Gut. Ihr Sohn wächst heran, und ich glaube, es macht ihr keinen großen Spaß, in einer Bank zu arbeiten.«

»Wer könnte ihr das verdenken?« meinte Paola, aber es war nicht als Frage gemeint. Gleich kam sie auch auf seine eigentliche Aussage zurück, die noch der Erklärung bedurfte, und fragte: »Wieso läßt ein Wiedersehen mit Franca dich an unsere gefallene Welt denken? Normalerweise hat es genau die gegenteilige Wirkung – bei uns allen.«

Brunetti ließ sich, während er langsam, eine nach der anderen, die Blumen in die Vase steckte, Paolas Kommentar ein paarmal vor- und rückwärts durch den Kopf gehen, um nach einer versteckten, vielleicht gehässigen Bedeutung zu suchen, doch er fand keine. Sie nahm einfach zur Kenntnis, wie sehr er sich freute, wenn er diese liebe alte Freundin wiedertraf, und teilte sein Vergnügen an ihrer Gesellschaft. Als ihm das klar wurde, schnürte sich ihm für einen Augenblick das Herz zusammen, und er fühlte die Röte heiß in seine Wangen steigen. Eine der Blumen fiel ihm aus der Hand. Er nahm sie wieder, steckte sie zu den anderen und stellte die Vase vorsichtig auf den Tresen, aber schön weit weg von der Kante.

»Sie hat mir mit anderen Worten gesagt, daß sie Angst um Pietro haben muß, wenn sie mir etwas über Geldverleiher erzählt.«

Paola unterbrach ihre Arbeit und drehte sich zu ihm um. »Geldverleiher?« fragte sie. »Was haben denn die mit dem allen zu tun?«

»Rossi, dieser Mann vom Katasteramt, der tot ist – er hatte die Telefonnummer eines Rechtsanwalts bei sich, der ein paar Prozesse gegen Geldverleiher laufen hatte.«

»Ein hiesiger Anwalt?«

»Nein, aus Ferrara.«

»Doch nicht etwa der, den sie ermordet haben?« fragte sie und sah ihn an.

Brunetti nickte. Er fand es bemerkenswert, mit welcher Selbstverständlichkeit Paola annahm, daß »sie« Cappelli ermordet hatten. »Der zuständige Untersuchungsrichter«, fuhr er fort, »schließt Geldverleiher als Auftraggeber aus und scheint großes Interesse daran zu haben, mich davon zu überzeugen, daß der Mörder in Wirklichkeit den falschen Mann erwischt habe.«

Nach einer langen Pause, in der Brunetti es förmlich hinter ihrer Stirn arbeiten sah, fragte sie: »Hatte Rossi deswegen die Telefonnummer bei sich? Wegen Geldverleihern?«

»Ich habe keine Beweise dafür. Aber es ist schon ein merkwürdiger Zufall.«

»Das ganze Leben ist Zufall.«

»Mord nicht.«

Sie faltete die Hände über dem Berg leerer Erbsenschoten zusammen. »Seit wann ist es Mord? Ich meine, Rossis Tod.«

»Seit – ich weiß nicht. Vielleicht ist es ja auch gar keiner. Ich möchte einfach Näheres herausfinden, wenn ich kann, und in Erfahrung bringen, warum Rossi ihn angerufen hat.«

»Und Franca?«

»Ich dachte, da sie in einer Bank arbeitet, weiß sie vielleicht etwas über Geldverleiher.«

»Und ich dachte, Geld zu verleihen wäre das eigentliche Geschäft der Banken.«

»Aber oft rücken sie keines heraus, zumindest nicht kurzfristig und nicht an Leute, die es möglicherweise nicht zurückzahlen.«

»Weswegen hast du sie dann gefragt?« Paola saß so reglos da wie ein Untersuchungsrichter beim Verhör.

»Weil ich dachte, sie wüßte vielleicht etwas.«

»Das sagtest du schon. Aber warum gerade Franca?«

Er hatte keinen besonderen Grund dafür gehabt, nur daß ihr Name der erste war, der ihm eingefallen war. Außerdem wollte er sie gern wieder einmal sehen, weil es schon so lange her war, weiter nichts. Er steckte die Hände in die Taschen und trat auf den anderen Fuß. »Ohne bestimmten Grund«, sagte er schließlich.

Paola nahm die Hände wieder auseinander und pulte weiter Erbsen. »Was hat sie dir denn erzählt, und warum hat sie Angst um Pietro?«

»Sie hat zwei Leute erwähnt, sie mir sogar gezeigt.« Bevor Paola ihn unterbrechen konnte, erklärte er: »Wir haben uns auf dem Campo San Luca getroffen, und da war dieses Ehepaar. Beide in den Sechzigern, schätze ich. Franca sagte, sie seien Geldverleiher.«

»Und Pietro?«

»Sie meinte, es könnte einen Zusammenhang mit Mafia und Geldwäsche geben, aber mehr wollte sie dazu nicht sagen.« Er sah an Paolas kurzem Nicken, daß auch sie die bloße Erwähnung der Mafia für ausreichend hielt, um jedem Elternpaar Angst um seine Kinder zu machen.

»Selbst dir nicht?« fragte sie.

Brunetti schüttelte den Kopf. Sie sah auf, und er wiederholte das Kopfschütteln.

»Dann ist es also ernst«, meinte Paola.

»Ich denke, ja.«

»Wer sind denn diese Leute?«

»Angelina und Massimo Volpato.«

»Hast du schon mal von ihnen gehört?«

»Nein.«

»Wen hast du denn nach ihnen gefragt?«

»Noch niemanden. Ich habe sie selbst vor zwanzig Minuten zum erstenmal gesehen. Kurz bevor ich nach Hause kam.«

»Und was hast du vor?«

»Möglichst viel über sie herauszubekommen.«

»Und dann?«

»Hängt davon ab, was ich erfahre.«

Sie schwiegen beide. Schließlich sagte Paola: »Ich habe heute nachgedacht, über dich und deinen Beruf.« Er wartete. »Beim Fensterputzen, da mußte ich plötzlich an dich denken«, fügte sie hinzu.

»Wieso beim Fensterputzen?«

»Zuerst habe ich die Fenster geputzt, dann den Spiegel im Bad, und dabei mußte ich an deine Arbeit denken.«

Er wußte, daß sie fortfahren würde, auch wenn er nichts sagte, aber er wußte auch, daß sie sich gern dazu ermuntern ließ, also fragte er: »Und?«

»Wenn du ein Fenster putzt«, sagte sie und schaute ihm dabei fest in die Augen, »mußt du es öffnen und zu dir herziehen, und dabei verändert sich der Winkel, in dem das Licht durch die Scheibe fällt.« Als sie sah, daß sie seine Aufmerksamkeit besaß, fuhr sie fort: »Du putzt also die Scheibe. Sie ist sauber – denkst du. Aber wenn du das Fenster dann schließt, fällt das Licht wieder im ursprünglichen Winkel hindurch, und du siehst, daß die Außenseite noch schmutzig ist oder du auf der Innenseite eine Stelle übersehen hast. Das heißt, du mußt es wieder öffnen und noch einmal putzen. Aber du kannst nie sicher sein, daß es wirklich sauber ist, bevor du es nicht erneut schließt oder dich so hinstellst, daß du es aus einem anderen Winkel siehst.«

»Und der Spiegel?« fragte er.

Sie sah lächelnd zu ihm auf. »Einen Spiegel siehst du nur von einer Seite. Da kommt kein Licht von hinten, und das heißt, wenn du ihn geputzt hast, ist er sauber. Keine optischen Täuschungen.« Sie blickte wieder auf ihre Erbsen hinunter.

»Und?«

Den Blick weiter gesenkt, vielleicht um ihre Enttäuschung über ihn zu verbergen, erklärte sie: »Und so ist deine Arbeit, oder so möchtest du sie gern haben. Du willst Spiegel putzen, alles schön zweidimensional und pflegeleicht. Aber jedesmal, wenn du dir eine Sache etwas genauer anguckst, erweist sie sich als Fenster: Sowie du die Perspektive wechselst und die Sache aus einem anderen Winkel betrachtest, verändert sich alles.«

Brunetti ließ sich das lange durch den Kopf gehen, und um die Stimmung aufzuhellen, meinte er endlich: »So oder so muß ich den Dreck wegmachen.«

»Das hast du gesagt, nicht ich«, versetzte Paola. Als Brunetti darauf nichts erwiderte, ließ sie die letzten Erbsen in die Schüssel fallen und stand auf. Sie ging an den Küchentresen und stellte die Schüssel ab. »Und das eine wie das andere«, sagte sie, »tust du sicher lieber mit vollem Magen.«

Und mit wahrlich vollem Magen nahm er die Sache gleich in Angriff, kaum daß er nachmittags in die Questura kam. Den Anfang machte er, weil es zum Anfangen einfach nichts Besseres gab, bei Signorina Elettra.

Sie begrüßte ihn lächelnd, heute in atemberaubend nautischer Aufmachung: marineblauer Rock und Seidenbluse mit breiter Passe. Fehlt nur noch die Matrosenmütze, dachte er unwillkürlich, und schon sah er die steife, zylindrische weiße Kopfbedekkung neben ihrem Computer auf dem Tisch liegen.

»Volpato«, sagte er, bevor sie sich noch nach seinem Befinden erkundigen konnte. »Angelina und Massimo. Beide über sechzig.«

Sie nahm ein Blatt Papier und begann zu schreiben.

»Wohnhaft in Venedig?«

»Ich glaube, ja.«

»Wissen Sie ungefähr, wo?«

»Leider nein«, antwortete er.

»Das dürfte leicht genug herauszubekommen sein«, meinte sie und machte sich eine entsprechende Notiz. »Was noch?«

»Am liebsten möchte ich alles über ihre Finanzen wissen: Bankkonten, eventuelle Anlagen, Grundbesitz, was immer Sie finden.« Er wartete kurz, während sie mitschrieb, und fuhr dann fort: »Und erkundigen Sie sich, ob gegen sie schon etwas vorliegt.«

»Telefonrechnungen?« fragte sie.

»Nein, noch nicht. Erst mal die Geldangelegenheiten.«

»Bis wann?«

Er sah sie lächelnd von oben an. »Bis wann will ich denn immer alles haben?«

Sie schob ihre Manschette zurück und sah auf die schwere Taucheruhr an ihrem linken Handgelenk. »Die Auskünfte aus der Stadtverwaltung dürfte ich noch heute nachmittag bekommen.«

»Die Banken haben schon zu, das hat also Zeit bis morgen«, sagte er.

Sie sah lächelnd zu ihm auf. »Die Archive machen nie zu«, sagte sie. »In ein paar Stunden müßte ich alles haben.«

Sie zog eine Schublade an ihrem Schreibtisch auf und nahm einen Stapel Papiere heraus. »Das hier habe ich ...«, begann sie, doch dann unterbrach sie sich plötzlich und blickte nach links, zur Tür ihres Vorzimmers.

Brunetti ahnte die Bewegung mehr, als daß er sie sah, und drehte sich um. Vice-Questore Patta kam soeben vom Mittagessen zurück.

»Signorina Elettra«, begann er, ohne von Brunetti, der vor dem Schreibtisch stand, überhaupt Notiz zu nehmen.

»Ja, Dottore?« fragte sie.

»Kommen Sie bitte zum Diktat zu mir herein.«

»Gewiß, Dottore.« Sie legte die Papiere, die sie eben aus der Schublade genommen hatte, mitten auf ihren Schreibtisch und tippte mit dem linken Zeigefinger darauf, was Patta aber nicht sehen konnte, weil Brunetti es mit seinem Körper verdeckte. Dann zog sie die mittlere Schublade auf und entnahm ihr einen altmodischen Stenogrammblock. Gab es immer noch Leute, die Briefe diktierten, und saßen Sekretärinnen noch immer mit übergeschlagenen Beinen da wie Joan Crawford und kritzelten eilige Schleifchen und Kreuzchen, die Wörter darstellten? Während Brunetti darüber noch nachgrübelte, wurde ihm klar, daß er selbst es bisher immer Signorina Elettra überlassen hatte, wie sie einen Brief formulierte, weil er ganz darauf vertraute, daß sie schon die richtigen Worte und Nuancen wählte, um schlichte Wahrheiten zu verschleiern oder ein Ersuchen einzuleiten, das jenseits der engen Grenzen polizeilicher Macht lag.

Patta ging an ihm vorbei und öffnete die Tür zu seinem Dienstzimmer. Dabei hatte Brunetti das deutliche Gefühl, daß er selbst sich wie eines dieser scheuen Waldtiere verhielt, ein Lemur vielleicht, der beim leisesten Geräusch erstarrte, sich kraft seiner Bewegungslosigkeit für unsichtbar erklärte und somit vor pirschenden Räubern sicher zu sein glaubte. Ehe er noch etwas zu Signorina Elettra sagen konnte, war sie schon aufgestanden und folgte Patta, nicht ohne einen bedeutungsvollen Blick zu dem Stapel Papiere auf ihrem Schreibtisch. Als sie die Tür hinter sich zumachte, konnte Brunetti in ihrer Haltung keine Spur von Scheu entdecken.

Er griff weit über den Schreibtisch hinüber, nahm die Papiere an sich und schrieb ihr noch rasch ein Zettelchen mit der Bitte, für ihn herauszufinden, wem das Haus gehörte, vor dem man Rossi gefunden hatte.

18

Auf dem Weg zu seinem Zimmer warf Brunetti einen Blick in die Unterlagen, die er von Signorina Elettras Schreibtisch genommen hatte: ein langer Computerausdruck mit sämtlichen Telefonnummern, die von Rossis privatem und dienstlichem Anschluß aus angerufen worden waren. Am Rand hatte sie vermerkt, daß Rossis Name nicht als Kunde bei einer der Mobiltelefongesellschaften auftauchte, woraus man schließen konnte, daß der Apparat, den er benutzt hatte, über das Ufficio Catasto lief. Vier der Anrufe aus seinem Büro waren an dieselbe Nummer mit der Vorwahl von Ferrara gegangen, hinter der Brunetti die der Kanzlei Gavini und Cappelli vermutete. An seinem Schreibtisch angekommen, sah er sofort nach und stellte fest, daß sein Gedächtnis ihn nicht getrogen hatte. Die Anrufe waren alle in einem Zeitraum von weniger als zwei Wochen erfolgt, der letzte am Tag vor Cappellis Ermordung. Danach nichts mehr.

Brunetti saß lange da und machte sich Gedanken über die Beziehung zwischen den beiden Toten, wobei er merkte, daß sie für ihn jetzt schon zwei Ermordete waren.

Während er auf Signorina Elettra wartete, gingen ihm so einige Fragen durch den Kopf: wo sich Rossis Büro im Ufficio Catasto befand und wie ungestört er dort sein konnte; wie es kam, daß Magistrato Righetto damit beauftragt war, den Mord an Cappelli zu untersuchen; wie wahrscheinlich es war, daß ein Berufskiller sein Opfer mit jemand anderem verwechselte, und warum danach kein Versuch unternommen worden war, den Richtigen zu treffen. Über dies und anderes dachte Brunetti nach, dann wollte er sich wieder seine Liste derer vornehmen, von denen er sich Informationen erhoffte, stockte aber, als ihm klar wurde, daß er gar nicht so genau wußte, was für Informationen er eigentlich suchte. Auf jeden Fall mußte er etwas über die Volpatos erfahren, aber ebenso dringend sollte er besser über die Finanzbewegungen in der Stadt und die heimlichen Kanäle Bescheid wissen, durch die das Geld aus den Taschen der einen in die der anderen floß.

Wie die meisten Venezianer wußte Brunetti, daß alle Käufe und Verkäufe von Grundeigentum im Ufficio Catasto dokumentiert wurden. Darüber hinaus besaß er nur keine rechte Vorstellung davon, was die Leute dort taten. Er erinnerte sich, wie begeistert Rossi davon gesprochen hatte, daß mehrere Dienststellen ihre Akten zusammenlegen sollten, um Zeit zu sparen und den Zugriff auf Informationen zu erleichtern. Jetzt wünschte er sich, er hätte sich die Mühe gemacht, Rossi dazu mehr Fragen zu stellen.

Er nahm das Telefonbuch aus der untersten Schublade, öffnete es und suchte eine Nummer unter B. Als er sie gefunden hatte, wählte er und wartete, bis eine weibliche Stimme sich meldete: *»Bucintoro, Agenzia Immobiliare, buon giorno.«*

»Ciao, Stefania«, sagte er.

»Was ist denn los, Guido?« fragte sie zu seiner Verblüffung sofort, und er mußte sich seinerseits fragen, was sie aus seiner Stimme wohl herausgehört hatte.

»Ich muß etwas wissen«, antwortete er ebenso direkt.

»Aus welchem Grunde würdest du mich auch sonst anrufen?« fragte sie, diesmal ohne den koketten Unterton, den sie sonst ihm gegenüber anschlug.

Er zog es vor, weder auf die stumme Kritik in ihrem Ton noch auf die offene Kritik in ihrer Frage einzugehen. »Ich muß etwas über das Ufficio Catasto wissen.«

»Worüber?« fragte sie übertrieben verwundert.

»Das Ufficio Catasto. Ich muß wissen, was die dort eigentlich tun, wer da arbeitet und wem man trauen kann.«

»Das ist ein Großauftrag«, meinte sie.

»Deswegen habe ich ja dich angerufen.«

Plötzlich war die Koketterie wieder da. »Und hier sitze ich

nun Tag für Tag und hoffe, daß du mich mal anrufst und etwas anderes von mir willst.«

»Was denn, mein Schatz? Sag's mir nur«, erbot er sich in einem Ton wie Rodolfo Valentino. Stefania war glücklich verheiratet und Mutter von Zwillingen.

»Natürlich eine Wohnung kaufen.«

»Vielleicht muß ich das demnächst«, antwortete er in plötzlich ernstem Ton.

»Wieso?«

»Man hat mir gesagt, daß es unserer Wohnung an den Kragen geht.«

»Was soll denn das heißen?«

»Daß wir sie vielleicht abreißen müssen.«

Kaum hatte er das gesagt, hörte er Stefanas glockenhelles Lachen, wußte aber nicht recht, ob es der schieren Absurdität der Situation galt oder seiner Naivität. Nach ein paar weiteren Glucksern meinte sie: »Das ist doch wohl nicht dein Ernst.«

»So sehe ich es eigentlich auch. Aber ich hatte Besuch vom Ufficio Catasto, und der hat mir genau das gesagt. Sie könnten keinerlei Unterlagen finden, aus denen hervorgehe, daß die Wohnung je gebaut oder auch nur eine Baugenehmigung dafür erteilt worden sei, und es könnte sein, daß sie abgerissen werden müsse.«

»Da hast du bestimmt etwas mißverstanden«, sagte sie.

»Es klang ziemlich ernst.«

»Und wann war das?«

»Vor ein paar Monaten.«

»Hast du seitdem wieder etwas gehört?«

»Nein. Darum rufe ich ja bei dir an.«

»Warum rufst du nicht bei denen an?«

»Ich wollte vorher mit dir darüber reden.«

»Warum?«

»Damit ich weiß, welche Rechte ich habe. Und um zu erfahren, wer die Leute sind, die dort zu entscheiden haben.« Da Stefania darauf nichts sagte, fragte er: »Kennst du sie – die Leute, die dort das Sagen haben?«

»Nicht besser als jeder in meiner Branche.«

»Wer sind sie denn?«

»Der Oberboss ist Fabrizio dal Carlo; er ist der Chef der ganzen Behörde.« Verächtlich fügte sie hinzu: »Ein aufgeblasener Mistkerl. Er hat einen Assistenten, der heißt Esposito und ist ein Nichts, weil dal Carlo kein Zipfelchen von seiner Macht aus der Hand gibt. Dann ist da noch Signorina Dolfin, Loredana, deren ganze Existenz, wie man mir gesagt hat, auf zwei Säulen ruht: erstens, niemanden je vergessen zu lassen, daß sie, selbst wenn sie nur eine kleine Sekretärin im Ufficio Catasto ist, immerhin von Giovanni Dolfin abstammt, dem Dogen.« Und als ob es eine Rolle spielte, fügte sie hinzu: »Ich weiß nicht mehr, in welcher Zeit.«

»Er war Doge von 1356 bis 1361, dann starb er an der Pest«, kam es prompt von Brunetti. »Und zweitens?« fragte er dann, um sie zum Weiterreden zu ermuntern.

»Zweitens, sich ihre Verliebtheit in Fabrizio dal Carlo nicht anmerken zu lassen.« Sie ließ das erst einmal wirken, bevor sie fortfuhr: »Wie ich höre, kann sie ersteres viel besser als letzteres. Dal Carlo läßt sie arbeiten wie ein Pferd, aber das will sie ja wahrscheinlich, obwohl es mir ein Rätsel ist, wie jemand für den Kerl etwas anderes empfinden kann als Verachtung.«

»Läuft da was?«

Stefanias Lachen explodierte. »Guter Gott, nein, sie könnte seine Mutter sein. Außerdem ist er verheiratet und hat mindestens noch eine andere Frau, er hätte also herzlich wenig Zeit für sie, selbst wenn sie nicht so häßlich wäre wie die Sünde.« Steffi ließ sich das Ganze noch einmal kurz durch den Kopf gehen und fügte dann hinzu: »Eigentlich ist das tragisch. Sie hat Jahre ihres Lebens damit vertan, diesem drittklassigen Romeo eine treue Dienerin zu sein, wohl in der Hoffnung, daß er eines Tages merkt, wie sehr sie ihn liebt, und bei dem Gedanken, daß es eine

Dolfin ist, die ihn sich erkoren hat, vor Ehrfurcht in Ohnmacht fällt. Gott, welch ein Jammer. Es wäre ja komisch, wenn es nicht so traurig wäre.«

»Du erzählst das so, als ob es alle Welt wüßte.«

»Stimmt ja auch. Jedenfalls alle Welt, die mit ihnen zu tun hat.«

»Auch daß er eine Geliebte hat?«

»Ich nehme an, das soll ein Geheimnis sein.«

»Ist es aber nicht?«

»Nein. Es bleibt doch nie etwas geheim. Hier, meine ich.«

»Nein, wohl nicht«, räumte Brunetti ein und schickte ein stilles Dankgebet dafür gen Himmel.

»Noch etwas?« fragte er dann.

»Nein, jedenfalls fällt mir spontan nichts ein. Sonst kein Klatsch mehr. Aber ich finde, du solltest dort anrufen und mal fragen, was das mit deiner Wohnung soll. Nach allem, was ich gehört habe, war das mit der Zusammenführung aller Unterlagen sowieso nur eine Rauchbombe. Daraus wird nie etwas.«

»Was soll mit der Rauchbombe vernebelt werden?«

»Wie mir zu Ohren gekommen ist, hat irgend jemand in der Stadtverwaltung gefunden, daß derartig viele Restaurierungsarbeiten, die in den letzten Jahren gemacht wurden, illegal waren – ich meine, daß ein großer Teil der tatsächlich geleisteten Arbeit so sehr von den jeweils eingereichten Plänen abwich –, daß man die Baugenehmigungen und die dazugehörigen Anträge besser verschwinden lassen sollte. Dann würde niemand mehr die Pläne mit den tatsächlichen Arbeiten vergleichen können. Also hat man die Idee mit der Zusammenlegung der Akten geboren.«

»Ich weiß nicht, ob ich da noch ganz mitkomme, Stefania.«

»Das ist doch nun ganz einfach, Guido«, schalt sie ihn. »Wenn all diese Papiere von einem Amt ins andere geschafft und dabei von einem Ende der Stadt zum anderen transportiert werden müssen, ist es nicht zu vermeiden, daß einige davon verlorengehen.«

Brunetti fand die Idee so raffiniert wie praktisch. Er merkte sie sich, um sie vielleicht einmal als Erklärung für das Nichtvorhandensein der Pläne für seine Wohnung anzubieten, sollte er je dazu aufgefordert werden. »Und«, sprach er an ihrer Stelle weiter, »sollte es jemals Fragen zu einer eingezogenen Wand oder einem ausgebrochenen Fenster geben, kann der Wohnungseigentümer kurzerhand seine eigenen Pläne vorlegen, die …«

Stefania fiel ihm ins Wort: »Die natürlich haargenau mit der tatsächlich vorhandenen Wohnung übereinstimmen.«

»Und in Abwesenheit der amtlichen Pläne, die bei der Neuorganisation der Archive praktischerweise verlorengingen«, erklärte Brunetti unter zustimmenden Gemurmel von Stefania, die sich freute, daß er endlich zu begreifen anfing, »könnte kein städtischer Kontrolleur oder künftiger Käufer mehr mit Bestimmtheit feststellen, daß die tatsächlich erfolgten Umbauten von denen abweichen, die auf den fehlenden Plänen beantragt und bewilligt wurden.« Dies gesagt, trat er gewissermaßen stumm ins Glied zurück, um zu bewundern, was er da eben entdeckt hatte. Seit seiner Kindheit hatte er oft Leute in Venedig sagen hören: *»Tutto crolla, ma nulla crolla«* (Alles stürzt ein, aber nichts bricht zusammen). Und das schien ganz gewiß zu stimmen: Mehr als tausend Jahre waren vergangen, seit die ersten Bauwerke aus dem Sumpfland wuchsen, also mußten viele einsturzgefährdet sein, doch nie stürzte eines ein. Sie neigten sich vor- und rückwärts, wölbten und krümmten sich, aber er konnte sich nicht entsinnen, je gehört zu haben, daß ein Gebäude tatsächlich eingestürzt war. Natürlich hatte er schon verlassene Häuser mit durchhängenden Dächern gesehen, mit Brettern zugenagelte Häuser, in denen Wände zerborsten waren, nie hatte er jedoch von einem Haus gehört, das über seinen Bewohnern zusammengestürzt war.

»Wer hatte denn diese Idee?«

»Keine Ahnung«, sagte Stefania. »Solche Dinge erfährt man nie.«

»Wissen die Leute in den jeweiligen Ämtern davon?«

Statt darauf direkt zu antworten, sagte sie: »Denk mal nach, Guido. Jemand muß dafür sorgen, daß bestimmte Unterlagen verschwinden, daß Akten verlorengehen, denn du kannst dich darauf verlassen, daß viele andere einfach aufgrund der üblichen Schlamperei verschwinden. Aber irgendjemand muß dafür sorgen, daß es ganz bestimmte Unterlagen nicht mehr gibt.«

»Wer würde das wollen?« fragte er.

»Am ehesten die Besitzer von Häusern, an denen illegale Arbeiten vorgenommen wurden, oder es könnten die sein, die das alles hätten überwachen sollen und sich die Mühe gespart haben.« Sie schwieg kurz und fuhr dann fort: »Oder die zwar geprüft haben, sich aber – überreden ließen«, sagte sie mit ironischem Unterton, »das, was sie sahen, in Ordnung zu finden, egal was in den Plänen stand.«

»Wer wäre dafür verantwortlich?«

»Die Bauausschüsse.«

»Wie viele gibt es davon?«

»Einen für jeden Stadtbezirk. Also sechs.«

Brunetti stellte sich das Ausmaß eines solchen Unterfangens vor, die vielen Leute, die dabei mitmachen müßten. »Wäre es nicht leichter«, fragte er, »man würde die Arbeiten einfach machen lassen und dann die Strafe bezahlen, wenn herauskommt, daß etwas nicht mit den eingereichten Plänen übereinstimmt, statt sich die Umstände aufzuhalsen, jemanden dafür bestechen zu müssen, daß er für die Vernichtung der Pläne sorgt? Oder für ihren Verlust«, korrigierte er sich.

»So hat man das früher gemacht, Guido. Aber seitdem wir uns auf diesen Europakram eingelassen haben, muß man die Strafe bezahlen und außerdem auch noch alles abreißen und die Arbeiten neu machen. Und die Strafen sind saftig. Ein Kunde von mir hatte eine illegale Altane angebaut, nicht einmal groß, nur zwei mal drei Meter. Aber sein Nachbar hat ihn angezeigt. Vierzig Millionen Lire, Guido! Und abreißen mußte er sie auch noch. Früher hätte er sie wenigstens behalten dürfen. Ich sage dir, diese Europageschichte wird uns alle noch mal ruinieren. Bald findest du keinen mehr, der noch den Mut hat, Schmiergeld anzunehmen.«

Brunetti hörte die moralische Entrüstung in ihrer Stimme, war sich aber nicht ganz sicher, ob er sie teilte. »Steffi, du hast mir jetzt viele Leute genannt, aber wer würde das deiner Meinung nach am ehesten organisieren können?«

»Die Leute im Ufficio Catasto«, antwortete sie prompt. »Und wenn da irgendwas läuft, weiß dal Carlo davon und hat höchstwahrscheinlich den Rüssel im Trog. Früher oder später gehen schließlich alle Pläne über seinen Tisch, und es wäre für ihn ein Kinderspiel, den einen oder anderen verschwinden zu lassen.« Stefania überlegte kurz und fragte dann: »Führst du etwas in dieser Art im Schilde, Guido – Pläne verschwinden zu lassen?«

»Ich sage dir doch, es gibt gar keine Pläne. Dadurch sind sie überhaupt erst auf mich gekommen.«

»Wenn es keine Pläne gibt, kannst du doch behaupten, sie seien wohl zusammen mit den anderen, die noch verlorengehen werden, einfach abhanden gekommen.«

»Aber wie soll ich beweisen, daß es meine Wohnung überhaupt gibt, daß sie wirklich gebaut wurde?« Noch während er das fragte, merkte er, wie absurd das Ganze war: Wie bewies man die Existenz der Wirklichkeit?

Ihre Antwort kam wie aus der Pistole geschossen. »Du brauchst dir nur einen Architekten zu suchen, der die Pläne für dich zeichnet.« Und ehe Brunetti sie unterbrechen und das Naheliegende fragen konnte, beantwortete sie es schon: »Und ein falsches Datum darauf setzt.«

»Stefania, wir reden von vor fünfzig Jahren.«

»Nicht unbedingt. Du sagst nur, daß du vor ein paar Jahren restauriert hast, dann läßt du die Pläne zeichnen, die mit dem jetzigen Zustand übereinstimmen, und setzt das entsprechende Datum darauf.« Brunetti fiel dazu nichts ein, weshalb sie fortfuhr: »Es ist wirklich ganz einfach, Guido. Wenn du willst, kann ich dir einen Architekten nennen, der das für dich macht. Nichts leichter als das.«

Sie war so hilfsbereit, daß er sie nicht kränken wollte, weshalb er sagte: »Ich muß das noch mit Paola besprechen.«

»Aber natürlich!« rief Stefania. »Wie dumm von mir! Das ist doch die Lösung. Ihr Vater kennt bestimmt die Leute, die das erledigen können. Dann brauchst du dich gar nicht erst um einen Architekten zu bemühen.« Sie verstummte; aus ihrer Sicht war das Problem gelöst.

Brunetti wollte ihr gerade antworten, als Stefania rief: »Jetzt kriege ich gerade einen Anruf auf der anderen Leitung. Drück mir die Daumen, daß es ein Käufer ist. *Ciao*, Guido.« Und weg war sie.

Er dachte noch ein Weilchen über ihr Gespräch nach. Die Wirklichkeit war da, formbar und gehorsam: Man mußte sie nur ein wenig hierhin ziehen oder dahin schieben, um sie mit dem in Einklang zu bringen, was irgendwer sich vorstellte. Oder wenn die Wirklichkeit sich als unverrückbar erwies, fuhr man eben die großen Geschütze von Macht und Geld auf und eröffnete das Feuer. Wie leicht, wie einfach.

Brunetti merkte, daß diese Gedanken ihn an Punkte führten, an die er lieber nicht rühren wollte, und so klappte er noch einmal das Telefonbuch auf und wählte die Nummer des Ufficio Catasto. Es klingelte lange, aber niemand nahm ab. Er warf einen Blick auf die Uhr, sah, daß es schon fast vier war, und legte auf. »Wie dumm von mir«, knurrte er dabei vor sich hin, »am Nachmittag noch jemanden bei der Arbeit antreffen zu wollen.«

Er kauerte sich auf seinem Stuhl zusammen und stellte die Füße auf die offene unterste Schreibtischschublade. Die Arme vor der Brust gekreuzt, ließ er Rossis Besuch noch einmal Revue passieren. Der Mann hatte einen aufrichtigen Eindruck gemacht, aber so etwas war weit verbreitet, besonders unter den Unaufrichtigen. Warum war er nach dem amtlichen Brief persönlich zu Brunetti gekommen? Bis zu seinem späteren Anruf hatte er dann Brunettis Stellung erfahren. Einen Augenblick lang spielte Brunetti mit der Idee, daß Rossi ursprünglich mit der Absicht gekommen war, sich bestechen zu lassen, doch verwarf er den Gedanken wieder: Der Mann hatte einfach ein viel zu ehrliches Gesicht gehabt.

Nachdem er erfahren hatte, daß dieser Signor Brunetti, der die Baupläne zu seiner Wohnung nicht finden konnte, ein hoher Polizeibeamter war – hatte Rossi da seine Angelschnur in den Strom der Gerüchte geworfen, um zu sehen, was er über Brunetti herausfischen konnte? Ohne diese Vorsichtsmaßnahme würde niemand es wagen, eine heikle Angelegenheit weiterzuverfolgen; das Geheimnis bestand darin, zu wissen, wen man fragen konnte, wo man den Haken ins Wasser lassen mußte, um die Informationen, die man brauchte, an Land zu ziehen. Und hatte das, was seine Gewährsleute ihm über Brunetti berichtet hatten, ihn dazu bewogen, sich mit dem, was er im Ufficio Catasto entdeckt hatte, an ihn zu wenden?

Illegale Baugenehmigungen und die Schmiergelder, die man damit verdienen konnte, daß man sie erteilte, waren ein unbedeutender Posten im großen Korruptionsangebot der Bürokratie. Brunetti konnte sich nicht vorstellen, daß jemand viel riskieren würde, schon gar nicht sein Leben, indem er drohte, irgendeinen schlauen Plan zur Plünderung öffentlicher Kassen auffliegen zu lassen. Die Computerzentralisierung der Akten, bei der man unbequeme Unterlagen gezielt verschwinden lassen konnte, erhöhte zwar den Einsatz, aber Brunetti glaubte nicht, daß dies allein schon Rossi das Leben gekostet hatte.

Signorina Elettra, die, ohne anzuklopfen, in sein Zimmer trat, riß ihn aus seinen Überlegungen. »Störe ich, Commissario?«

»Ganz und gar nicht. Ich sitze hier nur und mache mir Gedanken über Korruption.«

»Öffentliche oder private?«

»Öffentliche«, sagte er, wobei er die Füße von der Schublade nahm und sich wieder gerade hinsetzte.

»Das ist, wie wenn man Proust liest«, sagte sie mit todernster Miene. »Man denkt, man ist damit durch, aber dann entdeckt man, daß da noch ein Band ist. Und noch einer und noch einer.«

Brunetti sah zu ihr auf und wartete auf mehr, aber sie sagte dann nur noch, während sie ein paar Papiere auf seinen Schreibtisch legte: »Ich habe gelernt, dem Zufall ebenso zu mißtrauen wie Sie, Commissario, darum möchte ich Sie bitten, sich einmal die Namen der Besitzer dieses Hauses anzusehen.«

»Die Volpatos?« fragte er, denn irgendwie wußte er schon, daß es sonst niemand sein konnte.

»Richtig.«

»Wie lange schon?«

Sie beugte sich über den Schreibtisch und zog das dritte Blatt unter den anderen hervor. »Seit vier Jahren. Sie haben es von einer Matilde Ponzi gekauft. Der gemeldete Preis steht hier«, sagte sie, wobei sie auf eine Zahl am rechten Blattrand zeigte.

»Zweihundertfünfzig Millionen Lire?« Brunetti konnte seine Verwunderung nicht verbergen. »Das Haus hat vier Geschosse und auf jedem Geschoß mindestens hundertfünfzig Quadratmeter.«

»Das ist ja auch nur der gemeldete Preis, Commissario«, sagte Signorina Elettra. Jeder wußte, daß der auf der Verkaufsurkunde angegebene Preis eines Hauses aus Gründen der Steuerersparnis nie etwas mit dem wirklich bezahlten Preis zu tun hatte oder, wenn doch, dann irgendwie verschleiert, wie durch ein Verdunkelungsglas: Der wahre Preis betrug dann irgend etwas zwischen dem Zwei- und Dreifachen. Die natürliche Folge war, daß alle Welt von einem »wahren« und einem »gemeldeten« Preis sprach, und nur Dummköpfe oder Ausländer glaubten, sie wären dasselbe.

»Das weiß ich«, sagte Brunetti, »aber selbst wenn sie in Wirklichkeit das Dreifache bezahlt hätten, wäre es immer noch ein Schnäppchen gewesen.«

»Wenn Sie sich einmal ihre anderen ›Erwerbungen‹ ansehen«,

sagte Signorina Elettra mit einer gewissen Bitterkeit auf dem Hauptwort, »werden Sie feststellen, daß sie bei fast allen ihren Geschäften ähnliches Glück hatten.«

Er blätterte zur ersten Seite zurück. Wie es aussah, hatten die Volpatos oft Häuser gefunden, die sehr wenig kosteten. Weitblickend hatte Signorina Elettra neben jede Erwerbung die Quadratmeterzahl gesetzt, und ein rascher Überschlag sagte Brunetti, daß die Volpatos im Schnitt einen gemeldeten Preis von unter einer Million Lire pro Quadratmeter bezahlt hatten. Selbst wenn man die Variablen berücksichtigte, die in der Geldentwertung und der Diskrepanz zwischen gemeldetem und wahrem Preis lagen, kam am Ende immer heraus, daß sie weit weniger als ein Drittel der in der Stadt üblichen Durchschnittspreise für Immobilien bezahlt hatten.

Brunetti sah auf. »Gehe ich recht in der Annahme, daß auf den weiteren Seiten im wesentlichen dasselbe steht?«

Sie nickte.

»Wie viele Objekte sind es?«

»Über vierzig, und ich habe noch nicht einmal angefangen, weitere Immobilien unter die Lupe zu nehmen, die auf die Namen anderer Volpatos laufen, bei denen es sich um Verwandte handeln könnte.«

»Verstehe«, sagte er und beschäftigte sich wieder mit den Papieren. Auf den letzten Seiten hatte Signorina Elettra den neuesten Kontostand ihrer jeweils einzelnen sowie mehrerer Gemeinschaftskonten aufgelistet. »Wie machen Sie das eigentlich ...«, begann er, doch als er ihren plötzlich veränderten Gesichtsausdruck sah, beendete er die Frage mit den Worten: »... immer so schnell?«

»Freunde«, antwortete sie, um fortzufahren: »Soll ich mal sehen, was uns die Telecom über die Telefongespräche der beiden sagen kann?«

Brunetti nickte, überzeugt, daß Signorina Elettra das sowieso schon in die Wege geleitet hatte. Sie lächelte und ging; Brunetti wandte seine Aufmerksamkeit wieder den Listen und Zahlen zu. Sie verschlugen ihm geradezu den Atem. Er versuchte sich zu erinnern, wie die Volpatos auf ihn gewirkt hatten: zwei Leute ohne jegliche Bildung, soziale Stellung oder Geld. Und doch ging aus diesen Papieren hervor, daß sie ungeheuer reich waren. Wenn die Häuser nur zur Hälfte vermietet waren – und man häufte in Venedig nicht Wohnung auf Wohnung an, um sie dann leer stehen zu lassen –, mußten sie es auf Mieteinnahmen von zwanzig bis dreißig Millionen Lire im Monat bringen, so viel, wie manch einer im Jahr verdiente. Viel von diesem Geld war sicher auf vier verschiedenen Banken deponiert, noch mehr in Staatsanleihen investiert. Brunetti verstand wenig vom Funktionieren der Mailänder Börse, aber er kannte die Namen der besten Aktien, und darin hatten die Volpatos Hunderte von Millionen Lire investiert.

Diese so ärmlich aussehenden Leute: Er rief sie sich wieder vor Augen, erinnerte sich des verschlissenen Griffs an der Plastikhandtasche der Frau, die Flicken am linken Schuh des Mannes, die zeigten, wie oft er schon repariert worden war. War es eine Tarnung, die sie vor den neidischen Blicken der Leute in der Stadt schützen sollte, oder war es eine außer Kontrolle geratene Form von Geiz? Und wie paßte der zerschundene Leichnam Franco Rossis ins Bild, den man mit tödlichen Verletzungen vor einem Haus gefunden hatte, das den Volpatos gehörte?

19

Brunetti verbrachte die nächste Stunde damit, sich Gedanken über das Laster der Habgier zu machen, für das die Venezianer schon immer eine natürliche Veranlagung hatten. La Serenissima war von vornherein ein Wirtschaftsunternehmen gewesen, und der Erwerb von Reichtümern gehörte zu den höchsten Zielen, nach denen zu streben ein Venezianer angehalten wurde. Im Gegensatz zu jenen verschwendungssüchtigen Südländern, Römern und Florentinern, die Geld verdienten, um es hinauszuwerfen, und sich daran ergötzten, goldene Becher und Teller in ihre Flüsse zu werfen, um ihren Reichtum öffentlich zur Schau zu stellen, hatten die Venezianer frühzeitig gelernt, zu erwerben und zu behalten, zu bewahren, zu mehren, zu horten; außerdem hatten sie gelernt, ihren Wohlstand geheimzuhalten. Nun sprachen die grandiosen Palazzi am Canal Grande sicher nicht von geheimgehaltenem Reichtum, ganz im Gegenteil. Aber das waren die Mocenigos, die Barbaros, Familien, die von den Göttern des Geldes so reich gesegnet waren, daß jeder Versuch, ihren Reichtum zu verstecken, vergebens gewesen wäre. Ihr Ruhm bewahrte sie vor der Krankheit der Geldgier.

Deren Symptome zeigten sich viel offener in den unbedeutenderen Familien, den dicken Kaufleuten, die ihre bescheideneren Palazzi an den kleineren Kanälen bauten, gleich über ihren Warenlagern, so daß sie wie nistende Vögel in engem Kontakt mit ihrem Reichtum leben konnten. Da wärmten sie sich im Widerschein der aus dem Osten mitgebrachten Gewürze und Tücher, wärmten sich heimlich, ohne ihre Nachbarn auch nur ahnen zu lassen, was hinter ihren vergitterten Wassertoren lagerte.

Im Lauf der Jahrhunderte war dieser Hang zum Anhäufen nach unten durchgesickert und hatte feste Wurzeln in der allgemeinen Bevölkerung geschlagen. Er hatte viele Namen – Sparsamkeit, Ökonomie, Haushalten –, Brunetti selbst war dazu erzogen worden, sie alle hochzuhalten. In ihrer übertriebenen Form jedoch waren sie nichts weiter als unbarmherzige, mitleidlose Habgier, eine Krankheit, die nicht nur den Menschen vernichtete, der an ihr litt, sondern auch alle, die mit dem Infizierten in Kontakt kamen.

Brunetti erinnerte sich, wie er als junger Kriminalbeamter einmal als Zeuge hinzugezogen worden war, als das Haus einer alten Frau aufgebrochen werden mußte, die eines Winters im Krankenhaus an Unterernährung und auf ständige Unterkühlung zurückzuführende Entkräftung gestorben war. Zu dritt waren sie zu der in ihrem Ausweis genannten Adresse gegangen, hatten die Schlösser an der Haustür aufgebrochen und waren hineingegangen. Sie hatten eine Wohnung von über zweihundert Quadratmetern betreten, die völlig verdreckt war und nach Katzen stank, die Zimmer vollgestopft mit Kartons und Zeitungsbündeln, auf denen Plastiktüten voller Lumpen und ausrangierter Kleidung lagen. In einem Zimmer befand sich nichts weiter als säckeweise Flaschen aller Art: Weinflaschen, Milchflaschen, Medizinfläschchen. In einem weiteren stand ein florentinischer Schrank aus dem fünfzehnten Jahrhundert, der später auf hundertzwanzig Millionen Lire geschätzt wurde.

Trotz Februar war das Haus ungeheizt; aber nicht daß die Heizung nur nicht an gewesen wäre, nein, es existierte gar keine. Zwei von ihnen bekamen den Auftrag, nach Unterlagen zu suchen, die helfen könnten, die Angehörigen der alten Frau ausfindig zu machen. Als Brunetti in ihrem Schlafzimmer eine Schublade öffnete, fand er darin ein Bündel Fünfzigtausendlirescheine, zusammengebunden mit einer schmutzigen Schnur, während sein Kollege im Wohnzimmer einen Stapel Postsparbücher fand, jedes mit mehr als fünfzig Millionen Lire.

Daraufhin hatten sie das Haus verlassen und versiegelt und alles übrige der Guardia di Finanza überlassen. Später hatte Brunetti erfahren, daß die alte Frau, die ohne Angehörige oder Testament gestorben war, über vier Milliarden Lire hinterlassen hatte, und zwar dem italienischen Staat, denn es gab ja keine lebenden Verwandten.

Brunettis bester Freund hatte oft gesagt, er wünsche sich, daß der Tod ihn genau in dem Augenblick hole, in dem er seine letzten Lire auf den Tresen einer Bar legte und sagte: »Prosecco für alle.« Es war fast genau so gekommen, und das Schicksal hatte ihm vierzig Jahre weniger zugestanden als jener alten Frau, aber Brunetti wußte, daß sein Leben das bessere gewesen war, und sein Tod auch.

Er riß sich von diesen Erinnerungen los und nahm den derzeit gültigen Dienstplan aus der Schublade, um erleichtert festzustellen, daß Vianello diese Woche Nachtdienst hatte. Der Sergente war zu Hause und mit dem Streichen der Küche beschäftigt, so daß er sich nur zu gern bitten ließ, sich am nächsten Morgen um elf mit Brunetti vor dem Ufficio Catasto zu treffen.

Brunetti hatte, wie fast alle Bürger des Landes, keine Freunde bei der Guardia di Finanza und wollte dort auch keine haben. Allerdings brauchte er Zugang zu den Informationen, die sie möglicherweise über die Volpatos hatte, denn nur die Finanza, die es sich angelegen sein ließ, in den Steuergeheimnissen der Bürger zu wühlen, würde eine halbwegs klare Vorstellung davon haben, wieviel von dem enormen Reichtum der Volpatos angegeben und somit versteuert worden war. Statt sich aber groß damit auseinanderzusetzen, auf welchem korrekten Dienstweg solche Informationen anzufordern waren, rief er Signorina Elettra an und fragte, ob sie in die Datenbanken der Steuerfahndung hineinkomme.

»Ah, die Guardia di Finanza«, säuselte sie, ohne im mindesten das Entzücken zu verbergen, das ihr diese Bitte bereitete. »Ich wünsche mir schon so lange, daß mich dazu einmal jemand auffordert.«

»Sie würden es also nicht von sich aus tun, Signorina?« fragte Brunetti.

»Aber nein, Commissario«, antwortete sie, erstaunt über seine Frage. »Das wäre doch – also, man könnte sagen, es wäre Wilderei, nicht wahr?«

»Und was ist es, wenn ich Sie dazu auffordere?«

»Großwildjagd, Commissario«, schmachtete sie und war schon aus der Leitung.

Er rief bei der Spurensicherung an und fragte, wann er denn wohl den Bericht über das Haus bekomme, vor dem man Rossi gefunden hatte. Nachdem er ein paar Minuten hingehalten worden war, erfuhr er, man sei zwar hingegangen, doch als man gesehen habe, daß die Handwerker wieder im Haus zugange waren, sei man zu dem Schluß gekommen, daß nichts Brauchbares mehr zu finden sein würde, woraufhin man unverrichteter Dinge zur Questura zurückgekehrt sei.

Brunetti wollte das schon unter dem allgegenwärtigen Mangel an Engagement und Eigeninitiative buchen, als ihm zu fragen einfiel: »Wie viele Arbeiter waren denn da?«

Wieder hieß es, er solle dranbleiben, und kurz darauf meldete sich einer von dem Spurensicherungstrupp selbst. »Ja, Commissario?«

»Als Sie zu diesem Haus gingen, wie viele Leute waren da bei der Arbeit?«

»Gesehen habe ich zwei, Commissario, oben im dritten Stock.«

»Und auf dem Gerüst?«

»Da habe ich niemanden gesehen.«

»Also nur die beiden?«

»Ja, Commissario.«

»Wo waren die?«

»Am Fenster, Commissario.«

»Und wo waren sie, als Sie hinkamen?«

Der Mann mußte kurz nachdenken, dann antwortete er: »Sie

sind ans Fenster gekommen, als wir unten an die Tür gehämmert haben.«

»Berichten Sie mir bitte genau, wie das abgelaufen ist«, sagte Brunetti.

»Die Tür war zu, also haben wir geklopft, und einer von ihnen hat aus dem Fenster geschaut und gefragt, was wir wollen. Pedone hat ihm gesagt, wer wir sind und was wir suchen, worauf er meinte, sie wären schon zwei Tage im Haus und schleppten Sachen herum, es sei also viel Staub und Schmutz da und nichts mehr so wie vor ein paar Tagen. In dem Moment kam der andere und stellte sich neben ihn. Gesagt hat er nichts, aber er war ganz voll Staub, woran man sah, daß die dort wirklich arbeiteten.«

Es war lange still. Endlich fragte Brunetti: »Und?«

»Pedone hat dann nach den Fenstern gefragt, das heißt nach den Stellen vor den Fenstern, denn da hätten wir ja suchen müssen, nicht wahr, Commissario?«

»Ja«, bestätigte Brunetti.

»Der Mann hat gesagt, sie hätten den ganzen Tag Zementsäcke durch die Fenster gewuchtet, worauf Pedone eben meinte, daß wir dort nur unsere Zeit verschwenden würden.«

Brunetti ließ wieder eine Weile mit Schweigen verstreichen, dann fragte er: »Wie waren die Männer angezogen?«

»Was meinen Sie, Commissario?«

»Wie sie angezogen waren. Wie Arbeiter?«

»Ich weiß nicht, Commissario. Sie waren da oben im dritten Stock am Fenster, und wir haben von unten hochgeguckt, konnten also nur die Köpfe und die Schultern sehen.« Er überlegte kurz und fügte dann hinzu: »Der eine, der mit uns gesprochen hat, der könnte ein Jackett angehabt haben.«

»Wieso dachten Sie dann, er sei ein Bauarbeiter?«

»Weil er es gesagt hat, Commissario. Und wozu hätte er sonst auch in dem Haus sein sollen?«

Brunetti konnte sich ganz gut vorstellen, wozu die Männer

im Haus gewesen waren, aber es hätte nichts genützt, das jetzt zu sagen. Er wollte dem Mann schon befehlen, seinen Partner zu holen und auf der Stelle eine ordnungsgemäße Spurensicherung vorzunehmen, nahm dann aber doch davon Abstand. Stattdessen dankte er dem Mann für seine Auskunft und legte auf.

Vor zehn Jahren hätte ein solches Gespräch Brunetti in flammende Wut versetzt, jetzt aber bestätigte es lediglich das traurige Bild, das er von seinen Kollegen hatte. In seinen schwärzesten Momenten fragte er sich, ob nicht die meisten von ihnen im Sold der Mafia standen, aber er wußte, daß dieser Vorfall nichts weiter war als ein erneutes Beispiel für die verbreitete Inkompetenz und Interesselosigkeit. Oder vielleicht manifestierte sich darin, was er selbst zunehmend empfand: ein Gefühl, daß alle Versuche, Verbrechen einzuschränken, zu verhindern und zu bestrafen, zum Scheitern verurteilt waren.

Statt noch länger in seinem privaten Dünkirchen zu verweilen, schloß er die Unterlagen über die Volpatos in seinen Schreibtisch und verließ das Zimmer. Der Tag suchte ihn mit den Tücken seiner Schönheit zu verführen: Die Vögel sangen, die Wisterien sandten einen besonders süßen Duft über den Kanal zu ihm herüber, und eine streunende Katze kam und wand sich um seine Beine. Brunetti bückte sich und kraulte sie hinter den Ohren, während er überlegte, was er tun sollte.

Draußen an der Riva bestieg er das Vaporetto in Richtung Bahnhof, verließ es bei San Basilio wieder und lief in Richtung Campo dell'Angelo Raffaele und der schmalen *calle*, in der Rossi gelegen hatte. Als er um die Ecke bog, sah er weiter vorn das Haus, aber keinerlei Anzeichen irgendwelcher Geschäftigkeit. Keine Arbeiter stiegen auf dem Gerüst herum, und die Fensterläden waren zu. Er trat näher und besah sich die Haustür genauer. Das Vorhängeschloß hielt immer noch die Eisenkette, aber die Schrauben, mit denen der eiserne Flansch am Türrahmen befestigt war, saßen ganz locker und ließen sich leicht herausziehen. Als er das tat, ging die Tür fast von selbst auf.

Er betrat das Haus. Neugierig drehte er sich um und wollte sehen, ob es funktionierte – ja, tatsächlich, er konnte die Schrauben, die den Flansch hielten, wieder in die Löcher stecken; die Kette war so lang, daß die Tür eine Handbreit offenblieb, während er das tat. Als er fertig war, zog er die Tür zu. Jetzt war er also drinnen, und von außen wirkte das Haus sicher verschlossen.

Er drehte sich um und sah sich auf einem Gang, an dessen Ende eine Treppe war. Auf diese lief er nun rasch zu. Es war eine Steintreppe, die unter seinen Schritten kein Geräusch machte, während er bis in den dritten Stock hinaufstieg.

Dort blieb er kurz stehen, um sich zu orientieren, nachdem er auf der Treppe so oft die Richtung gewechselt hatte. Von links drang Licht herein, woraus er schloß, daß dort die Vorderseite war. Dahin wandte er sich.

Von oben hörte er ein Geräusch, ganz leise nur, aber doch ein Geräusch. Er blieb wie angewurzelt stehen und überlegte, wo er denn nur diesmal seine Pistole gelassen hatte: in der Stahlkassette zu Hause, seinem Spind auf dem Schießstand, in dem Jackett, das in seinem Dienstzimmer im Schrank hing? Sinnlos, darüber nachzugrübeln, wo sie war, wenn auf der anderen Seite feststand, wo sie nicht war.

Er wartete ab, wobei er nur durch den Mund atmete, und hatte das deutliche Gefühl, daß irgend etwas über ihm war. Mit einem großen Schritt stieg er über eine leere Plastikflasche hinweg, huschte zu einer Türöffnung rechts von ihm und drückte sich hinein. Er sah auf die Uhr: zwanzig nach sechs. Bald würde es draußen dunkel werden; drinnen war es schon dunkel, abgesehen von dem bißchen Licht, das von der Vorderseite des Hauses zu ihm drang.

Er wartete. Brunetti war gut im Warten. Als er wieder auf die Uhr schaute, war es fünf nach halb sieben. Wieder dieses Geräusch von oben, etwas näher jetzt, und deutlicher. Lange wieder nichts. Dann kam das leise Geräusch die Treppe herunter, auf ihn zu, diesmal unverkennbar Schritte auf der Holztreppe vom Dachboden.

Er wartete. Das bißchen Licht, das hereindrang, bildete im Treppenhaus so etwas wie einen Nebeldunst, in dem Brunetti nur ein Nichtvorhandensein wahrnahm. Er wandte den Blick weiter nach links, und da erkannte er den grauen Schemen einer die Treppe herunterkommenden Gestalt. Er schloß die Augen und atmete noch langsamer. Beim nächsten Laut, der von dem Treppenabsatz unmittelbar vor ihm zu kommen schien, öffnete er die Augen, erblickte die undeutlichen Umrisse eines Menschen, trat plötzlich vor und rief, so laut er konnte: »Halt, Polizei!«

Ein Schrei ertönte, ein tierischer Angstschrei, und das, was ihn von sich gegeben hatte, fiel Brunetti vor die Füße, wobei es weiterhin diesen hohen, durchdringenden Ton aussandte, bei dem sich Brunettis Nackenhaare aufstellten.

Er taumelte zur Vorderseite des Hauses hinüber, riß ein Fenster auf und stieß die hölzernen Läden nach außen, um das schwindende Tageslicht hereinzulassen. Vorübergehend geblendet drehte er sich um und ging zurück zu der Türöffnung, von wo noch immer dieser Ton kam, inzwischen etwas leiser und weniger angstvoll, dafür erkennbar menschlich.

In dem Moment, als Brunetti den jungen Mann sah, der da zusammengekrümmt auf dem Boden lag, den Kopf zwischen die Schultern gezogen und die Arme um den dünnen Leib geschlungen, um ihn vor den erwarteten Tritten oder Schlägen zu schützen, erkannte er ihn auch. Es war einer dieser drei Drogensüchtigen, alle Anfang Zwanzig, die seit Jahren am oder unweit vom Campo San Bortolo herumlungerten, von Bar zu Bar zogen und immer mehr den Kontakt zur Wirklichkeit verloren, während Tag zur Nacht wurde und Jahr um Jahr verging. Es war Gino Zecchino, der größte von den dreien, regelmäßig verhaftet wegen Dealerei, oft wegen Tätlichkeiten oder Bedrohung von Passanten. Brunetti hatte ihn seit fast einem Jahr nicht mehr gesehen und war entsetzt über seinen körperlichen Verfall. Sein dunkles Haar war lang und fettig, wahrscheinlich eklig anzufassen, seine Schneidezähne waren längst ausgefallen. Über und unter dem Kieferknochen waren tiefe Höhlungen, und er sah aus, als hätte er seit Tagen nichts gegessen. Da er aus Treviso stammte, hatte er keine Angehörigen in der Stadt und hauste mit zwei Freunden in einer Wohnung hinter dem Campo San Polo, die der Polizei seit langem bekannt war.

»Jetzt hast du's also getan, Gino!« schrie Brunetti ihn an. »Steh auf, hoch mit dir!«

Zecchino hörte seinen Namen, erkannte aber die Stimme nicht. Er hörte auf zu winseln und wandte dem Sprecher das Gesicht zu. Aber er rührte sich nicht.

»Ich sagte, steh auf!« schrie Brunetti, jetzt auf Veneziano und mit soviel Wut in der Stimme, wie er nur konnte. Er blickte auf Zecchino hinunter; selbst in diesem Halbdunkel sah man den Schorf auf beiden Handrücken, wo er seine Venen zu finden versucht hatte. »Steh auf, bevor ich dir einen Tritt in den Hintern gebe, daß du die Treppe runterfliegst.« Brunetti benutzte Ausdrücke, die er sein Leben lang in Bars und Arrestzellen gehört hatte, nur damit das Adrenalin der Angst weiter durch Zecchinos Adern strömte.

Der junge Mann wälzte sich auf den Rücken, die Arme immer noch schützend um den Körper geschlungen, und drehte den Kopf der Stimme zu, ohne die Augen zu öffnen.

»Sieh mich an, wenn ich mit dir rede«, befahl Brunetti.

Zecchino drückte sich nach hinten an die Wand und sah durch halbgeschlossene Augen zu Brunetti auf, der im Schatten hoch über ihm aufragte. Mit einer einzigen fließenden Bewegung bückte Brunetti sich zu dem Jungen hinunter, packte ihn mit beiden Händen am Jackett und zog ihn hoch, was zu seiner Überraschung ganz leicht ging.

Als Zecchino dicht genug an Brunettis Gesicht war, um ihn zu erkennen, riß er entsetzt die Augen weit auf und begann zu winseln: »Ich hab nichts gesehen. Ich hab nichts gesehen. Ich hab nichts gesehen.«

Brunetti riß den Jungen grob zu sich heran und schrie ihm dabei ins Gesicht: »Was ist passiert? Los, was ist passiert?«

Jetzt sprudelte es aus Zecchino heraus, emporgepreßt von seiner Angst: »Ich hab Stimmen von unten gehört. Die haben gestritten. Sie waren im Haus. Dann waren sie mal kurz still, dann fingen sie wieder an, aber gesehen hab ich keinen. Ich war da oben«, sagte er, und dabei zeigte er auf die Treppe zum Dachboden.

»Was ist passiert?«

»Weiß ich nicht. Ich hab sie hier raufkommen und rumbrüllen gehört. Aber dann hat mir meine Freundin Stoff gegeben, und ich weiß nicht, was danach noch passiert ist.« Er sah zu Brunetti auf, um zu ergründen, wieviel ihm dieser davon abnahm.

»Ich will mehr hören, Zecchino«, sagte Brunetti. Sein Gesicht war so nah vor dem des jungen Mannes, daß er den fauligen Atem roch, der von schlechten Zähnen und jahrelanger schlechter Ernährung kam. »Ich will wissen, wer sie waren.«

Zecchino machte schon den Mund auf, doch dann besann er sich und blickte zu Boden. Als er endlich wieder zu Brunetti aufsah, stand die Angst nicht mehr in seinen Augen, die einen völlig anderen Ausdruck bekommen hatten. Etwas Verschlagenes war in seinen Blick getreten.

»Er war draußen, als ich wegging«, sagte er endlich. »Auf dem Boden.«

»Hat er sich bewegt?«

»Ja, er hat sich mit den Füßen weitergeschoben. Aber er hatte keine ...«, begann Zecchino, doch die neue Verschlagenheit ließ ihn wieder innehalten.

Er hatte genug gesagt. »Was hatte er nicht?« wollte Brunetti wissen. Als Zecchino nicht antwortete, schüttelte er ihn erneut, worauf der Junge ein kurzes, abgehacktes Schluchzen von sich gab. Seine Nase begann zu laufen, und es tropfte auf Brunettis

Jackenärmel. Schnell ließ er Zecchino los, der rückwärts gegen die Wand taumelte.

»Mit wem warst du hier?« fragte Brunetti.

»Mit meiner Freundin.«

»Was wolltet ihr hier?«

»Bumsen«, sagte Zecchino. »Dafür kommen wir immer hierher.«

Die Vorstellung war Brunetti widerwärtig.

»Wer waren die Leute?« fragte Brunetti und machte erneut einen halben Schritt auf ihn zu.

Der Überlebenstrieb hatte über Zecchinos Panik gesiegt, und Brunettis Vorteil war dahin, so schnell verflogen wie ein von Drogen erzeugtes Trugbild. Da stand er nun vor diesem menschlichen Wrack, das kaum älter war als sein Sohn, und wußte, daß jede Chance, aus Zecchino die Wahrheit herauszubekommen, zunichte war. Brunetti fand es langsam immer unerträglicher, mit Zecchino in einem Raum zu sein und dieselbe Luft atmen zu müssen wie er, aber er zwang sich, noch einmal ans Fenster zu gehen. Unten sah er das Straßenpflaster, auf das man Rossi geworfen und von wo er sich noch fortzuschleppen versucht hatte. Ein Bereich von mindestens zwei Metern um das Fenster herum war blankgefegt. Weder oben noch unten lagen Zementsäcke herum. Sie waren, wie die angeblichen Arbeiter, die man an diesem Fenster gesehen hatte, verschwunden und hatten keinerlei Spuren hinterlassen.

20

Brunetti verließ Zecchino vor dem Haus und machte sich auf den Heimweg, aber er fand keinen Trost in dem milden Frühlingsabend, auch nicht in dem langen Spaziergang am Wasser entlang, den er sich gönnte. Es war ein großer Umweg, den er da machte, aber er wollte die weiten Ausblicke, den Geruch des Wassers und das labende Gläschen Wein in einer kleinen Bar unweit der Accademia, um die Erinnerung an Zecchino loszuwerden, besonders an die verschlagene Art, die er gegen Ende ihres Gesprächs an den Tag gelegt hatte. Er dachte an Paola, die gesagt hatte, wie froh sie sei, daß sie an Drogen nie etwas gefunden hatte, weil sonst alles mögliche hätte passieren können; er selbst besaß nicht ihre Aufgeschlossenheit und hatte Drogen nie probiert, auch als Student nicht, als alle um ihn herum dieses oder jenes rauchten und ihm versicherten, nur so könne er seinen Geist von den beengenden Vorurteilen des Bürgertums befreien. Sie hatten sich nicht vorstellen können, wie sehr er damals nach bürgerlichen Vorurteilen strebte, nach allem Bürgerlichen überhaupt.

Zecchino drängte sich immer wieder in sein Bewußtsein und machte ihm jeden klaren Gedankengang unmöglich. Am Fuß der Accademia-Brücke zögerte er kurz, entschied sich dann aber für einen großen Bogen, der ihn über den Campo San Luca führen würde. Er ging die Brücke hinauf, den Blick zu Boden. Dabei fiel ihm auf, wie viele der weißen Blenden an den Vorderkanten der Stufen schon abgerissen waren. Wann hatten sie diese Brükke erneuert? Vor drei Jahren? Zwei? Und schon waren so viele Stufen wieder reparaturbedürftig. Wieder wandten sich seine Gedanken von der Frage ab, auf welche Weise dieser Bauauftrag wohl zustande gekommen war, und dem zu, was Zecchino gesagt hatte, bevor er zu lügen anfing. Ein Streit. Rossi versucht verletzt zu entkommen. Und ein Mädchen, das bereitwillig mit Zecchino auf diesen Dachboden stieg, um sich ihm und den Drogen hinzugeben.

Als er den Riesenschandfleck der Cassa di Risparmio vor sich sah, bog er nach links ab und kam an der Buchhandlung vorbei auf den Campo San Luca. Dort ging er in die Bar Torino, bestellte sich einen Gespritzten und trug das Glas ans Fenster, um von da aus die Leute zu beobachten.

Von Signora Volpato oder ihrem Mann war nichts zu sehen. Er leerte sein Glas, stellte es auf den Tresen und gab dem Barmann ein paar Scheine.

»Ich sehe Signora Volpato nicht«, meinte er beiläufig und deutete mit einer Kopfbewegung zum Campo hinaus.

Der Barmann gab ihm den Kassenzettel nebst Wechselgeld und antwortete: »Nein, die sind normalerweise vormittags hier. Ab zehn.«

»Ich habe nämlich etwas mit ihr zu besprechen«, sagte Brunetti in gewollt nervösem Ton und lächelte den Barmann unsicher an, als suchte er bei ihm Verständnis für eine menschliche Notlage.

»Tut mir leid«, sagte der Barmann und wandte sich einem anderen Gast zu.

Draußen bog Brunetti zweimal nach links ab und ging in die Apotheke, die um diese Zeit zumachte.

»*Ciao,* Guido«, sagte Danilo, der Apotheker, der sein Freund war, und schloß die Tür hinter ihnen ab. »Wenn du mich hier noch schnell fertig machen läßt, können wir zusammen einen trinken gehen.« Schnell und mit der Lässigkeit langer Übung leerte der bärtige Mann die Kasse, zählte das Geld und brachte es in ein Zimmer hinter der Apotheke, wo Brunetti ihn umhergehen hörte. Kurz darauf kam er, schon in seiner Lederjacke, wieder heraus.

Brunetti spürte die Neugier im Blick der sanften braunen Augen, sah den Beginn eines Lächelns. »Du siehst aus, als brauchtest du mal wieder Informationen«, sagte Danilo.

»Lasse ich mir das so anmerken?«

Danilo zuckte die Achseln. »Manchmal kommst du her und brauchst ein Medikament, dann machst du ein besorgtes Gesicht; manchmal kommst du, um ein Schlückchen zu trinken, dann wirkst du entspannt; aber wenn du Informationen brauchst, siehst du so aus«, sagte er, wobei er die Stirn in tiefe Falten legte und Brunetti anstierte wie einer, dem der Verstand abhanden gekommen ist.

»Va là«, sagte Brunetti und mußte trotzdem grinsen.

»Um was geht es denn«, fragte Danilo. »Oder besser, um wen?«

Brunetti begab sich nicht zur Tür, weil er fand, daß sie dieses Gespräch doch besser in der geschlossenen Apotheke führen sollten als in einer der drei Bars am Campo. »Angelina und Massimo Volpato«, sagte er.

»Madre di Dio«, rief Danilo laut. »Nimm das Geld lieber von mir. Komm mit«, sagte er, wobei er Brunetti am Arm packte und ihn in Richtung Hinterzimmer zog. »Ich öffne den Safe und erzähle hinterher, der Dieb hätte eine Skimaske über dem Kopf gehabt, das verspreche ich dir.« Brunetti hielt das für einen Scherz, bis Danilo fortfuhr: »Du denkst doch nicht ernsthaft daran, zu denen zu gehen, Guido, nein? Wirklich, ich habe Geld auf der Bank, das kannst du haben, und Mauro gibt dir bestimmt auch noch was«, bezog er seinen Chef gleich mit in die Hilfsaktion ein.

»Nein, nein, Danilo, so ist das nicht«, sagte Brunetti und legte seinem Freund beruhigend die Hand auf den Arm. »Ich muß nur etwas über diese Leute wissen.«

»Willst du damit sagen, sie haben endlich einen Fehler gemacht, und jemand hat sie angezeigt?« rief Danilo mit dem Ansatz eines Lächelns. »Oh, welche Freude!«

»So gut kennst du sie?« fragte Brunetti.

»Seit Jahren«, zischte Danilo voll Abscheu zwischen den Zähnen hervor. »Vor allem die Frau. Einmal die Woche kommt sie mit ihren Heiligenbildchen und einem Rosenkranz zwischen den Fingern hier herein.« Er machte einen Buckel und faltete die Hände unterm Kinn. Dann neigte er den Kopf zur Seite und sah zu Brunetti auf, wobei er eine Schnute machte und grinste. Schon wechselte er von seinem Trientiner Dialekt in reines *Veneziano* und begann mit hoher Quäkstimme: »Oh, Dottor Danilo, Sie wissen ja nicht, wieviel Gutes ich den Menschen in dieser Stadt schon getan habe. Sie wissen nicht, wie viele Leute mir dafür dankbar sind und wie sie für mich beten sollten. Nein, Sie haben keine Ahnung.«

Brunetti hatte Signora Volpato zwar noch nie sprechen hören, aber in Danilos Parodie steckten sämtliche Heuchler, die er je gekannt hatte, auf einmal. Plötzlich richtete Danilo sich wieder auf, und die alte Frau, die er gewesen war, verschwand.

»Wie macht sie es?« fragte Brunetti.

»Die Leute kennen sie. Und ihn. Sie sind immer auf dem Campo, jedenfalls einer von ihnen, jeden Vormittag, und die Leute wissen, wo sie zu finden sind.«

»Woher wissen sie das?«

»Woher wissen Leute überhaupt etwas?« antwortete Danilo mit einer Gegenfrage. »Derlei Dinge sprechen sich herum. Das sind Leute, die nicht das Geld haben, um ihre Steuern zu bezahlen, oder die gespielt haben oder die bis zum Monatsende ihre laufenden Geschäftskosten nicht aufbringen können. Sie verpflichten sich mit ihrer Unterschrift, innerhalb eines Monats alles zurückzuzahlen, wobei die Zinsen immer schon draufgeschlagen sind. Aber es sind eben auch Leute, die sich weiteres Geld leihen müssen, um diesen Kredit zurückzuzahlen. Der Spieler gewinnt nicht; der Kaufmann lernt nicht, sein Geschäft besser zu führen.«

»Mir will nicht in den Kopf«, sagte Brunetti nach kurzem Überlegen, »daß so etwas alles legal ist.«

»Wenn der von einem Notar aufgesetzte Vertrag von beiden Parteien unterschrieben ist, gibt es nichts, was legaler wäre.«

»Was sind das für Notare?«

Danilo nannte ihm drei, lauter angesehene Männer, die in der Stadt große Kanzleien unterhielten. Einer von ihnen arbeitete für Brunettis Schwiegervater.

»Alle drei?« fragte Brunetti, ohne sein Erstaunen verhehlen zu können.

»Glaubst du, die Volpatos geben an, was sie den Notaren bezahlen? Glaubst du, die Notare versteuern, was sie von den Volpatos bekommen?«

Es überraschte Brunetti nicht im mindesten, daß Notare so tief sanken und sich für derart schmutzige Geschäfte hergaben; überraschend waren für ihn nur die Namen der drei Beteiligten, von denen einer Mitglied im Malteserorden war, ein anderer früher im Stadtrat gesessen hatte.

»Komm, Guido«, ermunterte ihn Danilo, »gehen wir einen trinken, dann kannst du mir erzählen, wozu du das alles wissen willst.« Als er Brunettis Gesicht sah, nahm er das zurück: »Oder du erzählst es mir eben nicht.«

Bei Rosa Salva gegenüber verriet Brunetti ihm lediglich, daß sein Interesse im Moment den Geldverleihern in der Stadt und ihrer zwielichtigen Existenz zwischen Erlaubt und Verboten gelte. Unter Danilos Kunden waren viele alte Frauen, und da die meisten eine Schwäche für ihn hatten, mußte er sich oft ihre endlosen Klatschgeschichten anhören. Liebenswürdig und geduldig, wie er war, hörte Danilo ihnen stets bereitwillig zu und hatte sich so im Lauf der Jahre eine Goldgrube an Klatsch und Gerüchten zugelegt, die sich für Brunetti schon oft als unschätzbarer Informationsquell erwiesen hatte. Jetzt nannte er ihm einige der bekanntesten Geldverleiher, beschrieb sie und zählte die Reichtümer auf, die sie hatten anhäufen können.

Da er spürte, in welcher Stimmung sich Brunetti befand, und seine berufliche Diskretion kannte, gab Danilo einfach den neuesten Klatsch zum besten, denn daß von Brunetti keine weiteren Fragen kommen würden, wußte er. Dann warf er plötzlich einen

Blick auf die Uhr und sagte: »Jetzt muß ich aber gehen, Guido. Um acht Uhr wird bei uns zu Abend gegessen.«

Sie verließen die Bar und gingen, über dieses und jenes plaudernd, noch zusammen bis zur Rialtobrücke. Dort verabschiedeten sie sich und eilten in verschiedene Richtungen nach Hause zum Essen.

Seit Tagen gingen Brunetti lauter unzusammenhängende Informationsbröckchen im Kopf herum, und unablässig schob er sie dahin und dorthin, um zu sehen, ob sie sich vielleicht nicht doch zu einem erkennbaren Muster fügten. Klar war, daß man im Ufficio Catasto darüber Bescheid wußte, wer vorhatte, sein Haus zu restaurieren, oder wer für schon getane illegale Arbeiten eine Strafe bezahlen sollte. Man kannte dort auch die Höhe der Strafen. Darüber hatte man vielleicht sogar mitzuentscheiden gehabt. Man brauchte dann nur noch in Erfahrung zu bringen, wie die betreffenden Hausbesitzer finanziell dastanden – und so etwas herauszufinden war nie besonders schwer; Signorina Elettra war auf diesem Gebiet sicher nicht das einzige Genie in der Stadt –, und wenn dann einer jammerte, er habe nicht das Geld, um die Strafe zu bezahlen, brauchte man ihm nur noch ein Gespräch mit den Volpatos nahezulegen.

Es war höchste Zeit, dem Ufficio Catasto einen Besuch abzustatten.

Als Brunetti am nächsten Morgen kurz nach halb neun in die Questura kam, sagte ihm die Wache am Eingang, vorhin sei eine junge Frau dagewesen und habe ihn sprechen wollen. Nein, sie habe nicht gesagt, was sie wolle, und als man ihr erklärt habe, daß Brunetti noch nicht im Hause sei, habe sie gemeint, dann werde sie einen Kaffee trinken gehen und danach wiederkommen. Brunetti wies den jungen Polizisten an, sie dann in sein Dienstzimmer hinaufzubringen.

Oben angekommen, las er zuerst einmal *Il Gazzettino* und

überlegte gerade, ob er nicht auch einen Kaffee trinken gehen solle, als es klopfte und der Wachposten meldete, die Frau sei zurückgekommen. Damit trat er zur Seite, und herein kam eine Frau, die eigentlich noch ein junges Mädchen war. Brunetti dankte dem Polizisten und schickte ihn auf seinen Posten zurück. Der Mann salutierte, ging hinaus und machte die Tür hinter sich zu. Die junge Frau blieb bei der Tür stehen, als fürchtete sie sich vor den Konsequenzen des Nähertretens.

»Bitte, Signorina, kommen Sie herein, machen Sie es sich bequem«, sagte Brunetti.

Er überließ es ihr, was sie damit anzufangen gedachte. Er selbst ging langsam um den Schreibtisch herum und nahm seinen gewohnten Platz ein.

Sie kam langsam ins Zimmer und setzte sich auf die Stuhlkante, die Hände im Schoß. Brunetti sah sie kurz an, dann senkte er den Kopf und schob ein Blatt Papier von der einen Seite des Schreibtischs auf die andere, um ihr Zeit zu geben, sich doch ein wenig bequemer hinzusetzen.

Als er wieder zu ihr hinsah, schenkte er ihr ein betont einladendes Lächeln. Sie hatte dunkelbraunes, knabenhaft kurz geschnittenes Haar und trug Jeans sowie einen hellblauen Pullover. Ihre Augen waren so dunkel wie ihre Haare, und die Wimpern, die sie umrandeten, waren so dicht, daß er sie auf den ersten Blick für falsch hielt, bis er sah, daß die Frau kein bißchen zurechtgemacht war, worauf er diesen Gedanken verwarf. Sie war hübsch, wie die meisten jungen Mädchen hübsch sind: zierlicher Körperbau, kurze, gerade Nase, glatte Haut und kleiner Mund. Hätte Brunetti sie in einer Bar beim Kaffee gesehen, er hätte kein zweites Mal hingeguckt, aber nun saß sie hier in seinem Zimmer, und er fand, daß er sich glücklich schätzen durfte, in einem Land zu leben, wo es hübsche Mädchen wie Sand am Meer gab und noch viel hübschere durchaus nichts Besonderes waren.

Sie räusperte sich einmal, zweimal und sagte dann: »Ich bin

Marcos Freundin.« Sie hatte eine sehr schöne Stimme, tief und musikalisch und voller Sinnlichkeit, wie man sie viel eher bei einer Frau erwarten würde, die ein langes, freudenvolles Leben hinter sich hatte.

Brunetti wartete, ob sie dazu eine nähere Erklärung abgeben würde. Als aber nichts kam, fragte er: »Und warum sind Sie zu mir gekommen, Signorina?«

»Weil ich Ihnen helfen möchte, die zu finden, die ihn umgebracht haben.«

Brunetti verzog keine Miene. Sie mußte das Mädchen sein, von dem Signor Landi gesagt hatte, sie habe Marco aus Venedig angerufen. »Sind Sie demnach das zweite Häschen?« fragte er freundlich.

Seine Frage erschreckte sie. Sie nahm die zusammengelegten Hände vor die Brust und schürzte automatisch die Lippen zu einem engen Kreis, wodurch sie wirklich große Ähnlichkeit mit einem Hasen bekam.

»Wieso wissen Sie denn davon?« fragte sie.

»Ich habe mir seine Zeichnungen angesehen«, erklärte Brunetti. »Dabei ist mir erstens sein Talent und zweitens seine offensichtliche Vorliebe für kleine Hasen aufgefallen.«

Sie senkte den Kopf, und Brunetti dachte schon, sie hätte zu weinen angefangen. Aber sie weinte nicht; vielmehr hob sie den Kopf wieder und sah ihn an. »Als Kind hatte ich ein zahmes Häschen. Als ich das einmal Marco erzählte, hat er zu mir gesagt, wie er es immer verabscheut hat, wenn sein Vater sie auf seinen Feldern abschoß oder vergiftete.« Sie zögerte einen Moment, bevor sie weitersprach: »Wenn sie frei herumlaufen, sind sie eine Plage, meinte sein Vater.«

»Aha«, sagte Brunetti.

Schweigen trat ein, aber er wartete. Dann sagte sie, als wäre von Hasen nie die Rede gewesen: »Ich weiß, wer sie sind.« Sie knetete ihre Hände im Schoß, daß es weh tun mußte, aber ihre Stimme blieb ruhig, fast verführerisch. Brunetti hatte den Eindruck, daß sie von der Macht dieser Stimme und ihrer Schönheit nichts ahnte.

Er nickte, um sie zum Weiterreden zu ermuntern, und sie fuhr fort: »Das heißt, ich weiß von einem von ihnen den Namen, nämlich von dem, der es Marco verkauft hat. Die Namen der Leute, von denen der es hat, kenne ich nicht, aber ich glaube, er wird sie Ihnen sagen, wenn Sie ihm einen gehörigen Schrecken einjagen.«

»Ich fürchte, es ist nicht unsere Aufgabe, Leuten Schrecken einzujagen«, sagte Brunetti lächelnd und wünschte sich, es wäre wahr.

»Ich meine, ihm einen Schrecken einjagen, damit er kommt und Ihnen sagt, was er weiß. Das tut er bestimmt, wenn er annehmen muß, daß Sie wissen, wer er ist, und ihm schon auf der Spur sind.«

»Wenn Sie mir den Namen sagen, Signorina, können wir ihn herholen und befragen.«

»Aber ist es nicht besser, wenn er von sich aus kommt und Ihnen aus freien Stücken erzählt, was er weiß?«

»Doch, das schon ...«

Sie unterbrach ihn: »Wissen Sie, ich habe nämlich keine Beweise. Es ist nicht so, daß ich beschwören kann, ich hätte gesehen, wie er Marco den Stoff verkauft hat, oder daß Marco es mir gesagt hat.« Sie rutschte unruhig auf dem Stuhl hin und her, bevor sie die Hände wieder im Schoß faltete. »Aber ich weiß, daß er herkommen wird, wenn er keinen anderen Ausweg mehr sieht, und dann wird es doch nicht mehr so schlimm für ihn, oder?«

Brunetti verstand sofort, daß solche Fürsorglichkeit nur einem Angehörigen gelten konnte. »Ich glaube, Sie haben mir noch gar nicht gesagt, wie Sie heißen, Signorina.«

»Das möchte ich Ihnen auch nicht sagen«, antwortete sie, und es war nicht mehr der ganze Wohllaut in ihrer Stimme.

Brunetti spreizte die Finger weit von sich, um zu zeigen, wie tolerant er war. »Das ist Ihr gutes Recht, Signorina. In diesem

Fall kann ich Ihnen nur raten, dem Betreffenden zu sagen, er soll sich bei uns melden.«

»Er hört doch nicht auf mich. Das hat er noch nie getan«, erklärte sie in unnachsichtigem Ton.

Brunetti überlegte, welche Möglichkeiten er hatte. Er betrachtete seinen Ehering und sah, daß er dünner geworden war gegenüber dem letzten Mal, als er ihn betrachtet hatte, von den Jahren abgenutzt. Er blickte wieder auf. »Liest er Zeitung?«

»Ja«, antwortete sie überrascht.

»Il Gazzettino?«

»Ja.«

»Können Sie dafür sorgen, daß er ihn morgen liest?«

Sie nickte.

»Gut. Ich hoffe, es wird genügen, um ihn zum Reden zu bringen. Werden Sie ihm zuraten herzukommen?«

Sie senkte den Blick, und wieder glaubte er, sie werde gleich zu weinen anfangen. Statt dessen sagte sie: »Das versuche ich schon, seit Marco tot ist.« Die Stimme versagte ihr, und ihre Hände ballten sich erneut zu Fäusten. Sie schüttelte den Kopf. »Er hat Angst.« Wieder eine lange Pause. »Ich habe keine Möglichkeit, ihn zu zwingen. Meine El ...« Sie brach ab, bevor sie das Wort ganz ausgesprochen hatte, das ihm bestätigte, was er schon wußte. Sie beugte den Oberkörper vor, und er sah, daß sie nun, nachdem die Botschaft überbracht war, nur noch die Flucht ergreifen wollte.

Brunetti erhob sich langsam und kam um seinen Schreibtisch herum. Sie stand auf und wandte sich zur Tür.

Brunetti öffnete ihr. Er bedankte sich, daß sie gekommen war, um mit ihm zu sprechen. Sobald sie die ersten Stufen hinunter war, schloß er die Tür, sprang zum Telefon und wählte die Nummer des Wachpostens am Empfang. Er erkannte die Stimme des jungen Polizisten, der sie zu ihm heraufgebracht hatte.

»Masi, sagen Sie nichts. Bitten Sie die Frau, die jetzt herunterkommt, zu sich herein, und sorgen Sie dafür, daß sie mindestens ein paar Minuten bei Ihnen bleibt. Sie können ihr ja erzählen, daß Sie in Ihrem Wachbuch notieren müssen, wann sie die Questura verlassen hat – irgend etwas, aber Sie müssen sie aufhalten. Danach kann sie gehen.«

Ohne dem anderen Gelegenheit zu einer Antwort zu geben, legte Brunetti auf und lief zu dem großen Schrank an der Wand. Er riß die Tür auf, daß sie gegen die Wand knallte, sah die alte Tweedjacke, die er vor über einem Jahr da hineingehängt hatte, und riß sie hastig vom Bügel. Die Jacke in der einen Hand, sprang er zur Zimmertür, öffnete sie, warf einen Blick ins Treppenhaus und rannte ein Stockwerk tiefer zum Bereitschaftsraum.

Als er schnaufend dort ankam, sah er zu seiner großen Erleichterung Pucetti an seinem Schreibtisch sitzen. »Pucetti«, sagte er, »schnell, stehen Sie auf, und ziehen Sie Ihre Jacke aus.«

Augenblicklich war der junge Polizist auf den Beinen, seine Uniformjacke flog auf den Tisch. Brunetti gab ihm die Tweedjacke und sagte: »Unten am Eingang ist ein junges Mädchen. Masi hält sie ein paar Minuten auf. Wenn sie hinausgeht, möchte ich, daß Sie ihr folgen. Laufen Sie ihr den ganzen Tag nach, wenn es sein muß. Jedenfalls will ich wissen, wohin sie geht, und vor allem, wer sie ist.«

Pucetti war schon auf dem Weg zur Tür. Da die Jacke ihm zu groß war, krempelte er die Ärmel hoch; dann riß er sich die Krawatte herunter und warf sie ungefähr in Richtung Schreibtisch. Als er zur Tür hinausging, ohne Brunetti nach weiteren Erklärungen zu fragen, sah er aus wie ein leger gekleideter junger Mann, der sich heute eben für ein weißes Hemd zur dunkelblauen Hose entschieden hatte und den militärischen Schnitt der Hose damit ausglich, daß er dazu ein übergroßes Jackett aus Harristweed mit pfiffig hochgekrempelten Ärmeln trug.

Brunetti ging wieder in sein Zimmer hinauf, wählte die Nummer des *Gazzettino* und nannte seinen Namen. Dann berichtete er, daß die Polizei, die den Drogentod eines Studenten zu untersuchen habe, den jungen Mann habe identifizieren können, der ihm den Stoff, an dem er gestorben sei, vermutlich besorgt habe. Seine Festnahme stehe unmittelbar bevor, und man habe die Hoffnung, daß sie zur Festnahme weiterer Personen führen werde, die im Veneto mit Drogen handelten. Als er auflegte, hoffte er, es möge genügen, damit der Verwandte des Mädchens, wer er auch war, seinen Mut zusammennahm und in die Questura kam, so daß Marco Landis sinnloser Tod wenigstens ein Gutes bewirkte.

Er und Vianello betraten um elf das Ufficio Catasto. Brunetti nannte der Sekretärin im ersten Stock seinen Namen und Dienstgrad, worauf sie ihm sagte, Ingeniere dal Carlo habe sein Büro im dritten Stock und sie wolle gern oben anrufen und Bescheid sagen, daß Commissario Brunetti zu ihm unterwegs sei. Stumm begaben sich Brunetti und der uniformierte Vianello also in den dritten Stock hinauf. Unterwegs wunderte Brunetti sich über die vielen Leute, fast lauter Männer, die in gegenläufigen Strömen die Treppen hinauf- und hinuntergingen und sich auf allen Stockwerken vor den Türen der jeweils für sie zuständigen Büros drängten, alle mit Bauzeichnungen und dicken Aktenordnern beladen.

Ingeniere dal Carlos Zimmer war das letzte auf der linken Seite. Die Tür stand offen, also gingen sie hinein. Eine kleine Frau, dem Aussehen nach alt genug, um Vianellos Mutter zu sein, saß mit Blick zur Tür an einem Schreibtisch neben einem riesigen Computerbildschirm. Sie musterte die Eintretenden über die dicken Gläser ihrer Lesebrille hinweg von oben bis unten. Ihr stark mit Grau durchzogenes Haar war zu einem strengen Knoten geschlungen, der Brunetti unwillkürlich an Signora Landi denken ließ, und ihre schmalen Schultern hingen nach vorn wie bei beginnender Osteoporose. Sie war nicht geschminkt, als hätte sie jeden Gedanken an eine eventuelle Nützlichkeit solcher Maßnahmen schon lange aufgegeben.

»Commissario Brunetti?« fragte sie, ohne aufzustehen.

»Ja. Ich möchte Ingeniere dal Carlo sprechen.«

»Darf ich mich nach Ihrem Begehr erkundigen?« fragte sie in präzisem Italienisch – allerdings hatte Brunetti diese Redewendung seit Jahrzehnten nicht mehr gehört.

»Ich möchte ihm ein paar Fragen zu einem ehemaligen Mitarbeiter stellen.«

»Ehemalig?«

»Ja. Franco Rossi«, sagte er.

»Ach so, ja«, sagte sie, wobei sie eine Hand zur Stirn hob und ihre Augen abschirmte. Sie ließ die Hand wieder sinken, nahm ihre Brille ab und sah dann zu Brunetti auf. »Der arme junge Mann. Hat Jahre hier gearbeitet. Es war schrecklich. So etwas ist bei uns noch nie passiert.« An der Wand über ihrem Schreibtisch hing ein Kruzifix, zu dem sie nun den Blick hob, während ihre Lippen sich in einem stummen Gebet für den toten jungen Mann bewegten.

»Kannten Sie Signor Rossi?« erkundigte sich Brunetti und endete, als hätte er ihren Namen nicht mitbekommen, mit einem fragenden: »Signora …?«

»Dolfin, Signorina«, antwortete sie knapp und legte eine Kunstpause ein, fast als wollte sie sehen, wie er auf den Namen reagierte. Dann fuhr sie fort: »Sein Zimmer war gleich hier gegenüber. Er war so ein höflicher junger Mann, immer sehr respektvoll gegenüber Dottor dal Carlo.« Es klang, als gäbe es in Signorina Dolfins Augen kein höheres Lob.

»Aha«, machte Brunetti, der es müde war, immer dieselben Lobhudeleien zu hören, die durch den Tod eines Menschen offenbar unumgänglich wurden. »Könnte ich jetzt den Ingeniere sprechen?«

»Natürlich«, sagte sie im Aufstehen. »Sie müssen entschuldigen, daß ich soviel rede. Angesichts eines so tragischen Todes weiß man einfach nicht, wie man sich verhalten soll.«

Brunetti nickte; es war nach seiner Erfahrung die beste Methode, einem Klischee zu begegnen.

Sie ging ihnen die paar Schritte von ihrem Schreibtisch zur Zimmertür ihres Chefs voraus. Dort hob sie die Hand, klopfte zweimal, wartete kurz und klopfte dann leise noch ein drittes Mal, als hätte sie im Lauf der Jahre einen Code entwickelt, der dem Mann hinter der Tür sagte, welche Art von Besuch er zu erwarten hatte. Als die Stimme des Mannes hinter der Tür *avanti* rief, sah Brunetti ein unverkennbares Glimmen in ihren Augen und konnte beobachten, wie ihre Mundwinkel sich aufwärts bogen.

Sie öffnete die Tür, ging hinein und machte sofort einen Schritt zur Seite, damit die beiden Männer eintreten konnten, dann sagte sie: »Commissario Brunetti, Dottore.« Brunetti hatte beim Eintreten schon mit einem Seitenblick den großen, dunkelhaarigen Mann hinter seinem Schreibtisch sitzen sehen, aber seine Aufmerksamkeit galt weiter Signorina Dolfin, deren Gebaren eine faszinierende Verwandlung durchmachte, bis hin zu ihrer Stimme, die einen viel herzlicheren, volleren Klang bekam als vorhin, während sie mit ihm sprach.

»Danke, Signorina«, sagte dal Carlo, ohne sie mehr als eines kurzen Blickes zu würdigen. »Das wäre es dann.«

»Danke, Dottore«, antwortete sie, dann drehte sie sich sehr langsam um, ging hinaus und zog leise die Tür hinter sich zu.

Dal Carlo erhob sich lächelnd. Er war Ende Fünfzig, hatte aber die straffe Haut und die aufrechte Haltung eines Jüngeren. Sein Lächeln legte ein Gebiß bloß, das nach italienischer Art überkront war: eine Nummer größer als nötig. »Wie ich mich freue, Sie kennenzulernen, Commissario«, sagte er, wobei er die Hand ausstreckte, und als Brunetti sie nahm, bedachte er ihn mit einem männlich-kräftigen Händedruck. Dann nickte er Vianello zu und geleitete beide zu einer Sitzgruppe in der einen Ecke des Zimmers. »Womit kann ich Ihnen dienen?«

Brunetti setzte sich erst einmal, dann sagte er: »Ich möchte etwas über Franco Rossi erfahren.«

»Ach ja«, seufzte dal Carlo und schüttelte ein paarmal den Kopf. »Schreckliche Geschichte, richtig tragisch. Er war ein wunderbarer junger Mann, ein hervorragender Mitarbeiter. Er hätte eine erfolgreiche Karriere vor sich gehabt.« Er seufzte noch einmal und wiederholte: »Tragisch, tragisch.«

»Wie lange hat er hier gearbeitet, Ingeniere?« fragte Brunetti.

Vianello zückte ein kleines Notizbuch, klappte es auf und begann, sich Notizen zu machen.

»Mal überlegen«, begann dal Carlo. »An die fünf Jahre, würde ich sagen.« Er lächelte. »Ich kann ja Signorina Dolfin fragen. Sie wird Ihnen das sicher ganz genau beantworten können.«

»Nein, danke, Dottore, das genügt schon«, sagte Brunetti mit einer lässigen Handbewegung. Dann fragte er weiter: »Welche Aufgaben hatte Signor Rossi hier im einzelnen?«

Dal Carlo faßte sich ans Kinn, eine Geste des Nachdenkens, und blickte zu Boden. Nach einer angemessenen Weile antwortete er: »Er hatte Pläne daraufhin zu prüfen, ob sie den tatsächlich durchgeführten Arbeiten entsprachen.«

»Und wie ist er dabei vorgegangen, Dottore?« fragte Brunetti.

»Er hat sich hier im Amt die Pläne angesehen und sich dann an Ort und Stelle davon überzeugt, daß die Arbeiten ordnungsgemäß ausgeführt worden waren.«

»Ordnungsgemäß?« wiederholte Brunetti mit der Verwirrung des Laien im Ton.

»Nun, daß sie mit den Plänen übereinstimmten.«

»Und wenn nicht?«

»Dann hat Signor Rossi die Abweichungen gemeldet, und unser Amt hat entsprechende Schritte eingeleitet.«

»Und die waren?«

Dal Carlo sah zu Brunetti hinüber und schien nicht nur die Frage zu wägen, sondern auch den Grund, warum Brunetti sie stellte.

»Meist eine Geldbuße und die Anordnung, die Arbeiten noch einmal zu machen, aber so, daß sie den Plänen entsprachen«, antwortete dal Carlo.

»Ich verstehe«, sagte Brunetti und nickte Vianello zu, daß er sich diese letzte Antwort besonders merken solle. »Dann konnte das also eine teure Inspektion werden.«

Dal Carlo blickte verwundert drein. »Ich fürchte, jetzt verstehe ich nicht ganz, was Sie damit meinen, Commissario.«

»Ich meine, daß es ein hübsches Sümmchen kosten kann, die Arbeiten einmal und dann noch einmal machen zu lassen. Ganz zu schweigen von der Geldbuße.«

»Natürlich«, sagte dal Carlo. »Die Gesetze sind da recht präzise.«

»Also doppelt teuer«, meinte Brunetti.

»Ja, das ist wohl richtig. Aber wenige Leute handeln so unüberlegt und versuchen etwas Derartiges.«

Hier gestattete sich Brunetti ein überraschtes Kopfheben, wobei er dal Carlo mit einem angedeuteten Verschwörerlächeln ansah. »Wenn Sie das sagen, Ingeniere«, meinte er. Dann wechselte er rasch das Thema sowie auch seinen Ton und fragte: »Hat Signor Rossi jemals Drohungen bekommen?«

Wieder gab sich dal Carlo begriffsstutzig. »Ich fürchte, das verstehe ich auch nicht, Commissario.«

»Dann lassen Sie mich ganz offen mit Ihnen reden, Dottore. Signor Rossi war in der Lage, Leuten sehr hohe Kosten zu verursachen. Wenn er meldete, daß an einem Gebäude ungenehmigte Baumaßnahmen durchgeführt worden waren, drohten dem Eigentümer eine Geldbuße sowie die Kosten für die Korrektur der durchgeführten Arbeiten.« An dieser Stelle lächelte er, dann fuhr er fort: »Wir wissen beide, was Bauen in dieser Stadt kostet, und darum glaube ich nicht, daß jemand sehr erfreut war, wenn bei Signor Rossis Inspektion Unstimmigkeiten entdeckt wurden.«

»Gewiß nicht«, pflichtete dal Carlo ihm bei. »Aber ich bezweifle sehr, daß jemand es wagen würde, einem städtischen Beamten zu drohen, der nur seine Pflicht tut.«

Unvermittelt fragte Brunetti: »Hätte Signor Rossi wohl Schmiergeld angenommen?« Dabei beobachtete er dal Carlos Gesicht sehr genau und sah, daß der Mann entsetzt war; man hätte sogar sagen können: schockiert.

Statt sofort zu antworten, ließ dal Carlo sich die Frage gründlich durch den Kopf gehen. »Darüber habe ich noch nie nachgedacht«, sagte er, und Brunetti bezweifelte nicht, daß er die Wahrheit sprach. Dal Carlo hätte fast sogar noch die Augen geschlossen und den Kopf zurückgelegt, nur um zu zeigen, wie angestrengt er dafür jetzt nachdachte. Schließlich log er: »Ich möchte nicht schlecht von ihm reden, schon gar nicht jetzt, aber möglich ist es. Das heißt ...«, er zögerte verlegen, »es wäre möglich gewesen.«

»Warum sagen Sie das?« fragte Brunetti, der ziemlich sicher war, daß hier nur der reichlich durchsichtige Versuch unternommen wurde, Rossi zur Vertuschung eigener Schwindeleien zu mißbrauchen.

Zum erstenmal sah dal Carlo ihm fest in die Augen. Hätte Brunetti noch einen Beweis dafür gebraucht, daß er log, er hätte keinen eindeutigeren finden können. »Sie müssen wissen, daß es nichts Bestimmtes war, nichts, worauf ich mit dem Finger hätte zeigen können. Aber sein Verhalten hatte sich in den letzten Monaten verändert. Er wirkte heimlichtuerisch und nervös. Erst jetzt, wo Sie danach fragen, kommt mir diese Möglichkeit in den Sinn.«

»Wäre es denn leicht?« fragte Brunetti. Und als dal Carlo offenbar nicht verstand, erklärte er: »Ich meine, sich bestechen zu lassen?«

Fast rechnete er schon damit, daß dal Carlo antworten würde, er habe darüber noch nie nachgedacht, und er war sich nicht sicher, ob er sich dann noch würde beherrschen können, um nicht laut loszulachen. Immerhin befanden sie sich in einer städtischen Amtsstube. Aber der Ingenieur hielt sich zurück und sagte schließlich nur: »Ich muß es wohl für möglich halten.«

Brunetti schwieg lange, so lange, daß dal Carlo sich endlich genötigt sah zu fragen: »Wozu dienen alle diese Fragen, Commissario?«

»Wir sind nicht restlos davon überzeugt«, antwortete Brunetti, der es schon immer viel wirksamer gefunden hatte, im Plural zu sprechen, »daß Signor Rossis Tod ein Unfall war.«

Diesmal konnte dal Carlo seine Überraschung nicht verbergen, wobei man nicht hätte sagen können, ob die Möglichkeit ihn überraschte oder der Umstand, daß die Polizei dahintergekommen war. Während ihm allerlei Gedanken durch den Kopf gingen, sah er Brunetti mit einem verschlagenen Blick an, der an Zecchino erinnerte.

Die Erinnerung an den jungen Drogensüchtigen ließ Brunetti sagen: »Wir haben möglicherweise einen Zeugen dafür, daß es kein Unfall war.«

»Einen Zeugen?« wiederholte dal Carlo so laut und ungläubig, als hätte er dieses Wort noch nie gehört.

»Ja, jemanden, der in diesem Haus war.« Brunetti stand unvermittelt auf. »Haben Sie vielen Dank für Ihre Hilfe, Dottore«, sagte er und streckte die Hand aus. Dal Carlo, sichtlich irritiert ob der merkwürdigen Wende, die das Gespräch genommen hatte, erhob sich ebenfalls. Sein Händedruck war spürbar weniger herzlich als bei der Begrüßung.

Erst als er die Tür öffnete, faßte er seine Überraschung endlich in Worte. »Ich kann das kaum glauben«, sagte er. »Es hätte ihn doch niemand umgebracht. Dafür gab es gar keinen Grund. Und dieses Gebäude steht leer. Wie kann dort jemand gesehen haben, was passiert ist?«

Als weder Brunetti noch Vianello darauf antwortete, ging dal Carlo ins Vorzimmer. Ohne Signorina Dolfin, die an ihrem Computer arbeitete, im mindesten zu beachten, führte er die beiden Polizisten auf den Flur hinaus. Abschiedsworte hielt keiner der drei für angebracht.

21

Brunetti schlief nicht gut in dieser Nacht; immer wieder weckten ihn die Erinnerungen des Tages. Er machte sich klar, daß Zecchino ihn wegen des Mordes an Rossi vermutlich angelogen und viel mehr gesehen oder gehört hatte, als er zugab; warum wäre er sonst so ausweichend geworden?

Die endlose Nacht brachte noch anderes angeschleppt: Pattas Weigerung, das Verhalten seines Sohnes als kriminell zu betrachten; das mangelnde Mitgefühl seines Freundes Luca für seine Frau; die allgemeine Inkompetenz, die ihn an jedem seiner Arbeitstage behinderte. Doch am meisten mußte er an die beiden jungen Mädchen denken: die eine derart vom Leben erniedrigt, daß sie sich an so einem heruntergekommenen Ort auf Sex mit Zecchino einließ, die andere zerrissen zwischen der Trauer um Marcos Tod und Gewissensbissen wegen ihrer Kenntnis der Umstände, die dazu geführt hatten.

Lange Berufserfahrung hatte Brunetti alle Kavaliersempfindungen ausgetrieben, aber von einem peinigenden Mitleid für diese beiden Mädchen konnte er sich nicht freimachen. War die eine vielleicht dort oben gewesen, als er Zecchino begegnete? Er hatte es so eilig gehabt, aus diesem Haus zu kommen, daß er nicht mehr auf den Dachboden gegangen war, um zu sehen, ob sich da noch jemand aufhielt. Daß Zecchino die Treppe heruntergekommen war, hieß ja nicht, daß er das Haus hatte verlassen wollen; ebensogut konnte es sein, daß er nur den Geräuschen nachgehen wollte, die Brunetti beim Hereinkommen verursachte, und dabei hatte er das Mädchen einfach oben gelassen.

Von dem anderen jungen Mädchen hatte Pucetti immerhin den Namen beigebracht: Anna Maria Ratti, die mit ihren Eltern und einem Bruder in Castello wohnte und Architektur studierte.

Brunetti hatte es vor einiger Zeit vier Uhr schlagen hören, als er sich vornahm, noch am selben Vormittag zu dem Haus zurückzugehen und zu versuchen, Zecchino zum Reden zu bringen; kurz danach sank er in einen friedlichen Schlaf und erwachte erst wieder, als Paola schon zur Universität und die Kinder zur Schule gegangen waren.

Nachdem er sich angezogen hatte, rief er in der Questura an, um zu sagen, daß er später kommen werde, dann ging er ins Schlafzimmer zurück, seine Pistole suchen. Er zog einen Stuhl an den Schrank, stieg hinauf und sah auf dem obersten Brett das Kästchen stehen, das sein Vater bei Kriegsende aus Rußland mitgebracht hatte. Das Vorhängeschloß befand sich ordnungsgemäß an der Haspe, aber ihm fiel beim besten Willen nicht ein, wo er den Schlüssel hingetan hatte. Er nahm den Kasten herunter und trug ihn zum Bett. Oben auf den Deckel war ein Zettel geklebt, und darauf stand in Chiaras sauberer Handschrift: »*Papà* – Raffi und ich wissen ja eigentlich nicht, daß der Schlüssel hinter dem Bild in Mamas Arbeitszimmer klebt. *Baci.*«

Er holte den Schlüssel und überlegte kurz, ob er noch einen Kommentar auf den Zettel schreiben sollte; aber nein, er wollte die Kinder lieber nicht noch ermutigen. Er schloß den Kasten auf, nahm die Pistole heraus, lud sie und steckte sie in das lederne Holster, das er schon vorher an seinen Gürtel geschnallt hatte. Dann stellte er den Kasten wieder in den Schrank und machte sich auf den Weg.

Die *calle* war, wie schon die beiden anderen Male, die er hierhergekommen war, menschenleer, und auf dem Gerüst waren auch keine Arbeiten im Gange. Er löste die Halterung und betrat das Haus, doch diesmal ließ er die Tür hinter sich offen. Er unternahm auch keinen Versuch, leise aufzutreten oder sein Hiersein sonstwie zu verbergen. Am Fuß der Treppe blieb er stehen und rief: »Zecchino, hier ist die Polizei. Ich komme jetzt rauf.«

Er wartete eine kleine Weile, aber von oben kam keinerlei Antwort. Er bedauerte, daß er keine Taschenlampe mitgebracht hatte, und als er in den ersten Stock hinaufging, war er froh um das bißchen Licht, das von hinten durch die offene Tür hereinfiel. Von oben war noch immer kein Laut zu hören. Brunetti ging weiter in den zweiten, dann in den dritten Stock und hielt dort auf dem Treppenabsatz inne. Er öffnete die Läden zweier Fenster, so daß er immerhin Licht genug hatte, um zur Treppe zurück und zum Dachboden hinaufzugehen.

Oben blieb er stehen. Rechts und links des Treppenabsatzes befanden sich zwei Türen, eine dritte bildete das Ende eines kurzen Flurs. Durch einen kaputten Fensterladen links von ihm kam genügend Helligkeit herein. Er wartete, rief noch einmal Zecchinos Namen und ging dann, durch das Schweigen sonderbar beruhigt, zur ersten Tür auf der rechten Seite.

Der Raum dahinter war leer. Das heißt, es war niemand darin, nur ein paar Kästen mit Werkzeug standen herum, dazu ein Sägebock, über dem eine alte, gipsverschmierte Malerhose hing. Hinter der Tür auf der gegenüberliegenden Seite gähnte die gleiche Leere. Blieb nur noch die dritte am Ende des Flurs.

Dahinter fand er, wie er gehofft hatte, Zecchino, und er fand auch das Mädchen. In dem trüben Lichtschein, der durch ein verdrecktes Oberlicht hereinsickerte, sah er sie zum erstenmal. Sie lag auf Zecchino. Ihn mußten sie zuerst umgebracht haben, oder er hatte als erster aufgegeben und war unter dem Hagel von Schlägen zusammengebrochen, während sie weitergekämpft hatte, vergebens, nur um am Ende auf ihn zu fallen.

»Gesù bambino«, sagte Brunetti leise, als er die beiden sah, und er mußte sich zusammennehmen, um kein Kreuzzeichen zu machen. Da lagen sie, zwei kraftlose Gestalten, geschrumpft im Tod, der die Menschen auf so eine bestimmte Weise kleiner aussehen läßt. Ein dunkler Heiligenschein aus getrocknetem Blut umgab ihre Köpfe, die dicht nebeneinanderlagen wie bei jungen Hündchen oder Liebenden.

Brunetti sah von Zecchino den Hinterkopf, von dem Mädchen das Gesicht, oder was von dem Gesicht noch übrig war.

Offenbar hatte man beide totgeschlagen: Zecchinos Schädel hatte nichts Rundes mehr; bei dem Mädchen war die Nase fort, zertrümmert von einem so schweren Schlag, daß nur noch ein Stück Knorpel übrig war, das auf der linken Wange lag.

Brunetti wandte sich ab und sah sich in dem Zimmer um. An der einen Wand lagen ein paar fleckige Matratzen übereinander, daneben Kleidungsstücke – er sah erst jetzt, als er wieder auf die beiden Toten blickte, daß sie halb nackt waren. Sie hatten die Kleider einfach abgeworfen in ihrer Hast, zu tun, was immer sie auf diesen Matratzen taten. Er sah eine blutige Spritze auf dem Boden liegen, und sogleich fiel ihm ein Gedicht ein, das Paola ihm einmal vorgelesen hatte: Da versuchte der Dichter eine Frau dadurch herumzukriegen, daß er zu ihr sagte, ihrer beider Blut sei in dem Floh vermischt, der sie beide gebissen habe. Damals war es ihm krankhaft vorgekommen, die Vereinigung von Mann und Frau auf diese Weise zu betrachten, aber es war nicht krankhafter als die Nadel, die da auf dem Fußboden lag, daneben ein paar weggeworfene Plastiktütchen, wahrscheinlich von der Art, wie man sie in Roberto Pattas Jackentasche gefunden hatte.

Brunetti ging wieder nach unten. Dort nahm er das *telefonino* aus der Tasche, das er heute vorsorglich mitgenommen hatte, und rief in der Questura an, um zu sagen, was er gefunden hatte und wo er zu finden sei. Die Stimme des Polizisten in ihm wollte ihm befehlen, wieder in das Zimmer hinaufzugehen, in dem die beiden jungen Menschen lagen, um zu sehen, was es sonst noch zu entdecken gab. Er zog es aber vor, sich gegenüber dieser Stimme taub zu stellen, und ging statt dessen auf die andere Straßenseite, um dort in der Sonne auf die anderen zu warten.

Als sie endlich kamen, schickte er sie nach oben, ohne der Versuchung zu erliegen, ihnen zu sagen, daß sie ja nun, da keine Handwerker im Haus seien, mit der Spurensicherung am Tatort fortfahren könnten. Von billigem Spott hatte jetzt niemand etwas, und die Leute würden auch dann nichts dazulernen, wenn sie jetzt erfuhren, daß sie letztes Mal hereingelegt worden waren.

Er fragte, wen sie für die Leichenschau bestellt hätten, und war froh, zu hören, daß es Rizzardi war. Er rührte sich nicht vom Fleck, während die Männer ins Haus gingen, und als zwanzig Minuten später der Pathologe kam, stand er immer noch da. Zur Begrüßung nickten sie einander nur zu.

»Schon wieder einer?« fragte Rizzardi.

»Zwei«, sagte Brunetti. Dabei wandte er sich dem Haus zu und ging voraus.

Die beiden Männer fanden ohne weiteres nach oben, denn inzwischen waren alle Fensterläden offen, und es fiel genug Licht herein. Am Kopfende der Treppe angekommen, wurden sie wie die Motten von den grellen Lichtern der Kriminaltechniker angezogen, die das Zimmer und den Korridor erhellten und sie aufforderten, hinzugehen und sich erneut davon zu überzeugen, wie zerbrechlich der menschliche Körper und wie eitel alle Hoffnung war.

Im Zimmer angekommen, ging Rizzardi zu den beiden Leichen und betrachtete sie zunächst von oben. Dann zog er ein Paar Gummihandschuhe an und bückte sich, um zuerst den Hals des Mädchens, anschließend den des Jungen zu befühlen. Er stellte seine Ledertasche auf den Boden, ging neben dem Mädchen in die Hocke, griff über sie hinweg und rollte sie von der anderen Leiche herunter, so daß sie auf den Rücken zu liegen kam. Da lag sie nun und starrte an die Decke, und auf einmal glitt die eine zerschlagene Hand über ihren Körper hinweg und klatschte auf den Boden, was Brunetti erschreckte, denn er hatte es vorgezogen wegzusehen.

Jetzt ging er näher, stellte sich neben Rizzardi und blickte auf die Frau hinunter. Ihr kurzes, mit Henna dunkelrot gefärbtes Haar klebte fettig und verdreckt an ihrem Kopf. Er stellte fest, daß die Zähne, die sich durch den Schlitz ihres blutigen Mundes zeigten, ebenmäßig und weiß waren. Um ihren Mund herum klebte geronnenes Blut, obwohl der Blutstrom aus ihrer zerschlagenen Nase offenbar nach oben und in ihre Augen geflossen war. Ob sie hübsch gewesen war? Oder unansehnlich?

Rizzardi faßte Zecchinos Kinn und drehte den Kopf des Jungen ins Licht. »Beide wurden durch Schläge auf den Kopf getötet«, sagte er, wobei er auf eine Stelle links an Zecchinos Stirn zeigte. »Das ist nicht leicht, man braucht dazu sehr viel Kraft. Oder muß sehr oft zuschlagen. Und es ist kein schneller Tod. Aber wenigstens haben sie nach den ersten Schlägen nicht mehr viel gefühlt.« Er betrachtete wieder das Mädchen und drehte ihr Gesicht zur Seite, um sich eine dunkle Delle an ihrem Hinterkopf näher anzusehen. Dann zeigte er auf zwei Druckstellen an ihren Oberarmen. »Ich würde sagen, man hat sie festgehalten, während auf sie eingeschlagen wurde – mit einem Stück Holz vielleicht, oder mit einem Rohr.«

Keiner von beiden hielt dazu einen Kommentar für nötig oder glaubte hinzufügen zu müssen: »Wie bei Rossi.«

Rizzardi erhob sich, zog die Handschuhe aus und steckte sie in seine Jackentasche.

»Wann werden Sie dazu kommen?« war die einzige Frage, die Brunetti einfiel.

»Heute nachmittag, nehme ich an.« Rizzardi fragte Brunetti wohlweislich nicht, ob er dabeisein wolle. »Wenn Sie mich nach fünf anrufen, müßte ich Ihnen schon etwas sagen können.« Ehe Brunetti sich dazu äußern konnte, fügte Rizzardi gleich hinzu: »Aber viel wird es nicht sein – nicht viel mehr, als was wir hier sehen.«

Nachdem Rizzardi fort war, begannen die Kriminaltechniker mit ihrer makabren Hausputzparodie: Sie fegten und wischten, hoben kleine Gegenstände auf, die zu Boden gefallen waren, und sorgten für deren sichere Aufbewahrung. Brunetti überwand sich, die Taschen der beiden jungen Leute zu durchsuchen, zuerst an den abgelegten Kleidungsstücken auf und neben den Matratzen, dann, nachdem er von Del Vecchio ein Paar Gummihandschuhe in Empfang genommen hatte, an den Sachen, die sie noch anhatten. In der Brusttasche von Zecchinos Hemd fand er drei weitere Plastiktütchen, alle mit einem weißen Pulver darin. Er gab sie an Del Vecchio weiter, der sie sorgsam beschriftete und zu den anderen Beweisstücken tat.

Zu Brunettis Erleichterung hatte Rizzardi den beiden Toten die Augen geschlossen. Zecchinos nackte Beine erinnerten ihn an die Fotos von jenen streichholzdürren Gestalten, die vor den Toren der Konzentrationslager gestanden hatten: nur Haut und Sehnen, fast keine Muskeln. Und wie knotig seine Knie waren. Ein vorstehender Hüftknochen war so dünn wie ein Messer. Rote Pusteln bedeckten die Oberschenkel, aber Brunetti hätte nicht sagen können, ob es eiternde Narben alter Einstiche waren oder die Symptome einer Hautkrankheit. Das Mädchen war zwar auch erschreckend mager und hatte so gut wie keine Brüste, aber sie war nicht ganz so ein Knochengestell wie Zecchino. Bei dieser Überlegung dachte Brunetti unwillkürlich daran, wie diese beiden Menschen nun bald nur noch Gerippe sein würden, und er wandte sich ab und ging die Treppe hinunter.

Da dieser Teil der Ermittlungen nun wirklich in seine Zuständigkeit fiel, war es das mindeste, was er für die Toten tun konnte, dazubleiben, bis die Leichen weggeschafft waren und die Leute von der Spurensicherung sich überzeugt hatten, daß alles gefunden, eingesammelt und untersucht war, was der Polizei bei der künftigen Suche nach den Mördern nützlich sein könnte. Er ging bis ans Ende der *calle* und blickte hinüber zu dem Garten auf der anderen Seite, froh, daß Forsythien es doch immer wieder schafften, fröhlich auszusehen, und wenn sie sich noch so hastig herausgeputzt hatten.

Sie würden jetzt natürlich herumfragen müssen, die Gegend abklappern nach irgendwem, der gesehen hatte, wie jemand in die *calle* oder gar ins Haus gegangen war. Als er sich umdrehte, sah er schon einen kleinen Menschenauflauf am anderen Ende der *calle,* dort, wo sie sich zu einer größeren Straße hin öffnete, und ging darauf zu, die ersten Fragen bereits im Kopf.

Wie erwartet, hatte niemand etwas gesehen, weder heute noch überhaupt in den letzten Wochen. Niemand hatte auch nur geahnt, daß man in dieses Haus hineinkam. Niemand war je Zecchino begegnet oder konnte sich an ein Mädchen erinnern. Da es keine Möglichkeit gab, sie zum Reden zu zwingen, hielt Brunetti sich erst gar nicht damit auf, ihnen nicht zu glauben; er wußte eben nur aus langer Erfahrung, daß die meisten Italiener sich im Umgang mit der Polizei an wenig mehr als ihre eigenen Namen erinnerten.

Weitere Fragen hatten Zeit bis nach dem Mittagessen oder bis zum Abend, wenn man damit rechnen konnte, die Leute, die in dieser Gegend wohnten, zu Hause anzutreffen. Aber er wußte schon, daß niemand zugeben würde, etwas gesehen zu haben. Es würde sich schnell herumgesprochen haben, daß in dem Haus zwei Drogenabhängige gestorben waren, und nur sehr, sehr wenige Menschen würden ihren Tod als etwas Außergewöhnliches betrachten; den meisten wäre es zuviel der Umstände, sich deswegen von der Polizei verhören zu lassen. Warum sich stundenlang einer Behandlung aussetzen, als wäre man tatverdächtig? Warum es riskieren, daß man sich womöglich von der Arbeit abmelden mußte, um sich weitere Fragen stellen zu lassen oder sogar vor Gericht zu erscheinen?

Brunetti wußte, daß die Öffentlichkeit der Polizei alles andere als Sympathie entgegenbrachte; er wußte auch, wie schlecht die Polizei oft Leute behandelte, egal ob sie als Verdächtige oder als Zeugen in die Ermittlungen gerieten. Jahrelang hatte er seinen Untergebenen beizubringen versucht, daß man mit Zeugen umzugehen hatte wie mit Leuten, die der Polizei helfen wollten, gewissermaßen wie mit Kollegen, aber dann kam er an den Verhörzimmern vorbei und hörte, wie dort die Leute eingeschüchtert, bedroht und beleidigt wurden. Kein Wunder, daß alle Welt schon bei dem bloßen Gedanken, der Polizei Informationen geben zu sollen, das Weite suchte; er selbst täte das auch.

Der Gedanke an Mittagessen war ihm unerträglich, ebenso die Vorstellung, das vorhin Gesehene mit nach Hause und in seine Familie zu schleppen. Er rief Paola an, um ihr Bescheid zu sagen, ging in die Questura zurück und tat, was ihm so alles einfiel, um sich mit Routinearbeit zu betäuben, solange er auf Rizzardis Anruf wartete. Wahrscheinlich würde die Todesursache für ihn keine Neuigkeit sein, aber wenigstens wäre sie eine Information, die er abheften konnte, und vielleicht würde es ihn sogar ein ganz klein wenig trösten, daß er dieses bißchen Ordnung in das Chaos plötzlichen Todes gebracht hatte.

So verwandte er die nächsten vier Stunden darauf, die Papiere und Berichte, die sich in zwei Monaten auf seinem Schreibtisch angesammelt hatten, zu sichten und alles, was er, ohne es groß verstehen zu wollen, überflogen hatte, ordentlich abzuzeichnen. Er brauchte dafür den ganzen Nachmittag, aber dann war sein Schreibtisch leer, woraufhin er den ganzen Kram sogar noch zu Signorina Elettra hinunterbrachte und ihr, da sie nicht da war, ein Zettelchen mit der Bitte hinterließ, sie möge für die Weiterleitung an den sorgen, der es als nächster zu lesen habe.

Nachdem das erledigt war, ging er zu der Bar bei der Brücke, trank ein Glas Mineralwasser und aß ein getoastetes Käsesandwich. Er nahm sich *Il Gazzettino* vom Tresen und fand im zweiten Teil den von ihm lancierten Artikel. Erwartungsgemäß stand viel mehr darin, als er gesagt hatte – eine Verhaftung stehe unmittelbar bevor, eine Verurteilung sei unausweichlich und der Drogenhandel im Veneto wirksam zerschlagen. Er legte die Zeitung wieder weg, ging zur Questura zurück und sah auf dem Weg dorthin die Forsythien auf der anderen Seite des Kanals ihre spärlichen gelben Blüten über die Mauer recken.

Wieder an seinem Schreibtisch, sah er auf die Uhr und stellte fest, daß es schon spät genug war, Rizzardi anzurufen. Er griff gerade nach dem Telefon, als dieses klingelte.

»Guido«, begann der Pathologe ohne Einleitung, »als Sie sich heute morgen diese jungen Leute angesehen haben, nachdem ich weg war – hatten Sie da Handschuhe an?«

Es dauerte einen Moment, bis Brunetti seine Überraschung verdaut hatte, und er mußte kurz nachdenken, bevor es ihm wieder einfiel. »Ja, Del Vecchio hatte mir welche gegeben.«

Rizzardi stellte eine zweite Frage: »Haben Sie die Zähne des Mädchens gesehen?«

Wieder mußte Brunetti sich in das Zimmer zurückversetzen. »Mir ist nur aufgefallen, daß sie offenbar noch alle Zähne hatte, anders als die meisten Drogenabhängigen. Warum fragen Sie?«

»Sie hatte Blut an den Zähnen und im Mund«, erklärte Rizzardi.

Die Worte führten Brunetti noch einmal in das verwahrloste Zimmer und zu den beiden Gestalten zurück, die da übereinander auf dem Boden gelegen hatten. »Ich weiß. Es war ihr übers ganze Gesicht gelaufen.«

»Das war ihr eigenes Blut«, sagte Rizzardi mit besonderer Betonung auf dem »eigenen«. Ehe Brunetti hier einhaken konnte, fuhr er schon fort: »Das Blut in ihrem Mund war von jemand anderem.«

»Zecchino?«

»Nein.«

»O Gott, dann hat sie ihren Mörder gebissen?« fragte Brunetti. »Haben Sie genug davon, um ...?« Er verstummte, weil er nicht so genau wußte, was Rizzardi alles damit anfangen konnte. Er hatte schon ellenlange Berichte über DNS-Vergleiche und Blut- und Samenproben gelesen, die als Beweismittel dienen konnten, aber er besaß weder das Fachwissen, um zu verstehen, wie das alles vor sich ging, noch die intellektuelle Neugier, um sich für mehr zu interessieren, als daß es eben funktionierte und man auf diese Weise Personen eindeutig identifizieren konnte.

»Ja«, antwortete Rizzardi. »Bringen Sie mir den Täter, und ich kann ihn dem Blut im Mund des Mädchens zuordnen.« Er verstummte, und Brunetti merkte an der gespannten Stille in der Leitung, daß Rizzardi noch viel mehr zu sagen hatte.

»Was gibt's denn?« fragte er.

»Sie waren positiv.«

Was meinte er? Seine Testergebnisse? Die Proben? »Ich verstehe nicht«, gestand Brunetti.

»Beide, der Junge und das Mädchen. Sie waren positiv.«

»Dio mio!« entfuhr es Brunetti, der endlich begriff.

»Das prüfen wir bei Abhängigen immer als erstes. Bei ihm war die Krankheit schon viel weiter als bei ihr; das Virus hatte ihn fest im Griff. Er hatte nicht mehr lange zu leben. Haben Sie das nicht gesehen?«

Doch, Brunetti hatte es gesehen, aber er hatte es nicht verstanden, oder nicht so genau hinsehen oder das Gesehene verstehen wollen. Er hatte nicht allzusehr darauf geachtet, wie abgemagert Zecchino gewesen war und was das wohl bedeuten mochte.

Statt auf Rizzardis Frage zu antworten, fragte er seinerseits: »Und das Mädchen?«

»Nicht ganz so schlimm; die Infektion war noch nicht so weit fortgeschritten. Deswegen war sie wohl auch noch stark genug, um sich zur Wehr zu setzen.«

»Aber was ist denn mit diesen neuen Medikamenten? Haben sie die denn nicht genommen?« erkundigte sich Brunetti, als glaubte er, Rizzardi habe darauf eine Antwort.

»Das weiß ich auch nicht, Guido«, antwortete Rizzardi geduldig, denn ihm war eingefallen, daß er mit einem Mann sprach, dessen Kinder kaum jünger waren als die beiden Opfer. »Aber ich habe in ihrem Blut und auch sonst nirgendwo in ihren Körpern einen Hinweis darauf gefunden, daß sie Medikamente nahmen. Drogenabhängige tun das meist nicht.«

Sie zogen es beide vor, dieses Thema nicht zu vertiefen. Stattdessen fragte Brunetti: »Was ist denn nun mit dem Biß? Erzählen Sie.«

»Sie hatte ziemlich viel Fleisch zwischen den Zähnen hängen. Der, den sie gebissen hat, muß eine scheußliche Wunde haben.«

»Ist die Krankheit auf diese Weise übertragbar?« fragte Brunetti und wunderte sich selbst, daß er nach all den Jahren, in denen er überall davon gelesen und dauernd davon gehört hatte, noch immer nicht besser Bescheid wußte.

»Theoretisch ja«, antwortete Rizzardi. »In der medizinischen Literatur sind Fälle beschrieben, in denen das offenbar der Übertragungsweg war, aber aus erster Hand habe ich nie von so etwas gehört. Ich halte es für möglich. Aber die Krankheit ist nicht mehr, was sie noch vor Jahren war. Mit den neuen Medikamenten hat man sie ganz gut im Griff, besonders wenn man früh mit der Einnahme beginnt.«

Brunetti hörte zu und machte sich dabei Gedanken über die möglichen Folgen einer Unwissenheit wie der seinen. Wenn selbst er, ein Mensch, der viel las und einigermaßen über das Geschehen in der Welt Bescheid wußte, keine Ahnung hatte, wie ansteckend ein Biß sein konnte, aber dennoch ein tiefsitzendes Grauen davor hatte, daß die Krankheit auf diese Weise weitergegeben werden konnte, dann brauchte man sich nicht zu wundern, wenn diese Angst sehr weit verbreitet war.

Er wandte seine Aufmerksamkeit nun aber wieder Rizzardi zu. »Wie schwerwiegend ist der Biß?«

»Ich schätze, daß ihm am Arm ein ordentlicher Batzen Fleisch fehlt«, sagte Rizzardi, und ehe Brunetti nachfragen konnte, erklärte er schon: »Sie hatte auch Haare im Mund. Wahrscheinlich vom Unterarm.«

»Wie groß wird die Wunde sein?«

Rizzardi überlegte kurz, dann meinte er: »Wie bei einem Hundebiß, sagen wir von einem Cockerspaniel.« Sie gingen beide auf diesen bizarren Vergleich nicht weiter ein.

»So groß, daß man damit zum Arzt gehen würde?« fragte Brunetti.

»Vielleicht, vielleicht auch nicht. Bei einer Entzündung ja,«

»Oder wenn der Gebissene wußte, daß sie positiv war?« fragte Brunetti weiter. »Oder wenn er es hinterher erfährt?« Wenn einer wüßte, daß er von einem HIV-Positiven gebissen worden war, würde er doch in heller Panik zum erstbesten Arzt rennen, der ihm sagen konnte, ob er sich angesteckt hatte, da war Brunetti sich ganz sicher. Er überlegte, was das für die Polizei bedeutete: Sie würden Ärzte anrufen müssen, die Notfallambulanzen der Krankenhäuser verständigen und mit Apotheken Kontakt aufnehmen, in denen der Mörder sich vielleicht mit Verbandszeug und Antiseptika versorgen wollte.

»Gibt es noch etwas?« fragte Brunetti.

»Er hätte diesen Sommer nicht überlebt, das Mädchen vielleicht noch das nächste Jahr, aber viel länger auch nicht.« Rizzardi schwieg kurz, dann fragte er mit völlig anderer Stimme: »Meinen Sie, es hinterläßt bei uns Narben, Guido – was wir alles sagen und tun müssen?«

»Gütiger Himmel, das will ich nicht hoffen«, antwortete Brunetti leise. Dann sagte er noch zu Rizzardi, daß er sich wieder melden werde, sobald er wisse, wer das Mädchen sei, und legte auf.

22

Er rief unten im Bereitschaftsraum an und gab Anweisung, neu eingehende und in den letzten Wochen eingegangene Vermißtenmeldungen daraufhin zu prüfen, ob sich eine davon auf ein etwa siebzehnjähriges junges Mädchen bezog. Aber noch während er das durchgab, war er sich vollkommen über die Möglichkeit im klaren, daß niemand dieses Mädchen als vermißt melden würde: Viele Jugendliche waren ihren Eltern entbehrlich geworden, niemand machte sich Sorgen, wenn sie längere Zeit fortblieben. Er kannte ihr Alter nicht, schätzte sie aber auf siebzehn und hoffte nur, daß sie nicht noch jünger war. Wenn doch, würde Rizzardi es wahrscheinlich feststellen können; er selbst wollte es lieber gar nicht wissen.

Er ging zur Herrentoilette hinunter und wusch sich die Hände, trocknete sie ab und wusch sie noch einmal. An seinen Schreibtisch zurückgekehrt, nahm er ein Blatt Papier aus der Schublade und schrieb in fetten Lettern die Schlagzeile darauf, die er in der morgigen Zeitung zu lesen wünschte: »Mordopfer rächt sich mit Todesbiß«. Während er von oben auf das Blatt stierte, fragte er sich, genau wie Rizzardi, was für Narben solches Tun wohl bei ihm hinterlassen würde. Er malte ein Einfügungszeichen zwischen »sich« und »mit« und schrieb in die Zeile darüber: »von jenseits des Grabes«. Dann betrachtete er eine Weile sein Werk, fand aber schließlich, daß die Einfügung die Zeile für eine Spalte zu lang machte, und strich sie wieder durch. Zuletzt zückte er das eselsohrige Notizbuch, in dem er Namen und Telefonnummern stehen hatte, und wählte die dienstliche Nummer des Kriminalreporters vom *Gazzettino.* Dieser fühlte sich geschmeichelt, weil der andere Artikel Brunetti gefallen hatte, und versprach, dafür zu sorgen, daß die neue Meldung in die morgige Ausgabe komme. Er sagte auch, daß Brunettis Schlagzeile ihm gefalle und er sie wörtlich so übernehmen wolle.

»Ich möchte aber nicht, daß Sie Ärger bekommen«, versuchte Brunetti die Begeisterung des Mannes zu dämpfen. »Sie riskieren hoffentlich nichts, indem Sie das bringen?«

Der Reporter lachte schallend. »Ärger dafür, daß ich etwas ins Blatt setze, was nicht stimmt? Ich?« Noch immer lachend, wollte er sich schon verabschieden, aber Brunetti kam ihm rasch zuvor.

»Besteht die Möglichkeit, die Meldung auch in *La Nuova* unterzubringen?« fragte er. »Ich hätte sie gern in beiden Blättern.«

»Das müßte gehen. Die haben dort einen, der seit Jahren unseren Computer anzapft. So sparen sie sich die Kosten für einen eigenen Reporter. Ich tippe das also einfach ein, und die holen es sich dann schon, besonders wenn ich es schön gruselig formuliere. Bei Blut können sie nicht nein sagen. Aber Ihre Schlagzeile – ich fürchte, die werden sie nicht nehmen«, meinte er mit aufrichtigem Bedauern. »Darin ändern sie immer mindestens ein Wort.«

Brunetti, der mit dem, was er erreicht hatte, schon ganz zufrieden war, fand sich damit ab, bedankte sich und legte auf.

Um sich zu beschäftigen, vielleicht aber auch nur, um in Bewegung und seinem Schreibtisch möglichst fern zu bleiben, ging er zu Signorina Elettra hinunter, die er in eine Zeitschrift vertieft vorfand.

Als sie seine Schritte hörte, sah sie auf. »Ah, Sie sind wieder da, Commissario«, sagte sie, schon mit einem Lächeln auf den Lippen. Als sie jedoch den Gesichtsausdruck sah, den er mit in ihr Büro brachte, schwand das Lächeln. Sie klappte die Zeitschrift zu, zog eine Schublade auf, nahm eine Mappe heraus und reichte sie ihm. »Ich habe von den beiden jungen Leuten gehört«, sagte sie. »Es tut mir leid.«

Er wußte nicht, ob er sich für dieses Beileid bedanken sollte oder nicht. Also nickte er nur, während er die Mappe nahm und sie aufschlug. »Die Volpatos?«

»Mhm«, antwortete sie. »An dem, was da drinsteht, können Sie sehen, wie gut die beiden geschützt sein müssen.«

»Geschützt von wem?« fragte er, den Blick auf dem ersten Blatt.

»Von jemandem bei der Guardia di Finanza, würde ich sagen.«

»Warum?«

Sie stand auf und lehnte sich über den Schreibtisch. »Auf der zweiten Seite«, sagte sie, und als er umblätterte, zeigte sie auf ein paar Zahlenreihen. »Die erste Zahl ist jeweils das Jahr. Dann kommt die Summe ihres angegebenen Vermögens: Bankkonten, Wohnungen, Aktien. Und in der dritten Spalte steht das in dem Jahr gemeldete Einkommen.«

»Das heißt«, kommentierte Brunetti das Offensichtliche, »sie müßten in jedem Folgejahr mehr verdient haben, weil sie jedenfalls mehr besaßen.« Das ging nämlich aus den immer höheren Zahlen in der Vermögensspalte hervor.

Er studierte die Listen weiter. Statt jedoch von Jahr zu Jahr zu steigen, wurden die Zahlen in der dritten Spalte immer kleiner, obwohl die Volpatos immer mehr Wohnungen, Firmen und Häuser kauften. Unentwegt erwarben sie immer mehr und bezahlten immer weniger.

»Sind sie jemals von der Finanza überprüft worden?« fragte er, und die fiskalische rote Flagge, mit der er da winkte, war so groß und grell, daß man sie bis in die Zentrale der Guardia di Finanza in Rom sehen mußte.

»Nein, noch nie«, sagte sie kopfschüttelnd, während sie sich wieder setzte. »Darum sage ich ja, daß jemand die Hand über sie halten muß.«

»Haben Sie auch ihre Steuererklärungen?«

»Na klar«, antwortete sie nur, ohne ihren Stolz verbergen zu wollen. »Diese Zahlen für ihre jährlichen Einnahmen tauchen darin auch alle auf, aber dann können sie jedesmal nachweisen, daß sie horrende Summen für werterhaltende Maßnahmen an ihren Liegenschaften ausgegeben haben, und wie es aussieht, ist es ihnen einfach nicht gegeben, auch nur eine einzige Immobilie je mit Gewinn zu verkaufen.«

»An wen verkaufen sie denn so?« fragte Brunetti, obwohl er aufgrund jahrelanger ähnlicher Erfahrungen das Drehbuch eigentlich schon kannte.

»Bisher unter anderem zwei Wohnungen an Stadträte und zwei an Beamte der Guardia di Finanza. Jedesmal mit Verlust, besonders die eine, die an den Colonello ging. Und«, fuhr sie fort, wobei sie zur nächsten Seite umblätterte und auf die oberste Zeile deutete, »wie es aussieht, haben sie außerdem zwei Wohnungen an Dottor Fabrizio dal Carlo verkauft.«

»Ah«, seufzte Brunetti. Er blickte auf und fragte: »Haben Sie etwa rein zufällig ...?«

Ihr Lächeln war ein Gottesgeschenk. »Es ist alles da: seine Steuerbescheide, ein Verzeichnis der Häuser, die er besitzt, seine Bankkonten, die seiner Frau, alles.«

»Und?« fragte Brunetti, wobei er es sich mühsam verkniff, einen Blick auf das Blatt Papier zu werfen, weil er ihr doch die Freude lassen wollte, es ihm zu sagen.

»Nur ein Wunder könnte ihn vor einer Steuerprüfung schützen«, sagte sie, mit den Fingern ihrer linken Hand auf die Papiere tippend.

»Und keiner hat etwas gemerkt«, sagte Brunetti ruhig. »All die Jahre nicht. Weder bei dal Carlo noch bei den Volpatos.«

»Und das wird auch so schnell nicht passieren. So lange jedenfalls nicht«, meinte sie und blätterte zur ersten Seite zurück, »wie es solche Sonderpreise für Stadträte gibt.« Sie wartete kurz, dann fügte sie hinzu: »Und für hohe Beamte.«

»Ja«, pflichtete Brunetti ihr bei, während er mit einem müden Seufzer die Mappe schloß, »und für hohe Beamte.« Er klemmte sich die Mappe unter den Arm. »Was ist mit ihrem Telefon?«

Fast hätte Signorina Elettra gelächelt. »Sie haben keins.«

»Wie bitte?« fragte Brunetti.

»Ich konnte jedenfalls keines entdecken. Weder unter ihren Namen noch unter der Adresse, wo sie wohnen.« Ehe Brunetti nachfragen konnte, lieferte sie schon die möglichen Erklärungen. »Entweder sind sie zu geizig, um eine Telefonrechnung zu bezahlen, oder sie haben ein Mobiltelefon, das auf einen anderen Namen läuft.«

Brunetti vermochte sich nur schwer vorzustellen, daß heutzutage jemand ohne Telefon leben konnte, zumal wenn man mit Immobilien handelte, Geld verlieh und notwendigerweise Kontakt zu Anwälten, Ämtern und Notaren halten mußte. Außerdem konnte doch niemand so krankhaft genügsam sein und auf ein Telefon verzichten.

Damit schied jedenfalls eine der Spuren aus, der man sonst hätte nachgehen können, und Brunetti wandte seine Aufmerksamkeit wieder dem ermordeten Pärchen zu. »Wenn Sie können«, sagte er zu Signorina Elettra, »dann sehen Sie doch bitte einmal, was über Gino Zecchino herauszubekommen ist.«

Sie nickte. Den Namen kannte sie bereits.

»Wer das Mädchen ist, wissen wir noch nicht«, fing er an, und dabei dämmerte ihm, daß sie dies vielleicht auch nie erfahren würden. Er mochte den Gedanken jedoch nicht aussprechen, deshalb sagte er nur: »Geben Sie mir Bescheid, wenn Sie etwas finden.«

»Ja, Commissario«, sagte sie und schaute ihm nach, als er ihr Büro verließ.

Oben angekommen, beschloß er, die Fehlinformationen, die am nächsten Morgen in den Zeitungen erscheinen sollten, auf eine breitere Basis zu stellen, und verbrachte die nächsten anderthalb Stunden am Telefon, wobei er oft in seinem Notizbuch blättern oder gelegentlich einen Freund nach den Telefonnummern von Frauen und Männern beiderseits des Rechts fragen mußte. Durch Schmeicheleien, Winken mit künftigen Gefälligkeiten, manchmal auch durch offene Drohungen konnte er schließlich etliche Leute dafür gewinnen, bei jeder sich bietenden Gelegenheit die sonderbare Geschichte von dem Mörder zu erzählen, der durch den Biß seines Opfers zu einem langsamen, qualvollen Tod verdammt war. Im allgemeinen gebe es in so einem Fall keine Hoffnung, keine Heilmöglichkeit; nur in ganz, ganz seltenen Fällen, wenn der Biß rechtzeitig mit einem neuen Verfahren behandelt werde, das zur Zeit im Labor für Immunologie des Ospedale Civile erprobt werde und in der Notfallambulanz appliziert werden könne, gebe es noch eine Chance, der Infektion Einhalt zu gebieten. Ansonsten sei der Tod unausweichlich, die Schlagzeile werde sich schnell bewahrheiten und das Opfer sich tatsächlich mit einem Todesbiß gerächt haben.

Er wußte nicht, ob es klappen würde. Er wußte nur, daß Venedig die Stadt der Gerüchte war, wo eine unkritische Bevölkerung las und glaubte, hörte und glaubte.

Er rief in der Krankenhauszentrale an und wollte sich gerade zum Direktor durchstellen lassen, als ihm etwas Besseres einfiel und er statt dessen bat, mit Dottor Carraro in der Notfallambulanz verbunden zu werden.

Endlich hatte er ihn am Apparat, und Carraro blaffte seinen Namen – ein viel zu beschäftigter Mann, als daß man ihn hätte stören dürfen; seine Patienten gerieten in Lebensgefahr, wenn Leute ihn am Telefon mit dummen Fragen von der Arbeit abhielten.

»Ah, Dottore«, begann Brunetti, »wie schön, wieder einmal mit Ihnen zu sprechen.«

»Wer ist denn da?« fragte dieselbe barsche, unbeherrschte Stimme.

»Commissario Brunetti«, sagte er und wartete, daß der Name eine Erinnerung auslöste.

»Ach ja. Guten Tag, Commissario«, sagte der Arzt in deutlich verändertem Ton.

Als von dem Arzt nichts weiter kam, sagte Brunetti: »Ich rufe an, weil ich Ihnen möglicherweise behilflich sein kann, Dottore.« Er wartete, um Carraro Gelegenheit zu einer Frage zu geben. Es kam aber keine, und Brunetti fuhr fort: »Wir sind nämlich jetzt daran, zu entscheiden, ob wir die Ergebnisse unserer bisherigen Ermittlungen an den Untersuchungsrichter weitergeben. Das heißt«, korrigierte er sich mit einem beflissenen kleinen Lachen, »wir müssen eine Empfehlung geben, ob wegen einer Straftat ermittelt werden soll. Wegen unterlassener Hilfeleistung.«

Vom anderen Ende war nur Carraros Atmen zu hören. »Ich bin natürlich überzeugt, daß dazu keinerlei Notwendigkeit besteht«, sagte Brunetti. »Unfälle passieren eben. Der Mann wäre sowieso gestorben. Ich glaube nicht, daß es nötig ist, Ihnen deswegen Unannehmlichkeiten zu machen und polizeilicherseits Zeit mit Ermittlungen in einer Sache zu vertun, in der wir sowieso nichts finden werden.«

Immer noch Schweigen. »Sind Sie noch da, Dottore?« fragte Brunetti freundlich.

»Ja, ich bin noch da«, antwortete Carraro mit seiner neuen, sanfteren Stimme.

»Gut. Ich wußte doch, daß Sie sich über meine Mitteilung freuen würden, nicht wahr?«

»Ja, o ja.«

»Da ich Sie gerade am Apparat habe«, sagte Brunetti, wobei er aber deutlich zu machen verstand, daß ihm das nicht soeben erst eingefallen war, »dürfte ich Sie wohl um einen Gefallen bitten?«

»Aber selbstverständlich, Commissario.«

»Es könnte sein, daß an einem der nächsten Tage ein Mann mit einer Bißwunde am Arm oder an der Hand zu Ihnen in die Notfallambulanz kommt. Er wird wahrscheinlich behaupten, ein Hund habe ihn gebissen, oder möglicherweise sagt er auch, seine Freundin habe ihm das angetan.«

Carraro hüllte sich in Schweigen.

»Hören Sie mir zu, Dottore?« fragte Brunetti, plötzlich sehr viel lauter.

»Ja.«

»Gut. Sowie dieser Mann bei Ihnen aufkreuzt, möchte ich, daß Sie unverzüglich die Questura anrufen, Dottore. Unverzüglich«, wiederholte er noch einmal sehr deutlich, dann nannte er Carraro die Nummer. »Sollten Sie selbst nicht da sein, erwarte ich, daß Sie Ihrer Vertretung genau dieselbe Anweisung hinterlassen.«

»Und was sollen wir mit diesem Menschen machen, bis Sie hier sind?« fragte Carraro, schon wieder mehr in seinem alten Ton.

»Sie müssen ihn einfach dabehalten, Dottore. Lügen Sie ihm etwas vor, erfinden Sie eine Therapie, die so lange dauert, bis wir da sind. Auf keinen Fall dürfen Sie zulassen, daß er das Krankenhaus verläßt.«

»Aber wenn wir ihn nicht daran hindern können?« verlangte Carraro zu wissen.

Brunetti zweifelte eigentlich kaum daran, daß Carraro ihm gehorchen würde, dennoch hielt er es für besser, ihn anzulügen. »Es steht noch immer in unserer Macht, die Krankenhausakten zu prüfen, Dottore, und unsere Untersuchung der Begleitumstände um Signor Rossis Tod wird erst eingestellt, wenn ich es sage.« Beim letzten Satz dieser hohlen Lüge legte er etwas Stählernes in seinen Ton und wartete dann kurz, bevor er fortfuhr: »Gut, Dottore, dann freue ich mich also auf Ihre Kooperation.«

Danach konnten die beiden Männer sich nur noch mit ein paar Höflichkeiten voneinander verabschieden.

Brunetti hing bis zum Erscheinen der Zeitungen am nächsten Morgen ein wenig in der Luft. Das machte ihn etwas ungeduldig, ein Zustand, den er fürchtete, weil er ihn zu übereiltem Handeln verleiten konnte. Nur schwer widerstand er dem Drang, sozusagen die Katze zwischen die Tauben zu setzen, damit sie den Schlag aufmischte. Er ging hinunter zu Signorina Elettra.

Als er sie bei seinem Eintreten mit den Ellbogen auf dem Schreibtisch sah, das Kinn auf die Fäuste gestützt und die Nase über einem Buch, fragte er unwillkürlich: »Störe ich?«

Sie sah lächelnd auf und schüttelte langsam den Kopf: So eine absurde Idee.

»Gehört Ihre Wohnung Ihnen, Signorina?«

Sie war ja daran gewöhnt, daß Brunetti sich manchmal etwas wunderlich benahm, darum verriet sie auch jetzt kein Erstaunen und antwortete nur mit einem »Ja«. Mochte er, wenn er wollte, seine Frage näher erläutern.

Er hatte Zeit gehabt, darüber nachzudenken, also fügte er hinzu: »Ich denke aber, das spielt keine Rolle.«

»Für mich eigentlich schon, Commissario«, meinte sie.

»Ja, gewiß, das leuchtet mir ein«, sagte Brunetti, dem erst jetzt aufging, welche Verwirrung er mit seiner Fragerei auslösen mußte. »Signorina, wenn Sie im Moment nicht sehr beschäftigt sind, könnten Sie dann etwas für mich tun?«

Sie griff nach Notizblock und Bleistift, aber er wehrte ab.

»Nein, nein«, sagte er, »ich möchte, daß Sie in die Stadt gehen und mit jemandem reden.«

Er mußte über zwei Stunden auf ihre Rückkehr warten, doch dann kam sie geradewegs zu ihm herauf. Sie trat, ohne anzuklopfen, ein.

»Ah, Signorina«, sagte er und bot ihr einen Platz an. Dann setzte er sich zu ihr, gespannt, aber stumm.

»Sie haben nicht die Angewohnheit, mir Weihnachtsgeschenke zu machen, nicht wahr, Commissario?« fragte sie.

»Nein«, antwortete er. »Werde ich das demnächst ändern?«

»Jawohl«, antwortete sie mit Nachdruck. »Ich erwarte ein, oder sagen wir zwei Dutzend weiße Rosen von Biancat, dazu eine Kiste Prosecco, denke ich.«

»Und wann möchten Sie dieses Geschenk in Empfang nehmen, Signorina, wenn ich fragen darf?«

»Um dem Weihnachtstrubel zu entgehen, könnten Sie es mir vielleicht nächste Woche zustellen lassen, Commissario.«

»Selbstverständlich. Schon geschehen.«

»Zu gütig, Commissario.« Sie nickte huldvoll.

»Das Vergnügen ist ganz meinerseits«, antwortete er. Dann ließ er sechs Takte verstreichen, ehe er fragte: »Und?«

»Ich habe in der Buchhandlung auf dem Campo nachgefragt, und der Besitzer hat mir erklärt, wo sie wohnen. Da bin ich also hingegangen und habe mit ihnen gesprochen.«

»Und?« bohrte er.

»Es dürften die verabscheuungswürdigsten Menschen sein, denen ich je begegnet bin«, sagte sie in herablassendem Ton. »Mal nachrechnen. Ich arbeite jetzt seit gut vier Jahren hier und hatte es schon mit so manchem Kriminellen zu tun, obschon die Leute bei der Bank, in der ich vorher gearbeitet habe, wahrscheinlich schlimmer waren. Aber diese beiden sind eine Klasse für sich«, sagte sie mit einem Schauder, der echt zu sein schien.

»Wieso?«

»Ich glaube, es liegt an der Kombination von Raffgier und Frömmelei.«

»Wie äußert sich die?«

»Als ich sagte, ich brauchte Geld, um die Spielschulden meines Bruder zu bezahlen, wollten sie wissen, was ich als Sicherheit zu bieten hätte, und ich sagte, ich besäße eine Wohnung. Ich habe mich bemüht, das ein wenig nervös klingen zu lassen, wie Sie mir geraten hatten. Er ließ sich von mir die Adresse geben und ging damit ins Nebenzimmer, wo ich ihn telefonieren hörte.«

Sie hielt kurz inne, dann fügte sie hinzu: »Es muß ein *telefonino* gewesen sein. In den beiden Zimmern, die ich gesehen habe, gab es keine Telefonanschlüsse.«

»Wie ging es dann weiter?« drängte Brunetti.

Sie hob das Kinn und blickte zu dem *armadio* an der gegenüberliegenden Zimmerwand. »Als er wiederkam, hat er seiner

Frau zugelächelt, und dann fingen sie an, von der Möglichkeit zu sprechen, daß sie mir vielleicht helfen könnten. Sie wollten wissen, wieviel ich brauchte. Ich habe gesagt, fünfzig Millionen.«

Das war der Betrag, auf den sie sich geeinigt hatten: nicht zuviel und nicht zuwenig, gerade die Summe, die in einer Spielnacht zusammenkommt und die der Spieler leicht zurückgewinnen zu können glaubt, wenn er nur jemanden findet, der seine Schulden bezahlt, damit er wieder an die Tische gelassen wird.

Sie sah Brunetti an. »Kennen Sie diese Leute?«

»Nein. Ich weiß über sie nur, was ich von einer Bekannten erfahren habe.«

»Sie sind gräßlich«, sagte sie leise.

»Was war weiter?«

Signorina Elettra zuckte die Achseln. »Ich nehme an, sie haben getan, was sie immer tun. Sie haben mir gesagt, daß sie die Besitzurkunde für die Wohnung sehen müssen, obwohl ich sicher bin, daß er jemanden angerufen hatte, um sich zu vergewissern, daß die Wohnung wirklich mir gehört oder daß sie auf meinen Namen läuft.«

»Wer könnte das sein?« fragte er.

Sie warf einen Blick auf die Uhr, bevor sie antwortete: »Es ist wenig wahrscheinlich, daß noch jemand im Ufficio Catasto anzutreffen war, also mußte es jemand sein, der sofortigen Zugriff auf dessen Datenbanken hat.«

»Den haben Sie doch auch, oder?«

»Nein, ich brauche eine Weile, um das System zu knack …, ich meine, um in das System hineinzukommen. Der, von dem sie so prompt diese Auskunft bekommen haben, muß direkten Zugriff haben.«

»Und wie sind Sie nun verblieben?« fragte Brunetti.

»Ich soll morgen mit den Papieren wieder hin. Sie haben für fünf Uhr den Notar zu sich bestellt.« Sie lächelte zu ihm hinüber. »Man muß sich das vorstellen: Es kann einer sterben, bevor ein Arzt einen Hausbesuch bei ihm macht, und diese Leute haben vierundzwanzig Stunden am Tag einen Notar bei der Hand.« Der bloße Gedanke ließ sie die Stirn runzeln. »Also werde ich wohl morgen um fünf wieder hingehen. Wir werden alles unterschreiben, und die Volpatos werden mir das Geld geben.«

Noch bevor sie zu Ende gesprochen hatte, hob Brunetti einen Finger und bewegte ihn verneinend hin und her. Auf keinen Fall würde er Signorina Elettra erlauben, sich je wieder in solche Nähe zu diesen Menschen zu begeben. Sie gab zwar nur mit einem stummen Lächeln zu verstehen, daß sie das Verbot vernommen hatte, aber er glaubte auch ein wenig Erleichterung darin zu sehen.

»Und die Zinsen? Haben sie gesagt, wie hoch die sein werden?«

»Sie haben gesagt, darüber würden wir morgen sprechen, es würde in den Verträgen stehen.« Sie schlug die Beine übereinander und faltete die Hände im Schoß. »Das heißt dann wohl, daß wir gar nicht erst dazu kommen, darüber zu reden«, sagte sie, und das Thema schien für sie damit abgeschlossen.

Brunetti wartete ein paar Sekunden, bevor er fragte: »Und die Frömmelei?«

Signorina Elettra griff in ihre Jackentasche und zog ein rechteckiges Stück Papier heraus, etwas kleiner als eine Spielkarte, und reichte es Brunetti. Der sah es sich an. Es war steif, eine Art imitiertes Pergament, und zeigte eine Frau in Nonnentracht, die Hände vor der Brust gekreuzt und die Augen fromm verdreht. Brunetti las die ersten paar Zeilen darunter – ein Gebet, das mit einem illuminierten »O« begann.

»Santa Rita«, sagte Signorina Elettra, nachdem er das Bildchen eine Weile betrachtet hatte. »Offenbar eine weitere Schutzpatronin für hoffnungslose Fälle, und Signora Volpato fühlt sich ihr so nah, weil sie glaubt, auch sie hilft Menschen, denen jede andere Hilfe versagt ist. Deswegen verehrt sie die heilige Rita ganz besonders.« Erst nach einigem Nachdenken über dieses Wunder sah sich Signorina Elettra zu der Ergänzung imstande: »Mehr noch als die Madonna, hat sie mir gestanden.«

»Da hat die Madonna aber Glück gehabt«, fand Brunetti. Damit reichte er ihr das Bildchen zurück.

»Aber nein, Commissario, das dürfen Sie behalten«, erklärte sie großherzig.

»Hat man Sie eigentlich gefragt, warum Sie nicht zu einer Bank gegangen sind, wenn Ihnen doch die Wohnung gehört?«

»Ja. Und ich habe erzählt, ursprünglich habe mein Vater mir die Wohnung übereignet und ich wolle nicht riskieren, daß er erfährt, was ich da tue. Wenn ich zu unserer Bank gegangen wäre, wo man uns alle kennt, würde er über die Sache mit meinem Bruder sehr bald Bescheid wissen. Bei dieser Erklärung habe ich mich sogar zu weinen bemüht.« Signorina Elettra mußte lächeln, dann fuhr sie fort: »Signora Volpato hat mir gesagt, daß ihr die Sache mit meinem Bruder sehr leid tut, denn die Spielsucht sei ein schreckliches Laster.«

»Zinswucher wohl nicht?« fragte Brunetti, aber eigentlich war es keine Frage.

»Offenbar nein. Sie wollte noch wissen, wie alt er ist.«

»Und was haben Sie ihr gesagt?« erkundigte sich Brunetti, der wußte, daß sie gar keinen Bruder hatte.

»Siebenunddreißig, und daß er schon seit Jahren spielt.« Signorina Elettra ließ sich die Ereignisse des Nachmittags noch einmal kurz durch den Kopf gehen und meinte schließlich: »Signora Volpato war sehr freundlich.«

»Ach, wirklich? Was hat sie getan?«

»Sie hat mir noch ein Bildchen der heiligen Rita geschenkt und gesagt, daß sie für meinen Bruder beten will.«

23

Das einzige, was Brunetti an diesem Nachmittag noch erledigte, bevor er nach Hause ging, war seine Unterschrift unter das Formular, das Marco Landis Leiche freigab, so daß sie in sein Heimatdorf überführt werden konnte. Danach rief er unten an und fragte Vianello, ob er bereit sei, den Leichnam nach Trient zu begleiten. Vianello willigte sofort ein und meinte nur, da morgen sein freier Tag sei, wisse er nicht, ob er seine Uniform tragen dürfe.

Brunetti sagte, ohne sich lange zu fragen, ob er dazu befugt war: »Ich ändere den Dienstplan«, und damit zog er schon eine Schublade auf, um nach dem Plan zu suchen, der unter den vielen Papieren begraben lag, die allwöchentlich auf seinen Schreibtisch kamen, um dort zunächst unbeachtet zu bleiben und schließlich ungelesen weggeworfen zu werden. »So, jetzt sind Sie im Dienst und können Ihre Uniform tragen.«

»Und wenn die Eltern von mir wissen wollen, was sich hier tut, ob wir schon weitergekommen sind?« fragte Vianello.

»Das werden sie nicht fragen, noch nicht«, antwortete Brunetti, ohne sicher zu sein, woher er das wußte, nur, *daß* er es wußte.

Zu Hause fand er Paola auf der Terrasse, die Füße auf einem der Rattanstühle, die wieder einmal einen Winter lang den Elementen standgehalten hatten. Sie lächelte zu ihm auf und nahm die Füße von dem Stuhl; er nahm die Einladung an und setzte sich ihr gegenüber.

»Soll ich mich erkundigen, wie es dir heute ergangen ist?« fragte sie.

Er setzte sich bequemer hin und schüttelte den Kopf, rang sich aber doch noch ein Lächeln ab. »Nein, ein Tag wie jeder andere.«

»Ausgefüllt mit …?«

»Zinswucher, Korruption und Habgier.«

»Also tatsächlich ein Tag wie jeder andere.« Sie nahm einen Umschlag aus dem Buch, das sie auf dem Schoß liegen hatte, und beugte sich weit vor, um ihn Brunetti zu reichen. »Vielleicht hilft dir das«, meinte sie.

Er nahm den Umschlag und betrachtete ihn. Absender war das Ufficio Catasto, und Brunetti wußte nicht so recht, wie ihm das in irgendeiner Weise würde helfen können.

Er zog den Brief aus dem Umschlag und las. »Ist das ein Wunder?« fragte er. Wieder betrachtete er den Brief, dann las er den letzten Satz laut vor: »Nachdem nunmehr ausreichendes Urkundenmaterial vorgelegt wurde, gelten alle bisherigen Schreiben unsererseits durch diese Verfügung einer nachträglichen Baugenehmigung als erledigt.«

Brunetti ließ die Hand mit dem Brief auf seinen Schoß fallen. »Heißt das, was ich darunter verstehe?« fragte er.

Paola nickte, ohne zu lächeln oder den Blick zu wenden.

Er suchte nach den richtigen Worten und dem richtigen Ton, und nachdem er beides gefunden hatte, fragte er: »Könntest du dich vielleicht etwas genauer äußern?«

Ihre Antwort kam prompt. »Ich verstehe das so, daß die Sache erledigt ist. Die notwendigen Unterlagen haben sich gefunden, und wir müssen nicht verrückt darüber werden.«

»Gefunden?« wiederholte er.

»Gefunden.«

Er sah das Blatt an, den Text, in dem das Wort »vorgelegt« stand, faltete den Brief zusammen, steckte ihn wieder in den Umschlag und überlegte, wie er es fragen sollte – und *ob* er es fragen sollte.

Er gab ihr den Umschlag zurück. Als er dann endlich fragte, hatte er seinen Ton noch im Griff, aber schon nicht mehr seine Worte: »Hatte dein Vater die Finger im Spiel?«

Brunetti beobachtete sie. Er kannte sie gut genug, um zu merken, daß sie überlegte, ob sie ihn anlügen sollte. Er merkte auch, daß sie diesen Gedanken schließlich verwarf. »Wahrscheinlich.«

»Inwiefern?«

»Wir haben über dich gesprochen«, begann sie, und Brunetti versuchte sich sein Erstaunen darüber, daß Paola mit ihrem Vater über ihn sprach, nicht anmerken zu lassen. »Er hat mich gefragt, wie es dir geht, was deine Arbeit macht, und ich habe ihm gesagt, daß du im Augenblick mehr als die üblichen Probleme hast.« Bevor er ihr vorwerfen konnte, sie verrate seine Dienstgeheimnisse, fügte sie schon hinzu: »Du weißt, daß ich weder ihm noch irgend jemand anderem jemals Einzelheiten erzähle, aber ich habe ihm gesagt, daß du unter größerer Belastung stehst als sonst.«

»Belastung?«

»Ja, Belastung.« Und um das zu erklären, fuhr sie fort: »Durch die Sache mit Pattas Sohn, der ungeschoren davonkommen wird«, sagte sie. »Und diese armen jungen Leute, die tot sind.« Als sie sein Gesicht sah, sagte sie rasch: »Nein, ich habe von dem allen nichts zu ihm gesagt, ich habe ihm nur klarzumachen versucht, wie schwer du es in letzter Zeit hast. Schließlich lebe und schlafe ich mit dir, du brauchst mir also gar nicht jeden Tag zu berichten, wie dir diese Dinge zusetzen.«

Er sah, wie sie sich gerader aufsetzte, als ob das Gespräch für sie beendet und sie selbst damit frei wäre, aufzustehen und ihnen etwas zu trinken zu holen.

»Was hast du ihm denn noch erzählt, Paola?« fragte er, bevor sie wirklich aufstehen konnte.

Sie ließ sich mit der Antwort eine Weile Zeit, aber dann sagte sie die Wahrheit: »Ich habe ihm von diesem Quatsch aus dem Katasteramt erzählt und daß diese Sache, obwohl wir seitdem nichts mehr gehört haben, über uns hängt wie eine bürokratische Ausgabe des Damoklesschwerts.« Brunetti kannte diese Taktik: Ablenkungsversuch mit einem Witzchen. Er ließ sich nicht beeindrucken.

»Und wie hat er darauf reagiert?«

»Er hat gefragt, ob er etwas tun kann.«

Wäre Brunetti nicht so müde gewesen, nicht so niedergedrückt nach einem Tag, an dem er sich so sehr mit menschlicher Verderbtheit hatte befassen müssen, er hätte es wahrscheinlich dabei bewenden lassen und es hingenommen, daß die Dinge über seinen Kopf hinweg und hinter seinem Rücken ihren Lauf nahmen. Aber irgend etwas, entweder Paolas selbstgefällige Doppelzüngigkeit oder seine eigene Scham darüber, ließ ihn sagen: »Ich hatte dir doch verboten, das zu tun.« Schnell korrigierte er diesen Satz: »Ich hatte dich gebeten.«

»Ich weiß. Also habe ich ihn nicht um Hilfe gebeten.«

»Das brauchtest du ja wohl auch nicht, wie?« Seine Stimme wurde lauter.

Auch die ihre. »Ich weiß nicht, was er getan hat. Ich weiß nicht einmal, ob er überhaupt etwas getan hat.«

Brunetti zeigte auf den Umschlag in ihrer Hand. »Die Antwort muß man wohl nicht weit suchen, oder? Paola, ich hatte dich gebeten, uns nicht von ihm helfen zu lassen. Er sollte seine Freundeskreise und Beziehungen nicht für uns einspannen.«

»Aber die unseren einzuspannen, darin hättest du nichts Anrüchiges gesehen?« schoß sie zurück.

»Das ist etwas anderes«, beharrte er.

»Wieso?«

»Weil wir kleine Leute sind. Wir haben nicht seine Macht. Wir können uns nicht darauf verlassen, immer alles zu bekommen, immer die Gesetze umgehen zu können.«

»Ist das für dich wirklich ein Unterschied?« fragte sie verwundert.

Er nickte.

»Wohin gehört dann Patta?« fragte sie. »Zu uns oder zu den Mächtigen?«

»Patta?«

»Ja, Patta. Wenn du es den kleinen Leuten zugestehst, daß sie dem System ein Schnippchen schlagen wollen, dasselbe aber bei den Großen als Unrecht ansiehst, wohin gehört dann Patta?« Als Brunetti zögerte, sagte sie: »Ich frage dich das, weil du ja nun gewiß nicht versuchst, mit deiner Meinung über das, was er getan hat, um seinen Sohn herauszuhauen, hinterm Berg zu halten.«

Brunetti fühlte sich plötzlich von heißem Zorn gepackt. »Sein Sohn ist ein Krimineller!«

»Trotzdem ist er sein Sohn.«

»Und deswegen ist es völlig in Ordnung, wenn dein Vater das System korrumpiert, nur weil er es für seine Tochter tut?« Kaum waren die Worte heraus, bereute er sie schon, und die Reue besiegte seinen Zorn und erstickte ihn restlos. Paola sah ihn an, den Mund zu einem kleinen »O« geformt, als hätte er sie geohrfeigt.

Er versuchte es sofort gutzumachen. »Entschuldige. Entschuldige bitte«, rief er, »das hätte ich nicht sagen sollen.« Er ließ den Kopf an die Rückenlehne des Stuhls sinken. Am liebsten hätte er die Augen geschlossen und das alles davongejagt. Statt dessen hob er die Hand und ließ sie mit der Innenseite nach oben auf seinen Schoß fallen. »Es tut mir wirklich leid. Das hätte ich nicht sagen sollen.«

»Nein, das hättest du nicht.«

»Weil es ja gar nicht stimmt«, meinte er abbittend.

»Aber nicht doch«, sagte sie mit ganz ruhiger Stimme. »Nach meiner Meinung hättest du das nicht sagen sollen, gerade *weil* es stimmt. Er hat es ja getan, weil ich seine Tochter bin.«

Brunetti wollte erwidern, daß es der andere Teil sei, der nicht stimme: Conte Falier könne kein System korrumpieren, das schon korrupt sei, vielleicht von Geburt an. Er sagte dann aber nur: »Ich möchte das nicht, Paola.«

»Was?«

»Daß wir uns wegen so etwas streiten.«

»Ist doch egal.« Ihre Stimme klang fern, gleichgültig, leicht gebieterisch.

»Ach, nun komm«, sagte er, schon wieder verärgert.

Lange sprachen sie beide nicht. Endlich fragte Paola: »Was soll ich also tun?«

»Ich glaube nicht, daß es da noch etwas zu tun gibt.« Er zeigte auf den Brief. »Seit wir den haben.«

»Vermutlich nicht«, pflichtete sie ihm bei. Sie hob den Brief hoch. »Aber abgesehen davon?«

»Ich weiß es nicht.« Dann sagte er in sanfterem Ton: »Es wäre dir wohl nicht zuzumuten, zu den Idealen deiner Jugend zurückzukehren?«

»Würdest du das denn von mir wollen?« fragte sie, um aber sofort hinzuzufügen: »Es wäre unmöglich, das sage ich dir gleich. Meine Frage ist also rein rhetorisch. Würdest du das von mir wollen?«

Doch als er aufstand, wurde ihm klar, daß eine Rückkehr zu ihrer beider Jugendidealen keine Garantie für Seelenfrieden wäre.

Er ging in die Wohnung und kam ein paar Minuten später mit zwei Gläsern Chardonnay zurück. Eine halbe Stunde saßen sie zusammen und redeten kaum miteinander, bis Paola auf die Uhr sah, aufstand und meinte, sie wolle jetzt gehen und das Abendessen machen. Als sie sein leeres Glas nahm, bückte sie sich und küßte ihn aufs rechte Ohr, knapp an der Wange vorbei.

Nach dem Essen legte er sich aufs Sofa und gab sich der Hoffnung hin, daß es ihm irgendwie gelingen möge, seiner Familie den Frieden zu erhalten und sein Heim davor zu bewahren, daß es von den schrecklichen Dingen belagert würde, die seinen Alltag bestimmten. Er versuchte weiter im Xenophon zu lesen, doch obwohl die noch übrigen Griechen sich inzwischen der Sicherheit heimischer Gestade näherten, fiel es ihm schwer, sich auf ihre Geschichte zu konzentrieren, und völlig unmöglich war es ihm, an ihren Nöten von vor zweitausend Jahren Anteil zu nehmen. Chiara, die gegen zehn hereinkam und ihm einen Gutenachtkuß gab, sagte diesmal nichts von Booten, weil sie ja nicht wissen konnte, daß Brunetti ihr heute ohne Umstände die *Queen Elizabeth II.* versprochen hätte.

Wie gehofft, fand er am nächsten Morgen, als er sich auf dem Weg zur Arbeit den *Gazzettino* kaufte, seine Schlagzeile auf der ersten Seite des Lokalteils. In der Questura angekommen, setzte er sich an seinen Schreibtisch und las den Artikel. Es klang darin alles noch viel grausiger und dramatischer, als er es dargestellt hatte, und wie so viele jener wilden Geschichten, die speziell in diesem Blatt veröffentlicht wurden, erschien es alles vollkommen glaubhaft. Obwohl es im Text ausdrücklich hieß, die Therapie helfe nur gegen eine eventuelle Übertragung durch Bisse – was für Unsinn konnte man den Leuten noch auftischen? –, fürchtete Brunetti nun, daß Drogenabhängige und Infizierte in Massen das Krankenhaus heimsuchen würden, um an die Wunderarznei zu kommen, die ihnen angeblich in der Notfallambulanz des Ospedale Civile verabreicht werden konnte.

Unterwegs hatte Brunetti noch etwas getan, was er selten tat: Er hatte sich *La Nuova* gekauft, wobei ihn hoffentlich niemand gesehen hatte, der ihn kannte. Darin fand er den Artikel auf Seite siebenundzwanzig: drei Spalten, sogar mit einem Foto von Zecchino, das offensichtlich aus einer Gruppenaufnahme ausgeschnitten war. Die Gefährlichkeit des Bisses wurde hier, soweit das überhaupt möglich war, noch viel übertriebener dargestellt, ebenso aber auch die Hoffnung, die man in das neue Medikament setzen könne, das es nur in der Notfallambulanz des Ospedale Civile gebe.

Er war noch keine zehn Minuten in seinem Zimmer, als die Tür aufflog. Brunetti blickte auf und sah – zuerst erschrocken, dann überrascht – Vice-Questore Patta auf der Schwelle stehen. Er blieb dort allerdings nicht lange stehen, sondern war mit ein paar schnellen Schritten im Zimmer und baute sich vor Brunettis Schreibtisch auf. Brunetti erhob sich halb, doch Patta machte eine Handbewegung, als wollte er ihn auf seinen Stuhl zurückstoßen, dann ballte er die Hand zur Faust und ließ sie auf Brunettis Schreibtisch niedersausen.

»Warum tun Sie das?« schrie er. »Was habe ich Ihnen je zuleide getan, daß Sie uns das jetzt antun? Die bringen ihn um. Das wissen Sie genausogut wie ich. Es muß Ihnen von Anfang an klar gewesen sein.«

Im ersten Moment fürchtete Brunetti, sein Vorgesetzter sei verrückt geworden oder die Anforderungen seiner Stellung – vielleicht auch die seines privaten Lebens – hätten ihn über den Punkt hinausgetrieben, bis zu dem er seine Gefühle noch im Griff hatte, und nun wäre er über eine unsichtbare Grenze hinweg in einen Zustand besinnungsloser Wut geraten. Brunetti legte die Hände auf die Schreibtischplatte und hütete sich tunlichst, sich zu bewegen oder noch einmal Anstalten zum Aufstehen zu machen.

»Also? Also?« schrie Patta ihn an. Auch er legte die Hände auf Brunettis Schreibtisch und beugte sich über die Platte, bis sein Gesicht ganz dicht vor Brunettis war. »Ich will wissen, warum Sie ihm das antun! Wenn Roberto etwas zustößt, werde ich Sie vernichten!« Patta richtete sich wieder auf, die Hände jetzt beiderseits des Körpers zu Fäusten geballt. Brunetti sah den Vice-Questore schlucken, dann hörte er ihn mit drohender Stimme sagen: »Ich habe Sie etwas gefragt, Brunetti.«

Brunetti schob sich auf seinem Stuhl zurück und umfaßte die Armlehnen. »Ich finde, Sie sollten sich lieber setzen, Vice-Questore«, sagte er, »und mir erst einmal sagen, worum es geht.«

Falls Patta angefangen hatte, sich zu beruhigen, so war es damit jetzt wieder aus. Schon brüllte er: »Lügen Sie mich nicht an, Brunetti! Ich will wissen, warum Sie das getan haben.«

»Ich weiß nicht, wovon Sie reden«, versetzte Brunetti, dem jetzt auch etwas von seinem eigenen Zorn in die Stimme geriet.

Patta zog die Zeitung vom Vortag aus der Jackentasche und klatschte sie Brunetti auf den Tisch. »Hiervon rede ich!« schrie er und stach mit wütendem Finger auf das Papier ein. »Von dieser Meldung, daß Robertos Festnahme unmittelbar bevorsteht und er mit Sicherheit gegen die Leute aussagen wird, die den Drogenhandel im Veneto kontrollieren.« Bevor Brunetti etwas entgegnen konnte, fuhr Patta fort: »Ich weiß doch, wie ihr arbeitet, ihr Nordlichter: wie ein Geheimbund. Ihr braucht doch nur einen eurer Freunde bei der Zeitung anzurufen, und die drukken jeden Mist, den ihr ihnen erzählt.«

Plötzlich erschöpft, ließ Patta sich auf einen Stuhl sinken, der vor Brunettis Schreibtisch stand. Sein immer noch hochrotes Gesicht war schweißbedeckt, und als er es abwischte, sah Brunetti, daß seine Hand zitterte. »Die bringen ihn um«, sagte er fast unhörbar.

Endlich begriff Brunetti, und seine Empörung über Pattas Benehmen schwand. Er wartete ein paar Augenblicke, bis Patta wieder einigermaßen normal atmete, dann sagte er: »Es geht nicht um Roberto.« Er versuchte ganz ruhig zu sprechen. »Es geht um diesen Jungen, der letzte Woche an einer Überdosis gestorben ist. Seine Freundin war bei mir und hat mir gesagt, sie weiß, wer ihm die Drogen verkauft hat, aber sie traute sich nicht, mir den Namen zu nennen. Ich dachte, die Zeitungsmeldung könnte ihn dazu bewegen, freiwillig zu kommen und mit uns zu reden.«

Er sah, daß Patta zuhörte; ob er ihm aber auch glaubte, war eine völlig andere Frage. Oder, falls er ihm glaubte, ob es etwas änderte.

»Es hat nichts mit Roberto zu tun«, wiederholte er so ruhig, wie es ihm nur möglich war. Er verkniff sich den Hinweis, daß Patta doch selbst behauptet hatte, Roberto habe nichts mit dem Verkauf von Drogen zu tun, so daß der Artikel ihn unmöglich in Gefahr bringen könne. Nicht einmal Patta war einen so billigen Sieg wert. Brunetti verstummte und wartete auf Pattas Antwort.

Nach langem Schweigen sagte der Vice-Questore: »Es ist mir egal, um wen es geht«, woraus zu schließen war, daß er glaubte, was Brunetti gesagt hatte. Er sah Brunetti mit einem direkten, ehrlichen Blick an. »Sie haben ihn gestern abend angerufen. Auf seinem *telefonino*.«

»Und was haben sie gesagt?« erkundigte sich Brunetti, dem sehr wohl bewußt war, was Patta ihm soeben gestanden hatte: daß sein Sohn, der Sohn des Vice-Questore von Venedig, mit Drogen handelte.

»Sie haben ihm gesagt, daß sie davon lieber nichts mehr hören wollen, weder daß er mit irgendwem gesprochen habe, noch daß er zur Questura gegangen sei.« Patta schloß die Augen und verstummte; offenbar mochte er nicht weitersprechen.

»Sonst?« fragte Brunetti ruhig.

Nach wieder einem langen Warten kam die Antwort. »Das haben sie nicht gesagt. Brauchten sie auch nicht.« Brunetti zweifelte nicht an der Wahrheit dieses Satzes.

Plötzlich hatte er nur noch den Wunsch, überall sonst, nur nicht hier zu sein. Lieber noch wäre er in diesem Raum mit Zecchino und dem toten Mädchen gewesen, denn da war seine Empfindung wenigstens tiefes, reines Mitleid gewesen und nichts von diesem schäbigen Triumph darüber, diesen Mann, für den er schon so oft nur tiefste Verachtung übrig hatte, jetzt so klein vor sich zu sehen. Er wollte über Pattas Angst und Wut keine Befriedigung empfinden, aber es gelang ihm einfach nicht, diese Gefühle ganz zu unterdrücken.

»Nimmt er selbst etwas, oder handelt er nur damit?« fragte er.

Patta seufzte. »Ich weiß es nicht. Ich habe keine Ahnung.« Brunetti ließ ihm einen Moment Zeit, damit er sich diese Lügerei noch anders überlegen konnte, und nach einer kleinen Weile sagte Patta: »Doch. Kokain, glaube ich.«

Vor etlichen Jahren, als Brunetti in der Verhörkunst noch weniger erfahren war, hätte er sich an dieser Stelle noch einmal bestätigen lassen, daß der Junge auch dealte, jetzt aber nahm er das als gegeben an und stellte die nächste Frage: »Haben Sie mit ihm gesprochen?«

Patta nickte. Nach einer Weile sagte er: »Er lebt in Heidenängsten. Er möchte zu seinen Großeltern, aber dort wäre er nicht sicher.« Er sah zu Brunetti auf. »Diese Leute müssen glauben, daß er nicht reden wird. Nur dann ist er sicher.«

Zu diesem Schluß war Brunetti auch schon gekommen, und er rechnete sich aus, was ihn das kosten würde. Es gab nur die eine Möglichkeit: eine weitere Meldung des Inhalts zu lancieren, daß die Polizei inzwischen mehr und mehr den Verdacht habe, ihr seien falsche Informationen zugespielt worden, denn man habe noch keinerlei Zusammenhang zwischen den jüngsten Drogentoten und der Person nachweisen können, die hinter dem Verkauf dieser Drogen stehe. Dies würde Roberto Patta höchstwahrscheinlich aus der unmittelbaren Gefahr herausbringen, aber ebenso Anna Maria Rattis Bruder oder Vetter, wer es auch immer war, davon abhalten, zur Polizei zu kommen und die Namen derer zu nennen, die ihm den für Marco Landi tödlichen Stoff verkauft hatten.

Wenn er nichts unternahm, war Robertos Leben in Gefahr, aber wenn die neue Meldung erschien, würde Anna Maria mit dem heimlichen Kummer leben müssen, daß sie, wie indirekt auch immer, an Marcos Tod mitschuldig war.

»Ich erledige das«, sagte er.

Pattas Kopf flog hoch, seine Augen starrten Brunetti über den Schreibtisch hinweg an. »Was?« entfuhr es ihm, und dann: »Wie?«

»Ich sagte, ich erledige das«, wiederholte Brunetti in entschiedenem Ton, damit Patta ihm nur ja glaubte und jede Dankbarkeitsbezeugung, zu der er sich hätte veranlaßt sehen können, so schnell wie möglich mit sich aus dem Zimmer nahm. »Versuchen Sie ihn in so einer Klinik unterzubringen«, sagte er noch.

Er sah Patta die Augen aufreißen im Zorn darüber, daß sein Untergebener es wagte, ihm Ratschläge zu erteilen.

Brunetti wollte es nur schnell hinter sich bringen. »Ich rufe jetzt an«, sagte er und ließ seinen Blick dabei zur Tür wandern.

Patta, den das noch mehr ärgerte, stand auf, machte kehrt und stolzierte aus dem Zimmer.

Ohne sich dabei im mindesten komisch vorzukommen, rief Brunetti erneut seinen Bekannten bei der Zeitung an, allerdings in dem Bewußtsein, daß er da einen riesigen Schuldenberg anhäufte. Wenn es einmal ans Zurückzahlen ginge – und das würde es, daran zweifelte er nicht eine Sekunde –, müßte er so einiges an Prinzipien opfern oder sogar Gesetze verbiegen, das war ihm klar. Doch auch dieser Gedanke ließ ihn keinen Augenblick zögern.

Er wollte gerade zum Mittagessen gehen, als sein Telefon klingelte. Es war Carraro, der berichtete, daß vor einigen Minuten ein Mann angerufen habe: Er habe am Morgen den Artikel in der Zeitung gelesen und wolle wissen, ob das wirklich wahr sei. Carraro habe ihm versichert: Ja, die Therapie sei eine umwälzende Neuerung und für den, der da gebissen worden sei, die einzige Hoffnung.

»Glauben Sie, daß er unser Mann ist?« fragte Brunetti.

»Ich habe keine Ahnung«, antwortete Carraro. »Aber er schien sehr interessiert zu sein und sagte, er wolle im Lauf des Tages vorbeikommen. Was gedenken Sie zu tun?«

»Ich komme sofort zu Ihnen.«

»Was mache ich, wenn er kommt?«

»Halten Sie ihn fest. Reden Sie auf ihn ein. Erfinden Sie irgendeine Voruntersuchung, und halten Sie ihn hin«, sagte Brunetti. Auf dem Weg nach draußen steckte er noch schnell den Kopf durch die Tür des Bereitschaftsraums und befahl zwei Mann mit einem Boot unverzüglich zum Eingang des *Pronto Soccorso*.

Er brauchte zu Fuß nur zehn Minuten bis zum Ospedale Civile, und als er ankam, sagte er dem Pförtner, man müsse ihn durch den Ärzteeingang in die Notfallambulanz lassen, damit ihn keine wartenden Patienten sähen. Seine Eile mußte ansteckend wirken, denn der Mann verließ sofort seinen Glaskasten und führte ihn durch den Hauptkorridor, am Patienteneingang zur Notfallambulanz vorbei, durch eine unbeschriftete Tür und dann einen schmalen Gang hinunter. So landete er endlich im Schwesternzimmer.

Die diensthabende Schwester sah überrascht zu ihm auf, als er da so ohne Vorwarnung neben ihr auftauchte, aber Carraro mußte ihr gesagt haben, daß sie mit jemandem zu rechnen habe, denn sie stand auf und sagte: »Er ist bei Dottor Carraro.« Sie zeigte auf die Tür zum Behandlungszimmer. »Da drin.«

Brunetti öffnete die Tür, ohne anzuklopfen, und ging hinein. Ein weißbekittelter Carraro stand über einen großen Mann gebeugt, der rücklings auf dem Behandlungstisch lag. Sein Hemd und Pullover hingen über einer Stuhllehne, und Carraro horchte dem Patienten gerade mit seinem Stethoskop das Herz ab. Da er die Stöpsel in den Ohren hatte, bemerkte er Brunettis Kommen nicht. Nur der Mann auf dem Tisch bemerkte es, und als sich bei Brunettis Anblick sein Herzschlag beschleunigte, blickte Carraro auf, um zu sehen, was diese Reaktion bei seinem Patienten bewirkt hatte.

Er sah Brunetti, sagte aber nichts.

Der Mann auf dem Tisch lag ganz still, aber Brunetti bemerkte, wie er sich plötzlich anspannte und ein kurzes Erschrecken über sein Gesicht huschte. Er sah auch die entzündete Stelle an der Außenseite des rechten Unterarms; sie war oval und hatte Ränder, die aussahen wie ein Reißverschluß.

Brunetti sagte erst einmal lieber nichts. Der Mann auf dem Tisch schloß die Augen und ließ sich zurücksinken, die Arme schlaff an seinen Seiten. Brunetti sah, daß Carraro durchsichtige Gummihandschuhe anhatte. Wenn er erst jetzt hereingekommen wäre und den Mann so hätte daliegen sehen, hätte er geglaubt, er schlafe. Sein eigener Herzschlag beruhigte sich. Carraro trat vom Untersuchungstisch fort, ging an seinen Schreibtisch, legte das Stethoskop darauf und verließ wortlos das Zimmer.

Brunetti ging auf den Untersuchungstisch zu, achtete aber darauf, daß er mindestens eine Armlänge Abstand hielt. Er sah jetzt auch, wie stark dieser Mann sein mußte: Seine Brust- und Schultermuskeln waren gewölbt und straff, das Ergebnis jahrzehntelanger Schwerarbeit, die Hände riesig; die eine war geöffnet, und Brunetti fielen die abgeflachten Kuppen seiner breiten, spatenförmigen Finger auf.

In Ruhe wirkte das Gesicht des Mannes irgendwie abwesend. Sogar als er Brunetti zum erstenmal gesehen und vielleicht begriffen hatte, wer er war, hatte sich seine Miene kaum verzogen. Die Ohren waren sehr klein; überhaupt wirkte der seltsam zylindrische Kopf ein bis zwei Nummern zu klein für diesen schweren, muskulösen Körper.

»Signore«, sagte Brunetti schließlich.

Der Mann öffnete die Augen und sah zu Brunetti auf. Die Augen waren von einem satten Braun, das Brunetti an Bären denken ließ, aber vielleicht lag das auch nur an der kompakten Figur. »Sie hat gesagt, ich soll nicht herkommen«, meinte er. »Sie hat gesagt, es ist eine Falle.« Er blinzelte, hielt die Augen dann lange geschlossen, öffnete sie wieder und sagte: »Aber ich hatte Angst. Ich habe die Leute darüber reden hören und hatte Angst.« Wieder dieses lange, scheinbar zeitlose Augenschließen, so lange, daß man meinte, der Mann habe sich inzwischen woandershin begeben, wie ein Taucher unter den Wassern des Meeres, der lieber inmitten der größeren Schönheit da unten blieb und nur ungern wieder heraufkam. Die Augen gingen auf. »Aber sie hatte recht. Sie hat immer recht.« Mit diesen Worten richtete er sich auf. »Keine Angst«, sagte er zu Brunetti, »ich tue Ihnen nichts. Der Doktor muß mir nur zuerst die Medizin geben, dann komme ich mit. Aber vorher brauche ich die Medizin.«

Brunetti nickte; er hatte Verständnis für diesen Wunsch. »Ich hole mal schnell den Doktor«, sagte er und ging ins Schwesternzimmer hinaus, wo Carraro stand und telefonierte. Von der Schwester war nichts zu sehen.

Carraro legte auf, als er Brunetti sah, und drehte sich zu ihm um. »Nun?« Alle Wut war wieder in seiner Stimme, aber Brunetti vermutete, daß sie nichts mit einer Verletzung des hippokratischen Eides zu tun hatte.

»Ich möchte, daß Sie den Mann jetzt gegen Tetanus impfen, dann nehme ich ihn mit in die Questura.«

»Zuerst lassen Sie mich mit einem Mörder allein in einem Zimmer«, ereiferte sich Carraro, »und jetzt erwarten Sie auch noch von mir, daß ich ihm eine Tetanusimpfung gebe? Sie müssen den Verstand verloren haben.« Er kreuzte die Arme vor der Brust, um deutlich zu machen, daß er sich weigerte.

»Ich glaube nicht, daß eine Gefahr für Sie besteht, Dottore. Die Spritze braucht er vielleicht sowieso, bei diesem Biß. Auf mich wirkt die Wunde entzündet.«

»Sind Sie jetzt auch noch Arzt, ja?«

»Dottore«, begann Brunetti. Dabei blickte er auf seine Schuhe und holte tief Luft. »Ich bitte Sie, Ihre Handschuhe wieder anzuziehen und mit mir nach nebenan zu kommen, um Ihrem Patienten eine Tetanusspritze zu geben.«

»Und wenn ich mich weigere?« fragte Carraro mit hohler Bockigkeit, und der Atemhauch, der dabei in Brunettis Richtung wehte, roch nach Pfefferminz und Alkohol – eine Mischung, aus der das Frühstück des wahren Alkoholikers besteht.

»Wenn Sie sich weigern, Dottore«, sagte Brunetti mit tödlich ruhiger Stimme und drohend ausgestreckter Hand, »dann zerre ich Sie eigenhändig in dieses Zimmer und sage dem Mann, daß Sie ihm die Spritze nicht geben wollen, die ihn heilt. Und dann lasse ich Sie mit ihm allein.«

Er beobachtete Carraro, während er das sagte, und sah, daß der Arzt ihm glaubte. Das genügte ihm für seinen Zweck. Carraro ließ die Arme sinken und brummelte noch etwas vor sich hin, was Brunetti nicht zu hören vorgab.

Er hielt Carraro die Tür auf und kehrte mit ihm ins Behandlungszimmer zurück. Dort saß der Mann jetzt auf der Kante des

Untersuchungstischs und ließ die Beine herunterbaumeln. Er knöpfte sich gerade das Hemd über der tonnenförmigen Brust zu.

Carraro ging stumm zu einem Glasschrank auf der anderen Seite des Zimmers, öffnete ihn und nahm eine Injektionsspritze heraus. Dann bückte er sich und kramte geräuschvoll in den Medikamentenschachteln auf dem Schrankboden herum, bis er gefunden hatte, was er suchte. Er entnahm einer Schachtel eine kleine gläserne Ampulle mit Gummistöpsel und ging damit an seinen Schreibtisch. Sorgsam streifte er sich ein neues Paar Gummihandschuhe über, riß die Plastikverpackung von der Spritze und stach die Nadel durch den Gummistöpsel der Ampulle. Er zog den gesamten Inhalt der Ampulle auf und wandte sich dem Mann auf dem Untersuchungstisch zu, der sich das Hemd inzwischen in die Hose gesteckt und einen Ärmel bis kurz unter dem Ellbogen hochgekrempelt hatte.

Brunetti sah, wie er dem Arzt seinen Arm hinstreckte, das Gesicht abwandte und die Augen zukniff, wie Kinder es machen, wenn sie geimpft werden. Carraro legte die volle Spritze neben dem Mann auf den Tisch, packte den Arm, schob den Ärmel bis über den Bizeps hoch und stach ihm mit unnötiger Kraft die Nadel in den Muskel, um die Flüssigkeit hineinzuspritzen. Dann zog er die Nadel wieder heraus, riß den Arm des Mannes grob in die Höhe, damit aus dem Stich weniger Blut kam, und ging zurück an den Schreibtisch.

»Danke, Dottore«, sagte der Mann. »War das die Arznei?«

Da Carraro beharrlich schwieg, antwortete schließlich Brunetti: »Ja, das war sie. Nun brauchen Sie keine Angst mehr zu haben.«

»Und es hat nicht einmal weh getan. Nicht sehr«, sagte der Mann. Er sah Brunetti an. »Müssen wir jetzt gehen?«

Brunetti nickte. Der Mann ließ den Arm sinken und besah sich die Stelle, an der Carraro ihm die Nadel hineingestochen hatte. Es trat Blut aus.

»Ich glaube, Ihr Patient braucht einen Verband, Dottore«, sagte Brunetti, obwohl er wußte, daß Carraro nichts unternehmen würde. Der Arzt zog sich die Handschuhe aus und wollte sie auf einen Tisch werfen, den er weit verfehlte, doch es kümmerte ihn überhaupt nicht, daß sie zu Boden fielen. Brunetti ging an den Arzneischrank und warf einen Blick in die Schachteln auf dem obersten Brett. In der einen befanden sich gewöhnliche Heftpflaster. Er nahm eines heraus und ging zu dem Mann zurück. Als er die sterile Verpackung aufriß und das Pflaster auf die blutende Stelle kleben wollte, hob der Mann abwehrend die Hand.

»Vielleicht bin ich ja doch noch nicht ganz geheilt, Signore, lassen Sie mich das lieber selbst machen.« Er nahm das Pflaster, drückte es mit ungeschickter linker Hand auf die Wunde und strich die klebenden Enden auf seiner Haut glatt. Dann rollte er seinen Ärmel herunter, stand auf und bückte sich, um seinen Pullover aufzuheben.

Als sie an die Tür des Behandlungszimmers kamen, blieb der Mann stehen und blickte von oben auf Brunetti herab. »So was zu kriegen wäre nämlich schrecklich«, sagte er. »Schrecklich für die Familie.« Er nickte eifrig, um die Wahrheit dieser Worte zu bekräftigen, trat dann zur Seite und ließ Brunetti vorgehen. Hinter ihnen knallte Carraro die Tür des Arzneischranks zu, aber staatseigenes Mobiliar ist stabil, und das Glas brach nicht.

Draußen auf dem Flur standen die beiden Uniformierten, die Brunetti ins Krankenhaus bestellt hatte, und am Anleger wartete das Polizeiboot mit dem stets wortkargen Bonsuan am Ruder. Sie verließen das Krankenhaus durch den Seitenausgang und gingen die paar Meter zu dem festgemachten Boot, wobei der Mann den Kopf gesenkt und die Schultern hochgezogen hielt, eine Haltung, die er im selben Moment angenommen hatte, als er die Uniformen sah.

Sein Gang war schwerfällig und ungelenk, ihm fehlte das Fließende normaler Bewegungen, als wären die Leitungen von seinem Gehirn zu den Füßen gestört. Als sie aufs Boot stiegen, wandte der Mann, der zwischen den beiden Uniformierten ging, sich an Brunetti und bat: »Darf ich bitte unten sitzen, Signore?«

Brunetti zeigte zu den vier Stufen, die in die Kabine führten, und der Mann ging hinunter und setzte sich auf eine der langen, gepolsterten Bänke an den Seitenwänden. Er steckte die gefalteten Hände zwischen die Knie, beugte den Kopf darüber und starrte zu Boden.

Als sie vor der Questura anlegten, sprangen die Beamten an Land und machten das Boot fest. Brunetti ging zur Treppe und rief hinunter: »Wir sind jetzt da.«

Der Mann blickte auf und erhob sich.

Auf der Fahrt hatte Brunetti überlegt, ob er ihn zum Verhör mit in sein Dienstzimmer nehmen sollte, aber er hatte anders entschieden, weil er fand, daß die häßlichen, fensterlosen Verhörzimmer mit ihren fleckigen Wänden und der grellen Beleuchtung sich für das, was er tun mußte, besser eigneten.

Sie gingen, die Uniformierten voraus, in den ersten Stock hinauf und dort den Korridor entlang bis zur dritten Tür rechts. Brunetti öffnete sie und hielt sie für den Mann auf. Dieser ging schweigend hinein, blieb stehen und drehte sich zu Brunetti um, der auf einen der Stühle an einem verkratzten Tisch deutete.

Der Mann setzte sich hin. Brunetti schloß die Tür, kam ins Zimmer und setzte sich ihm gegenüber.

»Mein Name ist Guido Brunetti. Ich bin Commissario der Polizei«, begann er, »und in diesem Zimmer befindet sich ein Mikrofon, über das alles aufgezeichnet wird, was wir hier sagen.« Er nannte Datum und Uhrzeit und wandte sich dann dem Mann zu.

»Ich habe Sie hierhergebracht, um Ihnen Fragen im Zusammenhang mit drei Todesfällen zu stellen: dem Tod eines jungen Mannes namens Franco Rossi, dem Tod eines weiteren jungen Mannes namens Gino Zecchino und dem Tod einer jungen Frau, deren Namen wir noch nicht kennen. Zwei von diesen Personen sind in einem Haus bei Angelo Raffaele gestorben, die dritte nach einem Sturz vom Gerüst an ebendiesem Haus.« Hier hielt er einmal kurz inne, dann fuhr er fort: »Bevor wir weitermachen, muß ich Sie bitten, mir Ihren Namen zu nennen und sich auszuweisen.« Als der Mann nicht reagierte, wiederholte Brunetti: »Würden Sie mir bitte Ihren Namen nennen, Signore?«

Der andere blickte auf und fragte mit unendlich trauriger Stimme: »Muß ich das?«

»Ich kann es Ihnen nicht ersparen«, antwortete Brunetti resigniert.

Der Mann senkte den Kopf und blickte auf den Tisch. »Oh, sie wird so böse auf mich sein«, sagte er leise. Dann sah er zu Brunetti auf und sagte mit derselben leisen Stimme: »Giovanni Dolfin.«

24

Brunetti suchte nach einer Familienähnlichkeit zwischen diesem ungelenken Riesen und der dürren, gebeugten Frau, die er in dal Carlos Vorzimmer gesehen hatte. Er sah keine, fragte aber lieber nicht, in welcher Weise sie verwandt seien, weil er es besser fand, den Mann reden zu lassen, während er selbst die Rolle dessen spielte, der schon alles wußte und nur dazu da war, Fragen zu Nebensächlichkeiten und nach dem zeitlichen Ablauf zu stellen.

Schweigen machte sich breit. Brunetti ließ es zu, bis das ganze Zimmer davon erfüllt war und man nur noch Dolfins schweren Atem hörte.

Endlich sah er Brunetti mit einem leidvollen Blick an. »Ich bin nämlich ein Conte, verstehen Sie? Wir sind die letzten; nach uns kommt keiner mehr, weil Loredana ... Na ja, sie hat eben nie geheiratet, und ...« Wieder blickte er auf den Tisch, aber er weigerte sich nach wie vor, ihm zu sagen, wie er das alles erklären sollte. Er seufzte und setzte noch einmal an: »Ich werde nicht heiraten. Ich habe kein Interesse an ... alldem«, sagte er mit einer fahrigen Handbewegung, als wollte er »all das« damit wegwischen. »Also sind wir die letzten, und darum ist es so wichtig, daß nichts auf den Namen der Familie oder auf unsere Ehre kommt.« Den Blick fest auf Brunetti gerichtet, fragte er: »Verstehen Sie das?«

»Natürlich«, antwortete Brunetti. Er hatte keine Ahnung, was »Ehre« hier bedeutete, vor allem für das Mitglied einer Familie, deren Name schon über achthundert Jahre alt war. »Wir müssen in Ehren leben«, war alles, was ihm zu sagen einfiel.

Dolfin nickte mehrmals. »Das sagt Loredana auch. Sie hat es immer zu mir gesagt. Sie sagt, es bedeutet nichts, daß wir nicht reich sind, es bedeutet überhaupt nichts. Wir haben immer noch den Namen.« Er sagte das mit dem Nachdruck, mit dem Leute oft etwas von sich geben, was sie nicht wirklich verstanden haben, weshalb die Überzeugung das Denken ersetzen muß. Irgendein Mechanismus schien jetzt in Dolfins Hirnkasten in Gang gesetzt worden zu sein, denn er senkte wieder den Kopf und begann die Geschichte seines berühmten Vorfahren, des Dogen Giovanni Dolfin, herunterzuleiern. Brunetti fühlte sich beim Zuhören sonderbar beruhigt, denn die Laute versetzten ihn zurück in seine Kindheit, als die Nachbarsfrauen zu ihnen ins Haus gekommen waren, um gemeinsam den Rosenkranz zu beten, und die gemurmelten Wiederholungen immer derselben Gebete ihn in ihren Bann schlugen. Er ließ sich einfangen von diesen raunenden Stimmen aus einer anderen Zeit, bis er Dolfin sagen hörte: »... an der Pest im Jahre 1361.«

An diesem Punkt sah Dolfin auf, und Brunetti nickte zustimmend. »Ja, so ein Name ist wichtig«, sagte er in der Hoffnung, den Mann am Reden zu halten. »Da muß man schon gut aufpassen, um ihn zu schützen.«

»O ja, das hat Loredana auch zu mir gesagt, genau das.« Dolfin sah Brunetti mit einem Blick an, in dem so etwas wie Respekt dämmerte: Da war noch einer, der verstand, unter welcher Verpflichtung sie beide lebten. »Sie hat mir gesagt, daß wir besonders diesmal alles tun müssen, um ihn zu bewahren und zu schützen.« Beim letzten Halbsatz geriet seine Zunge ins Stolpern.

»Natürlich«, ermunterte ihn Brunetti, »besonders diesmal.«

Dolfin fuhr fort: »Sie hat mir gesagt, daß dieser Mann bei ihr im Amt schon immer neidisch auf sie war, wegen ihrer Stellung.« Als er Brunettis ratloses Gesicht sah, erklärte er: »In der Gesellschaft.«

Brunetti nickte.

»Sie konnte nie begreifen, warum er sie so haßte. Aber dann hat er irgendwas mit Papieren angestellt. Sie hat ja versucht, es mir zu erklären, aber ich hab's überhaupt nicht verstanden. Jedenfalls hat er falsche Urkunden erstellt, die es so aussehen lassen sollten, als ob Loredana im Amt schlimme Dinge machte und für irgend etwas Geld genommen hätte.« Er legte die Hände flach auf den Tisch und erhob sich halb. In beängstigender Lautstärke rief er: »Die Dolfins tun nie etwas für Geld! Geld bedeutet den Dolfins nichts.«

Brunetti hob beschwichtigend die Hand, und Dolfin ließ sich wieder auf den Stuhl sinken. »Wir tun nichts für Geld«, sagte er mit Nachdruck. »Das weiß die ganze Stadt. Nicht für Geld. Aber«, fuhr er fort, »sie hat gesagt, daß alle Leute glauben werden, was in den falschen Urkunden steht, und dann wird es einen Skandal geben. Unser Name wird ruiniert sein, hat sie gesagt, und ich soll doch ...« Er korrigierte sich: »Nein, das wußte ich selbst, das brauchte mir keiner zu sagen. Keiner darf ungestraft Lügen über die Dolfins verbreiten.«

»Verstehe«, pflichtete Brunetti ihm bei. »Das heißt, Sie wollten ihn anzeigen?«

Dolfin machte eine wegwerfende Handbewegung, die zeigen sollte, was er von der Justiz hielt. »Nein. Es ging um unsere Ehre, da durften wir das Recht selbst in die Hand nehmen.«

»Aha.«

»Ich wußte ja, wer er war. Ich war ein paarmal dort gewesen, um Loredana zu helfen, wenn sie vormittags die Einkäufe machte und dann lauter schwere Sachen nach Hause zu tragen hatte. Da bin ich immer hin und hab ihr geholfen.« Letzteres sagte er mit unbewußtem Stolz: der Mann in der Familie, der selbstverständlich seine Pflicht tat. »Sie wußte, wohin er an dem Tag gehen wollte, und hat mir gesagt, ich soll ihm folgen und versuchen, mit ihm zu reden. Das hab ich auch getan, aber angeblich konnte er überhaupt nicht verstehen, wovon ich sprach. Es hätte mit Loredana gar nichts zu tun, hat er gesagt. Nein, es ginge um diesen anderen Mann. Aber davor hatte sie mich ja schon gewarnt, daß er lügen und mir weismachen würde, es ginge um irgend jemand anderen im Katasteramt, ich war also gewappnet. Ich wußte, daß er es in Wirklichkeit auf Loredana abgesehen hatte, weil er neidisch auf sie war.« Er setzte bei diesen Worten eine Miene auf, wie er sie bei Leuten gesehen haben mußte, die etwas von sich gaben, wovon man ihm hinterher sagte, es sei sehr klug gewesen, und wieder hatte Brunetti den Eindruck, daß ihm jemand diesen Text eingetrichtert hatte.

»Und?«

»Er hat mich einen Lügner genannt und wollte mich wegschubsen, um an mir vorbeizugehen. ›Aus dem Weg‹, hat er gesagt. Wir waren in diesem Haus.« Jetzt riß er ganz weit die Augen auf – in Erinnerung an die Geschehnisse danach, dachte Brunetti, aber wie sich zeigte, betraf es den Skandal, über den zu berichten er sich soeben anschickte: »Und er hat mich geduzt. Er wußte, daß ich ein Conte bin, und trotzdem hat er mich geduzt.« Dolfin sah Brunetti an, als wollte er ihn fragen, ob ihm so etwas je zu Ohren gekommen sei.

Brunetti, dem so etwas noch nie zu Ohren gekommen war, schüttelte nur stumm den Kopf, als könnte er es nicht fassen.

Da Dolfin nicht geneigt schien weiterzuerzählen, fragte Brunetti mit echter Neugier in der Stimme: »Was haben Sie dann getan?«

»Ich habe ihm gesagt, daß er lügt und nur Loredana schaden will, weil er neidisch auf sie ist. Da hat er mich wieder geschubst. Das hat bei mir noch keiner gewagt.«

Brunetti entnahm dem Ton, in dem Dolfin das sagte, daß er offenbar glaubte, die Leute machten wegen seines Titels einen respektvollen Bogen um ihn, nicht wegen seiner Körpergröße.

»Und wie er mich da schubste, habe ich einen Schritt rückwärts gemacht und bin dabei mit dem Fuß an ein Rohr gestoßen, das auf dem Boden lag. Es ist weggerollt, und ich bin hingefallen. Und als ich wieder aufstand, hatte ich das Rohr auf einmal in der Hand. Schlagen wollte ich ihn ja, aber ein Dolfin schlägt nie von hinten zu, darum habe ich ihm nachgerufen, damit er sich umdreht. Da hat er die Hand gehoben, um mich zu schlagen.« An dieser Stelle verstummte Dolfin, aber die Fäuste auf seinem Schoß öffneten und schlossen sich unentwegt, als hätten sie plötzlich ein Eigenleben bekommen.

Als er Brunetti wieder ansah, war es in seiner Erinnerung eindeutig schon eine ganze Weile später, denn er sagte: »Da wollte er wieder aufstehen. Wir waren am Fenster gewesen, und die Läden standen offen. Die hatte er aufgemacht, als er ins Haus ging. Er ist hingekrochen und hat sich daran hochgezogen. Ich war nicht mehr wütend«, sagte er ganz ruhig und leidenschaftslos. »Unsere Ehre war ja gerettet. Also bin ich hingegangen, um zu sehen, ob ich ihm helfen kann. Aber er hatte Angst vor mir, und als ich auf ihn zuging, wollte er mir ausweichen, und dabei ist er mit den Kniekehlen an die Fensterbank gestoßen und gestürzt. Ich hab noch versucht, ihn zu packen und festzuhalten, wirklich«, sagte er und machte vor, wie seine langen, flachen Finger mehrere Male ins Leere gegriffen hatten. »Aber er fiel und fiel, und ich konnte ihn nicht festhalten.« Er zog die Hand zurück und hielt sich mit der anderen die Augen zu. »Und dann ist er unten aufgeschlagen. Es hörte sich sehr laut an. Aber plötzlich war jemand an der Zimmertür, und ich kriegte große Angst. Ich wußte ja nicht, wer das war. Da bin ich die Treppe hinuntergerannt.« Er brach ab.

»Wohin sind Sie gegangen?«

»Nach Hause. Es war schon Mittag vorbei, und Loredana macht sich immer Sorgen, wenn ich zu spät komme.«

»Haben Sie es ihr erzählt?« fragte Brunetti.

»Ob ich ihr was erzählt habe?«

»Was vorgefallen war.«

»Ich wollte es ihr nicht sagen. Aber sie hat es gemerkt. Sie hat es daran gemerkt, daß ich nichts essen konnte. Da mußte ich ihr erzählen, was passiert war.«

»Und was hat sie gesagt?«

»Sie hat gesagt, daß sie sehr stolz auf mich ist«, antwortete er strahlend. »Sie hat gesagt, ich habe unsere Ehre verteidigt, und was dann passiert ist, war ein Unfall. Er hat mich geschubst. Ich schwöre bei Gott, das ist die Wahrheit. Er hat mich umgestoßen.«

Giovanni warf einen nervösen Blick zur Tür und fragte: »Weiß sie, daß ich hier bin?«

Als er Brunetti den Kopf schütteln sah, fuhr er sich mit der einen Riesenhand an den Mund und klopfte sich ein paarmal an die Unterlippe. »Oje, sie wird so böse auf mich sein! Sie hat mir gesagt, ich soll nicht ins Krankenhaus gehen. Das ist eine Falle, hat sie gesagt. Und sie hatte recht. Ich hätte auf sie hören sollen. Sie hat immer recht. Sie hat schon immer in allem recht gehabt.« Er legte die Hand behutsam auf die Stelle am Arm, wo er die Spritze bekommen hatte, sagte aber nichts weiter. Ganz sanft strich er mit den Fingern über die Stelle.

Es wurde still, und Brunetti fragte sich, wieviel von dem, was Loredana Dolfin ihrem Bruder erzählt hatte, wohl der Wahrheit entsprach. Er hatte keinen Zweifel mehr, daß Rossi hinter die Korruption im Ufficio Catasto gekommen war, aber daß die Familienehre der Dolfins davon betroffen gewesen sein sollte, bezweifelte er sehr.

»Und als Sie dann wieder hingegangen sind?« fragte er. Die zunehmende Fahrigkeit in Dolfins Bewegungen machte ihm Sorgen.

»Der andere, der die Drogen nahm, der war dagewesen, als es passierte. Er war mir bis nach Hause gefolgt und hatte sich bei Leuten erkundigt, wer ich war. Sie kannten mich ja wegen meines Namens.« Brunetti hörte den Stolz, mit dem er das sagte, dann fuhr der Mann fort: »Er ist zu unserer Wohnung gekommen, und als ich rauskam und zur Arbeit gehen wollte, hat er zu mir gesagt, er hätte alles gesehen. Aber er ist mein Freund, hat er gesagt, und will mir helfen, damit ich keinen Ärger bekomme. Ich hab ihm das geglaubt, und wir sind zusammen ins Haus zurückgegangen und haben angefangen, das Zimmer da oben zu säubern. Er hat gesagt, daß er mir dabei helfen will, und ich hab's ihm geglaubt. Als wir dann da waren, ist die Polizei gekommen, aber der hat er irgendwas erzählt, und sie ist wieder abgezogen. Und als sie fort war, hat er zu mir gesagt, daß ich ihm Geld geben muß, sonst holt er die Polizei zurück und zeigt ihr das Zimmer, und dann kriege ich großen Ärger, hat er gesagt, und alle werden wissen, was ich getan habe.« Dolfin unterbrach sich an dieser Stelle und schien zu überlegen, welche Konsequenzen das wohl gehabt hätte.

»Und?«

»Ich habe ihm gesagt, daß ich kein Geld habe, denn das gebe ich immer Loredana, weil sie weiß, was man damit macht.«

Dolfin erhob sich halb und drehte den Kopf hin und her, als horchte er auf ein Geräusch in seinem Nacken.

»Und?« fragte Brunetti noch einmal im selben höflichen Ton.

»Ich hab's natürlich Loredana erzählt. Und wir sind wieder hingegangen.«

»Wir?« wiederholte Brunetti und bereute sogleich, daß ihm diese Frage herausgerutscht war.

Bis dahin hatte Dolfin immerzu den Kopf hin und her gedreht, aber bei Brunettis Frage – oder seinem Ton – hielt er damit inne. Brunetti konnte förmlich zusehen, wie Dolfins Vertrauen zu ihm sich in Luft auflöste und er allmählich zu begreifen schien, daß er sich im Lager des Feindes befand.

Nachdem mindestens eine Minute verstrichen war, fragte Brunetti: »Signor Conte?«

Dolfin schüttelte energisch den Kopf.

»Signor Conte, Sie sagten, daß Sie zusammen mit jemand anderem zu dem Haus zurückgegangen sind. Wollen Sie mir nicht sagen, mit wem?«

Dolfin stützte die Ellbogen auf den Tisch, senkte den Kopf und hielt sich die Ohren zu. Als Brunetti wieder zu sprechen anfing, schüttelte Dolfin nur heftig den Kopf. Wütend über sich selbst, weil er den Mann in eine Ecke gedrängt hatte, aus der er nicht mehr herauszulocken war, stand Brunetti auf und ging hinaus, um Dolfins Schwester anzurufen, denn etwas anderes blieb ihm nun nicht mehr übrig.

25

Sie meldete sich mit »Ca' Dolfin«, nichts weiter, und Brunetti war so überrascht von dem Ton, einem Fanfarenstoß aus lauter absichtlich falschen Tönen, daß er eine kleine Weile brauchte, sich ihr vorzustellen und den Grund seines Anrufs zu erklären. Falls seine Mitteilung sie beunruhigte, verbarg sie dies sehr gut und sagte nur, sie werde ihren Anwalt verständigen und dann auf dem schnellsten Weg in die Questura kommen. Sie stellte keine Fragen und verriet auch keine Neugier angesichts der Eröffnung, daß ihr Bruder im Zusammenhang mit einem Mord verhört werde. Ihre Reaktion hätte nicht gelassener sein können, wenn es in dem Gespräch um etwas ganz Alltägliches gegangen wäre, etwa um einen falschen Strich in einem Bauplan. Doch da Brunetti nicht von einem Dogen abstammte, seines Wissens jedenfalls nicht, hatte er eben keine Ahnung, wie man in solchen Kreisen mit Mord in der Familie umging.

Brunetti hielt sich nicht eine Sekunde an der Möglichkeit auf, daß Signorina Dolfin etwas mit diesem vulgären Bestechungssystem zu tun haben könnte, das Rossi offenbar im Ufficio Catasto entdeckt hatte. »Die Dolfins tun nie etwas für Geld.« Das glaubte Brunetti unbesehen. Dal Carlo mit seiner einstudierten Unsicherheit angesichts der Frage, ob einem Mitarbeiter des Ufficio Catasto Bestechlichkeit zuzutrauen wäre, nur er konnte das von Rossi bloßgelegte System aufgebaut haben.

Was hatte der arme, dumme, tödlich ehrliche Rossi getan – dal Carlo mit seinen Beweisen konfrontiert, ihm mit Anzeige gedroht? Und hatte er es bei offener Tür getan, so daß dieser Vorzimmerdrache im Twinset, diese Frau mit zwanzig Jahre alter Frisur und ebenso alter unerfüllter Sehnsucht, mithören konnte? Und Cappelli? Hatten seine Telefongespräche mit Rossi auch ihm den vorzeitigen Tod gebracht?

Brunetti zweifelte nicht, daß Loredana Dolfin ihrem Bruder längst eingetrichtert hatte, was er im Falle einer Vernehmung sagen sollte; sie hatte ihn ja auch davor gewarnt, ins Krankenhaus zu gehen. Da hätte sie wohl kaum von einer »Falle« gesprochen, wenn sie nicht gewußt hätte, wie er an diesen verräterischen Biß in den Unterarm gekommen war. Und er, der arme Tropf – ihn hatte seine Angst vor einer Infektion so umgetrieben, daß er ihre Warnung in den Wind geschlagen hatte und in Brunettis Falle gegangen war.

Dolfin war genau in dem Augenblick verstummt, als er im Plural zu sprechen anfing. Brunetti glaubte mit Bestimmtheit zu wissen, wer der andere Teil in diesem verhängnisvollen »wir« war, aber er wußte auch, daß es keine Hoffnung mehr gab, diesen weißen Fleck zu füllen, wenn Loredanas Anwalt erst mit Giovanni gesprochen hätte.

Eine knappe Stunde später klingelte sein Telefon, und man teilte ihm die Ankunft Signorina Dolfins und Avvocato Contarinis mit. Er bat darum, sie zu ihm heraufzubringen.

Die Signorina, geführt von einem der uniformierten Polizisten, die am Eingang der Questura Wache standen, war zuerst oben. Ihr auf den Fersen folgte Contarini, übergewichtig und stets lächelnd, ein Mann, der jederzeit den richtigen Dreh fand, damit sein jeweiliger Mandant von jedem Schlupfloch im Gesetz profitierte.

Brunetti empfing die beiden an der Tür zu seinem Zimmer, machte aber keine Anstalten, sie mit Handschlag zu begrüßen, sondern verzog sich sogleich wieder hinter seinen Schreibtisch.

Dann blickte er zu Signorina Dolfin hinüber, die sich hinsetzte, die Füße fest zusammen, den Rücken kerzengerade, aber ohne dabei die Stuhllehne zu berühren, die Hände auf ihrer Handtasche gefaltet. Sie erwiderte seinen Blick, sagte aber nichts. Sie kam ihm nicht anders vor als neulich in ihrem Büro: tüchtig, angejahrt, interessiert an den Dingen, die um sie herum vorgingen, aber nirgendwo so recht mit dem Herzen dabei.

»Und was glauben Sie nun in bezug auf meinen Mandanten entdeckt zu haben, Commissario?« fragte Contarini mit liebenswürdigem Lächeln.

»Bei einer auf Tonband aufgenommenen Vernehmung heute nachmittag hier in der Questura«, antwortete Brunetti, »hat er zugegeben, Franco Rossi getötet zu haben, einen Mitarbeiter des Ufficio Catasto, in dem …« – hier nickte Brunetti zu Loredana hinüber – »… Signorina Dolfin als Sekretärin arbeitet.«

Contarini schien das nicht zu interessieren. »Sonst noch etwas?« fragte er.

»Er hat ferner zugegeben, später in Begleitung eines gewissen Gino Zecchino an den Tatort zurückgekehrt zu sein und mit ihm gemeinsam die Spuren des Verbrechens beseitigt zu haben. Des weiteren hat er ausgesagt, daß dieser Zecchino ihn danach zu erpressen versuchte.« Nichts von dem, was Brunetti bisher gesagt hatte, schien seine beiden Gegenüber sonderlich zu interessieren. »Zecchino wurde später im selben Haus ermordet aufgefunden, desgleichen eine junge Frau, die wir noch nicht identifizieren konnten.«

Als Contarini den Eindruck hatte, daß Brunetti fertig war, nahm er seine Aktentasche auf den Schoß, öffnete sie und begann in den Papieren zu kramen. Es erinnerte Brunetti so sehr an Franco Rossis pedantische Art bei seinem Besuch, daß er eine regelrechte Gänsehaut bekam. Endlich fand Contarini das Schriftstück, das er suchte, und zog es mit einem erfreuten kleinen Schnauben heraus. Dann reichte er es Brunetti über den Schreibtisch. »Wie Sie sehen, Commissario«, begann er, wobei er auf das Siegel zeigte, ohne das Blatt aber loszulassen, »ist dies eine Bescheinigung des Gesundheitsministeriums von vor über zehn Jahren …« Er rückte seinen Stuhl etwas näher an den Schreibtisch. Als er sicher war, daß Brunettis volle Aufmerksamkeit dem Papier galt, fuhr er fort: »… in der bestätigt wird, daß Giovanni Dolfin …« Er hielt wieder inne und beglückte Brunetti erneut mit einem Lächeln: ein Hai, der gleich zur Sache kommen würde. Obwohl die Schrift für ihn auf dem Kopf stand, begann er den Text nun langsam vorzulesen: »… ›der besonderen Fürsorge bedarf, bei der Vergabe von Arbeitsstellen bevorzugt zu berücksichtigen ist und wegen seines Unvermögens, Arbeiten jenseits seiner Fähigkeiten durchzuführen, nie benachteiligt werden darf‹.«

Er fuhr mit dem Finger über das Blatt nach unten, bis er auf den letzten Absatz zeigte, den er dann ebenfalls vorlas: »Es wird bescheinigt, daß obengenannter Giovanni Dolfin nicht im Vollbesitz seiner geistigen Kräfte ist und aus diesem Grunde nicht der vollen Strenge des Gesetzes unterworfen werden darf.«

Contarini ließ das Blatt los und sah zu, wie es langsam auf Brunettis Schreibtisch flatterte. Immer noch lächelnd, sagte er: »Eine Kopie. Für Ihre Unterlagen. Ich nehme an, Sie kennen solche Schriftstücke, Commissario?«

In Brunettis Familie wurde begeistert Monopoly gespielt, und hier hatte er sie vor sich, die lebenslang gültige Karte: »Du kommst aus dem Gefängnis frei.«

Contarini schloß seine Aktentasche und stand auf. »Ich möchte jetzt gern zu meinem Mandanten, wenn es geht.«

»Natürlich«, sagte Brunetti und griff zum Telefon.

Dann saßen alle drei schweigend da, bis Pucetti anklopfte.

»Pucetti«, sagte Brunetti, den es rührte, daß der junge Mann auf seinen Ruf hin offenbar die Treppe heraufgerannt gekommen war, so sehr war er außer Atem. »Bringen Sie Avvocato Contarini bitte in Zimmer sieben, damit er seinen Mandanten sprechen kann.«

Pucetti salutierte zackig. Contarini warf einen fragenden Blick zu Signorina Dolfin, die aber den Kopf schüttelte und sitzen blieb. Contarini murmelte ein paar Höflichkeiten und ging, lächelnd wie immer.

Brunetti, der bei Contarinis Weggehen aufgestanden war, setzte sich wieder und sah zu Signorina Dolfin hinüber. Er sagte nichts.

Minuten vergingen, bis sie endlich in völlig normalem Ton sagte: »Sie können ihm nichts anhaben. Er steht unter dem Schutz des Staates.«

Brunetti hatte sich vorgenommen, stumm zu bleiben, und war neugierig zu sehen, bis wohin er sie damit treiben würde. Er sagte also kein Wort, schob auch keine Gegenstände auf seinem Schreibtisch hin und her und legte nicht einmal die Hände aufeinander; er saß nur da und blickte sie mit unbeteiligter Miene an.

So vergingen wieder etliche Minuten. Dann fragte sie: »Was wollen Sie tun?«

»Das haben Sie mir doch eben gesagt, Signorina«, ließ er sich zu antworten herab.

Dann saßen sie wieder wie zwei Grabsteinfiguren, bis endlich sie sagte: »Das meinte ich nicht.« Sie wandte den Blick und sah zum Fenster hinaus, dann wieder zu Brunetti. »Nicht mit meinem Bruder. Ich möchte wissen, was Sie mit ihm tun wollen.« Zum erstenmal sah er eine Regung in ihrem Gesicht.

Brunetti hatte keine Lust, mit ihr zu spielen, und versuchte erst gar nicht, ein Mißverständnis vorzutäuschen. »Sie meinen dal Carlo?« fragte er, ohne sich mit Titeln aufzuhalten.

Sie nickte.

Brunetti dachte nach, und ein nicht geringer Teil dieses Nachdenkens galt der Frage, wie die Sache mit seiner Wohnung wohl noch ausgehen könnte, wenn es im Ufficio Catasto plötzlich ehrlich zugehen müßte. »Ich werde ihn den Wölfen zum Fraß vorwerfen«, sagte er endlich, und er sagte es mit Genuß.

Sie riß erstaunt die Augen auf. »Wie meinen Sie das?«

»Ich werde ihn der Guardia di Finanza ausliefern. Die wird begeistert sein, wenn sie eine Aufstellung aller seiner Bankkonten bekommt, der Wohnungen, die er besitzt, der Anlagekonten, in die seine Frau ...« – er sprach dieses Wort besonders genüßlich aus – »... Geld investiert hat. Und wenn die Guardia di Finanza dann erst anfängt, herumzufragen und jedem Straffreiheit zu versprechen, der zugibt, ihn bestochen zu haben, wird das zu einer Lawine anwachsen, die ihn unter sich begräbt.«

»Er verliert seine Stellung«, sagte sie.

»Er verliert alles«, korrigierte Brunetti sie und rang sich ein kurzes, freudloses Lächeln ab.

Sie war über seine Gehässigkeit so bestürzt, daß sie mit offenem Mund dasaß.

»Wollen Sie mehr hören?« fragte er, außer sich vor Wut bei dem Gedanken, daß er unabhängig von allem, was mit dal Carlo passierte, nie an diese Frau oder ihren Bruder herankommen würde. Die Volpatos würden weiter wie die Geier am Campo San Luca herumstehen, und jede Chance, Marcos Mörder zu finden, war durch die gedruckten Lügen vertan, mit denen er Pattas Sohn aus der Gefahrenzone geholt hatte.

Obwohl er wußte, daß Signorina Dolfin an letzterem keine Schuld hatte, war sein Verlangen, sie büßen zu lassen, so stark, daß er fortfuhr: »Die Zeitungen werden sich alles zusammenreimen: Rossis Tod, und ein Verdächtiger mit einer Bißwunde, die das ermordete Mädchen ihm beigebracht hat, kann nicht belangt werden, weil er von Gerichts wegen für unzurechnungsfähig erklärt wurde; und die mögliche Verwicklung von dal Carlos Sekretärin, einer älteren Frau, *una zitella*«, sagte er, selbst erstaunt über die tiefe Verachtung, die er in die Bezeichnung »alte Jungfer« legte. »*Una zitella nobile*« – er spie das letzte Wort fast über den Tisch –, »die sich hoffnungslos in ihren Chef verguckt hat, einen jüngeren und zudem verheirateten Mann«, ließ er die beschämenden Beiwörter auf sie hinabdonnern, »und die zufällig einen Bruder hat, der zufällig von Gerichts wegen für unzurechnungsfähig erklärt wurde und folglich derjenige sein könnte, der des Mordes an Rossi verdächtigt wird.« Er hielt inne und sah sie an, wie sie in ungespieltem Entsetzen vor ihm zurückwich. »Und dann werden sie annehmen, daß dal Carlo bis zum Kragen in diese Morde verwickelt ist, und er wird von diesem Verdacht nie mehr frei sein. Und Sie«, sagte Brunetti, wobei er über seinen Schreibtisch hinweg den Finger auf sie richtete, »Sie werden ihm das angetan haben. Es wird Ihr letztes Geschenk an Ingeniere dal Carlo sein.«

»Das können Sie nicht tun«, sagte sie mit einer Stimme, die sie kaum noch in der Gewalt hatte.

»Ich werde gar nichts tun, Signorina«, antwortete er, abgestoßen von dem Vergnügen, das es ihm bereitete, dies alles zu sagen. »Die Zeitungen werden es behaupten oder andeuten, aber egal woher diese Mutmaßungen alle kommen werden, Sie dürfen sicher sein, daß die Leute, die das lesen, sich alles zusammenreimen und es glauben werden. Und den größten Spaß werden sie dabei am Schauspiel einer alternden *zitella nobile* mit ihrer mitleiderregenden Verliebtheit in einen jüngeren Mann haben.« Er lehnte sich über den Tisch und rief, daß es schon fast ein Brüllen war: »Und sie werden nicht genug davon bekommen.«

Sie schüttelte den Kopf, ihr Mund stand weit offen; wenn er sie geschlagen hätte, sie hätte es würdevoller ertragen. »Aber das können Sie nicht tun. Ich bin eine Dolfin.«

Brunetti war so verdutzt, daß er nur noch lachen konnte. Er legte den Kopf an die Rückenlehne seines Stuhls und gönnte sich die Befreiung eines irren Lachens. »Ich weiß, ich weiß«, sagte er und brachte kaum die Worte heraus, weil immer neues Lachen ihn schüttelte. »Sie sind eine Dolfin, und die Dolfins tun nie etwas für Geld.«

Als sie aufstand, war ihr Gesicht so rot und ihr Ausdruck so gequält, daß es ihn schlagartig ernüchterte. Sie krallte ihre Finger so fest um die Handtasche, daß sie knackten, und sagte: »Ich habe es aus Liebe getan.«

»Dann stehe Gott Ihnen bei«, sagte Brunetti und griff zum Telefon.

DONNA LEON

Das Gesetz der Lagune

Roman

Aus dem Amerikanischen
von Monika Elwenspoek

Weltbild

Für Rudolf C. Bettschart
und Daniel Keel

Soave sia il vento
Tranquilla sia l'onda
Ed ogni elemento
Benigno risponda
Ai vostri desir.

Weht leiser, ihr Winde,
sanft schaukle die Welle;
seid freundlich und linde,
ihr wogenden Fluten,
seid hold ihrer Fahrt.

COSÌ FAN TUTTE

I

Pellestrina ist eine lange schmale Insel aus Sand, der im Lauf der Jahrhunderte zu bebaubarem Grund wurde. Sie verläuft in Nord-Süd-Richtung von San Pietro in Volta bis Caroman und ist zwar zehn Kilometer lang, aber an keiner Stelle breiter als ein paar hundert Meter. An ihrer Ostseite beginnt die Adria, ein Meer, das nicht für seine Gutmütigkeit bekannt ist; ihre Westseite hingegen begrenzt die Lagune von Venedig und ist daher vor Wellen, Wind und Sturm geschützt. Der Sandboden ist unfruchtbar, so daß die Bewohner von Pellestrina, auch wenn sie säen, kaum etwas ernten können. Doch ändert das für sie wenig; über den Gedanken, von den Erträgen des Bodens zu leben, auch üppig zu leben, könnten die meisten von ihnen ohnehin nur die Nase rümpfen, denn die Leute von Pellestrina haben sich ihren Lebensunterhalt schon immer aus dem Meer geholt.

Man erzählt sich viele Geschichten über die Männer von Pellestrina, die Ausdauer und Kraft, die ihnen aufgezwungen wurden bei ihrem Bemühen, dem Meer ihre Lebensgrundlage abzuringen. Alte Venezianer erinnern sich an Zeiten, in denen es hieß, die Pellestrinotti schliefen auf dem Lehmboden ihrer Hütten statt in Betten, damit ihnen am frühen Morgen das Aufstehen leichter fiel und sie sich vom Ebbstrom in die Adria und zu den Fischen hinaustragen lassen konnten. Wie das meiste, was man sich über die gute alte Zeit erzählt und was die Menschen da alles ertragen haben sollen, ist auch dies wahrscheinlich ein Märchen. Wahr ist hingegen, daß die Leute, soweit sie Venezianer sind, es glauben, denn sie glauben eben alles, was über die Härte der Männer von Pellestrina und ihre Gleichgültigkeit gegenüber Schmerzen oder Leiden, eigenen wie fremden, berichtet wird.

Im Sommer lebt Pellestrina auf, denn da kommen aus Venedig und vom Lido, oder über Chioggia vom Festland, die Touristen, um frische Meeresfrüchte zu essen und den herben, fast schon schäumenden Weißwein zu trinken, der in den Bars und Restaurants ausgeschenkt wird. Statt Brot bekommen sie *bussolai* vorgesetzt, harte ovale Kringel, die ihren Namen vielleicht von *la bussola* haben, dem Kompaß, der ebenfalls oval geformt ist. Zu den *bussolai* gibt es Fisch, der oft so frisch ist, daß er noch am Leben war, als die Touristen den weiten, beschwerlichen Weg nach Pellestrina antraten. Während sie sich aus ihren Hotelbetten schälten, kämpften die Kiemen der *orata* noch gegen das ihnen fremde Element Luft; während sie sich schon am Rialto nach einem frühmorgendlichen Vaporetto anstellten, zappelten die *sardelle* noch in den Netzen; während jene aus dem Vaporetto stiegen, den Piazzale Santa Maria Elisabetta überquerten und nach dem Bus Ausschau hielten, der sie nach Malamocco und Alberoni bringen sollte, wurde der *cefalo* gerade aus dem Meer gehievt. Oft verlassen die Touristen in Malamocco oder Alberoni kurz den Bus, um einen Kaffee zu trinken, sich auf dem Sandstrand die Beine zu vertreten und die gewaltigen Wellenbrecher zu bewundern, die sich weit in die Adria hinein erstrekken, damit deren Wasser nicht in die Lagune schwappt. In der Zwischenzeit sind die Fische alle tot, aber man kann von den Touristen nicht erwarten, daß sie das wissen oder sich überhaupt dafür interessieren, also steigen sie wieder in den Bus, bleiben für die kurze Überfahrt mit der Fähre über den schmalen Kanal darin sitzen und setzen ihren Weg per Bus oder zu Fuß nach Pellestrina fort, wo ihr Mittagessen sie erwartet.

Im Winter sieht es völlig anders aus. Allzu oft weht da der Wind aus dem ehemaligen Jugoslawien über die Adria hinüber, treibt Regen oder leichten Schnee vor sich her und beißt sich jedem in die Knochen, der sich im Freien aufzuhalten versucht, und sei es auch nur kurz. Die im Sommer überfüllten Restaurants sind geschlossen und werden es bis ins späte Frühjahr bleiben; Touristen, die dennoch kommen, müssen sich selbst versorgen.

Unverändert aber liegen an der Innenseite der schmalen Insel in langer Reihe nebeneinander die *vongolare,* wie die Muschelfänger heißen, die – unbeirrt von Touristen, Regen, Kälte oder Hitze – das ganze Jahr über auslaufen, ungeachtet auch aller Legenden über die noblen, fleißigen Männer von Pellestrina und ihren unablässigen Kampf, der gnadenlosen See einen Lebensunterhalt für ihre Frauen und Kinder abzutrotzen. Diese Boote haben klangvolle Namen: *Concordia, Serena, Assunta.* Dick und hochnäsig liegen sie da und sehen ein bißchen aus wie die Boote in Kinderbüchern. Wenn man in der strahlenden Sommersonne an ihnen vorbeigeht, möchte man den Arm ausstrecken und ihre Nasen streicheln, wie man es bei einem ausnehmend netten Pony oder einem besonders liebenswerten Labrador täte.

Auf das ungeschulte Auge wirken diese Boote alle mehr oder weniger gleich mit ihren ehernen Masten und den metallenen Sieben am Bug, die in die Luft ragen, wenn das Boot im Hafen liegt. Die viereckigen Rahmen der Siebe sind mit Draht bespannt, starkem Draht, weil er Steinen und allen möglichen anderen Hindernissen auf dem Meeresboden standhalten muß, natürlich auch dem Meeresboden selbst, den er aufgräbt, wenn er sich unter die Muschelkolonien schiebt und die Schalentiere kiloweise aus dem Wasser holt, große und kleine, gefangen auf diesem Tablett, während Sand und Wasser durch das Sieb zurückplatschen in die Lagune.

Die sichtbaren Unterschiede zwischen den Booten sind unbedeutend: Mal ist das Muschelsieb größer, mal kleiner als an dem Boot nebenan; Rettungsbojen schreien nach einem neuen Anstrich oder glänzen satt von frischer Farbe; hier ist ein Deck so sauber, daß es in der Sonne funkelt, daneben ist eines voller Rostflecken an den Kanten. Tagsüber schaukeln die Boote von Pellestrina nebeneinander in gemütlicher Promiskuität. Ihre Besitzer wohnen in ähnlicher Nähe zueinander in den niedrigen Häusern, die sich vom einen Ende des Dorfes bis zum anderen und von der Lagune bis zum Meer erstrecken.

Anfang Mai brach gegen halb vier Uhr nachts in der Kabine eines dieser Boote, der *Squallus,* ein kleines Feuer aus. Besitzer und Kapitän des Bootes war Giulio Bottin, der in der Via Santa Giustina 242 wohnte. Die Männer von Pellestrina sind nicht mehr ganz und gar von der Kraft der Winde und Gezeiten abhängig und darum auch nicht mehr darauf angewiesen, bei günstigen Bedingungen auszulaufen, aber jahrhundertealte Gewohnheiten sterben nicht so leicht aus, und so stehen die meisten Fischer früh auf und legen im Morgengrauen ab, als bestimme noch immer der Morgenwind darüber, wieviel Fahrt sie machen. Es blieben noch zwei Stunden, bis die Fischer von Pellestrina – die jetzt zu Hause und in ihren Betten schliefen – aufstehen mußten, und so lagen sie alle noch im tiefsten Schlaf, als auf der *Squallus* das Feuer ausbrach. Die Flammen breiteten sich gemächlich über den Kabinenboden aus und erreichten die hölzernen Seitenleisten und das Steuerpult aus Teakholz. Teak ist ein hartes Holz und brennt langsamer als weichere Holzarten, aber bei höherer Temperatur, und die Flammen, die am Steuerpult hinaufkrochen, am Kabinendach emporzüngelten und zum Deck vordrangen, breiteten sich mit beängstigendem Tempo aus, kaum daß sie diese weicheren Hölzer erreichten. Sie brannten ein Loch ins Kabinendach, brennende Holzteile fielen in den Maschinenraum, eines davon auf einen Haufen ölgetränkter Lappen, die sofort aufloderten und den Brand zuvorkommend in Richtung Kraftstoffleitung weiterreichten.

Langsam fraß sich das Feuer an die dünne Leitung heran, langsam verbrannte es das umgebende Holz, und als dieses zu Asche zerfiel, schmolz eine kleine Lötstelle durch, und es entstand eine Öffnung, aus der Kraftstoff lief und den Flammen Nahrung gab, worauf sie sich mit rasender Geschwindigkeit in Richtung Motor und Doppeltank ausbreiteten.

Keiner von denen, die in dieser Nacht in Pellestrina schliefen, ahnte etwas von der Ausbreitung des Feuers, aber sie alle wurden hochgeschreckt, als die Tanks der *Squallus* explodierten, ein greller Lichtschein die Nacht erhellte und Sekunden später die Luft von einem so lauten Knall erzitterte, daß am nächsten Tag sogar Leute im fernen Chioggia behaupteten, sie hätten ihn gehört.

Feuer macht angst, überall, aber aus irgendeinem Grund ist es noch furchterregender auf See, oder überhaupt auf dem Wasser. Die ersten Leute, die aus ihren Schlafzimmerfenstern schauten, sagten hinterher, sie hätten das Boot in dicken, öligen Rauch gehüllt gesehen, der sich lichtete, als das Wasser den Brand löschte. Inzwischen aber hatten die Flammen Zeit gehabt, sich durch den Rumpf der *Squallus* zu fressen und auf die beiden Boote überzugreifen, die daneben lagen und schon zu schwelen anfingen, und die explodierenden Tanks hatten ihren Inhalt in tödlichen Bögen ausgespien, nicht nur auf die Decks der Nachbarboote, sondern auch auf den Anlegeplatz davor, wo drei Holzbänke in Brand gerieten.

Auf den Knall aus den Treibstofftanks der *Squallus* folgte ein Augenblick bestürzter Stille, dann war ganz Pellestrina auf den Beinen. Türen flogen auf, und Männer rannten in die Nacht hinaus; einige hatten ihre Hosen kurzerhand über den Pyjama gezogen, andere waren nur im Schlafanzug, ein paar hatten sich die Zeit genommen, sich anzuziehen, zwei waren splitternackt, was aber niemand weiter beachtete, so sehr dachten alle nur daran, ihre Boote in Sicherheit zu bringen. Die Besitzer der beiden Boote, die rechts und links von der *Squallus* lagen, sprangen fast gleichzeitig von der Mole aufs Deck, obwohl der eine aus dem Bett der Frau seines Vetters hatte springen müssen und von doppelt so weit herkam wie der andere. Beide rissen die Feuerlöscher aus ihren Halterungen an Deck und begannen die Flammen zu besprühen, die dem brennenden Öl gefolgt waren.

Die Besitzer der Boote, die weiter weg von dem nun leeren Liegeplatz der *Squallus* auf dem Wasser dümpelten, ließen ihre Motoren an und entfernten sich eiligst von der Brandstelle. Einer von ihnen vergaß in seiner Panik, die Leine loszuwerfen, und riß ein meterlanges Holzstück aus der Reling seines Bootes. Doch auch noch als er zurückblickte und an seinem vormaligen Liegeplatz das zersplitterte Holz im Wasser treiben sah, fuhr er weiter, bis er mindestens hundert Meter fort vom Land und den Flammen war.

Während er noch zurückschaute, wurden diese Flammen auf den Decks der anderen Boote kleiner. Zwei weitere Männer, jeder mit einem Feuerlöscher, kamen aus den umliegenden Häusern gerannt, sprangen auf das eine Boot und begannen in die Flammen zu spritzen, die schnell unter Kontrolle und schließlich erstickt waren. Ungefähr im selben Moment gelang es auch dem Besitzer des anderen Bootes, das nicht soviel Kraftstoff abbekommen hatte, den Brand unter Kontrolle zu bringen und mit dickem weißem Schaum zu ersticken. Noch lange nachdem von den Flammen nichts mehr zu sehen war, sprühte er immer noch hin und her, hin und her, bis der Schaum alle war; dann erst stellte er den Feuerlöscher aufs Deck.

Inzwischen drängten sich über hundert Menschen auf der Mole und versuchten sich schreiend zu verständigen: mit denen, die ihre Boote aus dem Hafen hatten bringen können; mit denen, die auf ihren Booten über die Flammen gesiegt hatten; und mit denen, die um sie herum standen. Alle brachten ihr Entsetzen zum Ausdruck, ihre Sorge, und alle stellten bange Fragen nach den möglichen Ursachen des Brandes.

Die Frage jedoch, die alle zum Schweigen brachte, als breitete sich Stummheit um sie herum aus wie eine Infektion um eine ungereinigte Wunde, diese Frage stellte als erste Chiara Petulli, Giulio Bottins Nachbarin. Sie stand in der ersten Reihe, kaum zwei Meter von dem großen Eisenpoller entfernt, von dem noch das versengte Tau herunterhing, das die *Squallus* an ihrem Liegeplatz festgehalten hatte. Sie wandte sich an die neben ihr stehende Frau, die Witwe eines Fischers, der erst vor einem Jahr tödlich verunglückt war, und fragte: »Wo ist Giulio?«

Die Witwe blickte sich um. Dann wiederholte sie die Frage.

Jemand, der neben ihr stand, griff die Frage auf und gab sie weiter, in Sekundenschnelle hatte sie sich durch die ganze Menge fortgepflanzt, war aber unbeantwortet geblieben.

»Und Marco?« fügte Chiara Petulli hinzu. Diesmal hörten alle die Frage zugleich. Da lag das Boot im seichten Wasser, kaum daß die versengten Masten noch herausragten, doch von Giulio Bottin war nichts zu sehen, auch nicht von seinem Sohn Marco, achtzehn Jahre alt und schon Teileigner der *Squallus*, die an diesem plötzlich klammen Frühlingsmorgen verbrannt und leblos auf dem Grund des Hafens von Pellestrina lag.

2

Nun begann das Geraune, denn alle versuchten sich zu erinnern, wann sie Giulio oder Marco zuletzt gesehen hatten. Giulio spielte gewöhnlich nach dem Abendessen Karten in der Bar; hatte ihn gestern abend jemand gesehen? Marco hatte eine Freundin in San Pietro in Volta, aber der Bruder dieses Mädchens stand mit in der Menge und sagte, sie sei mit ihren Schwestern auf dem Lido ins Kino gegangen. Niemandem fiel eine Frau ein, mit der Giulio Bottin hätte zusammensein können. Jemand kam auf die Idee, einen Blick in den Hof neben Bottins Haus zu werfen; beide Autos standen dort, aber im Haus war es dunkel.

Ein seltsames Widerstreben, so etwas wie Takt im Angesicht gegebener Möglichkeiten, hielt die Menge von Spekulationen darüber ab, wo sie wohl sein mochten. Renzo Marolo, der schon seit über dreißig Jahren im Haus nebenan wohnte, fand den Mut zu tun, was sonst niemand zu tun gewillt war, nämlich den Ersatzschlüssel aus dem Versteck zu holen, das dem ganzen Dorf bekannt war: unter dem Topf mit rosa Geranien auf dem Fenstersims rechts von der Eingangstür. Unter lautem Rufen öffnete er die Tür und ging in das ihm vertraute Haus. Er knipste das Licht in dem kleinen Wohnzimmer an, und als er dort niemanden sah, ging er weiter zur Küche und warf auch dort einen Blick hinein, obwohl er nicht hätte sagen können, warum er das tat, denn der Raum war dunkel, und Marolo hielt sich gar nicht erst damit auf, Licht zu machen. Weiter die Namen der beiden Männer wie einen unmelodischen Gesang vor sich hin rufend, stieg Marolo die kurze Treppe hinauf ins obere Stockwerk und ging dort den Flur hinunter zu dem größeren der beiden Schlafzimmer.

»Giulio, ich bin's, Renzo«, rief er, wartete einen Moment, ging dann in das Schlafzimmer hinein und knipste das Licht an. Das

Bett war leer und unberührt. Beunruhigt überquerte er den Flur und knipste das Licht in Marcos Zimmer an. Auch hier waren, obwohl ein Paar Jeans und ein leichter Pullover zusammengefaltet auf einem Stuhl lagen, Bett und Zimmer leer.

Marolo ging wieder hinunter, zog von draußen leise die Haustür zu und legte den Schlüssel an seinen Platz. Zu den wartenden Leuten sagte er: »Sie sind nicht da.«

Irgendwie beruhigt durch den Umstand, daß sie zu mehreren waren, begaben sie sich gemeinsam zurück zum Wasser, wo die meisten Bewohner Pellestrinas inzwischen auf der Mole versammelt waren. Einige der Boote, die im tieferen Wasser Schutz gesucht hatten, kamen nun langsam zurück und nahmen ihre angestammten Plätze ein. Nachdem sie alle wieder an der *riva* vertäut waren, wirkte die von der *Squallus* zwischen den beiden beschädigten Booten zurückgelassene leere Stelle größer denn je. Einzig die Masten der *Squallus* in der Mitte des leeren Liegeplatzes ragten seltsam schief aus dem Wasser.

Marolos Sohn Luciano, sechzehn Jahre alt, kam und stellte sich neben seinen Vater. Irgendwo in der Ferne rief ein Wasservogel. »Was meinst du, *papà*?« fragte der Junge.

Renzo hatte seinen Sohn in Marco Bottins Schatten – oder Kielwasser, um einen seemännischeren Ausdruck zu gebrauchen – aufwachsen sehen: Marco, ihm in der Schule immer um zwei Jahre voraus, war Gegenstand der Bewunderung und Nachahmung gewesen.

Luciano hatte sich, vom Rufen seines Vaters geweckt, eine abgeschnittene Jeans angezogen, für ein Hemd blieb keine Zeit. Jetzt ging er näher ans Wasser und gab seinem Vetter Franco, der mit einer großen Taschenlampe in der linken Hand vorn in der Menge stand, ein Zeichen. Franco, den es verlegen machte, die Blicke aller versammelten Pellestrinotti auf sich zu ziehen, trat zögernd vor.

Luciano streifte seine Sandalen ab und hechtete links neben der gesunkenen *Squallus* in die Fluten. Franco richtete den Strahl seiner Taschenlampe ins Wasser, wo sich der Körper seines Vetters so selbstverständlich wie ein Fisch bewegte. Eine Frau trat vor, dann noch eine, und zuletzt stand die ganze vorderste Reihe der Leute an der Kante der Mole und starrte nach unten. Zwei Männer, die ebenfalls Taschenlampen bei sich hatten, drängten sich nach vorn und halfen Franco beim Leuchten.

Nach einer guten Minute, die einem wie eine Ewigkeit vorkam, tauchte Lucianos Kopf aus dem Wasser auf. Er schüttelte sich die Haare aus den Augen und rief seinem Vetter zu: »Leuchte mal nach hinten, zur Kabine«, und schon war er wieder verschwunden, untergetaucht mit der Behendigkeit einer Robbe.

Die drei Taschenlampenstrahlen wanderten am Rumpf der *Squallus* entlang. Hin und wieder blitzte unten etwas Weißes auf: Lucianos Fußsohlen, das einzige an seinem Körper, das nicht von der Sonne fast schwarz gebrannt war. Ganz kurz verloren sie den Jungen, dann tauchten dessen Kopf und Schultern aus dem Wasser auf, und schon war er wieder fort. Noch zweimal kam er nach oben, um seine Lungen zu füllen und gleich wieder hinunterzutauchen zu dem Wrack. Endlich kam er ganz herauf, drehte sich auf den Rücken und schnappte keuchend nach Luft. Die Leute mit den Taschenlampen richteten diese von ihm weg und ließen ihn in Ruhe wieder zu Atem kommen, angeleuchtet nur noch von der Neugier der Zuschauer und dem heller werdenden Himmel.

Dann plötzlich warf Luciano sich auf den Bauch und kam nach Hundeart zur Mole gepaddelt, was bei einem so guten Schwimmer wie ihm komisch wirkte. Sowie er die dort angenagelte Leiter erreichte, zog er sich daran nach oben.

Die Menge teilte sich vor der Leiter, und genau in diesem Augenblick tauchte die Sonne aus dem Wasser der Adria empor. Als sie ihre ersten Strahlen über den Damm und die Halbinsel schickte, fielen diese auf Luciano, der soeben auf der obersten Leitersprosse innehielt, und verwandelten den Fischersohn in eine Art Gottheit, die schimmernd den Wassern entstieg. Allen zugleich stockte für einen Augenblick der Atem, als wüßten sie sich in der Gegenwart übernatürlicher Mächte.

Luciano schüttelte den Kopf, daß die Wassertropfen nach allen Seiten flogen. Dann blickte er seinen Vater an und sagte: »Beide sind in der Kabine.«

3

Die Mitteilung des Jungen sorgte kaum für Überraschung bei den Leuten auf der Mole. Wer nicht von dort war, hätte wohl anders auf die Eröffnung reagiert, daß da im Wasser zwei Tote lagen, aber die Leute von Pellestrina kannten Giulio Bottin seit dreiundfünfzig Jahren; viele von ihnen hatten schon seinen Vater gekannt; einige sogar noch seinen Großvater. Die Männer aus der Familie Bottin waren schon immer als hart und gnadenlos bekannt gewesen, Männer, deren Charakter von der Grausamkeit der See vielleicht geformt, bestimmt jedoch beeinflußt worden war. Sollte Giulio ein Opfer von Gewalt geworden sein, so hätte das nur wenige gewundert.

Manche hatten Marco als anders empfunden, vielleicht eine Folge davon, daß er als erster und einziger aus der Familie Bottin länger als ein paar Jahre zur Schule gegangen war und mehr gelernt hatte, als nur ein paar Worte zu lesen und eine krakelige Unterschrift zu produzieren. Hinzu kam der Einfluß seiner Mutter, die nun schon fünf Jahre tot war. Sie, die ursprünglich von Murano stammte, war eine sanftmütige, liebevolle Frau gewesen, die vor zwanzig Jahren Giulio geheiratet hatte, weil sie, wie einige glaubten, etwas mit ihrem Vetter Maurizio gehabt hatte, der sie verließ, um nach Argentinien zu gehen; andere meinten, ihr Vater, der ein Spieler war, habe bei Giulio hohe Schulden gehabt und ihm zur Begleichung derselben seine Tochter zur Frau gegeben. Die wahre Vorgeschichte dieser Ehe war nie richtig bekannt geworden, aber vielleicht gab es da auch gar nichts zu erzählen. Hingegen hatten alle im Dorf schon immer gewußt, daß zwischen den Eheleuten keinerlei Liebe oder auch nur Sympathie bestand, und die umlaufenden Geschichten waren nichts weiter als Versuche, aus diesem Nichtvorhandensein von Gefühlen schlau zu werden.

Aber wie auch immer Bianca zu ihrem Gatten gestanden hatte, ihr Sohn war ihr ein und alles gewesen. Flinke Zungen hatten darin den Grund für Giulios Verhalten ihm gegenüber gesehen: kalt, hart, unnachsichtig, ganz in der Tradition der männlichen Linie der Bottins. An diesem Punkt der Geschichte rissen die Leute meist die Arme hoch und sagten, jene beiden hätten nie heiraten dürfen – unweigerlich sagte daraufhin jemand anders, dann hätte es auch nie einen Marco gegeben, und man müsse doch sehen, wie glücklich er Bianca gemacht habe; man brauche ihn ja auch nur anzusehen, um zu wissen, was für ein guter Junge er sei.

Das würde nun nie mehr einer in der Gegenwartsform sagen, ab sofort nicht mehr, denn Marco lag tot auf dem Grund des Hafens im ausgebrannten Boot seines Vaters.

Je heller es wurde, desto weniger wurden die Leute auf der Mole: Nach und nach begab man sich in aller Stille wieder nach Hause. Bald waren die meisten verschwunden, doch dann kehrten die Männer zurück, die man den Platz überqueren und zu ihren Booten gehen sah. Bottin und Sohn waren tot, aber das war kein Grund, auf die Muschelernte eines Tages zu verzichten. Die Saison war so schon kurz genug bei den vielen Vorschriften, die besagten, was man wo und wann überhaupt durfte.

Schon eine halbe Stunde später lag nur noch ein Boot an der Mole, nämlich der linke Nachbar der gesunkenen *Squallus*, deren Treibstofftank mit solcher Gewalt explodiert war, daß eine Eisenstange die Seitenwand der *Anna Maria* etwa einen Meter über der Wasserlinie durchschlagen hatte. Ihr Kapitän, Ottavio Rusponi, hatte zuerst geglaubt, er könne es riskieren und mit den anderen zu den Muschelbänken hinausfahren, doch dann sah er die Wolken, hob die linke Hand in den Wind und entschied sich doch lieber anders, denn dieser Wind kam von Osten auf und wurde stärker.

Erst um acht Uhr morgens, als Kapitän Rusponi den Versicherungsagenten anrief, um den Schaden an seinem Boot zu melden, kam jemand auf den Gedanken, die Polizei zu benachrichtigen, und dieser jemand war der Agent, nicht der Kapitän. Alle, die später gefragt wurden, warum sie es unterlassen hatten, die Behörden zu verständigen, beriefen sich darauf, daß sie geglaubt hätten, jemand anders habe das bereits getan. Und das Versäumnis, den Tod der beiden Bottins auch nur zu melden, wurde von vielen als ein Zeichen dafür gewertet, in welchem Ansehen die Familie bei den übrigen Bürgern von Pellestrina stand.

Es dauerte geraume Zeit, bis die Carabinieri, die mit einem Boot von ihrer Station auf dem Lido kamen, endlich da waren. Offenbar hatte es auch Mißverständnisse bei der Meldung der Todesfälle gegeben, denn die Carabinieri kamen in voller Uniform und hatten niemanden mitgebracht, der zu dem Wrack tauchen konnte, weil ihnen niemand gesagt hatte, wo die Leichen sich befanden. Die daraufhin einsetzende Diskussion war sowohl juristischer als auch administrativer Art, denn niemand wußte so genau, welcher Arm des Gesetzes für einen verdächtigen Tod im Wasser zuständig war. Endlich beschloß man, die Stadtpolizei einzuschalten und Taucher von der Feuerwehr anzufordern. Nicht der unbedeutendste Grund für die Entscheidung war der Umstand, daß die beiden Carabinieri, die als Taucher arbeiteten, sich an diesem Tag im illegalen Unterwassereinsatz hinter Murano befanden, denn dort hatte man kürzlich eine Stelle entdeckt, an der im sechzehnten Jahrhundert mißglückte oder beim Brennen zu Bruch gegangene Keramik versenkt worden war. Der Lauf der Zeit hatte aus wertlosem Ausschuß kostbare Fundstükke gemacht, und die *Sopraintendenza ai Beni Culturali,* der die Entdeckung der Fundstelle vor zwei Monaten gemeldet worden war, hatte diese auf die Liste der archäologisch wertvollen Stätten gesetzt, an denen das Tauchen verboten war. Bei Nacht sollte sie wie auch andere Stellen in der Lagune, an denen Reliquien aus der Vergangenheit im Wasser ruhten – abgeriegelt werden. Tagsüber konnte es aber durchaus vorkommen, daß man in dem

Gebiet ein Boot vor Anker liegen sah, das mit dem Emblem irgendeiner Strafverfolgungsbehörde geschmückt war. Und wer hätte die fleißigen Taucher, die allen Anschein erweckten, in amtlichen Geschäften da zu sein, zur Rede stellen wollen?

Die Carabinieri kehrten mit ihrem Boot zum Lido zurück. Nach über einer Stunde näherte sich ein Polizeiboot von hinten der Flotte von Pellestrina, die jetzt wieder vollzählig und wohlbehalten an der Mole lag, alle Kapitäne zu Hause.

Der Bootsführer verlangsamte seine Fahrt, als er auf ein Boot zukam, das die Embleme der Feuerwehr trug und hinter dem einzigen freien Platz in der langen Reihe festgemachter Boote ankerte. Er schaltete kurz in den Rückwärtsgang, um anzuhalten. Sergente Lorenzo Vianello trat an die Reling und sah ins Wasser hinunter, das den freien Platz füllte, aber die Sonne funkelte so hell darauf, daß er nur die Masten sah, die schräg aus dem Wasser ragten. »Ist es das?« rief er zu den beiden Männern hinüber, die in schwarzen Taucheranzügen an Deck des Feuerwehrbootes standen.

Einer der Taucher rief etwas zurück, was Vianello nicht verstand, und wandte sich wieder der Schwimmflosse zu, die er sich gerade an den linken Fuß zog.

Danilo Bonsuan, der Führer des Polizeibootes, kam aus seiner kleinen Kabine herauf und blickte zu dem gesunkenen Boot hinunter. Er hob die Hand, um seine Augen gegen die gleißende Sonne abzuschirmen, und folgte Vianellos Blick. »Das muß es sein«, sagte er. »Der Anrufer hat gesagt, es ist in Brand geraten und gesunken.« Er warf einen Blick zu den Booten rechts und links von dem leeren Liegeplatz und sah, daß ihre Seitenwände und Decks stellenweise angekohlt waren.

Neben ihnen hantierten die beiden Taucher mit ihren Masken und zurrten die Riemen fest, mit denen sie sich die Preßluftflaschen auf den Rücken geschnallt hatten. Dann steckten sie sich die Atemregler in den Mund, atmeten probeweise ein paarmal durch und traten an den Rand ihres Bootes.

Vianello stand groß und breitschultrig neben seinem kleineren Kollegen und blickte noch immer ins Wasser hinunter. Mit einer Kopfbewegung zu den Tauchern fragte er Bonsuan: »Würdest du in dieses Wasser gehen?«

Der Bootsführer zuckte die Achseln. »Ist nicht so schlimm hier draußen. Außerdem sind sie geschützt«, sagte er mit einem Blick auf die schwarzen Taucheranzüge.

Der erste Taucher trat über den Bootsrand und stieg, behutsam die Fersen seiner Schwimmflossen auf die Sprossen der Außenleiter setzend, mit dem Rücken zum Boot ins Wasser, wohin der andere ihm unverzüglich folgte.

»Lassen die sich nicht immer rückwärts hineinfallen?« fragte Vianello.

»Nur bei Jacques Cousteau«, antwortete Bonsuan, dann ging er in seine Kabine zurück. Sekunden später war er mit einer brennenden Zigarette in der hohlen Hand wieder da. »Was hat man dir sonst noch gesagt?« fragte er den Sergente.

»Die Carabinieri vom Lido«, begann Vianello, worauf Bonsuan ihn mit einem stimmlosen »Sauhunde« unterbrach, das Vianello überhörte, »die haben angerufen und gemeldet, hier lägen zwei Tote in einem gesunkenen Boot, wir sollten Taucher schikken, die mal nachgucken.«

»Sonst nichts?« fragte Bonsuan.

Vianellos Achselzucken sollte heißen: Was kann man von Carabinieri schon erwarten?

Schweigend sahen die beiden den Luftblasen zu, die jetzt vor ihnen aus dem Wasser aufstiegen. Langsam zog der Ebbstrom ihr Boot nach hinten fort. Bonsuan ließ das ein paar Minuten geschehen, dann ging er in die Kabine, schaltete den Motor an und lenkte das Boot wieder hinter die Lücke. Er stellte den Motor ab, kam wieder an Deck, hob eine Leine vom Deck auf und warf sie mühelos zu dem Feuerwehrboot hinüber, wo sie sich beim ersten Versuch um eine Klampe legte, so daß er ihr Boot an dem anderen festmachen konnte. Unter ihnen sahen sie Bewegungen, aber es war immer nur ein kurzes Aufschimmern, dem sie nichts entnehmen konnten. Bonsuan rauchte seine Zigarette zu Ende und warf die Kippe einfach über Bord, völlig gedankenlos wie die meisten Venezianer. Die beiden Männer sahen den Filter zwischen den aufsteigenden Luftblasen an der Oberfläche tanzen, sich schließlich losreißen und fortschwimmen.

Nach etwa fünf Minuten kamen die Taucher nach oben und schoben ihre Masken zurück. Graziano, der ranghöhere von beiden, rief den Männern auf dem Polizeiboot zu: »Zwei Männer sind da unten.«

»Was ist passiert?« fragte Vianello.

Graziano schüttelte den Kopf. »Keine Ahnung. Sind anscheinend ertrunken, als ihr Boot unterging.«

»Das sind doch Fischer«, sagte Bonsuan ungläubig. »Die würden nicht mit einem sinkenden Boot untergehen.«

Grazianos Arbeit war Tauchen, nicht Nachdenken über das, was er da unten fand, also sagte er nichts. Als Bonsuan weiter schwieg, fragte der andere, der neben Graziano an der Oberfläche trieb: »Sollen wir sie raufbringen?«

Vianello und Bonsuan wechselten einen Blick. Sie hatten beide keine Ahnung, wie es zugegangen war, daß zwei Männer mit ihrem Boot versunken waren, aber eine derartige Entscheidung mochten sie nicht treffen, weil die Gefahr bestand, dort unten eventuell vorhandene Beweise zu vernichten.

Schließlich sagte Graziano: »Die Krabben sind schon dran.«

»Also gut, rauf damit«, sagte Vianello.

Graziano und sein Partner setzten ihre Masken wieder auf, steckten sich die Atemregler in den Mund, reckten nach Entenart die Hinterteile in die Höhe und verschwanden. Der Bootsführer ging in seine Kabine hinunter, klappte eine der Sitzbänke hoch und holte darunter irgendein kompliziert aussehendes Geschirr hervor, an dessen Ende eine doppelte Schlaufe aus Segeltuch hing. Er kam wieder nach oben und stellte sich neben Vianello. Dann hob er das Geschirr über die Reling und ließ es ins Wasser hinunter.

Eine Minute später tauchten Graziano und sein Partner wieder auf, zwischen sich den kraftlosen Körper eines Dritten. Mit so routinierten Bewegungen, daß Vianello beim Zusehen ganz unbehaglich wurde, steckten sie die Arme des Toten durch die Schlinge, die Bonsuan ihnen hinuntergelassen hatte; dann tauchte einer kurz unter, um ein Seil zwischen den Beinen des Mannes durchzuziehen, und klinkte es in einen Haken vorn an der Schlaufe ein.

Er gab Bonsuan ein Zeichen, und die beiden Polizisten hievten den Toten hoch, überrascht, wie schwer er war. Vianello fragte sich dabei unwillkürlich, ob daher wohl der Ausdruck »totes Gewicht« stamme, und verdrängte diesen Gedanken beschämt gleich wieder. Sowie die Leiche aus dem Wasser war, mußten die beiden Männer an Deck sich weit hinauslehnen, damit sie nicht gegen den Bootsrumpf schlug. Ganz verhindern konnten sie es nicht, aber schließlich vermochten sie den Toten über die Reling zu wuchten und aufs Deck zu legen. Seine blinden Augen starrten in den Himmel.

Bevor sie sich den Toten näher ansehen konnten, hörten sie unten ein Platschen und beeilten sich, die Schlaufe loszumachen und wieder ins Wasser zu lassen. Noch vorsichtiger diesmal, damit der Leichnam nicht wieder gegen die Bootswand schlug, hoben sie nun auch den zweiten Toten an Deck und legten ihn neben den ersten.

Zwei Krabben hingen noch in den Haaren des ersten Toten, und Vianello war über den Anblick so entsetzt, daß er nichts weiter tun konnte als hinstarren. Bonsuan pflückte die Tiere ab und warf sie lässig ins Meer zurück.

Die Taucher kamen über die Leiter auf das Polizeiboot gestiegen. Sie schnallten ihre Preßluftflaschen ab und legten sie vorsichtig hin, dann streiften sie ihre Masken und zuletzt die schwarzen Gummikapuzen von den Köpfen.

Die vier Männer standen an Deck des Polizeibootes und blickten auf die Leichen zu ihren Füßen. Vianello ging in die Kabine hinunter und kam mit zwei Wolldecken zurück. Die eine klemmte er sich unter den Arm, dann gab er Bonsuan ein Zeichen und schüttelte die zweite aus. Der Bootsführer bekam das andere Ende zu fassen, und gemeinsam ließen sie die Decke auf die Leiche des älteren Mannes hinunter. Vianello nahm die andere Decke, und sie wiederholten das Ganze bei dem Sohn.

Erst jetzt, nachdem die Leichen zugedeckt und den Blicken entzogen waren, sagte Grazianos Partner, der jüngste von den Lebenden auf dem Boot: »Das mit seinem Gesicht, das waren keine Krabben.«

4

Vanello hatte die Knochensplitter in der blutleeren Wunde am Kopf des Älteren schimmern sehen, am Körper des Sohnes aber auf den ersten Blick keine Spuren von Gewalt entdeckt. Er bestätigte mit einem Kopfnicken die Ansicht des Tauchers, nahm sein *telefonino* aus der Tasche, wählte die Nummer der Questura und verlangte nach seinem Vorgesetzten, Commissario Guido Brunetti. Während er auf die Verbindung wartete, stiegen die beiden Taucher auf ihr eigenes Boot um. Endlich meldete sich Brunetti, und der Sergente sagte: »Ich bin auf Pellestrina, Commissario. Wie es aussieht, ist hier einer gewaltsam ums Leben gekommen.« Und damit nur ja kein Mißverständnis aufkam, da die Männer ja scheinbar bei einem Unfall gestorben waren, stellte er klar: »Ich meine, ermordet.«

»Wie?« fragte Brunetti.

»Der ältere hat einen Schlag auf den Kopf bekommen – das heißt, ihm wurde der Schädel eingeschlagen. Bei dem anderen, dem Sohn, weiß ich es noch nicht.«

»Wissen Sie mit Bestimmtheit, wer die beiden sind?« fragte sein Vorgesetzter.

Vianello hatte diese Frage erwartet. »Nein. Das heißt, bisher hat noch niemand die Leichen offiziell identifiziert, aber laut dem Mann, der die Carabinieri angerufen hat, handelt es sich um die Besitzer des Bootes, Giulio Bottin und seinen Sohn. Wir sind einfach mal davon ausgegangen, daß es so ist.«

»Sorgen Sie dafür, daß Sie noch eine Bestätigung bekommen.«

»Ja, Commissario. Noch etwas?«

»Das Übliche. Fragen Sie ein bißchen herum, hören Sie, was die Leute erzählen, vor allem was sie von sich aus über die beiden sagen.« Ehe Vianello nachfragen konnte, fuhr Brunetti schon fort: »Lassen Sie sich durch Ihr Verhalten nicht anmerken, daß es noch etwas anderes als ein Unfall sein könnte. Und reden Sie mit den Tauchern. Die sollen auch nichts ausplaudern.«

»Was glauben Sie, wie lange das vorhält?« fragte Vianello mit einem Blick zu dem anderen Boot, auf dem die beiden Männer inzwischen ihre Taucheranzüge abgelegt hatten und gerade wieder ihre normalen Uniformen anzogen.

»Schätzungsweise zehn Minuten«, antwortete Brunetti, und sein kurzes Schnauben hätte man unter anderen Umständen vielleicht für ein Lachen halten können.

»Am besten schicke ich sie zum Lido zurück«, meinte Vianello, »dann dauert es etwas länger.« Ehe Brunetti dazu einen Kommentar abgeben konnte, fragte der Sergente: »Was haben Sie vor, Commissario?«

»Ich möchte so lange wie möglich nicht bekannt werden lassen, daß die beiden ermordet wurden. Fangen Sie schon einmal an, sich vorsichtig umzuhören, inzwischen komme ich zu Ihnen raus. Falls hier ein Boot zu haben ist, dürfte ich in ungefähr einer Stunde draußen sein, vielleicht sogar früher.«

Vianello war erleichtert. »Gut. Soll Bonsuan die Toten ins Krankenhaus bringen?«

»Ja, sobald sie identifiziert sind. Ich rufe dort an und sage Bescheid, daß er kommt.« Auf einmal gab es nichts weiter zu reden, keine weiteren Anweisungen zu geben. Brunetti wiederholte, daß er herauskommen werde, sowie es ihm möglich sei, und legte auf.

Er warf erneut einen Blick auf seine Uhr und sah, daß es schon nach elf war. Gewiß war Vice-Questore Giuseppe Patta, sein Chef, mittlerweile an seinem Schreibtisch. Brunetti ging nach unten, ohne sich erst telefonisch anzumelden, und trat in das kleine Vorzimmer, das in das viel größere Dienstzimmer des Vice-Questore führte.

Pattas Sekretärin, Signorina Elettra Zorzi, saß an ihrem Schreibtisch, vor sich ein aufgeschlagenes Buch. Es überraschte ihn, sie im Dienst ein Buch lesen zu sehen, denn er war es gewohnt, sie vor Zeitungen und Illustrierten anzutreffen. Da sie das Kinn auf die Handballen gestützt und die Finger über den Ohren hatte, sah er erst, als sie bei seinem Eintreten den Kopf hob, daß sie sich die Haare hatte schneiden lassen. Sie waren kürzer als sonst, und wenn ihre runde Gesichtsform und das Vermillon ihrer Lippen nicht so ausgesprochen weiblich gewesen wären, hätte dieser Haarschnitt streng auf ihn gewirkt, beinah maskulin.

Er wußte nicht, wie er auf ihr neues Aussehen hätte eingehen können, und da er wie alle anderen Leute in einer Stadt, in der es seit drei Monaten nicht mehr geregnet hatte, die Frage satt hatte, wann es wohl wieder einmal regnen werde, fragte er, indem er mit dem Kopf in Richtung Buch deutete: »Mal etwas Seriöseres als sonst?«

»Veblen«, antwortete sie, »*Theorie der feinen Leute*«. Er fühlte sich geschmeichelt, als sie ihn nicht erst fragte, ob er das Buch kenne.

»Ist das nicht ein bißchen schwer verdaulich?«

Sie bejahte und meinte dann: »Hier kommt man ja nie dazu, einmal etwas Seriöses zu lesen, wenn man dauernd gestört wird.« Sie schürzte die Lippen und ließ ihren Blick durchs ganze Vorzimmer schweifen, über das Telefon und den Computer bis hin zu Pattas Tür. »Aber es hat sich ja einiges geändert, so daß ich meine Zeit jetzt besser nutzen kann.«

»Gut zu wissen«, meinte Brunetti, um mit einem Blick auf das Buch hinzuzufügen: »Seine Ansichten über Rasenanlagen haben mich fasziniert.«

Sie lächelte zu ihm auf. »Ja, und über Zeitvertreib.«

Er konnte nicht widerstehen. »Und wenn Sie das ausgelesen haben?«

»Danach habe ich noch nichts vor.« Plötzlich strahlte sie. »Vielleicht kann ich mir ja vom Vice-Questore einen Rat geben lassen.«

»Recht so«, versetzte Brunetti. »Übrigens will ich zu ihm. Ist er da?«

»Noch nicht. Er hat vor ungefähr einer Stunde angerufen und gesagt, daß er in einer Besprechung ist und wahrscheinlich erst nach dem Mittagessen kommt.«

»Ah«, machte Brunetti, den nicht die Mitteilung als solche überraschte, sondern nur, daß Patta es für nötig befunden hatte, deswegen anzurufen. »Wenn er kommt, sagen Sie ihm bitte, daß ich nach Pellestrina gefahren bin.«

»Zu Vianello?« fragte sie sofort, allwissend wie immer.

Er nickte. »Einer der beiden Männer in dem Boot wurde anscheinend ermordet.« An dieser Stelle unterbrach er sich, nicht sicher, ob sie das nicht auch schon wußte.

»Pellestrina, aha«, meinte sie, und es klang, obwohl es so gemeint war, nicht fragend, sondern mehr nach einer bloßen Feststellung.

»Ja. Diese Leute sind doch eine einzige Plage, wie?«

»Nicht so schlimm wie die Chiogiotti«, antwortete sie mit einem Schaudern, das weder geziert noch künstlich wirkte.

Chioggia war eine Stadt auf dem Festland, in Reiseführern unverdrossen als »getreue Tochter Venedigs« bezeichnet, denn sie war der Serenissima, solange ihre Herrschaft währte, durchaus immer treu gewesen. Ständige Reibereien und Gewalttätigkeiten gab es erst jetzt, seit die Fischer beider Städte sich um die immer kleineren Fänge in Gewässern stritten, die zunehmend von den Auflagen des *Magistrato alle Acque* betroffen waren, denn in immer größeren Teilen der Lagune war der Fischfang verboten.

Der Gedanke, daß die jüngsten Todesfälle etwas mit diesem Konkurrenzkampf zu tun haben könnten, war Brunetti durchaus schon gekommen, und keinem Venezianer wäre es anders ergangen. Es hatte in der Vergangenheit schon Kämpfe gegeben, bei denen auch Schüsse gefallen waren, aber so etwas wie jetzt war bisher noch nicht passiert. Es waren Boote gestohlen und angezündet worden, auch waren schon Männer bei Kollisionen auf dem Wasser umgekommen, aber kaltblütig gemordet hatte bisher noch keiner.

»*Una brutta razza*«, erklärte Signorina Elettra mit jener Geringschätzung im Ton, die alle, deren Familien schon seit den Kreuzzügen Venezianer sind, für alle Nichtvenezianer hegen, gleich welcher Herkunft diese sind.

Brunetti übte sich in der gebotenen Zurückhaltung, in dem er seinen zustimmenden Kommentar für sich behielt, und überließ Signorina Elettra wieder ihrem Veblen und seiner Analyse der Probleme und unausbleiblichen Laster des Reichtums. Er ging in den Bereitschaftsraum, wo er nur einen von den Bootsführern antraf, Rocca, dem er sagte, daß er nach Pellestrina müsse. Roccas Gesicht leuchtete bei dieser Mitteilung auf: eine weite Fahrt, ein herrlicher Tag und frischer Wind aus Westen.

Auf der ganzen Fahrt stand Brunetti an Deck und blickte zu den Inseln hinüber, die sie passierten: Santa Maria della Grazia, San Clemente, Santo Spirito, selbst das kleine Poveglia, bis er links von ihnen die Häuser von Malamocco sah. Brunetti hatte zwar einen Großteil seiner Jugend auf Booten und in der Lagune verbracht, aber nie gelernt, selbst ein Boot zu steuern, und so hatte sich seinem Gedächtnis nie eine Skizze der direktesten Routen zwischen verschiedenen Punkten der Lagune eingebrannt. Er wußte, daß Pellestrina voraus lag, etwa in der Mitte dieses schmalen Streifens Land, und er wußte auch, daß sie mit ihrem Boot genau zwischen den schräg aus dem Wasser ragenden Holzpfählen bleiben mußten, aber wären sie vom Weg abgekommen und in das weite Wasser zu ihrer Rechten geraten, es wäre ihm beschämend schwergefallen, sicher wieder nach Venedig zu finden.

Rocca, dessen junges Gesicht simple Freude darüber ausstrahlte, an so einem schönen Tag draußen und in Aktion zu sein, rief seinem Vorgesetzten über die Schulter zu: »Wohin fahren wir, Commissario?«

»Zum Hafen. Da sind Vianello und Bonsuan. Eigentlich müßten wir sie schon sehen.«

Links von ihnen standen Bäume; hin und wieder rauschte ein Auto vorbei. Vor ihnen erkannte Brunetti jetzt Boote, eine lange Reihe von Booten, wie es schien, und alle mit dem Bug an einer betonierten Mole. Er suchte die stumpfen Hecks ab, sah aber nirgendwo das Polizeiboot. Sie kamen an eine Lücke in der Bootsreihe, und da erblickte er Vianello, der nur ein paar Meter entfernt am Ufer in der Sonne stand und sich die eine Hand schützend über die Augen hielt.

Brunetti winkte, und Vianello wandte sich sogleich nach rechts, auf das Ende der Bootsreihe zu; seine Geste bedeutete, daß sie ihm folgen sollten. Als sie endlich die freien Plätze am Ende der Mole erreichten, legte Rocca an, und Brunetti sprang ans Ufer, einen Moment ganz überrascht, wie fest sich der Boden unter seinen Füßen anfühlte.

»Ist Bonsuan zurückgefahren?« fragte er.

»Einer der Nachbarn ist auf unser Boot gekommen und hat sie identifiziert. Unsere Vermutung war richtig: Es sind Giulio Bottin und sein Sohn Marco. Ich habe sie von Bonsuan ins Krankenhaus bringen lassen.« Er deutete mit einer Kopfbewegung zu Rocca, der damit beschäftigt war, eine Leine an einem der Poller festzumachen. »Ich kann ja mit Ihnen zurückfahren.«

»Was weiter?« fragte Brunetti.

»Ich habe mit ein paar Leuten gesprochen, und alle haben mir so ziemlich das gleiche erzählt: daß sie gegen drei Uhr morgens vom Knall des explodierenden Treibstofftanks aufgewacht sind. Bis sie draußen an der Mole waren, stand das Boot in Flammen, und ehe sie etwas unternehmen konnten, war es schon gesunken.«

Vianello machte kehrt und ging auf die Reihe niedriger Häuser zu, die das Dorf Pellestrina bildeten. Brunetti nahm neben ihm Schritt auf. »Und dann der übliche Murks«, fuhr Vianello fort. »Niemand hielt es für nötig, die Carabinieri zu rufen, weil alle dachten, jemand anders hätte das schon getan. Folglich wurden die Carabinieri erst am Vormittag verständigt.« Vianello blieb abrupt stehen und blickte zu den Häusern, als könnte er nicht glauben, daß darin Menschenwesen wohnen sollten. »Es ist doch nicht zu fassen: Da kommen zwei Männer durch eine Explosion ums Leben, und keiner ruft uns an, keiner ruft überhaupt irgendwen an.«

Er setzte sich wieder in Bewegung. »Also, die Carabinieri sind jedenfalls herausgekommen und haben sofort uns angerufen, weil sie meinten, für so etwas wären wir zuständig.« Er zeigte zu der Lücke zwischen den Booten. »Die Taucher haben sie heraufgeholt.«

»Sie sagen, der Vater hatte eine Kopfwunde?«

»Ja, schrecklich. Schädel eingeschlagen.«

»Und der Sohn?«

»Messer«, sagte Vianello. »In den Bauch. Ich nehme an, er ist daran verblutet.« Ehe Brunetti nachfragen konnte, fuhr er schon fort: »Er sah aus, als wenn ihn einer regelrecht geschlachtet hätte. Das Messer unten in den Bauch gestoßen und hochgezogen. Sein Hemd war darüber, als die Leiche heraufgeholt wurde, aber als sie dann hier lag, haben wir es gesehen.« Vianello blieb wieder stehen und blickte über die stillen Wasser der Lagune. »Er muß in Minutenschnelle verblutet sein, aber«, fügte er eingedenk seiner Stellung gleich hinzu, »das wird die Autopsie wohl klären.«

»Mit wem haben Sie gesprochen?«

Vianello klopfte an seine Jackentasche, in der er das Notizbuch hatte. »Die Namen stehen hier drin. Überwiegend Nachbarn. Ein paar Bootseigner, die mit ihnen gefischt haben – das heißt, die mit ihnen ausgefahren sind, denn ich habe nicht den Eindruck, daß der Fischfang für diese Leute eine Gemeinschaftsaufgabe ist.«

»Hat Ihnen das jemand so gesagt?«

Vianello schüttelte den Kopf. »Nein, gesagt hat überhaupt niemand etwas, jedenfalls nicht direkt. Aber immer hatte man dieses Gefühl, daß sie sich zum Reden zwingen mußten, als fühlten sie sich einerseits zur Loyalität untereinander verpflichtet, weil sie doch alle Fischer sind, während sie nach meinem Eindruck auf der anderen Seite jeden wegputzen würden, der irgendwo fischen will, wo sie selbst gerade fischen wollen oder wo sie irgendwelche Ansprüche zu haben glauben.«

»Wegputzen?« fragte Brunetti.

»Na ja, wie man so sagt«, antwortete Vianello. »Ich weiß noch nicht genau, wie hier die Dinge laufen, aber mir drängt sich dieses Gefühl auf: Es gibt hier zu viele Fischer und zuwenig Fisch. Und für die meisten ist es zu spät, um noch etwas anderes zu lernen.«

Brunetti wartete, ob Vianello sonst noch etwas zu berichten hatte, aber der Sergente schien fertig zu sein, also sagte er: »Wenn man früher hier nach rechts ging, kam man zu einem Restaurant.«

Vianello nickte. »Da habe ich vorhin einen Kaffee getrunken, während ich mich mit einem von den Leuten unterhielt.«

»Es hat wohl keinen Sinn, wenn ich versuche, mich hier als Tourist auszugeben, oder?« fragte Brunetti.

Vianello hatte für solchen Unfug nur ein Lächeln übrig. »Alle im Dorf haben Sie mit diesem Boot kommen sehen, und jetzt sieht man Sie mit mir hierher zurückkommen, Commissario. Sage mir, mit wem du gehst, und ich sage dir, wer du bist – mit Verlaub.«

»Das heißt, wir können auch gleich zusammen hingehen und dort zu Mittag essen«, schlug Brunetti vor.

Vianello führte ihn ins Dorf zurück. Bei der ersten Häuserreihe angekommen, hielt er vor den großen Fenstern eines Restaurants an. Er öffnete die Holztür, hielt sie für Brunetti auf und machte sie dann hinter sich wieder zu.

Hinter einer mit Weißblech verkleideten Bar stand ein Mann mit langer Schürze und trocknete ein kleines Glas mit einem so großen Tuch ab, daß es für einen kleinen Tisch als Decke gereicht hätte. Er nickte zuerst Vianello, einen Sekundenbruchteil später dann auch Brunetti zu.

»Können wir hier zu Mittag essen?« fragte der Sergente. Der Mann deutete mit dem Kopf zu einem Durchgang, dann widmete er sich wieder dem Glas und fuhr gewissenhaft mit seiner Arbeit fort.

Der Durchgang neben der Bar war von einer Art, die Brunetti seit Jahrzehnten nicht mehr gesehen hatte: sehr schmal, und dicht mit langen, grünweißen, jeweils einen Zentimeter breiten und auf beiden Seiten geriffelten Plastikbändern behängt. Als er die rechte Hand in diesen Vorhang steckte, um die eine Hälfte zurückzuschlagen, gaben sie tatsächlich auch dieses leise Schnalzen von sich, das er noch aus seiner Jugend kannte. Einstmals hatten alle Bars und alle Trattorien solche Vorhänge in den Eingängen gehabt, aber in den letzten Jahrzehnten waren sie alle verschwunden; er konnte sich schon gar nicht mehr erinnern, wann er den letzten gesehen hatte. Er hielt die immer noch schnalzenden Bänder fest, bis Vianello hindurch war, dann ließ er sie los und hörte sie in der Mitte zusammenschlagen.

Der Raum, in den sie traten, war überraschend groß, es standen mindestens dreißig Tische darin. Die Fenster saßen hoch oben in den Wänden, und es strömte reichlich Licht durch sie herein. Darunter waren die Wände mit Fischernetzen geschmückt, jedes mit Muscheln, getrocknetem Seetang und offenbar versteinerten Fischen, Krabben und Hummern gespickt. Die eine Seitenwand wurde von einer niedrigen Anrichte eingenommen. An der Rückseite führte eine Glastür, die jetzt geschlossen war, auf einen geschotterten Parkplatz.

Als Brunetti sah, daß nur ein weiterer Tisch besetzt war, schaute er kurz auf die Uhr und stellte erstaunt fest, daß es erst halb zwei war. Es schien doch etwas dran zu sein an dem verbreiteten Glauben, Seeluft mache hungrig.

Sie gingen zu einem Tisch auf der anderen Seite des Raumes, zogen die Stühle hervor und nahmen einander gegenüber Platz. Außer kleinen Fläschchen für Öl und Essig standen auf dem Tisch noch eine kleine Vase mit Wildblumen sowie ein Körbchen mit einem halben Dutzend eingepackter *grissini.* Brunetti nahm sich eine dieser Knusperstangen, riß die Verpackung auf und begann zu knabbern.

Die Plastikbänder teilten sich, und ein junger Mann in schwarzem Jackett und Hose kam rückwärts in den Raum. Als er sich umdrehte, sah Brunetti, daß er in jeder Hand einen Teller hielt, anscheinend *antipasto di pesce.* Der Kellner nickte den beiden Neuankömmlingen zu und brachte die Teller zu dem Tisch in der gegenüberliegenden Ecke, wo eine Frau und ein Mann saßen, beide schon in den Sechzigern.

Nun kam der Kellner zu ihnen. Brunetti und Vianello hatten schon verstanden, daß man sich in diesem Haus nicht mit Speisekarten abzugeben pflegte, jedenfalls noch nicht um diese Jahreszeit, weshalb Brunetti mit einem Lächeln sagte, was man in einem neuen Lokal eben immer sagt: »Alle erzählen einem, daß man hier sehr gut ißt.« Dabei achtete er sorgfältig darauf, *veneziano* zu sprechen.

»Das will ich hoffen«, antwortete der Kellner, ebenfalls lächelnd und ohne in irgendeiner Weise erkennen zu lassen, daß er die Anwesenheit eines uniformierten Polizisten verwunderlich fand.

»Was können Sie uns denn heute empfehlen?« fragte Brunetti.

»Das *antipasto di mare* ist gut. Wir haben *latte di sepie* oder *sardine,* wenn Sie die lieber mögen.«

»Was noch?« fragte Vianello.

»Heute früh gab's auf dem Markt noch Spargel, wir können Ihnen also auch Spargelsalat mit Garnelen anbieten.« Brunetti nickte dazu; Vianello sagte, er wolle keine Vorspeise, worauf der Kellner zu den *primi piatti* überging.

»*Spaghetti alle vongole, spaghetti alle cozze* und *penne alla matriciana«*, deklamierte er, dann hielt er inne.

»Ist das alles?« rutschte es Vianello heraus.

Der Kellner machte eine abwehrende Handbewegung. »Wir haben heute abend eine Silberhochzeit mit fünfzig Gästen, darum sind tagsüber nur wenige Gerichte auf der Karte.«

Brunetti bestellte die *spaghetti alle vongole,* Vianello die *penne alla matriciana.*

Die Auswahl an Hauptgerichten beschränkte sich auf Putenbraten und Fischplatte. Vianello wählte ersteres, Brunetti letzteres. Dazu bestellten sie einen halben Liter Wein und einen Liter Mineralwasser. Der Kellner brachte ihnen noch ein Körbchen *bussolai,* dieses dicke ovale Knabberzeug, das Brunetti besonders mochte.

Sowie der Kellner fort war, nahm Brunetti sich eine solche *bussola,* brach sie in zwei Hälften und biß ein Stückchen ab. Er mußte sich immer wieder wundern, wie sie es schafften, in diesem Seeklima so knusprig zu bleiben. Der Kellner brachte Wein und Wasser, stellte beides auf den Tisch und eilte hinüber zu dem älteren Paar, um dessen Teller abzuräumen.

»Da kommen wir mal nach Pellestrina, und Sie essen keinen Fisch«, sagte Brunetti, aber es sollte eine Frage sein.

Vianello schenkte ihnen beiden ein Glas Wein ein, hob das seine an die Lippen und nippte. »Sehr gut«, sagte er. »Genau wie der, den mein Onkel immer auf seinem Boot aus Istrien mitgebracht hat.«

»Und der Fisch?« fragte Brunetti, nicht gewillt, ihn davonkommen zu lassen.

»Ich esse keinen Fisch mehr«, sagte Vianello. »Außer wenn ich sicher bin, daß er aus dem Atlantik kommt.«

Brunetti wußte, daß Geistesgestörtheit viele Erscheinungsformen hatte und die meisten bereits im Frühstadium erkennbar waren. »Warum?«

»Ich bin Mitglied bei Greenpeace geworden«, sagte Vianello, als wäre das Antwort genug.

»Und Greenpeace läßt Sie keinen Fisch mehr essen?« fragte Brunetti, um einen scherzhaften Ton bemüht.

Vianello machte schon den Mund auf, schloß ihn aber wieder, trank noch einen Schluck Wein und sagte dann: »So ist das nicht, Commissario.«

Sie redeten jetzt eine Weile nicht miteinander, dann kam der Kellner und brachte Brunetti seine Vorspeise, ein Häufchen rosa Garnelen auf einem Bett aus rohen Spargelstücken. Brunetti spießte etwas davon auf seine Gabel. Es war Balsamessig darauf gesprüht. Die Kombination aus Süß, Sauer, Süß und Salzig mundete köstlich. Er ließ Vianello eine kleine Weile links liegen und verzehrte langsam und genüßlich seinen Salat, erfreute sich bei jedem Bissen neu an den Gegensätzen in Geschmack und Konsistenz.

Schließlich legte er die Gabel auf den Teller und trank einen Schluck Wein. »Fürchten Sie, mir den Appetit zu verderben, wenn Sie mir erzählen, welch schreckliche Umweltsünden mir in diesen Garnelen auflauern?« fragte er lächelnd.

»Muscheln wären schlimmer«, antwortete Vianello, ebenfalls lächelnd, aber ohne sich um eine weitere Klarstellung zu bemühen.

Ehe Brunetti ihn auffordern konnte, ihm die tödlichen Gifte aufzuzählen, die in Garnelen und Muscheln lauerten, holte der Kellner seinen Teller fort und war im Handumdrehen mit den beiden Pasta-Gerichten wieder da.

Der Rest der Mahlzeit verlief harmonisch. Sie plauderten über Bekannte, die in den Gewässern um Pellestrina gefischt hatten, und über einen berühmten Fußballer aus Chioggia, den beide noch nie hatten spielen sehen. Als die Hauptgerichte kamen, konnte Vianello es zwar nicht lassen, Brunettis Teller mit einem argwöhnischen Blick zu bedenken, doch er ließ die Gelegenheit zu weiteren Kommentaren über die Muscheln aus. Brunetti legte seinerseits einen stummen Beweis für die Hochachtung ab, die er vor seinem Sergente hatte, indem er ihm weder berichtete, was er vor einem Monat in der Zeitung über die Aufzuchtmethoden in den kommerziellen Putenfarmen gelesen hatte, noch die auf den Menschen übertragbaren Krankheiten aufzählte, von denen diese Vögel gern befallen werden.

5

Nachdem sie ihren Kaffee getrunken hatten, bat Brunetti um die Rechnung. Als der Kellner zauderte, als wäre dies bei ihm eine Gewohnheit, über die er keine Gewalt hatte, fügte Brunetti hinzu: »Ich brauche keine Quittung.« Die Augen des Kellners wurden ganz groß: Da saß jemand, der Polizist sein mußte, und war bereit, dem Wirt beim Hinterziehen der Steuer behilflich zu sein, die jedesmal fällig war, wenn eine Quittung ausgestellt wurde. Brunetti sah, wie das den Kellner in ein Dilemma stürzte, das er schließlich mit den Worten löste: »Ich frage den Chef.«

Ein paar Minuten später kam er mit einem Gläschen Grappa in jeder Hand zurück. »Zweiundfünfzigtausend«, sagte er, während er die Gläser auf den Tisch stellte. Brunetti zückte seine Brieftasche. Es war etwa ein Drittel dessen, was die Mahlzeit in Venedig gekostet hätte, und der Fisch war frisch gewesen, die Garnelen perfekt.

Er entnahm seiner Brieftasche sechzigtausend Lire, und als der Kellner in die Tasche griff, um herauszugeben, winkte Brunetti mit einem leise gemurmelten »Danke« ab. Er hob sein Glas an die Lippen und trank ein Schlückchen von dem Grappa. »Sehr gut«, sagte er. »Bitte bestellen Sie dem Chef, daß wir uns bedanken.«

Der Kellner nickte, nahm das Geld und wandte sich zum Gehen.

»Sind Sie von hier?« fragte Brunetti ohne jeden Versuch, die Frage belanglos klingen zu lassen.

»Ja, Signore.«

»Wir sind hier draußen wegen dieses Unfalls«, sagte Brunetti und deutete vage Richtung Wasser. »Aber das wird Sie nicht besonders überraschen«, fügte er mit einem Lächeln hinzu.

»Nein, das überrascht hier keinen«, antwortete der Kellner.

»Kannten Sie die beiden?« fragte Brunetti. Er zog einen Stuhl unterm Tisch hervor und bedeutete dem Kellner, Platz zu nehmen. Das Paar an dem anderen Tisch war schon fort, und alle Tische waren bereits für die Silberhochzeit gedeckt, so daß es für den Kellner wenig zu tun gab. Er setzte sich also und drehte dabei den Stuhl so, daß er Brunetti ansehen konnte.

»Marco habe ich gekannt«, sagte er. »Wir sind auf dieselbe Schule gegangen. Er war ein paar Jahrgänge nach mir, aber wir kannten uns, weil wir immer mit demselben Bus vom Lido zurückkamen.«

»Wie war er denn so?« fragte Brunetti.

»Gescheit«, antwortete der Kellner in ernstem Ton. »Sehr gescheit und sehr nett. Nicht wie sein Vater, nein, überhaupt nicht. Giulio hat nie mit irgendwem gesprochen, wenn es sich vermeiden ließ, aber Marco war freundlich zu allen Leuten. Mir hat er immer bei den Mathe-Hausaufgaben geholfen, obwohl er der jüngere von uns war.« Der Kellner legte die Geldscheine, die er noch in der Hand hatte, auf den Tisch, den Zehner neben den Fünfziger. »Bei mir hat's immer nur dafür gereicht, zwei solche Scheine zusammenzuzählen.« Und mit einem plötzlichen Lächeln, bei dem er kreidegraue Zähne entblößte, fuhr er fort: »Allerdings kam ich dabei meist auf fünfzig oder siebzig.« Er steckte die Geldscheine ein und warf einen Blick über die Schulter in Richtung Küche, von wo man plötzlich ein lautes Brutzeln und das Klappern eines Topfes auf dem Herd vernahm. »Aber hier brauche ich keine Mathe, muß nur zusammenzählen, und das besorgt meist schon der Chef.«

»Ging Marco noch zur Schule?«

»Nein, er ist letztes Jahr fertig geworden.«

»Und danach?«

»Danach hat er natürlich bei seinem Vater angefangen«, sagte der Kellner, als wäre das für Marco die einzige Möglichkeit gewesen, die einzige überhaupt für einen Pellestrinotto. »Sie waren schon immer Fischer, die Bottins.«

»Wollte Marco denn Fischer werden?«

Der Kellner sah Brunetti mit offener Verwunderung an. »Was hätte er denn sonst werden können? Sein Vater hatte das Boot, und Marco verstand sich aufs Fischen.«

»Natürlich«, räumte Brunetti ein. »Sie sagen, Bottin hat nie mit jemandem gesprochen. Steckte dahinter noch mehr?« Und damit der Kellner sich nicht dumm stellen konnte, verdeutlichte er seine Frage: »Hatte er hier viele Feinde?«

Der Kellner zuckte die Achseln, eine Geste, in der sein ganzes Widerstreben zum Ausdruck kam, doch ehe er etwas sagen konnte, mischte Vianello sich ein, indem er mit eingeübter Dreistigkeit zu Brunetti sagte: »So eine Frage kann er nicht beantworten, Signore.« Er betrachtete den Kellner mit Beschützerblick. »Das ist ein kleiner Ort hier; jeder wird wissen, daß er mit uns gesprochen hat.«

Brunetti ging darauf ein. »Aber Sie sagen doch, Sie haben schon ein paar Namen von Leuten.« Er merkte, wie das Interesse des Kellners zunahm, sah es an der Art, wie er die Füße unter den Stuhl zog, deutlich bemüht, sich *nicht* nach vorn zu beugen. »Er würde lediglich bestätigen, was man Ihnen schon erzählt hat.«

Vianello sah weiter Brunetti an und beachtete den Kellner nicht. »Wenn er nicht reden will, Signore, dann will er eben nicht. Wir haben ja schon Namen.«

»Welche?« fragte der Kellner dazwischen.

Vianello warf ihm einen Blick zu und schüttelte kaum merklich den Kopf, wie um diese Geste vor Brunetti zu verbergen.

»Welche Namen?« fragte der Kellner jetzt lauter. Als ihm von den Polizisten keiner antwortete, rief er fordernd: »Meinen?«

»Sie haben uns Ihren Namen doch noch gar nicht genannt«, antwortete Brunetti.

»Lorenzo Scarpa«, sagte der Kellner. Im selben Moment riß Vianello die Augen auf, sein Kopf flog herum, und er sah den Kellner mit kaum verhohlenem Schrecken an.

Der Kellner sah Vianellos Reaktion und sagte mit gepreßter Stimme: »Das war nichts weiter. Giulio war mal abends hier an der Bar und hatte getrunken. Mein Bruder hat überhaupt kein Wort zu ihm gesagt. Bottin suchte nur Streit, und da hat er eben einen Grund erfunden. Sandro hätte ihn angestoßen, hat er gesagt, so daß er seinen Wein verschüttet hätte.« Er schaute zwischen den wissenden Gesichtern der beiden Polizisten hin und her. »Ich sage Ihnen, da ist überhaupt nichts passiert, und es ist auch nie Anzeige erstattet worden. Bevor etwas passieren konnte, haben andere eingegriffen. Ich hatte gerade hinten zu tun. Als ich wieder hier herauskam, war schon alles vorbei, und keiner war zu Schaden gekommen.«

»Das stimmt gewiß«, sagte Vianello mit einem Lächeln, das die Liebenswürdigkeit selbst sein sollte. »Aber wie ich gehört habe, hätte es ja auch ganz anders ausgehen können.«

»Wie denn? Wer hat Ihnen das erzählt?«

Vianello schüttelte mit sichtlichem Widerstreben den Kopf, wie um zu sagen, er würde seinem Freund dem Kellner ja gern den Namen seines Informanten nennen, aber mit seinem Vorgesetzten hier am Tisch sei es ihm ganz und gar unmöglich, dem guten Mann zu helfen, so gern er es auch täte.

»War es vielleicht Giacomini, dieses Schwein? Sagen Sie mir nur das. War er es?«

Wieder scheinbar außerstande, beim Hören dieses Namens seine Überraschung zu verbergen, warf Vianello dem Kellner einen raschen Blick zu, fast als wollte er ihn vor dem Weiterreden warnen, aber der Mann war für solche Ermahnungen schon nicht mehr zugänglich. »Er war nicht einmal hier, dieser Giacomini«, schimpfte er weiter. »Er wollte Sandro nur Scherereien machen, das Schwein. Und er wußte, daß zwischen den beiden böses Blut war wegen dieser Sache vor Chioggia. Aber er lügt. Er war schon immer ein Lügner.« Der Kellner stieß seinen Stuhl nach hinten und stand auf, wie um sich selbst davon abzuhalten, noch mehr zu sagen. Plötzlich, wieder ganz förmlich, als wäre von seinem Bruder nie die Rede gewesen, fragte er: »Möchten die Herren noch einen Grappa?«

Brunetti schüttelte den Kopf und stand auf, Vianello ebenfalls. »Danke«, sagte Brunetti und ließ es offen, ob der Dank dem Angebot oder den Informationen galt. An der Tür hielt er inne, damit Vianello gar nichts anderes übrig blieb, als seinem Vorgesetzten beim Verlassen des Raumes voranzugehen.

Draußen gingen sie eine Weile schweigend nebeneinander her, bis sie in sicherer Entfernung vom Restaurant und allen Häusern am Wasser standen. Richtung Venedig gewandt stellte Brunetti einen Fuß auf den Damm und bückte sich, um ein Steinchen aus seiner Schuhsohle zu klauben.

»Nun?« fragte er.

»Mir war das alles neu«, meinte Vianello mit einem kurzen Lächeln. »Keiner war bereit, mir irgend etwas zu sagen.«

»Das dachte ich mir schon«, sagte Brunetti, und weil er wußte, daß Vianello sich darüber freuen würde, fügte er hinzu: »Sie haben das sehr gut gemacht.«

»War ja nicht weiter schwer«, meinte der Sergente.

»Nun würde mich doch interessieren, wie arg diese Prügelei war, zumal er uns unbedingt davon überzeugen wollte, daß nichts passiert sei.« Zwar blickte Brunetti noch immer in die Richtung der unsichtbaren Stadt, aber seine Anmerkungen waren eindeutig für Vianello bestimmt.

»Das war ihm sehr wichtig, nicht?«

Zuerst hatte Brunetti das auch so gesehen, aber jetzt fragte er sich allmählich, ob dieser Kellner vielleicht doch schlauer war, als sie glaubten, und den Namen Giacomini und die Geschichte von der Prügelei mit Bottin nur ins Spiel gebracht hatte, um sie von etwas anderem abzulenken.

»Meinen Sie, er wollte uns von etwas anderem abbringen, Sergente?«

»Nein, ich glaube, er war ehrlich beunruhigt«, antwortete Vianello, als hätte er diese Möglichkeit zwar auch schon in Erwägung gezogen, aber wieder verworfen. Und in einem Ton, in dem der typische Hochmut der auf den größeren venezianischen Inseln Geborenen lag, fügte er hinzu: »Ein Pellestrinotto wäre für so etwas schon gar nicht schlau genug.«

»So etwas darf man heutzutage nicht mehr sagen, Sergente«, sagte Brunetti mit sanftem Tadel.

»Obwohl es stimmt?« fragte der Sergente.

»*Weil* es stimmt«, antwortete Brunetti.

Vianello dachte darüber kurz nach, dann fragte er: »Und wie geht es jetzt weiter?«

»Ich denke, wir hören uns mal ein bißchen um, was es über den Streit zwischen Sandro Scarpa und Giulio Bottin sonst noch in Erfahrung zu bringen gibt.« Brunetti wandte sich von der Lagune ab und wieder den Reihen der niedrigen Häuser zu.

Vianello nahm neben ihm Schritt auf. »Hinter dem Restaurant ist so eine Art Kramladen. An der Tür hängt ein Schild, daß er um drei geöffnet wird, und jemand hat mir erzählt, Signora Follini mache immer pünktlich auf.« Er führte seinen Vorgesetzten links am Restaurant vorbei und auf einen sandigen Hof, der an zwei Seiten von Türen gesäumt und an der dritten offen geblieben war, so daß man einen weiten Blick auf den Wellenbrecher hatte, hinter dem die Adria begann. Wegen der Höhe des fernen Wellenbrechers konnte man von dieser Seite der Insel aus das Wasser nicht sehen, aber ein scharfer Jodgeruch und die hohe Luftfeuchtigkeit verrieten die Nähe des Meeres.

Brunetti war schon seit Jahren nicht mehr hier draußen gewesen, über zehn Jahre mochte es her sein, als die Kinder noch kleiner gewesen waren und er und Paola sich sonntags nachmittags mit der Familie seines Bruders Sergio auf dessen Boot zu drängen pflegten, um angeblich die Inseln zu erkunden, wobei sie aber genau wußten, daß sie nur auf der Suche nach guten Restaurants und frischem Fisch waren. Er erinnerte sich an sonnenverbrannte, übellaunige Kinder, die wie die Hündchen auf dem Bootsboden lagen und dösten, eingeschläfert von zuviel Sonne und der endlosen Langeweile der Erwachsenengespräche. Er erinnerte sich, wie Sergio einmal aus dem Wasser über den Bootsrand geschossen kam, beide Beine rot verbrannt von einer riesigen Qualle, die sich im klaren Wasser an ihn herangemacht hatte. Und er erinnerte sich mit ganz großer Freude an einen Nachmittag im August, als Sergio einmal mit allen Kindern auf einer der kleineren Inseln zum Brombeerpflücken gegangen war und er und Paola sich im Boot geliebt hatten.

Ein Glöckchen bimmelte, als Vianello die Tür zu dem kleinen Laden öffnete. Sie traten ein, der Uniformierte zuerst, damit von vornherein klar war, wozu sie gekommen waren.

Aus einem anderen Raum rief eine Frauenstimme: *»Un momento«*, gefolgt vom Schließen einer Tür und einem kurzen, scharfen Ton, als ob irgend etwas energisch hingestellt worden wäre. Danach Stille. Brunetti blickte sich in dem Laden um: ringsum verstaubte Regale, reihenweise Reispackungen, Fliegenfänger im Doppelpack, etwas Schirmständer-Ähnliches mit lauter Besen und Mops und Schrubbern, zuletzt in einem niedrigen Regalfach vier *Gazzettinos* vom Vortag. Alles roch ein bißchen nach altem Papier und Dörrgemüse.

Nach dem versprochenen *momento* schob eine Frau den weißen Baumwollvorhang beiseite, der den Laden von den Räumen dahinter trennte, und kam herein. Sie trug ein kurzes grünes Kleid mit Kelchkragen und Schuhe mit unbequem hohen Absätzen für eine Frau, die den ganzen Tag hinter einem Verkaufstresen stand. *»Buon giorno«*, sagte sie in ihre Richtung und blieb kurz vor dem Vorhang stehen. Einen Augenblick verharrte sie schweigend, und Brunetti sah, daß die Frau in der allerneuesten Blüte ihrer Jugend stand, einer Blüte allerdings, die schon mehrmals und zweifellos in immer kürzeren Abständen wiederholt worden war.

Ihr Haar war löwenzahngelb und wirkte infolge der tiefen Bräunung ihrer Haut noch heller. Brunetti hatte einmal an einem dreitägigen Seminar über fortgeschrittene Methoden der Personenerkennung teilgenommen, wovon zwei Stunden allein den Mitteln gegolten hatten, mit denen Kriminelle ihr Äußeres veränderten. Er mußte zugeben, daß er – vielleicht weil er so viel Zeit seines Lebens mit der Beobachtung von Frauen zubrachte – fasziniert gewesen war von den vielfältigen Möglichkeiten der plastischen Chirurgie, die ein Gesicht verändern und einen Menschen unkenntlich machen konnten. Einige dieser Techniken erkannte er hier wieder, und ganz kurz ging ihm dabei durch den Kopf, daß man das Gesicht dieser Frau gut als Anschauungsmaterial hätte nehmen können, weil die Spuren der an ihm aufgewendeten Arbeit so leicht zu erkennen waren.

Ihre Augen hatten einen leicht orientalischen Schnitt, und sie war dazu verurteilt, allezeit mit einem Lächeln durchs Leben zu gehen, das ihre Lippen in unentwegter Vorfreude öffnete. An ihren Kinnbacken hätte ein Fleischer seine Messer schärfen können. Die kecke Himmelfahrtsnase hätte am Gesicht einer dreißig Jahre jüngeren Frau wahre Wunder gewirkt, war in ihrem aber fehl am Platz, denn sie saß über einem breiten Mund mit dicken Lippen. Nach Brunettis Eindruck war sie ein paar Jahre älter als er.

»Kann ich etwas für Sie tun?« fragte sie, während sie jetzt hinter ihren Tresen ging.

»Ja, Signora Follini«, antwortete Brunetti, indem er einen Schritt vortrat. »Ich bin Commissario Guido Brunetti und ermittle wegen des Unfalls, der sich heute früh hier ereignet hat.« Er wollte nach seiner Brieftasche greifen, um sich auszuweisen, aber sie winkte ungeduldig ab.

Sie warf einen kurzen Blick auf Vianello, dann wandte sie ihre Aufmerksamkeit wieder Brunetti zu.

»Unfall?« fragte sie sachlich.

Brunetti hob die Schultern. »Solange wir keinen Grund haben, etwas anderes zu vermuten, behandeln wir die Sache als Unfall«, antwortete er.

Sie nickte, sagte aber nichts weiter.

»Kannten Sie die beiden Männer, Signora?«

»Bottin und Marco?« fragte sie unnötigerweise zurück.

»Ja.«

»Sie waren hier«, sagte sie, als ob das genügte.

»Sie meinen, als Kunden?« fragte Brunetti, obwohl in so einem kleinen Ort wie Pellestrina wahrscheinlich alle Bewohner ihre Kunden waren.

»Ja.«

»Und darüber hinaus? Waren Sie befreundet?«

Sie schwieg und dachte kurz nach. »Marco könnte man vielleicht als Freund bezeichnen.« Sie legte besondere Betonung auf das Wort »Freund«, wie um die interessante Möglichkeit anzudeuten, daß er mehr gewesen sein könnte. Dann fuhr sie fort: »Aber auf keinen Fall seinen Vater.«

»Und warum?« fragte Brunetti.

Diesmal war es an ihr, mit den Schultern zu zucken. »Wir vertrugen uns nicht.«

»In einer bestimmten Hinsicht?«

»In jeder Hinsicht«, sagte sie, lächelnd ob ihrer eigenen Schlagfertigkeit. Dieses Lächeln, das ein makelloses Gebiß entblößte und nur zwei winzige Fältchen an den Mundwinkeln entstehen ließ, gab Brunetti einen Eindruck davon, wie sie vielleicht hätte aussehen können, wenn sie nicht so wild entschlossen gewesen wäre, ihre mittleren Lebensjahre der Wiederherstellung ihrer jungen Jahre zu widmen.

»Und warum?«

»Unsere Väter hatten als junge Männer Streit, vor etwa fünfzig Jahren«, sagte sie, diesmal mit so unbewegtem Gesicht, daß Brunetti nicht wußte, ob sie es ernst meinte oder sich nur darüber lustig machte, wie es in kleinen Dörfern angeblich zuging.

»Ich glaube kaum, daß Sie oder Giulio davon so arg betroffen waren«, sagte Brunetti. »Da waren Sie doch noch nicht einmal geboren.«

Er hatte mit dem übertriebenen Ernst des Schmeichlers gesprochen, und ihr Lächeln erzeugte diesmal je zwei Fältchen, allerdings sehr kleine. Paola hatte letztes Jahr einen Kurs über das Sonett gegeben, und an ein Sonett konnte Brunetti – er glaubte, es war ein englisches – sich erinnern: Darin war die Rede von der Verleugnung des Alterns gewesen, einer Form des Selbstbetrugs, die Brunetti schon immer besonders erbärmlich gefunden hatte.

»Aber hatten Sie nicht wohl oder übel mit ihm zu tun, ich meine, mit Bottin senior?« fragte Brunetti. »Schließlich ist das hier ein kleines Dorf; die Leute begegnen sich alle Tage.«

Sie schlug sich regelrecht mit dem Handrücken an die Stirn, als sie darauf antwortete: »Erzählen Sie mir nichts davon. Ich weiß, ich weiß. Aus langer Erfahrung weiß ich, wie die Menschen in kleinen Dörfern sind. Da genügt schon die winzigste Kleinigkeit, schon denken sie sich Verleumdungen über jeden aus.« Der einstudierte Auftritt weckte in Brunetti eine gewisse Neugier nach dem Aufenthaltsort oder gar der Existenz eines Signor Follini. Sie sah kurz zu Vianello und öffnete schon den Mund, um fortzufahren.

»Und Signor Bottin?« fiel Brunetti ihr ins Wort. »Hat man ihn auch verleumdet?«

Offenbar keineswegs gekränkt durch Brunettis Zwischenruf, antwortete sie mit einer gewissen Bitterkeit: »Bei ihm genügte die Wahrheit.«

»Welche Wahrheit?«

Ihre Miene verriet ihm, wie erpicht sie darauf war, es ihm zu sagen, aber dann, er hätte auf die Zehntelsekunde genau sagen können wann, behielt die Diskretion, die das Leben in einem kleinen Dorf einen lehrt, in ihr wieder die Oberhand.

»Ach, das Übliche«, meinte sie mit einer wegwerfenden Handbewegung, und Brunetti wußte, wie sinnlos es war, ihr noch etwas entlocken zu wollen.

Trotzdem fragte er: »Was zum Beispiel?«

Nach langer Pause, die sie eindeutig dazu benutzte, sich Beispiele auszudenken, die so unbedeutend wie nur möglich waren, antwortete sie: »Daß er häßlich zu seiner Frau und streng mit seinem Sohn war.«

»Ich nehme an, daß man so etwas über die meisten Männer sagen könnte.«

»Aber doch nicht über Sie, Signore«, gab sie zurück, wobei sie sich aufreizend weit über ihren Tresen beugte.

Vianello sah den Augenblick zum Eingreifen gekommen. »Der Bootsführer hat gesagt, wir müssen zurückfahren, Commissario«, sagte er mit leiser Stimme, aber doch laut genug, daß sie es hörte.

»Natürlich, Sergente«, antwortete Brunetti in amtlichem Ton. Dann wandte er sich wieder an Signora Follini, lächelte kurz und sagte: »Für den Augenblick ist das wohl alles, Signora. Wenn wir weitere Fragen haben, wird jemand herkommen.«

»Nicht Sie?« fragte sie, um einen enttäuschten Ton bemüht.

»Kommt darauf an, ob das nötig ist«, antwortete Brunetti.

Er dankte ihr für ihre Geduld, dann verließen sie den Laden, voran Vianello, der sich draußen kurz nach links und dann nach rechts wandte – offenbar kannte er sich in den paar Straßen, die den Ortskern von Pellestrina bildeten, schon aus.

»Das war keine Sekunde zu früh, Sergente«, meinte Brunetti lachend.

»Ich hielt es für das beste, uns mit einer List loszueisen, Commissario.«

»Und wenn das nicht geklappt hätte?«

»Dann hätte ich immer noch meine Pistole gehabt«, antwortete Vianello mit einem kurzen Klaps auf seine Pistolentasche.

Vor ihnen erhob sich der Damm, und einer plötzlichen Eingebung folgend, ging Brunetti über die schmale Straße, die zum Ende der Halbinsel führte, und stieg die Stufen hinauf, die man in den Damm gehauen hatte. Oben angekommen, machte er auf dem schmalen Betonweg, der in beide Richtungen verlief, Platz für Vianello.

Vor ihnen lag eine mäßig bewegte Adria; die dunklen Pünktchen in mittlerer Ferne waren Tanker und Frachtschiffe. Weit dahinter klaffte die offene Wunde der früheren Republik Jugoslawien.

»Finden Sie es nicht auch merkwürdig, Commissario, daß solche Frauen immer so komisch auf uns wirken, wenn sie sich haben liften lassen, nicht aber, wenn sie reicher oder berühmter sind?«

Brunetti mußte an die zwei Freundinnen seiner Frau denken, die dafür bekannt waren, daß sie in regelmäßigen Abständen nach Rom verschwanden und wie verwandelt wiederkamen. Da sie reich waren, hatte man an ihnen stets bessere Arbeit geleistet als an Signora Follini, und das Ergebnis war weniger auffällig und daher besser. Für seine Begriffe aber war das Bedürfnis, das sie trieb, das gleiche und nicht weniger mitleiderregend.

Er gab nur einen nichtssagenden Ton von sich, dann fragte er: »Was haben die Leute, mit denen Sie gesprochen haben, Ihnen denn erzählt? War auch etwas über diese Frau dabei?«

»Nein, Commissario. Sie wissen doch, wie das in solchen Orten ist: Da ist keiner bereit, etwas zu sagen, was dem, über den es gesagt wurde, weitererzählt werden könnte.«

»Soviel zur Diskretion der Polizei«, meinte Brunetti mit betrübtem Kopfschütteln.

»Aber ist das denn nicht zu verstehen, Commissario? Wenn es zu einem Prozeß kommt, müssen wir sagen, wie wir zunächst überhaupt an einen Namen gekommen sind oder warum wir die Ermittlungen gegen eine bestimmte Person aufgenommen haben. Dann geht der Prozeß weiter, und egal was dabei herauskommt, der Betreffende muß weiter hier leben, zwischen Leuten, die ihn als Verräter ansehen.«

Brunetti hütete sich, Vianello jetzt mit seinem Standardvortrag über Bürgerverantwortung zu kommen und von der Verpflichtung jedes einzelnen zu reden, den Behörden bei der Aufklärung von Straftaten zu helfen. Daß es sich bei dem Tod der beiden Männer um Mord handelte, Doppelmord, änderte für die, die hier lebten, nicht das allermindeste: Für sie war es die höchste Bürgerpflicht, in Frieden zu leben und sich vom Staat nicht drangsalieren zu lassen. Es war für einen jeden viel sicherer, auf seine Angehörigen und Nachbarn zu vertrauen. Außerhalb dieses Sicherheitsrings lauerten die Gefahren der Behördenwelten und der unentrinnbaren Konsequenzen, die es hatte, wenn man mit ihnen zu tun bekam.

Brunetti überließ Vianello seinen eigenen Überlegungen, während er selbst noch einen Augenblick stehenblieb und aufs Meer hinausblickte. Die Schiffe waren auf dem Weg zu ihren Zielen schon etwas weiter. Da waren sie, wie ihm schien, die einzigen.

6

Da Brunetti sich sagen mußte, daß sein Mißfallen über das, was er soeben von Vianello zu hören bekommen hatte, nichts am Wahrheitsgehalt desselben änderte, kam er zu dem Schluß, daß es wenig Sinn hatte, länger auf Pellestrina zu bleiben, weshalb er vorschlug, nach Venedig zurückzufahren. Vianello zeigte sich darüber in keiner Weise erstaunt, und so gingen sie die Stufen wieder hinunter, überquerten die Straße und begaben sich durch das schmale Dorf hinüber auf die andere, Venedig zugewandte Seite, wo das Polizeiboot sie erwartete. Auf der Fahrt über die Lagune gab Vianello ihm die Namen derer, die er befragt hatte, und faßte kurz die Nichtigkeiten zusammen, die sie ihm erzählt hatten. Zum Beispiel hatte Vianello erfahren, daß Bottins Bruder auf Murano lebte und dort in einer Glasfabrik arbeitete; die einzigen Verwandten, die er sonst noch hatte – Angehörige seiner verstorbenen Frau –, wohnten ebenfalls auf dieser Insel, aber offenbar hatte niemand Vianello sagen können, was sie dort machten.

Die Leute, mit denen Vianello gesprochen hatte, waren in keiner Weise widerborstig gewesen; alle hatten die Fragen beantwortet, die ihnen gestellt wurden. Aber niemand hatte von sich aus eine Auskunft gegeben, die über die simpelste und direkteste Erwiderung hinausging. Man hatte ihn weder mit überflüssigen Details zugeschüttet noch ihm den ganzen Klatsch aufgetischt, von dem jede Gesellschaft lebt. Sie waren klug genug gewesen, nicht etwa nur mit »ja« oder »nein« zu antworten, vielmehr hatten sie sogar den Eindruck zu erwecken verstanden, als bemühten sie sich nach Kräften, sich alles, alles ins Gedächtnis zu rufen, was der Polizei in irgendeiner Weise nützlich sein könnte. Und die ganze Zeit hatte Vianello genau gewußt, was sie mit ihm machten – und wahrscheinlich wußten sie, daß er es wußte.

Vianello war gerade mit seinem Bericht fertig, als das Boot sich nach links in den Hauptkanal wandte, der nach San Marco führte, und vor ihnen tat sich der Anblick auf, der sich seit den großen Zeiten der Serenissima den Ankommenden darbot: Glokkentürme und Kuppeln, sie alle stellten sich den Passagieren und Besatzungen einfahrender Schiffe zur Schau, schienen einander wie kleine Kinder wegschubsen zu wollen, um das Interesse der nahenden Besucher besser auf sich lenken zu können. Der einzige Unterschied zwischen dem, was jetzt die beiden Polizisten sahen, und dem, was sich denen dargeboten haben mochte, die vor fünfhundert Jahren derselben Fahrrinne folgten, war der Wald von Baukränen, die über die Stadt ragten, sowie auf sämtlichen Hausdächern die Fernsehantennen jeder Höhe und Gestalt.

Beim Anblick der starr und eckig dastehenden Kräne fiel Brunetti auf, wie selten er diese Dinger in Bewegung sah. Zwei davon standen nach wie vor über der leeren Hülse des Opernhauses, so erstarrt wie alle bisherigen Versuche, es wiederaufzubauen. Wenn er an die prahlerischen Worte auf der Titelseite des *Gazzettino* am Tag nach dem Brand dachte, das Theater werde in zwei Jahren wieder so dastehen wie vorher, wußte er nicht, ob er lachen oder weinen sollte, und das wußte er schon seit über zwei Jahren nicht. Der Volksglaube – seinerseits mit der Wahrheit austauschbar – wollte wissen, daß die reglosen Kräne die Stadt jeden Tag zehn Millionen Lire kosteten, und die Volksphantasie hatte längst alle Versuche aufgegeben, die Gesamtkosten für eine Wiederherstellung abzuschätzen. Jahre vergingen, das Geld versickerte, und nach wie vor standen die Kräne reglos und stumm über dem nicht enden wollenden Gewinsel und juristischen Gezerre darüber, wer nun den Zuschlag für den Wiederaufbau bekommen solle.

Beide verstummten und sahen die Stadt näher kommen. Es gab keine Stadt, die mehr von sich eingenommen war als Venedig: Billige, gewöhnliche Selbstporträts säumten so manche

Straße; an fast allen Kiosken konnte man grellbunte Plastikgondeln erstehen; an allen Straßenecken verkauften Farbkleckser, deren Baskenmützen sie fälschlicherweise als Künstler auswiesen, scheußliche Pastellzeichnungen; auf Schritt und Tritt huldigte die Stadt dem Schlechten und spielte das Flittchen. Nun kamen zu alledem noch die schrecklichen Folgen der vielen trockenen Wochen: Die engen *calli* stanken nach Urin, hündischem und menschlichem; unter den Füßen klebte immer eine dünne Staubschicht, egal wie oft die Straßen gefegt wurden. Und dennoch blieb ihre Schönheit unbefleckt, einzigartig.

Der Bootsführer schwenkte nach rechts und legte bei der Questura an. Brunetti bedankte sich mit einer Handbewegung und sprang an Land, rasch gefolgt von Vianello.

»So, und nun?« fragte der Sergente, als sie durch die breiten Glastüren traten.

»Rufen Sie im Krankenhaus an, und fragen Sie, für wann die Obduktionen geplant sind. Ich werde Signorina Elettra einmal auf die Bottins ansetzen.« Bevor Vianello fragen konnte, fuhr er schon fort: »Auch auf Sandro Scarpa, und wenn sie schon einmal dabei ist, auf Signora Follini.«

Auf dem ersten Treppenabsatz angekommen, wandte Brunetti sich in die Richtung von Pattas Vorzimmer, während Vianello in den Bereitschaftsraum hinunterging.

»Noch immer im Kampf mit Veblen?« fragte Brunetti, als er in Signorina Elettras kleines Büro trat.

Sie nahm einen Briefumschlag, steckte ihn als Lesezeichen in das Buch und legte es weg. »Es liest sich nicht so leicht. Aber ich konnte keine italienische Ausgabe auftreiben.«

»Ich hätte Ihnen meine leihen können«, bot Brunetti an.

»Danke, Commissario. Wenn ich gewußt hätte, daß Sie das Buch haben …«, begann sie, sprach den Satz aber nicht zu Ende. Sie hätte einen Vorgesetzten doch nicht bitten können, ihr ein Buch zur Lektüre während der Dienstzeit mitzubringen.

»Ist der Vice-Questore jetzt da?«

»Er war nach dem Mittagessen für eine halbe Stunde hier, hat dann aber gesagt, er müsse zu einer Besprechung.«

Was Brunetti unter anderem so gut an Signorina Elettra gefiel, war die gnadenlose Präzision ihres Ausdrucks: Sie sagte nicht: »Er mußte zu einer Besprechung«, sondern: »Er hat gesagt, er müsse zu einer Besprechung.«

»Dann sind Sie also frei?«

»Frei wie die Luft, Commissario«, antwortete sie, wobei sie wie eine brave Schülerin die gefalteten Hände vor sich auf den Schreibtisch legte und sich auf ihrem Stuhl kerzengerade aufrichtete.

»Die Ermordeten sind Giulio Bottin und sein Sohn Marco. Beide sind aus Pellestrina, beide Fischer. Bitte bringen Sie über die beiden soviel wie möglich in Erfahrung.«

»Aus allen Quellen, Commissario?«

Da er annahm, daß sie damit alle Informationsquellen meinte, an die sie mit ihrem Computer oder über ihr Netz von Freunden und Beziehungen herankam, nickte er. »Und Sandro Scarpa, ebenfalls aus Pellestrina und wahrscheinlich auch Fischer. Sehen Sie, ob im Zusammenhang mit einem von ihnen der Name Giacomini auftaucht – den Vornamen kenne ich nicht. Und eine Signora Follini, die dort den Kaufladen betreibt.«

Bei dem Namen zog Signorina Elettra mit unverhohlenem Interesse die Augenbrauen hoch.

»Kennen Sie die Frau?« fragte Brunetti.

»Nicht direkt, man grüßt sich nur.«

Brunetti wartete, ob sie dem noch etwas hinzufügen wollte, und als sie das nicht tat, fuhr er fort: »Ich weiß nicht, ob das ihr Ehename oder ihr Mädchenname ist.« Signorina Elettra schüttelte den Kopf, um anzuzeigen, daß sie darüber auch nicht mehr wußte. »Ich schätze sie auf etwa fünfzig«, sagte Brunetti, dann konnte er sich den Zusatz nicht verkneifen: »Obwohl man ihr wahrscheinlich Bambusspitzen unter die Fingernägel treiben müßte, damit sie das zugibt.«

Sie sah erschrocken zu ihm auf und meinte: »So etwas zu sagen ist sehr unfreundlich.«

»Ist es weniger unfreundlich, wenn es stimmt?« fragte er.

Darüber mußte sie kurz nachdenken, dann antwortete sie: »Nein, noch unfreundlicher.«

Um seine Bemerkung zu rechtfertigen, sagte er: »Sie hat mit mir geflirtet«, wobei er das »mir« scherzhaft betonte, damit man verstand, wie absurd die Frau sich verhalten hatte.

Signorina Elettra sah kurz zu ihm auf, doch ein »Aha« war alles, was sie sich zu sagen herausnahm, dann fragte sie ebenso rasch: »Weitere Namen, Commissario?«

»Nein, aber versuchen Sie herauszubekommen, ob das Boot schuldenfrei war.« Er überlegte kurz, was es sonst noch für Möglichkeiten geben könnte. »Oder ob je eine Versicherung dafür in Anspruch genommen wurde.«

Sie nickte jedesmal, wenn er etwas sagte, fand es aber nicht der Mühe wert, sich Notizen zu machen.

»Kennen Sie jemanden da draußen?« fragte er plötzlich.

»Ich habe eine Kusine, die hat im Dorf ein Haus«, antwortete sie bescheiden, und sollte es ihr Vergnügen gemacht haben, daß diese Frage ihr endlich gestellt wurde, so wußte sie dies gut zu verbergen.

»In Pellestrina?« fragte er interessiert.

»Eigentlich ist sie eine Kusine meines Vaters. Vor vielen Jahren hat sie die Familie damit schockiert, daß sie einen Fischer heiratete und nach da draußen zog. Ihre älteste Tochter hat auch einen Fischer geheiratet.«

»Fahren Sie da manchmal hin?«

»Jeden Sommer«, antwortete sie. »Meist bleibe ich eine Woche, manchmal auch zwei.«

»Und seit wann machen Sie das?« fragte er, mit seinen Überlegungen jedoch schon weit der Frage voraus.

Sie gestattete sich ein Lächeln. »Seit wir Kinder waren. Ich war sogar schon auf dem Boot ihres Schwiegersohns mit zum Fischen.«

»Sie? Zum Fischen?« fragte Brunetti so verdutzt, als hätte sie ihm soeben gestanden, daß sie unter die Sumoringer gegangen sei.

»Damals war ich noch jünger, Commissario«, sagte sie. Dann warf sie ihr Netz in die tiefen Wasser der Erinnerung und fügte hinzu: »Ich meine, das könnte das Jahr gewesen sein, als Armani mit Marineblau herauskam.«

Er stellte sie sich vor Augen: weit geschnittene Hosen, zweifellos aus Seide und Kaschmir gemischt und an den Hüften tief angesetzt, wie bei Seeleuten. Kein weißes Käppi, das bestimmt nicht, aber eine Kapitänsmütze mit goldbesticktem Schirm. Er verscheuchte die Vision, kehrte in ihr Büro zurück und fragte: »Fahren Sie noch immer da raus?«

»Für diesen Sommer hatte ich das noch nicht geplant, Commissario, aber wenn Sie mich so fragen, wird es sich wohl machen lassen.«

Brunetti hatte ganz und gar nicht die Absicht gehabt, sie darum zu bitten, er hatte vielmehr aus reiner Neugier gefragt und dabei nur überlegt, ob sie möglicherweise jemanden kenne, der bereit sein könnte, offen mit der Polizei zu reden. »Nein, nichts dergleichen, Signorina«, sagte er. »Mich hat nur der Zufall ein wenig verblüfft.« Doch während er das sagte, machte er sich über das eben Gehörte so seine Gedanken: Kusinen in Pellestrina, und beide mit Fischern verheiratet.

Sie unterbrach seine Gedanken. »Ich hatte noch keine anderen Urlaubspläne, Commissario, und es gefällt mir dort wirklich.«

»Bitte, Signorina«, sagte er in einem Ton, der überzeugt und hoffentlich auch überzeugend klingen sollte, »so etwas könnten wir schwerlich von Ihnen verlangen.«

»Es verlangt ja auch keiner etwas, Commissario. Ich versuche mich nur zu entscheiden, wo ich dieses Jahr den ersten Teil meines Urlaubs verbringen soll.«

»Und ich dachte, Sie wären eben erst in …«, begann er, aber ein Blick von ihr ließ ihn verstummen.

»Ich kann immer nur so wenige Tage nehmen«, erklärte sie bescheiden, und bei ihren Worten strich er aus seinem Gedächtnis die Postkarten, die aus Ägypten, Kreta, Peru und Neuseeland in der Questura angekommen waren.

Bevor sie irgend etwas vorschlagen konnte, sagte er: »Ich fürchte, so etwas wäre ungehörig, Signorina.«

Sie sah ihn mit einem Blick an, in dem sich Erschrecken und Gekränktsein vereinigten. »Ich wüßte nicht, wen es irgend etwas anginge, wo ich meinen Urlaub verbringe, Commissario.«

»Signorina«, wollte er aufbegehren, doch da schnitt sie ihm ruhig, aber bestimmt das Wort ab.

»Wir können darüber ein andermal diskutieren, Commissario, aber jetzt wollen wir erst mal sehen, was ich über diese Leute herausbekomme.« Sie drehte den Kopf, als hätte sie etwas gehört, was Brunetti entgangen war. »Ich glaube mich an irgend etwas mit den Bottins zu erinnern, doch das ist schon ein paar Jahre her. Ich müßte noch einmal darüber nachdenken.« Sie bedachte ihn mit einem strahlenden Lächeln. »Oder ich kann doch meine Kusine fragen.«

»Ja, schon«, räumte Brunetti ein, ganz und gar nicht erfreut, wie sie ihn ausgetrickst hatte. Gewohnheitsmäßige Vorsicht ließ ihn fragen: »Wissen Ihre Verwandten, daß Sie bei uns arbeiten?«

»Wohl kaum«, antwortete sie. »Die meisten Leute interessieren sich ja nicht wirklich für andere und was sie tun, es sei denn, daß es sie auf irgendeine Weise betrifft.« Das hatte Brunetti im Lauf der Jahre auch festgestellt. Er fragte sich, ob ihre Erfahrung theoretischer oder praktischer Natur war; sie erschien ihm noch so jung und robust.

Sie sah zu ihm auf und fuhr fort: »Meinem Vater war es nie recht, daß ich von der Bank weggegangen bin, darum glaube ich nicht, daß er jemandem erzählt hat, wo ich arbeite. Ich könnte mir vorstellen, daß die meisten meiner Angehörigen mich immer noch bei der Bank vermuten. Sofern sie sich solche Gedanken überhaupt machen, heißt das.«

Brunetti war inzwischen aufgegangen, auf was für Gedanken er sie mit seinem Enthusiasmus gebracht hatte, und wieder legte er Widerspruch ein: »Das ist keine gute Idee, Signorina. Diese beiden Männer wurden ermordet.« Ihr Blick war kühl, desinteressiert. »Und Sie sind eigentlich keine Polizistin, offiziell jedenfalls.« Wie er es schon in unzähligen Filmen gesehen hatte, kehrte sie die Handflächen nach oben, bog die Finger nach oben und inspizierte ihre Nägel, als ob es im Zimmer nichts Interessanteres gäbe. Mit dem Daumennagel schnippte sie ein unsichtbares Stäubchen von einem anderen Nagel, dann wandte sie den Blick wieder in seine Richtung, um zu sehen, ob er fertig war.

»Wie ich vorhin sagen wollte, Commissario, ich glaube, ich nehme nächste Woche Urlaub. Der Vice-Questore ist nicht da, so daß meine Abwesenheit ihm nicht sehr ungelegen sein wird.«

»Signorina«, antwortete Brunetti ruhig, aber in amtlichem Ton, »die Sache kann mit gewissen Gefahren verbunden sein.« Sie antwortete nicht. »Ihnen gehen dazu die Fähigkeiten ab«, sagte er.

»Möchten Sie lieber Alvise und Riverre schicken?« fragte sie ironisch, denn die Genannten galten als die beiden unfähigsten Beamten in der ganzen venezianischen Polizei. »Fähigkeiten?« wiederholte sie dann.

Er wollte etwas sagen, aber wieder schnitt sie ihm das Wort ab. »Welche Fähigkeiten brauche ich denn Ihrer Meinung nach, Commissario? Mit einer Pistole zu schießen, einen Verdächtigen festzuhalten, aus einem Fenster im dritten Stock zu springen?«

Er antwortete nicht darauf, denn zum einen wollte er sie nicht weiter provozieren, zum anderen ungern zugeben, daß er für ihre hirnverbrannte Idee in irgendeiner Weise verantwortlich sein könnte.

»Was für Fähigkeiten setze ich denn Ihrer Meinung nach ein, seit ich hier arbeite? Nein, ich gehe keine Leute verhaften, aber ich schicke Sie zu den Leuten, die Sie verhaften sollen, und besorge Ihnen die Beweismittel, die zu deren Verurteilung beitragen. Und das tue ich, indem ich Leuten Fragen stelle, über ihre Antworten nachdenke und damit wieder zu anderen Leuten gehe, um ihnen andere Fragen zu stellen.« Sie hielt inne, aber er sagte nichts, sondern nickte nur, um zu zeigen, daß er ihr zuhörte.

»Ob ich das nun hiermit mache«, fuhr sie fort, indem sie mit rotlackierten Fingernägeln kurz über die Tastatur ihres Computers fuhr, »oder ob ich nach Pellestrina fahre und Leute besuche, die ich seit vielen Jahren kenne, ist doch eigentlich kaum ein Unterschied.«

Als er sah, daß sie fertig war, sagte er. »Ich sorge mich um Ihre Sicherheit, Signorina.«

»Wie galant«, versetzte sie in einem Ton, der ihn verblüffte.

»Und ich bin nicht befugt, Sie da hinauszuschicken. Es wäre gegen jede Vorschrift.« Gleichzeitig machte er sich klar, daß er ebensowenig befugt war, sie davon abzuhalten.

»Aber ich bin befugt, mir eine Woche Urlaub zu gönnen, Commissario. Daran ist nichts Vorschriftswidriges.«

»Sie dürfen das nicht«, beharrte er.

»Unser erster Krach«, meinte sie mit aufgesetzter Trauer im Gesicht, so daß er sich eines Lächelns nicht enthalten konnte.

»Ich möchte wirklich nicht, daß Sie das tun, Elettra.«

»Und das erste Mal, daß Sie mich beim Namen nennen.«

»Ich möchte nicht, daß es das letzte Mal ist«, raunzte er zurück.

»Soll das eine Drohung sein, daß Sie mich rausschmeißen, oder eine Warnung, daß mich da draußen jemand umbringen könnte?«

Er dachte lange über seine Antwort nach, bevor er sie gab.

»Wenn Sie mir versprechen, nicht nach Pellestrina zu fahren, verspreche ich Ihnen, Sie nie rauszuschmeißen.«

»Commissario«, antwortete sie, jetzt wieder mit der gewohnten Förmlichkeit, »so verlockend dieses Angebot auch ist: Sie müssen wissen, daß Vice-Questore Patta es Ihnen nie gestatten würde, mich zu entlassen, selbst wenn herauskäme, daß ich diese beiden Männer umgebracht habe. Ich erleichtere ihm viel zu sehr das Leben.« Daß dem so war, mußte Brunetti zugeben, wenigstens vor sich selbst.

»Und wenn ich Sie wegen Ungehorsams belange?« fragte er, aber beide wußten, daß er so etwas nie fertigbrächte.

Als ob er gar nicht gesprochen hätte, fuhr sie fort: »Ich brauche irgendeine Möglichkeit, mich mit Ihnen in Verbindung zu setzen.«

»Wir können Ihnen ein *telefonino* mitgeben«, lenkte er ein.

»Es wird leichter für mich sein, wenn ich mein eigenes benutze«, antwortete sie. »Aber es wäre mir lieb, wenn jemand dort wäre, nur für den Fall, daß es stimmt, was Sie sagen, und wirklich Gefahr besteht.«

»Ein paar von unseren Leuten werden zum Ermitteln draußen sein. Denen können wir sagen, daß Sie dort sind.«

Ihre Erwiderung kam prompt. »Nein. Ich würde mich nicht darauf verlassen, daß sie mich nicht ansprechen, wenn sie mich sehen, und wenn Sie ihnen sagen, sie sollen mich ignorieren, werden sie das so auffällig tun, daß sie schon dadurch Aufmerksamkeit auf mich lenken. Ich möchte nicht, daß jemand von hier weiß, was ich tue. Sie sollen nach Möglichkeit nicht einmal wissen, daß ich dort bin. Außer Ihnen und Sergente Vianello.«

Gründete dieses Widerstreben auf Wissen über Mitarbeiter der Questura, das er nicht hatte, oder war es ein noch tieferes Mißtrauen gegenüber der menschlichen Natur als sein eigenes? »Wenn ich die Ermittlungen selbst übernehme, bin ich es, der mit den Leuten da draußen redet. Nur Vianello und ich.«

»Das wäre am besten.«

»Wie lange haben Sie denn vor, dort draußen zu bleiben?«

»Ich denke, ich kann so lange bleiben, wie ich es sonst auch tue, etwa eine Woche, vielleicht ein bißchen länger. Es wird ja nicht so sein, daß die Leute im Dorf mich aus dem orangeroten Bus steigen sehen und gleich zu mir kommen, um mir zu sagen, wer es war, oder? Nein, ich fahre nur nach Pellestrina hinaus, wohne bei meiner Kusine und höre, was es Neues gibt und worüber die Leute so reden. Nichts Ungewöhnliches daran.«

Damit war so gut wie alles besprochen. »Würden Sie es übertrieben finden, wenn ich Sie fragte, ob Sie vielleicht eine Schußwaffe mitnehmen möchten?« fragte er.

»Ich glaube, es wäre viel übertriebener, wenn ich mir eine geben ließe, Commissario«, sagte sie, und damit wandte sie sich ab, so froh wie er, das Ganze hinter sich zu haben. »Fürs erste werde ich mal zusehen, was ich über die Bottins herausbekomme, ja?« fragte sie, streckte den Arm nach ihrem Computerbildschirm aus und drehte ihn zu sich.

7

Was willst du sie tun lassen?« ereiferte sich Paola am Abend nach dem Essen, als er ihr von seiner Fahrt nach Pellestrina und dem anschließenden Gespräch – er wollte es als Auseinandersetzung bezeichnen, hielt das dann aber doch für eine Übertreibung – mit Signorina Elettra berichtet hatte. »Du willst sie nach Pellestrina fahren und Detektiv spielen lassen? Allein? Unbewaffnet? Während da ein Mörder frei herumläuft? Bist du von Sinnen, Guido?«

Sie saßen immer noch am Tisch, nachdem die Kinder gegangen waren, um zu tun, was pflichtbewußte und gehorsame Kinder nach dem Essen tun, wenn sie nur ja nicht abwaschen möchten. Paola stellte ihr Glas, das noch halb voll Calvados war, auf den Tisch zurück und funkelte ihn an. »Ich wiederhole: Bist du von Sinnen?«

»Ich hatte keine Möglichkeit, sie davon abzuhalten«, beharrte Brunetti, der sich darüber im klaren war, wie schwach er durch dieses Eingeständnis dastand. Bei seiner Schilderung der Vorgänge hatte er nicht erwähnt, daß die Idee ursprünglich von ihm gekommen war, und Paola hatte eine modifizierte Fassung zu hören bekommen, wonach Signorina Elettra von sich aus darauf bestanden hatte, in die Ermittlungen aktiver eingeschaltet zu werden. Brunetti sah sich aus dieser Schilderung als der arme Chef hervorgehen, der sich von seiner Sekretärin hatte nasführen lassen und es nicht über sich brachte, ihre Karriere zu gefährden, indem er ihr die erforderliche Disziplin abverlangte.

Lange Erfahrung mit den Ausflüchten, in die sich Männer in Machtpositionen zu retten pflegen, nährten in Paola den Verdacht, daß sie nicht die reine Wahrheit zu hören bekommen hatte. Allerdings sah sie keinen Gewinn darin, seine Schilderung der

Vorgänge in Frage zu stellen, wenn sie sich doch nur für das Ergebnis interessierte.

»Du willst sie also hinlassen?« fragte sie erneut.

»Wie gesagt, Paola«, antwortete er, während er sich vornahm, mit dem Einschenken eines zweiten Gläschens Calvados zu warten, bis er das hinter sich hätte. »Wie gesagt, es hat nichts damit zu tun, ob ich sie hinlasse, sondern damit, daß ich sie nicht davon abhalten kann. Wenn ich nicht nachgegeben hätte, nun, dann hätte sie sich eben eine Woche Urlaub genommen und wäre auf eigene Faust hinausgefahren, um herumzufragen.«

»Dann wäre also sie von Sinnen?« fragte Paola scharf.

Es gab in bezug auf Signorina Elettra zwar viele Fragen, auf die Brunetti selbst gern eine Antwort gehabt hätte, aber diese gehörte nicht dazu. Statt darauf einzugehen, gab er also lieber seiner primitiveren Natur nach und schenkte sich noch einen Calvados ein.

»Was glaubt sie denn da ausrichten zu können?« wollte Paola wissen.

Er stellte sein Glas unberührt wieder ab. »Wie sie es mir erklärt hat, will sie die gleiche Taktik und Technik anwenden wie an ihrem Computer: Fragen stellen, die Antworten anhören und dann weitere Fragen stellen.«

»Und wenn ihr nun einer, während sie gerade ihre Fragen stellt, ein Messer in den Bauch rammt, wie man es mit dem Sohn dieses Fischers gemacht hat?« bohrte Paola weiter.

»Genau das habe ich sie auch gefragt«, antwortete Brunetti, und das entsprach zwar seiner ursprünglichen Absicht, aber nicht den Tatsachen.

»Und?«

»Sie findet einfach, es genügt, daß sie seit Jahren jeden Sommer hinfährt.«

»Genügt wozu – um sie in einen Mantel der Unsichtbarkeit zu hüllen?« Paola verdrehte die Augen und schüttelte fassungslos den Kopf.

»Sie ist kein Dummchen, Paola«, versuchte er Signorina Elettra zu verteidigen.

»Das weiß ich, aber sie ist nur eine Frau.«

Er hatte, als sie zu sprechen anfing, gerade die Hand nach seinem Glas ausgestreckt, aber bei ihren Worten erstarrte er. »*Das* von der Rosa Luxemburg des Feminismus?« fragte er. »Sie ist *nur* eine Frau?«

»Bleib bitte fair, Guido«, verlangte Paola mit echtem Zorn in der Stimme. »Du weißt, wie ich das meine. Sie wird da draußen sein mit ihrem *telefonino* und ihrem Grips, aber jemand anders läuft da draußen mit einem Messer herum, und dieser jemand hat schon zwei Menschen ermordet. Solchem Risiko würde ich niemanden aussetzen, an dem mir etwas liegt.«

Er nahm diese letzte Bemerkung zwar zur Kenntnis, ließ sie aber durchgehen. »Vielleicht hättest du besser mit ihr reden sollen statt mit mir.«

»Nein«, sagte Paola, ohne auf seinen Sarkasmus einzugehen. »Dabei wäre wohl nichts Gutes herausgekommen.« Paola war Signorina Elettra erst zweimal begegnet, beide Male bei offiziellen Diners, die Patta für die Mitarbeiter der Questura gegeben hatte. Beide Male waren sie einander vorgestellt worden und hatten auch ein paar Worte gewechselt, aber immer hatte man sie an verschiedenen Tischen untergebracht, in Brunettis Augen eine bewußte Entscheidung Pattas, der verhindern wollte, daß die Frauen über ihn redeten.

Paola, immer praktisch, verzichtete jetzt auf weitere Theorien und Unterstellungen und befaßte sich statt dessen mit der Wirklichkeit. »Kannst du in irgendeiner Weise dafür sorgen, daß da draußen jemand ein Auge auf sie hat?«

»Das halte ich im Moment noch nicht für nötig.«

»Wenn es erst nötig wird, ist es zu spät«, wandte Paola ein, und er mußte ihr wohl oder übel recht geben, obschon er es nicht aussprach.

»Nun?« hakte sie nach.

»Ich habe Vianello nachprüfen lassen, ob einer von uns dort draußen wohnt.« Sein Kopfschütteln beantwortete die Frage. »Außerdem hat sie ausdrücklich darauf bestanden, daß außer Vianello und mir niemand wissen soll, wo sie ist und was sie macht.« Ehe Paola nachfragen konnte, erklärte er schon weiter: »Sie sagt, von ihrer Familie weiß keiner, wo sie arbeitet, obwohl es mir schwerfällt, das zu glauben. Die Fischer auf Pellestrina vielleicht nicht, zumal sie die Leute nur einmal im Jahr sieht, aber irgendwer von ihren Angehörigen muß sich doch dafür interessieren, was sie macht.«

»Und wenn es doch einer weiß, oder wenn einer sie danach fragt, oder wenn einer herausfindet, daß sie in der Questura arbeitet?« fragte Paola.

»Oh«, antwortete er prompt, »da wird ihr sicher schnell etwas einfallen, womit sie das erklären kann. Sie ist eine exzellente Lügnerin. Jahrelang habe ich ihr dabei zuhören müssen.«

»Aber«, holte Paola ihn auf die Erde zurück, »wenn sie in Gefahr gerät?«

»Das will ich nicht hoffen.«

»Das ist keine Antwort, Guido, schon gar keine ausreichende.«

»Wir können doch nichts machen. Sie hat sich so entschieden, und ich glaube nicht, daß man sie aufhalten kann.«

»Das klingt ziemlich unbekümmert, muß ich sagen.«

Brunetti wußte nicht, wie seine Frau es aufnehmen würde, wenn er ihr seine Empfindungen für eine andere erklärte, also versuchte er sich erst gar nicht zu verteidigen. »Es wäre furchtbar, wenn ihr etwas passierte«, sagte Paola.

Brunetti verschwieg ihr lieber, daß es ihm das Herz brechen würde, und griff nach seinem Calvados.

Am nächsten Morgen kam Brunetti erst um neun in die Questura, denn er hatte noch mit drei Informanten telefoniert, und das tat er grundsätzlich nur von öffentlichen Fernsprechern aus, wobei er immer ihre *telefonini* anwählte. Sie hatten zwar alle von dem Verbrechen gelesen, aber keiner konnte ihm etwas über die Bottins oder den Mord an ihnen sagen. Alle versprachen, ihn anzurufen, wenn sie etwas hören sollten, aber große Hoffnungen wollte ihm keiner machen, da sich das Verbrechen so weit entfernt ereignet hatte. Für seine venezianischen Kontaktleute hätte das Ganze ebensogut in Mailand gewesen sein können.

Der Gegenstand seiner Diskussion mit Paola war nicht da, als er ihr Zimmer betrat, also ging er in sein eigenes hinauf und überflog dort rasch die Zeitungen. Die überregionalen gaben sich verständlicherweise nicht mit den Bottins ab, aber *Il Gazzettino* widmete ihnen die halbe erste Seite des zweiten Teils. In dem aufgeregten Stil, den dieses Lokalblatt für seine Berichterstattung über Gewaltverbrechen reserviert hatte, begann der Artikel mit der Frage, ob die Bottins wohl irgendeine seltsame Vorahnung gehabt oder am Morgen zuvor beim Aufwachen gar schon gewußt hatten, daß es der letzte Tag ihres Lebens sein würde. Da diese Fragen für die Zeitung inzwischen zur Eröffnungsliturgie in jedem Bericht über jedes Gewaltverbrechen geworden war, knurrte Brunetti nur: »Wohl kaum.«

In dem Artikel wurde einzig wiederholt, was Brunetti schon wußte: Der Vater war durch einen Schlag auf den Kopf gestorben, der Sohn durch einen Messerstich. Beide waren schon tot gewesen, als das Boot angezündet wurde und versank. Der Zeitungsbericht sagte ihm also nichts Neues, dafür enthielt er kleine Fotos von den beiden Toten. Bottins Gesicht wies die groben Züge eines Mannes auf, der zuviel Zeit im Freien verbracht hatte. Er trug die mürrische Feindseligkeit zur Schau, die man üblicherweise auf Fotos zu amtlichen Dokumenten sah. Marco hingegen lächelte, und neben seinen Mundwinkeln waren zwei tiefe Grübchen zu sehen. Der Vater war dunkelhaarig und hatte einen kurzen, dicken Hals, Marco hingegen schien aus feinerem, leichterem Stoff zu sein. Das Feine in seinen Zügen wäre wohl nach zwanzig Jahren auf dem Meer nicht mehr vorhanden gewesen, sagte sich Brunetti, aber es lag doch eine gewisse Anmut darin, wie Marco den Kopf schiefgelegt hielt, und das machte Brunetti neugierig auf die Mutter und die Umstände, die dazu geführt hatten, daß er das brutale Ende des Vaters hatte teilen müssen.

8

Signorina Elettra kam erst gut zwei Stunden nach seinem Eintreffen in der Questura zu ihm herauf. Als Brunetti sie sah, konnte er kaum der Versuchung widerstehen, ihr entgegenzugehen, und er erhob sich auch schon von seinem Stuhl, aber die gute Sitte hielt ihn zurück. »Guten Morgen«, sagte er nur und hoffte, sie beide mit dieser normalen Begrüßung zurückzuversetzen in eine einfachere Zeit, bevor sie auf die Idee gekommen war – halt, nein, hier wollte er ehrlich sein: bevor er sie auf die Idee gebracht hatte –, nach Pellestrina hinauszufahren.

»Guten Morgen, Commissario«, erwiderte sie in völlig normalem Ton. Er sah ein paar Blätter Papier in ihrer Hand.

»Die Bottins?« fragte er.

Sie hob die Blätter hoch. »Ja. Aber im Grunde sehr wenig«, meinte sie bedauernd. »An den anderen arbeite ich noch.«

»Dann zeigen Sie mal her«, sagte er, indem er sich wieder hinsetzte, sehr auf einen rein sachlichen Ton bedacht.

Sie legte ihm die Blätter auf den Tisch, drehte sich um und ging zur Tür. Brunetti sah ihr nach. Ihr schmaler Rücken war überbetont durch einen hellblauen Pullover mit dünnen weißen Längsstreifen. Dabei erinnerte er sich, daß er sie vor Jahren einmal gefragt hatte, was sie vom neuen Jahrtausend erwarte und was für Pläne und Hoffnungen sie damit verbinde. Sie hatte darauf geantwortet, ihr einziger Plan sei, zu sehen, wie gut Babyblau, die für das neue Jahrzehnt angekündigte Modefarbe, ihr stehe, und ihre einzige Hoffnung sei, *daß* sie ihr stehe. Auf sein Drängen hatte sie eingeräumt, daß sie sich doch noch die eine oder andere Kleinigkeit wünsche, aber darüber lohne sich kaum zu reden, und damit war das erledigt gewesen. Also, Babyblau stand ihr, und Brunetti wünschte ihr im stillen, daß auch alle anderen Hoffnungen, die sie gehabt haben mochte, sich erfüllt hatten.

Die Bottins entpuppten sich beim Durchblättern der Unterlagen als nichts Besonderes: Beiden gemeinsam gehörten das Haus auf Pellestrina und die *Squallus,* aber sie hatten getrennte Bankkonten. Beide besaßen ein Auto, aber Marco war dazu noch Alleinbesitzer eines Hauses auf Murano, das seine Mutter ihm vererbt hatte.

Jenseits der Geldgefilde bekam Giulio Bottin jedoch Ecken und Kanten: Er war den Carabinieri auf dem Lido bekannt und hatte schon etliche Anzeigen gegen sich laufen gehabt, drei davon im Gefolge von Wirtshausschlägereien und eine nach einem Zwischenfall mit zwei Booten in der Lagune, aber das andere Boot hatte nicht Scarpa gehört. Bottin schien allerdings, was die Polizei anging, insofern unverwundbar gewesen zu sein, als nie eine Anklage gegen ihn erhoben worden war, woraus man schließen konnte, daß es entweder an Beweisen mangelte oder die Zeugen nicht sehr aussagewillig waren. Marco war bei der Polizei noch nie auffällig geworden.

Brunetti suchte nach einem Bericht über den Zwischenfall in der Lagune, doch es gab darüber nichts Näheres. Er versagte es sich, bei Signorina Elettra anzurufen und sie zu fragen, wer solche Informationen vielleicht liefern könne, womit er die stille Hoffnung verband, daß sie ihre Expedition nach Pellestrina irgendwie vergessen werde.

Statt dessen rief er im Bereitschaftsraum an und bat, man solle Bonsuan zu ihm heraufschicken.

Ein paar Minuten später klopfte der Bootsführer an seine Tür, trat ein, ohne zu salutieren oder Brunettis Rang sonstwie zu würdigen, und setzte sich auf den Stuhl, den sein Vorgesetzter ihm anwies. Er hatte im Sitzen die Füße fest auf dem Boden und die Hände an den Armlehnen, als hätte ein Leben auf dem Meer ihn gelehrt, in jeder Lage auf plötzlichen Wellengang oder einen Wechsel der Strömung gefaßt zu sein. Brunetti sah Bonsuans kleinen Finger, der nur noch ein kurzer Stumpf war, weil er die beiden letzten Glieder bei einem lange vergessenen Bootsunfall verloren hatte.

»Bonsuan«, begann Brunetti, »haben Sie irgendwelche Fischer als Freunde?«

Bonsuan legte keinerlei Neugier an den Tag. »Fischer ja, *vongolari* nein.« Die Entschiedenheit, mit der er diese Antwort gab, überraschte Brunetti ebenso wie die Unterscheidung, die er dabei traf.

»Was haben Sie denn gegen *vongolari*?« fragte Brunetti. Er hatte ähnliche Äußerungen über die Muschelfischer unter anderem auch schon von Vianello gehört, aber noch nie mit solch deutlichem Abscheu.

»Weil das Hurensöhne sind, einer wie der andere. *Figli di puttane.*«

»Wieso?«

»Hyänen sind sie«, antwortete Bonsuan. »Oder Geier. Sie reißen alles nach oben mit ihren verdammten Saugrüsseln, zerwühlen die Laichplätze, vernichten ganze Kolonien.« Bonsuan machte eine Atempause, rückte auf seinem Stuhl ein wenig nach vorn und legte von neuem los. »Sie denken überhaupt nicht an die Zukunft. Die Muschelbänke haben uns jahrhundertelang ernährt und würden uns in alle Ewigkeit ernähren. Aber die wühlen und wühlen wie die wilden Tiere und machen alles kaputt.«

Brunetti erinnerte sich an das Mittagessen auf Pellestrina. »Vianello ißt ja schon keine Muscheln mehr.«

»Ach, Vianello«, meinte Bonsuan wegwerfend. »Der tut das aus Gesundheitsgründen.« Es klang aus Bonsuans Mund wie etwas Unanständiges.

Brunetti, der nicht recht wußte, was für eine Reaktion jetzt von ihm erwartet wurde, fragte: »Kann man sie denn wenigstens ohne Bedenken essen?«

Bonsuan zuckte die Achseln. »In meinem Alter kann man wohl alles ohne Bedenken essen.« Er dachte kurz nach, bevor er weitersprach. »Nein, ich glaube, manche kann man nicht mehr ohne Bedenken essen. Die Schweine buddeln sie unmittelbar vor Porto Marghera aus, und weiß der Himmel, was die da alles ins Wasser laufen lassen. Ich habe sie selbst schon gesehen, die Schweine, wie sie nachts dort ankerten, ohne Lichter, und das Zeug raufholten, keine fünfzig Meter von dem Schild entfernt, auf dem steht, daß wegen Meeresverschmutzung das Fischen dort verboten ist.«

»Aber wer will denn so etwas essen?« fragte Brunetti, der sich wieder an die Muscheln erinnert fühlte, die er auf Pellestrina gegessen hatte.

»Niemand, der Bescheid weiß«, antwortete der Bootsführer. »Aber wer weiß schon Bescheid? Wer weiß denn überhaupt noch, wo die Sachen auf dem Markt herkommen? Ein Berg Muscheln ist ein Berg Muscheln.« Bonsuan sah zu ihm auf und lächelte. »Kein Paß, kein Versicherungskärtchen.«

»Aber gibt's denn keine Kontrollen? Untersucht sie keiner?«

Bonsuan lächelte. Wie konnte einer, der nicht mehr der Jüngste war, so arglos sein? Er ließ sich zu keiner Antwort herab.

»Wirklich, Bonsuan, sagen Sie mir das mal«, beharrte Brunetti. »Gibt es keine Gesundheitsinspektoren?« Noch während er die Frage stellte, merkte er, wie wenig er über diese Materie wußte. Er hatte schon als Junge in der Lagune geangelt, aber über die gewerbsmäßige Fischerei in diesem Gewässer wußte er gar nichts.

»Es gibt Inspektoren aller Art, Dottore«, antwortete Bonsuan. Er hob die rechte Hand und zählte sie an den Fingern ab. »Es gibt Inspektoren, die Stichproben von dem Fisch nehmen sollen, der schon auf dem Markt ist: Sind diese Fische wirklich frisch, die da als frisch verkauft werden? Dann gibt es Inspektoren, die prüfen sollen, ob im Fisch irgendwelche gefährlichen Substanzen sind: Schwermetalle, Gifte und sonstige Chemikalien – alles, was aus unseren Fabriken so in die Lagune fließt. Dann gibt es die Inspektoren vom *Magistrato Alle Acque,* die aufpassen sollen, daß die Fischer nur da fischen, wo sie fischen dürfen.« Er schloß die Hand zur Faust und fuhr fort: »Das sind nur die, von denen ich weiß, aber ich bin sicher, wenn Sie mal hingucken, finden Sie noch alle möglichen anderen Inspektoren. Das heißt aber noch lange nicht, daß wirklich einmal etwas inspiziert wird, oder wenn, daß ein Befund je weitergemeldet würde.«

»Warum nicht?« fragte Brunetti.

Bonsuans Lächeln war das Mitleid selbst. Doch statt zu antworten, begnügte er sich mit einer Geste von Daumen und Zeigefinger.

»Aber wer zahlt?« ließ Brunetti nicht locker.

»Lassen Sie einmal Ihre Phantasie spielen, Dottore. Jeder, der etwas tut, was die Leute nicht wissen sollen, oder was seinem Geschäft schaden würde, wenn die Leute es wüßten: Wer ein Boot besitzt oder einen Fischstand am Rialto, oder wer kontaminierte Flundern nach Japan oder in andere fischhungrige Länder liefert.«

»Wissen Sie das ganz genau, Bonsuan?«

»Meinen Sie, ob ich weiß, daß solche Sachen ablaufen, oder ob ich die Namen von Leuten kenne, die so etwas machen?«

»Beides.«

Bonsuan sah seinen Vorgesetzten lange nachdenklich an, bevor er antwortete. »Also, wenn ich mal scharf darüber nachdenken sollte, würden mir wahrscheinlich ein paar Namen von Leuten einfallen – Freunden von mir –, die in der Lagune arbeiten und möglicherweise schon einmal Geld gegeben haben, damit irgend jemand irgend etwas übersah. Und wenn ich mich ein bißchen umhören sollte, würde ich wohl auch auf die Namen von Leuten stoßen, die das Geld bekommen haben.« Er verstummte.

»Aber?«

»Aber zwei Neffen von mir sind Fischer und haben eigene Boote. Und ich werde in zwei Jahren pensioniert.«

Als Brunetti merkte, daß der Bootsführer von sich aus nicht mehr dazu sagen würde, half er nach: »Und das heißt?«

»Es heißt, daß mein Leben sich draußen in der Lagune abspielt, nicht hier in der Questura; in zwei Jahren jedenfalls.«

Brunetti konnte diesen Standpunkt durchaus verstehen. Er versuchte es trotzdem. »Wenn aber dieser Fisch in irgendeiner Weise kontaminiert ist, bedeutet das nicht Gefahr für den, der ihn ißt?«

»Meinen Sie das so, wie ich es verstehe, Commissario?« fragte Bonsuan ruhig.

»Wie denn?«

»Daß Sie an meine Bürgerpflicht appellieren, mich an der Beseitigung einer öffentlichen Gefahr zu beteiligen? In meinen Ohren klingt das so, als ob Sie von mir wollten, daß ich Greenpeace spiele und Ihnen sage, wer diese Leute sind, damit Sie hingehen und sie daran hindern können, etwas zu tun, was für die Menschen und die Umwelt gefährlich ist.«

In seinem Ton war keine Spur von Sarkasmus, dennoch konnte Brunetti sich des Gefühls nicht erwehren, daß Bonsuan ihn mit seiner Bemerkung zum Narren stempelte. »Ja, so ähnlich hatte ich mir das wohl gedacht«, räumte er widerwillig ein.

Bonsuan setzte sich auf seinem Stuhl erneut zurecht, den Oberkörper aufgerichtet, die Hände flach auf den Knien, nur die Füße blieben in Erwartung plötzlichen Seegangs weit auseinander und fest auf dem Boden. »Ich bin kein gebildeter Mann, Commissario«, begann er, »und sicher denke ich in dieser Sache nicht ganz klar, aber ich wüßte nicht, wozu das gut wäre.« Brunetti zog es vor, ihn diesmal nicht zu unterbrechen, und der Bootsführer fuhr fort: »Erinnern Sie sich noch, Commissario, wie einmal die Rede davon war, die Chemiefabriken zu schließen, weil sie die Umwelt so verschmutzten?« Er sah zu Brunetti hinüber und wartete auf eine Antwort.

»Ja.« Natürlich erinnerte er sich daran. Vor ein paar Jahren hatten Ermittler alle möglichen giftigen Substanzen entdeckt, die von verschiedenen chemischen und petrochemischen Produktionsanlagen auf dem Festland in die Lagune sickerten, flossen oder strömten. Die Zeitungen hatten sogar Listen mit Namen von Arbeitern veröffentlicht, die in den letzten zehn Jahren an Krebs gestorben waren, und zwar in einer Zahl, die weit über jede Wahrscheinlichkeitserwartung hinausging. Ein Richter hatte die Schließung der Fabriken angeordnet und sie als Gefahr für die Gesundheit der dort arbeitenden Menschen bezeichnet, wobei er die Frage offen ließ, welche Schäden sie bei den Menschen anrichteten, die um sie herum wohnten. Und schon einen Tag später war es zu Massenprotesten und Gewaltdrohungen seitens genau der Arbeiter gekommen, die mit den Giften hantierten, an denen sie vermutlich starben, die sie einatmeten und die Spritzer davon auf die Haut bekamen. Diese Leute verlangten, daß die Fabriken offen blieben, damit sie weiter darin arbeiten konnten, und begründeten es damit, daß die langfristige Möglichkeit einer Erkrankung weniger gefährlich für sie sei als die unmittelbar drohende Arbeitslosigkeit. Und so blieben die Fabriken offen, die Männer arbeiteten weiter darin, und über diese andere Flut, die in die Lagune schwappte, wurde kaum noch ein Wort gesagt oder geschrieben.

Bonsuan war verstummt, weshalb Brunetti ihn zum Weiterreden ermunterte. »Was ist damit?«

»Clara hat einen Patienten«, begann Bonsuan, dessen eine Tochter Ärztin war und eine Praxis in Castello hatte. »Er leidet an einer seltenen Form von Lungenkrebs. Hat nie im Leben eine Zigarette geraucht. Seine Frau auch nicht.« Er wies mit einer Handbewegung Richtung Festland. »Aber er hat zwanzig Jahre da draußen gearbeitet.«

Bonsuan verstummte wieder. »Und?« fragte Brunetti.

»Und obwohl Clara Statistiken hat, die besagen, daß diese Form von Krebs sich nur bei Leuten findet, die lange mit einer dieser Chemikalien zu tun hatten, mit denen sie da draußen arbeiten, will er noch immer nicht glauben, daß er sich den Krebs an seinem Arbeitsplatz geholt hat. Seine Frau sagt, es ist Gottes Wille, und er selbst nennt es einfach Pech. Clara hat es aufgegeben, mit ihm darüber zu reden, weil sie sah, daß es für ihn und seine Frau überhaupt keine Rolle spielt, was ihn umbringen wird. Sie sagt, sie konnte ihn auf keine Weise davon überzeugen, daß seine Arbeit irgend etwas damit zu tun hat.«

Diesmal wartete Bonsuan nicht darauf, daß Brunetti um weitere Klarstellung bat. »Ich glaube also, daß es keine Rolle spielt, ob jemand davor warnt, wie gefährlich die Muscheln sind, oder die Fische, oder die Garnelen. Die Leute werden sagen, ihre Eltern hätten das alles schon immer gegessen und seien neunzig Jahre alt geworden, oder daß man sich nicht über alles den Kopf zerbrechen kann. Vielleicht geraten sie sogar in Wut und sagen, Sie wollen Leuten ihre Arbeit wegnehmen. Aber eines erreichen Sie auf keinen Fall, nämlich daß sie nicht mehr tun, wonach ihnen der Sinn steht – Fisch essen, der im Dunkeln von selbst leuchtet, oder jemanden bestechen, damit sie den Fisch weiter fangen und verkaufen können.«

Brunetti machte sich klar, daß dies die längste Rede war, die er Bonsuan in all den Jahren, die er ihn schon kannte, hatte halten hören. Da der Bootsführer am Anfang von zwei Neffen und seiner bevorstehenden Pensionierung gesprochen hatte, wollte Brunetti nicht ganz glauben, daß die Erklärung völlig aufrichtig war.

»Wenn Sie in Pension gehen«, begann er, »werden Sie dann bei Ihren Neffen arbeiten?«

»Ich habe einen Bootsführerschein«, antwortete Bonsuan. »Ich kann mir nicht leisten, mir ein Wassertaxi zu kaufen. Außerdem glaube ich nicht, daß mir das Spaß machen würde. Die sind doch auch nur so eine raffgierige Bande.«

»Und Sie kennen die Lagune«, sagte Brunetti.

»Ich kenne die Lagune.«

Resigniert meinte Brunetti: »Können Sie mir nicht irgend etwas sagen?«

Er wußte, daß Bonsuan nicht so hartgesotten war, wie er auftrat. Im Lauf der Jahre hatte Brunetti ihn auch schon seinen Panzer abwerfen und die Maske des brummigen alten Seebären, den kein von Menschen begangenes Verbrechen überraschen konnte, fallenlassen sehen. »Das wäre nämlich ganz nützlich«, meinte er noch, damit es mehr nach Empfehlung als nach Bitte klang.

Bonsuan erhob sich. Bevor er sich aber zur Tür wandte, sagte er: »Die Frage ist weniger, welche Fischer das tun, Commissario; die Frage ist eher, welche es nicht tun.« Er führte die rechte Hand ungefähr in Richtung Stirn, was Brunetti als angedeutetes Salutieren verstand, und fuhr fort: »Das ist zu groß für Sie und zu groß für uns.« Dann wünschte er noch einen guten Tag und ging.

Damit war Brunetti nicht klüger als bevor er den Bootsführer zu sich hatte heraufkommen lassen. Er sah jetzt ein, wie dumm es von ihm gewesen war, zu hoffen, ein Appell an die Loyalität des Mannes gegenüber der Polizei oder dem öffentlichen Wohl könne etwas nützen, wenn auf der anderen Seite die Sippe, oder schlimmer noch die Familie stand. Vermutlich war ja diese Fähigkeit, an Sippe und Familie statt nur an sich selbst zu denken, ein Schritt in Richtung Zivilisation, aber was für ein winziger Schritt! Wie immer, wenn er sich bei solchen Verallgemeinerungen in bezug auf menschliches Verhalten ertappte, zu denen er meist Zuflucht nahm, wenn er eine Rechtfertigung für seine Kritik am Verhalten eines bestimmten Menschen suchte, den er kannte, endete er mit der Frage an sich selbst, ob er sich denn unter gleichen Umständen anders verhalten würde. Der Schluß, zu dem er gewöhnlich kam, nämlich daß er selbst auch nicht anders handeln würde, machte seinen Überlegungen für gewöhnlich ein Ende und ließ ihn mit einem leichten Unbehagen an seinem stets gestrengen Ich zurück. Schließlich gab es wirklich kaum Hinweise darauf, daß öffentliche Einrichtungen oder Regierungen sich für das öffentliche Wohl auch nur im allermindesten interessierten.

Er dachte noch eine Zeitlang über das Gespräch mit Bonsuan nach. Sicherlich hatte er im Lauf der Jahre zahlreiche Berichte über gewaltsame Zwischenfälle in diesen Gewässern gelesen: Boote waren zusammengestoßen oder auf Grund gesetzt worden, Männer über Bord gefallen oder geworfen worden und dann entweder ertrunken oder nicht; es waren Schüsse von Booten aus gefallen, die man nicht sah, abgefeuert von Männern, deren Identität nie herauskam. Überwiegend aber galt die Lagune als gutartig bei denen, die in und an ihr wohnten und ihr vielfach ihren Lebensunterhalt oder ihren Reichtum verdankten.

In Anbetracht seiner wachsenden Neugier ließ er den abergläubischen Gedanken fahren, er könne Signorina Elettras Entschluß in irgendeiner Weise beeinflussen, und rief bei ihr unten an, um sie zu bitten, für ihn im Archiv des *Gazzettino* nachzuforschen, was es da in den letzten drei Jahren über die Lagune, Fischer und Muschelfischer gegeben habe, insbesondere, was Gewalttaten von Fischern untereinander oder zwischen Fischern und Polizei anging. Er wußte, daß er mehr als einen Artikel darüber gelesen hatte, aber da Gewalttaten auf dem Wasser meist der Hafenpolizei oder den Carabinieri gemeldet wurden, hatte er sich wenig darum gekümmert.

Selbst Kind ihrer Gewässer, idealisierte auch Brunetti die Lagune immer noch als einen Ort des Friedens. Ob, so fragte er sich, die Menschen in Indien ihre Mutter Ganges ebenso sahen, als Quell allen Lebens, als Ernährer und Friedensbringer? In einer von Paolas englischen Zeitschriften hatte er vor kurzem einen Artikel über die Verschmutzung des Ganges gelesen, der an manchen Stellen unumkehrbar vergiftet sei und den Menschen, die darin badeten oder sein Wasser tranken, mit Sicherheit Krankheit, wenn nicht Tod brachte, während eine träge Regierung sich auf Wichtigtuerei und hohle Phrasen beschränkte. Darüber dachte er ein Weilchen nach, doch bevor er auch nur anfangen konnte, sich in einem Gefühl europäischer Überlegenheit zu sonnen, fiel ihm wieder Vianellos Weigerung ein, Muscheln zu essen, und Bonsuans Vortrag über die am Werk befindlichen Kräfte, die es zuließen, daß sie überhaupt vom Meeresgrund heraufgeholt wurden.

Er nahm das Telefonbuch aus der unteren Schublade. Ein bißchen dämlich kam er sich schon vor, als er bei »P« aufschlug und zu »Polizei« blätterte. Die Untergliederungen »San Polo«, »Eisenbahn-« und »Grenz-« waren nicht sehr verheißungsvoll, und allzuviel versprach er sich auch nicht von »Post-« und »Verkehrs-«. Er klappte das Telefonbuch wieder zu, wählte die Vermittlung und fragte den Telefonisten, wohin er Anrufe, die sich auf Ereignisse in der Lagune bezögen, gewöhnlich weiterleite. Der Mann antwortete, das hänge von der Art des Ereignisses ab: Unfälle würden an die Hafenpolizei gemeldet, für Straftaten seien die Carabinieri zuständig, oder je nach Art der Straftat – und hier klang die Stimme des Telefonisten ein wenig gepreßt – eben die Questura.

»Verstehe«, sagte Brunetti. »Und wer fährt dann hinaus und ermittelt?«

»Je nachdem, Commissario«, antwortete der Telefonist mit geradezu vorbildlicher Diskretion. »Wenn wir kein Boot zur Verfügung haben, verständigen wir die Carabinieri, und dann machen die das.«

Brunetti wußte nur zu gut, warum keine Carabinieri-Taucher für die Untersuchung des Wracks der *Squallus* zur Verfügung gestanden hatten, darum hielt er es für klüger, dies jetzt nicht zu kommentieren.

»Und in den letzten paar Jahren ...«, begann Brunetti, doch dann unterbrach er sich und sagte: »Nein, lassen Sie nur. Ich warte auf Signorina Elettra.«

Gerade als er auflegte, glaubte er die Stimme des Telefonisten noch einmal zu hören, geisterhaft infolge der Entfernung: »Auf die warten wir alle.« Aber ganz sicher war er nicht.

Wie alle Italiener kannte Brunetti von Kindesbeinen an die Carabinieri-Witze: Warum werden Carabinieri immer zu zweit losgeschickt? – Weil der eine lesen, der andere schreiben kann.

Er hatte gehört, daß Amerikaner sich ähnliche Witze über Polen erzählten und Engländer sich damit auf Kosten der Iren amüsierten. Im Lauf seiner Karriere hatte Brunetti so manches gesehen, was den Volksmund zu bestätigen schien, aber erst in den letzten Jahren hatte etwas seinen zweiten Glauben ins Wanken gebracht: daß die Carabinieri, so dumm und beschränkt sie sein mochten, immerhin ein Fels der Ehrlichkeit seien.

Da er im Moment nichts anderes zu tun wußte, zog er sich einen Stapel ungelesener Papiere heran und begann sie durchzublättern, überflog die Texte, achtete kaum auf ihren Inhalt, suchte nur die Stelle am Ende, an der er sie abzeichnen sollte, bevor er sie an den nächsten, der sie zu lesen hatte, weitergab. Als seine Kinder noch jünger waren, hatte er gehört, daß alle ihre Hausarbeiten in der Schule eingesammelt, in ein Archiv getan und dort zehn Jahre lang aufbewahrt würden. Wer ihm das gesagt hatte, wußte er nicht mehr, aber er hatte sich seinerzeit ein riesiges Archiv vorgestellt, so groß wie die ganze Stadt, in dem sämtliche Urkunden aufbewahrt wurden. Die römischen Historiker, die er so liebte, hatten die italienische Halbinsel oft als dicht bewaldet geschildert, stellenweise undurchdringlich von Bäumen bedeckt: Eichen, Buchen, Kastanien, jetzt natürlich alle fort, gefällt für den Schiffsbau oder um Platz zu machen für die Landwirtschaft. Oder, dachte er traurig, um Papier daraus zu machen, auf daß die bereits eingelagerten Schriftstücke noch mehr würden, bis sie, falls sich keiner ihrer annahm, ihrerseits vielleicht eines Tages wieder die ganze Halbinsel bedeckten. Er selbst, dachte er, als er seine Initialen auf ein weiteres Blatt setzte und es beiseite legte, hatte im Lauf seines Lebens sein gerüttelt Maß Papier zu diesem Archiv beigesteuert. Er sah auf die Uhr, und da er nicht den Eindruck erwecken wollte, er plage Signorina Elettra wegen der erbetenen Informationen, ging er kurz entschlossen zum Mittagessen nach Hause.

9

Zu Hause traf er Paola am Küchentisch an, den Kopf über eine Wochenzeitschrift gebeugt, entweder *Panorama* oder *Espresso*, denn diese beiden hielt sie im Abonnement. Es war ihre Gewohnheit, die Zeitschriften zuerst für mindestens sechs Monate auf einen Stapel zu legen, bevor sie darin zu lesen anfing, denn diese Zeit, so sagte sie, reiche aus, um die Dinge in die richtige Perspektive zu rücken – der gegenwärtige Pop-Star hatte inzwischen Gelegenheit gehabt, an einer Überdosis zu sterben oder dem wohlverdienten Vergessen anheimzufallen; Gina Lollobrigida hatte eine neue Karriere beginnen und schon wieder aufgeben können; und über alle geplanten politischen Reformen war der Schwamm der Zeit hinweggegangen, um Platz zu schaffen für völlig neue.

Bei einem Blick nach unten sah er ein Foto, auf dem zwei Männer in unverwechselbaren weißen Kochschürzen und den rotweißen Kapuzen von Weihnachtsmännern abgebildet waren, auf der Seite links davon ein überladener Tisch; das Tannengrün und die roten Kerzen sagten ihm, daß Paola mit dem Lesen bis zum letzten Jahresende aufgeholt hatte.

»Hm, gut«, meinte er, als er sich über sie beugte, um sie auf den Kopf zu küssen. »Heißt das, es gibt zu Mittag Gans?« Als sie ihn ignorierte, fuhr er fort: »Ein bißchen zu heiß dafür, oder? Aber egal was es ist, es duftet köstlich.«

Sie sah auf und lächelte. »Schön wär's, wenn die wenigstens Gans als Weihnachtsessen empfohlen hätten.« Sie tippte mit tadelndem Zeigefinger auf eine der Seiten und fuhr fort: »Ich kann diesen Leuten nichts glauben.«

Da dies bei ihr eine häufige Reaktion auf die Lektüre der Zeitschriften war, widmete Brunetti seine Aufmerksamkeit der Flasche Pino Grigio, die er aus dem Kühlschrank genommen hatte. Dann nahm er zwei Gläser aus dem Kabinett hinter sich und goß sie halbvoll. Während er das eine Paola hinstellte, gab er ein fragendes Geräusch von sich.

Sie geruhte dies als Zeichen von Interesse zu deuten und antwortete: »Die erzählen uns hier, wir sollten alle neuen Essensvorstellungen über Bord werfen und wieder so essen wie unsere Eltern und Großeltern.« Brunetti, der schon genug *nouvelle cuisine* für sein ganzes Leben genossen hatte, konnte dem nur aus vollem Herzen zustimmen. Da er aber wußte, daß Paola, die beim Essen eher das Abenteuer suchte, sich in diesem Punkt von ihm unterschied, behielt er seine Meinung für sich.

»Hör dir mal an, was die als ersten Gang für ein Weihnachtsessen im Stil unserer Großeltern vorschlagen.« Sie nahm die Zeitschrift in die Hand und schüttelte sie zornig, als könnte sie ihr auf diese Weise ein wenig Verstand einbleuen. »Gänseleber mit Birnentörtchen *al Taurasi* – weiß der Kuckuck, was das gibt – mit Ananas in Limoncello.« Sie sah zu Brunetti auf, der die Geistesgegenwart besaß, so mißbilligend wie nur möglich den Kopf zu schütteln.

Ermutigt fuhr sie fort: »Und dann hör dir das an. *Sartù* – weiß der Kuckuck, was das gibt – aus Reis mit Auberginenscheiben und Eiern nebst Fleischbällchen *di annecchia* und Soße aus San-Marsano-Tomaten.« Voller Ekel ob dieses letzten Exzesses warf sie die Zeitschrift auf den Tisch, wo sie zuklappte und Brunetti daraufhin den Anblick eines Paares jener üppigen Frauenbrüste darbot, die beide Publikationen für ein unverzichtbares Motiv auf ihren Titelblättern hielten. »Was denken die eigentlich, wo unsere Großeltern gelebt haben – am Hof Ludwigs des Vierzehnten?« verlangte sie zu wissen.

Brunetti, der wußte, daß mindestens ein Teil von Paolas Großeltern am Hof des ersten italienischen Königs gedient hatte, zog es wieder vor, mit Schweigen zu antworten.

Während sie die Zeitschrift von sich schob, fragte sie: »Warum können die sich nur so schwer daran erinnern, was für ein armes Land Italien war, und zwar vor noch gar nicht langer Zeit?«

Die Frage schien doch mehr als nur rhetorisch zu sein, weshalb Brunetti antwortete: »Ich glaube, daß Menschen sich lieber an glückliche Zeiten erinnern, glücklichere zumindest, und wenn sie sich an solche nicht erinnern können, na, dann beschönigen sie eben ihre Erinnerungen.«

»Bei alten Leuten scheint das tatsächlich so«, pflichtete Paola ihm bei. »Wenn man den alten Frauen am Rialto zuhört, erfährt man nur, wieviel schöner früher alles war, wieviel besser sie gelebt haben, auch wenn sie weniger hatten.«

»Vielleicht liegt es aber auch nur daran, daß die meisten Journalisten noch so jung sind und sich wirklich nicht erinnern können, wie es früher war.«

Sie nickte. »Sicher haben jedenfalls wir kein historisches Gedächtnis, wir, damit meine ich uns als Gesellschaft. Vorige Woche habe ich mir Chiaras Geschichtsbuch angesehen, und das hat mir richtig angst gemacht. In den Kapiteln über dieses Jahrhundert wird über den Zweiten Weltkrieg einfach so hinweggehuscht. Mussolini tritt in den Zwanzigern nur kurz als Statist auf, dann wird er von den bösen Deutschen verführt, und auf einmal ist alles überstanden und Rom wieder frei. Aber erst, nachdem unsere tapferen Streitkräfte wie die Löwen kämpften und heldenhaft gestorben sind.«

»Wir haben darüber in der Schule gar nichts gelernt, jedenfalls nicht, daß ich wüßte«, sagte Brunetti, wobei er sich noch ein halbes Glas Wein einschenkte.

»Nun ja«, meinte Paola, nachdem auch sie ein Schlückchen getrunken hatte, »als wir zur Schule gingen, war die Rechte an der Macht, und die wünschte sich bestimmt keine ehrliche Auseinandersetzung mit dem Faschismus. Und nachdem sie dann ihr Bündnis mit der Linken geschlossen hatte, wäre es unbequem gewesen, über den Kommunismus zu reden.« Noch ein Schluck.

»Und da wir während des Krieges die Seiten gewechselt hatten, müssen sie wahrscheinlich gut aufpassen, wen sie als die Bösen und wen als die Guten hinstellen.«

»Wer sind *sie*?« fragte Brunetti.

»Die Verfasser der Geschichtsbücher. Oder eigentlich die Politiker, die bestimmen, wer die Geschichtsbücher schreiben darf, ich meine die für die Schulen.«

»Und wo bleibt die schlichte historische Wahrheit?« fragte Brunetti.

»Du liest doch die meiste Zeit historische Bücher, Guido. Eigentlich müßte dir das zur Genüge zeigen, daß es so etwas nicht gibt.«

Er brauchte nur an die Unterschiede zwischen der katholischen und der protestantischen Geschichte des Papsttums zu denken, um zu sehen, wie recht sie hatte. Aber da ging es um Glauben, wo sowieso alle die Wahrheit verdrehen; dagegen sprachen sie hier von lebendiger Erinnerung: Die Leute lebten ja noch, die an den fraglichen Vorgängen teilgehabt hatten; die Väter fast aller seiner Freunde hatten im Krieg gekämpft.

»Vielleicht ist es schwerer, die Wahrheit auszumachen, wenn man sie aus eigenem Erleben kennt«, warf er ein. Und als er ihre Verwirrung sah, fuhr er fort: »Wenn man allein auf die Zeugnisse von Leuten angewiesen ist, die man nie gekannt hat, die Hunderte Jahre vor einem gelebt haben, dann kann man ehrlich sein, oder man ist zumindest eher ehrlich.«

»Wie zum Beispiel die Kirche mit der Inquisition?« erkundigte sie sich.

Er quittierte seine Niederlage mit einem Grinsen und fragte: »Wenn also nicht Gans, was gibt's zu essen?«

Großmütig im Sieg, antwortete sie: »Ich fand, wir sollten einmal wieder essen wie unsere Vorfahren.«

»Und das wäre?«

»Diese *involtini*, die du so liebst, mit *prosciutto* und Artischokkenherzen darin.«

»Ich glaube kaum, daß irgendeiner meiner Vorfahren so etwas je gegessen hat«, gestand er.

»Dazu Polenta, zur Erhaltung der historischen Wahrheit.«

Beide Kinder waren zum Mittagessen da, aber sie waren sonderbar still, mit den Gedanken ganz bei den letzten Schulwochen und den Jahresabschlußprüfungen. Raffi, der im Herbst an die Universität gehen wollte, war in den letzten Monaten mehr oder weniger zu einem Phantom mutiert, das immer nur zu den Mahlzeiten aus seinem Zimmer kam oder um sich von seiner Mutter bei einer schwierigen Übersetzung aus dem Griechischen helfen zu lassen. Seine Romanze mit Sara Paganuzzi wurde anscheinend nur noch durch spätabendliche Anrufe oder gelegentliche frühabendliche Treffen auf dem Campo San Bortolo am Leben erhalten. Chiara, die mit jedem Monat, der ins Land ging, mehr von der ererbten Schönheit ihrer Mutter zeigte, war immer noch so eingenommen von den Geheimnissen der Mathematik und der Himmelsnavigation, daß sie von der Macht nichts ahnte, die ihr Aussehen ihr wohl einmal verleihen würde.

Als sie fertig gegessen hatten, ging Paola auf die Dachterrasse hinaus und nahm, um ihren Mann mit nach draußen zu locken, ihrer beider Kaffeetassen mit. Die Frühnachmittagssonne brannte so heiß, daß Brunetti seine Krawatte abnahm, bevor er ihr folgte – das erste sichere Zeichen dafür, daß der Sommer nahte.

Da saßen sie in einträchtigem Schweigen. Von einer anderen Dachterrasse links wehten Stimmen zu ihnen herüber; hin und wieder klatschte ein zum Trocknen aus dem Fenster der Wohnung unter ihnen gehängtes Bettuch in der erfrischenden Brise, die aber leider keinen Regen verhieß.

»Ich werde demnächst wohl ziemlich viel draußen auf Pellestrina sein«, sagte Brunetti.

»Wann?«

»Ab dieser Woche; vielleicht schon ab morgen.«

»Um ein Auge auf sie zu haben?« fragte Paola, ohne ihre Einwände gegen Signorina Elettras Entschluß, nach Pellestrina hinauszufahren, zu erneuern.

»Zum Teil, obwohl ich noch gar nicht genau weiß, wann sie hinfahren will.«

»Wozu noch?«

»Um mit Leuten zu reden. Mal hören, was sie so erzählen.«

»Werden sie überhaupt mit dir reden, wenn sie wissen, daß du von der Polizei bist?«

»Sie können es nicht gut ablehnen, mit mir zu reden, jedenfalls nicht direkt; sie können mir höchstens nicht die Wahrheit sagen oder behaupten, sie wüßten nichts über die Bottins. Das sind wir gewohnt.«

»Wozu dann mit ihnen reden?« fragte Paola.

»Um zu sehen, was sie mir *nicht* sagen oder worüber sie mich belügen.« Er schloß die Augen und lehnte sich zurück, um sich die Sonne aufs Gesicht scheinen zu lassen, zum erstenmal in diesem Jahr. Nach einiger Zeit sagte er: »Ich fürchte, das macht mich zu einem dieser Historiker oder zwingt mich zu einem ähnlichen Verhalten.« Er wartete auf Paolas Bitte um nähere Erklärung, und als diese nicht kam, blickte er auf, um zu sehen, ob sie eingeschlafen war. Sie war es nicht. Sie saß mit aufmerksamem Gesicht neben ihm und wartete, daß er fortfuhr.

»Ich muß mir alle die unterschiedlichen Schilderungen anhören, sie abwägen und meine Reaktionen danach richten, wer von der einen oder der anderen Version profitiert.«

»Und immer im Hinterkopf behalten, daß alle dich anlügen?«

»Daß mich sehr wahrscheinlich alle anlügen«, räumte er ein.

»Und dann?«

»Hören, was man Signorina Elettra erzählt hat.«

»Und dann?«

»Das weiß ich noch nicht.«

»Und abends bist du wieder zu Hause?«

»Denke ich doch. Warum?«

Sie bedachte ihn ob der Frage mit einem langen, erstaunten

Blick. »Für den Fall, daß ich mich endlich entschließe, mit dem Postboten durchzubrennen. Dann wüßte ich doch gern, daß du hier bist und die Kinder versorgen kannst.«

Am späten Nachmittag rief Signorina Elettra von unten an, um Brunetti zu sagen, daß Vice-Questore Patta ihn zu sprechen wünsche. Solche Aufforderungen lösten bei Brunetti selten Freude aus, aber heute hatte er so die Nase voll vom Lesen und Abzeichnen von Berichten, daß er selbst diese Gelegenheit zur Flucht willkommen hieß. Rasch ging er nach unten und betrat Signorina Elettras Vorzimmer.

Sie begrüßte ihn mit einem Lächeln. »Er will Ihnen mitteilen, wer hier während seiner Abwesenheit das Sagen haben wird.«

»Hoffentlich nicht ich«, meinte Brunetti; es würde seinen Pellestrina-Plänen sehr in die Quere kommen.

»Nein«, antwortete sie, »darüber hat er schon mit Marotta gesprochen.« Marotta war ein Commissario aus Turin, der Anfang des Jahres in die Questura von Venedig versetzt worden war.

»Wird jetzt von mir erwartet, daß ich beleidigt bin?« fragte Brunetti. Marotta war wesentlich jünger als er und kein Venezianer. Seine Einsetzung konnte also durchaus nichts weiter sein als eine absichtliche Kränkung.

»Wahrscheinlich. Zumindest hätte er das gern, glaube ich.«

»Dann will ich mir Mühe geben, so zu tun als ob«, sagte Brunetti. »Ich würde ihn ungern enttäuschen, kurz bevor er in Urlaub geht.«

»Nicht in Urlaub, Commissario.« Signorina Elettras Stimme war die Mißbilligung selbst. »Er fährt zu einer Konferenz über neue Methoden der Verbrechensvorbeugung«, erklärte sie nachdrücklich, ohne aber nähere Einzelheiten zu nennen.

»Und die ist in London«, fügte Brunetti hinzu.

»In London«, bestätigte sie.

»Auf englisch«, sagte Brunetti.

»*Yes, Sir*«, antwortete sie.

»Was der Vice-Questore mindestens so gut beherrscht wie Finnisch.«

»Wahrscheinlich besser als Finnisch. Immerhin kann er *Bond Street* und *Oxford Street* und *The Dorchester* aussprechen.«

»Und *The Ritz* nicht zu vergessen«, meinte Brunetti.

»Haben Sie mit ihm darüber gesprochen?« fragte sie.

»Worüber, die Konferenz oder sein Englisch?«

»Die Konferenz, und wer da hingehen soll.«

»Ich wollte meine Zeit nicht damit verschwenden. Er hat mir vor ein paar Wochen erklärt, daß er hinwill, und bevor ich das mit der Sprache überhaupt erwähnen konnte, sagte er schon, seine Frau sei bereit, ihn als Dolmetscherin zu begleiten.«

»Davon hat er mir nie etwas gesagt.« Signorina Elettra konnte ihre Überraschung – und Verärgerung, wie er glaubte – kaum verbergen. »Spricht sie denn Englisch?«

»So gut wie er«, antwortete Brunetti, dann drehte er sich um und klopfte an Pattas Tür.

Wie immer, wenn der Vice-Questore sich anschickte, Brunetti – an den die Einladung zu der Konferenz eigentlich adressiert gewesen war – schlecht zu behandeln, spielte er selbst die Rolle des Gekränkten. Und damit das Bühnenbild dazu paßte, zog er es vor, hinter seinem Schreibtisch sitzen zu bleiben, um sich eine Ebene tiefer zu befinden als Brunetti.

»Wo waren Sie denn die ganzen letzten Tage?« fragte er, kaum daß er Brunetti sah, der diese Taktik sofort als Präventivschlag erkannte. Patta selbst trug heute einen grauen Anzug, den Brunetti noch nie an ihm gesehen hatte, und sah so aus, als hätte er die letzten Tage damit verbracht, sich für seine Reise nach London herzurichten. Sein angegrautes Haar war frisch geschnitten, und sein Gesicht hatte diesen frühsommerlichen Teint, den man dem geschickten Einsatz von Bräunungslampen verdankt. Brunetti konnte wie immer nur darüber staunen, wie perfekt Patta äußerlich für den Posten eines leitenden Polizeibeamten zugeschnitten schien; oder für jeden leitenden Posten überhaupt.

»Wir hatten einen Anruf von Pellestrina bekommen, Vice-Questore. Zwei Männer waren auf ihrem Boot ermordet worden.« Brunetti gab sich so uninteressiert wie nur möglich. »Da der Anruf bei uns ankam, hatte ich keine andere Wahl, als hinzufahren und mir das anzusehen.«

»Es liegt außerhalb unseres Zuständigkeitsbereichs«, erklärte Patta, obwohl das, wie beide wußten, nicht stimmte.

»Die Carabinieri wurden auch gerufen«, sagte Brunetti mit einem Lächeln, das sowohl Erleichterung als auch Übereinstimmung mit Pattas Einwand zeigen sollte. »Es ist also durchaus wahrscheinlich, daß ihnen der Fall übertragen wird.«

Irgend etwas an Brunettis Ton machte Patta mißtrauisch, ganz wie ein Hund mißtrauisch wird, wenn er einen unvertrauten Ton in einer vertrauten Stimme hört. »Sieht es nach einem einfachen Fall aus?«

»Das weiß ich nicht, Vice-Questore. Gewöhnlich stellt sich bei solchen Sachen Eifersucht oder Habgier als Motiv heraus.«

»Dann dürfte der Fall ja sicher leicht zu lösen sein. Vielleicht sollten wir ihn doch behalten.«

»Oh, daß der Fall einfach sein wird, daran zweifle ich nicht, Vice-Questore. Einige Leute von da draußen haben uns schon jemanden genannt, der Ärger mit einem der Opfer hatte.«

»Und?« forschte Patta, jetzt ganz Ohr, nachdem die Sache einfach erschien. Die schnelle Lösung eines Mordfalles wäre eine Feder am Hut der Questura von Venedig. Brunetti sah seinen Vorgesetzten im Geiste schon die Schlagzeile formulieren: VICE-QUESTORE SORGT MIT SCHNELLEM HANDELN FÜR RASCHE AUFKLÄRUNG EINES MORDES.

»Aber wenn Sie nächste Woche nicht da sind, Vice-Questore, ist es vielleicht doch besser, den Fall den Carabinieri zu überlassen.« Brunetti wartete ab, ob Patta sein Stichwort aufnehmen und auf die Kommandogewalt während seiner Abwesenheit zu sprechen kommen würde.

»Damit die sich damit schmücken können?« rief Patta ohne

jeden Versuch, seine Entrüstung zu verbergen, und ohne auf die kommende Woche einzugehen. »Wenn der Fall so einfach ist, wie Sie sagen«, begann er und hob die Hand, um Brunettis Einspruch abzuwehren, »sollten wir unbedingt die Ermittlungen selbst führen. Die Carabinieri würden doch nur alles verpfuschen.«

»Aber ich weiß nicht, Vice-Questore«, widersprach Brunetti zaghaft, »ob wir jemanden erübrigen können, der nach da draußen geht.« Zu Brunettis Lieblingsfiguren in der Literatur gehörte schon immer Jago, dessen Geschick er seit langem bewunderte und oft nachzuahmen versuchte. Sozusagen mit Jagos Bildnis am Busen fuhr er also fort: »Vielleicht könnte Marotta das übernehmen. Es wäre gut, jemanden zu schicken, der unmöglich etwas mit den Leuten dort zu tun haben kann. Ist er nicht aus Turin?« Als Patta nickte, fuhr Brunetti fort: »Gut, dann besteht nicht die Gefahr, daß er mit jemandem auf Pellestrina bekannt oder verwandt sein könnte.«

Jetzt hatte Patta genug. »Um Himmels willen, Brunetti, gebrauchen Sie Ihren Verstand. Wenn wir da einen *Torinese* hinausschicken, wird doch niemand ein Wort mit ihm reden. Es muß unbedingt einer von hier sein.« Und als wäre es ihm nachträglich eingefallen, fuhr Patta fort: »Außerdem wird Marotta während meiner Abwesenheit hier meine Stelle einnehmen, er kann also gar nicht ans andere Ende der Lagune fahren, um dort mit Leuten zu reden, die nichts als ihren Dialekt sprechen können.« Wenn diese Leute auch noch geglaubt hätten, die Erde sei flach und der Mittelpunkt des Universums, Pattas Verachtung für sie hätte nicht deutlicher sein können.

Ohne auf Pattas Bemerkung einzugehen und nicht ganz sicher, ob er es riskieren konnte, fragte Brunetti dennoch: »Aber wer sonst, Vice-Questore?«

»Manchmal sind Sie unglaublich blind, Commissario.« Patta sprach so herablassend, daß Brunetti nur noch die Selbstbeherrschung seines Vorgesetzten bewundern konnte, dank derer er immerhin nicht »dumm« gesagt hatte. »Sie sind Venezianer. Sie waren auch schon draußen.«

Unter Aufbietung ebensolcher Selbstbeherrschung versagte Brunetti es sich, die Hände zum Himmel zu heben, um Erschrekken und Erstaunen auszudrücken. Diese Geste, die er von Stummfilmen aus den zwanziger Jahren kannte, hätte er schon immer gern einmal selbst ausprobiert. Statt dessen sagte er mit todernster Stimme: »Hm, ich weiß nicht, Vice-Questore.« Er hatte schon öfter festgestellt, daß leichtes Sporengeben bei Patta viel besser wirkte als die Peitsche.

»Aber *ich* weiß. Es ist ein leichter Fall, und wir können alle gute Presse brauchen, die wir bekommen können, vor allem nachdem diese Trottel von der *magistratura* sämtliche Mafiosi aus den Gefängnissen gelassen haben.«

In den Zeitungen hatte die letzten Tage kaum noch etwas anderes gestanden. Fünfzehn Mafia-Führer, alle zu lebenslänglich verurteilt, waren auf freien Fuß gesetzt worden, nachdem in ihren Berufungsverhandlungen kleine Verfahrensfehler entdeckt worden waren. Einer von ihnen hatte sich, wie die Zeitungen nie zu erwähnen vergaßen, zum Mord an neunundfünfzig Menschen bekannt. Und nun liefen sie alle frei herum. Brunetti erinnerte sich an Signorina Elettras Worte: »Frei wie die Luft.«

»Ich bin mir nicht sicher, ob das eine mit dem anderen zusammenhängt, Vice-Questore«, wandte Brunetti ein.

»Natürlich hängt das zusammen«, rief Patta mit zornig erhobener Stimme. »Jede Art von schlechter Presse fällt auf uns alle zurück.«

Ging es Patta wirklich nur darum, fragte sich Brunetti – eine schlechte Presse? Diese lachenden Monster waren frei und konnten sich weiter an den Leichen ihrer Opfer mästen, und alles, was Patta darin sah, war eine schlechte Presse?

Ehe Brunetti aus Prinzip dagegen aufbegehren konnte, fuhr Patta jedoch schon fort: »Ich wünsche, daß Sie da hinausfahren und das erledigen. Wenn Sie schon einen Namen kennen, sehen

Sie zu, was Sie über den Betreffenden herausbekommen. Bringen Sie das schnell über die Bühne.« Patta hob einen Aktenordner von seinem Schreibtisch hoch, klappte ihn auf, nahm seinen Mont Blanc aus der Brusttasche und begann zu lesen.

Brunetti sah wohlweislich davon ab, sich gegen Pattas gebieterischen Ton oder die rüde Beendigung des Gesprächs zu verwahren. Er hatte bekommen, was er haben wollte: Der Fall war sein. Aber nicht zum ersten Mal verließ er Pattas Büro mit dem Gefühl, sich selbst erniedrigt zu haben, indem er den anderen allzu leicht manipuliert und sich selbst die Narrenkappe aufgesetzt hatte, um zu bekommen, was ihm von Rechts wegen ohnehin zustand. Marottas vorübergehende Ernennung war nicht mit einem Wort diskutiert und Patta somit um die Gelegenheit gebracht worden, sich seines vermeintlichen Sieges zu freuen. Aber so war es Brunetti wenigstens erspart geblieben, sich ob dieser Entscheidung beleidigt zu stellen. Kommandogewalt war das letzte, was er anstrebte, aber das hütete er sich, seinem Vorgesetzten durch Worte oder Taten mitzuteilen. Brunetti, von Natur und Neigung unfähig, am Altar des Götzen Erfolg zu beten, hatte bescheidenere Ziele. Er war ein Mann, der in kurzen Fristen dachte und nur am Hier und Jetzt, am Konkreten interessiert war. Größere Ziele und Wünsche überließ er anderen, er selbst begnügte sich mit kleineren: eine glückliche Familie, ein anständiges Leben und das Bestreben, seine Arbeit so gut wie möglich zu tun. Es schien ihm wenig genug verlangt vom Leben, und so beschied er sich mit diesen Hoffnungen.

10

Am nächsten Morgen machten sich Brunetti und Vianello kurz nach neun auf den Weg nach Pellestrina. Zwar war ihnen beiden bewußt, daß sie in einem brutalen Mordfall ermittelten, aber es war wieder einmal so ein herrlicher Tag, daß ihnen ganz leicht ums Herz wurde und sie sich wie Schuljungen auf Spaß und Abenteuer freuten. Kein Dienstzimmer, in das man eingesperrt war, kein Patta, der augenblickliche Fortschritte forderte, keine bestimmten Zeiten, zu denen man irgendwo zu sein hatte. Nicht einmal Bonsuan, der am Ruder stand und vor sich hin grummelte, daß Seitenströmungen sie aufhalten würden, konnte ihrer Stimmung etwas anhaben. Der Morgen enttäuschte sie nicht. Die Bäume bei den *giardini* trugen neue Blätter, und hin und wieder fuhr eine leichte Brise hinein und ließ ihre Unterseiten in dem vom Wasser reflektierten Licht schimmern.

Als sie sich der Insel San Servolo näherten, lenkte Bonsuan das Boot in einem weiten Bogen nach rechts, um sie an Santa Maria della Grazia und San Clemente vorbeizusteuern. Nicht einmal der Gedanke, daß man diese Inseln seit Jahrhunderten dazu benutzte, die geistig und körperlich Kranken von der übrigen Bevölkerung Venedigs abzusondern, konnte Brunettis gute Laune dämpfen.

Vianello überraschte ihn mit den Worten: »Mit Brombeeren wird bald Schluß sein.«

Brunetti, der glaubte, das Rauschen des Windes habe ein Mißverständnis verursacht, beugte sich verwirrt zu ihm hinüber und fragte: »Wie?«

»Da drüben«, sagte Vianello. »Sacca Sèssola. Da sind wir als Kinder immer zum Brombeerpflücken hingefahren. Die Insel war schon damals verlassen, daher wuchsen sie wie verrückt. Wir haben sie kiloweise gepflückt und uns die Bäuche vollgeschlagen, bis uns schlecht wurde.« Vianello hob die Hand, um seine Augen vor der Sonne zu schützen. »Aber jemand hat mir erzählt, daß sie verkauft worden ist, versteigert an eine Universität oder irgendein Unternehmen, und jetzt soll so etwas wie ein Kongreßzentrum darauf entstehen.« Brunetti hörte den Sergente seufzen. »Nichts mehr mit Brombeeren.«

»Aber vermutlich mehr Touristen«, nannte Brunetti die Gottheit beim Namen, zu der die für die Stadt Verantwortlichen gegenwärtig beteten.

»Mir wären die Brombeeren lieber.«

Sie sprachen beide nicht mehr, bis sie zu ihrer Rechten den einzelnen Glockenturm von Poveglia sahen. Da fragte Vianello: »Wie wollen wir vorgehen, Commissario?«

»Ich meine, wir sollten versuchen, mehr über die Geschichte herauszubekommen, die uns der Kellner erzählt hat – das mit seinem Bruder und alles, was aus diesem Streit vielleicht entstanden ist. Sie sehen zu, daß Sie den Bruder finden, und hören, was er zu sagen hat, und ich gehe noch einmal zu Signora Follini.«

»Sie sind ein tapferer Mann, Commissario«, sagte Vianello mit unbewegter Miene.

»Meine Frau hat versprochen, die Polizei zu rufen, wenn ich bis zum Abendessen nicht zurück bin.«

»Ich fürchte, gegen eine Signorina Follini könnten nicht einmal wir etwas ausrichten.«

»Da mögen Sie recht haben, Sergente. Trotzdem. Ein Mann hat seine Pflicht zu tun.«

»Ein echter John Wayne.«

»Genau. Nachdem ich mit ihr gesprochen habe, werde ich mir die andere Bar vornehmen. Ich meine, ich hätte von dem Restaurant aus ein Stück weiter eine auf der anderen Straßenseite gesehen.«

Vianello nickte. Gesehen hatte er sie auch, aber neulich war sie zu gewesen. »Mittagessen?« fragte er.

»Im selben Lokal«, antwortete Brunetti. »Sofern es Ihnen nichts ausmacht, Muscheln und Fische übergehen zu müssen.«

»Sie dürfen mir glauben, Commissario, das macht mir nicht das mindeste aus.«

»Aber es sind doch die Nahrungsmittel, mit denen wir aufgewachsen sind«, sagte Brunetti, wobei er sich über seine eigene Beharrlichkeit wunderte. »Es muß Ihnen etwas ausmachen, sie nie mehr zu essen.«

»Wie ich schon sagte, Commissario ...«, antwortete Vianello, indem er sich umdrehte, um ihm beim Sprechen ins Gesicht zu sehen, wobei er wegen einer plötzlichen Bö mit der einen Hand nach seiner Mütze greifen mußte. »Also, wie gesagt, alles was ich gelesen habe, sagt mir, daß ich sie lieber nicht essen sollte.«

»Aber Sie müssen sie doch vermissen. Sie müssen wenigstens weiter den Wunsch haben, sie zu essen«, bohrte Brunetti.

»Natürlich vermisse ich sie. Ich wäre ja sonst kein Mensch. Wenn einer zu rauchen aufhört, vermißt er ja auch immer die Zigaretten. Aber ich glaube eben, daß sie mein Tod wären, Commissario, wirklich.« Ehe Brunetti das in Frage stellen oder ins Lächerliche ziehen konnte, fuhr Vianello fort: »Nein, nicht eine Portion, auch nicht fünfzig. Aber sie sind nun einmal voller Chemikalien und Schwermetalle. Weiß der Himmel, wie sie das selbst überleben. Jedenfalls mag ich sie nicht mehr essen. Schon bei dem Gedanken wird mir ein bißchen schlecht.«

»Wie können sie Ihnen dann aber fehlen?«

»Weil ich Venezianer bin und weil ich damit aufgewachsen bin, wie Sie selbst schon sagten. Aber damals waren sie noch nicht vergiftet. Ich habe das alles so gern gegessen – die von meiner Mutter selbstgemachten Spaghetti mit Muschelsoße, und dann ihre Fischsuppen. Doch nachdem ich jetzt weiß, was da alles drin ist, bekomme ich sie einfach nicht mehr runter.« Da er das Gefühl hatte, Brunettis Neugier noch immer nicht befriedigt zu haben, fuhr er fort: »Vielleicht geht es ja den Indern so mit ihren Kühen.« Er dachte kurz darüber nach und verbesserte sich dann: »Nein, die essen ja schon von vornherein keine, dann können sie das auch nicht aufgeben, nicht?« Er wälzte diese Frage noch ein bißchen hin und her und gab schließlich auf. »Ich kann Ihnen nicht erklären, wie das ist, Commissario. Ich denke, ich *könnte* welche essen, wenn ich wollte; aber ich will einfach nicht.«

Brunetti hatte schon eine Antwort auf den Lippen, da fragte Vianello: »Was irritiert Sie daran eigentlich derart? Sie würden doch nicht so reagieren, wenn einer das Rauchen aufgäbe, oder?«

Darüber dachte nun Brunetti nach. »Nein, ich glaube nicht.« Er lachte. »Wahrscheinlich, weil es sich um Essen handelt und ich kaum glauben kann, daß jemand so etwas Gutes wie Muscheln nicht mehr ißt, egal welche Folgen es hat.«

Damit schien die Frage geklärt, jedenfalls für den Augenblick. Bonsuan drehte das Gas voll auf, und der Lärm des Motors machte jeden Versuch einer weiteren Unterhaltung aussichtslos. Hin und wieder kamen sie an Booten vorbei, die vor Anker lagen, während die Leute mit Angelruten in den Händen an Deck saßen und mehr mit ihren Betrachtungen beschäftigt schienen als mit dem Fischfang. Meist schauten die Männer auf, wenn sie das herannahende Boot hörten, aber kaum sahen sie, daß es ein Polizeiboot war, richteten sie ihre Aufmerksamkeit wieder aufs Wasser.

Allzubald – jedenfalls für Brunettis Geschmack – erkannten sie die langgestreckte Mole von Pellestrina. Eine schmale Lücke verriet die Stelle, wo die *Squallus* noch auf dem Grund lag und ihre Masten nach wie vor schief aus dem Wasser ragten. Bonsuan brachte sie bis ans Ende der Mole. Er nahm das Gas weg, leise tuckerte das Boot dahin, bis es keinen Meter mehr von der *riva* entfernt war, dann ließ er plötzlich den Motor für ein paar Sekunden im Rückwärtsgang aufheulen und schaltete ihn danach ab. Stumm glitt das Boot an die Mole. Vianello warf eine Leine um einen Eisenpoller und zog das Boot ohne Anstrengung heran.

Dann schlang er schnell und gekonnt einen Knoten und ließ die Leine aufs Deck fallen.

Bonsuan streckte den Kopf aus der Kabine und rief: »Ich warte auf Sie.«

»Das brauchen Sie nicht, Bonsuan«, sagte Brunetti. »Ich habe keine Ahnung, wann wir hier fertig sein werden. Wir können den Bus zum Lido und von dort das Vaporetto nehmen.«

»Ich warte«, wiederholte Bonsuan, als hätte Brunetti gar nichts gesagt – oder er selbst es jedenfalls nicht gehört.

Da Bonsuans Aufgaben nur die eines Bootsführers waren, konnte Brunetti kaum von ihm verlangen, daß er sich auf Pellestrina unters Volk mischte und Fragen nach dem Mord an den Bottins stellte. Er mochte ihm aber auch nicht befehlen, zur Questura zurückzufahren, obwohl das Boot dort vielleicht gebraucht wurde. Also schloß er einen Kompromiß und fragte: »Was machen Sie denn hier den ganzen Tag?«

Bonsuan drehte sich um und klappte den Deckel eines Kastens zu seiner Linken auf, bückte sich und nahm drei Angelruten und einen kleinen, mit Plastik abgedeckten Eimer heraus. »Ich bin da draußen«, sagte er und zeigte nach rechts, in Richtung Wasser. Dann sah er Brunetti voll an und meinte: »Wenn Sie möchten, kann ich nach dem Angeln auch auf einen Kaffee in die Bar gehen.«

»Das wäre sicher eine gute Idee«, pflichtete Brunetti ihm bei und sprang vom Boot.

Er und Vianello gingen auf die eng zusammengedrängten Häuser des Dörfchens zu. Brunetti warf einen Blick auf seine Uhr. »Schon nach elf. Wir treffen uns im Restaurant.«

Als sie so halbwegs in der Dorfmitte angekommen waren, wandte Brunetti sich nach links, wo Signora Follinis Laden lag, während Vianello weiter zu dem Restaurant ging, um dort den Kellner zu fragen, ob der ihm sagen könne, wo sein Bruder zu finden sei.

Signora Follini stand bereits hinter ihrem Ladentisch und

unterhielt sich mit einer alten Frau. Sie blickte auf, als Brunetti eintrat, und wollte schon ein strahlendes Lächeln aufsetzen, aber dann konnte Brunetti förmlich sehen, wie ihr die Anwesenheit der anderen Frau einfiel und sie das Lächeln auf die bloße Höflichkeit reduzierte, die einem hereinkommenden Fremden allenfalls zustand.

»Buon giorno«, sagte Brunetti.

Signora Follini, die heute ein orangefarbenes Kleid mit breiten, elfenbeinfarbenen Spitzen um Hals und Taille trug, erwiderte den Gruß, wandte ihre Aufmerksamkeit aber sofort wieder der alten Frau zu, die währenddessen Brunetti beobachtete. Sie musterte ihn aus Augen, deren umwölktes Grau das fortgeschrittene Alter verrieten, ohne daß sie deswegen an Schärfe eingebüßt hätten. Falls sie eine Zahnprothese besaß, hatte sie sich heute nicht die Mühe gemacht, sie in den Mund zu stecken. Sie war klein, mindestens einen Kopf kleiner als Signora Follini, und ganz in Schwarz gekleidet. Wenn Brunetti sie so betrachtete, fand er, daß »gewickelt« das passendere Wort gewesen wäre, denn es war schwer zu definieren, was sie eigentlich anhatte. Ein langer Rock reichte ihr weit bis über die Knie, darüber trug sie eine Art Wolljacke, die fest zugeknöpft war. Um die Schultern und über den Kopf war ein gehäkelter Wollschal geschlungen, dessen beide Enden ihr bis fast auf die Hüften hingen.

Diese Kleidung wies sie ebenso eindeutig als *vedova* aus, als hätte sie ein großes V auf der Brust getragen oder ein Plakat in der Hand gehalten. Im Süden wimmelte es von solchen Witwen, die, ganz in Schwarz gehüllt, dazu bestimmt waren, wolkengleich durch die verbleibenden Jahre ihres Lebens zu wehen. Was sie tun durften und was nicht, war so streng geregelt wie bei den Bauersfrauen in Bengalen oder Peru. Aber so war das eben im Süden, und hier war man in Venedig, wo die Witwen bunte Farben trugen und tanzen gingen, wann und mit wem sie wollten, auch wieder heirateten, wenn ihnen der Sinn danach stand.

Brunetti fühlte ihren Blick auf sich, nickte und sagte: »Guten Morgen, Signora.«

Sie ignorierte ihn und wandte sich wieder an Signora Follini. »Und eine Schachtel Kerzen und ein halbes Kilo Mehl«, glaubte Brunetti sie sagen zu hören, aber sie sprach so breiten Dialekt, daß er nicht sicher war. Da stand er nun, keine zwanzig Kilometer von zu Hause, und hatte Schwierigkeiten, die Einheimischen zu verstehen.

Er ging weiter in den hinteren Ladenteil und begann die Waren auf den Regalen zu betrachten. Er griff sich eine Dose Cirio-Tomaten und drehte sie aus purer Neugier hin und her, um das Verfallsdatum zu sehen. Es war seit zwei Jahren abgelaufen. Er stellte die Dose vorsichtig wieder genau in den Staubring, in dem sie gestanden hatte, und ging weiter zum Seifenpulver.

Von dort warf er einen Blick zurück zum Ladentisch, aber die Witwe war noch immer da. Er hörte sie mit Signora Follini reden, doch ihre Stimme war zu leise, als daß er hätte hören können, was sie sagte – und selbst wenn er es gehört hätte, wäre er nicht sicher gewesen, ob er es auch verstanden hätte. Ein dünner Film lag auf den unregelmäßig gestapelten Waschmittelkartons; einer war an einer Ecke aufgenagt, und ein Häuflein winziger weißer und blauer Perlen war auf das Regalbrett gerieselt.

Seine Uhr sagte ihm, daß er jetzt schon über fünf Minuten in diesem Laden stand. Signora Follini hatte zu den Kerzen und dem Mehl, die vor der alten Frau auf dem Ladentisch lagen, noch nichts dazugelegt, aber noch immer standen die beiden Frauen da, und noch immer redeten sie.

Brunetti zog sich noch weiter nach hinten zurück und richtete seine Aufmerksamkeit auf eine Reihe von Gläsern mit Essiggurken und Oliven, die etwa in Brusthöhe standen. Ein Glas, das anscheinend Pilze enthielt, fiel ihm auf, denn darin machte sich unter dem Deckel ein kleines weißes Oval aus Schimmel an der Innenwand breit. Neben dem Glas stand ein kleines Döschen ohne Etikett. Es stand nur da und wirkte seltsam verlassen und unnütz, allerdings auch ein wenig bedrohlich.

Brunetti hörte die Türglocke und drehte sich um. Die alte Frau war fort und mit ihr die Kerzen und das Mehl. Er ging zurück in den vorderen Teil des Ladens und sagte noch einmal: *»Buon giorno.«*

Sie lächelte zur Antwort, aber das Lächeln hatte wenig Wärme; vielleicht hatte die alte Frau einen Teil davon mitgenommen, oder sie hatte eine kalte Ermahnung hinterlassen, wie eine Frau ohne sichtbaren Ehemann sich in Gegenwart fremder Männer zu benehmen habe.

»Wie geht es Ihnen heute, Signora?«

»Gut, danke«, antwortete sie förmlich. »Womit kann ich Ihnen dienen?« Bei seinem ersten Besuch hätte sie in die Frage den deutlichen Unterton gelegt, daß Sinnlichkeit in ihrer Dienstbereitschaft zumindest nicht ausgeschlossen sei. Diesmal aber verhieß ihre Stimme nichts, was über Trockenerbsen, Salz und Anchovis im Glas hinausgegangen wäre.

Brunetti schenkte ihr das herzlichste Lächeln, das er zustande brachte. »Ich bin extra wiedergekommen, um mit Ihnen zu reden, Signora«, begann er in der Hoffnung, ihr damit eine Reaktion zu entlocken. Als das nicht klappte, fuhr er fort: »Ich möchte Sie fragen, ob Ihnen zu den Bottins vielleicht doch noch etwas eingefallen ist, was uns weiterhelfen könnte.« Ihr Gesicht blieb unbewegt. »Als wir das letztemal miteinander sprachen, haben Sie angedeutet, daß Sie zumindest den Sohn sehr gut kannten, und da dachte ich, Ihnen wäre vielleicht noch etwas eingefallen, was von Bedeutung sein könnte.«

Sie schüttelte den Kopf, sprach aber noch immer nicht.

»Vermutlich hat es sich inzwischen allgemein herumgesprochen, daß die beiden ermordet wurden«, begann er erneut und wartete.

»Ich weiß«, sagte sie schließlich.

»Was die Leute noch nicht wissen, ist, daß es ein besonders

abscheuliches Verbrechen war, vor allem was man mit Marco gemacht hat.«

Sie nickte darauf, entweder um zu bestätigen, daß sie ihn gehört hatte, oder um zu sagen, daß sogar dies den Leuten von Pellestrina bereits bekannt war.

»Darum müssen wir soviel wie eben möglich über sie in Erfahrung bringen, damit wir eine ungefähre Vorstellung davon bekommen, wer das Verlangen gehabt haben könnte, so etwas zu tun.« Als sie nichts sagte, fragte er: »Verstehen Sie das, Signora?«

Sie hob den Blick und sah ihm in die Augen. Ihr Mund blieb festgefroren in dem Lächeln, das die Chirurgen ihr verpaßt hatten, aber Brunetti konnte die Trauer in ihrem Blick nicht übersehen. »Niemand konnte Marco etwas zuleide tun wollen. Er war so ein lieber Junge.«

Damit verstummte sie und wandte den Blick ab.

»Und sein Vater?« fragte Brunetti.

»Ich kann Ihnen nichts sagen«, antwortete sie gepreßt. »Gar nichts.«

Die Angst in ihrem Ton brachte in Brunetti eine Saite zum Schwingen. »Nichts, was Sie mir sagen, wird weitergetragen, Signora.«

Die Starrheit ihrer Züge machte es unmöglich, in ihrem Gesicht zu lesen, aber er glaubte zu spüren, wie sie ruhiger wurde.

»Die konnten Marco nicht umbringen wollen«, sagte sie.

»Die?« fragte er.

Schlagartig war ihre Angst wieder da. »Na ja, die das getan haben«, sagte sie.

»Was war Giulio denn für ein Mensch?« fragte Brunetti. Signora Follinis modelliertes Kinn bewegte sich hin und her zum Zeichen ihrer totalen Weigerung, weitere Auskünfte zu geben.

»Aber Signora ...«, begann Brunetti, doch da ertönte die Türglocke und unterbrach ihn. Er sah ihren Blick in Richtung Tür fliegen, dann wich sie einen Schritt von ihrem Ladentisch zurück und sagte: »Wie ich Ihnen schon sagte, Signore, wenn Sie Zündhölzer brauchen, müssen Sie in den Tabakladen gehen. Ich führe keine.«

»Entschuldigung, Signora. Als ich die Kerzen sah, die Sie der alten Dame verkauft haben, dachte ich, Sie hätten vielleicht auch Zündhölzer«, antwortete er geistesgegenwärtig, ohne sich um die Schritte hinter ihm zu kümmern.

Damit wandte er sich von der Frau ab und ging zur Tür. Wie es in kleinen Dörfern Sitte ist, nickte er den beiden Männern zu, die da gerade hereinkamen, und ohne es sich anmerken zu lassen, prägte er sich dabei jede Einzelheit ihres Aussehens ein. Als er sich ihnen näherte, traten sie nach rechts und links beiseite, eine Geste, die Brunetti als leicht bedrohlich empfand, obwohl die Männer deutlich zeigten, daß sie an ihm so wenig Interesse hatten wie er an ihnen.

Das Glöckchen bimmelte, als er die Tür öffnete, und als er ins Sonnenlicht hinaustrat und die Tür hinter sich zugehen hörte, lief ihm nachträglich noch ein Schauer über den Rücken.

Er wandte sich nach rechts, mit den Gedanken nach wie vor bei den Gesichtern und Figuren der beiden Männer. Er kannte sie beide nicht, aber den Typ kannte er nur zu gut. Sie hätten miteinander verwandt sein können, denn sie hatten beide die gleichen rötlichen Gesichter, die gleiche rauhe Haut, den gleichen stämmigen Körperbau. Doch konnte all das ebenso von jahrelanger Schwerarbeit im Freien herrühren. Der jüngere Mann hatte ein schmales Gesicht und dunkles, mit irgendeiner öligen Pomade nach hinten gebürstetes Haar. Der ältere trug sein Haar genauso, aber da es sehr viel spärlicher war, wirkte es eher wie auf den Schädel gemalt, obwohl es noch für ein paar fettige Locken reichte, die ihm bis auf den Hemdkragen baumelten. Beide trugen Jeans mit starken Verschleißspuren und grobe Stiefel, wie man sie häufig bei Männern sieht, die Schwerarbeit leisten.

Eine Unzahl kleiner Fältchen umgab die Augen, mit denen die beiden Männer ihn gemustert hatten, Fältchen, die man von Jahren in der Sonne bekommt. Und die Blicke, mit denen sie Brunetti betrachteten, hätten Beute gelten können: starr, wachsam, zum Zustoßen bereit. Diese Art verhaltener Aggression war es gewesen, die in Brunetti die Alarmglocken hatten läuten lassen, ungeachtet der Tatsache, daß es eine Zeugin in Gestalt der Signora gegeben hätte, und ebenso ungeachtet der Tatsache, daß die Männer wahrscheinlich wußten, daß er Polizist war.

Er ging die schmale Straße hinunter und in den Tabakladen, der so düster und schmutzig war wie Signora Follinis Kramladen – wieder so ein Ort, an dem Bankrott sich häuslich niedergelassen hatte.

Der Mann hinter dem Ladentisch riß sich von der Illustrierten los, in der er las, und sah ihn durch dicke Brillengläser an. »Ja?« fragte er.

»Streichhölzer«, sagte Brunetti, um Signora Follinis Spiel weiterzuspielen.

Der Mann zog eine Schublade unter dem Ladentisch auf und fragte: »Schachtel oder Heftchen?«

»Schachtel«, sagte Brunetti und griff in seine Tasche nach Münzen.

Der Mann legte ein Schächtelchen Zündhölzer vor Brunetti auf den Tisch und verlangte zweihundert Lire. Als Brunetti die Münzen auf den Tisch legte, fragte der Mann: »Zigaretten?«

»Nein«, sagte Brunetti. »Ich versuche es mir gerade abzugewöhnen. Aber ich möchte wenigstens Streichhölzer bei mir haben, falls ich es doch nicht aushalte und jemanden um eine Zigarette bitte.«

Darüber lächelte der Mann. »Es versuchen ja viele aufzugeben«, sagte er. »Eigentlich wollen sie es gar nicht richtig, sie meinen nur, es wäre gut für sie, also versuchen sie's.«

»Und – mit Erfolg?«

»Bah!« machte der Mann verächtlich. »Ein, zwei Wochen halten sie durch, einen Monat vielleicht, aber früher oder später stehen sie alle wieder hier und kaufen Zigaretten.«

»Spricht nicht sehr für die menschliche Willenskraft, wie?« meinte Brunetti.

Der Mann nahm die Münzen und ließ sie einzeln in die hölzerne Kassenschublade fallen. »Menschen tun eben, wonach ihnen der Sinn steht, egal was man ihnen erzählt und egal wie genau sie wissen, daß es schlecht für sie ist. Nichts kann sie abhalten, keine Angst, keine Gesetze, keine Versprechungen.« Er sah Brunettis Gesicht und fügte hinzu: »Wenn man sein Leben lang Zigaretten verkauft, lernt man eines: Nichts wird die Leute je davon abbringen, solange ihnen richtig danach ist.«

11

Die Worte des Tabakhändlers gingen Brunetti noch im Kopf herum, als er schon auf dem Weg zum Restaurant war, und er fragte sich, ob sie wohl eines Tages auch auf Vianello und die Muscheln zutreffen würden oder ob der Sergente sich als einer der seltenen Menschen entpuppte, die einen so festen Charakter besaßen, daß sie sich etwas versagen konnten, auch wenn ihnen sehr danach war. Sich selbst hielt Brunetti nicht für besonders willensstark, denn wie er von sich wußte, manipulierte er Situationen oft so, daß er die Entscheidung, etwas zu tun, wonach ihm gar nicht war, nicht erst treffen mußte.

Als Paola ihn vor zwei Jahren durch dauerndes Sticheln endlich dazu gebracht hatte, sich einmal gründlich untersuchen zu lassen, hatte er zu dem Arzt gesagt, er brauche sich mit den Untersuchungen auf Cholesterin und Diabetes nicht aufzuhalten, wobei er dem Arzt den Schluß überließ, daß die Untersuchungen nicht nötig seien, da er sie erst vor kurzem habe machen lassen. In Wahrheit hatte Brunetti einfach die Ergebnisse nicht wissen wollen, weil ihm nicht danach war, das zu tun, was er im Falle eines ungünstigen Befundes hätte tun müssen. Immer wenn er an diese Täuschung und ihre eventuellen Folgen für seine Familie dachte, beruhigte er sich damit, daß er sich noch nie im Leben gesünder gefühlt habe und sich folglich keine Sorgen zu machen brauche.

Und als vor drei Jahren ein Albaner unter dem Verdacht festgenommen wurde, die beiden elfjährigen Prostituierten, von denen er lebte, mißhandelt zu haben, hatte Brunetti nichts dagegen unternommen, daß der Mann von zwei Beamten verhört wurde, von denen einer selbst eine Tochter im besagten Alter hatte, während die fünfzehnjährige Tochter des anderen schon einmal von einem Albaner tätlich angegriffen worden war. Und er hatte sich auch nie darum gekümmert, wie dieses Verhör abgelaufen war, obwohl der Verdächtige die Taten auffallend schnell gestanden hatte.

Bevor er sein Gewissen noch weiter erforschen konnte, kam er an das Restaurant und ging hinein. Der Wirt, der hinter dem Tresen stand und für ein paar Männer an der Bar Kaffee machte, quittierte sein Kommen mit einem Kopfnicken. »Ihr Beamter ist hinten drin«, sagte er. Die Männer an der Bar drehten sich alle nach Brunetti um, und wieder fühlte er diese bohrenden Blikke, mit denen ihn schon die beiden Männer in Signora Follinis Laden bedacht hatten. Ohne sich weiter darum zu kümmern, ging er zu dem Durchgang, teilte die Plastikstreifen des Vorhangs und trat in den Speiseraum.

Vianello saß wieder am selben Tisch, vor sich eine Flasche Mineralwasser und einen halben Liter Weißwein. Als Brunetti ihm gegenüber Platz nahm, beugte Vianello sich über den Tisch, um in Brunettis Gläser zuerst Wasser, dann Wein zu gießen.

Brunetti kippte das Wasser schnell hinunter und wunderte sich dabei über den großen Durst, den er hatte; gern hätte er gewußt, ob das eine verspätete Reaktion auf die Angst war – er mußte zugeben, daß es Angst gewesen war –, die über ihn gekommen war, als er diesen beiden Männern den Rücken zuwandte. Er sah zu Vianello hinüber und fragte: »Also?«

»Lorenzo Scarpa, der Kellner, ist nicht mehr zum Dienst erschienen, seit wir hier waren. Wie der Wirt sagt, hat er angerufen und erzählt, er müsse sich um einen Freund kümmern, aber wo dieser Freund wohnt, hat er angeblich nicht gesagt, sich auch nicht dazu geäußert, wie lange er fortbleiben werde.« Da Brunetti keine Zwischenfrage stellte, fuhr Vianello fort: »Ich bin zu seiner Adresse gegangen – der Wirt hatte sie mir gegeben –, aber seine Nachbarn können sich nicht erinnern, ihn in letzter Zeit gesehen zu haben, und wissen angeblich auch nicht, wo er sein könnte.«

»Und Sandro, der Bruder?«

»Der ist erstaunlicherweise noch hier. Oder war hier. Sein Boot ist noch draußen – heute früh vor Morgengrauen ausgelaufen und noch nicht wieder zurück.«

»Was kann das bedeuten?«

»Eigentlich alles«, antwortete Vianello. »Daß er gerade einen guten Fang macht und die Arbeit nicht unterbrechen will, oder daß er einen Motorschaden hat. Der Wirt hier scheint der Meinung zu sein, daß er nur eine Glückssträhne hat – viel Fisch.«

Vianello trank einen Schluck von seinem Wein und fuhr dann fort: »Signora Bottin ist vor fünf Jahren an Krebs gestorben. Ihre Verwandten hatten seit ihrem Tod nichts mehr mit Giulio oder Marco zu tun.«

»Warum?« fragte Brunetti.

»Wegen dieses Hauses auf Murano. Sie haben das Testament angefochten, aber da sie es von ihren Eltern geerbt und Bottin sich damit einverstanden erklärt hatte, daß es ganz an den Sohn gehen sollte, hatten sie im Grunde keine Handhabe.«

»Und seitdem?«

»Anscheinend hatten sie keinen Kontakt mehr.«

»Woher wissen Sie das alles?«

»Vom Wirt. Er sieht wohl keinen Schaden darin, mir wenigstens *das* zu erzählen.«

Brunetti fragte sich, was für neue Streitereien es jetzt wohl um diesen Besitz geben würde, kam dann aber wieder zur Sache. »Und dieser Giacomini, von dem uns der Kellner erzählt hat?« fragte er.

Vianello zückte sein Notizbuch und klappte es auf. »Paolo Giacomini, ebenfalls Fischer. Der Wirt sagt, er wohnt in Malamocco, aber sein Boot hat er aus irgendeinem Grund hier liegen. Er ist als Unruhestifter bekannt, der gern für böses Blut zwischen Leuten sorgt.«

»Und der Streit zwischen Scarpa und Bottin?«

»Darüber wollte mir keiner etwas sagen, außer daß sie vor einem Jahr oder so aneinandergeraten sind. Ihre Boote sind entweder kollidiert oder sich so nah gekommen, daß ihre Netze sich verhedderten – egal: Seitdem herrscht jedenfalls Feindschaft zwischen ihnen.«

»Wir können ja mal bei der Polizei von Chioggia nachfragen«, meinte Brunetti.

»Das dürfte am besten sein, wenn die Sache sich dort zugetragen hat«, pflichtete Vianello ihm bei. »Wenn dort die Anzeige erstattet wurde, können die uns vielleicht etwas sagen. Ich habe mehr und mehr das Gefühl, daß die Leute hier solche Angelegenheiten auf ihre Weise regeln. Und was Bottin betrifft, haben anscheinend alle ein Schweigegelübde abgelegt. Keiner kann sich an irgend etwas erinnern, was mit ihm zu tun hat; und erst recht weiß keiner ein schlechtes Wort über ihn zu sagen.«

»Signora Follini hat allerdings zu mir gesagt, daß er der Grund für die Geschehnisse gewesen sein muß, auf keinen Fall der Sohn.«

»Wie gehen wir denn jetzt weiter vor?« fragte Vianello.

»Zuerst essen wir zu Mittag«, sagte Brunetti, »und dann wollen wir mal versuchen, diesen Giacomini zu finden.«

Das Mahl verlief harmonisch, was zum einen daran lag, daß Brunetti keinen Kommentar zu den Speisen abgab, die Vianello für sich auswählte, und zum anderen daran, daß er selbst sich beherrschte und keine Muscheln bestellte, wofür er allerdings eine Riesenportion *coda di rospo* verzehrte – Seeteufel, der nach Angaben des Wirts erst am Morgen gefangen worden war. Der Wirt hatte noch keinen Ersatz für Lorenzo Scarpa auftreiben können und mußte selbst an den Tischen bedienen, so daß es lange dauerte, bis die Speisen kamen, und diese Situation wurde noch dadurch verschärft, daß genau in dem Moment, als Brunetti und Vianello bestellten, eine Schar japanischer Touristen hereinkam.

Deren Reiseführer ließ sie an zwei langen Tischen an den Seitenwänden Platz nehmen, und da warteten sie nun offenbar ganz fröhlich auf ihr Essen, während sie unter ständigen Verneigungen sowohl einander als auch ihren Reiseführer, Brunetti, Vianello und den Wirt anlächelten. Ihr Benehmen war so ausgesucht zurückhaltend und höflich, daß Brunetti gar nicht mehr verstand, wie jemand schlecht über sie reden konnte.

Als er und Vianello dann fertig waren, bezahlten sie – wieder bar und ohne Quittung – und standen auf. Ganz automatisch verneigte Brunetti sich in Richtung der Japaner, wartete, bis Vianello es ihm gleichgetan und die Japaner die Geste erwidert hatten, und ging mit dem Sergente dann hinaus in die Bar, wo sie einen Kaffee tranken, aber auf einen Grappa verzichteten.

Es war, während sie sich drinnen aufhielten, draußen noch wärmer geworden, und sie genossen den schönen Tag, der ihnen wieder dieses jungenhafte Freiheitsgefühl gab, das sie morgens beim Aufbruch schon gehabt hatten. Als sie zum Polizeiboot zurückkamen, war von Bonsuan nichts zu sehen, dafür hing von einer Relingstütze auf der anderen Bootsseite eine Schnur mit Fischen ins Wasser hinunter.

Es störte sie beide nicht, daß sie warten mußten, und so setzten sie sich gern auf eine Holzbank und blickten über das Wasser in Richtung Venedig, obwohl sie nichts weiter sahen als die Lagune mit ein paar Booten darauf und einem unendlichen Himmel darüber.

»Was glauben Sie, wo er steckt?« fragte Brunetti.

»Wer, Bonsuan oder Scarpa?«

»Bonsuan.«

»Der sitzt wahrscheinlich in einer Bar und erfährt in fünf Minuten mehr als wir in zwei Tagen.«

»Was mich kein bißchen wundern würde«, meinte Brunetti, der jetzt seine Jacke auszog und das Gesicht in die Sonne drehte. Daß Vianello es ihm nicht gleichtun konnte, lag nur daran, daß er in Uniform war.

Nach etwa zehn Minuten weckte ihn der Sergente mit der Ankündigung aus dem Halbschlaf: »Da kommt er.«

Brunetti öffnete die Augen, sah nach rechts und erblickte Bonsuan, der in dunkler Uniformhose und weißem Hemd, das einen schwarzen Flecken an der Schulter hatte, auf sie zukam. Als der Bootsführer da war, rückte Brunetti ein Stückchen nach links, um zwischen ihnen Platz für ihn auf der Bank zu machen.

»Und?« fragte er, als Bonsuan sich setzte.

»Ich habe beschlossen, Motorprobleme zu haben«, antwortete der Bootsführer.

»Beschlossen?« fragte Vianello.

»Damit ich jemanden um Hilfe bitten mußte.«

»Wie hast du das denn angestellt?« meinte Vianello noch. »Ich habe eines der Zündverteilerkabel mit einer Feile durchgesägt und dann versucht, den Motor zu starten. Ging nicht. Also habe ich den Motordeckel wieder aufgeklappt, um zu sehen, woran es haperte, und bin ins Dorf gegangen, um zu fragen, ob jemand ein Stück Draht für mich hatte.«

»Und?« fragte Brunetti.

»Und da habe ich einen getroffen, den ich vom Militär kannte. Sein Sohn hat hier draußen ein Boot, und mein Kamerad kümmert sich für ihn um die Motoren. Er ist mitgekommen, hat das Kabel gesehen und ist in seine Werkstatt gegangen, um etwas Passendes zu suchen, dann ist er wiedergekommen und hat mir beim Aus- und Einbau geholfen.«

»Hat er gemerkt, was Sie gemacht hatten?«

»Wahrscheinlich. Ich hatte jemanden zu finden gehofft, der nicht viel von Motoren versteht, jedenfalls weniger als ich. Aber Fidele hat bestimmt gesehen, was ich gemacht hatte. Egal. Ich bin mit ihm in die Bar gegangen, um ihm zu danken, und er hat mir gern etwas über sie erzählt.«

»Über die Bottins?« fragte Brunetti.

»Ja.«

»Und was sagt er?«

Es war interessant für Brunetti zu beobachten, wie Bonsuan sich von den Informationen, die er hatte beschaffen können, gleichzeitig distanzierte. Sie waren etwas für Brunetti oder Vianello, die wollten das haben. Wahrscheinlich war das nichts weiter als Bonsuans Art, sich gegenüber dem anderen Fischer loyal zu verhalten, weil er dieser Zunft doch so bald schon wieder angehören wollte.

»Egal welchen Grund Sie finden, es war der Vater«, erklärte Bonsuan abschließend.

»Wer hat dir das gesagt?« fragte Vianello.

Im selben Augenblick fragte Brunetti: »Was hat er denn getan?«

Bonsuan beantwortete beide Fragen zugleich mit einem Achselzucken, dann sagte er: »Keiner hat mir Genaueres gesagt, aber es war klar zu erkennen, daß ihn keiner mochte. Meist versuchen sie doch wenigstens so zu tun als ob, wenn sie mit einem Fremden wie mir reden. Aber nicht bei Bottin. Ich vermute, er hat irgendwas verbrochen, aber das ist nur so ein Gefühl. Keine Ahnung, was es gewesen sein könnte, aber nach meinem Eindruck war er für sie nicht mehr einer der Ihren.«

»Weil er seine Frau schlecht behandelt hat?« fragte Brunetti.

»Nein«, antwortete Bonsuan mit einem energischen Kopfschütteln. »Sie war von Murano, sie galt nichts.« Und damit war ihr Menschsein ebenso abgetan wie die Frage.

Ein langes Schweigen folgte. Drei Kormorane schwirrten vorbei und platschten ein gutes Stück vor der Küste ins Wasser. Dort schwammen sie eine Weile umher, fast als berieten sie sich untereinander, wo die Fische wohl waren, dann tauchten sie so elegant unter, daß sie kaum die Wasseroberfläche in Bewegung brachten, und waren verschwunden. Brunetti, der automatisch die Luft anhielt, als er sie untertauchen sah, mußte dreimal aus- und tief wieder einatmen, bevor der erste von den Vögeln wie ein hochschnellender Korken wieder auftauchte, gefolgt von den beiden anderen.

»Fahren wir mal nach Malamocco rüber«, sagte er im Aufstehen.

Der Bootsmotor sprang auf Anhieb an. Vianello warf die Leine los, und Bonsuan legte ab und fuhr in einem weiten Bogen den Weg zurück, den sie gekommen waren. Er steuerte dicht an der schmalen Halbinsel zu ihrer Rechten vorbei und hielt auf Malamocco zu. Als sie an den Kanal kamen, der in die Adria hinausführte, beugte Brunetti sich vor und tippte dem Bootsführer auf die Schulter. Bonsuan drehte sich zu ihm um, und Brunetti zeigte nach links, wo er in der Ferne dicken Qualm aufsteigen sah. »Was ist das?« fragte er.

Bonsuan hielt sich die Hand über die Augen und blickte in die angezeigte Richtung. »Marghera«, sagte er.

Da er aber nichts von Interesse sah, richtete der Bootsführer seine Aufmerksamkeit wieder auf das Wasser vor ihnen. Plötzlich schaltete er in den Leerlauf, dann schnell auf Vollgas rückwärts, um das Boot zu stoppen. Brunetti, der immer noch den Ursprung der Qualmwolken zu orten versuchte, hörte den Motor aufheulen und drehte sich um.

»Maria Vergine«, entfuhr es ihm, als er rechts von ihnen ein riesiges Schiff erblickte, unendlich hoch, unendlich drohend. »Was ist denn das?« fragte er Bonsuan. Obwohl sie noch einige hundert Meter entfernt waren, mußte er den Kopf heben und sah dennoch nur die Schiffswand mit den Freibordmarken sowie die linke Seite der verglasten Brücke, die in die Höhe ragte wie ein Kirchturm.

»Ein Tanker«, antwortete Bonsuan. Er hätte ebensogut »Lustmörder« oder »Brandstifter« sagen können, so wütend klang es.

Nachdem ihr eigener Motor verstummt war, umfing sie nur noch das Brüllen, das von dem Tanker kam. Das Universum verwandelte sich in einen einzigen Höllenlärm, der auf sie prallte wie die Druckwelle einer Explosion. Unwillkürlich hielten alle drei sich die Ohren zu, bis der Tanker an ihnen vorbei war und seinen Weg durch den Canale dei Petroli zu den Fabriken auf dem Festland fortsetzte. Seine Bugwelle erfaßte jetzt das Polizeiboot und brachte es derart zum Schaukeln, daß die drei sich an der Reling festhalten mußten und wie Clowns auf dem Deck herumhüpften.

Brunetti beugte sich über die Reling, die er mit beiden Händen umklammert hielt, und holte einmal tief Luft. Sein Blick fiel auf das Wasser unter ihnen, und er sah kleine, knopfgroße Kleckse an der Oberfläche. Es waren nur wenige, und er hätte nicht sagen können, ob sie nicht schon dagewesen waren, bevor das Schiff kam.

Bonsuan brachte den Motor wieder auf Touren, und schweigend fuhren sie weiter nach Malamocco.

12

Die Fahrt hätten sie sich sparen können, denn an der Adresse, die der Wirt ihnen genannt hatte, fehlte von Giacomini jede Spur. Es war schon zu spät am Tag, um noch nach Chioggia zu fahren, weshalb Brunetti beschloß, sich telefonisch mit der dortigen Polizei in Verbindung zu setzen. Also befahl er Bonsuan, sie zur Questura zurückzubringen.

Ob es der Anblick des Tankers oder die kleinen dunklen Flekken waren, die sie auf dem Wasser gesehen hatten, jedenfalls war das Ganze ihnen so aufs Gemüt geschlagen, daß sie auf der Rückfahrt kaum noch redeten. Immer noch hob das Tageslicht nacheinander die Myriaden Schönheiten der Stadt hervor, besonders für den, der sich ihr von der See näherte, wie es sich gehörte. Es war später Nachmittag, und die Sonne brannte noch immer auf sie herab; Vianello sagte etwas von Sonnencreme, die er aufzutragen vergessen habe, aber Brunetti ging nicht darauf ein.

Als sie vor der Questura anlegten, sah Brunetti, daß Pucetti an diesem Nachmittag Wachdienst hatte, und der Anblick des jungen Beamten brachte ihn auf eine Idee. Pucetti salutierte, als sie vom Boot kamen. Brunetti sagte zu Vianello, er solle die Polizei von Chioggia anrufen und fragen, ob dort etwas über den Vorfall zwischen Scarpa und Bottin bekannt sei; er werde in seinem Dienstzimmer auf ihn warten, aber zuvor wolle er noch ein Wörtchen mit Pucetti reden.

»Pucetti«, begann Brunetti, »für wie lange sind Sie hier auf Wache eingeteilt?«

»Die ganze Woche, Commissario. Nächste Woche habe ich dann Nachtstreife.«

»Hätten Sie Interesse an einem Sondereinsatz?«

Das Gesicht des jungen Mannes leuchtete auf. »O ja, Commissario.«

Brunetti nahm wohlwollend zur Kenntnis, daß Pucetti sich nicht über den Wachdienst beschwerte: daß man da den ganzen Tag nur herumstehe und nichts weiter zu tun habe, als Türen aufzuhalten und gelegentliche Streitereien zwischen den Leuten zu schlichten, die vor den diversen Zimmern Schlange standen.

»Gut, dann lassen Sie mich mal kurz die Dienstpläne prüfen gehen«, sagte Brunetti und setzte sich in Bewegung, aber schon nach zwei Schritten drehte er sich noch einmal nach Pucetti um. »Haben Sie schon einmal als Kellner gearbeitet?«

»Ja, Commissario«, antwortete Pucetti. »Mein Schwager hat eine Pizzeria in Castello, da arbeite ich manchmal an Wochenenden.« Wieder stellte Pucetti zu Brunettis Freude keine Fragen.

»Gut. Bin gleich wieder da.«

Er ging unverzüglich zu Signorina Elettra, die bei seinem Eintreten gerade ein paar Forsythienzweige in einer Venini-Vase arrangierte. »Gehört die Ihnen?« fragte er, wobei er auf die Vase zeigte.

»Nein, Commissario, sie gehört der Questura. Die andere, die ich sonst immer nehme, ist gestohlen worden, da mußte ich Ersatz beschaffen.«

»Gestohlen?« fragte er. »Aus der Questura?«

»Einer der Hausmeister hat sie in der Toilette ausgespült und dort vergessen. Und dann ist sie verschwunden.«

»Aus der Questura?«

»Auf diese hier werde ich besser aufpassen«, versprach sie, während sie noch einen gebogenen Zweig hineinsteckte. Brunetti hatte einen Freund, der bei Venini arbeitete, und wußte, was so eine Vase kostete: nicht unter drei Millionen Lire.

»Wie kommt es denn, daß die Questura solche Sachen kauft?« fragte er, behutsam seine Worte wägend.

»Büroausstattung.« Sie steckte den letzten Zweig hinein und trat beiseite, damit er die Vase für sie vom Boden aufheben konnte. Mit einer lässigen Handbewegung zeigte sie zu einer Stelle auf dem Fensterbrett, und sanft stellte Brunetti sie genau dort ab, wo sie hinzeigte.

»Ist Pucetti Ihnen schlau genug?« fragte er.

»Dieser reizende junge Mann mit dem Schnauzbärtchen?« fragte sie in einem Ton, der den Umstand, daß Pucetti höchstens fünf Jahre jünger sein konnte als sie, gänzlich ignorierte. »Der mit der russischen Freundin?« fügte sie noch hinzu.

»Ja. Ist er Ihnen schlau genug?«

»Zu welchem Zweck?« fragte sie zurück.

»Um da draußen auf Pellestrina zu sein.«

»Und dort was zu machen?«

»In einem Restaurant zu arbeiten und ein Auge auf Sie zu haben.«

»Darf ich fragen, wie Sie das bewerkstelligen wollen?«

»Der Kellner, der uns die ersten Informationen über Bottin gegeben hat, ist verschwunden. Er hat den Wirt angerufen und ihm erzählt, er müsse sich um einen kranken Freund kümmern, und seitdem hat man von ihm nichts mehr gesehen oder gehört. Dort wird also ein Kellner gebraucht.«

»Was sagt denn Pucetti dazu?« fragte sie, während sie sich hinter ihren Schreibtisch setzte.

»Ich habe ihm noch nichts gesagt. Zuerst wollte ich Sie fragen.«

»Das ist aber nett von Ihnen, Commissario.«

»Er würde ja dort sein, um Sie zu beschützen, darum wollte ich zuerst wissen, ob Sie ihm das zutrauen.«

Sie dachte darüber eine kleine Weile nach, dann meinte sie: »Doch, ich halte ihn für eine gute Wahl.« Sie schielte zu den Forsythien hinüber, dann wieder zu Brunetti. »Soll ich seine Diensteinteilung in die Hand nehmen?«

»Ja«, antwortete Brunetti, aber dann konnte er doch nicht der Versuchung widerstehen, zu fragen: »Und wie wollen Sie das bewerkstelligen?«

»Ich setze ihn – sagen wir – auf ›Subsidiardienst‹.«

»Und was bedeutet das?«

»Was ich will.«

»Aha«, meinte Brunetti, dann fragte er: »Und Marotta? Hat er nicht nächste Woche hier das Sagen? Liegt die Entscheidung nicht bei ihm?«

»Ach, Marotta«, sagte sie mit kaum verhohlener Verachtung. »Er kommt immer ohne Krawatte zum Dienst.« Soviel zu Marottas Chancen, es in der Questura von Venedig auf Dauer zu etwas zu bringen, dachte Brunetti.

»Da Sie gerade hier sind, Commissario«, sagte sie, indem sie eine Schublade aufzog und ein paar Blatt Papier herausnahm, »kann ich Ihnen das gleich mitgeben. Es ist alles, was ich über diese Leute herausbekommen konnte. Und der Obduktionsbericht.«

Er nahm die Papiere und ging in sein Zimmer hinauf. Die Obduktion, die ein Pathologe am Krankenhaus vorgenommen hatte, dessen Name Brunetti nicht bekannt war, hatte ergeben, daß Giulio Bottin drei jeweils tödliche Schläge auf Stirn und Schädeldach bekommen hatte, die nach der Art, wie der Knochen gesplittert war, mit einem zylindrischen Gegenstand geführt worden sein mußten, einem Rohr vielleicht, oder einer Eisenstange. Sein Sohn war verblutet, weil das Messer so tief eingedrungen war, daß es die Bauchschlagader verletzt hatte. Der Umstand, daß sich kein Wasser in den Lungen befand und Giulio Bottin sicher nicht sehr schnell gestorben war, machte es unwahrscheinlich, daß die beiden unmittelbar vor dem Sinken des Bootes umgebracht worden waren.

Brunetti hatte den Obduktionsbericht kaum zu Ende gelesen, als Vianello an seine Tür klopfte und eintrat. »Ich habe in Chioggia angerufen«, sagte er, ohne sich erst hinzusetzen, »aber die wußten nichts Näheres.«

Brunetti schob die Papiere beiseite. »Wie Sie schon sagten, sind das nicht die Leute, die von der Polizei Lösungen für ihre Probleme erwarten.«

Er rechnete schon fast mit Vianellos Zwischenfrage, ob das denn überhaupt noch jemand erwarte, aber da von dem Sergente nichts kam, nutzte Brunetti die Gelegenheit, um Vianello von seiner Absicht in Kenntnis zu setzen, Pucetti nach Pellestrina zu schicken.

»Wie steht's denn mit Referenzen?« fragte Vianello.

»Pucetti hat schon in der Pizzeria seines Schwagers gearbeitet, sagt er. Der kann in Pellestrina anrufen und sagen, er hätte gehört, daß sie dort einen Kellner suchen, und dann kann er Pucetti empfehlen. Damit alles in der Familie bleibt.«

»Und wenn ihn einer erkennt?« fragte Vianello und gab damit Brunettis eigenen Befürchtungen Ausdruck.

»Sehr wahrscheinlich ist das doch nicht, oder?« fragte Brunetti statt einer Antwort zurück, wobei er sich wohl bewußt war, daß er schon so redete wie Signorina Elettra.

Vianello, der Brunettis Zaudern zu deuten verstand, erhob keine weiteren Einwände und ging, ohne nach neuen Anweisungen zu fragen, wieder nach unten.

Brunetti nahm sich erneut die Unterlagen vor, die Signorina Elettra ihm gegeben hatte. Wenn der Alessandro Scarpa, für den Brunetti sich interessierte, über dreißig war – was ihn von einem anderen Alessandro Scarpa auf Pellestrina unterschied, der schon siebenundachtzig war –, dann war er vor drei Jahren festgenommen worden, weil er jemanden mit dem Messer bedroht hatte. Dieser Jemand hatte am Tag darauf den Vorfall anders geschildert und die Anzeige zurückgezogen, so daß jetzt bei der Polizei nichts gegen Scarpa vorlag, obschon der Maresciallo der Carabinieri auf dem Lido sagte, Scarpa sei im Zustand der Trunkenheit als Krawallbruder bekannt.

Keinerlei Informationen waren über irgendeine Person mit dem Nachnamen Giacomini zu beschaffen gewesen.

Bei Signora Follini verhielt es sich ganz anders: Follini war nicht ihr Ehename, denn Signora Follini hatte sich zwar oft männlicher Gesellschaft erfreut, dies aber bisher noch nie mit dem Segen der Ämter. Ihr Taufname war Luisa, und sie war vor zweiundfünfzig Jahren auf Pellestrina zur Welt gekommen.

Ihre Bekanntschaft mit der Polizei – oder besser deren Bekanntschaft mit ihr – hatte begonnen, als sie mit neunzehn Jahren wegen Straßenprostitution festgenommen wurde. Als Ersttäterin hatte man sie mit einem Verweis davonkommen lassen, aber im Lauf des nächsten Jahres wurde sie noch mindestens dreimal wegen desselben Delikts festgenommen. Dann kam lange nichts, was bedeuten konnte, daß Luisa Follini sich entweder irgendwie mit der örtlichen Polizei arrangiert hatte oder aber aus der Gegend fortgezogen war. Erst vor zwölf Jahren war sie dann wieder in Pellestrina aufgetaucht und gleich unter den damals noch strengen Drogengesetzen wegen Besitzes, Konsums und versuchten Verkaufs von Heroin sowie wegen Prostitution wieder verhaftet worden.

Zu ihrem Glück hatte man ihr einen Platz in einer Rehabilitationseinrichtung für Drogenabhängige bei Bologna besorgt, wo sie drei Jahre verbrachte, bis sie – sowohl von ihrer Sucht wie von ihrem Gewerbe geheilt – nach Pellestrina zurückkehrte. Während ihrer Abwesenheit waren ihre Eltern gestorben, und sie hatte deren kleinen Dorfladen übernommen, den sie bis heute führt.

Beim Lesen dieses Berichts erinnerte sich Brunetti an die langen Ärmel ihres Kleides und fragte sich, woher wohl das Geld für ihre Schönheitsoperationen stammte und wann sie diese hatte machen lassen. Wer hatte sie bezahlt? Das Lädchen, das er gesehen hatte, konnte unmöglich so viel abgeworfen haben, wie in ihr Gesicht investiert worden war, und mit Gelegenheitsprostitution und Drogenverkauf wäre das, nebenbei bemerkt, in einem kleinen Ort wie Pellestrina auch nicht zu machen gewesen.

Er dachte zurück an die beiden Male, die er mit ihr gesprochen hatte. Beim ersten Mal hatte sie sich kokett gegeben und sich halb im Scherz über die Enge des Lebens in so einem kleinen Ort wie Pellestrina beklagt. Die hatte sie bei ihrer Vorgeschichte gewiß zu spüren bekommen. Aber von der nervösen Energie der Drogensüchtigen war ihr nichts anzumerken gewesen, und auch ihre Nervosität, die sie beim zweiten Mal an den Tag legte, schien nichts mit Drogen zu tun gehabt zu haben; das war einfach Angst gewesen, die beim Eintreten dieser beiden Männer ihren Höhepunkt erreicht hatte.

Brunetti konnte nicht wissen, wie lange sie abends ihren Laden offen hatte. Er nahm das Telefonbuch und schlug bei Pellestrina nach. »Follini, Luisa«, fand er da. Er wählte die Nummer, und beim dritten Klingeln wurde der Hörer abgenommen. Sie meldete sich mit ihrem Namen.

»Signora«, begann er, »hier ist Commissario Brunetti. Wir haben heute schon einmal miteinander gesprochen.« Er hörte ein leises Klicken, mit dem der Hörer aufgelegt wurde.

Er tat das Telefonbuch wieder in die Schublade, schob die Akten auf die linke Seite des Schreibtischs und ging nach unten, um mit Pucetti zu reden.

13

Pucetti wußte sich vor Freude über den Einsatz kaum zu fassen. Als Signorina Elettras Name fiel, lächelte er, und als Brunetti ihm erklärte, daß seine Hauptaufgabe darin bestehen werde, sie zu beschützen, begann sein Gesicht regelrecht zu strahlen. Er wollte wissen, wessen Idee es gewesen sei, Signorina Elettra dorthin zu schicken, doch Brunetti drückte sich vor der Antwort und meinte statt dessen, daß seine, Pucettis, Freundin doch hoffentlich nichts gegen einen Sondereinsatz beziehungsweise »Subsidiardienst« habe.

Am Abend nach dem Essen erzählte er Paola von Pucetti, weil er hoffte, sie werde mit ihm der Meinung sein, daß diese Maßnahme Signorina Elettras Sicherheit zwar nicht garantiere, aber doch wenigstens erhöhe.

»Ein sonderbares Pärchen, die beiden«, meinte Paola.

»Wer?«

»Signorina Elettra und Pucetti.«

»Ein Pärchen sind sie nun nicht«, widersprach Brunetti.

»Das weiß ich. Ich meine auch nur so, als Menschen. Sonderbar, daß so intelligente Leute wie sie bei der Polizei arbeiten.«

»Ich arbeite auch bei der Polizei«, versetzte Brunetti, nicht wenig entrüstet. »Ich will doch hoffen, daß du das nicht vergessen hast.«

»Na, nun sei nicht gleich so dünnhäutig, Guido«, versetzte sie, wobei sie ihm die Hand auf den Arm legte. »Du weißt genau, wie ich das meine. Du bist Akademiker, hast Jura studiert und bist zur Polizei gegangen, als die Verhältnisse noch anders waren – als das noch eine ehrenvolle Lebensaufgabe war.«

»Das ist es jetzt nicht mehr?«

»Doch, ehrenvoll gewiß noch«, begann sie, und als sie sein Gesicht sah, fuhr sie hastig fort: »Ich meine, es ist natürlich eine ehrenwerte Entscheidung; du weißt, daß ich das so sehe. Nur ist es eben so, daß die Besten – gerade Leute wie du – diese Laufbahn nicht mehr einschlagen mögen. In zehn Jahren triffst du da nur noch Pattas und Alvises – Ehrgeizlinge und Dummköpfe.«

»Und welcher ist was?« fragte Brunetti.

Sie lachte. »Gute Frage.« Sie saßen auf der Terrasse und tranken Kräutertee, nachdem die Kinder sich wieder mit ihren Büchern zurückgezogen hatten. Vier sehr bauschige Wolken, ganz rosa von der Abendsonne, bildeten einen fernen Hintergrund zum Glockenturm von San Polo; der übrige Himmel war klar und verhieß einen weiteren herrlichen Tag.

Sie kam auf das Thema zurück. »Was meinst denn du, woher es kommt, daß so wenige Leute, mit denen man wirklich etwas anfangen kann, heutzutage zur Polizei gehen?«

Statt zu antworten, stellte er ihr eine Gegenfrage: »Ist das bei euch nicht dasselbe? Was bekommt ihr denn an der Universität für neue Kollegen?«

»Mein Gott, jetzt reden wir schon wie Plinius der Ältere – sitzen hier herum und maulen über die Respektlosigkeit der Jugend und wie überhaupt alles vor die Hunde geht.«

»So haben die Menschen schon immer geredet. Es ist eine der wenigen Konstanten in den geschichtlichen Werken, die ich lese: Jedes Zeitalter betrachtet seinen Vorläufer als das Goldene, in dem die Männer noch tugendhaft, die Frauen rein und die Kinder gehorsam waren.«

»Respektvoll nicht zu vergessen«, ergänzte Paola.

»Wer, die Kinder oder die Frauen?«

»Beide vermutlich.«

Sie schwiegen eine geraume Weile, bis die Wolken nach Süden weitergezogen waren und den Glockenturm von San Marco einrahmten.

Brunetti brach schließlich das Schweigen. »Ja, wer kommt jetzt noch zu uns?« meinte er. Und als Paola die Frage ebenso unbeantwortet ließ, fuhr er fort: »Es geht einfach zu oft so: Wir strampeln uns ab, um Rechtsbrecher hinter Gitter zu bringen, und kaum haben wir sie, bekommen Anwälte und Richter die Sache in die Finger, und dann gehen sie letzten Endes doch wieder straffrei aus. Ich habe das Dutzende Male erlebt, und ich erlebe es immer öfter. Da hat zum Beispiel vorige Woche in Bologna diese Frau geheiratet. Vor zwei Jahren hatte sie ihren damaligen Mann erstochen. Verurteilt zu neun Jahren. Nach drei Monaten war sie auf Bewährung draußen, und nun hat sie wieder geheiratet.«

Normalerweise hätte Paola etwas Witziges über den Mut des neuen Gemahls gesagt, aber sie wartete erst ab, ob er fertig war, und als Brunetti dann fortfuhr, schockierte sie das, was er sagte: »Ich könnte ja in Pension gehen.« Sie antwortete noch immer nicht. »Die nötigen Dienstjahre hätte ich. Oder doch fast. Das heißt, ich könnte in etwa zwei Jahren in den Ruhestand gehen.«

»Möchtest du das?« fragte Paola.

Er trank einen Schluck von seinem Tee, stellte fest, daß er kalt geworden war, goß ihn in die große Terrakottaschale mit dem Oleander, schenkte sich eine neue Tasse ein, tat Honig dazu und sagte: »Wahrscheinlich nicht. Nicht wirklich. Aber mitunter belastet es einen schon sehr, wenn man einfach zusehen muß und nichts dagegen tun kann.« Brunetti ließ sich in seinen Sessel zurücksinken und streckte die Beine von sich, die Tasse zwischen beiden Händen. »Ich weiß, daß ich das mit der Heirat dieser Frau viel zu tragisch nehme, aber es kommt eben immer wieder vor, daß ich etwas lese oder passieren sehe, das ich unerträglich finde.«

»Stand nicht in den Zeitungen, daß er sie geschlagen hat?« fragte Paola.

»Ich habe einen Bekannten in Bologna, der die ursprünglichen Vernehmungen gemacht hat. Sie hat davon erst etwas gesagt, nachdem sie mit einem Anwalt gesprochen hatte. Und mit ihrem jetzigen Mann hatte sie vorher schon ein Verhältnis.«

»Von alledem hat nichts in der Zeitung gestanden, woraus

ich schließe, daß beim Prozeß nicht die Rede davon war«, sagte Paola.

»Nein. Es gab für die Affäre keine Beweise. Aber sie hat nun einmal ihren Mann umgebracht, mag sein im Verlauf eines Streites, wie sie behauptete, und jetzt hat sie den anderen Mann geheiratet und bleibt völlig ungeschoren.«

»Und so lebten sie glücklich bis an ihr selig Ende ...?«

»Das war nur ein kleiner Fall«, wollte Brunetti beginnen, aber er verbesserte sich sofort. »Nein, Mord ist nie etwas Kleines. Ich meine, es war ein Einzelfall, und vielleicht war es wirklich im Streit. Aber so geht es doch dauernd. Da tötet einer zehn, zwanzig Menschen, und irgendein gerissener Anwalt paukt ihn heraus – oder öfter noch läßt ein unfähiger Richter ihn laufen. Und in derselben Minute geht er hin und tut wieder, was er am besten kann – Menschen umbringen.«

Paola, die jahrelange Erfahrung darin hatte, ihm in solchen Momenten zuzuhören, hatte ihn noch nie so verzweifelt und zornig über seine Arbeitsbedingungen reden hören.

»Was tätest du denn als Pensionär?«

»Keine Ahnung, das ist es ja. Für die juristischen Staatsexamina dürfte es zu spät sein; dazu müßte ich wahrscheinlich noch einmal an die Universität und wieder von vorn anfangen ...«

»Wenn es eines gibt, wovon ich dir dringend abrate«, unterbrach sie ihn, »dann ist es ein Studium an der Universität.« Ihr Schauder des Entsetzens, obwohl gespielt, war darum nicht weniger aufrichtig.

Sie dachten beide noch eine Weile über die Frage nach, doch mit einer Lösung konnte keiner aufwarten. Endlich meinte Paola: »Sind nicht früher die adligen Römer immer auf ihre Güter zurückgekehrt, um sich der Verbesserung der Landwirtschaft zu widmen und in Briefen an ihre Freunde in der Stadt den Zustand des Imperiums zu beklagen?«

»Mhm«, pflichtete Brunetti ihr bei. »Leider bin ich nur nicht adlig.«

»Und Gott sei Dank kein Römer«, fügte Paola hinzu.

»Ein Landgut haben wir auch nicht.«

»Das heißt dann wohl, daß du doch nicht in Pension gehen kannst«, stellte Paola abschließend fest und bat um noch eine Tasse Tee.

Das Wochenende verlief ruhig. Brunetti hatte keine Ahnung, wann Signorina Elettra nach Pellestrina hinauszufahren gedachte. Er spielte mit dem Gedanken, sie zu Hause anzurufen, und schlug sogar, was er noch nie getan hatte, ihre Nummer im Telefonbuch nach. Er fand den Eintrag: eine niedrige Nummer in Castello, was nach seinen Berechnungen hieß, daß sie irgendwo in der Nähe von Santa Maria Formosa wohnen mußte. Da er das Telefonbuch einmal aufgeschlagen hatte, suchte er auch gleich noch nach anderen Zorzis und fand zwei, die in ihrer unmittelbaren Nähe wohnen mußten. Familie?

Sie hatte ihm die Nummer ihres *telefonino* gegeben, aber die hatte er in der Questura gelassen, und so konnte er, wenn er sie nicht zu Hause anrufen wollte, bis Montag morgen nicht erfahren, was sie trieb; erst wenn er sie dann an ihrem Schreibtisch träfe oder nicht, würde er Bescheid wissen.

Am Samstag abend rief Pucetti an, um ihm zu sagen, daß er bereits auf Pellestrina sei und zu arbeiten angefangen habe, allerdings gebe es von Signorina Elettra keine Spur. Sein Schwager habe, nachdem der Wirt und er viele gemeinsame Bekannte entdeckt hätten, dafür sorgen können, daß Pucetti mindestens so lange auf Pellestrina arbeiten dürfe, bis der Wirt wisse, ob Scarpa wiederkomme.

Am Sonntag nachmittag ging Brunetti in das Zimmer, das im Lauf der Jahre vom Gästezimmer zur Abstellkammer mutiert war. Oben auf einem Kleiderschrank in der einen Ecke fand er die handbemalte Kiste, die er auf irgendeine Weise von seinem Onkel Claudio geerbt hatte – dem, der immer gern Maler geworden wäre. Die Kiste, groß genug als Hütte für einen Schäferhund, war rundum mit bunten Blumen der unwahrscheinlichsten Spezies bedeckt, die in wildem Durcheinander ihr Dasein fristeten. Aus irgendeinem Grund enthielt sie Landkarten, die in ebenso wildem Durcheinander hineingeworfen worden waren.

Brunetti kramte auf der Suche nach der einen Karte, die er brauchte, darin herum. Als sich das als fruchtlos erwies, begann er den langsamen, aber unvermeidlichen Prozeß, eine nach der anderen herauszunehmen und anzuschauen. Endlich, nachdem er nahezu alle Länder und Kontinente der Welt umgeräumt hatte, fand er die Karte mit der Aufschrift *Laguna*, die er früher, vor vielen Jahren, benutzt hatte, wenn er und seine Schulfreunde an Wochenenden und Feiertagen die verschlungenen Kanäle erforschten, die ihre Stadt umgaben.

Er warf die anderen Karten wieder in die Kiste und ging mit der Lagunenkarte auf die Terrasse hinaus. Das längst vertrocknete Klebeband, das einzelne Kartenteile zusammenhielt, zwang ihn, die Karte langsam auseinanderzuklappen, damit er sie auf dem Tisch ausbreiten konnte. Wie winzig die Inseln aussahen, umgeben von endlosen Sümpfen. Kilometerweit erstreckten sich in alle Richtungen die Kapillaren und Venen der Kanäle, die zweimal täglich, so regelmäßig wie der Mond, Wasser herein- und hinauspumpten. Seit tausend Jahren dienten die wenigen großen Kanäle – die bei Chioggia, Malamocco und San Nicolò – als Schlagadern, die das Wasser sauber hielten, selbst damals, als die Serenissima auf der Höhe der Macht war und Hunderttausende in ihr wohnten, die tagtäglich ihren Unrat ins Wasser kippten.

Brunetti besann sich, bevor dieser Gedanke in die gewohnten Bahnen mündete. Er rief sich ins Gedächtnis, was Paola ihm vorgestern abend über diesen verdrießlichen Römer erzählt hatte, der sich das Leben durch sein Mißvergnügen an der Gegenwart vergällen ließ und sich dauernd in die bessere Vergangenheit zurücksehnte, von der er wußte, daß sie verloren war; und damit riß er seine Gedanken nun endgültig von der Historie los und wandte sie der Geographie zu.

Was die Karte zeigte, war von solch gewaltigen Ausmaßen, daß es ihm in Erinnerung rief, wie schlecht er sich dort auskannte und wie wenig er über die Regeln wußte, nach denen in diesen Gewässern gespielt wurde, sowie über die Zuständigkeiten bei der Strafverfolgung. Wenn die Fälle dort mehr oder weniger nach Lust und Laune zugeteilt oder einfach dem übertragen wurden, der zuerst da war, wie sollte man dann erwarten können, daß es eine halbwegs vollständige Erfassung der Geschehnisse in der Lagune gab?

Große Fische kamen, wie er vermutete, aus der Adria; woher kamen die Muscheln und Garnelen? Welche Stellen in der Lagune noch legal abgefischt werden durften, wußte er nicht, aber er nahm an, daß die Untiefen vor Marghera samt und sonders gesperrt waren. Wenn aber stimmte, was Bonsuan gesagt hatte und Vianello befürchtete, dann wurden sogar dort noch immer Meeresfrüchte herausgeholt.

Manchmal ging er mit Paola zum Rialto, um Fisch zu kaufen, und von daher erinnerte er sich an die oft gesehenen Schildchen auf schillernden Fischhäuten: »*Nostrani*« – als ob allein die Versicherung, daß es sich um »heimischen« Fisch handelte, ihn mit Gesundheit und Qualität ausstattete, ihn vom bloßen Gedanken an Kontamination reinwusch. Solche Schildchen hatte er auch schon auf Kirschen, Pfirsichen und Pflaumen gesehen, und auch da setzte man auf die gleiche Magie: Schon daß es sich um italienisches Obst handelte, genügte offenbar, um es von Giften und sonstiger Chemie zu säubern und ihm den Reinheitsgrad von Muttermilch zu verleihen.

Er hatte einmal ein Buch gelesen, in dem es darum ging, was die Menschen im Lauf der Geschichte so alles gegessen hatten, und er wußte von daher, daß seine Vorfahren alles andere als nur gute, gesunde Nahrung frisch aus dem Garten Eden zu sich genommen hatten, vielmehr hatten sie sich mit jedem Bissen Unmengen an Giften einverleibt und mit jedem Schluck Milch eine Erkrankung an Tuberkulose oder Schlimmerem riskiert.

Unzufrieden mit der eigenen Unzufriedenheit, faltete er die Karte wieder zusammen und brachte sie zurück. »Paola«, rief er in den hinteren Teil der Wohnung, »komm, wir gehen einen trinken.«

Die erste Nachricht, die ihn am Montag morgen ereilte, war die, daß er entgegen dem Plan nun doch in Pattas Abwesenheit die Questura leitete. Es stellte sich heraus, daß Marotta für eine Woche nach Turin zurückbeordert worden war, um in einem Prozeß auszusagen. Er hatte mit besagtem Fall gar nicht unmittelbar zu tun gehabt, sondern zwei seiner Leute hatten sechs mutmaßliche Waffenhändler dingfest gemacht, und es war höchst unwahrscheinlich, daß er überhaupt vor Gericht würde auftreten müssen, weshalb er durchaus nicht unbedingt hätte hinfahren müssen, doch da es sowohl eine Heimfahrt auf Staatskosten als auch Reisetagegelder bedeutete, war er der Vorladung gefolgt und hatte Brunetti eine Mitteilung hinterlassen, daß seine Anwesenheit in Turin für einen erfolgreichen Abschluß des Prozesses unerläßlich sei und es sicher im Sinne des Vice-Questore sei, wenn er Brunetti das Kommando übergebe.

Im Verlauf des Vormittags rief Brunetti wiederholt bei Signorina Elettra an, doch da es ihre Gewohnheit war, die Questura in Abwesenheit des Chefs nicht mit ihrer Anwesenheit zu überlasten, konnte er nicht sicher sein, ob sie nur beschlossen hatte, bis mittags zu schlafen, oder schon nach Pellestrina gefahren war. Als um elf Uhr sein Telefon klingelte, war er über die Maßen erleichtert, ihre Stimme zu hören.

»Wo sind Sie, Signorina?« fragte er freundlich.

»Am Strand von Pellestrina, Commissario, auf der Adria-Seite. Wußten Sie schon, daß dieses havarierte Schiff da nicht mehr liegt?« Als er nicht antwortete, fuhr sie fort: »Ich war ganz überrascht, daß es weg war. Meine Kusine sagt, sie hätten es letztes Jahr abgeschleppt. Es fehlt mir richtig.«

»Seit wann sind Sie dort, Signorina?«

»Seit Samstag, kurz vor Mittag, weil ich hier soviel Zeit wie möglich haben wollte.«

»Und was haben Sie zu Ihrer Kusine gesagt?«

Er vernahm den schrillen Schrei einer Möwe. »Daß es mir leid tut, so lange nicht mehr hier draußen gewesen zu sein, aber daß ich jetzt mal für eine Weile aus der Stadt wollte«, sagte sie, dann hatte die Möwe wieder etwas dazwischenzurufen. Als der Vogel fertig war, fuhr Signorina Elettra fort: »Ich habe Bruna erzählt, ich hätte *una storia* gehabt, die schlecht endete, und jetzt wollte ich von allem fort, was mich an ihn erinnern könnte. Stimmt ja auch«, fügte sie in sanfterem Ton hinzu, und natürlich hätte Brunetti nur zu gern gewußt, wer der Mann war und warum es geendet hatte.

»Was haben Sie ihr gesagt, wie lange Sie bleiben wollen?«

»Da habe ich mich nicht festgelegt. Mindestens eine Woche, wahrscheinlich länger, je nachdem, wie ich mich fühle. Aber es geht mir jetzt schon besser; die Sonne ist herrlich und die Luft so völlig anders als in der Stadt. Ich könnte hier für immer bleiben.«

Bevor er es verhindern konnte, sprach der Bürokrat aus ihm: »Das meinen Sie doch hoffentlich nicht ernst.«

»Nur so eine Redensart, Commissario.«

»Was haben Sie nun vor?«

»Ich werde am Strand spazieren und sehen, wen ich da so treffe. In der Bar einen Kaffee trinken und hören, was es Neues gibt. Mit Leuten reden. Angeln gehen.«

»Also ein völlig normaler Urlaub auf Pellestrina?« fragte Brunetti.

»So ist es«, antwortete sie, und die Möwe hatte dem nichts hinzuzufügen. Mit dem Versprechen, ihn wieder anzurufen, unterbrach Signorina Elettra die Verbindung.

14

Als Elettra Zorzi das *telefonino* wieder in ihre linke Jackentasche steckte, war sie froh, daß sie die Wildlederjacke angezogen hatte, nicht die wollene. Die Taschen waren tiefer, das kleine Mobiltelefon, kaum größer als eine Zigarettenschachtel, war darin besser aufgehoben. Sie paßte auch besser zu der marineblauen Hose, obwohl Elettra nicht ganz glücklich über deren Kombination mit den Wanderschuhen war, die sie für Strandspaziergänge mitgebracht hatte. Glatt- und Veloursleder zusammen, das hatte sie noch nie gemocht, und sie wünschte sich jetzt, sie hätte doch diese rehbraunen Wildleder-Mokassins gekauft, die sie bei Fratelli Rossetti im Ausverkauf gesehen hatte.

Die Möwe schrie wieder, doch Elettra kümmerte sich nicht darum. Als der Vogel sie dennoch weiter ankrächzte, drehte sie sich um und ging ein paar Schritte auf ihn zu, worauf er sich in die Lüfte schwang und in Richtung Riserva Caroman davonflog. Wie die meisten Venezianer nahm sie Möwen hin, haßte aber Tauben, diese ständigen Ärgernisse, die mit ihren Nestern die Regenrinnen der Häuser verstopften und mit ihren Hinterlassenschaften Marmor in Meringe verwandelten. Sie dachte an die Touristen, die sie oft mit Tauben auf den Köpfen und Armen auf der Piazza San Marco stehen sah, und schüttelte sich: Geflügelte Ratten.

Sie spazierte weiter am Strand entlang, immer fort vom Dorf, und freute sich an der Sonne auf ihrem Rücken. Sie hatte nichts weiter im Sinn, als bis nach San Pietro in Volta zu gehen und dort einen Kaffee zu trinken, bevor sie nach Pellestrina zurückkehrte. Bei jedem ihrer immer länger werdenden Schritte merkte sie, wieviel sie in letzter Zeit am Schreibtisch gesessen hatte und wie wohl es ihrem Körper tat, einfach im Sonnenschein am Strand zu spazieren.

Ihre Kusine Bruna hatte sich, als sie vor einer Woche bei ihr anrief, anscheinend gar nicht darüber gewundert, daß Elettra für eine Woche hierherkommen wollte. Nur auf die Frage, wieso Elettra sich so kurzfristig freinehmen könne, hatte sie ihr wenigstens mit der halben Wahrheit geantwortet: Sie und ihr Freund hätten schon vor Monaten eine zweiwöchige Frankreichreise geplant, aber ihre plötzliche Trennung habe diese Pläne durchkreuzt, und nun habe sie so kurzfristig ihren Urlaubsantrag nicht zurückziehen können. Bruna hatte sich auch in keiner Weise gekränkt gezeigt, weil sie nur die zweite Wahl gewesen war, sondern darauf bestanden, daß Elettra sofort herauskommen und alle Gedanken an ihn in der Stadt zurücklassen solle.

Obwohl sie jetzt erst zwei Tage auf Pellestrina war, hatte das doch schon ganz gut geklappt. Ihr Exfreund war Arzt, ein Bekannter ihrer Schwester, und wahrscheinlich hatte sie schon seit Monaten gewußt, daß er der falsche war: zu ernst, zu ehrgeizig und – auch das hatte sie sich eingestehen müssen – zu habgierig. Sie hatte gefürchtet, daß ihr das Alleinsein zusetzen werde, aber statt dessen fühlte sie sich, wie ihr immer klarer wurde, dieser Möwe gleich: Der hatte es nicht gefallen, wie sie behandelt wurde, und da hatte sie sich in die Luft geschwungen und war fortgeflogen.

Elettra ging ans Wasser hinunter und bückte sich, um die Schuhe auszuziehen und die Hosenbeine hochzukrempeln. Sie hielt das Wasser nur wenige Sekunden aus, dann hüpfte sie auf den Sand zurück, setzte sich hin und rubbelte zuerst den einen Fuß, dann den anderen, bis sie sich wieder wie Füße anfühlten. Schließlich hakte sie zwei Finger in die Schuhe und ging weiter, barfuß und frei, wobei sie sich langsam wieder daran erinnerte, wie es sich anfühlte, glücklich zu sein.

Schon bald endete der Sand, und sie mußte die Stufen zum Damm hinaufsteigen. Rechts von ihr Boote, die ihrer jeweiligen Bestimmung nachgingen, links tauchte nach kurzer Zeit das Dörfchen San Pietro in Volta auf.

In der Bar, die das Erdgeschoß eines Privathauses einnahm, bestellte sie sich ein Mineralwasser und einen Kaffee, trank durstig das Wasser und nippte am Kaffee. Hinter dem Tresen stand ein Mann von Mitte Sechzig, der sie von ihren früheren Besuchen wiedererkannte und sie fragte, wann sie angekommen sei. Sie kamen ins Gespräch, und bald erzählte er ihr von den Morden, für die sie sich aber kaum zu interessieren schien.

»Aufgeschlitzt und ausgenommen wie einen Fisch«, sagte der Mann. »Schade um ihn. War ein netter Junge. Schon erstaunlich bei diesem Vater.« Sie merkte, die Sache war den Leuten noch nicht lange genug her, als daß sie mit der ganzen Wahrheit über Bottin herausrückten; er war noch so nah am Leben, daß man lieber vorsichtig war und sich gut überlegte, was man über ihn redete.

»Ich habe die beiden nicht gekannt«, sagte Elettra mit einem uninteressierten Blick auf die erste Seite des *Gazzettino,* der zusammengefaltet auf dem Tresen lag.

»Marco ist mit meiner Enkelin zur Schule gegangen«, sagte er.

Elettra bezahlte, sagte noch, wie schön sie es finde, wieder hier draußen zu sein, und machte sich auf den Rückweg. Sie blieb bis Pellestrina auf dem Damm, und im Dorf angekommen, war sie wieder durstig, weshalb sie auf ein Gläschen Prosecco in die Bar des Restaurants ging. Und wer anders hätte sie dort bedienen sollen als Pucetti persönlich, der ihr jedoch nicht mehr Aufmerksamkeit schenkte als jeder anderen attraktiven Frau, die ein paar Jahre älter war als er.

Während sie trank, hörte sie den Männern zu, die sich um die Bar drängten. Auch von ihnen wurde sie kaum weiter beachtet, nachdem man sie als Brunas Kusine erkannt hatte, die jeden Sommer hier herauskam und schon so etwas wie eine Einheimische ehrenhalber war.

Über die Morde wurde gesprochen, aber nur nebenbei, wie über eine weitere Möglichkeit für einen Fischer, eben Pech zu haben. Viel wichtiger war ihnen die Frage, was man mit diesen Saukerlen aus Chioggia machen solle, die nachts in ihre Gewässer kamen und die Muschelbänke zerwühlten. Einer meinte, man solle die Polizei einschalten; doch keiner befand einen so himmelschreiend dummen Vorschlag überhaupt einer Antwort wert.

Elettra ging an die Kasse und zahlte. Auch der Wirt erkannte sie als Brunas Kusine wieder und hieß sie auf der Insel willkommen. Sie plauderten ein Weilchen, und als auch er dann auf die Morde zu sprechen kam, sagte sie ihm, daß sie auf Urlaub sei und nichts davon hören wolle, wobei ihr Ton andeutete, daß Großstädter sich ohnedies eigentlich wenig für das Tun und Lassen der Provinzler interessierten, mochte es noch so blutrünstig sein.

Der Rest dieses Tages verlief ruhig, der nächste Tag ebenso. Sie erfuhr nichts Neues, ließ es sich aber nicht nehmen, Brunetti wieder anzurufen und ihm wenigstens so viel – oder so wenig – mitzuteilen. Während sie sich auch weiter standhaft dagegen wehrte, in Gespräche über die zurückliegenden Morde verwikkelt zu werden, paßte sie sich rasch dem Rhythmus von Pellestrina an, einem Dorf, das nach seinem eigenen Tempo lebte. Der Großteil seiner Bevölkerung fuhr noch morgens im Dunkeln zur Arbeit aus und kam erst am späten Vormittag oder frühen Nachmittag wieder zurück. Viele gingen gleich nach Anbruch der Dunkelheit zu Bett. Elettra verfiel bald in einen Alltagstrott. Bruna sorgte täglich für ihre Enkel, solange deren Mutter in der Grundschule am Ort unterrichtete. Um dem Trubel zu entkommen, den zwei kleine Kinder im Haus bedeuteten, verbrachte Elettra die meiste Zeit draußen, vorwiegend mit Strandspaziergängen, wobei sie hin und wieder auch mit dem Boot für ein paar Stunden nach Chioggia hinüberfuhr. Aber immer kehrte sie am Ende auf einen Kaffee in der Bar des Restaurants ein, und immer war das genau um die Zeit, wenn die Männer von den Booten kamen.

Schon nach wenigen Tagen war sie so zu einem hübschen Stück Inventar geworden, einem, das auf jede Erwähnung der Bottins oder der Morde mit Schweigen reagierte. Sie merkte gleich, daß keiner Giulio leiden konnte; aber erst mit der Zeit begann sie zu ahnen, daß die Abneigung gegen ihn noch ganz andere Gründe hatte als seinen Hang zur Gewalttätigkeit. Schließlich verdienten diese Männer sich ihren Lebensunterhalt damit, daß sie töteten; und wenn es auch nur Fische waren, so hatte dieser Beruf doch viele von ihnen gegen Blut abgestumpft, und Leben zu nehmen war ihnen nichts Besonderes. Die Brutalität, mit der Giulio beseitigt worden war, schien sie nicht im mindesten zu bekümmern; im Gegenteil, wenn überhaupt einmal davon gesprochen wurde, dann eher in einem Ton zähneknirschender Bewunderung. Was sie gegen ihn aufbrachte, war anscheinend seine Weigerung, das Wohl des Pellestrinotti-Rudels über alles andere zu stellen. Jede Aggression, jeder Betrug war, sofern er sich nur gegen die Fischer von Chioggia richtete, vollkommen gerechtfertigt, sogar lobenswert. Giulio Bottin schien es jedoch fertiggebracht zu haben, so etwas auch mit den eigenen Kollegen zu machen, wenn es nur zu seinem Vorteil war, und das verziehen sie nie, nicht einmal nach dem Tod, ja, selbst nicht nach einem so schrecklichen Tod wie dem seinen.

Als sie am Mittwoch nachmittag wieder in der Bar saß, im *Gazzettino* las und den Gesprächen ringsum gar keine, wirklich nicht die allermindeste Aufmerksamkeit widmete, merkte sie, wie jemand hereinkam, der neu war. Sie sah nicht auf, bevor sie ein paar weitere Seiten durchgeblättert hatte, und als sie dann den Blick hob, sah sie einen Mann, der ein paar Jahre älter war als sie und sich durch die lässige Eleganz seiner Erscheinung von den Fischern am Tresen abhob. Er trug eine hellgraue Hose und einen blaßgelben Pulli über einem Hemd, das perfekt zur Hose paßte. Augenblicklich war sie gebannt von der Farbe des Pullis und der Tatsache, daß er im Kreis dieser Männer völlig akzeptiert zu sein schien und sich sogar wohl fühlte. Dabei wußte sie, daß die meisten von ihnen eher sterben würden als etwas Gelbes anzuziehen, das keine Ölhaut war.

Er hatte dunkle Haare und, soweit sie das von der Seite erkennen konnte, dunkle Augen und Brauen. Seine Haut war von Natur aus braun oder sonnengebräunt, das konnte sie nicht mit Sicherheit sagen. Er war größer als die meisten anderen hier, und dieser Eindruck wurde durch die Eleganz seiner Haltung noch gesteigert. Jede traditionelle Vorstellung von Männlichkeit wäre – vor allem in Gegenwart dieser wettergehärteten Fischer – schon durch den Pulli kompromittiert worden, erst recht aber durch die Art, wie er den Kopf schieflegte, um den Männern in der Runde zuzuhören. Bei ihm jedoch ergab sich als Gesamtwirkung eine Männlichkeit, die sich ihrer selbst so sicher war, daß Nebensächlichkeiten wie Kleidung oder Gestik sie nicht kümmerten.

Elettra richtete ihren Blick bewußt wieder auf die Zeitung, ihre Aufmerksamkeit aber auf den Mann. Er war, wie sich herausstellte, mit einem der anwesenden Fischer verwandt. Es wurden weitere Getränke bestellt, und bald sah Elettra, daß sie sich den Sportseiten näherte, die zu lesen sie nicht einmal aus Pflichtbewußtsein über sich gebracht hätte. Sie legte die Zeitung zusammen und stand auf. Als sie zur Kasse ging, rief einer der Männer, ein entfernter Verwandter von Bruna, sie zu sich, um sie mit dem Neuankömmling bekannt zu machen.

»Elettra, das ist Carlo, ein Fischer, einer von uns.« Der Mann zupfte mit zwei dicken Fingern an Carlos feinem Wollpullover und meinte: »Sollte man nicht denken, wenn man ihn sieht, wie?« Das allgemeine Gelächter, mit dem das quittiert wurde, war gutmütig und fröhlich, und Carlo stimmte selbst mit ein.

Dann wandte er sich an sie und gab ihr lächelnd die Hand.

»Auch fremd hier?« fragte er.

Sie mußte über die Frage lächeln. »Wenn man nicht hier geboren ist, bleibt man wahrscheinlich ewig fremd«, antwortete sie.

Er legte den Kopf schief und sah sie sich genauer an. »Kennen wir uns?« fragte er.

»Ich glaube nicht«, antwortete sie, im Moment so durcheinander, daß sie schon meinte, ihn vielleicht auch zu kennen. Doch sie war sicher, daß sie sich an ihn erinnern würde.

»Nein, ich habe Sie noch nie gesehen«, sagte er mit einem Lächeln, das noch herzlicher war als das, mit dem er ihre Hand genommen hatte. »Sonst wüßte ich das noch.«

Dieses Echo ihrer eigenen Gedanken verwirrte sie vollends. Sie nickte zuerst ihm, dann dem anderen Mann an der Bar zu, murmelte etwas davon, daß sie erwartet werde, bezahlte ihren Kaffee und flüchtete hinaus in den Sonnenschein.

Ihr Verflossener, der Arzt, war ein gutaussehender Mann gewesen; auf dem Heimweg gestand Elettra sich ein, daß sie eine Schwäche für schöne Männer hatte. Und dieser Carlo sah nicht nur gut aus, er war – nach dem wenigen zu urteilen, was sie von ihm gesehen hatte – auch sympathisch. Streng hielt sie sich vor, daß sie dienstlich hier war. Selbst wenn dieser Carlo nicht auf Pellestrina lebte, schloß ihn nichts von einer möglichen Verwicklung in den Mord an Giulio und Marco Bottin aus. Bei dem Gedanken mußte sie lächeln. Wenn sie so weitermachte, war sie schon bald wie die Uniformierten, denen jeder allerorten verdächtig war, noch bevor es überhaupt erste Hinweise auf eine Straftat gab.

Sie drängte alle weiteren Gedanken an den schönen Carlo in den Hintergrund und ging zurück zu Brunas Haus. Unterwegs rief sie mit ihrem *telefonino* noch Commissario Brunetti in der Questura an und sagte ihm, daß sie nichts weiter erfahren habe, als daß nach allgemeiner Ansicht der Fischer die Anchovis mit dem Mondwechsel auf Wanderung gehen würden.

15

Brunetti, der Daheimgebliebene – während Signorina Elettra sich sonnte und am Strand spazierenging, ohne über die Morde irgend etwas zu erfahren – war indessen ebenso erfolglos wie sie. Er hatte noch einmal Luisa Follinis Nummer angerufen, aber da hatte sich ein Mann gemeldet, und diesmal war es Brunetti, der auflegte, ohne etwas zu sagen. Daß er überhaupt bei ihr angerufen hatte, war ein Instinkt gewesen, irgendeine atavistische Reaktion auf das Drohende, das von den beiden Männern ausging, die in den Laden gekommen waren, und derselbe Instinkt veranlaßte ihn, Vianello zu beauftragen, nach einem neuerlichen Versuch, Giacomini zu finden, noch kurz bei Signora Follini reinzuschauen.

Brunettis Anweisungen folgend, fuhr Vianello noch einmal nach Malamocco hinaus und fand dort Enrico Giacomini ohne Schwierigkeiten. Der Fischer erinnerte sich an die Schlägerei zwischen Scarpa und Bottin und behauptete, Scarpa habe den Streit provoziert, indem er Bottin ein Großmaul geheißen habe. Vianello gab sich damit nicht zufrieden und wollte von Giacomini wissen, worauf sich Scarpa denn damit bezogen habe, aber darauf antwortete der Fischer, er habe keine Ahnung, dies allerdings in einem Ton, dem der Sergente, der bei aller äußerlichen Schwerfälligkeit doch recht hellhörig war, entnehmen konnte, daß er hier an Geheimnisse der Pellestrinotti rührte. Noch während er dem Mann die Frage stellte, ob er sich denn wirklich nicht denken könne, worauf Scarpa hinausgewollt habe, wurde ihm klar, wie unsinnig es war, von einem Fischer etwas über einen anderen Fischer herausbekommen zu wollen. Diese Leute hatten einen Loyalitätsbegriff, der die Polizei nicht einbezog – der von der ganzen Menschheit überhaupt nur dem kleinen Teil galt, der in den Wassern der Lagune und der Adria fischte.

Verärgert über Giacominis Ausflüchte, zugleich aber immer noch neugierig, was sich zwischen Bottin und Scarpa wohl abgespielt hatte, ließ Vianello sich von Bonsuan weiter nach Pellestrina fahren. Während Bonsuan beim Boot blieb, ging er selbst zuerst zu Signora Follinis Laden – doch es war Mittagszeit, und der Laden war geschlossen. Da Brunetti ihm eingeschärft hatte, nur ja keine Aufmerksamkeit auf Signora Follini zu lenken, ging Vianello an dem Laden vorbei und tat, als hätte er kein Interesse daran.

Er wandte sich nach links, um die Adresse aufzusuchen, die man ihm für Sandro Scarpa angegeben hatte, den Urheber der Bemerkung, die Bottin in Wut gebracht hatte. Aber Scarpa, der alles andere als glücklich darüber war, daß die Polizei ihn von seinem Mittagessen fortholte, erklärte ihm, den Streit habe der Tote provoziert, und wer etwas anderes behaupte, sei ein Lügner. Nein, er könne sich nicht mehr genau erinnern, was Bottin gesagt habe, und er wisse auch nicht mehr, warum es ihn so geärgert habe. Außerdem könne von Schlägerei eigentlich gar nicht die Rede sein. Was heißen sollte, daß so etwas eben vorkomme, wenn es schon spät in der Nacht sei und die Männer getrunken hätten; es habe nichts weiter zu bedeuten, und hinterher verschwende auch niemand mehr einen Gedanken daran.

Ohne Vorwarnung fragte ihn Vianello, wo sein Bruder sei. Scarpa antwortete, seines Wissens sei er wegen irgend etwas zu einem Freund nach Vicenza gefahren. Er forderte Vianello nicht direkt zum Gehen auf, sondern sagte nur, in der Küche werde sein Essen kalt, und er könne ihm über Bottin sowieso nichts weiter sagen. Vianello sah keinen Grund, das Gespräch in die Länge zu ziehen, und suchte das Restaurant auf, um in der Bar ein Gläschen Wein zu trinken.

Beim Eintreten erlebte er eine kurze Schrecksekunde, in der er sich fast schon wieder in der Questura glaubte, denn hinter der Theke stand Pucetti, und links an einem Tisch, vor sich den *Gazzettino* – in dem sie mit einer Aufmerksamkeit las wie sonst höchstens in *Vogue* –, saß Signorina Elettra. Beide blickten auf, als er hereinkam. Beide reagierten angemessen auf den Anblick seiner Uniform, und er hoffte, daß die Männer an der Bar das auch gesehen hatten: mit einem Argwohn und Widerwillen, die er selbst in den Gesichtern von Männern, die er schon wiederholt festgenommen hatte, selten zu sehen bekam.

Pucetti gönnte sich viel Zeit, bis er endlich kam und ihn nach seinen Wünschen fragte, und dann ließ er das bestellte Glas Prosecco erst schal und warm werden, bevor er es brachte. Vianello nippte nur einmal kurz daran, knallte das Glas auf die Theke, bezahlte und ging.

Wieder ein paar Minuten später faltete Signorina Elettra angesichts des nahenden Sportteils die Zeitung zusammen, bezahlte ihren Kaffee, nickte einigen der Männer an der Bar zu und lief hinaus in die Sonne. Sie war erst ein paar Schritte gegangen, als sie von hinten eine Stimme hörte, die sie augenblicklich erkannte: »Na, wieder auf dem Heimweg zu Ihrer Kusine?«

Sie drehte sich um, sah ihn, zögerte einen Moment und erwiderte dann sein Lächeln. »Ich denke, ja.« Als sie seine Verwirrung sah, erklärte sie: »Sie ist mit den Kindern zum Lido gefahren, um Schuhe zu kaufen, und von dort werden sie erst nach dem Mittagessen zurück sein.«

»So daß Sie zur Abwechslung einmal in Ruhe essen können?« fragte er mit noch breiterem Lächeln.

»Nein, nein, es sind richtig liebe Kinder. Außerdem haben sie ältere Rechte im Haus und an Bruna.«

»Sie wären demnach frei?« fragte er, denn das Benehmen der Kinder interessierte ihn weniger.

»Ich denke wohl«, antwortete sie, und als sie selbst merkte, wie ungnädig das klang, sagte sie: »Ja, ich bin frei.«

»Gut. Ich hatte nämlich gehofft, Sie zu einem Picknick am Strand überreden zu können. Am Wellenbrecher ist eine Stelle, da hat die Flut ein paar von den Steinen weggespült, so daß man dort völlig windgeschützt sitzt.«

»Picknick?« fragte sie mit einem Blick auf seine leeren Hände.

Er hakte die Daumen in ein vermeintliches Paar Hosenträger und drehte sich ein wenig um, damit sie den kleinen Rucksack auf seinem Rücken sah, gerade groß genug, um ein Picknick für zwei zu fassen. »Hier drin«, sagte er.

Sie mußte unwillkürlich lächeln. »Gut. Was haben Sie denn eingepackt?«

»Lauter Überraschungen«, antwortete er, und sie beobachtete, wie sein Lächeln immer am Mund begann und sich dann langsam in seine Augen hinaufschlich.

»Schön. Eine davon heißt hoffentlich Mortadella.«

»Mortadella?« fragte er. »Woher wußten Sie das? Die esse ich für mein Leben gern, aber ich denke immer, ich bin der einzige, darum packe ich nie welche ein. Das ist doch ein Bauernessen. Ich kann mir gar nicht vorstellen, daß jemand wie Sie so etwas ißt.«

»Aber ja doch!« rief sie mit ungespielter Begeisterung; sein Kompliment überhörte sie, zumindest für den Augenblick. »Aber es stimmt – keiner mag sie mehr so richtig gern essen. Es muß – was weiß ich – Kaviar sein oder Hummerschwänze oder ...«

»Und dabei hängt ihnen in Wahrheit die Zunge heraus vor Gier nach einem *panino* mit Mortadella«, unterbrach er sie, »und mit so viel Mayonnaise dazwischen, daß sie hinten am Kinn hinunterläuft.« Damit hakte er sie so selbstverständlich unter, als gingen sie jeden Tag miteinander zum Picknick, und führte sie in Richtung Damm und Strand.

Am Wellenbrecher angekommen, sprang Carlo auf den ersten der riesigen Steinbrocken, drehte sich um und reichte ihr die Hand, um ihr hinaufzuhelfen. Als sie neben ihm stand, hakte er sie unter, und sie stellte erfreut fest, daß er sie nicht auf jedes Steinchen und jede Unebenheit aufmerksam machte, als hätte sie selbst keine Augen im Kopf. Nachdem sie etwa den halben Weg zurückgelegt hatten, blieb er stehen und beugte sich über den Rand, um die Steine darunter in Augenschein zu nehmen. Er sagte, sie solle kurz warten, dann sprang er auf einen Steinbrokken, der unter ihnen in einem prekären Winkel vorstand. Er reichte ihr wieder die Hand, und sie sprang zu ihm hinunter. Der Wellenbrecher hatte an dieser Stelle ein riesengroßes Loch in der Seite, wo ein Sturm ein paar Steine weggerissen hatte; so war eine Höhle entstanden, die gerade groß genug für zwei Personen war. Das Nichtvorhandensein herumliegender Zigarettenkippen oder Lebensmittelverpackungen bewies, daß die Höhle bisher noch der Entdeckung durch die Pellestrinotti entgangen war.

Der Höhlenboden glich einem Teppich aus weißem Sand, und eine Laune der Fluten hatte einen oben ganz flachen Stein so in der Rückwand stecken und nach vorn herausragen lassen, daß er einen idealen Tisch bildete. Carlo deckte ihn rasch mit den Sachen aus seinem Rucksack. Dann saßen sie im Schneidersitz auf dem Sandteppich und ließen es sich munden, während die Nachmittagssonne schräg zu ihnen hereinfiel und die Wellen gegen die Steine unter ihnen plätscherten.

Elettra fand das Picknick auch ohne Mortadella perfekt, nicht nur wegen der opulenten Schinkenbrote mit dick Butter auf beiden Scheiben und der gekühlten Flasche Chardonnay, auch nicht wegen der Erdbeeren, die dann folgten und – allem Kalorienbewußtsein zum Trotz – einzeln in Mascarpone getunkt werden wollten. Perfekt war das Picknick auch wegen der Gesellschaft, die sie hatte: Carlo hörte ihr zu, als ob sie alte Freunde wären, und sprach mit ihr, als würde er sie schon seit vielen, nur glücklichen Jahren kennen.

Er fragte sie nach ihrem Beruf, und sie antwortete, sie arbeite bei einer Bank: sehr langweilig, aber bei der rasant zunehmenden Arbeitslosigkeit ringsum ein beruhigend sicherer Posten. Als sie ihn dann ihrerseits fragte, sagte er, er sei Fischer, und beließ es dabei. Erst durch vorsichtiges Nachhaken bekam sie ihn dazu, ihr zu erzählen, daß er nach dem Tod seines Vaters vor zwei Jahren sein Studium abgebrochen habe und nach Burano zu seiner Mutter zurückgekehrt sei. Es gefiel ihr, wie er darüber sprach – als sei es ihm gar nicht bewußt, mit welcher Selbstverständlichkeit er die Verantwortung für seine Mutter übernommen hatte.

Während sie über ihre Familien und ihre jeweiligen Hoffnungen sprachen, wurde Elettra sich einer anwachsenden Unterströmung von Erregung bewußt, ohne daß irgend etwas von dem, was sie sagten oder taten, als Auslöser dafür hätte benannt werden können. Je länger sie ihm zuhörte, desto mehr hatte sie das Gefühl, dieser Stimme schon früher gelauscht zu haben, und sie wollte sie, wie ihr zunehmend bewußt wurde, auch sehr gern wieder hören.

Als die Brote aufgegessen, der Wein getrunken, die letzten Reste Mascarpone von gierigen Fingern geleckt waren, sah sie ihm zu, wie er gewissenhaft alles Einwickelpapier und die Servietten, die ihnen als Teller gedient hatten, einsammelte und in den leeren Rucksack steckte. Er sah, daß sie sein Tun beobachtete, und meinte grinsend: »Ich mag es nun mal nicht, wenn die Strände voller Unrat sind.« Mit verlegenem Achselzucken zog er einen Mundwinkel hoch und schnitt eine Grimasse, die sie inzwischen schon kannte und nett fand. »Es ist wahrscheinlich dumm, sich damit aufzuhalten, aber es ist doch so eine kleine Mühe.«

Sie beugte sich zu ihm hinüber und stopfte ihre Serviette über der seinen in den Rucksack. Dabei streifte ihre Brust seinen Arm, und sie erschrak richtig über die Gewalt ihrer Reaktion, die gar nichts mit erinnerten Freuden zu tun hatte, sondern viel mehr mit der Verheißung künftiger. Er sah sie mit einem Blick an, der so überrascht war, daß er fast dämlich wirkte, doch als sie dann so tat, als ob sie die Berührung gar nicht bewußt wahrgenommen hätte, wandte er sich wieder seinem Rucksack zu und zog dessen Schnüre fest.

Obwohl sie sich von da an scheinbar nur noch für ein großes Schiff am Horizont interessierte, das man durch den Höhleneingang sah, merkte sie doch ganz genau, daß er sie beobachtete. Als er dann »Kaffee?« fragte, ahnte sie sein selbstkritisches Grinsen mehr, als daß sie es sah.

Sie lächelte und nickte, aber ob die Frage sie erleichterte oder enttäuschte, hätte sie selbst nicht sagen können.

16

Brunetti, der weit davon entfernt war, am Wasser zu sitzen und frische Erdbeeren in Mascarpone zu tunken, sah sich unterdessen in sein Dienstzimmer gesperrt und unter den Papierlawinen ersticken, die von den Organen des Staates losgetreten wurden. Er hatte gehofft, es werde während Pattas Abwesenheit und Marottas Rückzieher an ihm sein, Entscheidungen zu treffen, die sich auf den Gang der Gerechtigkeit in Venedig auswirken würden. Selbst wenn er für nichts weiter sorgen könnte, als daß unfähige Beamte auf Unwichtiges – wie zu laut plärrende Fernseher – angesetzt wurden, damit die Besseren sich ernsterer Probleme annehmen konnten, wäre dies doch wenigstens ein Beitrag zum Allgemeinwohl gewesen. Aber nicht einmal für so etwas Simples hatte er Zeit. In Abwesenheit Signorina Elettras, die den täglich ankommenden Papierkram offenbar sehr gut siebte, landete das ganze Zeug auf seinem Schreibtisch und nahm seine gesamte Arbeitszeit in Anspruch. Anscheinend verfaßte das Innenministerium täglich ganze Bände von Bekanntgaben und Vorschriften und traf Entscheidungen zu so weit auseinanderliegenden Themen wie der Notwendigkeit, sich beim Verhör ausländischer Tatverdächtiger eines Dolmetschers zu bedienen, und der Absatzhöhe an den Schuhen der Polizistinnen. Er überflog das alles nur – es Lesen zu nennen, wäre eine Unwahrheit gewesen, denn dieser Begriff beinhaltet ein Minimum an Verstehen, und über dieses Stadium war Brunetti längst hinaus und hatte jenen Zustand der Abgestumpftheit erreicht, in dem man zwar noch Wort an Wort reiht und Seiten umblättert, aber keine Ahnung mehr hat, was die Wörter bedeuten.

Er konnte nicht verhindern, daß seine Phantasie immer wieder nach Pellestrina abschweifte. Er fand die Zeit, mit Vianello zu sprechen, war aber enttäuscht über das Wenige, das der Sergente erfahren hatte. Hingegen horchte er auf, als Vianello erwähnte, er habe bei seinen Gesprächen mit den Leuten auf Pellestrina immer das starke Gefühl gehabt, daß sie Bottin nicht als einen der Ihren betrachteten, denn das bestätigte einen Verdacht, den Brunetti selbst schon gefaßt hatte, auch wenn er nicht mehr wußte, warum. Je länger er über Vianellos Worte nachdachte, desto merkwürdiger fand er das alles. Nach seiner Erfahrung war es ungewöhnlich, daß Menschen, die eine so enge Gemeinschaft bildeten wie die Einwohner von Pellestrina, sich so einmütig ablehnend über einen der Ihren äußerten. Das Geheimnis ihres Überlebens hatte immer darin bestanden, eine einige Front gegen fremde Mächte zu bilden, und eine fremdere Macht als die Polizei konnte es gar nicht geben. Was ihn ferner beschäftigte, war die wiederholte Gegensätzlichkeit ihrer Äußerungen über Giulio einerseits und Marco andererseits. Alle betrauerten den Tod des Jungen, aber keiner auf ganz Pellestrina schien Giulio Bottin eine Träne nachzuweinen. Noch eigenartiger war die Unbekümmertheit, mit der sie sich das anmerken ließen.

Die anschwellende Papierflut schwemmte diese Gedanken für die nächsten zwei Tage aus Brunettis Kopf. Am Freitag rief Marotta aus Turin an und sagte, er werde am Montag zurück sein. Brunetti fragte nicht, ob er in dem Prozeß ausgesagt habe; ihm war nur wichtig, daß der andere Commissario ihn bald von dem Papierkram erlöste.

Paola und er waren am Samstag abend bei Freunden zum Essen eingeladen, und als kurz vor acht das Telefon klingelte, während Brunetti sich gerade die Krawatte umband, war er versucht, nicht abzunehmen.

Paola rief über den Flur: »Soll ich rangehen?«

»Nein, ich mache das schon«, sagte er, aber widerstrebend, während er sich wünschte, eines der Kinder sei da, um das Gespräch anzunehmen und zu sagen, daß er gerade aus dem Haus gegangen sei; oder beschlossen habe, nach Patagonien auszuwandern und Schafe zu hüten.

»Brunetti«, sagte er.

»Commissario, hier Pucetti«, sagte der junge Beamte. »Ich bin in einer Telefonzelle am Hafen. Eben ist ein Boot hereingekommen. Die haben eine Leiche aufgefischt.«

»Wer ist es?«

»Keine Ahnung.«

»Mann oder Frau?« fragte er, denn bei dem Gedanken an Signorina Elettra blieb ihm fast das Herz stehen.

»Das weiß ich auch nicht, Commissario. Einer der Fischer ist vor einer Minute hereingekommen und hat es den Männern an der Bar gesagt, worauf wir alle hinausgegangen sind, um uns dies anzusehen.« Brunetti hörte Geräusche im Hintergrund, dann wurde der Hörer aufgelegt.

Er legte ebenfalls auf und ging ins Schlafzimmer. Paola blickte auf und sah sein Gesicht. Sie hatte ein schwarzes Kleid an, eng um die Hüften und sehr tief ausgeschnitten am Rücken, ein Kleid, das er noch nie zuvor gesehen zu haben glaubte. Gerade hatte sie sich den zweiten Ohrring anstecken wollen, doch als sie ihn sah, ließ sie beide Hände sinken. »Na ja, so gern wollte ich da auch gar nicht hin«, sagte sie, indem sie den Ohrring wieder in die Schublade ihres Toilettentischs warf, die obere, in der sie sowohl ihren Schmuck als auch ihre diversen Vitaminpillen aufbewahrte, letzteres aus Gründen, hinter die er nie gekommen war. In ganz beiläufigem Ton, mit dem sie im Laden ein halbes Dutzend Eier hätte verlangen können, erklärte sie: »Ich rufe Mariella an.«

Er kannte Männer, die vor ihren Frauen Geheimnisse hatten. Er kannte einen verheirateten Mann, der sich zwei Mätressen hielt, und zwar seit über zehn Jahren. Er kannte Männer, die ihr Unternehmen und ihr Haus verloren hatten, bevor ihre Frauen auch nur ahnten, daß sie spielten. Einen Augenblick lang fragte er sich, ob Paola wohl dem Teufel ihre Seele verkauft hatte, um die mystische Fähigkeit zu erlangen, seine Gedanken zu lesen. Aber nein, für so einen schlechten Handel war sie viel zu klug. »Oder willst du zuerst in der Questura anrufen?« fragte sie.

Er wollte schon anfangen, ihr zu erklären, worum es ging, unterbrach sich aber, als könnte er Signorina Elettras Sicherheit mit Schweigen gewährleisten. »Ich benutze das *telefonino*«, sagte er und nahm es von der Kommode, auf der er es in Erwartung eines friedlichen Abends bei Freunden deponiert hatte. Paola ging für ihren Anruf hinunter ins Wohnzimmer, und er wählte die wohlbekannte Nummer der Questura und forderte ein Boot an, das ihn abholen und nach Pellestrina hinausbringen solle. Er drückte den kleinen blauen Knopf, wählte Vianellos Nummer und drückte eingedenk der Anweisungen, die er bei der Übernahme des Mobiltelefons bekommen hatte, noch einmal den blauen Knopf. Vianellos Frau meldete sich. Als sie hörte, wer am Apparat war, hielt sie sich nicht lange mit Höflichkeiten auf, sondern sagte gleich, sie werde Lorenzo holen. Das Radar einer Polizistenfrau wußte sofort, wann ein Abend verdorben war. Manche machten dazu gute Miene, andere nicht.

»Ja?« meldete sich der Sergente.

»Pucetti hat eben angerufen. Aus einer Telefonzelle. Sie haben eine Leiche aufgefischt.«

»Ich warte am Anleger Giardini«, sagte Vianello und legte auf.

Fünfzehn Minuten später war er da, aber nicht in Uniform, und hob auch nur kurz die Hand zur Begrüßung, als das Boot mit Brunetti kam und gar nicht erst anlegte, sondern nur die Fahrt verlangsamte, um ihn an Bord springen zu lassen. Vianello nahm an, daß er schon alles gesagt bekommen hatte, was Brunetti wußte, und vertat deshalb keine Zeit mit Fragen. Auch Signorina Elettras Namen sprach er nicht aus.

»Nadia?« fragte Brunetti in der Kürzelsprache langer Zusammenarbeit.

»Ihre Eltern wollten uns zum Essen ausführen.«

»Besonderer Anlaß?«

»Unser Hochzeitstag«, antwortete Vianello.

Statt sich zu entschuldigen, fragte Brunetti: »Der wievielte?«

»Der fünfzehnte.«

Das Boot schwenkte nach rechts und trug sie in Richtung Malamocco und Pellestrina. »Ich habe veranlaßt, daß ein Spurensicherungstrupp herauskommt«, sagte Brunetti. »Aber das Boot muß die alle erst einsammeln, sehr bald werden sie also nicht draußen sein.«

»Wie wollen wir erklären, daß wir so schnell draußen sind?« fragte Vianello.

»Ich sage, jemand hat uns angerufen.«

»Dann hat hoffentlich keiner Pucetti telefonieren sehen.« Brunetti, der selbst nahezu nie sein Mobiltelefon bei sich hatte, fragte: »Wieso hat man ihm kein *telefonino* gegeben?«

»Die meisten jungen Leute haben ihr eigenes, Commissario.«

»Er auch?«

»Das weiß ich nicht. Wahrscheinlich aber nicht, wenn er Sie aus einer Zelle angerufen hat.«

»Wie dumm von ihm«, sagte Brunetti, wobei er sehr wohl merkte, daß er seine Angst um Signorina Elettra in Zorn über den jungen Beamten umwandelte, der diese Angst in erster Linie ausgelöst hatte.

Brunettis *telefonino* klingelte. Als er sich meldete, sagte ihm der Telefonist der Questura, soeben sei ein Anruf von einem Mann gekommen, der gesagt habe, ein Boot habe mit seinem Netz eine Frauenleiche aufgefischt und zum Hafen von Pellestrina gebracht.

»Hat er seinen Namen genannt?« fragte Brunetti.

»Nein, Commissario.«

»Hat er gesagt, daß er die Leiche gefunden hat?«

»Nein, Commissario. Nur daß ein Boot eine Leiche gebracht hat, nicht daß er selbst etwas damit zu tun hätte.«

Brunetti bedankte sich und schaltete ab. Er wandte sich an Vianello. »Eine Frau.« Der Sergente sagte nichts, und Brunetti fragte: »Wenn diese Boote alle mit Funk und Telefon ausgerüstet sind, wieso haben die uns nicht gleich angerufen?«

»Die meisten Leute wollen lieber nichts mit uns zu tun haben.«

»Wer eine Frauenleiche im Netz hat, kann es meines Erachtens in keinem Fall vermeiden, daß er mit uns zu tun bekommt«, blaffte Brunetti, der einen Teil seines Zorns jetzt auch auf Vianello übertrug.

»Ich fürchte, an so etwas denken die Leute nicht. Vielleicht gerade dann nicht, wenn sie eine Frauenleiche im Netz haben.«

»Ja, ja, natürlich«, sagte Brunetti, der natürlich wußte, daß der Sergente recht hatte, und dem es leid tat, daß er so heftig geworden war.

Die Lichter von Malamocco glitten vorüber, dann Alberoni, und dann kam nichts mehr als die lange gerade Strecke nach Pellestrina. Bald sahen sie vor sich die vereinzelten Lichter der Häuser und die Lampenreihe auf der Mole, die zugleich Dorfgrenze war. So sonderbar es anmutete, verriet doch nichts, daß etwas Außergewöhnliches passiert war, denn an der *riva* waren nur wenige Leute zu sehen. So schnell konnten sich nicht einmal die Pellestrinotti an den Tod gewöhnt haben.

Der Bootsführer, der seit Beginn dieser Ermittlung noch nicht auf Pellestrina gewesen war, steuerte die Lücke in der Reihe der Fischerboote an. Brunetti sprang an Deck, legte ihm die Hand auf die Schulter und rief: »Nein, nicht hier. Da hinten, am Ende.«

Der Bootsführer legte sofort den Rückwärtsgang ein, das Boot stoppte und entfernte sich gleich wieder von der *riva.* »Da drüben, rechts«, erklärte Brunetti, und der Bootsführer legte behutsam an der Mole an. Vianello warf die Leine einem Mann zu, der sich ihnen näherte, und sowie er sie um einen der Eisenpoller gelegt hatte, sprangen Brunetti und Vianello an Land.

»Wo ist sie?« fragte Brunetti; das Boot erklärte ja zur Genüge, wer sie waren.

»Hier«, sagte der Mann und ging zurück zu den Leuten, die

in einem kleinen Grüppchen im trüben Licht der Straßenlaternen standen. Als Brunetti und Vianello näher kamen, wichen sie auseinander und machten eine Gasse frei, durch die man etwas auf dem Pflaster sah.

Die Füße lagen in einer Lichtpfütze, der Kopf im Dunkeln, aber als Brunetti das blonde Haar sah, wußte er gleich, wer sie war. Im Nähergehen mußte er ein aufkommendes Gefühl großer Erleichterung niederkämpfen. Zuerst glaubte er, daß ihre Augen geschlossen wären, zugedrückt von einer gütigen Seele, aber dann sah er, daß keine Augen mehr da waren. Er erinnerte sich, daß einer der Polizisten die Entscheidung, die Leichen der Bottins zu bergen, damit begründet hatte, daß da unten Krebse waren. Er hatte Bücher gelesen, in denen stand, daß sich Leuten in solchen Situationen die Mägen umgedreht hätten, aber was Brunetti empfand, machte eher seinem Herzen zu schaffen, das ein paar Sekunden lang wie wild schlug und sich erst wieder beruhigte, als er den Blick vom Gesicht der Frau wandte, um ihn auf die stillen Wasser der Lagune zu richten.

Vianello war so geistesgegenwärtig zu fragen: »Wer hat sie gefunden?«

Ein untersetzter Mann trat aus dem Schatten hervor. »Ich«, sagte er, sehr darauf bedacht, nur Vianello anzusehen, nicht etwa die stumme Frau, über deren Leiche hinweg dieses Gespräch geführt wurde.

»Wo? Und wann?« fragte Vianello.

Der Mann zeigte nach Süden, Richtung Festland. »Da draußen, etwa zweihundert Meter vor der Küste, direkt an der Mündung des Canale di Caroman.«

Da er den zweiten Teil von Vianellos Frage nicht beantwortet hatte, wiederholte Brunetti ihn. »Wann war das?«

Der Mann sah auf seine Uhr. »Vor einer guten Stunde. Ich hatte sie auf einmal im Netz, aber dann hab ich lange gebraucht, sie längsseits zu holen.« Sein Blick ging zwischen Brunetti und Vianello hin und her, als wollte er sehen, wer von den beiden ihm wohl am ehesten glauben würde. »Ich war allein auf meinem Boot und hatte Angst, womöglich zu kentern, wenn ich sie an Bord gehievt hätte.«

»Was haben Sie also getan?«

»Sie hereingeschleppt«, sagte er, und offensichtlich gestand er das nur sehr ungern. »Ich konnte sie nur so hierherbekommen.«

»Haben Sie die Frau erkannt?« fragte Brunetti.

Der Mann nickte.

Froh, daß er Signora Follini nicht ansehen mußte, blickte Brunetti der Reihe nach in die Gesichter der Umstehenden, Signorina Elettra war nicht dabei. Wenn die Leute auf die Leiche schauten, verschwanden ihre Gesichter im Schatten der eigenen Köpfe, aber die meisten taten das sowieso lieber nicht. »Wann hat jemand von Ihnen sie zuletzt gesehen?«

Keiner antwortete.

Er sah die einzige Frau in der Gruppe fest an. »Sie, Signora«, sagte er mit sanfter Stimme, in der nur Wißbegier lag, kein Hauch von Autorität. »Können Sie sich erinnern, wann Sie Signora Follini zuletzt gesehen haben?«

Die Frau blickte zuerst ihn mit furchtsamen Augen an, dann nach rechts und links. Endlich sprudelte es hastig aus ihr heraus: »Vor einer Woche. Oder fünf Tagen. Da war ich in ihrem Laden und habe Toilettenpapier gekauft.« Plötzlich schien ihr bewußt zu werden, was sie da vor all den versammelten Männern gesagt hatte, denn sie schlug sich die Hand vor den Mund und blickte zu Boden, dann aber schnell wieder zu ihm auf.

»Wir sollten vielleicht von hier weggehen«, meinte Brunetti, wobei er sich schon in Richtung der hellerleuchteten Häuserfenster begab. Vom Dorf her kam ihnen ein Mann mit einer Decke über dem Arm entgegen. Als er auf die Leiche zuging, zwang Brunetti sich zu sagen: »Lassen Sie das lieber. Niemand sollte die Leiche anrühren.«

»Es ist doch nur aus Respekt, Signore«, sagte der Mann, ohne die Tote anzusehen. »Man sollte sie hier nicht so liegen lassen.«

Er hatte sich die Decke zusammengefaltet über den Arm gelegt, was einen sonderbar förmlichen Eindruck machte.

»Tut mir leid, aber es ist besser so«, sagte Brunetti, ohne sich anmerken zu lassen, wie gut er den Wunsch des Mannes verstand. Das Verbot, Signora Follini zuzudecken, kostete ihn wahrscheinlich das bißchen Sympathie, das er sich damit erworben haben mochte, daß er die Menge von der Toten weggeführt hatte.

Vianello, der das spürte, ging noch ein paar Schritte weiter aufs Dorf zu, faßte die Frau leicht am Arm und sagte: »Ist Ihr Mann hier, Signora? Vielleicht könnte er Sie nach Hause bringen.«

Die Frau schüttelte den Kopf und befreite ihren Arm, aber langsam, wie um nicht den Anschein zu erwecken, daß sie sich gekränkt fühlte oder ihrerseits kränken wollte. Sie ging weiter auf die Häuser zu und überließ die Angelegenheit den Männern.

Vianello kam zu dem Mann zurück, der neben der Frau gestanden hatte. »Können Sie sich erinnern, wann Sie Signora Follini zuletzt gesehen haben, Signore?«

»Irgendwann diese Woche, Mittwoch vielleicht. Meine Frau hatte mich geschickt, Mineralwasser zu kaufen.«

»Wissen Sie noch, wer da vielleicht zur selben Zeit außer Ihnen im Laden war?«

Der Mann zögerte kurz, bevor er antwortete. Brunetti und Vianello merkten es beide, zeigten das aber nicht.

»Nein.«

Vianello fragte nicht nach einer Erklärung. Vielmehr wandte er sich wieder an die Menge. »Kann mir sonst noch jemand sagen, wann er sie zuletzt gesehen hat?«

Einer sagte: »Dienstag. Morgens. Da machte sie gerade ihren Laden auf. Ich war auf dem Weg in die Bar.«

Noch einer meldete sich. »Meine Frau hat am Dienstag die Zeitung geholt.«

Da sonst keiner mehr etwas sagte, fragte Vianello: »Kann sich einer erinnern, sie später als am Mittwoch gesehen zu haben?«

Niemand antwortete. Vianello zog sein Notizbuch aus der Gesäßtasche, öffnete es und sagte: »Dürfte ich Sie bitten, mir Ihre Namen zu nennen?«

»Wozu?« wollte der Mann mit der Decke wissen.

»Wir werden mit jedem im Dorf sprechen müssen«, antwortete Vianello in ruhigem Ton, als hätte er die Frage oder die Schärfe, mit der sie gestellt worden war, gar nicht zur Kenntnis genommen. »Wenn ich also Ihre Namen habe, brauchen wir Sie alle hier nicht noch einmal zu belästigen.«

Ganz schien das zwar nicht zu überzeugen, aber die Männer nannten ihre Namen und auf Nachfrage auch ihre Adressen. Dann entfernten sie sich langsam, einer nach dem anderen bewegten sie sich von Lichtkegel zu Lichtkegel und überließen die Straße den beiden Polizisten sowie – in einiger Entfernung – der Frau, die stumm dalag, die leeren Augen zu den Sternen erhoben.

17

Brunetti ging noch ein Stück weiter von der Toten fort, bevor er sprach. »Als ich letzte Woche bei ihr im Laden war, kamen zwei Männer herein«, sagte er. »Es war überdeutlich, daß sie ihr angst machten. Als ich sie dann anrief, am Montag, glaube ich, legte sie auf, kaum daß sie meinen Namen hörte. Und als ich dann im Lauf der Woche noch einmal anrief, meldete sich ein Mann, worauf ich aufgelegt habe, ohne etwas zu sagen. Wahrscheinlich dumm von mir.« Er dachte an die Auskünfte, die er über sie bekommen hatte: daß sie jahrelang drogensüchtig gewesen war und sich davon befreit hatte, daß sie in ihren Geburtsort zurückgekommen war und im Laden ihrer Eltern angefangen hatte. »Ich mochte sie. Sie hatte Humor. Und sie war zäh.« Das Objekt dieser Bemerkungen lag hinter ihnen, taub für die Meinungen anderer.

»Das klang ja wie ein Kompliment«, meinte Vianello.

Ohne zu zögern antwortete Brunetti: »War es auch.«

Nach einer Weile fragte Vianello: »Und sie machte sich keine Illusionen, was das Leben in Pellestrina anging, oder?«

Brunetti blickte zu den niedrigen Häusern des Dorfes hinüber. In einem Erdgeschoßfenster ging gerade das Licht aus, dann in noch einem. Ob die Bewohner von Pellestrina noch soviel Schlaf wie möglich mitbekommen wollten, bevor die Fischerflotte auslief, oder ob sie ihre Zimmer nur verdunkelten, um besser sehen zu können, was draußen vor sich ging? »Ich glaube, über das Leben hier macht sich keiner von ihnen irgendwelche Illusionen.«

Sollte der eine oder der andere von ihnen beiden den Gedanken gehegt haben, bis zur Ankunft der Spurensicherung in die Bar zu gehen und etwas zu trinken, so sprach ihn keiner aus. Brunetti warf einen Blick zurück zum Polizeiboot und sah den

Bootsführer in einem Lichtkegel auf dem pilzförmigen Poller sitzen und eine Zigarette rauchen, aber er schlug nicht diese Richtung ein. Es schien das mindeste zu sein, was sie tun konnten, so lange bei Signora Follini zu bleiben, bis die anderen kamen, um aus ihr ein Verbrechensopfer zu machen, Teil einer Statistik.

Das zweite Polizeiboot brachte nicht nur den vierköpfigen Spurensicherungstrupp, sondern mit ihm einen jungen Arzt aus dem Krankenhaus, der immer als Ersatz einsprang, wenn weder Rizzardi noch Guerriero erreichbar war. Brunetti war bisher zweimal zugegen gewesen, wenn dieser junge Arzt geschickt worden war, um den Tod eines Opfers festzustellen, und beide Male hatte er sich in einer Weise verhalten, die Brunetti nicht gefiel, nämlich ohne jeden Sinn für den Ernst des Augenblicks. Dottor Venturi hatte die fünf Jahre seit Verlassen der Universität offenbar dazu genutzt, sich eher die Arroganz seines Berufsstandes zuzulegen als das Mitgefühl. Und er hatte sich von Rizzardi, seinem Vorgesetzten, die makellose Kleidung abgeguckt, obwohl das Ergebnis an seinem untersetzten Körper eher ein wenig lächerlich wirkte.

Das Boot legte neben dem ihren an. Der Arzt sprang schwerfällig von Bord und kam auf die beiden Gestalten zu, die er als Brunetti und Vianello erkannt hatte, aber er nahm ihre Anwesenheit in keiner Weise zur Kenntnis. Er trug einen anthrazitfarbenen Anzug mit kaum wahrnehmbaren dunklen Längsstreifen, die seine Rundlichkeit eher hervorhoben als verbargen.

Er schaute kurz auf Signora Follinis Leiche hinunter, dann nahm er ein Taschentuch aus seiner Brusttasche und breitete es neben ihr auf dem feuchten Pflaster aus, bevor er sich darauf kniete. Er hob ihre Hand hoch, ohne auch nur in ihr Gesicht zu sehen, befühlte das Handgelenk und ließ den Arm achtlos wieder auf den Boden fallen. »Sie ist tot«, sagte er, an die Allgemeinheit gewandt. Dann blickte er zu Brunetti und Vianello auf, um zu sehen, wie sie darauf reagierten.

Als keiner der beiden etwas sagte, wiederholte Venturi: »Ich sagte, sie ist tot.«

Brunetti wandte den Blick von der Lagune und sah auf den Arzt hinunter. Er hätte gern die Todesursache gewußt, aber er wollte nicht mit ansehen, wie dieser junge Mann die Frau noch einmal anrührte, darum nickte er nur und wandte sich wieder der Betrachtung der fernen Lichter zu, die man über dem Wasser sah.

Vianello gab den beiden Männern, die hinter den am Boden knienden Arzt getreten waren, ein Zeichen. Venturi wollte sich erheben, rutschte aber mit dem rechten Fuß auf dem nassen Pflaster aus und konnte einen Sturz nur dadurch vermeiden, daß er sich mit beiden Händen abstützte. Rasch stand er auf und entfernte sich von der Leiche, wobei er achtgab, daß er mit den schmutzigen Händen seine Kleidung nicht berührte. Dann wandte er sich an einen der Fotografen und sagte: »Holen Sie mir mein Taschentuch.«

Der Fotograf, ein Mann in Brunettis Alter, war gerade damit beschäftigt, sein Stativ aufzubauen. Er zog eines der Beine aus, schraubte es fest, sah zu dem Arzt hinüber und sagte: »Ich hab's nicht hingeworfen.« Damit wandte er sich dem zweiten Stativbein zu.

Venturi öffnete schon den Mund, um den Mann abzukanzeln, besann sich dann aber und ging in Richtung Boot zurück; sein Taschentuch ließ er bei der Leiche liegen. Brunetti sah ihm nach, wie er mit seitlich abgestreckten Händen davonging, was sehr an einen Pinguin erinnerte. Das leere Boot tänzelte im Wasser, mindestens einen Meter vom Anleger entfernt, von den beiden Bootsführern war weit und breit nichts zu sehen. Statt das Boot nun einfach an seiner Leine näher heranzuziehen oder den Weitsprung von der Mole aufs Deck zu wagen, ging Venturi weiter und setzte sich auf eine hölzerne Parkbank. Brunetti bemerkte plötzlich den dichten Abendnebel, der heraufgezogen war, und war froh darum.

Er ging wieder zu Signora Follini und kniete neben ihr nieder. Die kurzzeitige Ablenkung durch die Feuchtigkeit, die in seine Hosenbeine zog, kam ihm gerade recht. Die Tote hatte einen tief ausgeschnittenen Angorapullover an, den das Wasser zu chaotischen Faltengebirgen aufgeschoben hatte. Brunetti war kein Pathologe, aber er kannte die Anzeichen eines gewaltsamen Todes, und hier sah er keine. Die Haut an ihrem Hals war unberührt, die Wolle ihres Pullovers ebenso. Mit den Fingern seiner rechten Hand hob er den Saum dieses Pullovers an und legte ihren Bauch bloß. Als er auch da nichts anderes sah als Altersfalten, wandte er den Blick ab und deckte sie wieder zu.

Die Leute von der Spurensicherung machten sich an ihre jeweilige Arbeit. Brunetti und Vianello warteten. Während sie so untätig dastanden, sah Brunetti den Mann mit der Decke wieder nahen. Er ging zu Vianello, deutete mit dem Kopf zu den Technikern hinüber und fragte: »Würden Sie die Decke über sie legen, wenn die hier fertig sind?«

Vianello versprach es und nahm dem Mann die Decke ab.

»Ich muß sie nicht wiederhaben, darum brauchen Sie sich nicht zu kümmern«, sagte der Mann, dann ging er fort von der Mole und verschwand in der Dunkelheit eines Gäßchens zwischen den Häusern. Die Zeit verstrich. Hin und wieder zerrissen Blitze aus der Kamera des Fotografen die Finsternis. Vianello wartete, bis die Leute von der Spurensicherung fertig waren und anfingen, ihre Gerätschaften einzupacken, dann ging er zu Signora Follini, breitete die Decke in der Luft aus und ließ sie so, daß Gesicht und Augen zugedeckt waren, langsam auf die Tote sinken.

»Rizzardi hätte uns etwas gesagt«, meinte er, als er zu Brunetti zurückkam.

»Rizzardi hätte auch sein Taschentuch selbst aufgehoben«, sagte Brunetti.

»Spielt es eine Rolle, daß wir bis nach der Obduktion nicht wissen, woran sie gestorben ist?« fragte Vianello.

Brunetti deutete zu den Häusern von Pellestrina, von denen

die meisten jetzt völlig verdunkelt waren. »Glauben Sie, daß uns von denen einer helfen wird, selbst wenn wir es wissen?«

»Einige mochten sie doch anscheinend gern«, antwortete Vianello mit vorsichtigem Optimismus.

»Sie mochten auch Marco Bottin«, versetzte Brunetti.

Da Signorina Elettra und Pucetti im Dorf waren, fand Brunetti es besser, mit den notwendigen Befragungen bis zum nächsten Tag zu warten. Das würde den beiden Gelegenheit geben, sich zwanglos zwischen den Einwohnern zu bewegen und vielleicht Dinge zu hören, die vergessen oder verdrängt wären, bis die Polizei mit der förmlichen Untersuchung von Signora Follinis Tod begann.

Brunetti gab den Technikern ein Zeichen, worauf sie eine Trage entrollten. Die Decke verrutschte kaum, als sie Signora Follini hochhoben und zum Boot trugen.

Auf der Rückfahrt nach Venedig blieb Brunetti oben an Deck stehen und mußte daran denken, wie er und Vianello sich über Signora Follini lustig gemacht hatten, obwohl sie damals beide nicht ahnen konnten, wie geübt ihre Aufmerksamkeiten gewesen waren. Er tröstete sich mit dem Gedanken, daß sie, wenn sie ihre Witze hätte hören können, vielleicht mit darüber gelacht hätte, aber nun vermehrte das Bewußtsein, daß sie weit jenseits aller Möglichkeiten war, sein Bedauern zu spüren, nur noch seine Gewissensbisse.

Er kam erst spät nach Mitternacht heim, doch wie er gehofft hatte, war Paola noch wach und wartete auf ihn. Sie saß im Bett und las, klappte das Buch jedoch zu und legte es weg, nahm auch noch ihre Brille ab und fragte zuletzt: »Was war denn los?«

Brunetti hängte sein Jackett in den Kleiderschrank, band seine Krawatte ab und legte sie über eine Stuhllehne. »Signora Follini. Jemand hat sie aus der Lagune gefischt«, sagte er, während er sein Hemd aufzuknöpfen begann. Müder, als ihm selbst bewußt war, setzte er sich auf den Stuhl neben dem Bett und bückte sich, um seine Schuhe aufzuschnüren. »Ich vermute, daß jemand sie ins Wasser geworfen und einfach hat ertrinken lassen.«

»Wegen der anderen Morde?« fragte sie.

»Muß wohl so sein.«

»Ist sie immer noch da draußen?« fragte Paola. Im ersten Moment dachte Brunetti, sie spreche von Luisa Follini, deren Leichnam jetzt in der kalten Gesellschaft anderer Toter im Ospedale Civile lag, aber dann verstand er, daß sie wohl Signorina Elettra meinte.

»Ich werde sie zurückrufen«, sagte er. Ehe Paola etwas dazu bemerken konnte, ging er ins Bad, wo er es sorgsam vermied, sich beim Zähneputzen im Spiegel anzusehen.

Einige Zeit später, als er neben ihr unter die Decke schlüpfte, nahm Paola den Faden an derselben Stelle wieder auf, an der sie ihn losgelassen hatten. »Wird sie auf dich hören?«

»Hören tut sie immer.«

»Genau wie Chiara«, sagte Paola, doch dabei ließ sie es bewenden.

Er drehte sich zu ihr um und legte den Arm um sie. Er fühlte noch, wie sie sich bewegte, dann ging das Licht im Zimmer aus. Sie veränderte kurz ihre Lage und schob ihren Arm unter seinem Hals durch, bis sein Kopf bequem in der Kuhle an ihrer Schulter ruhte. Da lag er nun in den Armen seiner Frau und dachte an eine andere, aber weil er sich sagen konnte, daß es ihm nur um deren Sicherheit zu tun war, unternahm er keinen Versuch, den Gedanken zu verdrängen.

Nach einer Weile, die so lang war, daß beide längst hätten eingeschlafen sein müssen, sagte Paola: »Du solltest das nicht hinnehmen.«

Er gab einen Ton von sich, und nach einer weiteren langen Weile schliefen sie beide.

Am nächsten Morgen rief Brunetti, noch ehe er die Wohnung verließ, im Leichenschauhaus an und fragte den Wärter, wer an der Frau, die letzte Nacht von Pellestrina hereingebracht worden war, die Autopsie vornehmen werde.

»Dottor Rizzardi.«

»Gut. Wann?«

Schweigen. Brunetti hörte, wie eine Seite umgeblättert wurde. »Da waren noch zwei Leute aus Castello. Wahrscheinlich an Abgasen aus ihrem Boiler gestorben. Aber ich kann die Frau vorziehen. Dann müßte er gegen elf fertig sein.«

»Danke«, sagte Brunetti. »Sagen Sie ihm bitte, daß ich ihn anrufen werde.«

»Gut, Commissario«, sagte der Wärter und legte auf.

Brunetti wollte unbedingt wissen, wann Signora Follini gestorben war, und das konnte ihm nur Rizzardi sagen. Irgendwann nach Mittwoch, sofern sich nicht jemand fand, der sie noch später gesehen haben wollte.

Und wo? Er holte seine Lagunenkarte und betrachtete das schmale Band namens Pellestrina. Am Südende, etwa drei Kilometer vom Dorf, war die Kanalmündung, in der sie gefunden worden war, kurz hinter dem Naturschutzgebiet Caroman. Er faltete die Karte wieder zusammen und steckte sie ein. Nur einer von den Bootsführern konnte ihm sagen, was er über Gezeiten und Strömungen wissen mußte, um sich ein Bild davon zu machen, wie und wohin etwas im Wasser treiben würde.

In der Questura ging er zuerst in den Bereitschaftsraum und traf dort Bonsuan, der sich gern freiwillig für die ruhigere Sonntagsschicht meldete. Der Bootsführer saß in dem merkwürdig leeren Raum, vor sich eine zerfledderte *Gazzetta dello Sport*, auf die er so uninteressiert starrte, als wäre es die leere Wand gegenüber. Brunetti breitete die Karte auf der Zeitung aus und erklärte Bonsuan, wo der Fischer Signora Follinis Leiche gefunden haben wollte, dann bat er den Bootsführer, ihm zu sagen, wie sie dorthin gekommen sein könnte.

Nachdem Bonsuan eine Weile die Karte betrachtet hatte, fragte er: »Wie schlimm war sie dran?«

Sie war doch tot, dachte Brunetti. Wieviel schlimmer konnte sie noch dran sein? »Ich verstehe die Frage nicht.«

»Sie haben doch die Leiche gesehen, nicht?« erkundigte der Bootsführer sich geduldig.

»Ja.«

»Wie stark war sie beschädigt?«

»Die Augen waren weg.«

Bonsuan nickte, als hätte er das erwartet. »Und Arme und Beine? Sah sie aus, wie wenn sie über den Grund geschleift worden wäre?«

Brunetti rief sich widerstrebend das Bild vor Augen, das Signora Follini geboten hatte. »Sie hatte einen Pullover und Hosen an, so daß ich ihre Arme und Beine nicht sehen konnte. Aber ich habe keine Verletzungen an Händen oder Gesicht gesehen. Abgesehen von den Augen.«

Bonsuan beugte sich mit einem Grunzlaut über die Karte. »Gegen acht wurde sie hereingebracht, ja?«

»Da habe ich den Anruf bekommen.« Brunetti überraschte sich selbst damit, daß er nicht einmal gegenüber dem Bootsführer erwähnte, daß der Anruf von Pucetti gekommen war. Vielleicht war das ja der Beginn einer echten Paranoia.

»Sie haben keine Ahnung, seit wann sie im Wasser war?«

»Nein.«

Bonsuan erhob sich und ging zu einer Büchervitrine, einem Relikt aus früheren Zeiten. Er zog die Tür auf, nahm ein dünnes, in Papier eingeschlagenes Buch heraus, blätterte darin, fuhr mit dem Zeigefinger eine Seite hinunter, drehte sie um und tat dasselbe mit der nächsten und übernächsten Seite. Er fand, wonach er suchte, las es, klappte das Buch zu und stellte es zurück.

Als er wieder an den Schreibtisch kam, sagte er: »Ich muß wissen, wie lange sie im Wasser war. Sie könnte praktisch von überall her angetrieben worden sein: Chioggia, Pellestrina, sogar aus einem der anderen Kanäle, falls man sie einfach irgendwo über

Bord geworfen hat.« Er war einen Moment still, dann fuhr er fort: »Die Flut war gestern abend sehr stark und hatte ihren Höhepunkt bereits überschritten, als die Leiche gefunden wurde, so daß sie in Richtung Meer trieb. Das hätte ihr Auffinden unwahrscheinlicher gemacht.«

»Wann sie gestorben ist, erfahre ich erst im Lauf des Vormittags, wenn ich mit Rizzardi spreche«, sagte Brunetti.

Bonsuan gab zu erkennen, daß er verstanden hatte. »Wenn sie lange im Wasser war, dann hat irgendwer sie wahrscheinlich einfach ins Wasser geworfen und nicht groß etwas dabei geplant. Aber wenn sie noch nicht lange tot war, dann hat man sie an einer Stelle ins Wasser geworfen, wo man wußte, daß der Ebbstrom sie in die Adria ziehen würde. Wenn sie sich am Grund des Kanals in irgendwas verfangen hätte, wäre nicht mehr viel von ihr übriggeblieben. Die Gezeitenströme sind dort sehr stark, und sie wäre schnell abgetrieben. Die Steine da unten hätten sie übel zugerichtet.«

Bonsuan sah den Blick, den sein Vorgesetzter ihm zuwarf. »Ich kann ja nichts dafür, Commissario. Das ist das Werk von Ebbe und Flut.«

Brunetti dankte ihm für die Informationen, sagte nichts zu Bonsuans selbstverständlicher Annahme, daß die Frau ermordet worden war, und ging wieder in sein Dienstzimmer hinauf, um dort zu warten, bis er Rizzardi anrufen konnte.

Der Arzt kam ihm mit seinem Anruf zuvor. Die Todesursache sei schlichtes Ertrinken gewesen, sagte er; in Salzwasser.

»Könnte jemand sie ertränkt haben?« fragte Brunetti.

Rizzardis Antwort ließ ein Weilchen auf sich warten. »Schon möglich. Es hätte sie ja nur einer von einem Boot ins Wasser zu stoßen brauchen oder so ähnlich. Neuere Hinweise auf eine Fesselung gab es nicht.«

Ehe Brunetti nachhaken konnte, fuhr der Pathologe fort: »Aus gynäkologischer Sicht war sie interessant.«

»Warum?«

»Es gibt Anzeichen dafür, daß sie im Lauf der Zeit schon alle bedeutenderen Geschlechtskrankheiten gehabt hat, und es gibt Spuren von mindestens einer Abtreibung.«

»Sie war jahrelang drogensüchtig«, sagte Brunetti. Rizzardi grunzte, als wäre dies so offensichtlich, daß es kaum noch einer Erwähnung bedurfte. »Und anscheinend hat sie sich als Prostituierte betätigt.«

»Das wäre auch meine Vermutung gewesen«, meinte Rizzardi mit einer Sachlichkeit, die Brunetti wieder daran erinnerte, wie sehr er diesen Arzt mochte und warum.

Brunetti kam auf die Frage zurück, die er vorhin nicht hatte stellen können. »Du sagst, es gab keine *neueren* Hinweise auf eine Fesselung. Was heißt das genau?«

Der Pathologe zögerte lange, endlich erklärte er: »Es gibt Anzeichen von Fesselungen an Oberarmen und Fußgelenken. Ich schließe daraus, daß der, mit dem sie in letzter Zeit zusammen war – sofern sie einen festen Freund hatte –, harten Sex bevorzugte.«

»Was heißt ›harter Sex‹? Vergewaltigung?«

»Nein«, antwortete Rizzardi sofort.

»Was dann? Was kann es denn noch sein?«

»Harter Sex ist nicht unbedingt Vergewaltigung«, antwortete Rizzardi so barsch, daß Brunetti schon auf ein belehrendes »Commissario« dahinter wartete.

»Was ist denn Vergewaltigung?«

»Wenn sie oder er nicht will, dann ist es Vergewaltigung.«

»Sie oder *er*?«

Rizzardis Stimme wurde wieder sanfter. »Wir leben in anderen Zeiten, Guido. Die Tage sind vorbei, in denen sich eine Vergewaltigung immer nur zwischen einem gewalttätigen Mann und einer unschuldigen Frau abspielte.«

Brunetti, Vater einer heranwachsenden Tochter, hätte zu gern gehört, was Dottor Rizzardi zu diesem Thema noch zu sagen hatte, aber da er nicht sah, wie das seine Ermittlungen voranbringen sollte, beließ er es dabei und fragte: »Wann war das Ganze?«

»Nach meiner Schätzung vor zwei Tagen, irgendwann am Freitag abend.«

»Warum?«

»Glaub mir's einfach, Guido. Wir sind hier nicht im Fernsehen, wo ich jetzt etwas über den Mageninhalt oder den Sauerstoffgehalt des Blutes erzählen müßte. Vor zwei Tagen«, wiederholte er, »wahrscheinlich abends, nach zehn oder so. Glaub mir's einfach, und geh davon aus, daß es vor Gericht Bestand haben wird.«

»Wenn es je vor Gericht kommt«, meinte Brunetti abwesend, und eigentlich war diese Bemerkung auch gar nicht für den Pathologen bestimmt.

»Nun gut, das ist deine Aufgabe. Ich berichte dir nur, was die physischen Merkmale mir sagen. Warum und Wie und Wer mußt du herausbekommen.«

»Ich wollte, das wäre so einfach«, seufzte Brunetti.

Rizzardi zog es vor, sich nicht auf eine Diskussion über die Anforderungen ihrer jeweiligen Berufe einzulassen, und beendete das Gespräch. Brunetti blieb nichts anderes übrig, als wieder nach Pellestrina hinauszufahren und zu versuchen, auf diese Fragen eine Antwort zu finden.

18

Auch wenn Sonntag war, sah Brunetti keinen Grund, daß er und Vianello nicht nach Pellestrina hinausfahren und versuchen sollten, etwas in Erfahrung zu bringen, was ihnen helfen könnte, Signora Follinis Tod zu verstehen. Bonsuan war alles andere als abgeneigt, sie hinzubringen, und versicherte, daß die Zeitung ihn langweile; da er sich für Fußball nicht besonders interessiere, sei es für ihn sowieso Zeitverschwendung, die Berichte über die Spiele des Tages zu lesen.

Während sie am Anleger Giardini auf dem Deck standen und bei laufendem Motor auf Vianello warteten, kam Brunetti wieder auf Bonsuans Bemerkung zurück und fragte: »Für welchen Sport interessieren Sie sich denn?«

»Ich?« fragte Bonsuan, eine Verzögerungstaktik, die Brunetti von vielen Zeugen kannte, denen eine Frage unbequem war.

»Ja, Sie.«

»Meinen Sie zum Ausüben oder zum Zuschauen, Commissario?« fragte Bonsuan ausweichend.

»Beides«, antwortete Brunetti, den es inzwischen schon mehr als die Frage selbst interessierte, warum Bonsuan so ungern mit der Sprache herausrückte.

»Nun – ich treibe ja in meinem Alter keinen Sport mehr«, sagte Bonsuan schließlich in einem Ton, der verhieß, daß es keine weiteren Auskünfte geben würde.

»Aber zum Zuschauen?« fragte Brunetti.

Bonsuan blickte die lange Allee zum Corso Garibaldi hinunter, ob dort nicht endlich Vianello auftauchte. Brunetti sah den Passanten nach. Eine ganze Weile später sagte Bonsuan: »Wissen Sie, Commissario, es ist ja nicht so, daß ich etwas davon verstehe oder daß ich mir ein Bein ausreiße, um es sehen zu können, aber wenn im Fernsehen die Hütehundprüfungen gezeigt werden, aus Schottland, da gucke ich gern zu.« Als Brunetti nichts sagte, fuhr Bonsuan fort: »Oder aus Neuseeland.«

»Im *Gazzettino* wird darüber sicher nicht viel berichtet, denke ich mir«, meinte Brunetti.

»Nein«, antwortete der Bootsführer, dann richtete er seinen Blick wieder auf den Torbogen am Ende der Allee und sagte mit unüberhörbarer Erleichterung in der Stimme: »Da kommt Vianello.«

Der Sergente, heute in Uniform, winkte im Näherkommen, dann sprang er an Deck. Bonsuan legte ab und nahm Kurs auf den mittlerweile vertrauten Kanal, der nach Pellestrina führte, wo man gerade friedvoll den Tag des Herrn beging.

Daß Religion ein Relikt aus der Vergangenheit ist und keinen wirklichen Einfluß mehr auf das Verhalten der Menschen in Italien ausübt, hat bisher noch in keiner Weise etwas an ihren Kirchgangsgewohnheiten geändert, schon gar nicht in den kleineren Dörfern. Man könnte sogar in einer Art mathematischer Gleichung die Kleinheit einer Gemeinde in Beziehung zum prozentualen Anteil ihrer Kirchgänger setzen. Überhaupt nie in die Messe gehen ungenierte Heiden wie die Römer und Mailänder, weil die Millionen, zwischen denen sie leben, sie vor den Augen und Zungen ihrer Mitmenschen schützen. Hingegen nehmen die Pellestrinotti es mit ihrem Messebesuch sehr genau, denn regelmäßiger Kirchgang macht es ihnen möglich, sich über das Tun und Lassen ihrer Nachbarn auf dem laufenden zu halten, ohne naseweis zu erscheinen, denn alles, was sich ereignet hat, zumal wenn es geeignet sein könnte, irgend jemandes Tugend oder Ehrlichkeit in Frage zu stellen, wird unfehlbar am Sonntag morgen auf der Kirchentreppe durchgehechelt.

Dort warteten denn auch kurz vor zwölf Uhr – als die Elf-Uhr-Messe gerade zu Ende gegangen und den Dorfbewohnern von Pellestrina ein letztes »Gehet hin in Frieden« mitgegeben worden war – Brunetti und Vianello.

Wie er so auf den Kirchenstufen stand, dachte Brunetti bei sich, daß Religion ihm – obwohl er sich dessen nie bewußt gewesen war, bis Paola ihn darauf hinwies – immer ein gewisses Unbehagen bereitete. Paola hatte aus seiner Sicht das große Glück gehabt, mehr oder weniger religionsfrei aufgewachsen zu sein, denn ihre Eltern hatten es beide nie nötig gefunden, kirchlichen Veranstaltungen beizuwohnen, jedenfalls nicht solchen, die man zum Zwecke religiöser Pflichterfüllung besuchte. Ihre gesellschaftliche Stellung verlangte ihnen manchmal die Teilnahme an irgendwelchen Zeremonien ab, zum Beispiel der Investitur von Bischöfen und Kardinälen, sogar der Krönung – falls das der richtige Ausdruck dafür ist – des derzeitigen Papstes. Aber diese Zeremonien hatten nichts mit Glauben zu tun, sondern nur mit Macht, und die war – sagte Paola – sowieso das eigentliche Anliegen der Kirche.

Da sie also ebenso unbelastet von jedem Glauben war wie von allen religiösen Verpflichtungen, hatte sie nie einen Widerwillen gegen Religion als solche entwickelt, nicht die Spur, und beobachtete die Riten, mit denen die Leute den Vorschriften ihrer jeweiligen Religion Genüge taten, mit anthropologischem Abstand. Brunetti hingegen war von einer gläubigen Mutter erzogen worden, und obwohl er selbst seinen Glauben schon als Heranwachsender abgelegt hatte, trug er die Erinnerung daran noch in sich, auch wenn es die an einen betrogenen Glauben war. Er wußte, daß er Religionen ablehnend bis feindlich gegenüberstand; mochte er noch so sehr dagegen ankämpfen, er konnte weder dieser Feindschaft entfliehen noch den Schuldgefühlen, die sie ihm verursachte. Paola hielt ihm dafür gern ein Zitat von Wordsworth vor: »Da möcht ich eher Heide sein, genährt von einem überlebten Glauben ...«

Das alles schwirrte Brunetti durch den Kopf, wie er da auf den Kirchenstufen wartete, um zu sehen, wer alles herauskommen und was für neue Erkenntnisse ihm das bringen würde. Eine Orgel begann zu spielen, doch die Reinheit ihres Klanges sprach mehr für die gute Akustik in der Kirche als für das Talent des Organisten. Die Türen gingen auf, die Musik schwoll an und ergoß sich die Treppe herunter, rasch gefolgt von den ersten Gemeindemitgliedern. Bei ihrem Anblick fiel Brunetti nicht zum erstenmal auf, wie gehetzt die Gesichter von Leuten wirkten, die gerade aus der Kirche kamen.

Wären sie eine Viehherde gewesen, Schafe, die über einen niedrigen Zauntritt auf eine neue Wiese sprangen, ihr plötzliches Erschrecken über den Anblick von etwas Fremdem hätte nicht offenkundiger sein können, auch nicht die Welle des Unbehagens, die sich von vorn nach hinten fortpflanzte und jeden in dem Moment erfaßte, in dem er die potentielle Gefahr erkannte, die auf den Stufen seiner harrte. Wenn Vianello nicht in Uniform gewesen wäre, zweifellos hätte manch einer von ihnen einfach so getan, als ob er die beiden Männer gar nicht gesehen hätte. Auch so gaben sich einige noch große Mühe, keine Notiz von ihnen zu nehmen, obwohl Vianellos weiße Uniformmütze so weithin sichtbar war wie die Heiligenscheine an den Figuren, die sie soeben in der Kirche zurückgelassen hatten.

Brunetti studierte, möglichst ohne es sich anmerken zu lassen, die Gesichter der Vorbeikommenden. Zuerst glaubte er, was er sah, sei das Ergebnis ihrer bewußten Anstrengung, sowohl unschuldig als auch unwissend auszusehen, aber dann merkte er, daß es die Folge einer eingeschränkten Geographie war: Viele ähnelten einander. Die Männer waren alle von kleiner Gestalt, ihre Köpfe rund, die Augen standen eng beieinander. Den im allgemeinen muskulösen Körperbau schrieb er ihrem Beruf zu, ebenso die sonnenverbrannten, tief zerfurchten Gesichter aller, auch der jüngsten. Die Frauen zeigten eine größere Vielfalt in der Erscheinung, obwohl sich eine gewisse Korpulenz all derer bemächtigt zu haben schien, die über dreißig waren.

An diesem Morgen blieb niemand auf der Kirchentreppe stehen, um mit den Nachbarn zu plauschen. Vielmehr gehorchte die ganze Gemeinde einem irgendwie beschlossen ergangenen und sehr dringenden Ruf nach Hause. Zu sagen, daß sie flüchteten, wäre übertrieben, nicht aber, daß sie sich scheu und sehr zügig entfernten.

Nachdem die letzten fort waren, wandte Brunetti sich an Vianello in der Hoffnung, seine Enttäuschung ein wenig dadurch lindern zu können, daß er ihn fragte, ob der Mißerfolg wohl der Uniform des Sergente zuzuschreiben sei. Doch ehe er etwas sagen konnte, sah er Signorina Elettra aus der Bar links von der Kirche kommen. Das heißt, er sah sie nur ganz kurz vor dieser Bar erscheinen und sofort wieder halb hineingehen. Gleich darauf kam sie ganz heraus, und als sie von der Tür wegtrat, sah er den Grund für den Aufenthalt: Ein junger Mann, der ihre Hand hielt, rief etwas nach hinten in die Bar. Was immer er gesagt hatte, es verursachte brüllendes Gelächter aus mehr als einer Kehle, worauf Signorina Elettra einmal kräftig an seinem Arm ruckte und ihn so schließlich von der Tür wegriß.

Der junge Mann kam ihr nach, legte ihr mit einer Selbstverständlichkeit, die nach langer Vertrautheit aussah, einen Arm um die Schulter und zog sie an sich. Sie reagierte darauf ohne jede Koketterie, indem sie den linken Arm um seine Taille legte und neben ihm Schritt aufnahm. So kamen sie auf die beiden Polizisten zu, die sie bisher noch nicht gesehen hatten. Der Mann, der wesentlich größer war als sie, bückte sich zu ihr hinunter und sagte etwas; Elettra legte den Kopf in den Nacken und sah mit einem Lächeln zu ihm auf, das Brunetti noch nie an ihr gesehen hatte. Der Mann bückte sich tiefer und küßte sie auf den Kopf, wozu sie beide kurz stehenbleiben mußten. Als er den Kopf wieder hob, erblickte er Brunetti und Vianello auf der Kirchentreppe und blieb unvermittelt stehen.

Signorina Elettra sah überrascht zu dem jungen Mann auf und folgte seinem Blick. Die Worte, die ihr darauf entfuhren, gingen in den ersten Schlägen der Kirchturmuhr unter. Aber schon lange vor dem zwölften Schlag gewann sie ihre Fassung wieder und richtete ihre Aufmerksamkeit, die vom unerwarteten Anblick eines Polizisten auf der Kirchentreppe momentan abgelenkt worden war, wieder auf die ernste Frage, wohin sie mit ihrem neuen Freund zum Essen gehen sollte.

Nachdem sie eine Stunde lang versucht hatten, mit den Leuten von Pellestrina ins Gespräch zu kommen, sah Brunetti ein, daß dabei nichts herauskommen würde, bevor sie nicht alle zu Mittag gegessen hätten. Also zogen er und Vianello sich ins Restaurant zurück und nahmen ein schweigsames Mahl zu sich, das beide nicht recht genießen konnten, obwohl die Zutaten frisch waren und der Wein prickelte. Sie fanden es besser, sich jetzt zu trennen, weil sie hofften, daß die Sympathien, die Vianello sich im Gespräch bereits erworben hatte, die unausweichliche Reaktion auf seine Uniform vielleicht besiegen würden.

In den ersten beiden Häusern bekam Brunetti zu hören, daß man Signora Follini gar nicht so gut gekannt habe; einer der Männer ging sogar so weit, zu behaupten, daß er einmal die Woche das Auto nehme und zusammen mit seiner Frau zum Lido fahre, weil im hiesigen Laden die Preise viel zu hoch und einige der angebotenen Waren nicht mehr frisch seien. Der Mann war ein jämmerlich schlechter Lügner, was seine Frau sich zu ignorieren bemühte, indem sie mit vier Porzellanfigürchen herumhantierte, die eine entfernte Ähnlichkeit mit Dackeln hatten. Brunetti bedankte sich bei beiden und ging.

In den nächsten beiden Häusern machte niemand auf, vielleicht weil man nicht wollte, vielleicht weil wirklich keiner da war. Dagegen wurde die dritte Tür schon geöffnet, ehe Brunetti auch nur richtig angeklopft hatte, und schon stand er vor dem Traum eines jeden Polizisten: der wachsamen Nachbarin. Er erkannte sie auf den ersten Blick an ihren schmalen Lippen, dem ungeduldigen Blick, der leicht vornübergebeugten Haltung. Daß sie sich nicht die Hände rieb, tat dem allgemeinen Eindruck der Befriedigung keinen Abbruch, den ihr begieriges Lächeln vermittelte: Endlich kam da jemand, der ihr Erschrecken und Entsetzen über all das Tun und Lassen teilen würde, dessen sich ihre Nachbarn schuldig machten.

Sie trug ihr Haar in einem dünnen Knoten am Hinterkopf, während ein paar widerspenstige Strähnen von einer fettigen, parfümierten Pomade an ihrem Platz gehalten wurden. Ihr Gesicht war schmal, ihr Körper dagegen rundlich und ohne sichtbare Taille. Über einem schwarzen Kleid, das mit zunehmendem Alter vom vielen Waschen grün wurde, trug sie eine schmuddelige Schürze, die vor Jahren einmal geblümt gewesen sein mochte.

»Guten Tag, Signora«, begann Brunetti, und noch bevor er ihr seinen Namen nennen konnte, kam sie ihm zuvor.

»Ich weiß, wer Sie sind und warum Sie kommen. Ist auch höchste Zeit, daß Sie mal mit mir reden.« Sie versuchte Mißbilligung in ihren Gesichtsausdruck zu legen, aber es wollte ihr nicht gelingen, ihre Befriedigung über sein Kommen zu verbergen.

»Bedaure, Signora«, sagte er, »aber ich wollte erst einmal hören, was die anderen mir zu erzählen hatten, bevor ich zu Ihnen käme.«

»Kommen Sie, kommen Sie«, sagte sie, schon von ihm abgewandt, und führte ihn in den rückwärtigen Teil des Hauses. Er folgte ihr über einen langen, dumpfigen Flur, an dessen Ende Licht durch einen offenen Zugang zur Küche fiel. Hier gab es keinen Temperaturwechsel, keine wohltuende Wärme zum Ausgleich für die Feuchte des Flurs, keine angenehmen Essensdüfte, um den bedrückenden Geruch nach Schimmel, Wolle und irgend etwas Wildem, Animalischem, das er nicht erkannte, zu übertönen.

Sie zeigte auf einen Stuhl am Tisch und setzte sich, ohne ihm etwas zu trinken anzubieten, ihm gegenüber. Brunetti nahm ein kleines Notizbuch aus der Seitentasche seiner Jacke, öffnete es und schraubte seinen Füller auf. »Ihr Name, Signora?« fragte er, wohlbedacht auf italienisch, nicht auf *veneziano,* denn je förmlicher und amtlicher er dieses Gespräch erscheinen lassen konnte, desto größer würde ihre Freude und Befriedigung darüber sein, daß sie die Behörden endlich auf die vielen, vielen Dinge hinweisen konnte, die sie alle die undankbaren Jahre lang an ihrem Busen genährt hatte.

»Boscarini«, sagte sie. »Clemenza.« Er sagte nichts dazu und schrieb nur stumm.

»Und wie lange wohnen Sie schon hier, Signora Boscarini?«

»Mein ganzes Leben lang«, antwortete sie, ebenfalls wohlbedacht auf italienisch, was ihr alles andere als leichtfiel. »Dreiundsechzig Jahre.«

Emotionen oder Erlebnisse, die über seine Vorstellungskraft gingen, ließen sie mindestens zehn Jahre älter wirken, aber Brunetti machte sich nur wieder eine Notiz. »Ihr Gatte, Signora?« fragte er dann, denn er wußte, daß sie sich geschmeichelt fühlen würde, wenn er einfach unterstellte, daß sie einen hatte, aber beleidigt wäre, wenn er sie fragte, ob sie einen habe.

»Tot. Schon vierunddreißig Jahre. Im Sturm.« Brunetti notierte sich diesen bedeutenden Umstand, dann sah er wieder auf und beschloß, sie lieber nicht nach Kindern zu fragen.

»Haben Sie schon immer dieselben Nachbarn, Signora?«

»Ja. Außer den Rugolettos drei Türen weiter«, sagte sie mit einer ärgerlichen Kopfbewegung nach links. »Die sind vor zwölf Jahren da eingezogen, von Burano, als der Großvater der Frau starb und ihnen das Haus vermachte. Schmutzig, die Frau«, sagte sie voll abgrundtiefer Verachtung, und damit er nur ja verstand, woran das lag, fügte sie hinzu: »Buranesi.«

Brunetti gab ein zustimmendes Grunzen von sich, dann fragte er, um keine Zeit zu verlieren: »Kannten Sie Signora Follini?«

Sie lächelte über die Frage, kaum daß sie ihre Freude verbergen konnte, rückte aber schnell ihre Züge wieder zurecht. Brunetti hörte ein leises Geräusch und blickte zu ihr hinüber. Es dauerte einen Augenblick, bis er begriff, daß sie sich tatsächlich die Lippen leckte, wie um ihnen endlich die Freiheit zu geben, mit der schrecklichen Wahrheit herauszurücken. »Ja«, sagte sie endlich. »Ich kannte sie, und ihre Eltern habe ich auch gekannt. Ordentliche, fleißige Leute. Sie hat sie getötet – genauso, als wenn sie ein Messer genommen und es ihrer armen Mutter direkt ins Herz gestoßen hätte.«

Brunetti, der in sein Notizbuch blickte, damit sie sein Gesicht nicht sah, gab ermutigende Töne von sich und schrieb weiter.

Wieder machte sie erst einmal eine Pause, um zu lecken, dann fuhr sie fort: »Eine Hure war sie, und rauschgiftsüchtig, und über ihre Familie hat sie Krankheit und Schande gebracht. Es überrascht mich gar nicht, daß sie tot ist, auch nicht, daß sie auf diese Weise gestorben ist. Mich wundert nur, daß es so lange gedauert hat.« Sie verstummte für einen Augenblick, dann fügte sie in so salbungsvollem Ton, daß Brunetti die Augen schließen mußte, hinzu: »Gott sei ihrer Seele gnädig.«

Nachdem Brunetti der angesprochenen Gottheit genügend Zeit gelassen hatte, die Bitte zur Kenntnis zu nehmen, fragte er: »Sie sagen, daß sie eine Prostituierte war, Signora? Auch als sie hier wohnte? War sie es da immer noch?«

»Sie war schon als Mädchen und als junge Frau eine Hure. Wenn eine Frau mit so etwas erst anfängt, ist sie besudelt, und sie verliert nie den Geschmack daran.« Aus ihrer Stimme sprachen Gewißheit und Ekel. »Sie muß es also auch jetzt noch getrieben haben. Das liegt doch auf der Hand.«

Brunetti blätterte um, kramte seinen Gesichtsausdruck zusammen und sah mit einem ermutigenden Lächeln auf. »Wissen Sie jemanden, der vielleicht ihr Kunde war?« Er sah sie schon den Mund zur Antwort öffnen, doch dann fielen ihr die möglichen Folgen übler Nachrede ein, und sie schloß ihn wieder.

»Oder haben Sie jemanden im Verdacht, Signora?« Als sie immer noch zögerte, klappte er sein Notizbuch zu, legte es auf den Tisch, schraubte den Füller zu und legte ihn obendrauf. »Manchmal ist es für uns einfach wichtig, Signora, wenigstens ungefähr zu wissen, was sich abspielt, selbst wenn wir keine

Beweise haben. Es kann uns nämlich auf die richtige Fährte bringen, wenn wir erst einmal wissen, wo wir zu suchen anfangen sollten.« Sie blieb weiter stumm, also fuhr er fort: »Und da können nur die couragiertesten und rechtschaffensten Bürger uns helfen, Signora, vor allem in Zeiten, in denen die meisten Leute nur allzu bereitwillig die Augen verschließen vor Unmoral und Verhaltensweisen, die unsere Gesellschaft verderben, weil sie die Einheit der Familie zerstören.« Er war kurz versucht gewesen, sich sogar auf die »geheiligte Einheit« der Familie zu berufen, fand das dann aber doch übertrieben und begnügte sich mit dem geringeren Unsinn. Für Signora Boscarini genügte er jedoch.

»Stefano Silvestri.« Der Name schlüpfte ihr glatt von den Lippen: Es war der Mann, der ihm so groß und breit erklärt hatte, daß er einmal wöchentlich mit seiner Frau zu den größeren Geschäften auf dem Lido fuhr. »Andauernd war der in ihrem Laden, wie ein Hund, der an einer Hündin herumschnüffelt, ob sie für ihn bereit ist.«

Brunetti nahm die Auskunft mit den üblichen Zustimmungslauten entgegen, griff aber nicht nach seinem Notizbuch. Dieser Akt der Diskretion ermutigte zum Fortfahren: »Sie hat es ja immer so hinzustellen versucht, als ob sie gar kein Interesse hätte, und sich über ihn lustig gemacht, wenn jemand zuhörte, aber ich weiß, worauf sie aus war. Alle wußten das. Sie hat ihn aufgereizt.« Brunetti hörte ruhig zu und versuchte sich zu erinnern, ob er diese Frau aus der Kirche hatte kommen sehen; es hätte ihn schon interessiert, was Kirchgang für einen Menschen wie sie bedeutete.

»Fällt Ihnen noch ein Mann ein – oder mehrere Männer, die sich mit ihr eingelassen haben könnten?« fragte er.

»Es wurde geredet«, sagte sie, nur allzu erpicht darauf, ihm zu berichten. »Auch ein verheirateter Mann«, erzählte sie, nachdem die Lippen frisch angefeuchtet waren. »Ein Fischer.« Im ersten Moment dachte er, sie werde ihm gleich den Namen nennen, aber dann sah er sie die Folgen abwägen, und sie sagte nur:

»Da waren bestimmt noch ganz viele.« Als Brunetti stumm blieb, fügte sie hinzu: »Sie hat die Männer doch provoziert.«

»Natürlich«, gestattete er sich zu antworten, während er sich gleichzeitig fragte, was schlimmer wäre: Tod auf See oder weitere vierunddreißig Jahre mit dieser Frau? Er merkte ihr an, daß sie ihm jetzt nichts weiter verraten wollte, und in der Hoffnung, daß sie ihm neben gehässigem, eifersüchtigem Tratsch auch wirkliche Informationen gegeben hatte, stand er auf, steckte Notizbuch und Füller ein und sagte: »Danke für Ihre Hilfe, Signora. Ich versichere Ihnen, daß alles, was Sie mir gesagt haben, streng vertraulich behandelt wird. Und wenn Sie mir die persönliche Bemerkung gestatten: Es kommt selten vor, daß Zeugen so gern bereit sind, uns Auskünfte dieser Art zu geben.« Es war ein harmloser Stich, der auch noch voll und ganz an ihr vorbeiging, nichtsdestoweniger war es ein Stich, und ihm war danach wohler. Mit aller gebotenen Höflichkeit verabschiedete er sich, froh, ihrem Haus, ihren Worten, den Schmatzgeräuschen ihrer Schlangenzunge zu entrinnen.

Wie vereinbart, trafen er und Vianello sich um fünf in der Bar. Beide bestellten Kaffee, und nachdem der Barkellner die Täßchen vor sie hingestellt und sich zurückgezogen hatte, fragte Brunetti: »Nun?«

»Es hat jemanden gegeben. Einen Mann«, sagte Vianello.

Brunetti riß zwei Päckchen Zucker auf, schüttete sie in seinen Kaffee, rührte um und trank in einem einzigen langen Zug die Tasse leer. »Wer?« Er stellte fest, daß Vianello noch immer seinen Kaffee ohne Zucker trank, eine Angewohnheit, von der seine eigene Großmutter gemeint hatte, sie »verdünne das Blut«, was das auch immer heißen sollte.

»Keine Ahnung. Und überhaupt hat nur ein einziger Mann etwas über sie gesagt, nämlich daß Signora Follini immer schon vor Morgengrauen auf war, obwohl sie ihren Laden erst um acht öffnete. Was er sagte, war weniger interessant, als wie er es sagte – und der Blick, mit dem ihn seine Frau dabei ansah.«

Das war alles, was Vianello mitgebracht hatte, und es sah nicht nach sehr viel aus. Es hätte Stefano Silvestri gewesen sein können, obwohl Brunetti sich kaum vorstellen konnte, daß seine Frau es dulden würde, wenn ihr Mann sich vor Morgengrauen anderswo befand als neben ihr im Bett oder höchstens bei seinen Netzen.

»Ich habe Signorina Elettra gesehen«, sagte Vianello noch.

Brunetti zwang sich, kurz zu warten, bevor er fragte: »Wo?«

»Auf dem Weg zum Strand.«

Brunetti verkniff sich die Frage, und nach einer Weile fügte Vianello von sich aus hinzu: »Wieder mit demselben Mann.«

»Wissen Sie, wer es ist?«

Vianello schüttelte den Kopf. »Ich glaube, um das herauszukriegen, bitten wir am besten Bonsuan, seinen Freund zu fragen.«

Brunetti gefiel der Gedanke nicht, etwas zu unternehmen, was in irgendeiner Weise Aufmerksamkeit auf Signorina Elettra lenken könnte. »Nein. Fragen Sie lieber Pucetti.«

»Falls der heute noch mal zur Arbeit erscheint«, antwortete Vianello mit einem Blick zum anderen Ende der Bar, wo der Wirt sich ganz vertieft mit zwei Männern unterhielt.

»Wo wohnt er denn?«

»In einem der Häuser. Bei einem Vetter des Wirts oder so.«

»Können wir uns mit ihm in Verbindung setzen?«

»Nein. Sein *telefonino* wollte er nicht mitbringen; er meinte, da könnte jemand eine Nachricht draufsprechen, die ihn verraten würde.«

»Wir hätten ihm ein dienstliches geben können, dann hätte keiner von seinen Freunden die Nummer gekannt«, versetzte Brunetti mit unverhohlenem Ärger.

»Das wollte er auch nicht. ›Man kann nie wissen‹, hat er gemeint.«

»Was kann man nie wissen?« schnauzte Brunetti.

»Das hat er nicht gesagt. Aber ich stelle mir vor, daß er gemeint hat, irgend jemand in der Questura könnte erwähnen, daß er ein Mobiltelefon für einen Sondereinsatz bekommen hat, oder jemand könnte darauf anrufen, oder irgendwer höre womöglich unsere sämtlichen Gespräche ab.«

»Ist das nicht ein bißchen paranoid?« fragte Brunetti, obwohl er selbst sich über letztere Möglichkeit schon öfter als einmal seine Gedanken gemacht hatte.

»Ich glaube, man sollte sicherheitshalber immer annehmen, daß alles, was man sagt, abgehört wird.«

»So kann man doch nicht leben«, erwiderte Brunetti hitzig, obwohl er Vianellos Glauben teilte.

Der Sergente zuckte die Achseln. »Also, was machen wir jetzt?«

Brunetti erinnerte sich, was Rizzardi ihm über »harten Sex« mitgeteilt hatte, und sagte: »Ich möchte wissen, mit wem sie Umgang hatte.« Dann sah er Vianellos Blick und fügte hinzu: »Signora Follini, meine ich.«

»Ich halte es immer noch für das beste, Bonsuan zu bitten, seinen Freund zu fragen. Diese Leute werden uns nichts verraten, jedenfalls nicht direkt.«

»Ich habe mir von einer Frau erzählen lassen, daß Signora Follini noch immer die Männer des Ortes zur Sünde verführte«, meinte Brunetti halb angewidert, halb belustigt.

»Dann war einer der Versuchten vermutlich ihr Mann, oder ihr Nachbar.«

»Zwei Häuser weiter.«

»Das ist dasselbe.«

Brunetti beschloß, zum Boot zurückzugehen und Bonsuan zu bitten, mit seinem Freund zu reden. Das erwies sich als unnötig, denn der Bootsführer, dem sie beim Verlassen der Bar begegneten, war von dem Mann nach Hause zum Mittagessen eingeladen worden, und dann hatten sie den Nachmittag damit verbracht, Grappa zu trinken und über die alten Zeiten beim Militär zu reden. Nachdem sie auf drei Kameraden getrunken hatten, die inzwischen schon nicht mehr lebten, hatte das Gespräch sich ihrem jetzigen Leben zugewandt. Bonsuan hatte dabei großen Wert darauf gelegt, unmißverständlich klarzumachen, welcher Seite er sich zur Loyalität verpflichtet fühlte, indem er gesagt hatte, daß er so bald wie möglich aus dem Polizeidienst auszuscheiden gedenke.

Während die drei Polizisten langsam zum Boot gingen, erklärte Bonsuan, daß er keinerlei Schwierigkeiten gehabt habe. Die Flasche Grappa sei noch nicht ganz leer gewesen, da habe er schon den Namen von Signora Follinis Liebhaber gehabt.

»Vittorio Spadini«, sagte er, nicht ohne Stolz auf seine Leistung. »Er ist von Burano. Ein Fischer. Verheiratet, drei Kinder, die Söhne sind Fischer, die Tochter ist mit einem Fischer verheiratet.«

»Und?« fragte Brunetti.

Vielleicht lag es am Grappa, vielleicht aber auch an dem Gespräch von neulich über seine Pensionierung, daß Bonsuan antwortete: »Wahrscheinlich ist das mehr, als Sie und Vianello zusammen hier in einer Woche herausbekommen hätten.« Überrascht von der eigenen Kühnheit, hängte er noch ein respektvolles »Commissario« hintendran, aber erst nach einer deutlichen Pause.

Sie schwiegen, bis Bonsuan schließlich wieder das Wort ergriff. »Aber jetzt fischt er eigentlich kaum noch. Hat vor ungefähr zwei Jahren sein Boot verloren.«

Brunetti dachte an Signora Boscarinis Mann und fragte: »In einem Sturm?«

Bonsuan tat den Gedanken mit einem raschen Kopfschütteln ab. »Nein, schlimmer. Steuern.« Ehe Brunetti fragen konnte, inwiefern Steuern schlimmer sein konnten als ein Sturm, erklärte Bonsuan es ihm schon: »Die Guardia di Finanza hat ihm ein Bußgeld für drei falsche Steuererklärungen aufgebrummt. Er hat sich ein Jahr lang dagegen gewehrt, dann aber doch verloren. Da verliert man ja immer. Und dann haben sie ihm sein Boot weggenommen.«

Jetzt mischte sich Vianello mit der Frage ein: »Und wieso ist das schlimmer als ein Sturm?«

»Versicherung«, antwortete Bonsuan. »Gegen die Mistkerle von der Guardia di Finanza kann man sich nicht versichern.«

»Wieviel war das Boot denn wert?« fragte Brunetti, dem wieder einmal klar wurde, wie wenig er über diese Welt der Boote wußte oder die Männer, die damit die See befuhren.

»Die wollten fünfhundert Millionen Lire haben. Das war das Bußgeld zusammen mit der Steuerschuld, die sie ausgerechnet hatten. Aber so viel Geld hat keiner flüssig, da mußte er also sein Boot verkaufen.«

»Was, so viel sind diese Boote wert?« fragte Brunetti.

Bonsuan sah ihn verwundert an. »Wenn sie so groß sind wie das seine, dann sind sie noch viel mehr wert; die können eine Milliarde kosten.«

Vianello sprach dazwischen: »Wenn sie fünfhundert Millionen Lire für drei Jahre wollten, dann hat er sie doch sicher um das Zwei- oder Dreifache betrogen.«

»Bestimmt«, pflichtete Bonsuan ihm bei, nicht ohne einen Anflug von Stolz auf die Schläue der Männer, die in der Lagune fischten. »Wie Ezio sagt, hat Spadini geglaubt, er gewinnt den Prozeß. Sein Anwalt hat ihm geraten, den Fall durchzufechten, aber das hat er wahrscheinlich nur getan, um sein eigenes Honorar in die Höhe zu treiben. Am Ende hatte Spadini keine Wahl mehr. Da sind sie also gekommen und haben es ihm weggenommen. Denn wenn er jetzt plötzlich mit dem Geld angekommen wäre, um seine Strafe zu bezahlen, hätte das zu viele Fragen aufgeworfen«, sagte er und überließ es den anderen, daraus den Schluß zu ziehen, daß das Geld dagewesen wäre, versteckt auf geheimen Anlagekonten wie so viele von den Reichtümern Italiens. Er warf einen Blick zu Vianello und fügte hinzu: »Jemand hat mir erzählt, daß der Richter ein Grüner war.«

Vianello funkelte ihn an, sagte aber nichts.

»Und daß er etwas gegen alle *vongolari* hatte«, fuhr Bonsuan fort. »Wegen der Sachen, die sie in der Lagune treiben.«

An dieser Stelle machte Vianello nun endlich den Mund auf, und seine Stimme klang gefährlich gepreßt. »Danilo«, sagte er, »solche Fälle, ich meine Steuerfälle, kommen nicht vor einen Richter.« Ehe Bonsuan darauf antworten konnte, fuhr er fort: »Egal ob der ein Grüner ist oder nicht.« Dann wandte er sich zwar an Brunetti, aber seine Worte schienen doch weiter an Bonsuan gerichtet zu sein: »Als nächstes bekommen wir wahrscheinlich zu hören, wie die Grünen über den Gebirgen Vipern aus Hubschraubern abwerfen, um die Tiere da wieder anzusiedeln.« Dann wandte er sich wieder direkt an Bonsuan und sagte in einem Ton, der aggressiver klang, als Brunetti es von ihm je gehört hatte: »Nun mach schon, Danilo, erzähl uns doch, wie deine Freunde oben in den Bergen tote Vipern in Flaschen gefunden haben oder daß sie gesehen haben, wie Leute sie aus Hubschraubern abwarfen?«

Bonsuan sah den Sergente an, ohne ihn einer Antwort zu würdigen, aber sein Schweigen bedeutete unmißverständlich, daß er es für reine Zeitverschwendung hielt, mit einem Fanatiker zu diskutieren. Brunetti hatte im Lauf der Jahre schon oft von solch geheimnisvollen, bösartigen Hubschraubern erzählen hören, in denen durchgeknallte Umweltbewegte sitzen sollten, die sich vorgenommen hatten, irgendeine verdrehte Vorstellung von »Natur« wiederherzustellen, aber er wäre nie auf die Idee gekommen, daß irgend jemand wirklich daran glauben könnte.

Sie waren nicht nur in eine Sackgasse geraten, sondern hatten inzwischen auch wieder ihr Boot erreicht. Bonsuan kehrte ihnen den Rücken und beschäftigte sich mit den Leinen. Vianello begab sich zum Heck und löste die zweite Leine, was vielleicht ein Versuch sein sollte, seinen Worten die Schärfe zu nehmen. Brunetti ließ die beiden gewähren und machte sich seinerseits Gedanken über die für ihn erstaunlichen Summen, von denen er eben gehört hatte. Als Bonsuan die Leine aufgerollt hatte, folgte Brunetti ihm an Bord, und als der Bootsführer an den Führerstand ging, rief er: »Da muß man aber viel Fisch fangen, um sich so ein Boot leisten zu können.«

»Muscheln«, korrigierte Bonsuan ihn prompt. »Da steckt das Geld drin. Wegen Fisch wird keiner auf Sie schießen, aber wenn einer Sie dabei erwischt, wie Sie seine Muscheln schürfen und die Beete ruinieren, weiß man nie, was er mit Ihnen macht.«

»Und das hat er getan – die Muschelbänke ruiniert?« fragte Brunetti.

»Ich sagte Ihnen doch, das tun sie alle«, antwortete Bonsuan. »Sie schürfen überall, und jedes Jahr werden die Muscheln weniger. Dann steigen die Preise.« Er blickte von Brunetti zu Vianello, der noch auf der Mole stand und zuhörte. Der Bootsführer winkte dem Sergente mit einer barschen Geste und rief: »Komm schon, Lorenzo.« Vianello warf das Ende seiner Leine um einen Pfosten am Boot und sprang an Bord.

»Aber wenn er sein Boot verloren hat«, meinte Brunetti, um so zu tun, als hätte er den erfolgreichen Abschluß der Friedensverhandlungen nicht bemerkt, und um zugleich das Gespräch vom Allgemeinen aufs Besondere zu bringen, »was macht er dann jetzt?«

»Ezio sagt, er arbeitet für einen seiner Söhne, fährt eines seiner Boote«, sagte Bonsuan, wobei er an den Knöpfen und Hebeln auf seinem Instrumentenbrett zu hantieren begann. »Das ist ein viel kleineres Boot, nur mit zwei Mann besetzt.«

»Muß hart für ihn sein«, sagte Vianello dazwischen, »ich meine, daß er nicht mehr der Eigner ist.«

Bonsuan zuckte die Achseln. »Das kommt auf den Sohn an.«

»Und Signora Follini?« fragte Brunetti, um das Gespräch wieder auf das zu bringen, was ihn eigentlich interessierte.

»Das ging seit ungefähr zwei Jahren«, sagte Bonsuan. »Seit er das Boot verloren hat.« Wohl in dem Gefühl, daß dies als Erklärung nicht reichte, fuhr Bonsuan fort: »Er muß nicht mehr so früh raus auf See, höchstens wenn er will.«

»Und seine Frau?« fragte Vianello.

Ganz Italien mitsamt seiner Geschichte und Kultur gingen in das Schulterzucken ein, mit dem Bonsuan diese Frage abtat. »Sie hat ein Zuhause, und er zahlt die Miete. Sie haben drei Kinder, alle verheiratet und auf eigenen Füßen. Worüber soll sie sich beklagen?« Falls er sonst noch etwas zu dem Thema sagte, ging es im Lärm des Motors unter, der auf Knopfdruck ansprang.

Brunetti hätte darüber sowieso nicht diskutieren wollen und war froh, daß sie in die Stadt zurückkehrten, in ihre eigenen vier Wände und zu den eigenen Kindern.

19

Brunetti war am nächsten Morgen noch keine Stunde in seinem Dienstzimmer, als sein Telefon klingelte und Signorina Elettras Stimme sich am anderen Ende meldete.

»Wo stecken Sie?« fragte er barsch, dann mäßigte er seinen Ton und fragte: »Ich meine, wie geht es Ihnen?«

Ihr langes Schweigen verriet, was sie davon hielt, in diesem Ton verhört zu werden. Als sie ihm dann aber antwortete, war ihrer Stimme nicht anzuhören, daß sie etwas übel genommen hätte. »Ich bin am Strand. Und es geht mir gut.«

Ferne Möwenschreie bestätigten die Richtigkeit des ersten Teils der Aussage, der leichte Ton die des zweiten.

»Signorina«, begann er so unvermittelt wie unbedacht, »Sie sind jetzt schon über eine Woche draußen. Ich meine, es wird Zeit, daß Sie sich Gedanken übers Zurückkommen machen.«

»O nein, Commissario, diese Idee finde ich überhaupt nicht gut.«

»Ich aber«, sagte er mit Nachdruck. »Ich finde, Sie sollten sich von Ihren Verwandten verabschieden und morgen wieder zur Arbeit kommen.«

»Wir haben Anfang der Woche, Commissario, und ich hatte vor, mindestens bis zum Wochenende zu bleiben.«

»Also, ich halte es für besser, wenn Sie zurückkommen. Seit Sie fort sind, hat sich hier eine Menge Arbeit angesammelt.«

»Bitte, Commissario, da ist bestimmt nichts dabei, was nicht eine der anderen Sekretärinnen erledigen kann.«

»Ich brauche einiges an Informationen«, sagte Brunetti, der selbst merkte, daß sein Ton schon fast flehend klang. »Dinge, die ich den Sekretärinnen nicht auf die Nase binden möchte.«

»Vianello kann inzwischen gut genug mit dem Computer umgehen, um Ihnen zu beschaffen, was Sie brauchen.«

»Es betrifft die Guardia di Finanza«, versuchte Brunetti einen großen Trumpf auszuspielen. »Von der brauche ich Informationen, und ich bezweifle, daß Vianello sie bekäme.«

»Informationen welcher Art, Commissario?« Er hörte Geräusche im Hintergrund – Seemöwen, irgendeine Sirene, einen anspringenden Automotor – und erinnerte sich, wie schmal der Strand von Pellestrina war – und wie nah bei der Straße.

»Steuerhinterziehung.«

»Da brauchen Sie doch nur die Zeitung zu lesen, Commissario«, meinte sie und mußte über den eigenen Witz lachen. Als er dazu schwieg, sprach sie weiter, allerdings war das Lachen nicht mehr in ihrer Stimme, die aber deswegen nicht weniger schön klang. »Sie können dort in der Zentrale anrufen und fragen. Dort arbeitet ein Maresciallo Resto, der Ihnen alles sagen kann, was Sie wissen müssen. Sagen Sie ihm nur, daß ich Ihnen empfohlen habe, ihn anzurufen.«

Er kannte sie lange genug, um die höfliche Unbeugsamkeit zu erkennen, mit der er es zu tun hatte. »Ich fände es besser, wenn Sie das in die Hand nähmen, Signorina.«

Alle Nettigkeit war aus ihrer Stimme verschwunden, als sie antwortete: »Wenn Sie so weitermachen, Commissario, werde ich mich gezwungen sehen, noch eine Woche richtigen Urlaub zu nehmen, und das möchte ich doch lieber nicht, weil es sehr zeitaufwendig wäre, die Dienstpläne anzupassen.«

Er hätte sie am liebsten kurzerhand gefragt, was das für ein Mann war, mit dem er sie gestern gesehen hatte, aber ihr Verhältnis zueinander bot keine Grundlage für eine solche Frage, schon gar nicht in dem Ton, den er sich, wie er wußte, bestimmt nicht verkneifen könnte. Er war ihr Vorgesetzter, doch das berechtigte ihn nicht, *in loco parentis* zu handeln. Weil der Stellungsunterschied zwischen ihnen die Vertrautheit der Freundschaft ausschloß, konnte er sie auch nicht einfach fragen, was sich zwischen ihr und dem gutaussehenden jungen Mann abspielte, mit dem er sie gesehen hatte. Er hätte nicht gewußt, wie er seine Sorge ausdrücken sollte, ohne daß sie wie Eifersucht klang, und nicht einmal sich selbst hätte er erklären können, was von beiden er tatsächlich empfand.

»Dann sagen Sie mir wenigstens, ob Sie etwas erfahren haben«, forderte er sie auf, jetzt um einen nicht mehr so strengen Ton bemüht, damit die Niederlage, die er so eindeutig hatte einstekken müssen, den kleinen Anschein eines Kompromisses bekam.

»Erfahren habe ich nichts, aber gelernt, woran man ein *sandolo* von einem *puparin* unterscheidet. Und wie man auf einem Sonarbild einen Fischschwarm entdeckt.«

Er widerstand der Versuchung, sarkastisch zu werden, und fragte in verbindlichem Ton: »Und die Morde?«

»Nichts«, räumte sie ein. »Ich bin nicht von hier, also spricht in meiner Gegenwart keiner darüber, jedenfalls nicht mehr als das Übliche, was Leute eben so sagen.« Es klang, als schmerzte es sie, daß die Pellestrinotti sie nicht als ihresgleichen behandelten, und er hätte gern gewußt, was dieser Ort und seine Bewohner nur an sich hatten, daß solche Gefühle aufkommen konnten. Aber er hütete sich, sie das zu fragen.

»Was ist mit Pucetti? Hat er etwas in Erfahrung gebracht?«

»Nicht daß ich wüßte, Commissario. Ich sehe ihn in der Bar, wenn er mir einen Kaffee macht, aber bisher hat er mir kein Zeichen gegeben, daß er mir etwas zu sagen hätte. Ich glaube, es hat wenig Sinn, ihn noch länger hier draußen zu lassen.«

Das fand nicht nur sie. Brunetti hatte wegen Pucetti schon drei Anfragen von Tenente Scarpa bekommen, Pattas Adjutant, dem aufgefallen war, daß der Name des jungen Beamten auf dem Dienstplan fehlte. Mit der Leichtigkeit langer Gewohnheit hatte Brunetti ihm vorgelogen, er habe Pucetti abgestellt, um am Flughafen wegen Drogensendungen zu ermitteln. Für diese Lüge gab es keinen weiteren Grund als sein instinktives Mißtrauen gegenüber dem Tenente und seinen dringenden Wunsch, daß niemand, wirklich niemand etwas von Pucettis oder Signorina Elettras Anwesenheit auf Pellestrina erfahren möge.

»Das gleiche gilt für Sie, Signorina«, sagte er so unbeschwert und humorvoll, wie er nur konnte. »Wann kommen Sie zurück?«

»Ich sagte Ihnen schon, Commissario, daß ich noch ein bißchen bleiben möchte.«

Zwischen den Schreien der Möwen ertönte eine Männerstimme: »Elettra!« Er hörte sie kurz nach Luft schnappen, dann sagte sie ins Telefon: *»Ti chiamerò. Ciao, Silvia«*, und fort war sie und ließ Brunetti stirnrunzelnd darüber nachgrübeln, daß sie ihn, um ihn endlich mit dem vertrauten »du« anreden zu können, »Silvia« nennen mußte.

Gar nicht schwer fiel es Signorina Elettra hingegen, Carlo mit *tu* anzureden. Vielmehr gab es Momente, in denen sie dachte, die grammatikalische Intimität werde der Nähe und Vertrautheit, die sie bei ihm empfand, nicht ganz gerecht. Nicht nur war ihr schon bei ihrer ersten Begegnung etwas an ihm durch und durch vertraut vorgekommen, nein, dieses Gefühl hatte sogar noch zugenommen, je mehr sie ihm zuhörte und je besser sie ihn kennenlernte. Beide liebten Mortadella, und beide hatten, so unwahrscheinlich es klingen mochte, Asterix und Popeye, Kaffee ohne Zucker und Bambi geliebt; beide hatten zugegeben, daß sie geweint hatten, als sie von Moana Pozzis Tod erfuhren, und dabei hatten sie sich dann auch noch gegenseitig gestanden, daß sie noch nie so stolz gewesen waren, Italiener zu sein, wie bei dieser spontanen Sympathiewelle für den Tod eines Porno-Stars.

Sie hatten in dieser Woche stundenlang miteinander geredet, und es hatte Elettra geschmerzt, angesichts seiner Offenheit die Lüge aufrechterhalten zu müssen, daß sie bei einer Bank arbeite. Er hatte seine kurze Lebensgeschichte vor ihr ausgebreitet und ihr berichtet, daß er in Mailand Wirtschaftswissenschaften studiert, das Studium aber vor zwei Jahren, als sein Vater starb, abgebrochen hatte und nach Hause zurückgekehrt war. Es bedurfte für beide keiner Erwähnung, daß es für einen jungen Mann, dem zum Abschluß seines Studiums noch zwei Prüfungen fehlten, keine passende Stelle gab. Sie bewunderte die Ehrlichkeit, mit der er ihr erklärte, daß ihm keine andere Möglichkeit blieb, als Fischer zu werden, und mit Freude vernahm sie, mit welchem Stolz er von seiner Dankbarkeit gegenüber dem Onkel sprach, der ihn beschäftigte.

Die Arbeit auf dem Boot war so anstrengend, daß er schon zweimal in ihrer Gegenwart eingenickt war, einmal, als sie in ihrer Höhle saßen, das andere Mal, als er mit ihr in der Bar war. Sie hatte sich beide Male nicht daran gestört, gab es ihr doch Gelegenheit, die kleine Delle unmittelbar vor seinem Ohr zu betrachten und sein Gesicht zu beobachten, das sich im Schlaf entspannte und jünger wurde. Sie hielt ihm oft vor, er sei zu dünn, und er antwortete, das komme von der schweren Arbeit. Obwohl er aß wie ein Wolf – das konnte sie bei jeder gemeinsamen Mahlzeit mit eigenen Augen sehen –, entdeckte sie an seinem Körper keine Spur von Fett. Wenn er sich bewegte, sah es aus, als bestehe er nur aus Sehnen und Muskeln; der Anblick seines bronzefarbenen Unterarms hatte sie einmal fast zu Tränen gerührt, weil sie ihn so schön fand.

Wenn sie einmal zum Nachdenken kam, mußte sie sich vorhalten, daß sie auf Pellestrina war, um zu hören, was die Leute zum Thema Mord zu sagen hatten, nicht der Anziehungskraft eines jungen Mannes zu erliegen, mochte er noch so schön sein. Sie war hier, weil sie hoffte, irgend etwas aufzuschnappen, was der Polizei weiterhelfen würde, und nicht, um sich von einem Mann umgarnen zu lassen, der, und sei es nur aufgrund seines Berufs, durchaus zu denen gehören konnte, über die sie Informationen sammeln sollte.

Aber das alles war wie weggepustet, als Carlos Arm seinen schon vertrauten Platz auf ihrer Schulter fand, seine linke Hand hinten um sie herum griff und auf ihrem Arm zu liegen kam. Sie hatte sich bereits an die Art gewöhnt, wie diese Hand seinen Gefühlen Ausdruck gab, wie die Finger sich um ihren Arm spannten, wenn er etwas sagen wollte, was ihm besonders wichtig war, oder wie sie in einem schnellen Rhythmus zu klopfen begannen, wenn er sich anschickte, einen Witz zu machen. Er war zwar nicht der erste Mann, der ihren Arm berührte, aber nur wenige hatten dabei ebenso ihr Herz angerührt, wie es bei ihm der Fall war. Einmal war sie nachts mit ihm und seinem Onkel hinausgefahren, und da hatte sie seine mit Fischinnereien, Schuppen und Blut bedeckten Hände im Licht des Vollmonds glänzen sehen, und sein Gesicht war ganz abwesend und völlig darauf konzentriert gewesen, die Beute aus dem Netz in die unter Deck befindliche Kühlkammer zu befördern. Dann hatte er einmal aufgeblickt und bemerkt, daß sie ihn beobachtete, worauf er sich sofort in Frankensteins Monster verwandelte, die erhobenen Arme vor sich ausstreckte und mit drohend zuckenden Fingern steifbeinig auf sie zugestapft kam.

Sie hatte gequietscht – es gab kein freundlicheres Wort dafür: gequietscht vor schaurigem Entzücken, während sie an die Reling zurückwich. Das Monster kam näher, die Hände schossen in rücksichtsvollem Abstand von ihren Haaren beiderseits an ihrem Kopf vorbei, und Carlos lächelnder Mund legte sich sanft auf den ihren und verweilte dort, bis sein Onkel, der am Ruder stand, zu ihm herüberrief: »Das ist kein Fisch, Carlo. Marsch, zurück an die Arbeit.«

Heute aber, hier am Strand, war kein Gedanke an Arbeit. Seine Hand spannte sich um ihren Arm; eine Möwe kreischte und schwang sich in die Lüfte, als er sie an sich zog, nicht grob, aber auch nicht zu sanft. Der Kuß war lang, und ihre Körper verschmolzen dabei, soweit das möglich war, noch enger miteinander. Er löste sich von ihr, schob die Hand nach oben, legte sie sanft um ihren Hinterkopf und drückte ihr Gesicht in die Mulde an seiner Schulter. Dann begann die Hand über ihren Rücken zu gleiten, auf und ab und auf und ab, und schließlich hielt sie mit gespreizten Fingern an ihrem Gürtel inne.

Elettra gab einen Laut von sich, der halb Seufzer war, wie eine Sopranistin kurz vor ihrem Einsatz zu einer großen Arie. Er schob zwei Fingerspitzen – Ringfinger und kleiner Finger, aber nur die Spitzen – langsam unter ihren Gürtel. Sie öffnete den Mund und drückte ihn an sein Schlüsselbein, und plötzlich biß sie durch die dicke Wolle seines Pullovers zu.

Sie drückte sich von ihm ab, griff blind nach seiner Hand und führte ihn mit schnellen Schritten den Strand hinunter auf den Wellenbrecher zu, den mit der Höhle.

20

Brunetti, dem seine Leidenschaften weniger zusetzten als seine Umbenennung in Silvia, ließ sich noch einmal durch den Kopf gehen, was er Signorina Elettra soeben an Lügen aufgetischt hatte. Er brauchte keine Auskünfte von der Guardia di Finanza, und es stimmte, daß Vianello es am Computer inzwischen weit genug gebracht hatte, um diesem Gerät eine erstaunliche Menge an Informationen zu entlocken. Das Wort »Finanza« spukte ihm allerdings weiter im Kopf herum und erinnerte ihn daran, daß er irgend etwas über sie gelesen oder erzählt bekommen hatte; es war, wie immer, etwas Unerfreuliches gewesen.

Er stand auf und ging ans Fenster, wo seine Aufmerksamkeit auf den Campo San Lorenzo gelenkt wurde, denn irgendwelche Leute – vielleicht die alten Männer aus dem Pflegeheim – hatten dort mehrgeschossige Schutzhütten für die streunenden Katzen gebaut, die seit Jahren den Campo bevölkerten. Er fragte sich, auf welche Katzengeneration er wohl heute hinunterblickte und wie sie mit jenen Katzen verwandt waren, die er dort schon gesehen hatte, als er vor über zehn Jahren zum erstenmal in die Questura gekommen war.

Flink und geschmeidig wie jene Katzen schlich sich der Name in sein Gehirn: Vittorio Spadini, Luisa Follinis angeblicher Liebhaber. Die Finanza hatte – wann? Vor zwei Jahren? – sein Boot beschlagnahmt. Spadini lebte auf Burano; es war ein schöner Frühlingstag, ein geradezu vollkommener Tag für einen Mittagsausflug nach Burano. Brunetti sagte dem Beamten an der Pforte, wenn jemand nach ihm frage, solle er antworten, der Commissario habe einen Termin beim Zahnarzt und werde nach dem Mittagessen wieder zurück sein.

Er verließ das Vaporetto auf Mazzorbo und wandte sich nach links, um zu Fuß nach Burano zu gehen, voll Vorfreude schon auf ein Mittagessen im da Romano, wo er seit Jahren nicht mehr gegessen hatte. Die Sonne wärmte ihn, und seine Schritte wurden immer länger, so wohlig war seinem Körper in der Sonne und der jodgesättigten Luft. Hunde tollten auf dem frischen Gras, und alte Damen saßen in der Sonne und waren froh über die zusätzliche Lebenskraft, die ihnen der Frühling verhieß. Ein riesiger schwarzer Hund erhob sich neben seinem Herrn, der in den *Gazzettino* vertieft dasaß, und kam zu Brunetti getrottet. Der bückte sich und hielt ihm den Handrücken hin, den der Hund abschleckte, bis er genug von Brunetti hatte, zu seinem Herrn zurücktrottete und sich wieder neben ihn legte.

Noch ehe Brunetti den Anleger Burano erreichte, fiel ihm auf, daß er viel mehr Menschen sah, als für einen Wochentag gegen Ende des Frühjahrs normal war. Als er an den ersten der Stände kam, die »Original-Burano-Spitzen« verkauften, von denen seines Wissens die meisten aus Indonesien importiert wurden, sah er seinen Weg ständig von pastellfarbenen Leibern verstellt. Er schlängelte sich um sie herum, irritiert von der Achtlosigkeit dieser Leute, die sich offenbar nicht vorstellen konnten, daß jemand einem Ziel zustrebte und anderes zu tun hatte, als mitten auf der Straße zu lustwandeln.

Er wandte sich von der Piazza in die Via Galuppi und strebte auf da Romano zu, wo er sicher noch einen Platz für ein Uhr reservieren konnte: Einzelpersonen waren in Restaurants immer willkommen. Schlimmstenfalls würde er eine Viertelstunde warten müssen, aber an einem Tag wie diesem wäre es ein Vergnügen, sich so lange in eine der Bars an der Straße zu setzen, einen Prosecco zu schlürfen und vielleicht die Zeitung zu lesen.

Die Tischchen vor dem Restaurant waren alle besetzt; an etlichen saßen drei Personen, obwohl es nur Zweiertische waren. Er ging durch die Tür in das Restaurant hinein, aber noch bevor er etwas sagen konnte, erspähte ihn einer der Kellner, der mit einem Teller *Antipasto misto mare* vorbeigeeilt kam, und rief: »*Siamo al completo.*«

Einen Augenblick spielte Brunetti mit dem Gedanken, ihm zu widersprechen und sich einfach dennoch einen Platz zu suchen, aber ein Blick in den Gastraum ließ ihn von der Idee wieder Abstand nehmen und gehen. Zwei weitere Restaurants waren ebenso voll, obwohl es erst kurz nach zwölf war, für jeden zivilisierten Menschen viel zu früh zum Essen.

Brunetti verzehrte in einer Bar, am Tresen stehend, zu Mittag ein Toastbrot mit einer Scheibe Schinken, die nach gar nichts schmeckte, und einer Scheibe Käse, die allem Anschein nach den längsten Teil ihres Lebens in Plastikfolie verbracht hatte. Der Prosecco schmeckte bitter und abgestanden; sogar der Kaffee war schlecht. Angewidert von diesem Mahl und der enttäuschten Hoffnungen überdrüssig, spazierte er mutlos zu einem kleinen Park, um wenigstens ein bißchen die Sonne zu genießen, bis sich seine Stimmung wieder hob. Er setzte sich auf die erste Bank, an die er kam, legte den Kopf zurück und drehte das Gesicht ans Licht. Nach wenigen Minuten erregte furchterregendes Gebell seine Aufmerksamkeit, und als er die Augen öffnete, erblickte er wieder diesen riesigen schwarzen Hund von vorhin, den er jetzt als Neufundländer erkannte.

Der Hund rannte wie wild über den Rasen, wobei sein Ziel offenbar ein kleines blondes Mädchen war, das am Fuß der Leiter zu einer langen Rutsche stand. Die Kleine sah den Hund kommen, faßte die Holme der Leiter und kletterte, so schnell sie konnte, hinauf. Der Hundehalter stand ratlos auf der anderen Seite des Parks, die leere Leine in der Hand, und rief hinter seinem Hund her.

Dieser erreichte unter wildem Gebell die Rutsche. Das Mädchen, das schon oben war, kreischte in den höchsten Tönen. Plötzlich sprang der Hund auf die Leiter und überraschte damit Brunetti, der hilflos mit ansehen mußte, wie das Tier oben ankam. Das Mädchen rettete sich mit einem Satz auf die Rutsche und sauste hinunter, der Hund mit steif nach vorn gestreckten Vorderbeinen hinterher.

Das Mädchen purzelte am Ende der Rutsche in den Sand. Brunetti sprang auf und rannte in ihre Richtung, die rechte Hand vergebens an der Tasche, in der er seine Pistole wieder einmal nicht hatte. Doch er ballte die Hand zur Faust und rannte weiter.

Der Hund landete unmittelbar neben dem Mädchen, das die Arme ausbreitete und um den riesigen Kopf schlang. Das Bellen ertrank in schrillem Gelächter, dann wurde es ganz still, als der Hund sich anschickte, der Kleinen wie wild das Gesicht abzuschlecken.

Brunetti hielt so abrupt an, daß er fast hingeschlagen wäre. Er blickte über den Rasen hinweg zu dem Hundehalter, der einmal kurz winkte und auf ihn zukam. Das kleine Mädchen sprang auf und rannte um die Rutsche herum, der Hund überglücklich immer hinterher. Wieder folgte er ihr die Leiter hinauf und die Rutsche hinunter, und unten ergab sich abermals das gleiche Geschlecke. Ehe der Hundehalter bei Brunetti angekommen war, machte dieser kehrt und ging fort. Sein Ziel war der Campo Vigner, wo laut Telefonbuch Vittorio Spadini wohnte.

Spadinis rechtes Nachbarhaus war von einem leuchtenden Rot, das linke von einem ebenso leuchtenden Blau. Sein eigenes Haus aber war von einem blassen Rosa, gebleicht von der Sonne und dem Regen vieler Jahre. Brunetti erkannte noch andere Zeichen: An einem der Fenster hing ein Vorhang halb von der Stange, ein Fensterladen war an der einen Seite so gut wie durchgefault. Die Buranesi waren Leute, die zumindest ihre Häuser liebten, und es überraschte ihn darum, solch offenkundige Zeichen von Verwahrlosung zu sehen.

Er läutete, wartete kurz und läutete noch einmal. Als niemand öffnete, ging er nach einer Weile zu dem roten Haus und klingelte dort. Eine kugelrunde Frau kam öffnen – jedenfalls war »kugelrund« das erste Wort, das Brunetti einfiel, als er sie sah.

Sie war klein, kleiner als Chiara, mußte aber über hundert Kilo wiegen, und davon hatten sich die meisten zwischen Brüsten und Knien angesiedelt. Ihr Kopf war rund, ihr Gesicht war rund, sogar die kleinen Augen, die man hinter den Fleischwülsten kaum sah, waren kugelrund.

»Guten Tag, Signora«, sagte er. »Ich suche Signor Spadini.«

»Da sind Sie nicht der einzige«, antwortete sie mit einem Lachen, das ihren ganzen Körper zum Wabbeln brachte.

»Wie darf ich das verstehen?«

»Seine Frau sucht ihn, seine Söhne suchen ihn, und wenn mein Mann die kleinste Chance sähe, das Geld wiederzubekommen, das er ihm geliehen hat, würde er ihn sicher auch suchen.« Wieder lachte sie, und wieder wabbelte dabei ihr ganzer Körper.

Brunetti, den der sonderbare Widerspruch zwischen dem, was sie sagte, und der Art, wie sie es sagte, leicht verwirrte, wollte nun wissen: »Wann hat man ihn denn zuletzt gesehen?«

»Ach, irgendwann letzte Woche.« Und um die Lässigkeit zu erklären, mit der sie das alles von sich gab, fuhr sie fort: »Das macht er doch immer so: verschwindet einfach und kommt erst zurück, wenn er alles Geld durchgebracht hat und wieder ein bißchen arbeiten muß.«

»Als Fischer?«

»Natürlich«, antwortete sie, diesmal ohne zu lachen; vielmehr drückte ihre Miene Unverständnis gegenüber diesem Fremden vor ihrer Tür aus, der zu glauben schien, es gäbe für einen Mann von Burano noch andere Möglichkeiten, seinen Lebensunterhalt zu verdienen.

»Und seine Frau?«

»Arbeitet«, antwortete sie, und als sie sah, daß Brunetti als nächstes auch darüber Genaueres würde wissen wollen, fügte sie von sich aus hinzu: »Sie putzt in der Grundschule.«

Plötzlich schien ihr eingefallen zu sein, daß dieser Mann, der, obwohl er Veneziano sprach, eindeutig nicht von Burano war, ihr noch nicht den Grund für seine Neugier erklärt hatte, worauf sie fragte: »Was wollen Sie denn von ihm?«

Brunetti setzte ein Lächeln auf, von dem er hoffte, daß es recht wehmutsvoll aussah. »Ich fürchte, ich bin in einer ähnlichen Situation wie Ihr Gatte, Signora. Ich habe ihm Geld geliehen.« Er seufzte, schüttelte den Kopf und breitete in einer Geste, die ein Zwischending aus Enttäuschung und Resignation darstellen sollte, die Hände aus. »Haben Sie eine Ahnung, wo er zu finden ist?«

Sie lachte wieder, diesmal über den Aberwitz seines Vorhabens. »Nein. Frühestens wenn er von sich aus wiederkommt. Vittorio ist ein Waldvogel; kommt und verschwindet, wie es ihm gefällt, und fangen läßt er sich nicht, da kann einer sich noch so große Mühe geben.«

Einen Augenblick spielte Brunetti mit dem Gedanken, ihr seine Privatnummer zu geben und sie zu bitten, ihn anzurufen, wenn Spadini zurückkäme, aber dann überlegte er es sich anders, dankte ihr und fügte hinzu: »Ich hoffe, Ihr Mann hat mehr Glück.«

Ihr ganzer Körper wabbelte wieder, so unwahrscheinlich fand sie das; dann lächelte sie und schloß die Tür, und Brunetti blieb nichts anderes übrig, als sich durch das Menschengewimmel wieder zum Vaporetto zu begeben und nach Venedig zurückzufahren.

In der Questura angekommen, sah er zu seiner Verblüffung Pucetti – in Uniform – vor dem Ufficio Straniero stehen und auf die Leute aufpassen, die dort Schlange standen und warteten, daß ihre Papiere bearbeitet wurden.

»Was machen Sie denn hier?« fragte er den gleichermaßen verdutzten Beamten.

»Ich habe heute vormittag angerufen und nach Ihnen gefragt, Commissario«, sagte Pucetti, ohne sich um die Leute hinter ihm zu kümmern. »Aber ich wurde zu Tenente Scarpa durchgestellt. Wahrscheinlich hatte er die Anweisung gegeben, daß er mich sprechen wollte, wenn ich mich meldete. Er sagte, der Vice-Questore persönlich erteile mir den Befehl, sofort hier zu erscheinen, in Uniform. Ich habe ihm zu erklären versucht, ich hätte einen Sonderauftrag, aber da hat er nur gesagt, es wäre ein Entlassungsgrund, wenn ich nicht gehorchte.« Pucetti hatte den Mut, nicht den Blick zu wenden, und sprach direkt zu Brunetti. »Ich fand nicht, daß ich einen Befehl von oben verweigern dürfte, Commissario, und da bin ich eben zurückgekommen.«

»Waren Sie schon bei ihm?« fragte Brunetti, der sich mühsam beherrschte.

»Bei Scarpa?«

»Ja«, antwortete Brunetti, ohne den jungen Mann dafür zu rügen, daß er Scarpas Titel weggelassen hatte. »Was hat er gesagt?«

»Er wollte wissen, wo ich gewesen wäre, und ich habe ihm geantwortet, ich hätte den Befehl, darüber mit niemandem zu sprechen.«

»Hat er gefragt, von wem Sie diesen Befehl haben?«

»Ja.« Pucettis Stimme klang ganz ruhig. »Ich habe ihm gesagt, daß ich ihn von Ihnen habe, Commissario, und da hat er gemeint, darüber wolle er mit Ihnen sprechen.«

»Sonst noch etwas?«

»Nein, Commissario, das war alles.«

Brunetti hatte zwar selbst schon daran gedacht, Pucetti nach Venedig zurückkommen zu lassen, aber daß Scarpa über seinen Kopf hinweg gehandelt hatte, nahm er übel.

»Tut mir leid, Commissario«, sagte Pucetti, dann drehte er sich kurz um und warf einem Mann, der gegen den in der Schlange hinter ihm Stehenden laut geworden war, einen strafenden Blick zu. Der Blick genügte, um beide zu beruhigen, und Pucetti wandte sich wieder Brunetti zu.

»Hatten Sie Gelegenheit, mit Signorina Elettra zu sprechen?« fragte Brunetti beiläufig.

»Ein-, zweimal, Commissario, wenn sie auf einen Kaffee hereinkam, aber da waren immer Leute drum herum, und wir haben unsere Rollen gespielt und uns übers Wetter und die Fischerei unterhalten.«

»Dieser junge Mann«, wechselte Brunetti das Thema, »haben Sie eine Ahnung, wer das ist?« Ihm war gar nicht bewußt, daß er es Pucetti überließ, zu erraten, von welchem Mann er sprach, und dachte sich auch nichts dabei, daß Pucetti auf Anhieb wußte, wen er meinte.

»Das ist der Neffe von einem der Fischer da draußen.«

»Wie heißt er?«

»Wer, der Mann oder sein Onkel?«

»Der Mann. Wie heißt er?« Brunetti merkte jetzt, wie ungeduldig das klang, weshalb er eine Hand in die Jackentasche steckte und von einem Fuß auf den anderen trat, um entspannter dazustehen. »Ich meine, falls Sie es wissen«, fügte er lahm hinzu.

»Targhetta«, antwortete Pucetti, ohne sich anmerken zu lassen, ob er Brunettis Interesse in irgendeiner Weise außergewöhnlich fand. »Carlo.«

Brunetti wollte sich schon weiter nach dem jungen Mann erkundigen und fragen, was er auf Pellestrina machte, aber dann merkte er doch noch, wie sein Interesse an Signorina Elettras Privatleben den jungen Beamten immer neugieriger machte. »Gut, danke, Pucetti«, sagte er darum. »Sie können sich wieder auf den normalen Dienstplan setzen lassen.« Dabei vergaß er ganz, daß in Abwesenheit von Signorina Elettra, die sonst für die Rotation in der Belegschaft sorgte, seit zwei Wochen immer derselbe Dienstplan aushing.

Wieder in seinem Dienstzimmer, machte er insofern ein Zugeständnis an ihre Abwesenheit, als er persönlich bei der Guardia di Finanza anrief und nach Maresciallo Resto fragte.

Der Maresciallo sei im Augenblick nicht in seinem Zimmer, sagte man ihm, ob er vielleicht mit jemand anderem sprechen möchte? Das lehnte er so prompt wie automatisch ab, und erst nachdem er wieder aufgelegt hatte, ging ihm die volle Bedeutung seiner Reaktion auf: Selbst bei etwas so Gewöhnlichem wie einem simplen Anruf einer staatlichen Dienststelle bei einer anderen war er nicht gewillt, irgend jemandem – ganz gleich welchen Rang und welche Stellung dieser bekleidete – den Grund für seinen Anruf zu nennen, es sei denn, daß wieder jemand anderer, den er kannte und dem er vertraute, für den Betreffenden bürgte. Was ihn dabei traurig stimmte, war nicht so sehr, daß die Leute, mit denen er es zu tun hatte, möglicherweise im Sold der Mafia standen oder aus irgendeinem anderen Grund nicht zuverlässig waren, sondern daß dieses instinktive Mißtrauen stark genug war, um jede Chance auf eine Zusammenarbeit zwischen den zersplitterten Vertretern der öffentlichen Ordnung von vornherein auszuschließen. Und Maresciallo Resto hatte sich, wie ihm aufging, sein Vertrauen nur dadurch erworben, daß er Signorina Elettras Vertrauen besaß. Diese Überlegung brachte ihn wieder nach Pellestrina, zu dem jungen Mann, der jetzt einen Namen hatte, und zu Signorina Elettra. Damit beschäftigte er seine Gedanken eine Viertelstunde lang, dann rief er wieder bei der Finanza an.

»Resto«, meldete sich eine helle Stimme.

»Maresciallo«, begann Brunetti, »hier ist Commissario Guido Brunetti von der Questura. Ich rufe an, weil ich Sie um ein paar Auskünfte bitten möchte.«

»Sind Sie Elettras Chef?« fragte der Mann, wobei er Brunetti nicht nur mit der Frage überraschte, sondern auch mit dem selbstverständlichen Gebrauch ihres Vornamens.

»Ja.«

»Gut. Fragen Sie, was Sie wollen.« Brunetti wartete – allerdings vergeblich – auf das übliche Loblied über Signorina Elettras zahlreiche Tugenden.

»Ich interessiere mich für einen Fall, den Sie vor etwa zwei Jahren hatten. Da wurde ein Fischerboot beschlagnahmt, das einem Vittorio Spadini gehörte, einem Fischer von Burano.« Er wartete, ob Resto etwas dazu sagte, doch der andere schwieg, und Brunetti fuhr fort: »Ich möchte gern alles wissen, was Sie mir über den Fall oder den Mann sagen können.«

»Ist das wegen der Morde?« fragte Resto zu seiner erneuten Überraschung.

»Wieso fragen Sie?«

Resto lachte kurz auf. »Es hat in den letzten zehn Tagen auf Pellestrina drei Tote gegeben, zwei davon waren Fischer, und jetzt ruft die Polizei an und fragt mich nach einem Fischer aus. Ich müßte ja ein Carabiniere sein, um mir über den Zusammenhang keine Gedanken zu machen.«

Es war zwar scherzhaft gesagt, aber nicht so gemeint. »Er soll mit einem der Opfer irgendwas zu tun gehabt haben«, bot Brunetti vorsichtig als Erklärung an.

»Haben Sie ihn verhört?«

»Er ist spurlos verschwunden. Eine Nachbarin sagt, er sei auf und davon.«

Resto schien zu überlegen, dann sagte er: »Warten Sie einen Augenblick, ich besorge mir die Akte.« Er blieb eine kleine Weile fort, kam dann zurück, nahm den Hörer auf und sagte: »Die Akte ist unten im Archiv. Ich rufe zurück.« Damit hängte er ein.

Aha, auch Resto will also sicher sein, mit wem er spricht, dachte Brunetti, der mutmaßte, daß der Maresciallo die Akte in der Hand hatte, es aber für klüger hielt, in der Questura anzurufen und sich mit Brunetti verbinden zu lassen.

Als schon wenige Augenblicke später das Telefon klingelte, nahm er ab und meldete sich mit seinem Namen, und da nichts damit zu gewinnen war, wenn er den Mann provozierte, widerstand er der Versuchung, Resto zu fragen, ob er jetzt wirklich zu wissen glaube, mit wem er es zu tun habe.

Brunetti hörte Papier rascheln, dann sagte Resto: »Wir haben mit dieser Ermittlung im Juni vor zwei Jahren begonnen. Damals haben wir uns seine Konten vorgenommen und sein Telefon und das seines Steuerberaters angezapft. Wir haben verfolgt, wieviel er auf dem Fischmarkt verkaufte, und dann geprüft, wieviel davon in seiner Steuererklärung auftauchte.«

»Was noch?« wollte Brunetti wissen.

»Und dann haben wir die üblichen Kontrollen vorgenommen.«

»Und die wären?« fragte Brunetti.

»Das sage ich lieber nicht«, antwortete Resto. »Aber wir haben schließlich herausbekommen, daß er in einem Jahr Fisch und Muscheln für fast eine Milliarde Lire verkaufte, aber ein Einkommen von weniger als hundert Millionen angab.«

»Und?« fragte Brunetti in die nächste Stille hinein.

»Wir haben noch ein paar Monate lang ein Auge auf ihn gehabt, und dann haben wir ihn an Land gezogen.«

»Wie einen Fisch.«

»Genau. Wie einen Fisch. Aber daraufhin verwandelte er sich augenblicklich in eine Auster. Nichts. Kein Geld. Keine Ahnung, wo er es hat. Falls er es noch hat.«

»Was meinen Sie, wie lange er so gut verdient hat?«

»Unmöglich zu sagen. Vielleicht fünf Jahre. Vielleicht länger.«

»Und Sie haben keine Ahnung, wo er es versteckt hält?«

»Er könnte es ausgegeben haben.«

Brunetti, der gesehen hatte, in welchem Zustand sich Spadinis Haus befand, bezweifelte das, behielt diese Information aber für sich. Er dachte über das Gehörte nach, dann fragte er: »Was hat Sie auf seine Spur gebracht?«

»Eins eins sieben.«

»Pardon?«

»Das ist die Nummer für anonyme Anzeigen.«

Brunetti hörte seit Jahren von dieser Nummer 117, von der es hieß, sie sei eingerichtet worden, um Bürgern die Möglichkeit zu geben, Steuerhinterzieher anonym anzuzeigen. Er kannte die Geschichte, hatte aber nie so ganz daran geglaubt und immer angenommen, 117 sei wieder nur so ein Stadtgerücht. Aber nun hatte es ihm ein Maresciallo der Guardia di Finanza bestätigt: Es gab die Nummer, und sie war benutzt worden, um eine Ermittlung gegen Vittorio Spadini in Gang zu setzen, die damit endete, daß er sein Boot verlor.

»Wie werden diese Anrufe protokolliert?«

»Darüber kann ich leider nicht mit Ihnen sprechen, Commissario«, sagte Resto, ohne daß seiner Stimme ein Zaudern oder Bedauern anzuhören gewesen wäre.

»Aha«, antwortete Brunetti. »Wurde seinerzeit ein Strafverfahren gegen ihn eröffnet?«

»Nein, man hielt es für besser, ihm nur eine Geldbuße aufzubrummen.«

»Wie hoch war die Buße?«

»Fünfhundert Millionen Lire«, sagte Resto. »Das heißt, darauf wurde sie zuletzt festgesetzt. Anfangs war sie höher, doch dann wurde sie herabgesetzt.«

»Warum?«

»Wir haben uns sein Vermögen vorgenommen, und da besaß er nichts weiter als sein Boot und zwei kleine Bankguthaben.«

»Dabei wußten Sie aber, daß er eine halbe Milliarde im Jahr verdiente?«

»Wir hatten Grund zu dieser Annahme, ja. Doch es wurde entschieden, daß wir uns – weil nicht mehr bei ihm zu holen sei – mit der niedrigeren Summe zu begnügen hätten.«

»Und die setzte sich wie zusammen?«

»Aus seinem Boot und den beiden Bankguthaben.«

»Und das Haus?«

»Das gehört seiner Frau. Sie hatte es mit in die Ehe gebracht, wir hatten keinen Zugriff darauf.«

»Haben Sie irgendeine Vorstellung, wo das Geld geblieben sein kann?«

»Nicht direkt. Es gehen Gerüchte, daß er spielt.«

»Und anscheinend hat er im Spiel kein Glück«, bemerkte Brunetti.

»Kein Spieler hat Glück im Spiel.«

Brunetti lachte, wie es von ihm erwartet wurde, dann fragte er: »Und seitdem?«

»Keine Ahnung«, antwortete Resto. »Er ist uns seit damals nicht mehr aufgefallen, folglich kann ich Ihnen auch nichts weiter über ihn sagen.«

»Haben Sie ihn einmal kennengelernt?« fragte Brunetti.

»Ja.«

»Und?«

Ohne zu zögern antwortete Resto: »Ein überaus unangenehmer Zeitgenosse. Nicht wegen seiner Tat. Schummeln tut jeder. Damit rechnen wir. Aber in seinem Widerstand gegen uns lag eine Wut, der ich bis dahin nur selten begegnet bin. Ich glaube nicht, daß es mit dem Geld zusammenhing, das er verlor, aber da könnte ich auch im Irrtum sein.«

»Was denn sonst, wenn nicht das Geld?«

»Die Niederlage. Einfach daß er verloren hat«, meinte Resto. »Ich habe noch nie einen Menschen so wütend darüber gesehen, daß man ihn erwischt hatte, wobei es im Grunde gar nicht möglich war, ihn nicht zu erwischen. Er hatte sich derart dumm angestellt.« Es klang, als mißbilligte Resto vor allem Spadinis Leichtfertigkeit, weniger seine Unehrlichkeit.

»Würden Sie ihn als gewalttätig bezeichnen?« fragte Brunetti.

»Soll das heißen, ob ich ihn dieser Morde für fähig halte?«

»Ja.«

»Das weiß ich nicht. Ich nehme an, daß viele Leute fähig wären, einen Mord zu begehen, auch wenn sie es selbst nicht wissen, bevor sie in die richtige Situation geraten. Oder in die falsche«, verbesserte Resto sich rasch. »Vielleicht ja, vielleicht nein.« Als Brunetti nichts sagte, meinte Resto: »Tut mir leid, daß ich Ihnen das nicht beantworten kann, aber ich weiß es einfach nicht.«

»Schon gut«, sagte Brunetti. »Vielen Dank für die Auskünfte, die Sie mir geben konnten.«

»Lassen Sie mich wissen, wie es weitergeht«, sagte Resto – ein Ansinnen, mit dem er Brunetti von neuem überraschte.

»Ja, natürlich. Warum?«

»Ach, nur aus Neugier«, antwortete Resto, womit er irgend etwas verschleierte, Brunetti wußte nur nicht was. Mit wechselseitigen Artigkeiten verabschiedeten sich die beiden Männer voneinander.

21

Als Brunetti nach Hause kam, fand er seine Familie bei Tisch, alle vor fast leergegessenen Tellern mit Lasagne. Chiara stand auf und gab ihm einen Kuß, Raffi sagte *»Ciao papà«*, bevor er sich wieder seiner Pasta widmete, und Paola sah lächelnd zu ihm herüber. Dann ging sie zum Herd, bückte sich, zog den Backofen auf, nahm einen Teller heraus, auf dessen Mitte ein großes Rechteck Lasagne lag, und stellte ihn auf Brunettis Platz.

Er ging ins Bad, um sich die Hände zu waschen, und als er wiederkam, merkte er erst so richtig, wie hungrig er war und wie froh, wieder bei seinen Lieben zu Hause zu sein.

»Du siehst aus wie einer, der heute in der Sonne war«, sagte Paola, als sie ihm ein Glas Cabernet einschenkte.

Er trank ein Schlückchen. »Ist das der Wein, den dieser Student von dir macht?« fragte er, wobei er das Glas hob, um die Farbe zu studieren.

»Ja. Schmeckt er dir?«

»Sehr. Wieviel haben wir davon gekauft?«

»Zwei Kisten.«

»Gut«, sagte er und machte sich an seine Pasta.

»Du siehst aus wie einer, der heute in der Sonne war«, wiederholte Paola.

Er kaute, schluckte und sagte: »Ich war auf Burano.«

»Kann ich da mal mit, *papà*, wenn du wieder hinfährst?« rief Chiara dazwischen.

»Chiara, ich rede mit deinem Vater«, sagte Paola.

»Kann ich nicht gleichzeitig mit ihm reden?« fragte Chiara, der verletzte Stolz in Person.

»Wenn ich fertig bin.«

»Aber wir reden doch alle über dasselbe, oder?« fragte Chiara, immerhin klug genug, alles Beleidigtsein aus ihrer Stimme herauszuhalten.

Paola sah auf ihren Teller, dann legte sie ganz betulich ihre Gabel neben den Rest ihrer Lasagne.

»Ich habe deinen Vater etwas gefragt«, begann sie, und Brunetti vernahm das »dein Vater« und argwöhnte sofort, daß hinter der sprachlichen Distanzierung noch eine andere steckte.

Chiara wollte noch etwas sagen, aber Raffi gab ihr unter dem Tisch einen kräftigen Tritt, worauf sie den Kopf zu ihm herumwarf. Er preßte die Lippen aufeinander und kniff die Augen zu, und sie verstummte.

Schweigen legte sich über den Tisch. »Ja«, sagte Brunetti nach einer Weile, dann räusperte er sich und fuhr fort: »Ich bin nach Burano gefahren, weil ich dort mit jemandem reden wollte, aber der war nicht da. Dann wollte ich bei Romano zu Mittag essen, aber da war kein Tisch mehr frei.« Er aß seine Lasagne auf und schaute zu Paola hinüber. »Ist noch etwas übrig? Schmeckt nämlich köstlich«, fügte er hinzu.

»Was gibt es danach, *mamma*?« wollte Chiara wissen, deren Appetit doch stärker war als Raffis Warnung. »Rindergulasch mit Paprikagemüse«, antwortete Paola.

»Das mit den Kartoffeln?« fragte Raffi mit dick aufgetragener falscher Begeisterung.

»Ja.« Paola stand auf und sammelte die Teller ein. Die Lasagne entpuppte sich zu Brunettis Enttäuschung als ausgestorbene Spezies: Es gab keine mehr.

Kaum war Paola am Herd beschäftigt, begann Chiara in der Luft herumzufuchteln, um Brunetti auf sich aufmerksam zu machen, dann legte sie den Kopf auf die Seite, riß den Mund auf und ließ die Zunge heraushängen. Dabei verdrehte sie die Augen und wackelte mit dem Kopf hin und her und hin und her, wie ein Metronom, und immer noch hing ihr die schlaffe Zunge aus dem Mund.

Paola sagte vom Herd aus, wo sie das Gulasch auftat:

»Wenn du glaubst, daß du von dem Fleisch den Rinderwahn bekommst, Chiara, dann möchtest du vielleicht lieber nichts davon essen.«

Augenblicklich stellte Chiara das Kopfwackeln ein und legte die Hände sittsam vor sich auf den Tisch. »Aber nein, *mamma*«, erklärte sie in salbungsvollem Ton, »ich bin sehr hungrig, und du weißt doch, daß es eines meiner Lieblingsgerichte ist.«

»Für dich ist doch alles ein Lieblingsgericht«, meinte Raffi.

Sie streckte wieder die Zunge heraus, aber ihren Kopf hielt sie diesmal still.

Paola kam zurück an den Tisch und stellte erst Chiara, dann Raffi einen Teller hin. Sie holte einen weiteren für Brunetti und zuletzt einen für sich selbst. Dann setzte sie sich.

»Wie war's denn heute in der Schule?« fragte Brunetti beide Kinder gleichzeitig in der Hoffnung, daß wenigstens eines antworten würde. Beim Essen wanderte seine Aufmerksamkeit von den geschmorten Rindfleischstücken über die Karottenwürfel zu den kleinen Zwiebelscheiben. Raffi berichtete etwas von seinem Griechischlehrer. Als er einmal kurz verstummte, sah Brunetti zu Paola hinüber und fragte: »Ist da ein Schuß Barbera drin?«

Sie nickte, und er lächelte, erfreut, daß er richtig geraten hatte. »Wunderbar«, sagte er, während er ein weiteres Stück Fleisch auf die Gabel spießte. Raffi beendete seinen Bericht über den Griechischlehrer, und Chiara räumte das Geschirr ab. »Die Dessertteller«, sagte Paola zu ihr, als sie damit fertig war.

Paola ging zur Anrichte und nahm die runde Abdeckung von der Kuchenplatte, einem Erbstück von ihrer Großtante Ugolina in Parma. Zum Vorschein kam, was Brunetti kaum zu hoffen gewagt hatte: Paolas berühmter Apfelkuchen, der so mit Limonen- und Orangensaft und reichlich Grand Marnier durchtränkt war, daß der Gesamtgeschmack für alle Zeiten auf der Zunge verweilte.

»Eure Mutter ist eine Heilige«, sagte er zu den Kindern.

»Eine Heilige«, bestätigte Raffi.

»Eine Heilige«, echote Chiara, die sich ein zweites Stück erhoffte.

Nach dem Essen nahm Brunetti, um bei dem durch den Kuchen eingeführten Apfelmotiv zu bleiben, eine Flasche Calvados und ging damit auf die Terrasse. Dort stellte er die Flasche hin, dann ging er zurück in die Küche, um zwei Gläser und – wie er hoffte – seine Frau zu holen. Als er Chiara nahelegte, den Abwasch zu machen, erhob das Mädchen keine Einwände.

»Komm«, sagte er zu Paola und ging wieder hinaus auf die Terrasse.

Er goß zwei Gläser ein, setzte sich, legte die Füße aufs Geländer und schaute den Wolken nach, die in der Ferne dahintrieben. Als Paola sich in den anderen Liegestuhl sinken ließ, deutete er mit dem Kopf zu den Wolken und fragte: »Meinst du, es wird regnen?«

»Das will ich hoffen. Ich habe heute gelesen, daß es in den Bergen oberhalb Belluno schon Brände gibt.«

»Brandstiftung?« fragte er.

»Wahrscheinlich«, antwortete sie. »Wie wollen sie dort anders bauen?« Es war eine Besonderheit des Gesetzes, daß ein unerschlossenes Grundstück, auf dem das Bauen verboten war, diesen Schutz verlor, sobald die Bäume, die darauf standen, nicht mehr existierten. Und wie bekam man Bäume besser weg als durch ein Feuer?

Beide hatten keine Lust, dieses Thema zu vertiefen, weshalb Brunetti schließlich fragte: »Was ist denn los?«

Zu den Dingen, die Brunetti an Paola immer geliebt hatte, gehörte ihr »maskuliner« Verstand, wie er es beharrlich ausdrückte, mochte sie gegen das Wort protestieren, soviel sie wollte. So hielt sie es auch jetzt nicht für nötig, Verwirrung vorzuschützen, und sagte statt dessen freiheraus: »Ich finde dein Interesse an Elettra eigenartig. Und ich glaube, wenn ich noch etwas länger darüber nachdenken müßte, würde ich es wahrscheinlich anstößig finden.«

Es war an Brunetti, unschuldig zurückzufragen: »Anstößig?«

»Nur wenn ich noch länger darüber nachdenken müßte. Im Augenblick finde ich es nur eigenartig, kommentierungsbedürftig, ungewöhnlich.«

»Warum?« fragte er, wobei er sein Glas hinstellte und noch etwas Calvados nachschenkte.

Sie drehte sich zu ihm um, und ihr Gesicht war eine Studie offenen Unverständnisses. Aber sie wiederholte seine Frage nicht, sondern versuchte sie zu beantworten. »Weil du in der letzten Woche kaum noch an etwas anderes gedacht hast, und weil ich annehme, daß deine heutige Fahrt nach Burano auch mit ihr zu tun hatte.«

Bewundert hatte er an Paola auch immer, daß sie keine Schnüfflerin war und Eifersucht nicht zu ihrer Ausstattung gehörte. »Bist du eifersüchtig?« fragte er, bevor er sich die Zeit genommen hatte, darüber nachzudenken.

Ihr klappte das Kinn herunter, und die Augen, die ihn anstarrten, hätten an Stielen stecken können, so ungeteilt war ihre Aufmerksamkeit. Dann drehte sie sich weg, und an den Campanile von San Polo gerichtet, sagte sie: »Er möchte wissen, ob ich eifersüchtig bin.« Als der Campanile nicht antwortete, wandte sie den Blick in Richtung San Marco.

Wie sie so dasaßen und das Schweigen andauerte, verzog sich ganz langsam die Anspannung, als hätte die bloße Erwähnung des Wortes »Eifersucht« genügt, sie zu verjagen.

Die halbe Stunde schlug, und endlich sagte Brunetti: »Dafür besteht nämlich kein Grund, Paola. Ich will doch nichts von ihr.«

»Du willst ihre Sicherheit.«

»Das ist etwas für sie, nicht von ihr.«

Da drehte sie ihr Gesicht zu ihm und fragte ohne jede Spur ihrer sonstigen Heftigkeit: »Du glaubst das wirklich, ja, daß du nichts von ihr willst?«

»Natürlich«, verkündete er.

Sie wandte sich wieder von ihm ab und sah den Wolken nach, die jetzt höher waren und in Richtung Festland zogen.

»Was ist denn?« fragte er schließlich in die immer länger werdende Stille hinein.

»Nichts direkt. Wir sind nur an einem dieser Punkte angekommen, wo der Unterschied zwischen Männern und Frauen offen zutage tritt.«

»Welcher Unterschied?«

»In der Fähigkeit zum Selbstbetrug«, sagte sie, verbesserte sich aber gleich: »oder eher darin, worüber wir uns selbst gern täuschen.«

»Zum Beispiel?« fragte er, um Sachlichkeit bemüht.

»Männer täuschen sich über ihr eigenes Tun, während Frauen sich eher über das Tun anderer täuschen.«

»Vermutlich das der Männer?« fragte er.

»Ja.«

Wäre sie Chemikerin gewesen und hätte das periodische System der Elemente vorgelesen, es hätte nicht überzeugter klingen können.

Er trank seinen Calvados aus, schenkte sich aber keinen neuen mehr ein. In dem langen Schweigen, das folgte, ließ er sich ihre Worte durch den Kopf gehen. »Dann scheint mir, daß die Männer den besseren Teil erwischt haben«, antwortete er schließlich.

»Wann wäre das einmal nicht der Fall?«

Bis zum nächsten Morgen hatte Brunetti Paolas Feststellung, daß er vergangene Woche an kaum etwas anderes gedacht habe als an Signorina Elettra – was stimmte –, in die Behauptung umgedeutet, Paola glaubte, sie habe Grund zur Eifersucht – was eigentlich nicht dasselbe war. Vollkommen überzeugt, daß Paola keinen Grund zur Eifersucht hatte, räumte er seiner Sorge um Signorina Elettra weiter Vorrang in seinem Denken ein, und das beeinträchtigte seinen Instinkt, jedem, der mit der Sache zu tun hatte, mit ebensoviel Mißtrauen wie Neugier zu begegnen. So blieben unbehagliche Gefühle – wenn man das so nennen darf – unbeachtet, und einige der dünneren Fäden, die in gewisse Richtungen führten, wurden nicht weiterverfolgt.

Marotta kam zurück und übernahm die Leitung der Questura. Da Mord in Venedig selten vorkam und Marotta ein ehrgeiziger Mensch war, ließ er sich die Akte über die Bottin-Morde kommen, und nachdem er sie gelesen hatte, erklärte er, daß er den Fall selbst übernehmen werde.

Als Brunetti die Nummer von Signorina Elettras *telefonino* nicht fand, verbrachte er eine halbe Stunde vor dem Computer und versuchte in die Verzeichnisse der TELECOM hineinzukommen, gab es dann aber auf und fragte Vianello, ob er die Nummer beschaffen könne. Nachdem er sie hatte, dankte er dem Sergente und ging wieder in sein Dienstzimmer, um den Anruf von dort aus zu tätigen. Es klingelte achtmal, dann meldete sich eine Stimme, die ihm mitteilte, daß dieses Telefon abgeschaltet sei, er aber, wenn er wolle, eine Nachricht hinterlassen könne. Gerade wollte er schon seinen Namen nennen, da erinnerte er sich an den Blick, mit dem sie den jungen Mann angesehen hatte, dessen Namen er jetzt kannte, und meldete sich nur mit »Guido«, nannte sie »Elettra« sagte *»tu«* und, sie solle ihn an seinem Arbeitsplatz zurückrufen.

Dann rief er unten bei Vianello an und bat ihn, sich noch einmal an den Computer zu setzen und diesmal alles über einen gewissen Carlo Targhetta herauszufinden, möglicherweise wohnhaft auf Pellestrina. Vianellos Stimme war die Neutralität in Person, als er den Namen wiederholte, woraus Brunetti schloß, daß der Sergente mit Pucetti gesprochen hatte und sehr genau wußte, wer der junge Mann war.

Er nahm ein leeres Blatt Papier aus seiner Schublade und schrieb den Namen Bottin in die Mitte, dann links davon den Namen Follini. Es folgte auf dem unteren Teil des Blatts der

Name Spadini. Von Follini zu Spadini zog er einen Verbindungsstrich. Rechts neben Spadini schrieb er Sandro Scarpa, den Bruder des Kellners, der sich mit Bottin geprügelt haben solle, und verband auch diese beiden Namen miteinander. Darunter schrieb er noch den Namen des vermißten Kellners. Dann saß er da und starrte auf die Namen, als wartete er darauf, daß sie sich auf dem Papier in Bewegung setzten und neue interessante Beziehungen untereinander knüpften. Nichts tat sich. Er nahm wieder seinen Stift und schrieb den Namen Carlo Targhetta unauffällig, kleiner, in eine Ecke.

Es tat sich noch immer nichts. Er zog die vordere Schublade auf, legte das Blatt hinein und ging nach unten, um zu sehen, was Vianello herausgefunden hatte.

Vianello hatte sich in der Zwischenzeit per Computer in den Archiven verschiedener staatlicher Stellen herumgetrieben, um zu sehen, ob Carlo Targhetta seinen Militärdienst abgeleistet oder jemals Ärger mit der Polizei gehabt hatte. Aber das Gegenteil schien der Fall zu sein – jedenfalls sagte er das zu Brunetti, als dieser in Signorina Elettras Zimmer trat, wo der Sergente am Computer saß.

»Er war in der Guardia di Finanza«, sagte Vianello, selbst noch sehr verwundert.

»Und jetzt ist er Fischer«, fügte Brunetti hinzu.

»Und verdient damit wahrscheinlich unvergleichlich viel mehr«, bemerkte Vianello.

Obwohl das kaum zur Diskussion stand, erschien der Berufswechsel dennoch sonderbar, und die beiden Polizisten fragten sich, welchen Anlaß es dafür gegeben haben mochte. »Wann ist er dort ausgeschieden?« fragte Brunetti.

Vianello drückte ein paar Tasten, betrachtete den Bildschirm, drückte noch ein paar und sagte dann: »Vor ungefähr zwei Jahren.«

Beide dachten es, aber Brunetti war derjenige, der es aussprach: »Also um die Zeit, als man Spadini sein Boot weggenommen hat.«

»Mhm«, bestätigte Vianello, dann drückte er eine Taste, die den Bildschirm leerte. »Ich versuche mal herauszubekommen, warum er ausgeschieden ist«, sagte er, während er eine neue Informationsquelle aufrief. Ein paar Sekunden lang huschten Buchstaben und Zahlen über den Bildschirm, jagten und verjagten einander. Nach, wie es schien, ungebührlich langer Zeit sagte Vianello: »Darüber geben sie keine Auskunft, Commissario.«

Brunetti beugte sich zum Bildschirm hinunter und begann zu lesen. Das meiste waren Zahlen und unverständliche Symbole, aber kurz über dem unteren Rand las er: »Nur für internen Gebrauch, siehe betreffende Akte«, worauf eine lange Reihe von Zahlen und Buchstaben folgte, vermutlich die Kennzeichnung der Akte, in der die Gründe für Carlo Targhettas Ausscheiden aus dem Dienst standen.

Vianello tippte mit dem Finger auf diesen Satz und meinte: »Glauben Sie, das hat etwas zu bedeuten?«

»Muß nicht eigentlich alles etwas zu bedeuten haben?« fragte Brunetti zurück, statt zu antworten, aber auch er war neugierig zu erfahren, was wohl dahintersteckte. »Kennen Sie dort irgendwen?« fragte er Vianello in diesem jahrhundertealten venezianischen Kurzcode: Freunde, Verwandte, alte Klassenkameraden, eben irgendwen, der einem vielleicht eine Gefälligkeit schuldete.

»Nadias Patentante«, sagte Vianello nach kurzem Überlegen. »Sie ist mit einem ehemaligen Colonnello verheiratet.«

»Die beiden waren nicht zufällig zu Ihrem Hochzeitstag eingeladen?« fragte Brunetti.

Vianello lächelte bei dieser Anspielung auf die Gefälligkeit, die Brunetti ihm schuldete. »Nein. Er ist vor etwa drei Jahren pensioniert worden, kommt aber sicher noch an alles heran, was er haben will.«

»Steht Nadia den beiden sehr nah?«

Vianellos Lächeln erinnerte an einen Hai. »Wie eine Tochter, Commissario.« Er nahm den Hörer vom Telefon. »Mal sehen, was ich erfahren kann.«

Brunetti schloß aus der Kürze des Einleitungsgeplänkels, daß Vianello den pensionierten Colonnello direkt erreicht hatte. Er hörte ihn sein Anliegen vortragen. Als er Vianello nach einer kurzen Pause nur »Juni vor zwei Jahren« sagen hörte, nahm Brunetti an, daß der Colonnello nicht hatte wissen wollen, wozu der Sergente die Auskunft brauchte. Und als Vianello dann noch sagte: »Gut, dann rufe ich dich morgen früh noch mal an«, ging er wieder hinauf in sein Dienstzimmer.

22

Am folgenden Morgen machte Brunetti sich auf den Weg zum Dienst, bevor Paola wach war, und kam so darum herum, Fragen nach dem Stand seiner Ermittlungen beantworten zu müssen. Da Signorina Elettra auf seinen Anruf nicht geantwortet oder zumindest gestern nicht in der Questura angerufen hatte, konnte er sich in dem Glauben wiegen, sie habe ihm gehorcht und sei von Pellestrina zurückgekommen. Und so liebäugelte er auf dem Weg zur Arbeit mit der Vorstellung, sie in der Questura an ihrem Schreibtisch vorzufinden, im Gewand des Frühlings, froh, daß sie wieder da war, und noch froher, ihn wiederzusehen.

Aber leider war sein Gedanke nicht der Vater ihrer Tat und in ihrem Zimmer von ihr nichts zu sehen. Ihr Computer stand untätig da, der Bildschirm leer, doch bevor er das nun als ein Omen ansah, ging er lieber nach oben.

Unterwegs ging er noch rasch in den Bereitschaftsraum, wo Vianello an seinem Schreibtisch saß, vor sich die Einzelteile einer zerlegten Pistole. Die Teile lagen in wildem Durcheinander auf einer *Gazzetta dello Sport* und standen mit ihrer dumpfen Bedrohlichkeit in einem so krassen Gegensatz zu dem rosa Papier wie Schlagringe an den Händen einer Ballettänzerin.

»Was ist denn hier los?« fragte Brunetti.

Der Sergente sah auf und lächelte. »Alvises Dienstwaffe, Commissario. Er hat sie heute morgen zerlegt, um sie zu reinigen, und kriegte sie danach nicht wieder zusammen.«

»Wo ist er denn?« fragte Brunetti und sah sich um.

»Er holt sich einen Kaffee.«

»Und da hat er das hier liegenlassen?«

»Ja.«

»Und was machen Sie damit?«

»Ich dachte, ich könnte sie wieder zusammensetzen und ihm auf den Schreibtisch legen, Commissario.«

Brunetti dachte gebührend über diesen Vorschlag nach und meinte dann: »Ja, das ist sicher das beste.«

Vianello ließ jetzt die Pistole Pistole sein und sagte: »Der Colonnello hat angerufen.«

»Und?«

»Er sagt es uns nicht.«

»Und das heißt?«

»Es heißt wahrscheinlich, daß er es uns sagen würde, wenn man es ihm selbst gesagt hätte, aber das hat man wohl nicht.«

»Warum glauben Sie das?«

Vianello überlegte, wie er am besten anfangen sollte, und sagte schließlich: »Er war ja mal Colonnello und ist es von daher noch gewohnt, daß ihm fast jeder gehorcht. Meiner Meinung nach ist nun folgendes passiert: Man hat sich rundheraus geweigert, ihm zu sagen, warum Targhetta gegangen ist, aber er geniert sich, das zuzugeben, darum behauptet er, daß er die Information nicht weitergeben darf.« Nach kurzem Schweigen fuhr er fort: »Um sein Gesicht zu wahren – es so aussehen zu lassen, als hätte er selbst entschieden.«

»Wissen Sie das bestimmt?«

»Das nicht«, antwortete der Sergente, »aber es ist die plausibelste Erklärung.« Wieder eine längere Pause, dann fügte er hinzu: »Außerdem ist er mir mehr als einen Gefallen schuldig. Er würde es mir sagen, wenn er könnte.«

Brunetti dachte eine Weile nach, und als ihm klar wurde, daß Vianello schon viel länger darüber nachgedacht haben mußte, fragte er: »Und was meinen Sie?«

»Meine Vermutung ist, daß man Targhetta bei irgend etwas erwischt hat, es ihm aber nicht nachweisen konnte oder die Folgen fürchtete, wenn man ihn vor den Kadi brachte. Da hat man ihn lieber ohne Aufsehen ziehen lassen.«

»Und das hat man in seiner Akte vermerkt?«

»Hm, ja«, mutmaßte Vianello, worauf er sich nun doch die Pistole vornahm. Schnell und geschickt ergriff er die einzelnen Teile und steckte sie zusammen, und in Sekunden war wieder das kalte Todesinstrument daraus geworden.

Vianello legte die Waffe beiseite und seufzte: »Wenn sie doch nur hier wäre!«

»Wer?«

»Signorina Elettra«, antwortete Vianello, und aus einem unerfindlichen Grund freute es Brunetti, daß er nicht einfach »Elettra« gesagt hatte.

»Ja, das wäre gut.« Mit einemmal wurde Brunetti klar, wie vollkommen abhängig er von ihr geworden war. »Gäbe es sonst noch jemanden?« fragte er.

»Darüber denke ich schon seit dem Anruf nach«, antwortete Vianello. »Mir ist nur einer eingefallen, der dazu imstande wäre.«

»Und wer?«

»Sie werden keine Freude daran haben, Commissario«, antwortete der Sergente.

Für Brunetti konnte das nur eines – oder einen – bedeuten. »Sie wissen doch, daß ich mit Galardi lieber nichts zu tun haben möchte«, sagte er. Stefano Galardi, Besitzer und Direktor einer Software-Firma, war mit Vianello zur Schule gegangen, hatte aber schon lange vergessen, daß er in Castello aufgewachsen war und in einem Haus ohne Heizung und Warmwasser gelebt hatte, bevor er von dort in die himmlischen Gefilde des Cyber-Mammons entschwebte. Er war, gesellschaftlich und finanziell, die Leiter hinaufgefallen und wurde an jedem Tisch in der Stadt akzeptiert, sogar begrüßt, außer eben am Tisch eines gewissen Guido Brunetti, denn da hatte er sich vor sechs Jahren einmal im Suff allzu plump an Paola heranzumachen versucht und war von einem ebenso wütenden wie stocknüchternen Ehemann aufgefordert worden, das Haus zu verlassen.

Da Galardi überzeugt war, daß Vianello ihn vor fast zwanzig Jahren nach einem besonders wilden Redentore-Fest vor dem

Ertrinken gerettet hatte, war er, bevor Signorina Elettra die Bühne betrat, öfter für die Beschaffung gewisser elektronischer Informationen herangezogen worden. Brunettis Begeisterung für Signorina Elettra und ihr Können kam nicht zuletzt daher, daß sie es ihm ersparte, sich in Galardis Dankesschuld zu begeben.

Nach längerem Schweigen sagte Brunetti endlich: »Also gut. Rufen Sie ihn an.« Dann ging er aus dem Zimmer, weil er nicht auch noch dabeisein wollte, wenn Vianello mit dem Kerl sprach.

Zwei Stunden später wurde seine Neugier befriedigt, als Vianello ins Zimmer kam und unaufgefordert ihm gegenüber Platz nahm. »Er hat so lange gebraucht, um da hineinzukommen«, sagte er.

»Und?«

»Meine Vermutung war richtig. Man hat ihn beim Manipulieren von Beweisen erwischt und rausgeworfen.«

»Was war das für ein Fall, und was für Beweise waren das?«

Vianello beantwortete zuerst den zweiten Teil der Frage. »Das einzige, was er mir beschaffen konnte, war eine Übersetzung des Codes.« Er sah Brunettis verständnislose Miene und erklärte: »Erinnern Sie sich an diese Liste von Zahlen und Buchstaben unter dem Bericht?«

»Ja.«

»Er hat herausgefunden, was die bedeuten.« Vianello sprach schon von selbst weiter, ohne daß Brunetti ihn groß dazu auffordern mußte. »Wie er mir erklärt hat, benutzen sie diesen Code in Fällen, in denen ein Beamter der Guardia di Finanza Beweise entweder übersehen oder unterdrückt oder den Ausgang der Ermittlungen irgendwie sonst zu manipulieren versucht hat.«

»Wie zum Beispiel?« fragte Brunetti.

»Genauso wie wir«, antwortete Vianello, ohne rot zu werden. »Indem wir woandershin gucken, wenn unser Lebensmittelhändler keine Quittung gibt. Uns nicht erinnern, wie ein Prügelei zwischen einem Polizeibeamten und einem Zivilisten anfing. In dieser Art.«

Brunetti, der Vianellos zweites Beispiel lieber überhört haben wollte, fragte: »Und in diesem speziellen Fall, was hat er genau gemacht?«

»Das war nicht herauszubekommen. Es steht nicht in der Akte.« Vianello ließ Brunetti ein paar Sekunden Zeit, die Bedeutung dieser Information zu schlucken, dann fügte er hinzu: »Aber es war der Fall Spadini. Der Name stand nicht da, aber die Codenummer eines anderen Falles, an dem Targhetta seinerzeit arbeitete, ist dieselbe wie die für Spadini.«

Brunetti überlegte. Das Leben hatte ihn gelehrt, tiefes Mißtrauen gegenüber dem Zufall zu hegen, und es hatte ihn ebenso gelehrt, jedes scheinbar willkürliche Zusammentreffen von Ereignissen oder Menschen als Zufall anzusehen und folglich auch dieses mit Mißtrauen zu betrachten. »Pucetti?« fragte er.

Vianello schüttelte den Kopf. »Ich habe ihn gefragt, Commissario, aber er weiß gar nichts über Targhetta, den er nur ein paarmal in der Bar gesehen hat.«

»Mit Elettra?«

»Davon hat er nichts gesagt, Commissario.«

Brunetti merkte nicht, wie ausweichend Vianellos Antwort war. Brunetti erwog die verschiedenen Möglichkeiten, darunter die, selbst nach Pellestrina hinauszufahren. Nach einer Weile fragte er Vianello: »Glauben Sie, daß Bonsuans Freund ihm etwas erzählt, wenn er ihn anruft?«

»Das können wir nur Bonsuan fragen«, antwortete Vianello lächelnd. »Er hat heute dienstfrei. Sie könnten ihn zu Hause erreichen.«

Das war schnell getan, und Bonsuan erklärte sich bereit, mit seinem Freund zu sprechen. Zehn Minuten später rief er zurück, um zu sagen, daß der Freund nicht zu Hause sei und erst abends zurückkommen werde.

Brunetti und Vianello blieb somit nichts weiter zu tun, als zu grübeln und sich Sorgen zu machen. Der Sergente, der lieber in seinem eigenen Zimmer grübelte, ging wieder nach unten.

Brunetti sah die Gefälligkeiten, die er schuldete oder sich verdient hatte, wie einen Satz Spielkarten, der vom vielen Gebrauch schon ganz fettig und abgegriffen war: Du sagst mir dies, ich sage dir das; du gibst mir das eine, ich zahle es dir mit dem anderen zurück; du schreibst für meinen Vetter einen Empfehlungsbrief, und ich sorge dafür, daß dein Antrag auf Zuteilung eines Liegeplatzes für dein Boot ganz oben auf den Stapel kommt.

Wie er nun so an seinem Schreibtisch saß und ins Leere starrte, zog er im Geiste dieses Päckchen hervor und begann die Karten durchzublättern. Er fand eine, legte sie beiseite und blätterte weiter. Er fand eine weitere, überlegte kurz, ob er sie auch herausnehmen sollte, steckte sie dann aber wieder zurück und blätterte bis zum Ende. Dann nahm er sich die weggelegte Karte vor und versuchte sich zu erinnern, wann er sie zuletzt in der Hand gehabt hatte. Nie hatte er sie in der Hand gehabt, nein, nicht er, sondern Paola, die mit der Tochter dieses Mannes vor deren Abschlußexamen an der Universität ein paar Tage gepaukt hatte. Das Mädchen hatte mit einer guten Note bestanden, was Brunetti jetzt sicherlich mehr als berechtigte, die Karte auszuspielen.

Ihr Vater, Generale Aurelio Costantini, war vor zehn Jahren von der Guardia di Finanza in aller Stille in den Ruhestand geschickt worden, nachdem er von dem Vorwurf, gemeinsame Sache mit der Mafia gemacht zu haben, freigesprochen worden war. Der Vorwurf stimmte zwar, aber die Beweise waren unzureichend gewesen, und so hatte man den Generale stillschweigend bei voller Pension auf die Weide gestellt, wo er nun die Früchte seiner vielen Jahre treuer – und doppelter – Dienste genoß.

Brunetti rief ihn zu Hause an und erklärte ihm die Situation. Ebenso freundlich wie direkt ergänzte er, daß es diesmal nicht um die Mafia gehe. Der Generale, dem dabei vielleicht durch den Kopf ging, daß seine Tochter sich um einen Lehrauftrag an der

Ca'Foscari beworben hatte, gab sich über die Maßen hilfsbereit und versprach, Brunetti noch vor dem Mittag wieder anzurufen.

Ein Mann, ein Wort. Schon lange vor dem Mittag rief der Generale an, um zu sagen, er sei auf dem Weg zu einem Treffen mit einem Freund, der noch in der Guardia di Finanza arbeite, und wenn Brunetti sich in ungefähr einer Stunde auf ein Gläschen mit ihm treffen wolle, könne er ihm eine Kopie von Targhettas kompletter Personalakte geben.

Brunetti rief zu Hause an und war erleichtert, daß er nur mit dem Anrufbeantworter zu sprechen brauchte, auf dem er die Mitteilung hinterließ, daß er zum Mittagessen fortbleibe und abends zur gewohnten Zeit nach Hause kommen werde.

Der Generale war ein höflicher, weißhaariger Mann mit der aufrechten Körperhaltung eines Kavallerieoffiziers sowie der manierierten Aussprache der Oberschicht und ihrer Nacheiferer. Er schlürfte einen Prosecco, während Brunetti, der den Umfang der vor ihnen auf dem Tresen liegenden Akte gesehen hatte, rasch zwei Sandwichs verzehrte, die ihm das Mittagessen ersetzten. Sie redeten übers Wetter, wie man es in der Stadt schon seit drei Monaten tat, und beteuerten beide, wie sehr sie hofften, daß es bald regnen werde, denn nichts anderes könne die Augiasställe wieder sauber bekommen, zu denen die engsten *calli* inzwischen geworden waren.

Auf dem Rückweg zur Questura machte Brunetti sich Gedanken über sein widersprüchliches Verhalten gegenüber diesen beiden Männern, von denen das Material stammte, das er jetzt unterm Arm trug: Galardi hatte lediglich getan, was Betrunkene nun einmal tun, und Brunetti wollte nichts mit ihm zu schaffen haben. Generale Costantini, dessen Schuld über jeden Zweifel erhaben war, hatte dem Staat Schaden zugefügt, indem er dessen Geheimnisse an die Mafia verkauft hatte, und mit ihm traf Brunetti sich in aller Öffentlichkeit, lächelte, forderte Gefälligkeiten ein und wäre nicht auf die Idee gekommen, die Beziehungen in Frage zu stellen, die der Mann noch zur Guardia di Finanza hatte.

Sowie er aber wieder in seinem Dienstzimmer war und die Akte aufgeschlagen hatte, lösten alle derartigen jesuitischen Gedanken sich in nichts auf, und er widmete sich nur noch der Personalakte Carlo Targhetta. Der jetzt zweiunddreißigjährige Targhetta hatte zehn Jahre lang bei der Finanza gearbeitet, bevor er sich »zum Ausscheiden aus dem Dienst entschloß«, wie es in der Akte hieß. Der gebürtige Venezianer hatte in Catania, Bari und Genua Dienst getan, bis er vor drei Jahren nach Venedig versetzt wurde, ein Jahr vor dem Ereignis, das zu seinem Abgang führte. Die Akte war voll des Lobes von seinen sämtlichen Vorgesetzten, die von seinem Pflichtbewußtsein und seiner »äußersten Rechtschaffenheit« sprachen.

Soweit Brunetti es den Lobeshymnen in der Akte entnehmen konnte, war Targhetta zur Zeit seines Ausscheidens für die Entgegennahme anonymer Anrufe zuständig gewesen, mit denen Fälle von Steuerhinterziehung gemeldet wurden. Einen solchen Anruf hatte er nicht vorschriftsgemäß weitergemeldet – vorsätzlich, wie die Finanza behauptete, während Targhetta beteuerte, es sei ein Versehen gewesen. Die Guardia di Finanza hatte es sich erspart, entscheiden zu müssen, was nun stimmte, indem sie Targhetta die Gelegenheit gegeben hatte, den Dienst zu quittieren, und er hatte das Angebot angenommen, obwohl er ohne Versorgungsbezüge ausschied.

Der Akte lag eine Tonbandkassette bei, auf der ein Datum stand, von dem Brunetti annahm, daß es der Tag des Anrufs war, der die Ereignisse in Gang gesetzt hatte. An den rückseitigen Deckel des Aktenordners war ein Stoß Papier geklammert, auf dem dasselbe Datum stand. Ein Blick darauf bestätigte die Vermutung, daß es sich um Abschriften der Anrufe handelte. Brunetti ging mit der Kassette in eines der Zimmer hinunter, in denen die Verhöre mitgeschnitten wurden, legte die Kassette in einen Recorder, drückte auf PLAY und klappte die Akte auf.

Es folgte ein langes Gespräch, dessen Übertragung auf dem ersten Blatt stand. Eine Frau wollte darin ihren Mann anzeigen, einen Metzger, der sein Einkommen nicht vollständig angebe. Der Aussprache nach wohnte sie auf der Giudecca, und die Art, wie sie von ihrem Mann sprach, verriet jahrzehntelangen Groll. Jeglicher Zweifel an ihren Motiven schwand, als sie die Beherrschung verlor und kreischte, das werde ihn und *»quella puttana di Lucia Mazotti«* erledigen. Ihre wüsteren Auslassungen waren jeweils durch züchtige drei Sternchen ersetzt.

Die nächsten Anrufe kamen von alten Frauen, die meldeten, daß sie von ihrem Zeitungsverkäufer keine Quittungen bekommen hätten, worauf Targhetta sie mit wahrer Engelsgeduld – das mußte Brunetti zugeben – darüber informierte, daß Zeitungsverkäufer keine Quittungen auszustellen brauchten. Allerdings vergaß Targhetta nicht, ihnen für ihren Bürgersinn zu danken, obschon der Überdruß, mit dem er das tat, deutlich herauszuhören war, zumindest für Brunetti.

»Guardia di Finanza«, hörte er die inzwischen wohlvertraute Stimme Targhettas wieder sagen.

»Ist das die richtige Nummer?« fragte eine Männerstimme in starkem Veneziano.

Brunetti hatte bei den vorherigen Anrufen bemerkt, daß Targhetta sich immer auf Italienisch meldete, sowie aber am anderen Ende Veneziano gesprochen wurde, verfiel auch er sofort in diesen Dialekt, um dem Anrufer die Scheu zu nehmen. Das tat er auch jetzt, als er fragte: »Weswegen rufen Sie denn an, Signore?«

»Wegen einem, der seine Steuern nicht bezahlt.«

»Ja, dann haben Sie die richtige Nummer gewählt.«

»Gut. Also notieren Sie sich mal den Namen.«

»Gewiß, Signore«, sagte Targhetta abwartend.

»Spadini. Vittorio Spadini. Aus Burano.«

Es entstand eine längere Pause, dann hörte man Targhetta – diesmal ohne eine Spur Veneziano und in viel amtlicherem Ton – fragen: »Könnten Sie mir darüber mehr sagen, Signore?«

»Dieser Dreckskerl fischt sich täglich Millionen zusammen«, sagte der Mann mit einer Stimme, die vor Bosheit oder Wut ganz gepreßt klang. »Und zahlt nie eine Lira Steuern. Verkauft alles schwarz, das wird also nie versteuert. Alles, was er verdient, ist Schwarzgeld.«

Bis dahin hatte Targhetta immer um nähere Auskünfte über den Beschuldigten gebeten: wo er wohne, was für eine Art Geschäft er betreibe. Diesmal fragte er statt dessen: »Würden Sie mir Ihren Namen nennen, Signore?« Das hatte er noch nie getan.

»Ich denke, diese Leitung ist anonym«, versetzte der Anrufer, augenblicklich mißtrauisch.

»Normalerweise ja, Signore, aber in einem Fall wie diesem – Sie sprachen von Millionen täglich, nicht wahr? – wüßten wir schon gern ein bißchen über den, der die Anzeige erstattet.«

»Also, meinen Namen kriegen Sie nicht«, erklärte der Mann hitzig. »Notieren Sie sich lieber diesen Saukerl. Sie müssen überhaupt nichts weiter tun, als mal zur Fischhalle von Chioggia gehen, wenn er entlädt, und sich ansehen, wieviel er gefangen hat, und dann sehen Sie auch gleich, wer es kauft.«

»Ich fürchte, das können wir nicht, solange Sie uns Ihren Namen nicht nennen, Signore.«

»Du brauchst meinen Namen nicht, du Miststück! Spadini sollst du schnappen, sonst keinen!« Damit knallte der Mann den Hörer auf.

Es folgte eine kurze Stille, dann hörte man wieder Targhetta sagen: »Guardia di Finanza.«

Brunetti schaltete das Gerät aus und nahm sich die Abschriften vor. Die Gespräche waren alle schriftlich festgehalten, und zwar wie der Text zu einem Schauspiel, wobei die Rollen jeweils »Finanziere Targhetta« und »Cittadino« – Bürger – hießen.

Er blätterte die restlichen Seiten durch und zählte drei weitere Anrufe. Er schaltete das Gerät wieder ein und las mit, während er die Gespräche abhörte.

Als er das letzte Blatt umdrehte, hinter dem er die leere Innenseite des hinteren Aktendeckels zu finden erwartete, fand er stattdessen mehrere lose, handbeschriebene Zettel, die von einer Büroklammer zusammengehalten wurden. Sie waren an den oberen Rändern in Rubriken eingeteilt: Datum, Uhrzeit, Name des Beschuldigten und so weiter, unten war Platz für die Initialen des Beamten, der den Anruf entgegengenommen hatte. Brunetti zählte die Blätter und fand nur sechs. Er las den Namen des Metzgers, die der beiden Zeitungsverkäufer und drei weitere Namen von den letzten Anrufen, aber der eine Anruf, der Spadini galt, war nicht verzeichnet. Sieben Anrufe auf dem Band und sieben Abschriften, aber nur sechs Protokollnotizen, alle unten säuberlich mit »CT« abgezeichnet.

Er spulte zurück und fand im Suchlauf die Stelle, wo der nicht protokollierte Anruf anfing. Er hörte ihn noch einmal ab, wobei er alle Aufmerksamkeit auf die Stimme des Anrufers richtete. Seine Mutter hätte sofort herausgehört, woher der Sprecher stammte, und wenn das nicht irgendwo auf dem Festland war, hätte sie wahrscheinlich sogar sagen können, in welchem *sestiere* der Mann aufgewachsen war. Brunetti konnte bestenfalls erkennen, daß er wahrscheinlich von einer der Inseln kam, vielleicht von Pellestrina. Er hörte das Gespräch ein weiteres Mal ab, und jetzt vernahm er die Überraschung in Targhettas Stimme, als der Name Spadini fiel. Targhetta hatte sie nicht verbergen können, und von diesem Augenblick an hatte er angefangen, den Anrufer abzuwimmeln – anders konnte man das, was er tat, nicht nennen. Je mehr ihm dieser mitzuteilen versuchte, um so beharrlicher versuchte Targhetta ihm weiszumachen, daß er seinen Namen nennen müsse – ein Ansinnen, das mit Sicherheit jeden Zeugen abschreckte, besonders wenn er es mit der Guardia di Finanza zu tun hatte.

Brunetti sah, wie klug es von der Guardia di Finanza war, die Gespräche aufzuzeichnen. So also kontrollierte man die Kontrolleure. Targhetta, der nicht gewußt zu haben schien, daß die Gespräche registriert wurden, hatte geglaubt, er brauche den Anruf nur nicht zu protokollieren, und schon sei jede Spur davon getilgt. Als er dann mit einer Aufzeichnung des fehlenden Gesprächs konfrontiert wurde – falls das so zugegangen war –, glaubte er sich damit herausreden zu können, das Protokoll sei irgendwo verlorengegangen. Offenbar hatte man ihm das jedoch nicht abgenommen, denn wie sonst wäre sein plötzlicher Weggang nach zehn Dienstjahren zu erklären?

Aber konnte einer, der seit zehn Jahren bei der Finanza arbeitete, so dumm sein und nicht wissen, daß die Gespräche aufgezeichnet wurden? Immerhin wußte Brunetti aus langer Erfahrung, daß solche Aufzeichnungen, selbst wenn es sie gab, nicht unbedingt noch einmal abgehört wurden. Targhetta konnte darauf gehofft haben, daß seine Unterlassung unbemerkt blieb. Oder er war, wie seine Stimme ja verriet, derart überrascht gewesen, daß er instinktiv reagiert und den Anrufer abgewimmelt hatte, ohne sich über die Folgen seines Tuns Gedanken zu machen.

Blieb nur noch ein Teilchen in das Puzzle einzufügen – oder – so dachte Brunetti, als er das Blatt hervorzog, auf dem er die Verbindungslinien zwischen den beteiligten Personen gezogen hatte – nur noch eine Linie zu ziehen, nämlich die zwischen Targhetta und Spadini. Das ging leicht. In der Geometrie hatte er vor langer Zeit gelernt, daß die kürzeste Verbindung zwischen zwei Punkten die Gerade war. Nur war er damit seinem Ziel, die Verbindung zu verstehen, noch keinen Schritt näher gekommen; dafür würde er zuvor das Schweigen der Pellestrinotti brechen müssen.

23

Sowie Brunetti entschieden hatte, daß er unbedingt mit Targhetta sprechen müsse, überlegte er noch eine Weile hin und her, ob er Paola anrufen und ihr sagen solle, daß er nach Pellestrina fuhr. Er wollte seine Motive nicht gern von ihr in Frage stellen lassen – und sie auch selbst nicht so genau unter die Lupe nehmen. Besser also, sich von Bonsuan hinausfahren zu lassen und es hinter sich zu bringen.

Vianello wollte er auch nicht mitnehmen, und über sein Motiv für diese Entscheidung dachte er erst gar nicht nach. Er spulte das Band zurück, steckte es in die Tasche und machte einen Abstecher in den Bereitschaftsraum, um einen batteriebetriebenen kleinen Recorder auszuleihen, nur für den unwahrscheinlichen Fall, daß er auf Pellestrina jemanden fand, der bereit war, sich das Band anzuhören, um möglicherweise die Stimme des Anrufers zu identifizieren.

Der Tag war kühler geworden, und im Norden erschienen dunkle Wolken, die ihm Grund zu der Hoffnung gaben, daß endlich Regen nahte. Auf der Fahrt nach Pellestrina blieb er unter Deck und vertrieb sich die Zeit mit der gestrigen Zeitung und einer Motorboot-Zeitschrift, die einer der Bootsführer liegengelassen hatte. Bei Pellestrina angekommen, wußte er so einiges über 55-PS-Motoren, aber noch immer nichts Genaueres über Carlo Targhetta oder Vittorio Spadini.

Als sie sich dem Anleger näherten, ging er zu Bonsuan in die Kabine hinauf.

Bonsuan warf einen Blick zurück zur Stadt und meinte: »Gefällt mir nicht.«

»Was?« fragte Brunetti. »Hier draußen zu sein?«

»Nein. Wie der Tag sich anfühlt.«

»Was soll denn das nun wieder heißen?« fragte Brunetti,

der von Seefahrern und ihren Sprüchen plötzlich die Nase voll hatte.

»Die Luft. Wie die sich anfühlt. Dieser Wind. Riecht nach Bora.«

In der Zeitung war von schönem Wetter und steigenden Temperaturen die Rede gewesen. Brunetti sagte ihm das, aber Bonsuan schnaubte nur voller Verachtung. »Ich fühle das einfach«, behauptete er störrisch. »Das ist die Bora. Wir wären besser nicht hier draußen.«

Brunetti wandte den Blick nach vorn und sah helle Sonne auf stillem Wasser tanzen. Er verließ die Kabine, als das Boot an den Liegeplatz glitt. Kein Lüftchen regte sich, und als dann Bonsuan auch noch den Motor abstellte, störte kein Laut mehr die friedvolle Stille des Tages.

Brunetti sprang vom Boot und vertäute es, nicht wenig stolz darauf, daß er das konnte. Er ließ Bonsuan zurück, damit er sich andere Seeleute suchen und mit ihnen übers Wetter reden konnte; er selbst ging ins Dorf und suchte das Restaurant auf, in dem er seine Ermittlungen begonnen hatte.

Als er dort eintrat, verstummte die Unterhaltung, ging dann aber kurz darauf nur um so lebhafter weiter, weil alle auf einmal die Stille ausfüllen wollten, die durch das Eintreten eines Commissario der Polizei hervorgerufen worden war. Brunetti ging an den Tresen und verlangte ein Glas Weißwein, und während er darauf wartete, blickte er sich um, zwar ohne zu lächeln, aber auch nicht so, daß der Eindruck entstand, er habe für sein Hiersein einen besonderen Grund.

Er nickte dem Barkellner zu, als dieser den Wein brachte, und hob die Hand, damit der Mann nicht einfach wieder kehrtmachte. »Kennen Sie Carlo Targhetta?« fragte er, denn er hatte beschlossen, mit unnützen Versuchen, die Pellestrinotti zu überlisten, keine Zeit mehr zu vertun.

Der Barkellner legte das Kinn schief, um so deutlich wie möglich zu zeigen, daß er über die Frage nachdachte, dann sagte er: »Nein, Signore. Nie gehört.«

Ehe Brunetti sich an den alten Mann wenden konnte, der neben ihm am Tresen stand, rief der Barkellner so laut, daß alle im Raum es hören konnten: »Kennt hier jemand einen Carlo Targhetta?«

Die Antwort kam im Chor: »Nein, Signore. Nie gehört.« Und schon ging die allgemeine Unterhaltung weiter, allerdings sah Brunetti das eine oder andere verschwörerische Lächeln hin und her gehen.

Er wandte seine Aufmerksamkeit dem Wein zu und griff träge nach dem heutigen *Gazzettino,* der zusammengefaltet auf dem Tresen lag. Er klappte die Titelseite auseinander und begann die Schlagzeilen zu lesen. Nach und nach merkte er, wie die allgemeine Aufmerksamkeit von ihm abließ, besonders als ein Mann mit feistem Gesicht eintrat und verkündete, es habe zu regnen angefangen.

Brunetti breitete die Zeitung auf dem Tresen aus. Mit der linken Hand nahm er den Kassettenrecorder aus der Tasche und schob ihn unter die Zeitung. Unterwegs hatte er das Band bis zu der Stelle vorlaufen lassen, wo der Anrufer Spadini unmittelbar einer Straftat bezichtigte und seine Stimme laut und hitzig wurde. Nun hob er die Zeitung an einer Ecke an, um kurz einen Blick auf das Gerät zu werfen. Er stellte es auf volle Lautstärke, legte den rechten Zeigefinger auf die Abspieltaste und ließ die Zeitung wieder herunterklappen. Den Finger weiter auf der Taste, nahm er sein Glas und trank einen Schluck, scheinbar ganz auf die Zeitung konzentriert.

Drei Männer gingen hinaus, um sich den Regen anzusehen, während die Dagebliebenen verstummten und warteten, daß die anderen zurückkamen und berichteten.

Brunetti drückte auf PLAY. »Dieser Dreckskerl fischt sich täglich Millionen zusammen. Und zahlt nie eine Lira Steuern. Verkauft alles schwarz. Alles, was er verdient, ist Schwarzgeld.«

Dem alten Mann neben ihm fiel das Weinglas aus der Hand, es zersplitterte am Boden. *»Maria Santissima«*, rief er aus. »Das war Bottin. Er ist gar nicht tot.«

Sein Gejammer übertönte den nächsten Wortwechsel auf dem Band, aber alle in der Bar hörten Targhetta sagen: »... wüßten wir schon gern ein bißchen über den, der die Anzeige erstattet.«

»*O Dio*«, rief der Alte und griff mit zittriger Hand an den Tresen, um sich daran festzuhalten. »Das ist Carlo.«

Brunetti schob seine Hand unter die Zeitung und drückte auf STOP. Das laute Klicken hallte in die Stille hinein, verletzte sie, aber veränderte sie nicht. Der alte Mann verstummte, aber seine Lippen bewegten sich weiter in stummem Gebet oder Protest.

Die Tür ging auf, und die drei Männer kamen zurück, die Schultern dunkel und die Köpfe naß vom Regen. Ausgelassen wie Kinder, die man vorzeitig aus der Schule gelassen hat, riefen sie laut: »Es regnet, es regnet«, dann verstummten sie, als sie die geladene Atmosphäre im Raum wahrnahmen.

»Was ist denn hier los?« fragte einer, ohne sich an jemand Bestimmten zu wenden.

Brunetti antwortete mit ruhiger Stimme: »Sie haben mir von Bottin und Spadini erzählt.«

Der Mann, zu dem er das gesagt hatte, sah sich in der Bar um und fand die Bestätigung in den abgewandten Blicken und dem anhaltenden Schweigen. Er schüttelte die Arme, wobei das Wasser nach allen Seiten spritzte, ging an die Bar und sagte: »Einen Grappa, Piero.«

Der Barkellner stellte ihm wortlos das Glas hin.

Nach und nach kam die Unterhaltung wieder in Gang, aber verhalten. Brunetti winkte dem Kellner und zeigte auf den alten Mann neben ihm. Der Kellner brachte ein Glas Weißwein für den Alten, der es nahm und in einem Zug hinunterkippte, als wäre es Wasser, worauf er das Glas auf den Tresen knallte. Brunetti nickte, und der Kellner füllte es wieder. Brunetti wandte ihm seine Aufmerksamkeit zu und fragte: »Targhetta?«

»Sein Neffe«, antwortete der Alte und kippte das neue Glas hinunter.

»Wessen Neffe, Spadinis?«

Der Mann sah Brunetti an und hielt das Glas dem Kellner hin, der es von neuem füllte. Statt zu trinken, stellte der Alte es auf den Tresen und starrte hinein. Er hatte die wäßrigen Augen des Gewohnheitstrinkers, der zum Aufstehen Wein trank und abends mit Wein auf der Zunge zu Bett ging.

»Wo ist Targhetta jetzt?« fragte Brunetti, wobei er die Zeitung zusammenfaltete, als hätte er die uninteressanteste Frage gestellt, die er sich nur ausdenken konnte.

»Zum Fischen wahrscheinlich, mit seinem Onkel. Ich hab sie vor einer halben Stunde noch am Anleger gesehen.« Der Alte schürzte mißbilligend die Lippen, und Brunetti wartete schon darauf, daß er etwas über die Bora sagen würde und die Luft, die sich nicht gut anfühle, aber statt dessen sagte er: »Hat wahrscheinlich wieder diese Frau mitgenommen. Bringt Unglück, eine Frau auf dem Boot.«

Brunetti spannte die Hand um die Zeitung. »Was für eine Frau?« zwang er sich im Ton eines Unbeteiligten zu fragen.

»Na, die er gerade vögelt, die aus Venedig.«

»Aha«, sagte Brunetti und zwang seine Hand, die Zeitung loszulassen und das Weinglas zu nehmen. Nachdem er ein Schlückchen getrunken hatte, nickte er anerkennend zu dem alten Mann und dem Kellner hinüber. Dann vertiefte er sich mit einer bewußten Anstrengung wieder in die Zeitung, als interessierte er sich überhaupt nicht für diese Frau aus Venedig und dafür, was Carlo mit ihr anstellte, um so mehr hingegen für die Fußballergebnisse des Vortags.

Licht zuckte über die Fensterscheiben, kurz darauf krachte Donner, daß die Flaschen hinter der Bar wackelten. Die Tür ging auf, und noch ein Mann kam herein, naß wie ein Otter. Als er kurz in der offenen Tür stehenblieb, wurde alles Geräusch in der Bar übertönt vom Prasseln des Regens, der nur so vom Himmel herunterklatschte und vom Straßenpflaster hochspritzte. Noch ein Blitz, und alle in der Bar wappneten sich für die Detonation, die gleich folgen mußte. Und schon war sie da, grollte noch sekundenlang nach, und kaum begann sie abzuebben, wurde sie abgelöst vom Kreischen der Bora, die von Norden heruntergefegt kam. Selbst in der Bar fühlte man den plötzlichen Temperatursturz.

»Wo könnten sie jetzt sein?« fragte Brunetti den alten Mann.

Der trank seinen Wein und sah Brunetti fragend an. Brunetti nickte dem Kellner zu, und wieder wurde das Glas gefüllt. Bevor der Alte es anrührte, sagte er: »Sie sind noch nicht so lange weg. Versuchen wahrscheinlich, da rauszukommen.« Er deutete dabei mit dem Kinn zur Tür und über die Tür hinaus in das Tosen von Blitzen, Sturm und Regen, das den Tag in ein Chaos verwandelt hatte.

»Wie denn?« fragte Brunetti, der gegen seine aufkommende Angst ankämpfen mußte, damit es nur nach mäßigem Interesse an den Tücken der Lagune und den Männern klang, die in ihren Wassern fischten.

Der Alte wandte sich an den Mann rechts von ihm, den ersten, der aus dem Regen zurückgekommen war. »Marco«, fragte er, »wohin würde Vittorio abdrehen?«

Brunetti war sich der angespannten Stille bewußt, als die Fischer alle miteinander abwarteten, wer wohl als erster dem Alten folgen und von der Fahne gehen würde, indem er mit dem Polizisten sprach.

Der Befragte starrte in sein Glas, und ein Instinkt hielt Brunetti davon ab, dem Kellner zu winken, daß er es füllen solle. Statt dessen stand er nur ruhig da und wartete auf die Antwort.

Der mit Marco Angesprochene sah den Alten an. Schließlich hatte der ihm die Frage gestellt. Wenn der Polizist die Antwort mithörte, war das nicht seine Schuld. »Ich denke, er wird versuchen, nach Chioggia zu kommen.«

Ein Mann an einem weiter entfernten Tisch meinte ungerührt: »Das schafft er doch nie bei Bora und auslaufender Flut. Wenn er dem Porto di Chioggia nur schon nahe kommt, wird er rausgespült aufs Meer.« Keiner widersprach, überhaupt sagte keiner etwas. Man hörte nur Regen und Wind, die jetzt zu einem einzigen gewaltigen Lärm verschmolzen.

Von einem anderen Tisch ließ sich eine Männerstimme vernehmen: »Vittorio ist ein Miststück, aber er weiß, was er tut.«

Ein anderer erhob sich halb und zeigte mit ausgestrecktem Arm zur Tür. »In so was weiß keiner, was er tut.« Sein hitziger Einwurf wurde sogleich von einem neuen Blitz beantwortet, der jetzt näher war, denn der lang anhaltende Donner folgte schnell.

Als der Lärm sich wieder auf das Regengeprassel reduzierte, sagte einer, der in der Nähe der Tür saß: »Wenn das schlimmer wird, versucht er wahrscheinlich, an der Riserva auf Grund zu laufen.« Brunetti hatte ausgiebig die Karte studiert und sich von Bonsuan allerlei dazu erklären lassen, weshalb er wußte, daß die Riserva di Caroman gemeint sein mußte, ein ödes, sandiges Rechteck, das wie ein Tropfenanhänger am Südende des langen, dünnen Fingers hing, der Pellestrina hieß.

»Sie meinen, er würde sein Boot da auf Grund setzen?« fragte Brunetti.

Der Mann setzte zu einer Antwort an, aber was er sagte, ging in einem gewaltigen Donner unter, der das ganze Haus zu erschüttern schien. Als es endlich wieder still war, versuchte er es noch einmal. »Anlegen kann er da nirgends, aber stranden lassen kann er das Boot wahrscheinlich.«

»Warum kommt er nicht hierher zurück?«

Der alte Mann schüttelte müde den Kopf, entweder über die Unmöglichkeit einer solchen Tat bei solchem Wetter oder über die Dummheit des Menschen, der so etwas fragte. »Nichts drin. Wenn er im Kanal zu wenden versucht, kann es ihm passieren, daß der Wind und die Flut ihn umschmeißen. Er kann nur versuchen, nach Caroman zu kommen. Damals, 1927«, begann er, und es klang aus seinem Munde, als hätte er auch diesen Sturm selbst miterlebt, »also, da ist es Elio Magrini so ergangen. Es hat ihn einfach auf den Rücken geschmissen wie eine Schildkröte. Sie haben ihn nie gefunden, und was von seinem Boot noch übrig war, das lohnte die Bergung nicht.« Er hob sein Glas, vielleicht im Gedenken an Elio Magrini, und leerte es in einem einzigen, langen Zug.

Die ganze Zeit hatte Brunetti sich die verschiedenen Möglichkeiten durch den Kopf gehen lassen: Da der Wind von Nordwesten kam und das ablaufende Wasser vor sich hertrieb, war die schmale Landzunge, die nach Caroman hinunterführte, wahrscheinlich überflutet. Er und Bonsuan würden nur mit dem Boot dort hinkommen, und wenn es stimmte, was der Alte gesagt hatte, würde dies bedeuten, daß sie das Polizeiboot auf Grund setzen müßten.

»Und Sie meinen wirklich, sie ist mit hinausgefahren? Bei dem Wetter?« fragte Brunetti im abgeklärtesten Ton, den er zuwege brachte.

Der Alte blies die Luft zwischen zusammengepreßten Lippen aus, was seinen ganzen Widerwillen gegen die Dummheit nicht nur Signorina Elettras, sondern aller Frauen zum Ausdruck brachte. Ohne noch ein weiteres Wort zu verlieren, verließ der Alte den Tresen und ging sich an einen der Tische setzen.

Brunetti legte ein paar Tausendlirescheine auf den Tresen, steckte den Kassettenrecorder wieder ein und begab sich zur Tür. Kurz bevor er sie erreichte, wurde sie von außen aufgestoßen, aber niemand kam herein; nur Wind und Regen schlugen sie ein paarmal gegen die Wand. Brunetti ging in den Regen hinaus und zog gewissenhaft die Tür hinter sich zu.

Er war auf der Stelle patschnaß; das ging so schnell, daß er nicht einmal Zeit hatte, sich zu überlegen, wie er sich gegen den Regen schützen könnte. Eben noch trocken, war er im nächsten Augenblick naß bis auf die Haut und die Schuhe voll Wasser, als wäre er in einen Teich hineingelaufen. Er schlug den Weg zum Anleger ein, wo er hoffentlich Bonsuan antreffen würde. Doch binnen Sekunden mußte er sich eine Hand vors Gesicht halten:

Die vom Wind gepeitschten Regentropfen drangen ihm in die Augen und blendeten ihn. Das Wasser machte seine Kleider und Schuhe so schwer, daß er nur langsam vorankam.

Sowie er aus dem Schutz der Häuser war, die auf der Lagunenseite die Straße säumten, stürzte sich der Wind auf ihn, als wollte er ihn zu Boden schlagen. Zum Glück standen entlang der Mole ein paar Straßenlaternen, und in dem trüben Lichtschein, den sie durch den so plötzlich verfinsterten Tag zu schikken vermochten, fand er den Weg zum Boot. Daß er nur langsam vorankam, war gut so, denn sonst wäre er noch gestürzt, als er über den Poller stolperte, an dem das Boot festgemacht war.

Er hielt sich mit beiden Händen an dem pilzförmigen Ding fest, lehnte sich zu dem Schatten hinüber, den er für das Boot hielt, und rief Bonsuans Namen. Da keine Antwort kam, bückte er sich und tastete nach der Leine, doch als er sie fand, hing sie schlaff in seiner Hand, denn der Wind hatte das Boot fest an den Anleger getrieben. Er ging an Bord, wo er, geblendet durch eine plötzliche Regenbö, gegen die Kabinentür taumelte.

Bonsuan öffnete und steckte den Kopf zur Tür heraus, und als er sah, daß es Brunetti war, zog er ihn nach drinnen. Erst da, wo er vor dem Regen geschützt war, merkte Brunetti, wie taub für alle anderen Geräusche ihn das Prasseln des Regens gemacht hatte, der auf die Straße niederging. Er brauchte eine kleine Weile, um sich an die relative Stille in der Kabine zu gewöhnen.

»Können Sie sich in so was bewegen?« fragte er Bonsuan mit lauter Stimme, um sich gegen das Regenrauschen durchzusetzen.

»Was meinen Sie mit ›bewegen‹?« fragte der Bootsführer zurück, der das Offensichtliche wohl nicht glauben mochte.

»Runterfahren nach Caroman.«

»Das ist verrückt. Wir können bei diesem Wetter gar nicht raus.« Wie um ihn zu bestätigen, schlug ein Regenschwall gegen die Steuerbordfenster der Kabine und ertränkte Stimmen und Gedanken. »Wir müssen warten, bis das vorbei ist, bevor wir nach Hause können.« Der Wind war noch stärker geworden, so daß Bonsuan richtig schreien mußte.

»Ich meine nicht nach Hause.«

»Wie?« fragte Bonsuan, der sich verhört zu haben glaubte.

»Elettra ist bei ihnen. Auf Spadinis Boot. Jemand hat gesagt, sie sind zum Fischen ausgelaufen.«

Bonsuans Gesicht erstarrte vor Überraschung, vielleicht auch vor Angst. »Ich habe sie gesehen. Jedenfalls habe ich ein Boot gesehen, ein Fischerboot. Das ist vor zwanzig Minuten hier vorbeigefahren. Zwei Männer darauf, und auf der anderen Seite lehnte noch jemand an der Reling und zog eine Leine aus dem Wasser. Sie meinen, das war sie?«

Brunetti nickte, denn es ging leichter als sprechen.

»Die sind doch verrückt, bei solchen Verhältnissen hinauszufahren«, sagte Bonsuan.

»Jemand hat mir gesagt, sie würden wahrscheinlich Kurs auf Caroman nehmen und versuchen, dort auf den Strand aufzulaufen.«

»Das ist auch verrückt«, schrie Bonsuan. »Wer hat das gesagt?« fragte er dann.

»Einer der Fischer.«

»Von hier?«

»Ja.«

Bonsuan schloß die Augen, als versuchte er sich die Insel mit den daneben verlaufenden Kanälen zu vergegenwärtigen. Etwas weiter südlich wurde das Land vom Porto di Chioggia zerschnitten, einen Kilometer breit und dennoch schmal genug, um für reißende Gezeitenströme zu sorgen, besonders wenn starke Winde nachhalfen. An einem Tag wie heute wäre es selbstmörderisch, diesen Kanal in einem so leichten Gefährt wie dem Polizeiboot überqueren zu wollen. Selbst ein großes Fischerboot wie das, was er gesehen hatte, käme da in Schwierigkeiten. Vor diesem Kanal kam allerdings noch eine letzte Landspitze, wo nistende Vögel und die bröckelnden Ruinen einer Festung zu Hause waren. Aber selbst wenn dort jemand sein Boot auf Grund laufen ließ, konnten die Wellen es losreißen und um die Inselspitze herum aufs Meer hinaustragen.

Bonsuan öffnete die Augen wieder und sah Brunetti an. »Wissen Sie das bestimmt?«

»Was?«

»Daß sie mit an Bord ist.« Es war typisch für den mürrischen, oft leicht zu erzürnenden Bonsuan, diese Frage zu stellen.

»Sicher bin ich nicht. In der Bar hat einer gesagt, daß sie bei ihnen auf der Mole war.«

»Kann ja wohl sonst niemand gewesen sein«, sagte Bonsuan, mehr zu sich selbst als zu Brunetti. Er drängte sich an dem Commissario vorbei, öffnete die Kabinentür und trat kurz hinaus. Mit geschlossenen Augen hob er die Handflächen vor sich in die Höhe wie ein Inder, der auf die Stimme einer seiner Gottheiten lauscht. Mit immer noch geschlossenen Augen drehte er den Kopf zu der einen Seite, dann zu der anderen, als horchte er auf etwas, das Brunetti nicht hören konnte.

Er kam in die Kabine zurück und befahl: »Holen Sie von draußen zwei Schwimmwesten.« Brunetti beeilte sich zu gehorchen. Augenblicke später war er mit den Westen wieder da, auch nicht nasser als vorher. Er beobachtete Bonsuan beim Anlegen seiner Schwimmweste und tat es ihm gleich.

»So«, sagte Bonsuan. »Der Wind wird kurz abflauen und dann stärker werden.« Brunetti hatte zwar keine Ahnung, woher Bonsuan das wissen wollte, aber er wäre nicht auf die Idee gekommen, dies anzuzweifeln. Mit erhobener Stimme fuhr Bonsuan fort: »Wir fahren jetzt da runter. Sollten wir im Kanal auf Grund laufen, müßte ich uns wieder freibekommen, wenigstens so lange, wie der Wind nicht stärker wird. Wenn wir nach Caroman kommen, müssen Sie den Scheinwerfer nehmen und nach dem Boot oder den Insassen suchen. Sollten sie auf Grund gegangen sein, würde ich versuchen, uns unmittelbar daneben an Land zu setzen.«

»Und wenn sie gar nicht dort sind?« fragte Brunetti.

»Dann versuche ich zu wenden und hierher zurückzukommen.«

Brunetti, dem die Geschichte von Elio Magrini einfiel, war einen Moment versucht, seinen Bootsführer zu fragen, ob sie das wohl riskieren sollten, aber er besann sich und fuhr sich statt dessen mit beiden Händen über Gesicht und Haare, damit ihm das Wasser nicht mehr so in die Augen lief.

Bonsuan ließ den Motor an und schaltete Scheinwerfer und Scheibenwischer ein, was aber gegen die zunehmende Dunkelheit und den strömenden Regen nicht viel half. Im rechten Moment fiel Brunetti noch ein, hinauszueilen und die Leine vom Poller zu lösen, um sie in losen Schlingen um eine Stange an der Reling des Bootes zu legen. Dann ging er in die Kabine zurück und stellte sich hinter Bonsuan. Gedankenlos wischte er mit seinem durchnäßten Ärmel über die angelaufenen Fenster der Kabine, kaum aber waren sie klar, beschlugen sie schon wieder neu, so daß er immer wieder darüber wischen mußte.

Bonsuan betätigte noch einen Schalter, und Luft strömte von innen über die Scheibe und beseitigte den Dunstfilm. Langsam lenkte er das Boot rückwärts von der Mole. Sofort taumelte es, wie von einer Riesenhand getroffen, nach links, wodurch Brunetti gegen die rechte Kabinenwand flog. Bonsuan faßte das Ruder fester und warf sich mit seinem ganzen Gewicht nach rechts, um der Gewalt des Windes etwas entgegenzusetzen.

Schmutzgrauer Schaum spritzte gegen die Scheibe; die Kabinentür flog auf und knallte wieder zu. Immer wieder drückte der Wind das Boot nach links. Bonsuan betätigte erneut einen Schalter, und ein starker Scheinwerfer auf dem Bug unternahm den kläglichen Versuch, das Chaos der Finsternis, das sich vor ihnen auftat, zu durchdringen. Kaum hatte der Lichtstrahl ein Loch hineingebohrt, kaum konnten sie ein paar Meter weit sehen, kam brüllend eine neue Welle oder Gischtwolke angerollt, um ihnen erneut die Sicht zu nehmen.

Eine Seite der Kabinentür flog wieder auf und krachte Brunetti in den Rücken, aber die Schwimmweste dämpfte den Anprall, er bemerkte ihn kaum. Auch davon, daß die Temperatur stetig fiel, während die Bora über sie hinwegbrüllte, bekam er nicht viel mit. Wieder machte das Boot einen Satz nach links, und wieder brachte Bonsuan es in die vermutliche Mitte der Fahrrinne zurück. Vom Achterdeck hörten sie plötzlich ein gewaltiges Krachen, und ein Stück Holz durchschlug das rechte Kabinenfenster und streifte Brunettis Hand, bevor es ihm vor die Füße fiel.

Mit dem Mund ganz nah an Bonsuans Ohr schrie er: »Was war das?«

»Weiß ich nicht. Muß aus dem Wasser kommen.« Brunetti blickte nach unten, aber es war nichts als ein flaschengroßes Stück morsches Holz. Er stieß es mit einem ungeduldigen Fußtritt weg, doch schon im nächsten Augenblick rollte ein plötzlicher Windstoß es ihm wieder vor die Füße. Durch das kaputte Fenster strömte Regen herein, der Bonsuan durchnäßte und die Temperatur in der Kabine noch weiter senkte.

»O Dio, o Dio«, hörte er jetzt Bonsuan vor sich hin knurren. Plötzlich riß der Bootsführer das Ruder nach links und dann ebenso schnell wieder nach rechts, aber da hatten sie beide schon den schweren Schlag gegen die Backbordwand des Polizeibootes gefühlt.

Brunetti erstarrte. Ob das Boot nun sinken würde? Da Bonsuan ebensowenig wissen konnte wie er, was passiert war, belästigte er ihn nicht mit Fragen. Es folgten noch zwei kleinere Schläge, aber das Boot machte immer noch Fahrt, obwohl der Wind, der sie von rechts angriff, immer stärker zu werden schien.

Aus dem Nichts tauchte plötzlich irgend etwas an ihrer Backbordseite auf, und Bonsuan warf sich regelrecht auf das Ruder und versuchte es mit seinem ganzen Gewicht nach rechts zu reißen. Das Etwas verschwand aus ihrem Blickfeld, aber dann vernahmen sie von hinten ein furchtbares Krachen, so laut wie vorher der Donner, und das Boot drehte sich, schwerfällig, als wäre es plötzlich so voller Wasser wie Brunettis Kleidung.

Bonsuan riß das Ruder nach links, und sogar Brunetti spürte, wie langsam das Boot darauf reagierte. »Was ist los?«

»Wir sind an irgendwas gestoßen. Ich glaube, es war ein Boot«, antwortete Bonsuan, während er immer noch am Ruder riß. Er schob den Gashebel vor, und Brunetti hörte den Motor darauf ansprechen, aber das Boot schien sich kein bißchen schneller zu bewegen.

»Was machen Sie?«

»Ich muß uns an Land bringen«, sagte Bonsuan, der angestrengt nach vorn spähte, um etwas zu sehen.

»Wo?«

»Caroman, hoffe ich«, antwortete Bonsuan. »Ich glaube nicht, daß wir schon vorbei sind.«

»Wenn aber doch?« fragte Brunetti.

Zur Antwort schüttelte Bonsuan nur den Kopf, und Brunetti wußte nicht, ob er die Möglichkeit verneinte oder die Konsequenzen.

Bonsuan hantierte wieder am Gashebel, doch obwohl der Motor lauter wurde, wirkte es sich auf ihre Geschwindigkeit nicht aus. Eine Welle brach von der Seite über ihren Bug, spülte übers Deck und klatschte gegen die Kabinenwand. Das Wasser schoß durch das zerschlagene Fenster herein und ergoß sich über sie beide.

»Da, da, da!« schrie Bonsuan. Brunetti strengte die Augen an und versuchte durch die Scheibe zu spähen, aber vor ihnen war nur eine graue Wand. Bonsuan sah sich kurz nach ihm um. »Gehen Sie nicht hinaus, bevor wir auf Grund sind«, sagte er. »Sobald wir aufsitzen, steigen Sie an Deck. Verlassen Sie das Boot nicht über die Seite. Gehen Sie ganz nach vorn, und springen Sie dann, so weit Sie können. Wenn Sie im Wasser landen, gehen Sie weiter vorwärts, und sobald Sie aus dem Wasser heraus sind, gehen Sie auch weiter.«

»Wo sind wir?« fragte Brunetti, obwohl die Antwort ihm gewiß nichts sagen würde.

In dem Moment krachte es gewaltig. Das Boot stoppte, als wäre es frontal gegen eine Mauer gefahren, beide Männer wurden zu Boden geschleudert. Jetzt legte sich das Boot auf die Steuerbordseite, und durch das kaputte Fenster strömte Wasser herein. Brunetti rappelte sich hoch und packte Bonsuan, der eine lange Schnittwunde seitlich am Kopf hatte und sich nur noch in Zeitlupe bewegte, wie unter Wasser. Noch eine Welle brach durchs Fenster herein und ergoß sich über sie.

Brunetti half dem Bootsführer auf dem schrägen Boden mühsam beim Aufstehen. »Geht schon wieder«, meinte Bonsuan.

Der eine Flügel der Kabinentür hing nur noch an einem Scharnier, und Brunetti stieß sie mit dem Fuß auf. Noch während er Bonsuan nach draußen hievte, stürzte sich das Wasser von allen Seiten auf sie. Eingedenk der Anweisungen, die Bonsuan ihm gegeben hatte, zog und schob Brunetti den Bootsführer auf das schrägstehende Deck hinauf, dann stemmte er sich selbst nach oben.

Brunetti bugsierte Bonsuan mit der einen Hand vor sich her, während die Wellen das havarierte Boot durchschüttelten, daß die Decksplanken unter ihren Füßen schwankten. Schritt für Schritt näherten sie sich wie zwei Betrunkene dem Bug und dem Suchscheinwerfer, der die Dunkelheit vor ihnen durchbohrte. Sie erreichten die Reling, und ohne eine Sekunde zu zögern, sprang Bonsuan mit einem schwerfälligen Satz vom Boot und verschwand im grauen Nichts.

Eine Welle riß Brunetti von den Beinen. Er bekam die Halterung des Suchscheinwerfers zu fassen und wollte sich daran festklammern, aber eine neue, noch stärkere Welle packte ihn von hinten und warf ihn zu Boden. Er brachte die Knie unter sich, dann die Füße, schleppte sich schließlich erneut zum Bug. Im selben Moment, als er sein Gewicht nach vorn verlagerte, um so weit wie möglich zu springen, brauste eine ungeheure Welle von hinten heran und schleuderte ihn kopfüber in die brüllende Finsternis.

24

Sie hatten sich knapp verfehlt. Um die Zeit, als Bonsuan und Brunetti, die auf dem Weg nach Pellestrina waren, an San Pietro in Volta vorbeifuhren, stand eine strahlende Signorina Elettra in marineblauen Leinenhosen an Deck eines großen Fischerbootes und konnte das Auslaufen kaum erwarten, während Carlo und der Mann, den sie immer nur Zio Vittorio nennen hörte, den großen Doppeltank füllen ließen. Soweit Elettra überhaupt noch etwas anderes wahrnehmen konnte als Carlo, wenn sie mit ihm zusammen war, gewahrte sie jetzt, allerdings nur vage, eine niedrige Wolkenbank jenseits der undeutlich zu sehenden Türme der Stadt. Doch wenn sie in Richtung Adria blickte, die ein Stück weit hinter den niedrigen Häusern von Pellestrina und dem Damm, der es vor ihren Wassern schützte, versteckt war, sah sie nur vereinzelte flauschige Wölkchen an einem Himmel von so durchscheinendem Blau, daß ihre ohnehin schon große Freude noch größer wurde. Als Vittorio dann sein Boot von der Tankstelle oberhalb der Kirche San Vito ablegte, lag das Polizeiboot bereits an der Mole von Pellestrina, und als das Fischerboot auf dem Weg nach Süden dort vorbeikam, war Brunetti schon in der Bar und trank seinen ersten Schluck Wein.

Zu sagen, daß Signorina Elettra sich vor Zio Vittorio fürchtete, wäre übertrieben gewesen, aber die Behauptung, sie fühlte sich wohl in seiner Gegenwart, hätte auch nicht gestimmt. Ihre Reaktion auf ihn lag irgendwo dazwischen, doch da er Carlos Onkel war, gelang es ihr gewöhnlich, das Unbehagen zu ignorieren, das er in ihr erzeugte. Zio Vittorio war jederzeit zuvorkommend zu ihr und schien sich immer zu freuen, sie in Carlos Haus und an seinem Tisch zu sehen. Vielleicht käme es einer Erklärung ihrer Empfindungen nah, zu sagen, daß sie jedesmal, wenn sie mit Vittorio sprach, hinterher den Verdacht hatte, er habe seinen heimlichen Spaß an der Vorstellung, wo sie in Carlos Haus sonst noch gewesen war.

Zio Vittorio war kein großer Mann, kaum größer als sie, und hatte den gleichen muskulösen Körperbau wie sein Neffe. Da er die meiste Zeit seines Lebens auf dem Meer zugebracht hatte, war sein Gesicht so dunkel wie Mahagoni, wodurch die grauen Augen – von denen man sagte, sie ähnelten denen seiner Schwester, Carlos Mutter – um so heller wirkten. Er trug sein schütteres Haar straff nach hinten gekämmt und bändigte es mit einer Pomade, die nach Zimt und Eisenspänen roch. Sein Gebiß war makellos: Eines Abends hatte er damit Walnüsse geknackt und Elettra nur angelächelt, als sie ihr Entsetzen darüber nicht verhehlen konnte.

Er mußte um die Sechzig sein, ein Alter, das ihn für Elettra automatisch in jenes geschlechtslose Nichts beförderte, in dem jedes offen gezeigte Interesse an Sex bestenfalls peinlich war, wenn nicht schlimmer. Und doch schien noch hinter seinen harmlosesten Bemerkungen das Wissen um sexuelle Aktivität zu lauern, als ob es ihm völlig unmöglich wäre, sich ein Universum vorzustellen, in dem Männer und Frauen auch auf andere Weise in Beziehung zueinander stehen könnten. Irgendwo unter dem wohligen Schauer, der sie immer noch überlief, wenn sie an Carlo dachte, lauerte dieses verschwommene Unbehagen, obwohl sie es zu ignorieren gelernt hatte, besonders an einem Tag wie diesem, wenn der Himmel im Osten soviel Schönes verhieß.

Das schwere Boot setzte rückwärts in den Kanal und wandte sich nach Süden, wieder an Pellestrina vorbei und auf die schmale Mündung des Porto di Chioggia zu, durch den sie aufs offene Meer hinausfahren würden. Ans Fischen war an diesem Tag nicht zu denken: Onkel Vittorio hatte zu Carlo gesagt, er wolle mit dem Boot nur aufs Meer hinaus, um einen frisch eingebauten Austauschmotor zu testen. Beim Auslaufen hatte dieser Motor noch einwandfrei geklungen, aber als sie gerade auf Höhe des Ottagono di Caroman waren, rief Vittorio ihnen nach hinten zu, daß etwas nicht stimme. Nur Sekunden später spürten Carlo und Elettra eine plötzliche Veränderung im Rhythmus des Motors, der zu stottern begann, worauf sich das Boot nur noch ruckweise vorwärts bewegte.

Carlo ging nach vorn. »Was ist?« fragte er.

Der Ältere schaltete die Zündung aus, dann wieder ein, dann wieder aus. In der kurzen Stille, die sich dadurch ergab, antwortete er: »Würde sagen, Schmutz in der Kraftstoffleitung.« Er schaltete den Motor wieder ein, und diesmal sprang er sofort an und tuckerte in stetigem Rhythmus wie gewohnt vor sich hin.

»Klingt für mich gut«, meinte Carlo.

»Hm«, brummte sein Onkel, der nur scheinbar Carlo zuhörte, in Wirklichkeit aber den Motorgeräuschen lauschte. Er legte die linke Hand flach auf die Steuerkonsole und schob mit der Rechten den Gashebel vor. Der Motor wurde lauter, doch plötzlich gab er einen häßlichen Rülpser von sich, dem ein paar Erstikkungslaute folgten, bevor er ganz verstummte.

Carlo hatte zu seinem Leidwesen schon einsehen müssen, daß er weder ein richtiger Fischer noch Mechaniker war, selbst wenn er im ersten Beruf inzwischen schon einiges gelernt hatte. In einem Fall wie diesem unterwarf er sich voll und ganz der größeren Erfahrung und Weisheit seines Onkels und wartete, bis man ihm sagte, was er tun solle. Das Boot wurde langsamer und lag schließlich reglos auf dem Wasser.

Vittorio sagte zu Carlo, er solle dableiben und den Motor anlassen, wenn er es ihm sage, dann ging er selbst zum Achterdeck und verschwand durch eine Luke nach unten in den Maschinenraum. Nach einigen Minuten rief er Carlo zu, er solle den Motor starten. Der Anlasser gab ein trockenes Klicken von sich, sonst tat sich nichts, worauf Carlo die Zündung wieder ausschaltete und wartete. Minuten vergingen. Elettra kam an die Tür, fragte, was los sei, aber er lächelte sie nur an, sagte ihr, daß alles in Ordnung sei, und schickte sie mit einer Handbewegung wieder nach hinten, wo sie aus dem Weg war.

Vittorio rief erneut, und als Carlo diesmal den Anlasser betätigte, sprang der Motor beim ersten Versuch an und reagierte auf jedes noch so leichte Antippen des Gashebels. Vittorio stieg aus der Luke und kam in die Kabine zurück. »Die Kraftstoffleitung, dachte ich's mir doch«, sagte er. »Ich brauchte nur ...«, aber da wurde er unterbrochen, weil sein *telefonino* sich meldete. Während er danach griff, schickte er Carlo mit einem Handzeichen aus der Kabine.

Carlo ging rückwärts hinaus, wobei er achtgab, daß er die Türen nicht zuschlagen ließ, und lief nach hinten, wo er Elettra stehen sah, die Hände fest um die hintere Reling gespannt, das Gesicht zur Sonne gewandt. Der Motor lief immer noch rund und übertönte seine Schritte, doch als er stumm hinter sie trat und beide Hände an ihre Hüften legte, zeigte sie sich in keiner Weise überrascht, sondern ließ sich rückwärts an ihn sinken. Er beugte sich über sie und küßte sie auf den Kopf, vergrub sein Gesicht in ihrer Lockenpracht. So stand er mit geschlossenen Augen da und wiegte ihrer beider Körper in einem stetigen Rhythmus hin und her. Erst als er ein tiefes Grummeln vernahm, das nichts mit dem Motor zu tun hatte, öffnete er die Augen. Zu seiner Linken waren die Türme der Stadt, die man am Morgen noch von ferne hatte sehen können, mit einemmal nicht mehr da, verschluckt von einer tief herunterhängenden Wolkenbank, die sich schon über das Dorf Pellestrina gelegt hatte und sich schnell ihrem Boot näherte.

»O Dio«, sagte er, und als sie den Schrecken in seiner Stimme hörte, öffnete auch sie die Augen und sah eine finstere Wand sich auf sie zu wälzen. Instinktiv legte er die Arme um sie und zog sie an sich; dabei drehte er den Kopf in Richtung Kabine. Sein Onkel telefonierte immer noch und blickte starr zu ihnen herüber und zu dem Unwetter, das sich so rasend schnell näherte.

Vittorio sagte noch etwas, schaltete das *telefonino* aus und steckte es wieder in seine Jackentasche. Mit steifem Arm drückte er die Kabinentür auf und rief Carlo zu sich.

Carlo ließ Elettra los und ging zu seinem Onkel. Im Gehen fühlte er auf einmal, wie sich der hintere Teil des Bootes hob, als hätte eine Riesenhand es aus dem Wasser gedrückt, um ihn schneller vorwärtszubefördern. Er blickte sich nach Elettra um und sah, daß sie sich wieder mit beiden Händen an der Reling festhielt.

Er öffnete die Tür. »Ja, was gibt's?«

Statt zu antworten, packte sein Onkel ihn mit beiden Händen am Revers und riß ihn zu sich, bis Carlos Gesicht ganz nah vor dem seinen war. »Habe ich dir nicht gesagt, daß sie uns Scherereien macht«, sagte er. Er schüttelte Carlo ein paarmal, und als der junge Mann sich losreißen wollte, zwang er ihn noch tiefer zu sich hinunter. »Ihr Chef ist da. In der Bar. Die wissen von Bottin und dem Anruf.«

»Wer weiß was?« fragte Carlo, gründlich verwirrt. »Die Guardia di Finanza? Die weiß das doch schon lange. Oder was glaubst du, warum die mich rausgeschmissen haben?«

»Nicht die Finanza, du Trottel!« schrie Vittorio ihn an, wobei er schon sehr laut werden mußte, um den Wind zu übertönen, der von hinten angefegt kam und das Boot vorwärtstrieb. »Die Polizei. Ihr Chef, dieser Commissario, er hatte das Tonband bei sich. Er hat es in der Bar abgespielt, und Pavanello, dieser Saufkopf, hat ihm gesagt, daß es Bottin war, mit dem du geredet hast.« Er ließ Carlos Revers los, stieß ihn mit dem Handrücken von sich weg und schrie: »Das müßten doch Idioten sein, um jetzt nicht zu kapieren, daß ich sie umgebracht habe.«

Seit dem Tag, an dem Carlo seiner Familie gesagt hatte, warum er bei der Guardia di Finanza entlassen worden war, hatte er halb gefürchtet, halb gewußt, daß sein Onkel sich irgendwie rächen würde, aber nun schockierte Vittorios plattes Geständnis ihn doch. »So etwas darfst du nicht sagen«, protestierte er, »ich will davon nichts wissen!« Hinter ihm schlug die Kabinentür mehrmals hintereinander auf und zu, und er fühlte Regen auf seinen Schultern.

Vittorio zeigte zum Bootsheck. »Was hast du ihr erzählt?«

»Nichts«, schrie Carlo.

Der Wind und die schlagende Tür verschluckten Vittorios Worte zum Teil, doch die Wut, mit der sie hervorgestoßen wurden, erschreckte Carlo zur Genüge: »Du wußtest, wo sie arbeitet. Ihre dämliche Kusine hat es ja überall herumerzählt. Und ich hab dir gesagt, du sollst die Finger von ihr lassen, aber du warst ja schlauer. Was machen wir jetzt mit ihr?«

Der Sturm fiel wütend über sie her. Er wirbelte alle Gedanken und Erinnerungen zu einem Knäuel zusammen, das er Carlo entriß, um es aufs Meer hinauszutragen, bis ihm nur noch der Gedanke an Elettra blieb. Er stürzte aus der Kabine und schlug sich zum Bootsheck durch. Dort schlang er die Arme um eine zitternde Elettra, gerade als der Himmel barst und kübelweise Regen über sie ausgoß.

Er taumelte, ließ mit einem Arm los und packte die Reling. Ohne es bewußt zu wollen, schlang er den linken Arm noch fester um sie und führte sie mehr oder weniger gewaltsam zur Kabine, drückte die Tür mit der Schulter auf, und zusammen taumelten sie nach drinnen, wo sie sogleich nach links geschleudert wurden, als das Boot mit voller Breitseite von einer Welle getroffen wurde.

Noch eine Woge traf das Boot und warf Elettra gegen Vittorio, der sie aber nur mit dem Ellbogen wegstieß und sich wieder dem Ruder zuwandte, um das er beide Hände fest gespannt hielt. Carlo versuchte nach vorn hinauszusehen. Die Scheibenwischer kämpften sinnlos gegen die Wassermassen, die über das Glas strömten. In der Dunkelheit, die sich auf sie gesenkt hatte, halfen auch die drei Suchscheinwerfer nichts, und Carlo sah nur den Regen und die drohenden, weiß schäumenden Wellen.

Der Lärm umtoste sie von allen Seiten, und plötzlich nahm der Wind so an Lautstärke zu, daß er alles andere übertönte. Carlo fühlte, wie sich seine Nackenhaare aufstellten und ein Klumpen Angst sich in ihm bildete, noch ehe er erkannte, daß die plötzliche Zunahme der Windlautstärke nur dadurch zustande kam, daß der Motor verstummt war.

Er sah nur, ohne allerdings etwas zu hören, wie Vittorio auf den Starterknopf drückte und dabei die andere Hand flach auf die Steuerkonsole legte, um zu fühlen, ob der Motor ansprang. Immer wieder drückte Vittorio den Knopf, ließ los und drückte, und nur ein einziges Mal fühlte Carlo ein rhythmisches Wummern unter seinen Füßen. Aber es dauerte nur ganz kurz und war schon wieder zu Ende, bevor er es richtig wahrgenommen hatte. Wieder sah er den Daumen seines Onkels auf den Knopf drücken, loslassen, drücken, dann fühlten seine Füße, wie der Motor erwachte und unter ihnen stotternd seine Arbeit wieder aufnahm.

Vittorio nahm die Hand vom Starterknopf und packte wieder das Ruder. Er stellte sich auf die Zehenspitzen, um eine größere Hebelwirkung zu haben, und setzte sein ganzes Gewicht ein, um das Ruder nach backbord zu drehen. Einmal wehrte sich das Ruder und hob ihn halb vom Boden. Carlo drängte sich an der entsetzten Elettra vorbei, packte mit beiden Händen eine der Radspeichen und versuchte dem Onkel mit seinem eigenen Gewicht zu Hilfe zu kommen. Das Boot reagierte auch, und er spürte an der Verlagerung seines Gleichgewichts, wie es dem Befehl des Ruders gehorchte und sich schwerfällig nach backbord drehte.

Carlo hatte keine Ahnung, wo sie waren oder was sein Onkel vorhatte. Kein Gedanke an Land- und Seekarten, Caroman oder den Porto di Chioggia, der jetzt eine regelrechte Wasserrutsche war, über die sie in die Adria mit ihren tödlichen Wellen gespült würden. Er stemmte die Füße beiderseits des Steuerruders fest auf den Boden, und zusammen brachten sie das Boot noch weiter nach backbord. Vittorio nahm die rechte Hand vom Ruder und schob den Gashebel vor. Carlo fühlte in den Füßen, wie die Vibrationen des Motors stärker wurden, aber seine Wahrnehmung von der Welt draußen war so wirr, daß er nicht feststellen konnte, ob sich in den Bewegungen des Bootes etwas änderte. Dann erstarb von einer Sekunde auf die andere der Motor, unter furchtbarem Krachen stoppte das Boot, und Carlo flog gegen das Ruder und sein Onkel auf ihn. Als er aufblickte, sah er gerade noch, wie Elettra, die beim ersten Anprall gegen die Kabinenwand geschleudert worden war, von dieser zurückfederte und durch die Kabinentür aufs Deck hinausflog. Ein Krachen folgte, ein Beben, und plötzlich lag das Boot still.

Carlo stieß seinen Onkel von sich weg und stand auf. Er fühlte einen Schmerz in der linken Seite, aber seine einzige Sorge war, Elettra zu folgen. Mit jeder Bewegung fühlte er den Schmerz erneut, ignorierte ihn und kämpfte sich durch die Tür nach draußen, wo Donner krachten, Winde heulten und Regen prasselte. In dem Lichtschein, der aus der Kabine fiel, sah er Elettra auf dem Deck knien, sich aber schon wieder erheben. Eine Welle brach übers Heck, schwappte nach vorn, riß sie wieder zu Boden und spülte sie Carlo genau vor die Füße. Er wollte sich bücken, um ihr zu helfen, aber als er sich bewegte, schlug der Schmerz in seinem Innern wieder zu, so daß er erstarrte und plötzlich Angst um sich – und darum auch um sie – hatte.

Hilflos stand er da und blickte auf sie hinunter, und die Zeit blieb stehen. Elettra konnte ein Knie unter sich ziehen und sah zu ihm auf. Sie fuhr sich mit der linken Hand durchs Haar und versuchte es aus dem Gesicht zu bekommen, aber es war so mit Regen und Meerwasser vollgesogen, daß sie es nur ein wenig zur Seite schieben konnte. Er erinnerte sich, wie er sie einmal im Schlaf beobachtet hatte, da war ihr Gesicht so ähnlich wie jetzt von den Haaren zugedeckt gewesen – und in diesem Moment krachte ihm die Kabinentür in den Rücken, und Vittorio kam aufs Deck hinausgestürzt.

Es ging so schnell, daß Carlo ihn auch dann nicht hätte hindern können, wenn er nicht gelähmt gewesen wäre von dem Schmerz in seiner Seite und der Angst vor dem noch größeren Schmerz, den jede Bewegung verursachte. Vittorio warf sich mit unverständlichem Gebrüll auf Elettra, packte mit der linken Hand ihren Haarschopf und riß sie daran, noch immer brüllend, zur Backbordseite. Mit der rechten Hand griff er in seine Jackentasche und holte das Messer hervor, mit dem er die Fische auszunehmen pflegte. Schon holte er weit aus und stieß zu, wobei er ihr Gesicht oder ihren Hals zu treffen versuchte.

Carlo handelte, ohne zu denken. Mit der einen Hand an die Reling geklammert, trat er instinktiv mit dem Fuß nach seinem Onkel und traf ihn am Unterarm, gerade als er zustach, wodurch der Stich nach oben abgelenkt wurde. Das Messer fuhr durch Vittorios linken Jackenärmel und öffnete seinen Arm bis zum Handgelenk, bevor es durch Elettras Haare zischte, an denen er sie noch immer gepackt hielt, und ihre Kopfhaut leicht streifte. Seinen Schrei entriß ihm der Wind, das Messer flog ihm aus der Hand, während in seiner anderen Hand Elettras abgemähte Haare flatterten.

Vittorio öffnete langsam die Hand, und die Haare wehten im Wind davon. Er drückte seinen Arm an den Leib und drehte sich zu seinem Neffen um, als wollte er ihm Gewalt antun, aber was er hinter Carlo sah, veranlaßte ihn, kehrtzumachen und zum Bug zu rennen. Ohne eine Sekunde zu zögern, sprang er mit einem weiten Satz ins Wasser, wobei er den Arm an sich gedrückt hielt, so gut es ging. Die Welle brach über sie herein und schleuderte Carlo zuerst zu Boden, dann gegen die schrägstehende Bootswand. Im Zurückfließen wollte sie ihn zum Heck spülen, aber da war Elettras Körper im Weg, und so endeten sie als ein wirres Knäuel halb in, halb außerhalb der Kabine, die Gliedmaßen ineinander verschlungen wie in einer bitteren Parodie der Vergangenheit.

Wieder gehorchte er seinem Instinkt und versuchte auf die Beine zu kommen, was ihm erst gelang, als Elettra sich neben ihm hinkniete und ihn vom Boden hochstemmte. Alles Reden wäre sinnlos gewesen bei dem Getöse, und so packte er wortlos ihren Arm und zog sie, gehemmt durch seine Schmerzen, zum

Bug. Ziehend und schiebend schleppten sie sich zur Bugspitze hinauf, von wo er sie, ohne eine Sekunde nachzudenken, hinunterstieß. Die Suchscheinwerfer spendeten genug Licht, daß er sehen konnte, wie sie im Wasser versank und genau vor ihm wieder auftauchte. Er sprang ihr nach, und das Wasser schlug über seinem Kopf zusammen. Als er wieder auftauchte, brüllte er ihren Namen – und fühlte, wie eine Hand in seine Haare griff und ihn zog, obschon ihm jeder Richtungssinn abhanden gekommen war. Seine Arme trieben kraftlos neben seinem Körper, er merkte, daß er nicht mit den Beinen stoßen konnte und überhaupt nicht die Kraft für irgend etwas anderes hatte, als sich hinter dieser Hand, die an ihm zog, im Wasser treiben zu lassen. Irgend etwas stieß gegen seine Füße, und das ärgerte ihn nur ein bißchen. Die Schwerelosigkeit war eine Wohltat, denn sie nahm ihm den Schmerz in der Seite. Er wollte nicht schwimmen oder aufstehen müssen, wenn das Schweben im Wasser so viel leichter war, so viel schmerzloser.

Aber die Hand zog an ihm, und es stand nicht in seiner Macht, sich ihr zu widersetzen. Als seine Füße einmal ganz kurz den Boden berührten, verstand der Schmerz das als eine Einladung zurückzukehren. Stechend und schneidend nahm er seine ganze Körperseite ein, bis Carlo sich krümmte, seine Füße wieder frei schwebten und sein Gesicht ins Wasser tauchte. Unnachsichtig griff die Hand wieder in sein Haar und riß ihn schräg nach vorn, fort von der angenehmen Geborgenheit des tiefen Wassers und der Bequemlichkeit und wohltuenden Schwerelosigkeit, die es bot. Er ließ es geschehen, daß er noch einen Meter und noch einen Meter durchs Wasser gezogen wurde, aber ganz plötzlich konnte er nicht mehr. Ganz ruhig und nach seinem Verständnis auch vernünftig griff er mit der rechten Hand nach den Fingern, die noch immer an ihm zogen, tätschelte sie ein paarmal und sagte dann so klar und ruhig, wie er konnte: »Danke, aber das ist jetzt genug.« Seine Worte blieben ungehört, und eine riesige Welle spülte über ihn hinweg.

25

Brunetti lag auf dem Sand wie ein gestrandeter Wal, zu keiner Bewegung mehr fähig. Er hatte Unmengen Wasser geschluckt, und das Aushusten hatte ihn völlig erschöpft. Er lag im Regen, während Wellen seine Füße flirtend umspielten, als wollten sie sagen, er solle nicht so faul da im Sand liegen und lieber ins Wasser kommen und ein paar ordentliche Züge schwimmen. Ihre Lockungen blieben unbeachtet. Hin und wieder – und ganz ohne einen bewußten Gedanken – krallte er die Finger in den Sand und schob sich ein paar Zentimeter weiter, weg von diesen frivolen Wellen.

Seine Panik legte sich allmählich. Der Wind heulte mit unverminderter Wut, der Regen prasselte nicht weniger schwer, aber der feste Boden unter ihm, die Sicherheit des Strandes, der Sand, die Mutter Erde, sie lullten ihn in ein ruhiges Gefühl der Geborgenheit. Sein Verstand begann zu arbeiten, und er ertappte sich bei der Frage, ob sein Jackett wohl in die Reinigung mußte oder womöglich ganz ruiniert war, was ihn ärgerte, denn es war sein bestes Jackett, das er sich letztes Jahr gegönnt hatte, als er nach Mailand mußte, um endlich im Prozeß wegen eines vor zwölf Jahren begangenen Mordes auszusagen. Der Gedanke ging ihm durch den Kopf, daß dies unter den herrschenden Umständen sonderbare Gedanken waren, und als nächstes grübelte er über seine eigene Fähigkeit nach, gerade diese Gedanken sonderbar zu finden. Paola, die ihn immer der Einfalt zieh, würde stolz auf ihn sein, wenn er ihr berichtete, welch verschlungene Gedanken er zu denken vermochte, als er da ganz ruhig auf einem Strand irgendwo hinter Pellestrina lag. Über die Sache mit dem Jackett würde auch sie sich ärgern, dessen war er gewiß; sie hatte immer gesagt, es sei das schönste, das er habe.

Er lag bäuchlings im Regen und dachte an seine Frau, und

nach einer Weile brachte ihn dieser Gedanke dazu, ein Knie unter sich zu ziehen, dann das andere, und schließlich half er ihm sogar, ganz aufzustehen. Er blickte sich um, sah aber nichts. Wind und Regen betäubten noch immer sein Gehör. Er wandte sich in die Richtung, aus der er nach seiner Ansicht gekommen sein mußte, und suchte, ob irgend etwas von dem Boot oder dem einen Scheinwerfer zu sehen war, der noch gebrannt hatte, als er ins Wasser sprang, aber überall war nur Dunkelheit.

Er legte den Kopf in den Nacken und brüllte in das Unwetter hinein: »Bonsuan, Bonsuan!« Als nur der Wind antwortete, rief er: »Danilo, Danilo!« Aber noch immer vernahm er nichts. Er ging ein paar Schritte, die Hände vor sich ausgestreckt wie ein Blinder und immer wieder rufend. Auf einmal stieß er mit der Hand gegen etwas: eine harte Fläche, die sich senkrecht vor ihm erhob. Es mußte die Mauer der ehemaligen Festung Caroman sein, die er nur als ein Symbol und einen Namen auf der Landkarte kannte.

Er ging noch näher heran, bis er mit der Brust die Mauer berührte, und breitete die Arme aus, um sie nach beiden Seiten abzutasten. Dann drehte er sich seitwärts, um zum Tasten beide Hände benutzen zu können, und bewegte sich auf diese Weise, immer dicht an der Mauer entlang, langsam nach rechts.

Als er plötzlich etwas hinter sich hörte, hielt er inne, weniger überrascht ob des Geräusches selbst als über die Tatsache, daß er es hören konnte. Er versuchte seinen Kopf ganz leer zu machen und erneut in den Sturm hineinzuhorchen; nach einer Weile war er sicher, daß dieser an Lautstärke abnahm. Jetzt vernahm er deutlich den Überschlag einer Welle, dieses unverkennbare Donnern, wenn Wasser auf harten Sand klatscht. Während er diesen Geräuschen nachlauschte, schien es ihm, als ob der Wind noch weiter abnähme. Und im gleichen Maße, wie der Wind schwächer wurde, begann Brunetti stärker zu frieren, aber das war vielleicht nichts weiter als das Abklingen der durch den Schock ausgelösten Betäubung. Er nestelte die Schwimmweste auf und ließ sie zu Boden fallen.

Er machte noch ein paar Schritte, die tastenden Finger vorsichtig wie die Fühler einer Schnecke vor sich ausgestreckt. Plötzlich verschwand die Fläche unter seiner linken Hand, und als er in dieses Nichts hineingriff, fühlte er die harte Umgrenzung eines Durchgangs. Noch immer blind, tastete er ihn mit beiden Händen ab, setzte dann einen Fuß vor und suchte nach einer Stufe, die aufwärts oder abwärts führte.

Es ging abwärts. Mit beiden Händen an die Seitenwände des schmalen Durchgangs gestützt, ging er die erste Stufe hinunter, dann eine zweite und eine dritte, bis sein behutsam tastender Fuß einen weiteren Raum unter sich fühlte.

In der Stille – nämlich von den Geräuschen des Windes abgeschnitten – erwachten seine anderen Sinne, und ihn überwältigte ein fürchterlicher Gestank nach Urin und Schimmel und wer weiß was noch. Hier drinnen, wo die Windstöße ihn nicht mehr trafen, hätte ihm nun wärmer werden müssen, aber er fror jetzt noch viel mehr als draußen, als hätten Kälte und Nässe erst durch die Stille die Kraft bekommen, ihn ganz zu durchdringen.

Lauschend blieb er stehen, ganz nach vorn konzentriert, wohin dieses Nichts ihn führen würde, sowie nach hinten, die Stufen wieder hinauf und hinein in den abflauenden Sturm. Er ging nach rechts, bis er an eine Mauer kam, drehte sich um und lehnte sich mit dem Rücken daran, froh um etwas Festes, das ihm Halt gab. Lange stand er so da, den Blick auf den vermuteten Eingang gerichtet, bis er von draußen tatsächlich einen Lichtschimmer hereindringen sah. Er ging darauf zu, und sowie es etwas heller um ihn wurde, hielt er sich die Uhr ganz dicht vor die Augen. Mit Staunen sah er, daß es noch früher Abend war. Er näherte sich den jetzt lichtbeschienenen Stufen, angezogen von der Hoffnung auf Helligkeit und die Stille, die sich die Stufen hinunter ergoß.

Eine wahre Pracht umfing ihn draußen: Im Westen senkte

die Sonne sich gemächlich dem Horizont entgegen, wobei sie immer wieder hinter den vereinzelten Wolken verschwand, die der Sturm wegzufegen vergessen hatte, so daß sie die nun stillen Wasser der Lagune mit ihren Spiegelbildern tüpfelten. Er wandte sich nach Osten und sah, noch unweit der Küste, die Rückseite der Gewitterfront auf ihrem Weg nach Rest-Jugoslawien, als wollte sie sehen, was für neuen Schaden sie dort noch anrichten könnte.

Brunetti schüttelte es plötzlich, als Hunger, Stress und die langsam sinkende Temperatur seinen Körper packten. Er schlang sich die Arme um den Leib und setzte sich in Bewegung. Wieder rief er nach Bonsuan, und wieder bekam er keine Antwort. Soweit er sehen konnte, war das Land um ihn herum auf drei Seiten von Wasser umschlossen, während ein schmaler Streifen Strand nach Norden führte. Nach allem, was er von seinem jüngsten Kartenstudium noch im Gedächtnis hatte, mußte dies das Naturschutzgebiet Caroman sein, obschon von dem Wild, das hier geschützt werden sollte, nirgendwo etwas zu sehen war; es war wohl vor dem Sturm geflohen oder in Deckung gegangen.

Er drehte sich um und sah hinter sich die Festungsruine. Dahin ging er zurück: Vielleicht gab es ja weitere Zugänge, und der Bootsführer hatte in einem von ihnen Zuflucht gefunden. Links von dem Durchgang, den er selbst benutzt hatte, befand sich ein zweiter, der nach oben führte. Brunetti ging die Stufen hinauf, weil er sich von der Bewegung etwas Wärme für seinen durchgefrorenen Körper versprach, doch er fand weder Wärme noch Bonsuan. Er ging wieder hinaus und dahin zurück, wo er angefangen hatte, ohne etwas zu sehen. Noch weiter links fand er einen weiteren Durchgang, der ebenfalls abwärts führte.

Am Eingang rief er den Namen des Bootsführers. Zur Antwort erhielt er ein Geräusch, vielleicht eine Stimme, und er ging die Stufen hinunter. Unten saß, von dem die Stufen herabfließenden Sonnenlicht beschienen, Bonsuan mit dem Rücken an der Mauer, den Kopf im Nacken. Als Brunetti sich ihm näherte, sah er, wie blaß der Mann war, aber immerhin blutete die Kopfwunde nicht mehr. Bonsuan hatte ebenso wie er seine Schwimmweste abgelegt.

»Na, Bonsuan«, sagte er in einem Ton, der herzlich und souverän klingen sollte. »Nichts wie raus hier und zurück nach Pellestrina.«

Bonsuan lächelte zustimmend und versuchte aufzustehen. Brunetti half ihm, und sowie er aufrecht stand, wirkte der Mann auch wieder einigermaßen sicher auf den Beinen.

»Wie geht's denn?« fragte Brunetti.

»Hab schreckliches Kopfweh«, antwortete Bonsuan lächelnd, »aber das beweist wenigstens, daß der Kopf noch da ist.« Er befreite sich von Brunettis Arm und ging die Stufen hinauf. Oben angekommen, drehte er sich um und rief nach unten: »Mein Gott, war das ein Sturm. So was hatten wir seit 1927 nicht mehr!«

Da der Schatten, den Bonsuans Körper warf, auf die Treppe fiel, hielt Brunetti den Blick auf die Stufen gesenkt, um zu sehen, wohin er seine Füße setzte. Als er ihn dann wieder hob, sah er, daß Bonsuan ein Ast gesprossen war. Noch ehe er sich klargemacht hatte, wie unmöglich das war, sprang ihn die Panik wieder an, die er während des Sturms gefühlt hatte. An Menschen wachsen keine Äste; es sprießt kein Holz aus der Brust eines Mannes. Höchstens wenn es von der anderen Seite hineingestoßen wurde.

Noch während sein Kopf das zu verarbeiten versuchte, setzte sein Körper sich schon in Bewegung und schaltete alles Nachdenken aus, das Fragen nach Ursache und Wirkung, die Fähigkeit, Schlüsse zu ziehen, alles eben, wodurch sich angeblich das Menschsein definiert. Es war sein Körper, der die Stufen hinaufsprang, den Mund öffnete und einen Schrei zähnefletschender Angriffslust ausstieß. Bonsuan drehte sich ganz langsam um, wie ein Bräutigam, der die Braut küssen will, und fiel Brunetti entgegen, der keine Chance hatte, das Gewicht dieses Körpers, der sich im Fallen weiter drehte, aufzufangen. Das Stück Holz, das aus seiner Brust ragte und entweder ein abgebrochenes Ruder oder ein spitz zulaufender Ast war, streifte Brunettis Beine, verfing sich in der Wolle seiner Hose und hinterließ einen roten Striemen an seinen Oberschenkeln.

Derselbe Instinkt, der Brunetti schon gesagt hatte, daß Bonsuan nicht mehr zu helfen war, jagte ihn jetzt die Treppe hinauf ins schwindende Licht eines friedvollen Frühlingsabends. Und da stand er vor einem kleingewachsenen Mann, der einen Brustkasten wie ein Faß hatte – es war einer der beiden Männer, die er in Signora Follinis Laden gesehen hatte. Der Mann hielt die Hände rechts und links vor den Körper gestreckt wie ein Ringer vor dem Angriff. Zuerst hatte ihn Brunettis Schrei verblüfft, dann sein plötzliches Erscheinen, aber jetzt hatte er sich schon wieder gefangen und kam breitbeinig, der ganze Körper eine geballte Drohung, auf Brunetti zu. Seine linke Hand schimmerte rot im Schein der untergehenden Sonne.

Brunetti war unbewaffnet. Seit er erwachsen war, hatten Wortgewandtheit und Geistesgegenwart ihm jederzeit als Waffen genügt, und auch seitdem er Polizist war, hatte er es selten nötig gehabt, sich zu verteidigen. Aber er war in Venedig aufgewachsen, in einer armen Familie, deren Vater zu Trunk und Gewalttätigkeit neigte. Da hatte er früh gelernt, sich zu wehren, nicht nur gegen seinen Vater, sondern gegen jeden, der sich über ihn oder das Verhalten seines Vaters lustig machte. Er ließ alle Kultiviertheit fahren und trat dem Mann zwischen die Beine.

Spadini krümmte sich und sank mit einem Aufschrei zu Boden, die Hände hilflos vor den Leib gepreßt. Da lag er nun, ächzend und klagend, vor Schmerz gelähmt. Brunetti sprang die Stufen hinunter, drehte Bonsuan, der ihn aus erstaunten Augen anblickte, behutsam auf den Rücken, schlug seine Jacke zurück und nahm das Klappmesser aus der Tasche seiner Uniformhose, wohin er es den Bootsführer hundertmal hatte stecken sehen, tausendmal, jahrelang – mehr Jahre, als Chiara alt war. Dann sprang er die Stufen wieder hinauf.

Der Mann lag noch immer auf dem Boden und ächzte und stöhnte unvermindert laut. Brunetti schaute sich um und sah eine Plastiktüte auf dem Boden; die hob er auf und schnitt sie mit Bonsuans Messer in Streifen. Er riß dem Mann die Hände vom Unterleib weg und hinter den Rücken, grob, weil er ihm weh tun wollte, und fesselte sie. Dasselbe machte er noch mit einer zweiten Tüte, und es kümmerte ihn überhaupt nicht, wie fest er die Streifen um die Handgelenke zog. Anschließend versuchte er zum Test die Arme des Mannes auseinanderzuziehen, aber die Fesseln hielten. Mit einer dritten Plastiktüte, die er ebenfalls in Streifen schnitt, fesselte er dem Mann die Füße. Ihm fiel etwas ein, was er einmal in einem Bericht von Amnesty International gelesen hatte, und er nahm einen weiteren Streifen, zog ihn zwischen den Hand- und Fußgelenken des Gefangenen durch, riß dann seine Beine nach hinten und band sie so fest. Brunetti hoffte sehr, daß diese rückwärts gekrümmte Lage noch schmerzhafter war, als sie aussah.

Er ging, noch langsamer diesmal, wieder die Stufen hinunter zu Bonsuan. Wohl wissend, daß man ein Mordopfer nicht anrühren sollte, bevor ein Arzt es für tot erklärt hatte, beugte er sich dennoch über den Bootsführer und drückte ihm die Augen zu, wobei er die Finger lange auf den Lidern verweilen ließ. Als er die Hände wieder hob, blieben die Augen zu. Dann durchsuchte er die Taschen von Bonsuans Jacke, danach noch die seiner blutigen Weste, und fand schließlich das *telefonino.*

Er ging nach draußen zurück und wählte 112. Am anderen Ende klingelte es fünfzehnmal, bevor jemand abnahm. Zu müde, um dazu etwas zu sagen, nannte er seinen Namen und Dienstgrad und erklärte, wo er sich befand. Er schilderte kurz die Situation und bat darum, sofort ein Boot oder einen Hubschrauber zu schicken.

»Wir sind hier die Carabinieri, Commissario«, sagte der junge Bedienstete. »Vielleicht sollten Sie sich mit Ihrem Anliegen besser an Ihren eigenen Chef wenden.«

Die Kälte, die bis in Brunettis Knochen vorgedrungen war, griff jetzt auf seine Stimme über. »Hören Sie, junger Mann. Es ist genau 18.37 Uhr. Wenn aus Ihrem Wachbuch nicht hervorgeht, daß Sie binnen zwei Minuten nach diesem Anruf ein Boot oder einen Hubschrauber angefordert haben, werden Sie es bereuen.« Noch während er das sagte, gingen ihm die wildesten Pläne durch den Kopf: den Namen in Erfahrung zu bringen, dann Paolas Vater zu bitten, den Chef des Mannes unter Druck zu setzen, damit er ihn entließ, und zuletzt den anderen Bootsführern zu stecken, wer sich geweigert hatte, Bonsuan zu helfen.

Er hatte die Liste seiner Möglichkeiten noch nicht durch, als der Carabiniere »Jawohl, Commissario« antwortete und auflegte.

Brunetti wählte aus dem Gedächtnis Vianellos Nummer.

»Vianello«, meldete sich dieser nach dem dritten Klingeln.

»Lorenzo, ich bin's«, sagte Brunetti.

»Was ist denn los?«

»Bonsuan ist tot. Ich bin auf Caroman, bei der Festung.« Er wartete, ob Vianello etwas sagen würde, aber der Sergente wartete stumm ab.

»Ich habe den Täter, hier vor mir auf dem Boden.« Der Täter lag zu seinen Füßen, das Gesicht krebsrot angelaufen, weil es ihn so anstrengte, an den Fesseln zu zerren, die ihn in dieser hilflosen, schmerzhaft gekrümmten Lage festhielten. Als Brunetti auf ihn hinuntersah, öffnete der Mann den Mund, wohl um zu protestieren oder um Gnade zu bitten.

Brunetti gab ihm einen Tritt. Er zielte nicht auf eine bestimmte Stelle, nicht auf den Kopf, nicht aufs Gesicht. Er trat einfach nach ihm und traf ihn, wie der Zufall es wollte, an der Schulter, genau am Halsansatz. Der Mann stöhnte auf und verstummte.

Brunetti widmete seine Aufmerksamkeit wieder Vianello. »Ich

habe schon angerufen, daß ein Boot oder Hubschrauber geschickt wird.«

»Wen haben Sie angerufen?« wollte Vianello wissen.

»Ich habe 112 gewählt.«

»Die taugen nichts«, verfügte Vianello. »Ich rufe jetzt Massimo an und bin in einer halben Stunde draußen. Wo sind Sie genau?«

»Bei der Festung«, antwortete Brunetti, nicht im mindesten neugierig, wer Massimo war oder was Vianello im einzelnen vorhatte.

»Ich bin gleich da«, sagte Vianello und legte auf.

Brunetti steckte das *telefonino* ein und vergaß es auszuschalten. Ohne den Mann am Boden auch nur noch eines Blickes zu würdigen, ging er hin und setzte sich auf einen großen Stein bei der Festungsmauer, lehnte sich mit dem Rücken an die Mauer und starrte mit leerem Blick in Richtung Westen. Die schwächer werdende Sonne wärmte sein Gesicht. Er streckte der Sonne die Hände entgegen wie ein Frierender, der sie am Feuer zu wärmen versucht. Er überlegte, ob er seine Jacke ausziehen sollte, fand es aber nicht der Mühe wert, obwohl er wußte, daß ihm wärmer sein würde, wenn er das durchnäßte Zeug vom Leib hätte.

Er wartete darauf, daß etwas geschah. Doch es geschah nicht viel. Der Mann am Boden ächzte und wand sich, aber Brunetti warf nur hin und wieder einen Blick zu ihm, und auch das nur, um sich zu vergewissern, daß die Fesseln an seinen Händen und Füßen noch fest saßen. Einmal ertappte er sich bei der Überlegung, daß er jetzt einen der herumliegenden Steine nehmen, Spadini damit den Schädel einschlagen und hinterher behaupten könnte, der Mann habe ihn angegriffen, nachdem er Bonsuan getötet habe, und sei bei dem darauffolgenden Handgemenge ums Leben gekommen. Es beunruhigte Brunetti, daß er so etwas dachte, aber noch mehr beunruhigte es ihn, als er sich klarmachte, daß er den Gedanken vor allem deshalb nicht in die Tat umsetzte, weil ihm klar war, daß die Fesselungsspuren an den

Hand- und Fußgelenken des Gefangenen den wahren Hergang verraten würden.

Langsam sank die Sonne unter das Grau der Küstenlinie und nahm die Wärme des Tages mit sich fort. Im Norden verblaßte das Licht und ließ die Zinnen und Türme jener Scheußlichkeit namens Marghera verschwinden. Brunetti vernahm Fliegengesumm. Bei genauem Hinhören stellte er fest, daß es keine Fliegen waren, sondern ein Motor, der sich mit hohem, durchdringendem Heulen schnell näherte. Ein Boot von der Questura? Vianello und der heroische Massimo? Brunetti hatte keine Ahnung, wer von seinen potentiellen Rettern es sein mochte; auch konnte es ebensogut nur ein Wassertaxi sein; oder jemand, der im eigenen Boot nach Hause eilte, nachdem der Sturm jetzt vorbei und Friede wieder eingekehrt war. Einen Augenblick stellte er sich vor, wie wohltuend es wäre, Vianellos Bärengestalt wiederzusehen, doch da fiel ihm ein, daß Vianello Bonsuans bester Freund bei der Polizei gewesen war.

Bonsuan hatte drei Töchter. Eine war Ärztin geworden, die zweite Architektin, die dritte Juristin, und das alles vom Gehalt eines Bootsführers bei der Polizei. Und dennoch war Bonsuan immer der erste gewesen, der darauf bestand, eine Runde Kaffee oder anderes Trinkbares auszugeben; in der Questura ging das Gerücht, Bonsuan und seine Frau unterstützten eine junge Bosnierin, die mit der jüngsten Tochter Jura studiert habe und nur noch zwei Examina brauche, um fertig zu werden. Brunetti wußte nicht, ob das stimmte, und nun würde er es nie erfahren. Es spielte auch keine Rolle mehr.

Das Geheul kam näher und verstummte, dann hörte er eine Männerstimme nach ihm rufen.

26

Brunetti kam mühsam auf die Füße und fühlte zum ersten Mal in seinem Leben einen Warnschuß aus den Gefilden des Alters. So würde das also sein: die schmerzende Hüfte, das Ziehen in den Oberschenkelmuskeln, die Unzuverlässigkeit des Bodens unter den Füßen und die niederdrückende Erkenntnis, daß alles einfach nicht der Mühe wert war. Er machte sich auf in Richtung Strand, ungefähr dahin, von wo die Stimme nach ihm gerufen hatte. Einmal stolperte er, als sein rechter Fuß sich in einem Stück Seetang verfing, und einmal fuhr er erschrocken zurück, als ein Vogel unmittelbar vor seinen Füßen aufflog, zweifellos um ihn von seinem Nest wegzulocken und seine Jungen zu schützen.

Seine Jungen zu schützen, seine Jungen zu schützen – und wer schützte jetzt Bonsuans Töchter, auch wenn sie nicht mehr so jung waren? Er hörte etwas aus der entgegengesetzten Richtung und sah auf, weil er hoffte, es wäre Vianello – doch statt dessen sah er Signorina Elettra. Oder jedenfalls sah er eine durchnäßte junge Frau, die ziemlich große Ähnlichkeit mit Signorina Elettra hatte. An ihrer Jacke fehlte ein Ärmel, und durch einen langen Riß in ihrem Hosenbein konnte er ihre Wade sehen. Ihr einer Fuß war nackt, ein blutiger Kratzer zog sich über den Spann. Am meisten aber überraschte ihn ihr Haar, denn es war über dem rechten Ohr kaum noch ein paar Zentimeter lang und stand ihr vom Kopf ab wie die Haarbüschel an den Ohren junger Jaguare.

»Alles in Ordnung?« rief er zu ihr hinüber.

Sie hob die Hand. »Kommen Sie mit, kommen Sie, ihn suchen. Bitte.« Sie wartete nicht auf seine Antwort, sondern machte kehrt und entfernte sich in die Richtung, aus der sie gekommen sein mußte. Er sah, daß sie mit dem linken Fuß, dem ohne Schuh, ein wenig hinkte.

»Commissario«, hörte er hinter sich Vianello rufen.

Brunetti drehte sich um, und da stand er, in Jeans und dickem Wollpullover; über dem Arm noch einen zweiten Pullover. Hinter ihm stand ein Mann, ebenfalls in Zivil, aber mit einer Jagdflinte in der Hand: zweifellos dieser Massimo, von dem Vianello gesagt hatte, daß er ihn schnell hier herausbringen werde.

»Da drüben, bei der Festung, liegt ein Mann auf dem Boden. Passen Sie auf ihn auf«, rief Brunetti dem mit der Flinte zu, dann winkte er Vianello zu sich und folgte Signorina Elettra.

Der Strand war mit Unrat übersät, diesen hunderterlei Dingen, die bei jedem Sturm vom Grund der Lagune hochgewirbelt werden, um am Strand zu verrotten oder aber beim nächsten Sturm zurückbefördert zu werden in ihre nasse Deponie. Er sah Teile von Rettungsbojen, zahllose Plastikflaschen – teilweise fest zugeschraubt –, abgerissene Stücke von Fischnetzen, Schuhe und Stiefel und so viel Plastikbesteck, daß man eine ganze Armee damit hätte ausrüsten können. Immer wenn Brunetti ein Stück Holz sah, sei es ein abgebrochenes Ruder oder einen abgerissenen Ast, mußte er den Blick abwenden. Dann schon lieber Flaschen und Plastikbecher.

Als sie Signorina Elettra einholten, kniete sie im Sand. Vor ihr lag im seichten Wasser ein Fischerboot mit eingedrückter linker Seite, und drum herum begann sich auf dem Wasser ein schwarzer Ölteppich auszubreiten.

Sie hörte die beiden kommen und blickte auf. »Ich weiß nicht, was passiert ist, aber er ist fort.«

Vianello ging zu ihr, legte ihr den zweiten Pullover um die Schultern und bot ihr die Hand, um ihr aufzuhelfen. Sie ignorierte die Hand, streifte den Pullover von ihren Schultern und ließ ihn in den Sand fallen.

Vianello ging neben ihr in die Hocke. Eilig hob er den Pullover auf, legte ihn ihr wieder um die Schultern und knotete die Ärmel unter ihrem Kinn zusammen. »Kommen Sie jetzt mit uns«, sagte er im Aufstehen und half ihr auf die Beine.

Er begann zu reden, unterbrach sich aber, als er etwas aus Richtung Pellestrina hörte. Alle drei drehten wie die Hühner auf der Stange ihre Köpfe in die Richtung, aus der dieses mißtönende jaulen kam, das die Ankunft der Carabinieri verkündete.

Elettra begann unbeherrscht zu zittern.

Sie standen wartend am Strand, während das Boot der Carabinieri näher kam. Es schwenkte in einem engen Bogen herein, und der Bootsführer ließ es ein paar Meter vor dem Strand ausgleiten. Drei Carabinieri in kugelsicheren Westen standen am Bug und hielten Gewehre auf die am Strand Stehenden gerichtet. Als der Mann am Ruder Vianello erkannte, rief er den anderen zu, sie sollten ihre Waffen sinken lassen, was sie dann auch widerstrebend taten.

»Zwei Mann kommen her und fassen mit an!« rief Brunetti, ohne sich darum zu kümmern, daß er auch als Commissario diesen Leuten nichts zu befehlen hatte. »Bringen Sie die Frau ins Krankenhaus.« Die drei Carabinieri blickten fragend ihren Bootsführer an, der nickte. Einen Landesteg gab es hier nicht, deshalb würden sie ins Wasser springen und an Land waten müssen. Während sie noch zögerten, drehte Signorina Elettra sich zu Brunetti um und sagte: »Ich kann nicht ohne ihn zurück.«

Ehe Brunetti antworten konnte, nahm Vianello sie einfach auf die Arme, ging ins Wasser und watete zum Boot. Brunetti sah noch, wie sie zu protestieren anfing, aber was sie sagte, und was Vianello darauf erwiderte, war bei dem Geplatsche nicht zu hören. Als Vianello das Boot erreichte, kniete einer der Carabinieri sich auf die Decksplanken und nahm ihm Signorina Elettra aus den Armen.

Er setzte sie ab, und Brunetti sah Vianello noch hinübergreifen und den Pullover fester um ihre Schultern legen, dann setzte das Boot sich wieder in Bewegung. Vianello im Wasser und Brunetti am Strand sahen ihm nach, wie es immer kleiner wurde, aber Signorina Elettra drehte sich nicht noch einmal zu ihnen um.

Vianello kam an Land zurück, und schweigend gingen die beiden Männer zurück zu Massimo und seinem Gefangenen. Vianellos Freund saß auf demselben Stein, auf dem zuvor Brunetti gewartet hatte, die Flinte auf den Knien. Als der Gefesselte die beiden Polizisten näher kommen sah, schrie er im Befehlston: »Schneiden Sie mich los!« Keiner kümmerte sich um ihn.

»Bonsuan ist da unten«, sagte Brunetti, wobei er auf den Durchgang mit den abwärtsführenden Stufen zeigte. Man konnte jetzt, nachdem das Tageslicht weitgehend geschwunden war, nicht mehr so leicht hineinsehen.

»Gib mir mal deine Taschenlampe, Massimo«, sagte Vianello zu seinem Freund. Massimo kramte aus einer der vielen Taschen seines Jägerrocks eine dünne schwarze Taschenlampe und reichte sie ihm.

»Warten Sie hier«, sagte Brunetti zu dem Mann mit der Flinte, dann ging er mit Vianello fort. Vianello leuchtete ihnen den Weg. Auf den Stufen nach unten betete Brunetti zu einem Etwas, an das er nicht glaubte, es möge dafür sorgen, daß sie Bonsuan da unten lebend antrafen; verwundet und benommen, aber lebend. Als Kind hatte er dem, der Macht über so etwas haben mochte, immer ein Geschäft angeboten, aber diese Gewohnheit hatte er vor langer Zeit abgelegt, und so bat er jetzt nur um die Gefälligkeit, ohne eine Gegenleistung anzubieten.

Ja, verwundet war Bonsuan, aber nicht am Leben, und nie mehr würde ihn irgend etwas erschrecken. Sein letzter irdischer Schock war dieser unvorstellbare Schmerz in seiner Brust gewesen, als er sich auf den Stufen zu Brunetti umdrehte und einen Scherz über seinen noch vorhandenen Kopf machte und die Gewalt des Sturms bestaunte.

Vianello leuchtete nur kurz über das Gesicht des Freundes und ließ die Lampe gleich wieder sinken, bis ihr Schein jetzt auf seine Schuhe, ein Stückchen verschmutzten Erdboden und Bonsuans linke Schulter fiel, gerade so weit, um das spitze Stück Holz zu zeigen, das so grotesk aus seiner Brust hervorstand.

Nach einer Minute ging Vianello zu den Stufen zurück, wobei er achtgab, daß er die Taschenlampe nicht wieder auf Bonsuans Gesicht richtete. Brunetti folgte ihm. Oben angekommen sahen sie, daß Vianellos Freund sich nicht vom Fleck gerührt hatte, seine Flinte auch nicht, und schon gar nicht der zu einem Bündel verschnürte Gefangene.

»Bitte«, flehte letzterer, jetzt ohne alles Herrische, alles Drohende im Ton. »Bitte!«

Vianello nahm ein Messer aus der Gesäßtasche seiner Jeans, klappte es auf und kniete sich neben ihn. Brunetti fragte sich halb und halb, ob der Sergente dem Mann nun die Fesseln oder die Kehle durchschneiden würde, und das eine war ihm so egal wie das andere. Gerade verschwand die Hand mit dem Messer, verdeckt von Vianellos Körper. Der Gefangene zuckte, dann streckte er die von den Handgelenken befreiten Beine aus.

Einen Augenblick lag er reglos da und stöhnte, weil ihm jede Bewegung weh tat, aber dabei beobachtete er Vianello aus zusammengekniffenen Augen. Der Sergente klappte soeben mit der Handfläche das Taschenmesser zu und wollte es wieder in die Tasche stecken. Diesen Augenblick wählte der Gefesselte für seinen Angriff. Er zog die Knie unters Kinn, ächzend, weil es seinen überdehnten Muskeln weh tat, stieß die gefesselten Füße von sich und traf Vianello an der Hüfte, daß er hinschlug.

Wieder zog Spadini die Füße an, um gleich noch einmal nachzusetzen, doch da erhob sich Massimo und ging, die Flinte nach unten gerichtet, zu ihm hin. Der Gefesselte spürte, daß da etwas auf ihn zukam, und streckte friedlich die Beine aus, ohne noch einmal nach Vianello zu treten, der gerade wieder auf die Füße kam. »Gut, gut«, sagte Spadini lächelnd, »ich höre ja schon auf.« Massimo drehte lässig den Flintenlauf nach oben um und ließ den Kolben auf Spadinis Nase krachen. Brunetti hörte das Nasenbein brechen – es war ein feucht klingender, knirschender Ton, wie wenn man einen Kakerlak oder Käfer tottritt.

Spadini jaulte auf und wälzte sich, die Hände nach wie vor auf den Rücken gefesselt, auf der Flucht vor dem Mann mit der Flinte in Kreisen fort. Derweilen setzte Massimo den Gewehrkolben seelenruhig auf ein Grasbüschel zu seinen Füßen, wischte ihn ein paarmal darauf hin und her, begutachtete dann sein Werk und fand den Kolben hinreichend sauber. Ohne sich um das Schluchzen des Mannes zu kümmern, dem immer noch Blut aus der zerschmetterten Nase floß, das unter seinem Kopf im Sand versickerte, ging Massimo zu dem Stein an der Mauer zurück und setzte sich wieder.

Er sah Brunetti an. »Ich bin nämlich mit Bonsuan immer fischen gegangen.«

Jetzt sprach niemand mehr, bis aus Richtung Pellestrina ein Geländewagen der Carabinieri nahte. Sie kamen über den Sand angerast, ohne sich darum zu kümmern, was für Schäden sie an den Dünen anrichteten, auch ohne Rücksicht auf die nistenden Vögel, die den Rädern ihres Gefährts nicht entkamen.

27

Die Carabinieri, die dem Jeep entstiegen, wunderten sich kaum über das, was sie sahen, und die Erklärung, die Brunetti ihnen schließlich bot, schien sie noch weniger zu interessieren. Einer von ihnen ging die Stufen hinunter, und als er wieder heraufkam, forderte er über sein *telefonino* bereits eine Ambulanz an, um die Leiche abzuholen.

Die beiden anderen hatten inzwischen Spadini in den Jeep gestoßen, ohne ihm erst umständlich die Fesseln von den Händen zu nehmen, so daß er nun wie ein ungesichertes Paket auf der Rückbank saß und wackelte. Da weder Brunetti noch Vianello die Leiche des Bootsführers unbewacht zurücklassen wollte, schlugen sie das Angebot der Carabinieri aus, sie bis zu ihrer Station auf dem Lido mitzunehmen. Sie sahen noch, wie ein Carabiniere sich zu Spadini auf die Rückbank setzte, dann stiegen die beiden anderen vorn ein, und der Jeep brauste ab.

Vianellos Körpermasse hatte nichts urtümlich Beruhigendes mehr für Brunetti, darum ging er ans Wasser hinunter. Vianello zog es vor, links von dem Zugang stehenzubleiben, der in den Bunker hinunterführte. Eine Zeitlang beobachtete er Brunetti, der reglos dastand und die reglose Stadt in der Ferne beobachtete, die nun, nachdem der Sturm sich verzogen hatte, wieder sichtbar war. Beide waren durchnäßt und durchgefroren, aber beide achteten darauf nicht weiter, bis Massimo mit einem Kapitänsrock für Brunetti von seinem Boot zurückkam. Er half dem Commissario aus dem eigenen Jackett heraus und in das andere hinein. Brunettis Jackett blieb auf dem Boden liegen. Als von Norden eine Sirene nahte, wandte Vianello seine Aufmerksamkeit dorthin und überließ Brunetti seinen Gedanken.

Brunetti ging zu der Festung zurück, sowie er die Ambulanz vorfahren hörte. Weder er noch Vianello ging mit den beiden

Sanitätern nach unten, um ihnen bei ihrer Arbeit zu helfen. Als sie wieder erschienen, ihre Last in einer prekären Schräglage, damit sie überhaupt mit ihr die Treppe herauf und durch den schmalen Durchgang kamen, lag ein blaues Tuch über der Leiche, das in der Mitte hochstand, so daß es aussah wie eine kleine Pyramide. Die Sanitäter gingen zu ihrem Wagen und schoben die Bahre durch die Hecktür hinein. Bevor sie diese wieder schlossen, stiegen Brunetti und Vianello ein und klappten die Notsitze an beiden Seiten hinunter. Schweigend fuhren sie zum Lido und von dort auf einem Ambulanzboot mit dem gleichfalls schweigenden Bonsuan nach Venedig zurück.

In der Questura angekommen, leitete Brunetti die formelle Inhaftnahme Spadinis wegen des Mordes an Bonsuan ein, denn alles, was den Mann mit den Morden an den Bottins und Signora Follini in Verbindung brachte, waren, wie er wußte, bestenfalls Indizien: Man konnte ihm zwar ein Motiv nachweisen, aber einen direkten Beweis dafür, daß er eines dieser Verbrechen begangen hatte, galt es erst noch zu finden. Mit Sicherheit würde er Alibis vorweisen können, mit Sicherheit würde er sie alle von Fischern bekommen, die unter Garantie alle zu schwören bereit waren, daß Spadini zu den Zeiten, als die Bottins ermordet wurden und Signora Follini ertrank, mit ihnen zusammen war.

Brunetti erklärte den Leuten in der Leichenhalle, daß sie den Pfahl, der Bonsuan getötet hatte, nicht anrühren dürften, und ließ einen Kriminaltechniker hinschicken, der Fingerabdrücke davon nehmen sollte, bevor er herausgezogen wurde. Diesmal war es unwahrscheinlich, daß Spadini jemanden fand, der ihm ein Alibi gab.

Seine Gedanken wandten sich Bonsuans Witwe und den drei Töchtern zu, die nun keinen Vater mehr hatten. Männer gehen hin und töten einander, oft in Verteidigung ihrer Ehre – von allen Vorwänden ist das der lächerlichste –, und überlassen es den Frauen, den Preis dafür zu bezahlen. Ihm fiel die fünfte Frau ein, die hier im Spiel gewesen war – Signorina Elettra –, und er fragte sich, wie groß das Leid war, das ihr all dies eingetragen hatte. Er schob diesen Gedanken jedoch wieder beiseite, stand auf und machte sich – ohne dabei an Ehre zu denken – auf den Weg zu Bonsuans Witwe.

Später, zu Hause, erklärte er Paola alles, so gut es ging. »Sie konnte immer nur sagen, daß er nicht einmal mehr ein Jahr bis zur Pensionierung hatte und sich doch nichts weiter gewünscht hätte, als fischen zu gehen und sich an seinen Enkelkindern zu freuen.« Die Worte klebten an ihm wie die feurigen Gewänder, die Kreons Tochter zum Verderben wurden: Er konnte sich drehen und winden und sich von ihnen zu befreien versuchen, sie klebten an ihm und brannten.

Brunetti und Paola saßen auf ihrer Dachterrasse, die Kinder hockten wie Einsiedler in ihren Zimmern und bereiteten sich auf ihre Jahresabschlußprüfungen vor. Im Westen hatte das Tageslicht sich längst von ihnen allen verabschiedet, zurückgeblieben waren nur noch Geräusche und die Erinnerung an Gestalt und Konturen.

»Was wird sie jetzt machen?« erkundigte Paola sich.

»Wer, Anna?« fragte er, mit den Gedanken noch bei Bonsuans Witwe.

»Nein, die hat ihre Familie. Elettra.«

Überrascht ob der Frage antwortete er: »Das weiß ich nicht. Ich habe darüber noch nicht nachgedacht.«

»Ist er denn tot, der junge Mann?« fragte sie.

»Man sucht ihn«, konnte Brunetti darauf nur antworten.

»Wer?«

»Die Guardia di Finanza hat zwei Boote nach ihm ausgeschickt, wir auch eines.«

»Und?« fragte Paola, die diese Art Antwort schon kannte. »Ich glaube nicht daran. Nicht nach so einem Sturm.«

Paola wußte darauf nichts zu sagen und fragte statt dessen: »Und der Onkel?«

Brunetti hatte darüber schon die ganzen letzten Stunden nachgedacht. »Ich glaube nicht, daß wir auf Pellestrina jemanden finden, der zugibt, etwas über die Morde zu wissen. Selbst wenn es um einen wie Spadini geht, machen die Leute den Mund nicht auf.«

»Mein Gott, und wir meinen immer, die von der *omertà* Verkrüppelten säßen alle im Süden«, rief Paola. Als Brunetti darauf nicht einging, fragte sie: »Und der Mord an Bonsuan?«

»Da wird er sich auf keinen Fall herauswinden können. Er wird dafür zwanzig Jahre bekommen«, sagte Brunetti und dachte, wie wenig sich dadurch wirklich änderte.

Beide schwiegen lange.

Endlich fragte Paola, um ihre Gedanken wieder dem Leben zuzuwenden: »Wird Elettra darüber hinwegkommen?«

»Das weiß ich nicht«, räumte Brunetti ein und überraschte sich dann selbst mit dem Zusatz: »So gut kenne ich sie ja eigentlich nicht.«

Darüber dachte Paola erst einmal ausgiebig nach, und schließlich meinte sie: »So richtig kennen wir sie eigentlich nie.«

»Wen?«

»Die echten Menschen.«

»Was verstehst du unter ›echten‹ Menschen?«

»Im Gegensatz zu Romanfiguren«, erklärte Paola. »Das sind die einzigen, die wir jemals gut kennen, richtig kennen.« Wieder ließ sie ihm einen Augenblick zum Nachdenken und sagte dann: »Vielleicht liegt das daran, daß sie die einzigen sind, über die wir zuverlässige Informationen bekommen.« Sie sah ihn an und fuhr dann fort, ganz als stünde sie vor ihren Studenten und wollte sehen, ob sie ihr noch folgten: »Erzähler lügen nie.«

»Und wie kenne ich dich?« fragte er fast empört, denn all das schien ihm so dahingesagt, vielleicht waren es aber auch die Umstände, unter denen sie es angeschnitten hatte. »Kenne ich dich denn auch nicht richtig?«

Sie lächelte. »So gut wie ich dich.«

Er sprang sofort darauf an. »Diese Antwort gefällt mir nicht.«

»Das spielt keine Rolle, mein Lieber.« Sie schwiegen wieder. Nach einer ganzen Weile legte sie ihm die Hand auf den Arm. »Sie schafft das schon, solange sie noch die Gewißheit hat, daß ihre Freunde sie lieben.«

Es fiel Brunetti nicht ein, ihren Gebrauch des Wortes »lieben« in Frage zu stellen.

»Das tun wir ja.«

»Ich weiß«, sagte Paola und ging nach den Kindern sehen.

Karte der Lagune von Venedig
auf den folgenden Seiten

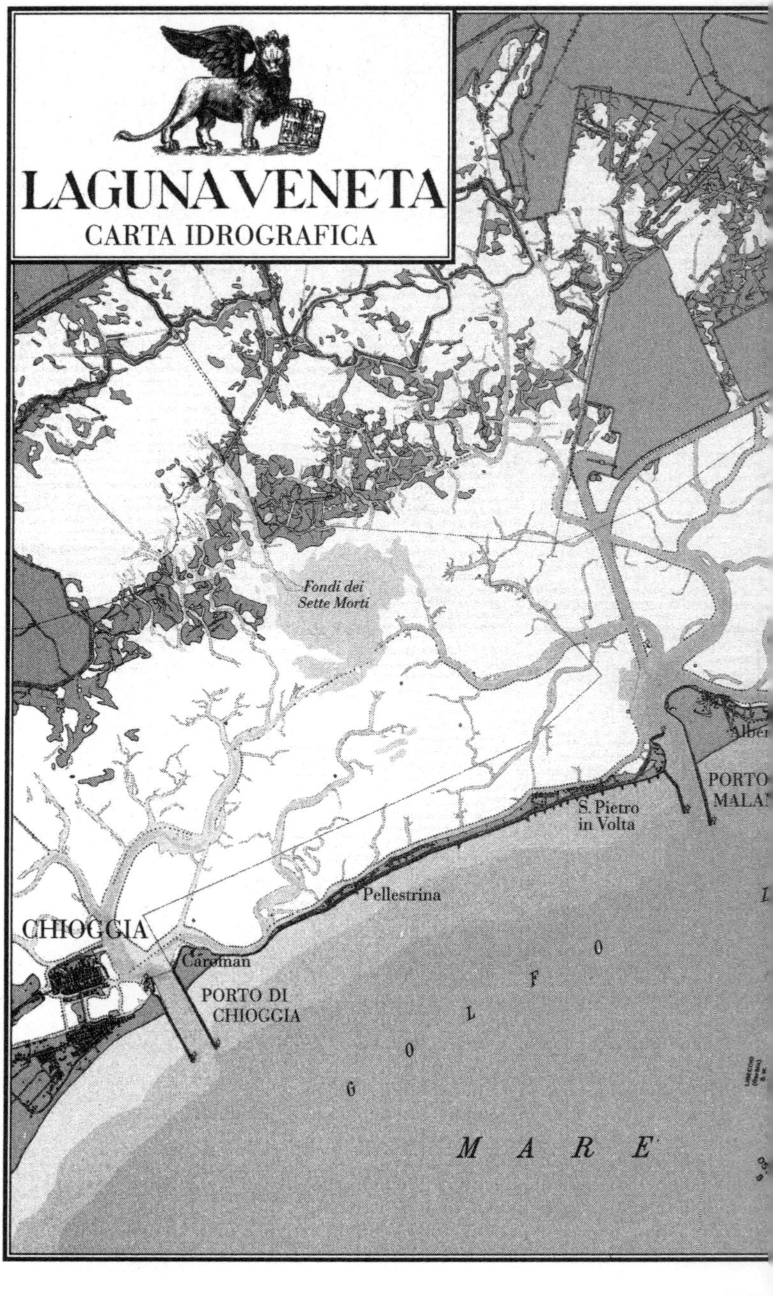
LAGUNA VENETA
CARTA IDROGRAFICA
Fondi dei Sette Morti
S. Pietro in Volta
PORTO
Pellestrina
CHIOGGIA
Caroman
PORTO DI CHIOGGIA
G O L F O
M A R E

© Edizione Garbizza - Castello 5314 - 30122 Venezia (Italia)